운
양
집

이 책은 2010년도 정부(교육과학기술부)의 재원으로 한국고전번역원의 지원을 받아
수행된 '권역별거점연구소협동번역사업'의 결과물임.

This work supported by institute for the Translation of Korean Classics - Grant funded by
the Korean Government

한국고전번역원 한국문집번역총서

雲養集

운양집 1

김윤식 지음
金允植

구지현 옮김
기태완

일러두기

1. 이 책의 번역 대본은 한국고전번역원에서 간행한 한국문집총간 328집 소재 《운양집(雲養集)》으로 하였다. 번역 대본의 원문 텍스트와 원문 이미지는 한국고전종합 DB (http://db.itkc.or.kr)에서 확인할 수 있다.

2. 내용이 간단한 역주는 간주(間註)로, 긴 역주는 각주(脚註)로 처리하였다.

3. 한자는 필요한 경우 이해를 돕기 위하여 넣었으며, 운문(韻文)은 원문을 병기하였다.

4. 맞춤법과 띄어쓰기는 한글 맞춤법과 표준어 규정을 따랐다.

5. 이 책에서 사용한 부호는 다음과 같다.

   ( ) : 번역문과 음이 같은 한자를 묶는다.

   〔 〕: 번역문과 뜻은 같으나 음이 다른 한자를 묶는다.

   " " : 대화 등의 인용문을 묶는다.

   ' ' : " " 안의 재인용 또는 강조 부분을 묶는다.

   「 」: ' ' 안의 재인용을 묶는다.

   『 』: 「 」 안의 재인용을 묶는다.

   《 》: 책명 및 각주의 전거(典據)를 묶는다.

   〈 〉: 책의 편명 및 운문·산문의 제목을 묶는다.

차례

운양집 제1권

시詩

격경집 擊磬集

운양집 제2권

시 詩

강북창화집 江北唱和集

깊은 밤에 일을 마치고 돌아와서 임동려를 방문했다. 취당 종씨와 춘목 유사 옥거 등 여러 벗이 모여서 함께 읊다 夜深罷歸訪任東黎翠堂從氏及春木遊史玉居諸友來會共賦 · 557

중양절에 한산 서암 석초 이관 파강 소산과 연세 칠십인 송정주인 조국사가 풍림의 감천 곧 칠송정 에 함께 모였다 重陽日漢山瑞巖石樵怡觀巴江素山松亭主人趙菊史年七十俱會于楓林甘泉 卽七松亭 · 558

12일 밤에 신열릉 봉사와 정동산 진사가 방문하여 유사 옥거 난고와 모여 함께 읊다 十二日夜申洌陵奉事鄭東汕進士見訪會游史玉居蘭皐共賦 · 559

이날 저녁 9일에 함께 놀았던 여러 공들과 칠송정에 다시 모이다 是夕與九日同遊諸公復會于七松亭 · 561

이튿날 밤에 열릉 혜거 동산이 소산 댁으로 와서 파강 유사 난고 옥거와 함께 읊다 翌日夜洌陵兮居東汕來會素山宅與巴江游史蘭皐玉居共賦 · 563

23일 송정에 모여서 백거에게 이별시로 주다
二十三日會松亭贈別白渠 · 564

그믐날 송정에 모여 읊어서 가을을 전별하다 1수
晦日會松亭賦餞秋 一首 · 565

10월 11일 회덕 송씨 집안으로 구아가 위금하게 되어서 내가 데리고 갔다. 근례 이튿날 밤에 의령 수령 송송석 기로 옥천 수령 홍추포 정유 회덕 수령 안담박 영식 송환성 종오 감역과 그 아우 초정 종렴 춘운 종학 등과 함께 읊다 十月十一日駒兒委禽于懷德宋氏之門余率以往弖禮之翌日夜與宋松石 綺老 宜寧宰洪秋圃 鼎裕 沃川宰安澹泊 榮植 懷德宰宋喚醒 鍾五 監役及其弟草庭 鍾廉 春雲 鍾學 共賦 · 566

이튿날 벗들과 비래암을 방문했다. 앞에 반타백석이 있는데 샘물이 덮으며 아래로 흘러간다. 그 위에 누대가 있는데 이름이 옥류각이다. 동춘 선생이 도학을 강의했던 곳이다 翌日與諸益共訪飛來庵前有盤陀白石泉流被而下其上有樓名玉溜閣同春先生講道之所 · 569

밤에 여러 벗들과 함께 읊다 夜與諸益共賦 · 570

속당체시 병술년 동짓달 23일 ○병소서 續棠棣詩 丙戌至月卄三日 ○并小序 · 629

박오서 시랑이 나에게 준 〈부남한〉 작품에 화답하다 정해년 3월 酬朴梧西
侍郎贈余赴南漢之作 丁亥三月 · 632

근대 전환기 운양(雲養) 김윤식(金允植)의 활동과
《운양집(雲養集)》

이지양 | 연세대학교 국학연구원 연구교수

1. 운양 김윤식의 생애

김윤식(金允植, 1835~1922)의 자는 순경(洵卿), 호는 운양(雲養),
본관은 청풍(淸風)이다.

   문의공(文毅公) 김식(金湜)과 문정공(文貞公) 김육(金堉)의 후손으
로서 이런 선조들의 공덕을 품고 태어나 가학을 익혔다. 어릴 때 두호
(荳湖)에서 살다가 8세 되던 해 2월에 모친을, 12월에 부친을 여의고
고아가 되어 손위 두 누님과 같이 귀천(歸川)의 중부(仲父) 김익정(金
益鼎)댁에 가서 자랐다. 14살 무렵까지 김상필(金商弼)에게 사촌들과
함께 수업을 받다가, 16세 이후 박규수(朴珪壽)·유신환(兪莘煥) 두
선생의 문하에 들어가 공부하였다.

   30세에 진사시에 합격하고 40세에 문과에 급제하여 여러 관직을 두
루 거쳐서 47세이던 1881년(고종18)에 영선사(領選使)로 선발되어 천
진(天津)에 다녀왔고, 이해에 이홍장(李鴻章)과 조미수호조약(朝美修
好條約) 문제를 논의했다. 이듬해인 1882년에 이조 참판이 되어 6월에
임오군란(壬午軍亂)이 일어나자 서리(署理) 북양대신(北洋大臣) 장수
성(張樹聲)과 회담하여 청군(淸軍)의 파병을 요청하고 대원군(大院
君) 제거 방안을 제의하였다. 9월에 천진(天津)으로 가서 소기기(小機

器)를 구입하여 기기창(機器廠) 설치의 기초가 되게 하였고, 11월에
원세개(袁世凱)의 도움으로 500명을 선발하여 강화(江華)에 진무영
(鎭撫營)을 설치하였다. 그 다음 해에 기무처(機務處) 판사(辦事), 기
기창(機器廠) 총판(總辦)을 거쳐 1884년(고종21) 갑신정변 이후 병조
판서를 지냈고, 같은 해 7월 독판교섭통상사무(督辦交涉通商事務) 외
무아문 대신이 되었다.

53세로 광주 유수(廣州留守)가 되었으나 이때부터 19년간은 거의
유배 생활로 보냈다. 1887년(고종24)에 명성황후의 친러정책에 반대
하여 민영익(閔泳翊)과 함께 대원군의 집권을 모의하다 명성황후의
미움을 사서 면천군(沔川郡)에 7년간 유배되었다가 1893년(고종30)에
사면되었다. 61세에 을미년 정국 개편으로 외부 대신에 임명되었으며
1895년 명성황후가 시해된 뒤 김홍집(金弘集) 내각이 들어서자 그의
천거로 외무 대신이 되었다. 그러나 1896년 아관파천(俄館播遷)으로
김홍집이 죽고 친러파 내각이 들어서자 김윤식은 을미사변과 관련하여
폐후(廢后)시키는 위조한 칙서(勅書)를 각 공관(公館)에 통지했다는
죄로 탄핵을 받아 그해 12월에 제주도로 종신 유배되었다. 제주도에서
천주교 신자와 민당(民黨)의 대립으로 인해 민요가 일어나자 1901년
(광무5)에 지도(智島)로 이배되었다가 1907년(융희1)에 사면되어 돌
아왔다. 송병준을 비롯한 일진회(一進會)의 간청과 정부의 70세 이상
자에 대한 석방조처에 따라 유배지에서 풀려나 서울로 돌아온 것이다.

1908년에 74세로 중추원(中樞院) 의장에 임명되어 칙서를 받들고
황태자의 문후를 위해 동경(東京)에 다녀왔으며 그 공로로 훈일등태극
장(勳一等太極章)을 수여받았고, 이듬해 다시 동경에 갔다 돌아와서
정1품 대광보국숭록대부(大匡輔國崇祿大夫)로 승진되었다. 1910년 8

월 22일에 어전회의 석상에서 순종(純宗)이 합방(合邦)에 대해 하문하자 '불가(不可)'라고 답했고, 10월에 자작(子爵) 작위를 받았다. 1913년에 스승의 문집인 《환재집(瓛齋集)》과 《봉서집(鳳棲集)》을 간행했으며, 이듬해에는 자신의 문집인 《운양집》을 간행하였는데 《운양집》으로 일본으로부터 제국학사원상(帝國學士院賞)을 받았다. 1917년에 문인(門人) 이빈승(李斌承)이 연활자로 《운양집》을 중간(重刊)하면서 〈운양선생약전(雲養先生略傳)〉을 써서 수록했다. 1919년 1월에 고종(高宗)이 승하하자 입궁하여 국장 준비에 진력했으며 3월에 독립 승인을 요구하는 대일본장서(對日本長書)를 총독부와 일본 정부에 전달하여 가족과 내객(來客)까지 구속되고 작위를 박탈당하였다. 이때 운양의 나이 85세였으며 3년 뒤인 1922년 1월 20일에 88세의 나이로 생을 마쳤다. 1930년에 이빈승(李斌承) 등이 연활자로 《운양속집(雲養續集)》을 간행하였다.

운양의 생애는 크게 30세 이전까지의 수학기, 30세부터 53세까지의 사환기, 54세부터 73세까지 19년간의 유배기, 74세부터 88세로 세상을 마칠 때까지의 해배 이후 활동기로 나누어진다. 어려서는 고아로 성장했고 벼슬길에 올라서는 급변하는 국내외 정세 속에서 20년간 동분서주하였으며 그 여파로 19년간 유배생활을 했고 유배에서 풀려나 돌아온 다음에도 자작 작위를 받았다가 독립을 주장하는 장서(長書)로 작위를 박탈당하기까지 실로 파란만장했다고 할 수 있다.

그런 중에 가족들마저 대부분 운양보다 먼저 세상을 떠나 가족 관계도 순탄치 않았다. 16세 때 윤노(尹梠)의 따님인 파평 윤씨와 혼인하여 1남 2녀를 두었으나 아들 유증(裕曾)과 부인은 운양보다 먼저 세상을 떠났고 딸 둘은 시집보냈다. 이후 이득무(李得茂)의 따님인 경주 이씨와 혼인했으나 얼마 안 되어 1885년(고종22)에 부인이 세상을 떠났고 김이현(金履鉉)의 따님인 김해 김씨와 혼인했으나 1887년에 또 부인이 먼저 세상을 떠났다.

이후 면천에 유배되었을 때 밀양 박씨를 측실로 맞아 1894년(고종31)에 딸 복희(福喜)를, 1896년(건양1)에 아들 복남(福男)을 얻었으나 1898년(광무2)에 폐렴으로 모자가 사망하였고 딸은 시집보냈다. 운양은 제주 감옥에서 복남 모자의 부음을 듣고 매우 슬퍼하였다. 자신의 대를 이을 아들은 이제 아무도 남아 있지 않게 된 것이었다. 운양은 제주에서 유배생활을 하는 동안 다시 측실로 김해 김씨를 맞아 1899년에 아들 유문(裕問)을 얻고 1912년에 유방(裕邦)을 얻어 어렵사리 대를 이을 수 있었다. 난세를 만나 개인적으로도 가족적으로도 그야말로 고단하기 그지없는 일생을 살았던 것이다.

2. 운양의 교유 관계

운양의 교유 관계는 국내외에 걸쳐 매우 폭넓고 다양하다. 먼저 국내의 교유 관계를 살펴보면 몇몇 그룹으로 나뉜다. 운양보다 먼저 작고하여 운양이 애도시를 지으면서 스스로 '평생 사우(師友)'라고 손꼽은 열 분을 비롯하여 정치적 행보를 같이한 관료들, 유배기에 생활을 보살펴준 측근들, 그리고 시문으로 정신을 의지했던 시우(詩友)들, 친인척 가운데서도 늘 가깝게 지낸 사람들로 파악된다.

운양 자신이 '평생 사우'로 손꼽은 열 분은 박규수, 유신환 두 분 스승과 서응순(徐應淳), 이응진(李應辰), 어윤중(魚允中), 박선수(朴

瑄壽), 김홍집(金弘集), 이연익(李淵翼), 이건창(李建昌), 홍계훈(洪啓薰)이다. 운양은 이분들에 대해 "모두 충효의 큰 절개와 청렴하고 공정함과 정직함을 지니고 계신데다 경술(經術)과 문장을 익히셨기에 혼탁한 세상에 살면서도 때 묻지 않았고 무너지는 물결 속에서도 휩쓸리지 않았다."라고 평했다.

다음은 정치적 행보를 같이한 관료들이다. 운양이 "비록 친형제는 아니지만 곤궁한 처지를 서로 돌보며 의리가 무겁고 은혜가 돈독했던 사이"라고 했던 유진일(兪鎭一)과 박기양(朴箕陽), 그리고 제주로 함께 종신 유배형에 처해졌다가 같은 시기에 해배되었으며 "겸(鶼)과 궐(蟨)처럼 항상 서로 의지했다."라고 한 이승오(李承五)와 친하게 지냈다. 그리고 김윤식이 면천에 유배되었을 때 1895년(고종32)의 팔월역변(八月逆變), 시월무옥(十月誣獄)에 연루되어 진도(珍島)에 유배되었다가 운양과 비슷한 시기에 복관된 정만조(鄭萬朝)·정병조(鄭丙朝) 형제, 그리고 서주보(徐周輔)와 종유했다. 영선사(領選使)로 파견될 때 수행하며 함께 일을 했던 윤태준(尹泰駿), 백낙윤(白樂倫), 변원규(卞元圭), 이조연(李祖淵)을 비롯하여, 1894년 갑오년에 함께 내각에 들어가 개혁을 시도했던 유길준(兪吉濬)과 그의 동생 유성준(兪星濬), 아관파천 당시 유길준과 함께 일본으로 망명했던 육용정(陸用鼎), 김홍집 내각에서 농상공부 대신을 지낸 정병하(鄭秉夏), 탁지부 주사로 김홍집 내각에 참여했던 유근(柳瑾), 갑신정변 때 김윤식(金允植)과 함께 청(淸)나라 출병을 요청했고 1910년(융희4)에 일본 정부로부터 남작 작위를 받은 남정철(南廷哲)과도 가깝게 지냈다.

다음은 운양이 유배 생활을 할 때 보살펴준 측근들이다. 면천에서는 주로 현광기(玄光夔), 안정원(安鼎遠), 황종교(黃鍾敎), 인영철(印永

哲)이, 제주에서는 나철(羅喆)과 이민기(李敏夔)가, 지도에서는 황병욱(黃炳郁)이 운양의 곁에서 온갖 일을 살펴 주었다. 황병욱은 이빈승, 정윤수(鄭崙秀)와 함께 1914년에 《운양집》을 간행하는 일에 참여한 김윤식의 문인이며 1917년 《운양집》 중간(重刊)에는 황병욱과 이빈승 외에도 김재성(金載聲)과 김용설(金溶偰)이 실무에 참여했던 것으로 나온다.

그리고 마음을 의지했던 시우(詩友)들로는 앞서 평생 사우로 언급된 이건창을 비롯하여 김택영(金澤榮)과 황현(黃玹), 황현의 동생 황원(黃瑗), 이기(李沂), 조긍섭(曺兢燮), 이중하(李重夏)가 있다. 끝으로 친인척 가운데서도 늘 가깝게 지낸 사람들로 사촌형 김만식(金萬植)과 김원식(金元植), 둘째 자형 이대직(李大稙), 장남 유증(裕曾)의 장인인 송기로(宋綺老), 차남 유문(裕問)의 장인이자 신소설 작가 이해조(李海朝)의 부친인 이철용(李哲鎔)을 들 수 있다. 그 외에도 운양은 최남선(崔南善)의 아버지인 최헌규(崔獻圭)와 친분이 두터웠으므로 최남선도 중요한 일을 의논하고자 할 때는 운양을 찾아오곤 했다.

이상 운양이 교유한 인물들을 보면, 그 성향이 모순되는 인물들이 적잖게 눈에 띈다. 을사오적의 한사람으로 지목된 박제순(朴齊純)과 박제순을 죽이고자 했던 이기(李沂)처럼 친일 매국노와 애국지사, 대종교의 핵심 인물이자 운양 자신의 최측근이기도 했던 나철(羅喆)과 우리나라 최초의 목사가 된 최병헌(崔炳憲)처럼 대종교와 기독교, 그리고 불교의 선사들에 이르기까지 그 폭을 가늠하기 어렵다.

운양이 교유한 청국(淸國) 인사도 상당히 폭이 넓다. 깊은 신뢰감 속에 친분을 쌓았던 인물로는 1882년(고종19) 조선에 청국 군대를 파견하여 일본의 진출을 견제하게 하고 조선의 내정과 외교에 깊이 관여한 북양대신 이홍장(李鴻章)과 그때 파견된 위정(慰庭) 원세개(袁世凱), 광동수사제독(廣東水師提督) 오장경(吳長慶), 통령수사제독(統領水師提督) 정여창(丁汝昌)을 우선 들 수 있다. 운양은 이홍장을 매우 신뢰하여 국내외 정치 현안을 솔직하게 터놓고 의논했으며 이홍장 휘하의 측근들과도 돈독한 친교를 쌓았다. 운양은 오장경에 대한 제문에서, "우리나라 일 근심하기를 자기 일처럼 걱정하셨네.〔憂我國事 若恫在己〕……공께서 서울에 머무르니 미더워 걱정이 없네.〔公留在都 恃而無恐〕"라고 신뢰를 표했으며, 원세개에 대한 제문에서는 "말없이 서로 보기만 하여도 영서(靈犀)처럼 뜻이 통했네.〔默默相視 靈犀亦通〕……우정 두터워 책선(責善) 간절하니 정은 형제보다 더했네.〔誼重偲切 情逾骨肉〕"라고 친밀감을 나타냈다. 정여창은 나중에 갑오농민전쟁을 진압하러 청국 군대를 파병하는 데에도 깊이 관여한 인물이다.

이들 외에도 이홍장의 측근인 천진(天津) 해관도(海關道) 관찰 주복(周馥)에 대해 "정성을 다해 시국의 계책 유지하니 정답기가 한집안 사람 정도가 아니구나.〔懇懇維持時局計 藹然不啻一家人〕"라고 하는가 하면, 이홍장이 모친상을 당하여 고향으로 돌아갔을 때 북양사무(北洋事務) 서리(署理)를 지내며 군대를 파견해 우리나라를 원조하는 일을 모두 주관했던 장수성(張樹聲)에게 "우리나라의 환난을 돌봐주니 의리 깊어 잊을 수가 없구나.〔顧我患難際 義深不可忘〕"라고 하여 깊이 감사하는 마음을 지녔다.

그리고 운양이 영선사로 중국에 방문했을 때 여러 가지 일을 주선해서 도와준 영정(永定) 관찰사 유지개(游智開)라든가, 중국 근대 기업가로서 오장경 휘하로 우리나라에 들어온 적이 있고 김택영이 중국 남통으로 망명했을 때 여러 가지로 주선해 준 장건(張謇), 1884년(고종21) 갑신정변 때 조선에 와서 일본의 조선침략활동을 견제했던 오대징(吳大澂), 1906년(광무10) 대한제국에 부임한 청국 영사 마정량(馬廷亮), 임오군란 때 파견된 인물인 마건충(馬建忠)과도 일정한 교분이 있었다.

천진(天津)에서 만났던 중국 인사들로는 이홍장의 막료로 활동한 정조여(鄭藻如), 천진 남국(南局) 총판(摠辦)을 역임한 왕덕균(王德均), 중국 초상국(招商局) 관찰을 지내며 양무운동(洋務運動)을 주도한 당정추(唐廷樞), 만주인으로서 서안 장군(西安將軍)을 지낸 문서(文瑞), 동국 기기국 총판(東局機器局摠辦)의 관찰(觀察)을 지낸 허기광(許其光), 수륙사학당(水陸師學堂) 사무 총판을 지낸 오중상(吳仲翔), 기기국 총판(器機局摠辦) 관찰로 1882년(고종19)에 청군(淸軍)을 파견할 때 무기와 탄약 일체를 지원하고 수송했던 유함방(劉含芳), 이홍장의 영문비서 역할과 외교 문제 고문 및 문서 번역 일을 했던 나풍록(羅豐祿) 등을 들 수 있다.

운양과 일본 인사들의 교유도 상당히 그 폭이 넓었는데, 그것은 1895년(고종32)에 독판교섭통상사무(督辦交涉通商事務) 외무아문 대신을 거쳐 외부 대신(外部大臣)을 지냈기 때문이기도 하다. 초대 조선총독(朝鮮總督)을 지낸 데라우치 마사타케(寺內正毅), 1882년 조선공사로 부임하여 임오군란 후 김옥균·박영효의 독립당원을 지원했으며 일본과 조선의 불평등 조약 체결을 주선했던 다케조에 신이치로(竹添眞一郎), 1907년(융희1) 통감부 내부차관을 지낸 기우치 주지로(木內重四郎), 사이토(齋藤實) 총독의 정치참모였고 조선총독부 일어판 기관지인 《경성일보(京城日報)》와 《매일신보(每日申報)》의 사장을 역임했던 아베 미쓰이에(阿部充家), 1894년 일본 공사로 한국에 부임하여 명성황후 시해 사건에 깊이 관여한 이노우에 가오루(井上馨), 1916년에 조선총독으로 취임하여 1919년까지 조선에서 무단정치(武斷政治)를 했던 하세가와 요시미치(長谷川好道), 조선에 와서 조선 문사들과 널리 교유했고 《국민신문(國民新聞)》을 간행했던 도쿠토미 소호(德富蘇峰), 데라우치 마사타케의 비서관으로 한일병탄을 강제하는 역할을 수행했던 고쿠분 쇼타로(國分象太郎), 일본 내대신 마쓰카타 마사요시(松方正義), 한시인(漢詩人)이자 중국문학 연구가인 이마제키 덴포(今關天彭), 일본 문학박사 미시마 주슈(三島中洲), 탁지부 고문관을 지냈으며 문예 잡지 《조선(朝鮮)》에 종종 글을 투고했던 치바 아키타네(千葉昌胤) 등등 매우 많은 고관들 및 문화계 인사들과 시를 주고받았다.

일본을 방문했을 때는 이토 히로부미 내각의 총리대신 비서관이었던 후루야 히사쓰나(古谷久綱), 이토 히로부미의 사위인 스에마쓰 겐초(末松謙澄), 일본 궁내부 차관 고미야 미호마쓰(小宮三保松), 청일전쟁과 러일전쟁의 전공(戰功)으로 남작 작위를 받은 니시지마 스케요시(西島助義)는 물론, 한학자들이나 사업가들과도 시를 창수했으며, 요청에 의해 다양한 사람들에게 시를 지어주었다. 그것은 운양이 했던 일종의 외교행위였던 것으로 보인다.

그렇지만 단순히 외교적 인사치레라고 보아 넘기기 어려우며 운양의 정체성을 의심하게 만드는 시도 적지 않다. 명성황후 시해 사건의 하수인이면서 김옥균의 일본 망명을 도왔던 오카모토 류노스케(岡本柳之助)를 애도한 만시(輓詩), 1904년(광무8) 러일 전쟁 시 전사한 일본 해군대위 오나카 데이지(尾中諦治)를 애도한 조시(吊詩), 1909년(융희3)에 이토 히로부미를 이어 한국통감부 통감으로 취임한 소네 아라스케(曾禰荒助)를 곡(哭)한 시, 1908년 무렵에 조선에 와서 해주재판소 판사 및 평양재판소 판사를 역임한 도다 다다마사(戶田忠正)를 칭송한 시, 1916년 종로경찰서장을 지낸 마쓰이 신스케(松井信助)의 활동을 칭송한 시, 1909년에 이토 히로부미를 곡한 시를 쓴 것과 같은 경우는 친일 논란을 불러일으킬 만하다.

특히 이토 히로부미를 곡한 시에서 "이토 히로부미가 하얼빈에서 한인(韓人) 안중근(安重根)에게 살해당하여 온 나라가 놀라고 떨었다. 나는 원로 대표로 일본의 장례식에 참가해 만가(輓歌)를 지어서 상여 줄을 끄는 것을 도왔다."라는 설명을 붙인 점이나, "동아시아 생민들의 복을 불러 오려고〔爲邀東亞生民福〕 서쪽 이웃나라 제왕 아들(帝子 영친왕)의 스승 되었지〔來作西隣帝子師〕"라고 표현한 부분들은 이토 개인의 역량과 인간미에 호감뿐만 아니라 그가 한국에 행했던 일에 대한 평가가 들어 있다는 점에서 그러하다. 운양은 이토를 '영웅'으로 표현하면서 애도했던 것이다.

운양이 살았던 시대와 그의 파란만장했던 생애만큼이나 교유 인물들의 성향이 다양하여 어지럽기까지 하다. 운양의 이런 면모를 지적하여 조긍섭(曺兢燮)은 1920년에 김택영에게 보낸 편지에서 운양에 대해 이렇게 평했다. "일전에 우연히 《운양집》을 보니 그는 학식이 널리 트이고 풍부하여 영재나 매천의 위에 있는 듯했으나 한 줌의 지조가 없어서 결국 장락노(長樂老)가 되는 것을 면치 못했으니 크게 탄식할 만합니다. 그러니 매천의 협애함이 도리어 너무도 소중하지 않습니까?"라고 말이다. '무일편특조(無一片特操) 경불면작장락노(竟不免作長樂老)'라는 이 열두 자는 운양에게는 치명적으로 뼈아픈 평가일 것이다. 장락노란 풍도(馮道, 882~954)를 가리킨다. 그는 당나라가 붕괴된 뒤 62년 간 극도로 혼란하던 오대(五代) 시대를 살았음에도 불구하고 나라가 바뀌거나 임금이 죽고 사는 것을 외면하고, 자기의 지위를 보전하여 대대로 정승 노릇을 하였으므로 그의 고향 이름을 따라서 장락공(長樂公)에 봉해졌던 인물이다. 그는 세상이 어찌 돌아가든 간에 시류를 따라 자기 일신의 영화를 보전하는데 성공했던 인물로 평가되는 사람이다.

운양 자신도 자신의 우유부단한 삶에 자괴감이 깊었던 듯, 〈사진에 스스로 제하다[自題小照]〉라는 시에서 자신을 이렇게 그리고 있다.

백이도 못되고 유하혜도 못되니 보통 사람이라	不夷不惠等閒身
이르는 곳마다 사람 만나 부질없이 성을 내네	到處逢人漫作嗔
끝없는 풍상 다 겪고 나니	無限風霜都閱過
다만 앙상한 뼈에 정신만 남았구나	獨留癯骨帶精神

이 시는 중도(中道)에 입각해서 행동하려고 했다는 것을 겸손하게 표현한 것으로 읽을 수도 있지만, 표현 그대로 이도 저도 아닌 그야말로 어정쩡한 보통사람이라고 읽을 수도 있다. 은(殷)나라 말기의 백이(伯夷)는 주(周)나라 조정에 벼슬하지 않고 굶어 죽었으므로 청성(淸聖)이라 일컬어졌고, 춘추(春秋) 시대 노(魯)나라의 유하혜(柳下惠)는 세 번이나 파직을 당했어도 떠나지 않았으므로 화성(和聖)이라 일컬어졌던 인물이다. 백이도 못되고 유하혜도 못된다는 표현은 한(漢)나라 양웅(揚雄)의 《법언(法言)》〈연건(淵騫)〉에 나오는 "백이도 못되고 유하혜도 못되니, 옳다고 하고 그르다고 하는 그 사이에 처한다고 할 것이다.[不夷不惠 可否之間也]"라는 말을 그대로 인용한 것이기도 하다. 도쿠토미 소호(德富蘇峯, 1863~1957)는 《운양집》 중간(重刊)

서문에서 마치 이 시를 읽고 답이라도 한 듯 운양에게 "백이(伯夷)의 마음으로 유하혜(柳下惠)의 행실을 하는 자가 아니겠는가?"라고 하였지만, 운양은 이런 자평(自評)이 진심이었던 듯 사위 이교재에게 준 시에서도 자신을 백이도 못되고 유하혜도 못된 평범한 사람이라고 똑같이 말한 적이 있다. 자신의 우유부단함과 역량 부족을 통절히 인정하면서 풍상을 겪은 탓에 앙상한 몰골에 정신만 남았다는 고백에 연민을 느끼게 된다.

운양이 1910년(융희4) 8월에 순종(純宗)이 합방(合邦)에 대해 하문하자 '불가(不可)'라고 답했던 것을 두고 '불가불가(不可不可)'라고 답했다고 전해지면서 그 해석마저 '안 됩니다, 안 됩니다.'라고 하지 않고 '불가불 해야 합니다.'라고 해석하는 것도 이 우유부단함을 냉소하는 것이기도 하다. 《속음청사》의 양력 8월 22일 일기에는 '합병에 관한 일을 하문하셨을 때……총리대신 이완용이 형세가 어찌할 수 없다고 대답했고 나는 합병해서는 안 된다고 대답했고 다른 대신들은 모두 말없이 있다가 퇴궐하였다.〔合倂事下問……總相(李完用), 對以勢無奈何, 余對以不可, 他大臣皆無言, 退闕.〕'라고 기록되어 있다. 그런데 《매일신보》 1922년 1월 29일 자 〈사회장(社會葬) 반대파가 맹연히 일어나서 극력 반대〉라는 제목의 기사에는 운양이 순종의 하문에 '불가불가(不可不可)'라고 답했는데 그 대답의 애매모호함이 사회장을 반대하는 근거로 제시되어 있다. 일본으로부터 자작 작위를 받았던 것도 의혹을 사는 또 하나의 이유가 되었는데, 이 경우도 행보가 단일하지 않다. 운양은 1910년 10월에 자작(子爵) 작위를 받았다가 1919년 3월에 독립 승인을 요구하는 대일본장서(對日本長書)를 씀으로 인해 작위를 박탈당했다. 이 점 역시 이 우유부단한 행보를 보여준 것이다.

어지러운 정세 속에 다양한 중책을 맡아 역할을 감당하다 보니 운양 자신도 큰 방향은 바르게 가늠했어도 즉시즉시 상황을 판단하기는 어려웠던 것으로 보인다. 운양을 영재 이건창이나 매천 황현과 비교하면서 차라리 매천의 협애함이 낫다고 한 조긍섭의 평가는 일침견혈(一鍼見血)의 따끔함을 드리운다.

3. 《운양집》의 간행과 그 권별 내용

《운양집》은 운양 생전에 저자 자신이 서문을 붙이고 정리하여 간행한 문집이다. 1911년에 정화음(鄭華陰)이 문집을 등사(謄寫)하고 1912년에 문인 정윤수(鄭崙秀)가 교정하고 황병욱이 편집하여 1914년에 강설산관(絳雪山館)에서 석판(石版)으로 16권 8책 230질을 초간하였다. 그리고 이듬해에 일본으로부터 제국학사원상(帝國學士院賞)을 받았다. 초간본이 나오자 구하려는 사람이 많아서 곧 중간을 계획하게 되었으므로 1917년에 문인 정윤수, 이빈승 등이 교정하고 황병욱이 편집하여 서울 신문관(新文館)에서 연활자(鉛活字) 15권 5책으로 간행하였다. 중간본은 초간본의 문집 체제를 거의 그대로 유지하면서 권수(卷首)에 이빈승이 저자의 〈약전(略傳)〉을 지어 수록하고, 스에마쓰 겐초(末松謙澄) 등이 지은 중간(重刊) 제사(題辭) 7편과 여규형(呂圭亨)이 지은 중간 후서(後序) 및 윤희구(尹喜求)가 지은 중간서(重刊序) 등을 첨부하였으며 약간 편의 시문(詩文)을 증보(增補)하였다. 그리고 권말에 정만조(鄭萬朝)와 김택영(金澤榮)의 발문(跋文)을 수록하였다.

《운양속집(雲養續集)》은 1930년에 이빈승과 김기태 등이 원집에서 산삭(刪削)된 내용과 이후의 시문(詩文)을 모아 편집 교정하여 연활자(鉛活字) 4권 2책으로 간행하였다. 한국문집총간에는 중간(重刊)된 원집과 그 이후에 간행된 속집을 함께 실었는데 본 국역서는 이것을 저본으로 삼았다.

《운양집(雲養集)》은 저자의 생전에 편찬된 데다 《운양속집(雲養續集)》은 앞서 원집을 편찬하는데 참여했던 이빈승이 실무를 담당하였으므로 그 창작 연대순으로 편집체제가 일목요연하게 구성되어 있다. 권1~6은 시(詩)인데 모두 1574수이다.

권1은 수학기부터 음직으로 능참봉을 지낸 무렵의 시들이 수록되어 있다. 1854년(철종5)부터 1864년(고종1)까지 귀천(歸川)에서 지은 시를 엮은 《격경집(擊磬集)》, 1859년에 제천(堤川)에 사는 누님을 찾았다가 인근의 사군(四郡)을 유람하고 지은 시를 엮은 《습유만음(濕遊漫吟)》, 1860년 사촌 형 김완식(金完植)의 순천(順天) 임소(任所)에 가서 인근 명소를 유람하고 지은 시를 엮은 《승평관집(昇平館集)》, 1865년(고종2) 여름에 서원(西原 청주) 지방을 유람하고 지은 《송옥잡영(松屋雜詠)》, 1865년 12월에 건릉(健陵) 참봉에 제수된 후 1868년 체차되어 돌아올 때까지의 시를 엮은 《건재집(健齋集)》, 1869년 4월에 지은 《운악음천집(雲嶽飮泉集)》을 엮은 것으로 모두 198수의 시가 실려 있다. 〈귀천기속시(歸川紀俗詩)〉 20수를 비롯해 권1의 시들은 운양의 젊은 시절 감수성과 생활 주변의 정서가 잘 나타나 있다.

권2는 1868년~1871년까지 지은 시를 엮은 《강북창화집(江北唱和集)》, 1873년~1887년까지 지은 시를 엮은 《북산집(北山集)》으로 구성되어 있다. 《강북창화집》에는 운양이 1871년(고종8)에 윤병관(尹秉

觀) 등과 시사(詩社)를 결성해 12매화회(十二梅花會)라고 부르며 돌아
가며 자리를 마련해서 읊은 시와 101운(韻)으로 된 〈평양전도병풍을
읊다〔題平壤全圖屏風〕〉같은 대작이 실려 있으며, 《북산집》에는 두보
의 50운(韻)을 차운한 〈빗속에 정회를 읊다〔雨中詠懷〕〉같은 대작을
비롯하여 시우들과 함께 시회에서 창화한 시들이 실려 있다. 모두 278
수의 시가 수록되어 있다.

　권3은 1873년~1874년까지 경모궁 영(景慕宮令)으로 근무하던 시
절의 시를 엮은 《비궁창수집(閟宮唱酬集)》, 1876년(고종13) 황해도
암행어사 시절의 시를 엮은 《해서지부집(海西持斧集)》, 1880년(고종
17) 순천 부사 시절의 시를 엮은 《속승평관집(續昇平館集)》, 1881년에
영선사(領選使)로 천진(天津)에 갔을 때의 시를 엮은 《석진우역집(析
津于役集)》, 1886년(고종23) 여름 용강(蓉江)의 민가에서 대죄(待罪)
하며 심수산(沈邃山) 등 여러 사람들과 함께 창화한 시를 엮은 《용강피
서집(蓉江避暑集)》, 1887년 5월에 면양(沔陽 면천)으로 유배되어 1888
년 6월까지의 시를 엮은 《면양행음집(沔陽行吟集) 1》이 수록되어 있
다. 모두 304수의 시가 실려 있다.

　권4는 1888년 7월부터 1892년 겨울까지의 시를 엮은 《면양행음집
(沔陽行吟集) 2》로 218수의 시가 실려 있다. 주로 유진일, 황종교, 안
정원, 이학원, 이민기, 이민규(李敏奎), 박기양(朴箕陽), 이호섭(李浩
譧), 황석연(黃石淵), 성노포(成老圃), 인능석(印菱石)과 어울려 시를
창수하고 면천 인근 경승을 유람한 시가 많다. 〈가을날 서교 이송과
함께 읊다〔秋日與書橋二松共賦〕〉에는 유배된 운양의 당시 심정이 잘
나타나 있고, 〈화정 칠영〔花井七詠〕〉에는 면천에서 운양이 살던 마을
과 그 풍경이 나타나 있다. 〈족성유란몽회시〔足成幽蘭夢會詩〕〉는 서울

에서 시회를 자주 가지던 벗들과의 추억을 회고하며 그리워하는 심정이 담겨 있고, 〈차운하여 이위당에게 답하다[次韻答李韋堂]〉는 운양과 이홍장의 두터운 우의를 볼 수 있다.

권5는 1893년(고종30)부터 1895년까지 지은 시를 엮은《면양행음집(沔陽行吟集) 3》, 1896년부터 1897년까지 교외(郊外)에서 대죄할 때 송파(松坡)의 강가 방촌(芳村)의 전사(田舍)에서 지은 시를 엮은《방촌고(芳村稿)》, 1897년(광무1) 12월부터 1901년 5월까지 제주에서 귀양살이할 때 지은《영도고(瀛島稿)》까지 모두 257수의 시가 실려 있다.

권6은 1901년 7월부터 1907년 6월까지 지도(智島)로 이배된 기간의 시를 엮은《동둔고(東芚稿)》, 해배되어 조정에 복귀한 다음의 시를 엮은《환조후시고(還朝後詩稿)》, 1908년 동궁을 문후하기 위해 동경(東京)에 갔을 때 지은 시를 엮은《동사만음(東槎漫吟)》, 1909년 이후에 지은 시를 엮은《기경시초(己庚詩草)》, 1900년 제주에 있을 때 습작 삼아 지은 사(詞)를 엮은《시여학보(詩餘學步)》까지, 모두 319수의 시가 실려 있다. 권5와 6에는 유배된 중에도 국내외 정세 변화 소식을 들으면서 그 소감을 읊은 시와 해배되어 조정에 돌아온 이후에 일본 각계각층의 인사들과 주고받은 시가 많이 수록되어 있다.

권7은 앞부분은 면양(沔陽)에서 귀양살이할 때 지은 〈도망부(悼亡賦)〉를 비롯한 5편의 부(賦)와 〈여섯 장군 신을 맞이하고 보내는 사[六將軍迎送神辭]〉를 포함해 10편의 사(辭)가 실려 있다. 뒷부분은 1862년(철종13)에 쓴 〈삼정책(三政策)〉 1편, 의협(義俠) 권옥(權鈺), 금사(琴師) 이원영(李元永), 처사 권숭립(權崇立), 김의환(金宜煥), 어릴 때의 스승 김상필(金商弼)에 대한 인물 전(傳) 5편, 정삭(正朔)과 복색

(服色)을 개정을 논한 〈개정삭역복색론(改正朔易服色論)〉과 용병법(用兵法)을 논한 〈공심공성론(功心功城論)〉까지 2편, 의(議)는 〈한성개잔사의(漢城開棧私議)〉와 시무에 대한 종합적 제안서인 〈십육사의(十六私議)〉까지 모두 2편이 실려 있다. 책(策), 논(論), 의(議)를 통해 운양이 시대적 과제에 대응했던 논리와 대책을 읽을 수 있다.

권8은 설(說) 14편, 소(疏) 10편, 장계(狀啓) 2편, 소대(召對) 3편, 고포(告布) 2편, 공함(公函) 10편이 수록되어 있다. 설은 선념(善念)이 천당이요, 악념(惡念)이 지옥임을 논한 〈천당지옥설(天堂地獄說)〉을 비롯하여 〈시무설(時務說)〉〈풍수설(風水說)〉〈재이설(灾異說)〉〈신학육예설(新學六藝說)〉〈궁혜설(弓鞋說)〉 등이 실려 있는데, 운양의 현실 인식과 그 대처 방법이 잘 드러나 있는 글들이다. 소는 제수받은 직책을 사양한 사직소들이며, 장계는 1876년(고종13) 황해도 암행어사 때에 올린 것과 광주(廣州) 환곡의 폐단을 바로잡을 것을 청한것이다. 소대는 〈영춘헌 소대(迎春軒召對)〉외 2편이 있고, 고포는 황해도 암행어사 때의 권유문과 순천에서 18면(面)의 집강(執綱)에게내린 것이다. 그리고 공함은 원세개(袁世凱), 일본 공사, 영국 총영사,각국 공사 등에게 보낸 것이다.

권9는 어제(御製)를 대찬(代撰)한 글 30편과 서(序) 21편이 수록되어 있다. 어제를 대찬한 글에서는 당시의 국가적 중요 현안에 대해그 흐름과 요점을 파악할 수 있는 내용이 많다. 1908년(융희2)《국조보감 속편(國朝寶鑑續編)》에 쓴 서문 1편, 완흥군(完興君) 이재면(李載冕) 부부를 흥왕(興王)과 흥왕비(興王妃)로 진봉한 책문(冊文) 3편,1894년(고종31) 일본 국왕의 서한과 선물을 받고 보낸 답서와 의화군(義和君) 이강(李堈)을 일본에 파견하면서 보낸 서한이 모두 2편, 1907

년(융희1) 일본 황태자가 내한했다가 귀국한 후 국내 민심을 진정시킨 조서(詔書) 1편, 1882년 임오군란 이후 자신의 허물을 반성한 포유(布諭) 윤음(綸音) 1편과 대사면 포고문 1편, 임오군란 후 민심을 수습하는 효유문(曉諭文) 1편, 1884년(고종21)에 국정에 간여하지 않고 일체를 정부의 결정에 따르겠다고 한 윤음 1편, 1894년의 관서 선유문(宣諭文) 1편과 흥선대원군의 삼남(三南) 효유문 1편, 1882년에 내린 것으로 인재를 등용하는데 문벌을 제한하지 말라는 내용의 교령(敎令) 1편, 김종수(金鍾秀)를 다시 정조(正祖) 묘정에 배향토록 한 교서(敎書) 1편, 김시묵(金時默), 김상용(金尙容), 김경여(金慶餘), 서승보(徐承輔), 오장경, 이토 히로부미, 어윤중, 김홍집, 홍순목(洪淳穆)에 대한 치제문(致祭文) 10편, 김낙현(金洛鉉)의 소(疏)에 대한 비답(批答) 1편, 오장경(吳長慶)에게 원세개를 파견하여 강화도의 군사 훈련을 지도해주길 요청한 1883년의 자문(咨文) 1편, 이홍장이 임오군란과 갑신정변 때 도와준 것에 감사하는 1886년의 편지 1통, 흥선대원군에 대한 원지명(園誌銘), 순헌귀비(純獻貴妃) 지문(誌文), 이상이 어제를 대신하여 지은 글이다.

그리고 서문 21편은 네 종류로 구분된다. 책의 서문으로는 심승여(沈升如)의 《완재절중(婉裁折中)》, 주채형(周采瀅)의 《고금시초(古今詩鈔)》, 이하원(李夏源)의 《우상유고(藕裳遺稿)》, 이근헌(李近憲)의 《위당인보(偉堂印譜)》, 강위(姜瑋)의 《고환유집(古歡遺集)》, 《옥동야음집(玉洞夜飮集)》, 《해주청풍김씨종안(海州淸風金氏宗案)》, 《중수건릉지(重修健陵誌)》에 쓴 서문이 있다. 송서(送序)로는 조노규(曺魯奎), 김기수(金綺秀), 서응순, 이응진, 한장석, 이연익(李淵翼), 김정식(金正植), 변원규, 이노우에 가오루(井上馨)를 전송한 글이 있고, 거처에 지어준 서문으로는 서응순의 수춘재(收春齋)와 이노우에 가쿠고로(井上角五郎)의 탁원(琢園)에 준 서문이 있으며, 축하 서문으로는 신기영(申耆永)과 서응순의 형님인 온천장(溫泉丈)의 61세 생신을 축하하는 서문이 실려 있다.

권10은 서(序) 39편과 기(記) 39편이 수록되어 있다. 책에 대한 서문은 이노우에 가쿠고로가 번역한 《열국정표(列國政表)》, 운양 자신이 역대 문장을 가려 뽑고 그 변천을 논한 《동감문초(東鑑文鈔)》, 임오년(1882, 고종19)과 갑신년(1884, 고종21) 사이에 작성한 각종 공문을 모은 《임갑영고(壬甲零稿)》, 제주에 유배된 7인이 수창한 시집인 《택반창수집(澤畔唱酬集)》, 정만조와 정병조 형제가 유배지에서 지은 시를 엮은 《경뢰연벽집(瓊雷聯璧集)》, 1908년(융희2) 김윤식이 영친왕(英親王)의 여름방학 때 문후특사(問候特使)로 일본을 방문하여 그곳 인사들과 창수한 시를 수록한 《성산아회집(城山雅會集)》, 송수용(宋脩用)이 지은 《한일경찰관회화(韓日警察官會話)》, 대동교회(大同教會)를 창립한 후 그 회원이 저술한 《대동교서언(大同教緒言)》에 써준 서문, 현채(玄采)가 조중응(趙重應)의 사적을 기술한 《낭전자작사실(琅田子爵事實)》, 유만주(兪萬柱)의 《백거집(白渠集)》, 박지원의 《연암집(燕巖集)》, 박규수의 《환재선생문집(瓛齋先生文集)》, 박선수의 《설문익징(說文翼徵)》, 김니(金柅)의 《유당집(柳塘集)》, 《법정학계월보(法政學界月報)》, 《백과전서(百科全書)》, 《단양우씨족보(丹陽禹氏族譜)》, 이재(李齋) 집안에 전해온 《효열록(孝烈錄)》, 조명리(趙明履)의 연보 등에 서문을 쓴 것이 실려 있다. 그 외에도 황종교, 서응순, 이응진, 이연익, 유길준, 안기원(安基遠), 김운택(金雲澤), 육용정(陸用鼎), 이병적(李秉績)의 문집에 쓴 서문이 있다.

기타 서문으로는 신학문과 구학문을 모두 가르칠 수 있도록 박영운(朴永運)이 서간도(西間島)에 세운 동청목민학교(東淸牧民學校)에 대해 쓴 서(序), 금강보운(金剛寶雲) 선사와 도성의 사대부들의 모임인 연사동지회(蓮社同志會)에 대해 쓴 서, 최남선(崔南善)의 육당(六堂)에 대해 쓴 서, 이교영(李喬永)의 호인 유곡(酉谷)에 대해 쓴 서, 그리고 사돈 송기로, 사촌형 김만식, 자형 이대직, 친구 여규형의 61세 생일을 축하한 서, 양산 향교(梁山鄕校) 모성계(慕聖契)와 창원(昌原) 유생들의 존모계(尊慕契)에 대해 쓴 서, 의원 이계태(李啓泰)를 전송한 서와 국내 최초의 미국유학생인 이계필(李啓弼)이 장후원(長厚院)으로 가는 것을 전송한 서가 있다.

　기문 40편은 운양이 살았던 경기도 양근(陽根) 주변의 경승과 정자, 면천에 유배되었을 때 살았던 곳 주변의 경승과 정자에 대해 쓴 기문들이 몇 편 있고, 대다수는 가깝게 지낸 지인들의 거처에 써 준 글들이다. 정만조의 진도(珍島) 유배 당시 거처인 자유당(自有堂), 황현의 구안실(苟安室), 유길준의 조호정(詔湖亭), 민태호(閔台鎬)의 옥정실(玉艇室), 권응선(權膺善)의 농춘당(農春堂)과 근소헌(近小軒)과 전당추색루(錢塘秋色樓), 육성대의 영담재(寧澹齋), 송기로의 경술당(敬述堂), 서회보(徐晦輔)의 팔가정(八可亭), 이대직의 만회당(萬悔堂), 박제순의 풍화설월루(風花雪月樓), 도쿠토미 소호의 애오려(愛吾廬), 윤치오(尹致昨)의 집고루(集古樓)에 대해 쓴 기문들이 그것이다.

　권11은 발(跋) 5편, 잠(箴) 2편, 명(銘) 9편, 찬(贊) 2편, 전문(箋文) 3편, 상량문(上樑文) 1편, 서독(書牘) 35편이 수록되어 있다. 발문은 은곡(隱谷) 김열(金悅) 연보를 비롯해 유지개(游智開)의 《유장원시집(遊藏園詩集)》, 김종수의 《몽오유고(夢梧遺稿)》, 유신환의 《봉서집

(鳳棲集)》, 김석준(金奭準)의 《소당선고(召棠選稿)》에 쓴 것이다. 잠(箴)은 사람으로서 해야 할 도리에 힘쓰며 귀신을 공경하라는 내용과 어려운 것을 먼저하고 얻을 것을 나중에 하라는 내용이다. 명은 세연암(洗硯巖), 〈수신물명보(隨身物銘補)〉 등에 대한 것인데, 〈수신물명보〉는 서가(書架), 필상(筆牀), 병풍(屛風) 등의 소제목이 딸려 있다. 찬은 자형인 이대식과 흥선대원왕(興宣大院王)의 화상찬이고, 전문은 경복궁으로 이어(移御)하는 것을 진하한 전문, 천진(天津) 제원(諸員) 어전 회례(回禮) 전문, 주옥산(周玉山)의 신년하례전문에 답한 전문이다. 상량문은 자미당(紫薇堂)에 대한 것이다.

편지는 국내의 지인들인 서응순, 김학원(金鶴遠), 정대번(丁大樊), 이유응(李裕膺), 민영익, 이설(李偰), 이건초(李建初), 최덕명(崔德明), 민응식(閔應植), 박종열(朴琮烈), 김기수, 이경만(李庚萬), 김유성(金裕成), 김택영에게 보낸 편지가 있고, 〈양요 때 모인의 편지에 답하다〉처럼 수신인을 구체적으로 밝히진 않았으나 시무를 논한 것이 있다. 이 편지는 1865년 건릉 참봉으로 있을 때 쓴 것으로 강화 유수의 편지와 오랑캐의 격문을 보고 누군가에게 답한 편지인데 무리한 군사 조발로 인해 빚어지는 폐해를 조목조목 지적하였다.

외국인에게 보낸 편지로는 청국인인 이홍장, 주복, 장진헌, 원세개, 장건에게 보낸 편지, 그리고 영국 영사 월리엄 리차드 칼스(賈禮士), 아국(俄國) 공사, 오스트레일리아(澳大利亞) 공사관 이토온(李土溫), 일본 흠차대신 서상우(徐相雨)와 묄렌도르프(穆麟德), 미국 공사, 미국 외무대신에게 보낸 편지가 있다. 일본인에게 보낸 것으로는 앞서 언급했던 이노우에 가쿠고로와 갑오개혁 때 군부 보좌관으로 근무한 일본인 관리인 구리바야시 쓰기히코(栗林次彦)에게 답한 편지가 있다.

외국인들과 주고받은 편지는 모두 당면한 주요 국정을 논한 내용이 들어 있다.

권12는 서독(書牘) 19편, 서후(書後) 22편, 묘지(墓誌) 4편, 묘갈(墓碣) 2편, 묘표(墓表) 1편, 신도비명(新道碑銘) 1편이 수록되어 있다. 서독에는 국내 지인들인 신관조, 이근헌, 서응순, 심영경(沈英慶), 황종교, 김봉수(金鳳洙), 김학진(金鶴鎭), 어윤중, 박선수, 서상봉(徐相鳳), 이방헌(李邦憲), 이기(李沂), 이원계(李元契)에게 쓴 편지와 원세개에게 쓴 편지가 1통 있고, 일본인에게 쓴 것으로 이토 히로부미와 그의 사위인 스에마쓰 겐초(末松謙澄), 언어학자이자 역사학자인 아유가이 가이엔(鮎貝槐園), 일본 극우 낭인 단체인 흑룡회(黑龍會)의 회원 닛토 가쓰로(日戶勝郞)에게 쓴 것이 수록되어 있다.

서후(書後)는 서책이나 화첩, 혹은 별도로 장첩한 글 뒤에 쓴 글로 모두 22편이다. 운양의 증조부이신 김기건(金基建)의 시집, 문정공(文貞公) 김육(金堉)의 각종 상소문, 조상인 김흥달(金興達)의 《피부생환록(被俘生還錄)》 말미에 쓴 서후가 있다. 그리고 《송명신언행록초(宋名臣言行錄鈔)》, 서진(徐振)의 《조선죽지사(朝鮮竹枝詞)》, 최종국(崔鍾國)이 모친의 행적을 기록한 《효열록》, 오용묵(吳容默)의 《원당일과문초(元堂日課文鈔)》, 도교 서적인 《경신록(敬信錄)》, 이산보(李山甫)의 《조천첩(朝天帖)》, 이형재(李亨載)의 《기몽(記夢)》, 칠절동(七絶洞) 시사(詩社)의 시집인 《칠절동칠경첩(七絶洞七景帖)》, 면천사람 유미숙(兪美叔) 소장본 《화양속리첩(華陽俗離帖)》, 신라 진흥왕 〈북수대렵도(北狩大獵圖)〉, 《박종열문고(朴琮烈文稿)》, 《월천선생유집(月川先生遺集)》, 도형(都衡)의 《행정집(杏庭集)》, 《순천김씨행록(順天金氏行錄)》, 《월호문인록(月湖門人錄)》, 《환재집(瓛齋集)》의

〈양박자문(洋舶咨文)〉의 말미에 쓴 글이다.

　묘지(墓誌)는 김관식, 김익정, 이용규(李容珪), 조존황(趙存晃)에 대한 것이다. 묘갈은 이일우(李佾愚)와 이대직, 묘표는 조택희(趙宅熙), 신도비명은 흥왕 이희(李熹)에 대한 것이다.

　권13은 행장(行狀) 6편, 시장(諡狀) 1편, 유사(遺事) 4편, 제문(祭文) 20편이 수록되어 있다. 행장은 윤상(尹祥), 숙부 김익정, 사촌형 김원식, 숙모 반남 박씨(潘南朴氏), 둘째 누님 청풍 김씨, 양헌수(梁憲洙)에 대한 것이다. 시장은 사촌형 김만식의 것이고, 유사는 집안에 전해오는 이야기를 기록한 〈가중구문(家中舊聞)〉, 부인인 윤씨(尹氏), 맏아들인 유증(裕曾), 조총희(趙寵熙)에 대해 쓴 것이다. 제문은 유신환, 김학원(金鶴遠), 심정택(沈定澤), 유진일(兪鎭一), 이만익(李萬翼), 이연익, 황종교, 이승오, 나철과 청국인 오장경, 원세개에 대하여 쓴 것이 있다. 그리고 가족 및 친척에게 올린 제문으로 사촌형 김만식과 김관식(金寬植), 자형 이대직, 족대모(族大母) 신씨(申氏), 자부(子婦) 은진 송씨(恩津宋氏), 생질 이용규, 생질 박용우(朴用雨), 맏아들 김유증에게 쓴 것이 있다.

　권14는 추도문(追悼文) 2편, 애사(哀辭) 3편, 고유문(告由文) 3편, 잡저(雜著) 4편의 글이 수록되어 있다. 추도문은 갑신년 이후 나라를 위해 죽은 애국지사들을 추도한 글과 명성황후 시해 사건을 지휘했던 오카모토 류노스케(岡本柳之助)가 1912년 상해에서 사망하자 추도한 글이 각 1편씩 있다. 애사는 종제인 김국경(金國卿), 윤상의(尹象誼), 인영철에 대해 쓴 것이다. 고유문은 조부와 부친의 묘소에 올린 것과 열위 조상의 신주를 받들어 면천의 새 사당으로 옮겨 안치하고 고유한 것으로 모두 3편이다.

잡저에는 〈보임(保任)〉〈용언(庸言)〉〈천진봉사연기(天津奉使緣起)〉《팔가섭필 상(八家涉筆上)》이 실려 있다. 〈보임〉은 일을 맡은 사람은 책임감 있게 해야 하며 일을 맡긴 사람은 성과를 급하게 질책하지 말고 세세히 흠을 찾지 말아야 함을 말했고, 〈용언〉은 유교 경전에 담긴 이치를 논하여 미묘한 본원심술(本原心術)을 추구한 불교 및 기타 이단적 설을 비판했다. 〈천진봉사연기〉는 1892년(고종29)에 쓴 것으로 이홍장이 우리나라에 권유한 대외 정책의 요점인 '연미(聯美 미국과 연합할 것)'와 '친청국(親淸國 청나라를 가까이 할 것)'에 깊이 공감하고 지지하는 내용이다. 《팔가섭필 상》은 한유(韓愈)의 글 16편, 유종원(柳宗元)의 글 14편, 구양수(歐陽脩)의 글 17편을 선정하여 운양이 1870년에 편마다 논평을 통해 재해석한 글인데 운양의 글에 신기영(申耆永)이 두평(頭評)을 붙여 놓았다. 잡저에 실린 4종의 글은 모두 운양의 현실인식과 사상적 흐름을 직접적 간접적으로 깊이 있게 드러내고 있다.

권15는 《팔가섭필 하(八家涉筆下)》편이 실린 잡저(雜著)와 18편의 다양한 글을 수록한 잡문(雜文), 정만조와 김택영의 발문 각 1편씩을 수록하고 있다. 《팔가섭필 하》에는 소순(蘇洵)의 글 10편, 소식(蘇軾)의 글 17편, 소철(蘇轍)의 글 12편, 증공(曾鞏)의 글 6편, 왕안석(王安石)의 글 6편을 선정하고 그 글의 내용에 대해 운양이 비판적 논평을 가한 글이다. 《팔가섭필》은 단순히 8대가의 명문장을 운양의 안목으로 가려 뽑아 엮은 것이 아니라, 옛 글을 택해 현재 시대의 당면 과제를 투사시켜 재해석한 글이라는 데 그 재미와 중요성을 발견할 수 있다.

잡문에는 섣달그믐의 수세(守歲) 풍속을 담은 〈궤세문(饋歲文)〉을 비롯해 열녀와 효자에 대해 정려를 청하는 글, 단군 탄강 축사라든가 불교찬화회(佛敎贊化會) 취지서에 이르기까지 다양한 글 18편이 수록되어 있다. 그 중 항심을 지켜갈 뿐 어떠한 교도 배척해서는 안 된다는 논지를 담은 〈돈화론(敦化論)〉은 운양의 사상적 흐름에서 주목되는 글이며, 어진 정사는 반드시 개가로부터 시작해야 한다고 주장한 〈개가는 왕정에서 금하는 바가 아니다〉라는 글은 사회풍속사적 의미에서 주목되는 글이다.

《운양속집》은 4권 2책이다. 권1은 보유(補遺)편의 성격을 지닌 것으로 《운양집》에 수록된 것이 중복되어 실려 있기도 하고, 청나라에 영선사(領選使)로 갈 때 지은 시와 귀국해서 지은 시, 그리고 일본에 다녀온 시가 실려 있다. 모두 230수이다.

권2는 교유서(敎諭書) 1편과 34편의 서문(序文)이 실려 있다. 교유서는 박규수를 묘정(廟庭)에 배향하는 데 대한 교유서이며, 서문은 전송하는 서문과 생일 축하 서문, 문집 서문의 성격을 지닌 것이 모여 있다. 송서(送序) 중에 1861년(철종12)에 박규수를 열하(熱河)로 전송하는 서(序)에는 박규수가 사신으로 최적임자인 이유 세 가지와 당시에 사신을 보내는 것이 타당한 이유 다섯 가지를 밝히고 있어 운양의 국내외 정세의식이 드러나 있다. 생일 축하 서문에는 이해조의 부친이자 운양의 사돈인 참봉 이철용(李哲鎔)에게 준 서문과 최남선의 부친인 최헌규(崔獻圭)의 61세를 축하하는 서문이 있으며, 문집 서문에는 유길준, 변원규 등 함께 활동한 인사들의 문집에 쓴 것과 서예가 김규진(金圭鎭)의 《난죽보(蘭竹譜)》에 쓴 서문 등이 수록되어 있다.

권3은 기(記) 12편, 찬(贊) 1편, 서(書) 8편, 서후(書後)와 제사(題辭) 20편으로 구성되어 있다. 기문 중에는 향교나 서당 중수기(重修記)와 효열(孝烈)을 기리는 기문이 여러 편인데, 이는 운양이 국내 정치에서 도덕적 기강 확립을 중시한 것을 보여준다. 찬은 공자의 화상찬(畫像贊)이다. 서(書)는 이릉(李陵)과 소무(蘇武)의 왕복 편지를 의작(擬作)한 것이 2편 있고, 그 외에는 원세개, 스에마쓰 겐초(末松謙澄), 백진규(白鎭奎), 육종윤(陸鍾允), 주복에게 쓴 편지이다. 서후(書後)에는 《몽견제갈량(夢見諸葛亮)》의 작자인 유원표(劉元杓)의 판어(判語) 뒤에 쓴 것과 미시마 주슈(三島中洲)의 신간 제4집(第四集) 뒤에 쓴 것 등이 있고, 제사(題辭)에는 권상하(權尙夏)의 유묵첩(遺墨帖)과 한장석(韓章錫)의 유첩(遺帖), 윤순(尹淳)의 서축(書軸) 뒤에 쓴 것 등이 있다.

권4는 묘지명 1편, 묘갈명 11편, 묘표 6편, 제문 17편, 추도문 1편, 애사(哀詞) 1편, 잡문(雜文) 8편이 수록되어 있다. 묘지명은 생질 이정규(李鼎珪)의 것이고, 묘갈명과 묘표는 운양 주변의 관료들 및 지인들에 대한 것이 많다. 제문은 원세개·나철·유제관(柳濟寬) 등에 대한 제문이며, 추도문은 유길준(兪吉濬), 애사는 유근(柳瑾)에 대한 것이다. 잡문 가운데 어떤 사람이 우리나라 문장의 원류(源流)를 논한 것에 답한 글은 운양이 우리나라 문장의 흐름을 어떻게 정리하고 있는지 일목요연하게 보여준다. 그리고 일신구락부(一新俱樂部)의 발기문(發起文)이 수록되어 있다.

《운양집》은 간행 당시에 이미 상당한 수요가 있었다는 것을 통해 그 영향력을 짐작할 수 있지만, 문집 앞뒤에 실린 여러 제사(題辭)에도 구체적 내용을 적시하며 평(評)한 것을 볼 수 있다. 정병조는 "한 글자에도 사도(斯道)의 중함을 지켰으니 백 번 간행해도 많은 요구에 부응하기 어려우리."라고 하여 초간에 이어 곧 중간이 시행된 이유를 언급하였으며, 히사카타 나오스케(久方直介)는 "〈팔가섭필(八家涉筆)〉은 큰 학자의 기량이요〈십육사의(十六私議)〉는 경국의 재목이라네."라고 하여 두 편을 상징적으로 손꼽았다. 이기(李琦)는 운양을 '동방의 한유(韓愈)요 구양수(歐陽脩)'라고 비유했고, 도쿠토미 소호(德富蘇峯)는 "이씨 왕조 5백년 간 인재가 적지 않았지만 학문이 순정(純正)하고 문장이 고고하여 그 사람과 더불어 영원히 전할 만한 문집으로 운양 김 선생의 문집을 첫손에 꼽지 않을 수 없다."라고 평했다. 이런 평가가 한갓 인사치레가 아니었다는 것은 여규형(呂圭亨)의 언급대로 "무릇 한 시대의 고문전책(高文典策)과 조명(詔命)과 자독(咨牘) 등, 천하의 대세와 안위, 득실에 관련된 글들은 모두 그의 손에서 나왔다."는 사실을 통해서도 알 수 있다.

실제 운양이 활동했던 시대와 운양의 활동상은 문집인《운양집》《운양속집》외에 공문서를 모은《임갑영고(壬甲零稿)》와 영선사 파견당시의 필담 자료집인《천진담초(天津談草)》, 그리고 일기인《음청사(陰晴史)》와《속음청사(續陰晴史)》를 함께 검토해야 주밀하게 파악할 수 있을 것이다.《운양집》내에서도 그의 생각이 확장되고 변화되면서 모순을 품고 있는 지점들을 적잖이 발견할 수 있는데, 운양이 남긴 다른 기록들과 함께 검토한다면 왜 그런 굴곡이 생겨나게 되었으며 상충되는 지점들은 어떻게 다시 논리적 해결점이 모색되는지도 추적할 수 있을 것이다.《국역 운양집》이 운양과 그 시대를 이해하는 데에 조금 더 가깝게 다가서는 통로가 되길 기대한다.

운양선생 약전

雲養先生略傳

연안(延安) 이빈승(李斌承)[1]

선생의 성은 김씨(金氏), 이름은 윤식(允植), 자는 순경(洵卿), 본관은 청풍(淸風)이다. 그의 선조 중에 문의공(文毅公) 김식(金湜)[2]은 도학을 창도하였고, 문정공(文貞公) 김육(金堉)[3]은 사업으로 이름을

---

1 이빈승(李斌承) : 《운양집》 및 《운양속집》을 교정하였다. 김윤식은 《속음청사》 양력 1917년 5월 11일자 일기에, '《운양집》 중간(重刊) 기념회'가 있다고 하면서 "우리집에 자리를 마련하고 이빈승과 김용계가 주관하였다.〔設局于吾家 李斌承金溶契主之〕"라고 서술하였다. 《조선태조실기(朝鮮太祖實紀)》를 저술하여 1927년에 대동성문사(大東成文社)에서 간행하였다.

2 김식(金湜) : 1482~1520. 본관은 청풍(淸風), 자는 노천(老泉), 호는 사서(沙西), 동천(東泉), 정우당(淨友堂), 시호는 문의(文毅)이다. 사림파의 대표적 인물 중의 한 사람이다. 당시 사림의 영수로 숭앙받던 조광조(趙光祖)와 학문적・인간적으로 깊은 관계를 맺었다. 이를 바탕으로 훈구 세력 제거에 앞장섰을 뿐만 아니라 조광조와 함께 왕도 정치의 실현을 위해 개혁정치를 폈는데, 그 내용으로는 미신타파, 향약 실시, 정국 공신(靖國功臣)의 위훈삭제(僞勳削除) 등을 들 수 있다. 양근(楊根)의 미원서원(迷原書院), 청풍의 봉강서원(鳳岡書院), 거창의 완계서원(浣溪書院) 등에 제향되었다.

3 김육(金堉) : 1580~1658. 본관은 청풍, 자는 백후(伯厚), 호는 잠곡(潛谷), 회정당(晦靜堂), 시호는 문정(文貞)이다. 김식의 3대손이다. 특히 저술을 널리 보급하기 위하여 몸소 활자를 제작하고 인쇄하는 데에도 많은 노력을 기울였다. 이러한 사업은 그의 자손들 대에 이르기까지 하나의 가업으로 계승되어 우리나라 주자(鑄字)와 인쇄 사업에 크게 기여하였다. 양근 미원서원과 청풍 봉강서원, 강동(江東) 계몽서원(啓蒙書院), 개성 숭양서원(崧陽書院) 등에 배향되고, 1704년(숙종30)에는 가평의 선비들

드러냈다. 선생은 을미년(1835, 헌종15)에 태어났다. 선대의 공덕을 품고 태어나 가학에 젖어들었다.

16세에 환재(瓛齋) 박규수(朴珪壽),[4] 봉서(鳳棲) 유신환(兪莘煥)[5] 두 선생을 따라 공부하였다. 30세에 진사시에 합격해 처음 관직에 나아가 침랑(寢郎)이 되었다.[6] 40세에 문과에 합격하여 사림(詞林)과 대각(臺閣)을 차례로 거치며 승진하였다.[7] 47세에 영선사(領選使)로서 천진(天津)에 갔다가[8] 이듬해 조정에 돌아와 기무처에 들어가 공무를

이 건립한 잠곡서원(潛谷書院)에 독향(獨享)되었다.

4 박규수(朴珪壽) : 1807~1877. 본관은 반남(潘南), 초명은 규학(珪鶴), 초자(初字)는 환경(桓卿), 자는 환경(瓛卿), 정경(鼎卿), 초호(初號)는 환재(桓齋), 호는 환재(瓛齋) 또는 환재거사(瓛齋居士)이다. 김옥균(金玉均), 박영효(朴泳孝), 김윤식, 유길준(兪吉濬) 등 개화운동의 선구적 인물들이 그의 문하에서 배출되었다.

5 유신환(兪莘煥) : 1801~1859. 본관은 기계(杞溪), 자는 경형(景衡), 호는 봉서(鳳棲), 시호는 문간(文簡)이다. 윤병정(尹秉鼎), 서응순(徐應淳), 김낙현(金洛鉉), 윤치조(尹致祖), 김윤식, 남정철(南廷哲) 등의 학자를 길러냈다. 이기신화론(理氣神化論)을 주장한 성리학의 대가로서 유학의 여러 경전과 사서(史書)뿐만 아니라 율력·산수 등에도 정통하였으며 정치·경제·군사 등 분야에도 박학하였다. 대사헌에 추증되었다.

6 침랑(寢郎)이 되었다 : 능참봉이 된 사실을 가리킨다. 김윤식은 1865년(고종2) 음직으로 건릉 참봉(健陵參奉)에 제수되었다. 이때 지은 시가 〈건재집(健齋集)〉에 묶여 《운양집》 권1에 실려 있다. 건릉은 정조와 효의왕후(孝懿王后) 김씨의 능으로, 현재 경기도 화성시 안녕동 1-1번지에 있다.

7 사림(詞林)과……승진하였다 : 김윤식은 1874년(고종11) 문과에 급제한 후 문학, 시강원 겸사서, 부응교, 부교리, 승지 등의 벼슬을 거쳤다.

8 영선사(領選使)로서 천진(天津)에 갔다가 : 1881년(고종18) 중국의 선진 군사기술을 배우고, 연미(聯美) 문제에 대하여 사전 협의하기 하기 위해 조선정부는 김윤식을 영선사로 선발, 38명의 학생 및 관원과 수종(隨從)을 합쳐 총 69명을 중국에 파견하였다. 이듬해 김윤식은 국내에 기기창을 설립하기 위해 약간의 무기를 구입하고 남은

처리하였다.[9] 50세에 벼슬의 등급을 뛰어넘어 대사마(大司馬)에 임명
되고,[10] 통상교섭사무아문(通商交涉事務衙門)의 독판(督辦)이 되었으
며,[11] 얼마 후 전권대신(全權大臣)에 차출되어 조로수호통상조약(朝露
修好通商條約)을 비준하였다. 53세에 광주 유수(廣州留守)가 되었으
나 후에 사건으로 인해 면천군(沔川郡)에 유배되었다가[12] 7년 만에 사
면되었다. 61세에 외부 대신에 배수되었으니, 이것이 바로 을미년 정
국 개편이다.[13] 63세에 제주에 종신 유배되었다가[14] 다시 지도(智島)로

학생들과 완전 귀국하였다.

9 기무처에⋯⋯처리하였다 : 기무처는 1882년 청나라 관제를 모방하여 신설한 통리
내무아문(統理內務衙門)이 임오군란으로 다시 폐지되었다가 7월 잠정조처로 부활한
기관이다. 12월 통리군국사무아문(統理軍國事務衙門)으로 개칭했다. 김윤식은 협판통
리내무아문사무(協辦統理內務衙門事務)로 임명되었고, 그 뒤 아문의 개칭에 따라 협판
군국사무(協辦軍國事務)로 임명되었다.

10 대사마(大司馬)에 임명되고 : 1884년 갑신정변 이후 김윤식은 병조 판서에 임명되
었다. 대사마는 병조 판서를 달리 부르는 말이다.

11 통상교섭사무아문(通商交涉事務衙門)의 독판(督辦)이 되었으며 : 김윤식은 1884
년 6월에 강화 유수로 있다가 같은 해 7월 독판교섭통상사무(督辦交涉通商事務) 외무
아문 대신이 되었다. 통상교섭사무아문(通商交涉事務衙門)은 통리교섭통상사무아문
(統理交涉通商事務衙門)을 가리킨다. 갑신정변이 일어나 많은 관원이 살해당하였고
청나라 세력이 제거되자 1885년 그 기능이 의정부로 이관되었다.

12 사건으로⋯⋯유배되었다가 : 김윤식은 1887년 명성황후의 친러정책에 반대, 민영
익(閔泳翊)과 함께 대원군의 집권을 모의하다가 명성황후의 미움을 사서 면천(沔川)에
유배되었다.

13 61세에⋯⋯개편이다 : 김윤식은 갑오개혁이 시작된 이듬해인 1895년 명성황후가
시해된 뒤 김홍집(金弘集) 내각이 들어서자 그의 천거로 외무 대신이 되었다.

14 제주에 종신 유배되었다가 : 1896년 아관파천(俄館播遷)으로 김홍집이 죽고 친러
파 내각이 들어서자 김윤식은 명성황후 시해의 음모를 미리 알고도 방관했다는 탄핵을

옮겨졌고,[15] 정미년(1907)에 사면되어 돌아왔다.[16] 전후로 유배지에 있던 것이 도합 19년이다.

무신년(1908)에 중추원(中樞院) 의장에 배수되어 칙서를 받들고 동경(東京)으로 가서, 훈일등태극장(勳一等太極章)을 수여받았다.[17] 이듬해 다시 동경에 갔다 돌아와서 정1품 대광보국숭록대부(大匡輔國崇祿大夫)로 승진되었다. 경술년(1910) 자작(子爵)의 직위를 수여받았다.

《환재집(瓛齋集)》·《봉서집(鳳棲集)》 두 문집 및 그의 벗 경당(絅堂) 서응순(徐應淳)의 문집까지 간행하였으니,[18] 그가 의(義)를 좋아함이 이와 같았다.

나이 80에 그가 저술한 시문에 자서를 쓰고 세상에 간행해 내놓으며 그 이름을 《운양집(雲養集)》이라 하였다. 운양은 그의 자호이다. 이 일로 을묘년(1915) 봄에 제국학사원(帝國學士院)[19] 상을 받았고, 병진

받았다. 이 때문에 1897년 12월 20일 제주도에 종신토록 유배되었다.

15 지도(智島)로 옮겨졌고 : 제주도에서 천주교 신자와 민당(民黨)의 대립으로 인해 민요가 일어나자 1901년 김윤식은 지도(智島)로 이배되었다. 지도는 현재 전라남도 신안군에 속해 있는 섬으로, 면적은 60.27㎢이다.

16 사면 받아 돌아왔다 : 김윤식은 1907년 7월 송병준을 비롯한 일진회(一進會)의 간청과 정부의 70세 이상자에 대한 석방조처에 따라 유배지에서 풀려나 서울로 돌아왔다.

17 칙서를……수여받았다 : 1908년 김윤식은 이토 히로부미와 일본에 갔다. 이 일로 훈일등태극장(勳一等太極章)을 수여받았다.

18 그의……간행하였으니 : 김윤식이 《경당유고(絅堂遺稿)》를 편찬한 일을 가리킨다. 저자 서응순(徐應淳, 1824~1880)은 유신환 문하에서 김윤식과 함께 수학한 인물이다. 경당(絅堂)은 그의 호이다.

년(1916)에는 경학원(經學院)[20] 대제학이 되었다.

사람됨이 공정하고 낙천적이며, 지조가 굳세고 품행이 분명하여 큰일에 임해서도 목소리와 얼굴빛이 변하지 않았다. 학문에 근본이 있으면서도 옛 것에만 빠지지는 않았다. 금년 83세이나, 시력과 청력이 변함없고 바라보면 신선 같다.

정사년(1917) 2월, 문인 연안(延安) 이빈승(李斌承)이 삼가 쓰다.

<hr/>

19 제국학사원(帝國學士院) : 현 일본학사원의 전신으로, 연구자 표창 등의 사업을 통해 일본 학술의 발전을 꾀할 목적으로 1906년 설치된 기관이다. 식민지까지 포함한 각지에서 우수한 연구자를 회원으로 선임하였고, 일본 국적이 없더라도 일본에 대한 공적이 인정되면 객원으로 영입하였다. 김윤식이 받은 제국학사원상은 현저한 연구 업적을 남긴 사람에게 제국학사원에서 수여하는 상이었으며, 후신인 일본학사원상은 현재 일본내에서 가장 권위 있는 상으로 평가된다.

20 경학원(經學院) : 한일병합조약 후 총독부는 기존의 성균관을 폐지하고 천황의 하사금으로 경학원을 설립, 식민정책에 부합하는 유교 교육을 실시하였다. 1945년 성균관 명칭을 회복하였다.

운양집 자서
雲養集自序

《남사(南史)》에 보면, 왕균(王筠)은 자신이 지은 문장에 대해 하나의 관직명으로 하나의 문집명을 삼았다.[21] 송나라 때 양억(楊億)[22]의 문집명과 양만리(楊萬里)[23]의 시집명도 그러하다. 맞닥뜨린 상황을

21　남사(南史)에……삼았다 :《남사》권22 〈왕균열전(王筠列傳)〉에 보면 "왕균은 스스로 지은 문장을 관직명 하나로 문집 하나의 이름을 삼았으니,《세마》·《중서》·《중서》·《이부》·《좌좌》·《임해》·《태부》가 각 10권이고《상서》가 30권으로 총 100권이 세상에 전한다.〔筠自撰其文章 以一官爲一集 自洗馬中書中庶吏部左佐臨海太府各十卷 尙書三十卷凡一百卷行於世〕"라고 한다. 왕균(王筠, 481~549)은 남조 양나라의 문학가로 자는 원례(元禮)·덕유(德柔)이다.

22　양억(楊億) : 974~1020. 북송의 문장가로 자는 대년(大年)이다.《태종실록(太宗實錄)》·《책부원귀(冊府元龜)》등을 편찬하고, 전유연(錢惟演) 등과 창화한 시 200여 수를 모아《서곤수창집(西崑酬唱集)》을 편찬하였다. 그의 문집인《무이신집(武夷新集)》에 대한《사고전서총목제요》의 설명에 따르면, 그는 중앙 혹은 지방 관직 이력에 따라 시집의 제목을 붙였다고 한다. 예컨대《괄창집(括蒼集)》·《무이집(武夷集)》·《영음집(潁陰集)》·《한성집(韓城集)》·《퇴거집(退居集)》등이 그것이다. 하지만 현재는 모두 실전되었고 남아 있는 것은《무이집》을 재편집한《무이신집(武夷新集)》뿐이다.

23　양만리(楊萬里) : 1124~1206. 자는 정수(廷秀), 호는 성재(誠齋)이다. 남송사대가 중 하나로 꼽힌다. 시는 속어를 섞어 썼으며, 경쾌한 필치와 기발한 발상에 의한 자유 활달한 점을 특색으로 한다. 시의 총 편수는 무려 4000여 편을 헤아린다. 그의 현존 문집인《성재집(誠齋集)》을 보면 역시 자신의 벼슬 이력을 시집의 제목으로 삼아 순서대로 배치했음을 알 수 있다. 벼슬하기 이전 시절에 지은 시를 모은《강호집(江湖集)》으로 시작하여 은퇴한 뒤에 지은 시를 모은《퇴휴집(退休集)》으로 끝난다.

보고 정회를 풀어내는 것이 가는 곳마다 같지 않기 때문에, 기술한 것을 보면 행하고 숨고 나아가고 처한 흔적들, 슬프고 즐겁고 얻고 잃은 연고들을 대략 헤아릴 수 있기 때문일 것이다. 옛날 사람들이 소릉(少陵)의 시를 시사(詩史)라고 했던 것[24]은 바로 이 때문이다.

나는 30세에 음직으로 관직에 나아갔고, 40세에 갈옷을 벗었다.[25] 조정에 있을 때 빼어난 절조가 없었고 처세함에 우환이 많았다. 안팎으로 부침하고 호수와 바다를 표류한 수십 년 동안, 한 곳에 도착하면 곧 붓을 들어 기록하였다. 안에 있을 때는 명광전(明光殿)에서 초안을 잡았고,[26] 밖에 있을 때는 사신의 여정을 기록하였다. 때론 분을 느껴 표현하기도 하고, 때론 무료하여 짓기도 하였으며, 때론 유람을 기록하기도 하고, 때론 수창(酬唱)에 응해 짓기도 하였지만, 요컨대 국가의 성대함을 울릴 만한 훌륭한 글도 대단한 책도 없다. 간직해봤자 무익하고 버리자니 차마 그럴 수 없어 몽땅 먼지 낀 상자 속에 던져두었다.

다 늙어 집에 돌아와 보니, 해는 뉘엿뉘엿 엄자산(崦嵫山)[27]에 가까

---

24 소릉(少陵)의……것 : 소릉은 두보(杜甫)를 가리킨다. 안록산의 난을 만나 떠돌아 다닐 때 지은 두보의 시는 전란으로 인해 고통 받는 백성들의 실상과 당나라 왕조의 흥망성쇠 과정을 고스란히 보여주고 있어 사람들은 그의 시를 '시로 지은 역사[詩史]'라 고 불렀다.

25 40세에 갈옷을 벗었다 : 갈옷, 즉 평민의 옷을 벗고 관복을 입게 됨을 의미한다. 여기에서는 김윤식이 40세에 문과에 급제한 것을 가리킨다.

26 명광전(明光殿)에서 초안을 잡았고 : 명광전은 한나라 때 궁전 이름이다. 두보의 시 〈십이월 일일(十二月一日) 3수〉에 "명광전에서 조서의 초안 잡으면 사람들 부러워했 건만, 폐병이 났으니 언제야 황제에게 조회 갈까?〔明光起草人所羨 肺病幾時朝日邊〕"라 는 구절이 있다. 여기에서는 김윤식이 조정에 있으면서 어제대찬을 쓴 것을 의미한다.

27 엄자산(崦嵫山) : 감숙성 서쪽에 있는 산 이름으로, 해가 지는 곳이라고 전해진다.

워지고 있었다. 문 닫아걸고 병을 다스리느라 세상일 묻지 않았으며, 책상머리의 붓과 벼루도 던져 둔 지 이미 오래였다. 새벽마다 베갯머리에서 잠들지 못하고 평생의 친구들을 차례로 세어보니 채 몇 손가락도 꼽지 못했고, 지난날을 돌아보니 마치 전생의 일인 듯 아득하기만 한데, 오직 먼지 낀 상자에서 꺼낸 잡동사니만이 더불어 옛 일을 이야기할 수 있을 뿐이었다. 그래서 어수선한 원고를 수습하여 손수 교감을 하면서 태반을 버렸다. 고인의 분책하던 뜻을 모방하여 시는 단락으로 나누어 엮고, 산문은 연차별로 묶은 다음, 총 16권으로 편찬하였다. 가끔 한 번씩 펼쳐보면 어렴풋이 그 땅을 다시 밟는 듯, 그 사람을 다시 만난 듯하여 노년의 쓸쓸한 정회를 위로하기에 충분하니, 빼어난지 못났는지는 물을 필요 없으리라.

편찬을 마치고 교정하여 인쇄하려는데 어떤 이가 말했다.

"영원히 남기고자 하신다면 어찌하여 이 시대 문장가의 글을 청하여 책머리에 넣지 않으십니까?"

내가 말했다.

"서문이라는 것은 그 일을 서술하는 것입니다. 옛날 《시경》의 서문과 《서경》의 서문은 모두 작자의 뜻을 드러내기 위한 것이었을 뿐입니다. 그렇지 않다면 작자가 스스로 저술의 동기를 기술한 것이니, 사마천(司馬遷)과 양웅(揚雄)의 자서[28]가 이 같은 경우입니다. 남을 위해

여기에서는 노년이 되었음을 의미한다.

28 사마천(司馬遷)과 양웅(揚雄)의 자서 : 사마천이 지은 《사기》의 〈태사공자서(太史公自序)〉, 양웅이 지은 《법언(法言)》의 〈자서(自序)〉를 가리킨다. 그러나 후자의 경우 양웅이 직접 지었는지에 관해 이론이 분분하다.

서문을 쓰는 것은 황보밀(皇甫謐)[29]에서 시작되었습니다. 그가 좌사(左思)의 〈삼도부(三都賦)〉에 서문을 써주어 삼도부가 당시에 중히 여김을 받게 되자[30] 이때부터 글 짓는 자들이 반드시 남에게 서문을 구하려고 하였습니다만, 대부분이 찬미하는 말이라 중히 여김을 받기에 부족합니다. 지금 찬미하는 말을 달라고 할까요? 장차 내 얼굴이 부끄러워지고 마음이 편치 않을 것입니다. 폄훼하는 말을 달라고 할까요? 이 또한 틀림없이 내 마음이 기쁘지 않을 것입니다. 그러니 서문은 청해 무엇 하겠습니까?"

계축년(1913) 하짓날 운양 노인이 서문을 짓고 아울러 쓰다.

---

29 황보밀(皇甫謐) : 215~282. 자는 사안(士安), 자호는 현안선생(玄晏先生)이다. 여러 전적과 제자백가서에 널리 통달했으며, 평생 벼슬하지 않고 저술에 전념했다. 진 무제가 여러 차례 초징(招徵)의 뜻을 밝혔으나 끝내 고사하고 나아가지 않았다.

30 그가……되자 : 진(晉)나라의 좌사(左思)가 10년 동안 구상하여 〈삼도부(三都賦)〉를 지었는데, 황보밀이 서문을 써서 칭찬을 하자 부자와 귀족들이 서로 다투어 베끼는 바람에 낙양의 종이 값이 일시에 폭등했다는 고사가 전한다.

운양집 중간본 제사
雲養集重刊題辭

연세와 덕행과 문장 서로 어우러지고	齒德文章相將宜
높은 바람 길게 타신 탈속한 자태여	高風長御絶塵姿
더욱 기쁜 건 위대한 문집 중간하는 날	尤欣大集重刊日
손자가 무릎에 올라올 나이 된 것이라오	及此令孫上膝時

중간본《운양집》에 두터운 지우(知遇)를 받은 후생(後生) 스에마쓰 겐초(末松謙澄)[31]는 삼가 받들어 적다.

---

31 스에마쓰 겐초(末松謙澄) : 1855~1920. 일본 메이지~다이쇼 시대의 정치가이다. 도쿄니치니치신문사 기자로 사설을 집필하였다. 외교관으로서 런던에 부임, 캠브리지 대학에서 공부했다. 장인인 이토 히로부미에 힘입어 정부 요직에 진출하여 중의원의원, 체신 대신, 내무 대신을 역임했다. 자작(子爵)을 수여받았다.

운양집 중간본 제사
雲養集重刊題辭

경의 풍성함과 도의 맛이 근원과 만나	經腴道味與原逢
공께서는 한 시대 유가들의 종장이 되셨네	君是儒流一代宗
덕과 모범으로 무너진 인륜 구한다 들었더니	德範曾聞救倫斁
그 전형 기자의 옛 봉토[32]에 아직 남아 있구려	典型猶在古箕封

중간본《운양집》에 과분한 지우(知遇)를 입은 후생
세이세이(井井) 다케조에 고코(竹添光鴻)[33]는 쓰다.

---

32 기자의 옛 봉토 : 조선을 가리킨다. 기자가 주나라 때 조선을 봉해 받았기 때문에
이르는 말이다.

33 다케조에 고코(竹添光鴻) : 다케조에 신이치로(竹添進一郎, 1842~1917)로, 일
본 메이지 시대의 외교관이자 한학자이다. 이름은 고코(光鴻), 호는 세이세이(井井)이
다. 1880년 천진 영사, 1882년 조선국변리공사가 되어 조선의 개화파를 지원, 갑신정변
에 깊숙이 관여하였다. 정변 사후 처리 때문에 공사직을 사임하고 제국대학에서 경서를
강독하였다. 이후 저작활동에 전념하여 1914년 제국학사원상을 수상하였다.

운양집 중간본 제사
雲養集重刊題辭

군자국은 명교를 겸하고 있나니	君子國兼名教宜
무궁화 향 그윽한 데서 신선의 자태 우러르네	槿花郁郁仰僊姿
기자의 나라 큰 열매가 아름다운 씨를 전하여	箕邦碩顆傳芳種
중국의 문장이 장차 배불러지려 하네	禹域文章欲飽時

　중간본《운양집》에 팔십팔세 노인 주슈 미시마 쓰요시(中洲三島毅)[34]는 스에마쓰의 운을 차운하여 절하며 쓰다.

34　주슈 미시마 쓰요시(中洲三島毅) : 미시마 주슈(三島中洲, 1830~1919)로, 일본 막부 말기에서 메이지 시대의 한학자이다. 본명은 쓰요시(毅), 자는 엔슈쿠(遠叔), 통칭은 데이이치로(貞一郎)이다. 야마다 호코쿠를 사사하고 쇼헤이코에서 정주학을 비롯해 유학을 공부했다. 비츄 마쓰야마번의 번교 유슈칸(有終館)의 가쿠노가미(學頭)를 거쳐 메이지 유신 때 대심원판사가 되었다. 1887년 도쿄에 니쇼가쿠샤(二松學舍)를 세웠다. 후에 도쿄사범, 도쿄대학의 교수, 동궁 시강, 궁중고문관을 역임하였다.

운양집 중간본 제사
雲養集重刊題辭

공의 도통에는 연원이 있어	道統淵源有自來
그 문장 옥 술잔 같고 또 보배 잔 같구나	文章玉斝又瓊杯
팔가 비평[35]은 큰 학자의 그릇이요	八家評批鴻儒器
열여섯 편 사의[36]는 경국의 재목이라네	十六私言經國材
이름은 장강과 더불어 호호탕탕하고	名與長江俱浩蕩
수명은 숭산과 우뚝함을 다투도다	壽於崇嶽競崔嵬
아름다운 가르침에 담긴 간곡한 뜻을 보니	更看嘉訓諄諄意
그에게 준걸의 재능 더 기대해도 되겠네	復進期他俊傑才

히사요시 나오스케(久芳直介)[37]는 쓰다.

---

35 팔가 비평 : 〈팔가섭필(八家涉筆)〉을 가리킨다. 1870년 지은 글로 당송팔대가의 문장에 대해 품평하였으며, 《운양집》 14권과 15권에 상 · 하가 실려 있다.

36 열여섯 편 사의(私議) : 1890년 지은 〈십육사의(十六私議)〉를 가리킨다. 천법(薦法) · 전폐(錢幣) · 양병(養兵) · 상세(商稅) 등 16항목으로 나누어 부국강병에 대해 논하였으며, 《운양집》 7권에 실려 있다.

37 히사요시 나오스케(久芳直介) : 히사카타 나오스케(久方直介)로, 자세한 인적사항은 미상이다. 김윤식이 활동했던 이문회(以文會)의 명단에서 총독부 총무국 인사과 장인 그의 이름을 발견할 수 있다. 호는 휘담(徽潭)이다.

운양선생집 중간본 제사
雲養先生集重刊題辭

공의 문장과 학술에는 근원이 있으니	文章學術有根源
일찍이 봉서 노인[38] 문하에서 독실히 배웠네[39]	立雪曾從鳳老門
사해가 등불 켜고 이 문집 다투어 읽더니	四海讀鐙爭大集
한 시대의 칭송이 공론으로 드러났네	一時襃衮見公論
마음속엔 고요와 기[40]의 사업 끝나지 않았으나	心中未畢臯夔事
책으로 가의[41]와 동중서[42]의 말만 남겼구나	策裏秖留賈董言
담박한 흉중에 혼자 보배로 간직하길 잊고서	認是冲襟忘自寶
매일 만 장씩 찍어내 사람들에게 읽게 했네	日刊萬紙任人飜

---

38 봉서(鳳棲) 노인 : 김윤식의 스승 유신환(兪莘煥)의 호가 봉서(鳳棲)다.

39 독실히 배웠네 : 정문입설(程門立雪) 고사를 말한다. 이천(伊川) 정이(程頤)가 정좌하고 있을 적에 제자들이 찾아왔는데, 스승의 공부를 방해할 수 없어서 그대로 곁에서 시립하고 기다렸다. 정이가 정좌를 풀고 제자들을 발견하고는 너무 늦었으니 귀가하라 하였는데 밖에 나가보니 그 사이에 눈이 무려 한 척이나 쌓여있었다는 전고이다. 여기서 유래하여 스승을 독실하게 모시고 배우는 일을 가리키게 되었다.

40 고요(臯陶)와 기(夔) : 고요는 순과 우 임금의 신하이다. 자는 정견(庭堅)이며 여화(女華)의 아들이다. 구요(咎繇)라고도 한다. 공정한 형벌을 집행해 백성들이 복종했다고 한다. 기는 순 임금의 신하로 음악을 관장해서 백성을 교화했다고 한다.

41 가의(賈誼) : 기원전 200~기원전 168. 전한(前漢) 문제 때의 문인 겸 학자이다. 진나라 때부터 내려온 율령·관제·예악 등의 제도를 개정하고 전한의 관제를 정비하기 위한 많은 의견을 상주했다.

42 동중서(董仲舒) : 기원전 170?~기원전 120? 전한의 유학자이다. 전한의 새로운 문교정책에 참여하여, 유가가 독존(獨尊)의 지위에 오르는 데 큰 영향을 미쳤다.

풍성(豐城) 조병건(趙秉健)[43]은 쓰다.

---

43 조병건(趙秉健) : 1853~1924. 호는 견산(見山)이다. 1880년 문과에 급제한 뒤 승정원과 홍문관을 시작으로 학부, 법부, 농상공부의 참서관을 지냈다. 1910년 한일 병합으로 조선총독부가 설치되면서 총독부 자문 기관으로 신설된 중추원에 부찬의로 들어갔다. 1920년에는 3·1 운동 이후의 문화통치와 관련해 새로 출범한 유교 계열의 친일 단체 대동사문회에서 일본 정부로부터 받은 훈장으로는 한국병합기념장(1912년) 이 있다.

운양선생집 중간본 제사
雲養先生集重刊題辭

옛날에 함께 옮겨가 일찍이 문하생이 되었고	伊昔同遷早及門
십년을 공손히 섬기며[44] 스승으로 우러렀네	十年䂏哫仰師尊
공의 어짊은 당세에 짝할 이가 없어	公爲當世賢無匹
역사에 생애가 남을 테니 내 감히 논하랴	史有平生我敢論
한 글자라도 사도의 중함을 지켰으니	一字尙持斯道重
백 번 간행해도 많은 요구에 부응하기 어려우리	百刊難副衆求繁
천추토록 준마 꼬리에 붙어[45] 영광스럽고 부끄러운데	
	千秋驥附榮仍愧
내 천한 이름 책 속에 길이 남겠네	賤子名多卷裏存

문인 동래(東萊) 정병조(鄭丙朝)[46]는 쓰다.

---

44 공손히 섬기며 : 원문은 '벽이(䂏哫)'로, 이야기를 나눌 때 머리를 기울여 입김이 상대방에게 닿지 않게 하여 존경을 표하는 것을 말한다. 《예기》〈소의(少儀)〉에 "물음이 있으면 입가를 기울여 대한다.〔有問焉則䂏哫而對〕"라고 하였다.

45 준마 꼬리에 붙어 : 원문은 '기부(驥附)'인데, 쉬파리가 천리마의 꼬리에 붙어 천리를 가는 것처럼 다른 사람의 훌륭함에 의지해 명성 얻음을 비유하는 말이다.

46 정병조(鄭丙朝) : 1863~1945. 본관은 동래(東萊), 자는 관경(寬卿), 호는 규원(葵園)이다. 1882년 진사시에 합격하였고, 1894년 동궁시종관이 되었다. 1896년 명성황후시해의 음모를 미리 알고서도 방관하였다는 탄핵을 받아 제주도로 종신 유배되었고, 위도(蝟島)에 이배되었다가 1907년 특사로 풀려났다. 그 뒤 중추원의 촉탁으로 《조선사(朝鮮史)》의 편찬에 참여하였다.

운양선생집 중간본 제사
雲養先生集重刊題辭

사해가 다투어서 안부를 물었으니	四海人爭問起居
강호에서 이십여 년 조정에서 이십여 년	江湖廊廟廿年餘
그러나 지금은 국의 간 맞추던 일[47] 다 잊고서	而今忘却調羹事
노년에 우경[48] 되어 홀로 저술하셨네	老作虞卿獨著書

| 학술은 무성하고 도는 더욱 빛나니 | 學術紛綸道益光 |
| 육·왕의 문밖에서 분주함을 비웃네[49] | 陸王門外笑奔忙 |

---

47 국의 간 맞추던 일 : 국사를 조화시키는 훌륭한 재상의 역할을 뜻한다. 《서경》 〈열명 하(說命下)〉에, "간 맞는 국을 만드는 데는 네가 소금이요 절인 매실이로다.〔若作和羹 爾惟鹽梅〕"라는 구절이 나오는데, 은나라 고종(高宗)이 부열(傳說)을 재상으로 삼으며 한 말이다.

48 우경(虞卿) : 전국 시대 유세객으로, 조(趙)나라의 재상이 되었으나, 친구인 위제(魏齊)의 일로 재상인(宰相印)을 내던지고 위제와 함께 양(梁)나라로 가서 곤궁하게 지내면서 《우씨춘추(虞氏春秋)》라는 책을 저술했다. 《史記 卷76 虞卿列傳》

49 육·왕……비웃네 : 육구연(陸九淵, 1139~1192)과 왕수인(王守仁, 1472~1528)을 가리킨다. 정주학(程朱學)을 정통으로 삼는 이들은 육구연과 왕수인의 힘으로 성립된 육왕학(陸王學)을 격렬하게 배척하였다. 이때 정주학자들이 내세운 논리 중 가장 중요한 명분은 육왕의 학문적 방향이 선종(禪宗)을 닮았다는 것이었다. 그들은 늘 선종의 스님들은 세상에서 가장 바쁜 사람들이라고 비판했는데, 이는 좌선을 통해 모든 사념을 잊으려는 공부가 오히려 잡념을 불러일으켜 한 순간도 쉬지 않고 잡념과 싸워야만 하게 된다고 여겼기 때문이다. 여기서 육왕의 학문의 단점을 '이리저리 뛰어다니며 바쁘다(奔忙)'라고 조소한 것도 이러한 맥락에서 나온 표현이다.

창주 노인[50] 따라서 직접 배운 이래로 　　　自從親叩滄洲叟

일판향[51] 경솔히 사르려하지 않네 　　　　不肯輕燒一瓣香

세상 사람들은 걸핏하면 중국을 말하면서 　時人動輒說中州

공공연히 들오리[52] 사랑 그치지 못하네 　野鶩公然愛未休

한 자루 붓의 장한 기세 보지 못했다면 　不睹堂皇一枝筆

동방에 한·구[53] 있음을 어찌 알았으리 　東方那識有韓歐

〈청묘〉 연주하는 붉은 현[54] 그 소리 쟁쟁한데 　朱絃淸廟韻鏗然

50　창주 노인 : 주희(朱熹, 1130~1200)를 가리킨다. 그의 호 중 창주병수(滄洲病叟)
가 있다. 고정(考亭)에 거처할 때 죽림정사를 지었는데, 마을 앞에 아름다운 푸른 모래
섬이 있었으므로 창주라고 부르고 집도 창주정사로 개칭하였다. 만년에 발병을 앓았으
므로 창주병수라는 자호를 사용하였다.

51　일판향(一瓣香) : 꽃잎 모양의 향을 말한다. 선종(禪宗)에서 장로(長老)가 법당을
열고 도를 강할 때에 향을 피워 제삼주향(第三炷香)에 이르면 장로가 "이 일판향을
나에게 도법(道法)을 전수해 주신 아무 법사(法師)에게 삼가 바칩니다."라고 말하는
데서 연유하여, 스승에게서 이어받거나 어떤 사람을 존경함을 이르는 말로 쓰인다.

52　들오리 : 동진(東晉)의 유익(庾翼)이 초서와 예서를 잘 써 왕희지와 이름을 나란
히 하였는데 자기 집 자제들이 왕희지의 글씨만 배우자 유익이 말하기를 "집 닭[家鷄]은
천히 보고 들오리[野鶩]를 사랑하니 이는 늘 보는 것은 싫증을 내고 새로운 것을 좋아하
는 격이다." 하였다.

53　한(韓)·구(歐) : 한나라 문장가 한유(韓愈, 768~824)와 송나라 문장가 구양수
(歐陽脩, 1007~1072)를 가리킨다.

54　청묘(淸廟)……현 : 《예기》〈악기(樂記)〉에 "청묘를 연주할 때의 큰 거문고는 붉
은 연사를 드린 줄에다 밑에 구멍을 뚫는다.〔淸廟之瑟 朱弦而疏越〕"라고 하였다. 청묘
(淸廟)는 《시경(詩經)》〈주송(周頌)〉에 나오는 편명으로, 문왕을 제사하는 노래이다.

열 권이나 되는 문장을 공께서 손수 엮으셨네　　十卷文章手自編

이 노인[55]과 남 어른[56]은 천고 적의 일이더니　　李老南翁千古事

공께서도 생전에 문집을 전하게 되었네　　我公又見及身傳

　　고려 《이상국집(李相國集)》[57] 및 본조 《남영옹집(南穎翁集)》[58]이 모두 생전에 간행되었다.

훌륭한 문장 신묘한 글씨가 두루마리 가득　　宏辭妙墨卷盈千

책 상자 털어내어 공께서 손수 엮었네　　看拂巾箱手自編

후세에 자운 나오길 기약할 수 없으니[59]　　未必子雲生後世

자신이 엮는 것이 남이 전해주기 기다리는 것보다 낫다네

　　　　　　　　　　　　　　　　　　及身終勝待人傳

　　벽진(碧珍) 이기(李琦)[60]는 쓰다.

55　이 노인 : 이규보(李奎報, 1168~1241)를 가리킨다.

56　남 어른 : 남공철(南公轍, 1760~1840)을 가리킨다.

57　이상국집(李相國集) : 이규보의 《동국이상국집(東國李相國集)》을 가리킨다.

58　남영옹집(南穎翁集) : 남공철의 문집인 《영옹속고(穎翁續藁)》·《영옹재속고(穎翁再續藁)》를 말한다.

59　후세에……없으니 : 자운(子雲)은 한(漢)나라 때의 유학자인 양웅(揚雄)의 자이다. 그가 《태현경(太玄經)》을 지었을 때 유흠(劉歆)이 그것을 보고는 양웅에게 "지금 학자들은 《주역》도 모르는데 후세에 현(玄)을 알 사람이 어디 있겠느냐?"고 하자, "후세에 나 자운 같은 학자가 나오면 알 것이다."라고 하였다 한다.

60　이기(李琦) : 1857~1935. 자는 기옥(奇玉), 호는 난타(蘭陀), 본관은 벽진(碧珍)이다. 고종 때 화가이다.

운양문집 서문

雲養文集序

이씨 왕조 5백년 간 인재가 적지 않았지만 학문이 순정(純正)하고 문장이 고고하여 그 사람과 더불어 영원히 전할 만한 자로 운양(雲養) 김(金) 선생을 첫손에 꼽지 않을 수 없다. 선생은 청풍 김씨 명문의 후예로서 이씨 왕조에서 벼슬하였다. 일찍이 어명을 받들어 천진에 가서 이홍장(李鴻章)[61]과 외무를 교섭하였고,[62] 갑오개혁 즈음에는 외부 대신이 되어 군국기무(軍國機務)를 기획하고 나라 경영에 부지런히 힘썼으니, 그 공이 적지 않았다. 후에 곤액을 만나서 여러 해 유배되고 누차 넘어졌다 누차 일어났지만, 세상에 나아갈 때나 물러날 때나 험하고 평탄함을 하나로 여기며 의(義)를 잃은 적이 없다. 한일병합 후에는 평안하고 조용히 신독(愼獨)에 힘쓰면서 구차하게 세상과 영합하려 하지 않았다. 생강이나 계피[63] 같은 성품이 늙을수록 더욱 매서워졌으니, 이른바 백이(伯夷)의 마음으로 유하혜(柳下惠)의 행실을 하는 자가 아니겠는가?[64]

61 이홍장(李鴻章) : 1823~1901. 청나라 말 부국강병을 위해 양무운동을 주도하였고, 태평천국의 난 이후 정권의 실세가 되었으나, 청일전쟁으로 실각하였다.

62 외무를 교섭하였고 : 1881년 김윤식이 영선사(領選使)로 파견된 일을 가리킨다. 이때 김윤식은 보정부(保定府)에 있던 이홍장과 회담하는 과정에서 미국과의 연결문제를 논의하여, 1882년 조미통상수호조약이 체결되는 바탕을 마련하였다.

63 생강이나 계피 : 생강과 계피는 오래될수록 매워지는 성질이 있다. 사람이 늙을수록 더욱 강직해짐을 비유한 말이다.

선생은 용모가 청고하고 기개가 우뚝하다. 경세에 뜻이 있어 일찍부터 성현의 학문을 강독하고 또 세상의 변고도 겪었다. 그래서 문장에 드러난 것을 보면 뼈대가 견고하면서 정신이 심원하고, 사려가 풍부하면서 기운이 충만한 것이, 열고 닫고[65] 변화하는 온갖 묘미를 다하였다. 요시주(廖柴舟)[66]가 이른 바 "오직 도만이 문장을 능하게 하고 오직 문장만이 도를 드러나게 한다."는 말에 거의 가깝다고 하겠다.

이씨 왕조의 원로들이 차례로 쇠락하였으나 다행히 선생이 홀로 우뚝하게 살아남아, 험준하고 탁 트인 기골과 억양 있고 무거운 문장으로 한 시대의 후경(後勁)[67]이 되어주셔서 배우는 자로 하여금 우러러 경모하게 하고 있다. 또 사도(斯道)의 바름을 알고 그 명맥을 전하고 계시니 어찌 문장만을 두고서 하는 말이겠는가? 지난번 선생께서 저술하신 문집 몇 권을 꺼내시더니 내게 서문을 부탁하셨다. 내가 선생과 사귐에

64　이른바……아니겠는가 :《맹자》〈공손추 상(公孫丑上)〉에 "백이는 섬길만한 임금이 아니면 섬기지 않았고 벗할만한 벗이 아니면 사귀지 않았고 악한 사람의 조정에는 서지 않았고 악한 사람과 말하지 않았다.〔伯夷 非其君不事 非其友不友 不立於惡人之朝 不與惡人言〕"이라고 하였고, "유하혜는 더러운 임금을 부끄러워하지 않았고 보잘것없는 벼슬도 낮게 여기지 않았으며 나아가서는 어짊을 숨기지 않아 반드시 그 도로써 하였으며 버림을 받아도 원망하지 않았고 곤액을 당해도 근심하지 않았다.〔柳下惠 不羞汙君 不卑小官 進不隱賢 必以其道 遺佚而不怨 阨窮而不憫〕"라고 하였다.

65　열고 닫고 : 시문의 구성에 있어서 펼쳐놓고 수습하는 등, 변주를 가하는 것을 가리키는 말이다.

66　요시주(廖柴舟) : 요연(廖燕, 1644~1705)으로, 청나라 초기 문학가·사상가이다. 원래 이름은 연생(燕生), 자는 인야(人也), 호는 시주(柴舟)·몽성(夢醒)이다. 1862년 그의《이십칠송당집(二十七松堂集)》이 일본에 유전되어 크게 환영을 받아, 명청문단팔대가의 한 명으로 평가되기도 하였다.

67　후경(後勁) : 군대에서 맨 뒤에 있는 정예병을 가리킨다.

마음과 정성을 주고받은 지 오래이므로 정리상 사양할 수 없어서 느낀 바를 진술해 서문을 짓는다.

　도쿠토미 쇼케이(德富正敬)[68]는 쓰다.

68　도쿠토미 쇼케이(德富正敬) : 도쿠토미 소호(德富蘇峯, 1863~1957)로, 메이지 ~다이쇼 시기의 신문기자이자 평론가이다. 1886년 〈장래의 일본(將來之日本)〉으로 문명을 높였다. 이듬해 민유사(民友社)를 설립해 《고쿠민노토모(國民之友)》·《고쿠민신분(國民新聞)》을 창간해 평민주의를 주장했다. 청일전쟁을 계기로 국가주의로 전환하였다. 2차 세계대전 중 대일본언론보국회회장을 역임했고, 1943년 문화훈장을 받았다. 본명은 이이치로(猪一郎)이다. 저작에 《근세일본국민사(近世日本國民史)》가 있다.

중간본 김운양선생문집 후서
重刊金雲養先生文集後序

당(唐)나라 이한(李漢)[69]이 한창려(韓昌黎) 문집의 서문에서 말하기를, "문장이란 도를 꿰뚫는 그릇"이라고 하였는데, 세상 사람들은 이 말을 지언(知言)이라고 여겼다. 그러나 창려는 팔대(八代) 동안의 쇠락함을 진작시켜[70] 우뚝 고문 대가의 수장이 되었으니 지금 그 전집을 보면, 편장과 자구 사이에서 성대히 꾸미는 데 치중한 부분은 금을 제련하고 벽옥을 다듬은 듯, 만물을 실은 땅과 온갖 물줄기를 품은 바다인 듯하다. 후세의 논자들이 '문장을 통해 도를 깨닫는다.'고 하는 것은 대개 문장을 먼저 하고 도를 뒤로 하기 때문이다.

운양(雲養) 선생은 넓은 도와 곧은 절개를 지니고 늦은 나이에 과거에 급제하여, 사신의 임무를 담당하고 외무아문의 독판(督辦)을 지냈으며, 내·외직을 두루 거쳐 암랑(嚴廊)[71]에 이르렀다. 무릇 한 시대의

---

69 이한(李漢) : 한유(韓愈, 768~824)의 제자이자 사위로서 한유 사후에 문집을 편찬하고 서문을 지었다.

70 팔대(八代)……진작시켜 : 이 말은 소식(蘇軾, 1037~1101)이 지은 〈조주한문공묘비(潮州韓文公廟碑)〉의 "한유의 문장은 팔대 동안의 쇠락함을 진작시켰고, 도는 물에 빠져 허우적대는 천하를 구제하였다.〔文起八代之衰 而道濟天下之溺〕"라고 한 데서 인용하였다. 팔대(八代)는 후한(後漢)·위(魏)·진(晉)·송(宋)·제(齊)·양(梁)·진(陳)·수(隋)를 가리킨다.

71 암랑(嚴廊) : 높은 낭무(廊廡)라는 의미로 조정을 비유하지만, 우리나라에서는 의정부의 별칭으로 사용되었다. 여기서는 김윤식이 중추원 의장 등 고위직에 오른 것을 말한다.

고문전책(高文典策)[72]과 조명(詔命)과 자독(咨牘) 등, 천하의 대세와 안위·득실에 관련된 글들은 모두 그의 손에서 나왔다. 그러나 웅장한 기세로 한 번 붓을 휘두르면 마치 물을 뿌려 완성하는 것처럼 전혀 고민하며 짓지 않았으니, 장구에 국한되어 있는 선비나 글 잘 한다고 이름난 사람이 오로지 다듬는 데 전념하는 것과는 달랐다. 옆에서 보는 사람은 혹시 엉성하고 대충일까 염려했지만 자연히 이치에 들어맞아 갖추어지지 않은 것이 없었고, 도가 있는 곳에 문장 역시 따랐으니, 그가 지은 문장은 도의 해타(咳唾)[73]와 서여(緖餘)[74]가 밖으로 드러난 것일 뿐이었다.

선생은 백성과 나라를 위해 한 마음 다 바쳐 고생도 험난함도 피하지 않았다. 험난한 시절을 만나[75] 선생과 처세를 함께 하고 나라의 중임을 맡고 있던 고관들은 난새가 고꾸라지고 봉황이 넘어지는 듯, 난초가 꺾이고 옥이 부러지는 듯, 줄줄이 넘어져 조정이 텅 비게 되었다. 선생과 대립하던 자들은 기필코 선생을 사지에 넣고자 하여 산과 바다에 가둬 두었기에 거의 목숨을 보전하지 못할 뻔 했다. 그러나 선생은 아무 탈 없이 계시다가 노년에 사면되어 돌아오시어 우뚝 노(魯)나라의 영광전(靈光殿)[76]이 되셨으니, 아마도 하늘이 남몰래 도와주어 사도

---

72 고문전책(高文典策) : 국가의 귀중한 문서와 법령 등을 일컫는다.

73 해타(咳唾) : 재채기할 때 튀어나오는 침방울이다. 타인의 아름다운 시구를 비유하는 말로도 쓰인다.

74 서여(緖餘) : 실을 뽑은 뒤 고치에 남아있는 실이다.

75 험난한 시절을 만나 : 원문은 '양구(陽九)'로 술가(術家)에서 4천6백1십7년을 1원(元)으로 삼고, 원이 시작되는 처음의 1백6년 사이에 가뭄이 드는 해가 9번 있다고 하여 재앙이 드는 해를 가리킨다.

(斯道)와 사문(斯文)이 땅에 떨어지지 않게 해주었기 때문이리라.

갑인년(1914) 선생께서 80세 되시던 해에 책 상자에 넣어두었던 옛 원고를 모아서는 조판공에게 맡기시어 전집 몇 권을 간행했다. 마치 이백기(李伯紀)[77]가 풍파를 겪고 배척당해 쫓겨난 끝에 직접 《호해집(湖海集)》을 산정한 것처럼, 대략 마음의 자취를 보이려는 것이었지 후세에 전하려고 계획한 것은 아니었다. 그런 까닭에 편질이 많지 않아 널리 유포되지 않았다. 3년이 지나 정사년(1917)에 문인과 후배들이 모여 중간본(重刊本) 낼 것을 의논하였다. 이로부터 선생의 문집이 오래도록 전해질 수 있게 된다면 사문의 다행일 것이다. 그렇지만 선생의 글을 읽는 자라면 옛날 대가나 명가들이 비평하고 문장을 가려 뽑았던 것처럼 문장으로써 문장을 보지 말고, 도를 큰 근원으로 삼고 문장을 여사(餘事)로 여긴 다음이라야 선생의 참 문장이 보일 것이다. 도가 먼저이고 문장이 나중이라야 도와 문장의 최선의 것이 다 이루어질 것이다. 후대에 안목을 갖춘 자는 틀림없이 나와 의견이 같을 것이다.

항양(恒陽)[78] 여규형(呂圭亨)[79]이 삼가 쓰다.

---

76 영광전(靈光殿) : 한나라 경제(景帝)의 아들인 공왕(恭王)이 곡부(曲阜)에 세운 궁전이다. 후한(後漢) 왕연수(王延壽)가 지은 〈노영광전부서(魯靈光殿賦序)〉에 "서경(西京)의 미앙(未央)과 건장(建章) 등 궁전이 모두 파괴되어 허물어졌는데도, 영광전만은 우뚝 홀로 서 있었다.〔靈光巋然獨存〕"라고 하였다.

77 이백기(李伯紀) : 남송 때 재상 이강(李綱, 1085~1140)으로 자는 백기(伯紀)다. 성품이 강직하고 항상 정론을 고수하여 자주 좌천을 당했으나 명성이 사방으로 퍼졌다. 송나라 사신이 금나라에 가면 금나라 사람이 반드시 이강의 안부를 물었다고 한다.

78 항양(恒陽) : 고구려 때 양근(陽根)을 가리키던 지명으로 여규형의 출신지이다. 본관인 함양(咸陽) 대신 출신지를 쓴 것으로 보인다.

79 여규형(呂圭亭) : 1848~1921. 본관은 함양(咸陽), 자는 사원(士元), 호는 하정(荷亭)이다. 1882년 증광문과(增廣文科)에 급제하고 승지(承旨)를 거쳐, 1895년 제도개편 때 중추원의관(中樞院議官)이 되었다. 일제시기에는 제1고등보통학교 한문교사를 지냈다.

운양선생집 중간본 서문

雲養先生集重刊序

《운양집》이 간행되자 고관과 학사들은 진작부터 보배로 여겨왔으나, 다만 인쇄본이 적어 널리 보급되지 못한 것이 걱정이었다. 이에, 문인들이 재간행하여 오래도록 널리 전하고자 하였다. 문장을 누군들 전하고 싶어 하지 않겠는가마는 반드시 다 전해지지는 못하며, 간혹 처음부터 전해지기를 바란 것이 아니었는데도 전해지는 경우도 있다. 이는 사람들에게 달려있기도 하려니와 시대가 그렇게 만들기도 한다.

선생은 온 세상 인물들과 교유하였으나 아직까지 미처 문 앞에 이르러 얼굴을 바라보지 못한 자들이 있으니, 선생의 글을 읽으면 그 사람됨을 거의 알 수 있을 것이다. 지은 글이 오랜 뒤까지 전해지는 경우는 많지만 같은 시대에 전해지기는 어렵다. 오랜 뒤에는 정론이 생기지만, 동시대를 나란히 살 경우 비록 나이와 덕이 남을 제압하기에 족해도 그에 대한 평가가 들쭉날쭉할 수밖에 없어서 그저 조만간에 알아주는 이가 있겠지 생각만 할 뿐이다. 그런데도 한결같이 합치되어 두 말이 없다면, 그런 사람 있기가 어찌 쉽겠는가? 그런 시대를 만나는 것 역시 쉽지 않으리라.

해평(海平) 윤희구(尹喜求)[80]가 절하며 쓰다.

(옮긴이 구지현)

---

80 윤희구(尹喜求) : 1867~1926. 본관 해평(海平), 자 주현(周賢)·주현(周玄), 호는 우당(于堂)이다. 한말의 한문학자이다. 《대한예전》, 《양조보감》을 편찬하였으며, 《문헌비고》를 증수하였다. 문집에 《우당시문선》이 있다.

운양집

제 1 권

詩시

시 詩

격경집 擊磬集

갑인년(1854, 철종5)에서 갑자년(1864, 고종1)까지 귀천(歸川)¹
천운루(天雲樓)²에서 지었다.

을축년(1865, 고종2) 가을에 강물이 범람하여 집이 침수되는 바람에
상자 안의 시고(詩稿)가 모두 물에 잠겼다. 종형 심연(心硏)³께서 간
신히 떠내려가지 않고 남은 것을⁴ 수습하여 시 몇 편을 건졌다. 그때
나는 호서(湖西)에서 객으로 머물고 있다가⁵ 그 소식을 듣고는 문득
경쇠 치던 양(襄)처럼 바다로 들어가고픈 생각⁶이 들었다. 집으로 돌
아온 후 한 책(冊)으로 베껴 적어 《격경집(擊磬集)》이라고 이름을

---

1 귀천(歸川) : 경기도 양근(楊根) 귀천리이다. 김윤식의 고향이다.

2 천운루(天雲樓) : 김윤식의 고향 귀천에 있던 누대 이름이다. 김윤식의 생전에 이미
불에 타버렸다.

3 심연(心硏) : 김관식(金寬植, 1834~1866)으로, 자는 화경(和卿)이며, 심연(心硏)
은 그의 호이다. 김윤식의 숙부 김익정(金益鼎)의 셋째 아들이다. 경기도 양근 귀천에
서 살았다.

4 간신히……것을 : 원문은 '서저(棲苴)'로 나뭇가지에 걸려 있는 수초를 가리킨다.
《시경》〈소민(召旻)〉에 "저 가뭄 든 해처럼, 풀이 무성하지 못하고, 저 나무 위에 시든
풀처럼 내 이 나라를 보니, 어지럽기 짝이 없도다.〔如彼歲旱 草不潰茂 如彼棲苴 我相此
邦 無不潰止〕"는 구절이 있다. 주희(朱熹)는 《집전(集傳)》에서 "'서저'란 물 위에 떠다
니던 풀이 나뭇가지 위에 걸린 것을 말한다.〔棲苴 水中浮草棲於木上者〕"라고 하였다.

5 호서(湖西)에서……있다가 : 김윤식은 1865년 5월에 숙부 김익정(金益鼎)의 임소
인 청주(淸州)를 다녀왔다.

6 경쇠 치던……생각 : 주나라 왕실의 예악이 쇠미해지자 악관들이 은거하였는데, 경
쇠 치던 양도 그 중에 한 사람이다. 《논어》〈미자(微子)〉에 "소사(少師) 양(陽)과 경
(磬)을 치던 양(襄)이 바다로 들어갔다.〔少師陽 擊磬襄 入於海〕"라고 하였다.

지었으니, 음절이 딱딱하여 길게 뽑아 읊조리기에 부족하기 때문이
다.

초봄 밤에 석장산방에 모여 운을 나누어 시를 지었는데 동자를 얻었다

孟春夜會石莊山房分韻得凍字

세찬 바람이 눈발을 몰아내니	迅風逐霏雪
저녁 골짜기에 개인 날씨 시작되네	霽色生暮洞
빈 뜰엔 사슴만 다니고	空庭鹿行走
황량한 숲엔 새들도 울지 않네	荒林鳥未咔
샛길 헤치고 가 안부를 묻고	穿徑相問訊
창 아래 술동이 놓고 따뜻한 술 잔 기울이네	煖斟窗下甕
놀란 바람과도 같은 저 세월은	光陰如驚飆
어찌 그리 바쁘게 떠나가는지	馳謝何怱怱
교외에 물색이 바뀌더니	郊局雲物變
어느덧 명협 바칠 때가 되었네[7]	奄當堯蓂貢
백옥 쟁반에 떡을 돌리고	餠餌行白玉
솥과 광주리의 음식을 서로 보내주네	釜筥相餽送
길에서 만나면 즐거이 경하하느라 분주하니	道逢紛歡祝
어젯밤 사람들이 물고기 되는 꿈을 꾸었다고[8]	昨夢魚維衆

---

7 명협(蓂莢)⋯⋯되었네 : 새해가 되어 새 달력을 사용할 때가 되었음을 말한다. 명협(蓂莢)은 요(堯) 임금 조정의 뜰에 난 서초(瑞草)의 이름이다. 초하룻날부터 매일 한 잎씩 나서 자라고, 열엿새 째부터 매일 한 잎씩 져서 그믐에 이른다고 하여 후대에 달력의 뜻으로 쓰인다.

8 사람들이⋯⋯꾸었다고 : 풍년이 들 징조를 말한다. 《시경》〈무양(無羊)〉에 "목인이

비단 오려 만든 쌍 연을 날리니	刻綵颺雙鳶
바람 타고 하늘까지 날아오르네	乘風戾天狂
팔 걷어붙이고 윷이야[9] 소리치니	袒跣呼五白
한 번 던질 때마다 온 집안이 떠들썩	一擲滿堂哄
지난해 섣달엔 서울을 돌아다녔지만	客臘遊京國
분주하기만 했지 끝내 뜻을 얻지 못했네	奔走竟憁恫
세모에 온갖 물가가 뛰어	百貨歲暮騰
생선 값이며 쌀값이 떠들썩했었네	魚喧米亦閧
대로엔 천천히 걷는 이 없고	康莊無緩步
수레가 줄을 잇고 말들이 뛰어다녔네	肩轂並飛鞚
산골 풍속은 조용해서 좋나니	峽俗喜恬靜
돌아와 누우니 속세의 꿈에서 깨어났네	歸臥醒塵夢
맑은 밤엔 중문도 닫았으니	淸夜掩重闉
깊은 포부 누구에게 아뢸 것인가	沈抱向誰控
머리 들고 〈초은사〉[10]를 부르다	翹首詠招隱

꿈을 꾸니, 사람들이 물고기로 보였는데……사람들이 물고기로 보이는 것은, 실로 풍년이 들 조짐이다.〔牧人乃夢 衆維魚矣……衆維魚矣 實維豊年〕"라고 했다.

9　윷이야 : 원문은 '오백(五白)'이다. 옛날 박희(博戱) 도구의 채색(彩色) 이름이다. 박희는 목제(木製)의 투자(骰子) 다섯 개를 가지고 하는데, 각 투자의 양면(兩面) 중에 한쪽에는 흑색을 칠하고 송아지〔牛犢〕를 그렸으며, 다른 한 쪽에는 백색을 칠하고 꿩〔雉〕을 그렸는 바, 이 다섯 투자를 한 번 던져서 모두 흑색을 얻으면 노(盧)라 외치는데 이것이 가장 승채(勝彩)가 되고, 모두 백색을 얻으면 백(白)이라 외치는데 이것이 그 다음의 승채가 된다고 한다.

10　초은사(招隱士) :《초사(楚辭)》의 편명이다. 전한(前漢)의 회남왕(淮南王) 유안(劉安)의 문객인 소산(小山)이 지었다고 하는데, 유안이 직접 지었다는 설도 있다.

옷 걸치고 구중[11]을 찾아왔네	披衣訪裘仲
옅은 안개는 높은 나무에 깃들고	輕煙棲高樹
용마루엔 흰 달빛이 흐르는구나	素月流層棟
참으로 어여뻐라 악록선[12]이여	偏憐萼綠仙
진주 같은 꽃봉오리 막 피었네	蚌胎嬌初弄
푸른빛 자기 잔에 솔잎 술 따라	碧瓷酌松釀
고래처럼 단 번에 통쾌하게 들이키네	長鯨一吸痛
더구나 남국의 영재 모셨는데	況奉南國英
잔치 자리에서 아름답고 뛰어난 문장을 토하시니	登筵吐繡鳳
우러러 금옥 같은 글에 답하고자	仰酬金玉章
종이 펼쳐 언 붓을 호호 녹이네	鋪箋呵毫凍
어찌하여 쓸쓸한 밤에	何如索居夜
수심 젖어 화로를 둘러싸고 앉았으랴	悄悄擁爐烘
부지런히 옛 친구와 정을 쌓을 뿐[13]	但勤緜袍戀

산중에 사는 고충을 늘어놓으면서 은사에게 돌아올 것을 권고하는 내용이다.

11 구중(裘仲) : 한나라 은자의 이름이다. 《초학기(初學記)》 권18에서 한나라 조기(趙岐)가 지은 《삼보결록(三輔決錄)》을 인용하며 다음과 같이 기록하였다. "장후는 자가 원경이다. 집에 세 갈래 길이 있었는데, 오직 양중과 구중하고만 노닐었다. 이중(二仲)은 청렴으로 추천받았으나 명예에서 도피하였다.〔蔣詡字元卿 舍中三逕 唯羊裘仲從之游 二仲皆推廉逃名〕" 후에 양중과 구중은 고결한 은사를 상징하는 인물이 되었다.

12 악록선(萼綠仙) : 꽃받침이 초록색인 매화 이름이다. 송나라 범성대(范成大)의 《석호매보(石湖梅譜)》에 "대개 매화는 입을 붙인 곳이 모두 녹자색(綠紫色)인데 오직 이것만은 순록(純綠)이고, 가지 또한 푸른데 호사자들이 구의선인(九疑仙人) 악록화(萼綠華)에 비한다."고 했다.

도시락과 표주박 빌까[14] 근심하지 않네   不愁簞瓢空

13 옛 친구와 정을 쌓을 뿐 : 원문은 제포(綈袍)로 두꺼운 명주로 만든 솜옷이다. 친구
간의 우정을 말할 때 쓰인다. 전국 시대 위(魏)나라의 수가(須賈)가 자신의 옛 친구
범수(范雎)가 추위에 떠는 것을 보고 제포를 주었다는 고사에서 나왔다.《史記 范雎蔡
澤列傳》

14 도시락과……빌까 : 가난한 생활을 상징한다.《논어》〈옹야(雍也)〉에서 안회(顔
回)가 한 도시락의 밥과 표주박 물을 마시면서 안빈낙도했다는 말이 나온다. 도연명(陶
淵明)의 〈오류선생전(五柳先生傳)〉에도 "도시락도 표주박도 자주 비었지만 태연했
다.〔簞瓢屢空 晏如也〕"는 표현이 보인다.

반딧불. 김효렴 상협 에게 주다

螢火贈金孝廉 商協

산골 집엔 밤에 촛불도 없어	山家夜無燭
고요히 앉아 빈 휘장만 지키고 있는데	靜坐守空幃
반딧불[15]이 풀숲에서 나와	丹鳥出林莽
나를 좇아 사립문을 넘어들어 오네	相隨度荊扉
처음엔 처마 사이로 새는 달빛인가 했더니	初疑簷月漏
다시 보니 드문드문 새벽별 같아라	漸看曉星稀
어둠 속의 나를 위로라도 하듯	慰我昏黑裏
깜빡깜빡 난간 옆을 날아다니네	明滅傍欄飛
앞에서 보이더니 어느새 뒤에 가있고	瞻前忽在後
높이 나니 낌새를 알아차린 듯	高舉似見幾
반딧불은 썩은 풀에서 생겨났지만[16]	螢生腐草間
빛나는 광채를 품고 있고	耿耿抱光輝
선비는 가난한 집에서 태어났지만	士生蓬蓽門
우뚝 훌륭한 재능을 품고 있다네	卓犖懷珠璣
그러나 다 같이 남에게 버림당하여	同爲人棄擲
가을비 흩날리듯 좌절하였네	顚倒秋雨霏

---

15 반딧불 : 원문은 '단조(丹鳥)'로 반딧불의 별칭이다. 단랑(丹郎)이라고도 한다.

16 반딧불은……생겨났지만 : 《예기(禮記)》〈월령(月令)〉에서 "늦여름에 썩은 풀이 반딧불이가 된다.〔腐草爲螢〕"고 했다.

어찌하여 태양을 가까이하여   何不近太陽

끄트머리 빛이라도 얻어 의지하지 않는가   占得末光依

돌아가는 제비 5수

歸鷰 五首

갓 태어난 새끼 키워 날개 깃 다 자라더니	養得新雛羽翼成
지지배배 가르쳐 그 소리 더욱 또렷해졌네	呢喃敎語更分明
그간 온갖 고생도 많기도 하더니	中間也有千般苦
품고 먹이던 그 때 심정 모두 토로하네	道盡當時乳哺情

아름답게 조각한 들보 비취빛 늘인 휘장	文杏雕樑翡翠幃
봄날이면 날아와 옥인이 의지하네	三春來向玉人依
집주인에게 장강의 한 있지 않는데	主家不是莊姜恨
어이하여 석양에 아주 돌아가려 하는가[17]	底意斜陽欲大歸

천만 마디 재잘대며 꽃 좋은 시절 다 보내니	千言萬語送芳菲

---

17 집주인이……돌아가려는가 : 이는 《시경》〈연연(燕燕)〉편의 모티브를 따온 것이다. 연연편은 한 여인이 제비를 전송하는 내용인데, 이 때 주인공인 여인은 위나라 장공의 부인인 장강(莊姜)이요, 떠나는 제비는 장공의 첩이었던 대규(戴嬀)를 의미한다. 장강은 성품이 훌륭했는데도 자식이 없어서 대규의 아들인 완(完)을 자신의 양자로 삼았다. 그로 인해 장강과 대규의 사이는 매우 좋아져 서로 의지하는 사이가 되었다. 후에 장공이 죽고 완(完)이 뒤를 이어 즉위했는데 다른 첩의 아들이 완을 죽이고 스스로 즉위하는 일이 벌어졌다. 이에 장강과 대규 모두 입지가 위태로워졌는데 대규가 결국 쫓겨나 친정인 진(陳)나라로 가게 되었다. '대귀(大歸)'는 시집간 여자가 친정으로 아예 떠나서 다시 돌아오지 않는 것을 말한다. 장강은 자신이 크게 의지하던 대규가 떠남을 아쉬워하며 그녀를 돌아가는 제비에 비유하여 노래한 것이다.

늙은이도 해오라기 따라 욕심 모두 잊었네[18]　　老大都隨鷺忘機

서릿발 속에 발 드리우고 수심 젖어 앉았으니　　霜重簾帷悄悄坐

바람 처량한데 날갯짓하며 나직이 날고 있네　　風凄毛羽低低飛

올 때는 외롭게 한 쌍이 오더니　　來時子子但雙隨

돌아가는 길엔 가득 새끼가 넷이라네　　歸路盈盈有四兒

다들 어르신네 집안이 대단하다 말하네　　共說阿家門戶大

검은 관에 검은 띠로 위의를 갖췄으니　　烏冠皁帶儼成儀

꽃 차고 물 스치던 일 마치 전생 일인듯　　蹴花掠水似前生

뜰 오동잎 지는 소리에 꿈이 깨었네　　一葉庭梧夢已驚

귀뚜라미는 내 심정 아는지 모르는지　　蟋蟀不知儂意緒

밤새도록 시끄럽게 침상에 들어와 우네　　終宵聒耳入牀鳴

---

18 해오라기……잊었네 : '구로망기(鷗鷺忘機)'라는 말에서 나왔다. 《열자(列子)》〈황제(黃帝)〉에 다음과 같은 고사가 보인다. "바닷가에 사는 사람의 아들이 갈매기와 더불어 잘 노닐었다. 매일 아침 바닷가에 가서 갈매기와 함께 노닐면 백 마리도 넘게 갈매기가 날아왔다. 그의 아버지가, '네가 매일 갈매기와 노닌다고 들었으니, 잡아 오너라. 내가 데리고 놀려고 한다.'라고 말했다. 아들이 이튿날 바닷가에 갔더니 갈매기는 춤만 출 뿐, 내려오지 않았다.〔海上之人有子歐鳥者 每旦之海上 從鷗鳥游 鷗鳥之至者百住而不止 其父曰 吾聞鷗鳥皆從汝游 汝取來 吾玩之 明日之海上 鷗鳥舞而不下也〕" 이 고사에서 유래하여, '구로망기'는 거짓됨이 없으면 이물도 가까이 한다는 뜻으로 사용되었으며, 더 나아가 담백한 마음으로 세상사에 관심을 끊고 은거하는 것을 뜻하는 말로도 사용되었다.

을유년(1885, 고종22) 7월 16일 우저[19]에 배를 띄우고 짓다
乙卯七月旣望汎舟牛渚作

포구 사람들 가을[20] 맞아 배를 띄우니	浦人理櫂金素節
대화성 서쪽으로 흐르건만[21] 여전히 무덥네	大火西流猶苦熱
강어귀에 해 떨어져 강물은 따뜻하고	江口日落江中煖
흰 물고기 배 안으로 들어와 눈발처럼 뛰네	白魚入舟躍如雪
우저 물 내달리니 여울 소리 맴도나니	牛渚水駛灘聲轉
파도 가르는 주렴 친 배 화살보다 빠르네	簾舫駕濤疾於箭
삿대 소리 삐걱삐걱 갈대 속에 울리고	蕩槳窸窣蘆葦響
물새들 끼룩끼룩 수면을 맴도네	水禽磔磔遶水面
뱃머리의 사람 그림자 홀연 희미해지기에	船頭人影忽縹緲
올려 보니 하얀 달이 붉은 여뀌에 걸렸네	仰看玉盤掛紅蓼
미인이 이제 막 칠보 단장을 마치고	美人新成七寶章

---

19 우저(牛渚) : 현재 경기도 광주시 남종면 귀여리에 흐르던 냇물이다. 우천(牛川), 귀천(歸川)이라고도 불린다.

20 가을 : 원문은 '금소절(金素節)'로 가을을 말한다. 진(晉)나라 사영운(謝靈運)의 〈영초삼년칠월십육일군초발도(永初三年七月十六日之郡初發都)〉시에 "노를 저으니 금소로 변했네.〔理棹變金素〕"라는 구절이 있는데, 이선(李善)은 주(注)를 달아 "금소(金素)는 가을이다. 가을은 금이고 색이 희기 때문에 금소라고 한다.〔金素 秋也 秋爲金 而色白 故曰金素也〕"라고 했다.

21 대화성(大火星) 서쪽으로 흐르건만 : 가을인 7월이 되었음을 뜻한다. 《시경》〈칠월(七月)〉에 "칠월에 대화성이 서쪽으로 가거든 구월에 옷을 만들어준다.〔七月流火 九月授衣〕"라고 하였다.

웃으며 발²²을 걷고 조신하게 나왔네 　　笑捲罘罳出窈窕
이마를 땅에 찧어 옥천처럼 절하며²³ 　　額蹋試作玉川拜
약절구를 얻어 항해²⁴를 마시고자 　　願乞藥臼吸沆瀣
창해로 들어가 버린 걸 어찌 쫓으랴 　　竦身滄海那可追
미인이 돌아보지도 않으니 내 근심만 더하네 　美人不顧增愁殺
가슴 열고 낭파²⁵의 술 질탕하게 마시고 　開懷暢飲浪婆酒
종이 자르고 먹을 갈아 붓을 맘껏 휘두르네 　劈箋磨墨恣揮灑
휘파람 한 번 불자 푸른 벼랑이 무너질 듯 　一嘯欲裂蒼崖巓
먼 포구엔 바람 일고 물가엔 안개 피어나네 　遠浦風起水生煙
알겠구나 파옹은 진정 유유자적했으니 　始識坡翁眞適意
퉁소소리에 서글퍼한 것 아니었네²⁶ 　不因簫聲却愀然

22　발 : 원문의 '부시(罘罳)'는 처마나 창에 친 새를 막기 위한 그물망이다. 달이 처마
사이로 떠오른 것을 미인이 발을 걷고 나왔다고 표현한 것이다.

23　옥천(玉川)처럼 절하며 : 옥천은 당나라 노동(盧仝)의 호인 옥천자(玉川子)이다.
노동의 〈월식(月蝕)〉시에 "다만 공업이 이루어질까 두려워 이를 토해내지 못하네. 옥천
자는 또 눈물을 흘리며, 마음으로 기도하고 두 번 절하며 이마를 모래흙에 찧네.〔但恐功
業成 便此不吐出 玉川子又涕泗下 心禱再拜額搨砂土中〕"라고 했다.

24　항해(沆瀣) : 항해장(沆瀣漿)의 준말로 일종의 청량한 음료이다. 선인(仙人)이 마
시는 음료라고 한다.

25　낭파(浪婆) : 물결의 신이다. 당나라 맹교(孟郊)의 〈송담공(送澹公)〉에 "나는 물
결을 치는 아이, 술을 마시면 낭파에게 절을 하지.〔儂是拍浪兒 飲則拜浪婆〕"라는 구절
이 보인다.

26　파옹은……아니었네 : 소식(蘇軾)의 〈적벽부(赤壁賦)〉를 보면 강에 배를 띄워 놀
며 흥을 즐기던 소식이 문득 어떤 객의 퉁소소리를 듣고 서글퍼하다가 객과 문답을
주고받는 장면이 나오는데, 객이 퉁소를 슬프게 분 까닭을 말하자 소식이 달의 차고
기움을 빌려 인생의 진리를 말한다.

중추절 밤에 배를 띄우다

中秋夜汎舟

작은 배로 물결 가르고 가 저녁 모래밭에 대니	小艇衝波艤晩沙
저 멀리 절집에서 종소리 들려오네	鍾聲遠自梵王家
초록 버들은 깊은 물가 언덕에 늘어지고	綠楊岸落三篙水
붉은 여뀌는 모래톱 십 리에 이어졌네	紅蓼洲連十里花
달을 따라 구름에 올라가는 건 한갓 꿈	取月梯雲徒夢想
쌀밥 짓고 쏘가리를 회치면 족할 내 인생	炊秔鱠鱖足生涯
이 강이면 속세와 뚝 떨어져 있으니	此江便與塵寰隔
도화원에 만 그루 노을빛 꽃 심지 마시게	休種桃源萬樹霞

5월 그믐에 미지산[27]에 올라 약천 물을 마시고 7월에 귀가하다
五月晦上彌智山飲藥泉七月歸家

한 달 내내 절을 유람하고서	浹月遊初地
출행하시는 스님과 동행해 돌아오는 길	歸筇伴錫飛
우연히 약수를 찾아간 것이지	偶尋靈液去
세속의 정 벗어나고자 한 것은 아니었네	非欲世情違
처마 끝에선 매미 소리 들리고	簷端蟬響發
상자 속엔 좀 쓴 책이 드문드문	篋裏蠹篇稀
불문의 계율에서 막 벗어나자마자	纔脫空門戒
술기운이 뺨 위에 발그레 오르네	酒痕上頰微

---

27 미지산(彌智山) : 경기도 양평군 용문면 신점리 용문산(龍門山)의 옛 이름이다. 산 중턱에 용문사(龍門寺)가 있는데, 봉선사의 말사로 신라 신덕왕 2년(913)에 대경 국사가 창건하였으며, 1447년(세종29)에는 수양대군이 모후(母后)인 소헌왕후를 위하 여 보전(寶殿)을 개창하였다. 권근이 지은 정지(正智) 국사비(國師碑)와 천연기념물 로 지정된 은행나무가 있다.

명월암

明月庵

늘어선 노송나무 구름 위로 열 길이나 푸르고	陳檜凌雲翠十尋
불전엔 연기 흩어져 돌 당간은 우뚝하네	香臺煙散石幢森
처마로 비껴드는 달은 절집을 곱게 단장하고	入簷斜月粧宮樣
골짜기로 떨어지는 여울물은 치음을 연주하네	懸谷飛湍奏徵音
절집에서 주계 따를 이 그 누구랴	蓮社誰能聽酒戒
금 뜯는 여인은 분명 선심을 깨쳤으리[28]	琴娥端的悟禪心
새벽 오니 한 점 푸른 불등만이	曉來一點慈燈碧
솔숲 사이 뚫고서 맑은 흉금을 비춰주네	獨透松間映素襟

---

28 금 뜯는……깨쳤으리 : 금운(琴韻)은 곧 선심과 하나로 여긴다. 송나라 시인 황정
견(黃庭堅)의 〈숭덕군이 금 타는 소리를 듣다〔聽崇德君彈琴〕〉시를 보면, "금의 뜻과
그의 뜻을 바라보매, 금 뜯는 열 손가락에 매어있지 않은 듯이다. 선심은 말이 없어
저 못처럼 고요하고, 어둔 계곡 맑은 바람은 마주보며 맑네.〔兩望琴意與己意 乃似不著
十指彈 禪心默默三淵靜 幽谷淸風淡相應〕"라는 구절이 있다.

한식에 두협을 출발하며 석장[29] 족인 기두 의 시에 차운하다

寒食出斗峽次石莊 族人基斗 韻

하늘에 닿은 뭇 봉우리가 수심을 일으키나   倚天群峭喚愁生
안개 걷힌 강물에 나그네 시름 고요해지네   江上無煙澹客情
한 마리 새 한가히 울고 봄날은 긴데   一鳥閑鳴春晝永
봉우리들 움푹한 사이로 석양빛 밝네   數峯中缺夕陽明
꽃인가 싶은데 바위틈의 눈인지 알 수 없고   疑花未辨巖間雪
골짝 사이로 가며 해 아래 성을 멀리 바라보네   穿峽遙看日下城
시구 찾아 괜스레 백로 나는 곳 살펴보다   得句空尋飛鷺處
그대에게 삼백 잔 벌주만 져버렸네   輸君三百罰籌橫

---

29 석장(石莊) : 김기두(金基斗)로, 석장은 그의 호이다. 김윤식의 고향 경기도 양근 귀천리 동향 일가로, 귀천리 금봉산(金峯山) 아래 석장산방(石莊山房) 주인이다. 《운양집》 9권에 《석장산방중건기(石莊山房重建記)》가 있다.

서경당[30] 응순 에게 화답하다

和徐絅堂 應淳

나귀 등에 해낭[31] 실은 여위디 여윈 몸	驢背奚囊太瘦生
두견새 우는 소리에 돌아갈 맘 먹었네	一聲杜主喚歸情

경당은 한 해를 지내며 서울에 머물다가 정사년(1857, 철종8) 늦봄에 비로소 이천(利川)으로 귀향했다.

문에 들어온 먼 산봉우리에 춘심은 고요하고	遙峯入戶春心靜
물에 몸 비친 고운 달에 수국이 환하구나	佳月分身水國明
먼지 낀 걸상은 아직 서유자를 못 만났고[32]	塵榻未逢徐孺子

30　서경당(徐絅堂) : 서응순(徐應淳, 1824~1880)으로, 본관은 달성(達城), 자는 여심(汝心), 호는 경당(絅堂)이다. 유신환(兪莘煥)의 문하에서 심기택(沈琦澤) · 민태호(閔台鎬) · 김윤식(金允植) 등과 함께 수학하였다. 1870년(고종7) 음보(蔭補)로 선공감 감역(繕工監監役) · 군자감 봉사(軍資監奉事) · 영춘 현감(永春縣監)을 역임하고, 간성 군수(杆城郡守)로 부임하여 임지에서 죽었다.

31　해낭(奚囊) : 시낭(詩囊)이다. 당(唐)나라 이하(李賀)가 매일 아침 약마(弱馬)를 타고 어린 종에게 낡은 비단 주머니를 짊어지고 따르게 하고, 승경지를 찾아다니다가 우연히 시를 지으면 써서 주머니에 넣었다고 한다.

32　먼지……만났고 : 오랫동안 친구를 만나지 못한 것을 비유한 것이다. 서유자(徐孺子)는 후한(後漢) 사람 서치(徐稚)이다. 진번(陳蕃)이 일찍이 태수를 지낼 때 어떤 객도 만나지 않고 다만 은거하는 서치만을 존중하여 특별히 한 걸상을 마련하여 그를 맞이하였다고 한다. 그러다가 서치가 돌아가면 그 걸상을 처마에 매달아두었다고 하는데 여기서 인하여 특별히 존중하는 손님을 가리키게 되었다. 여기서는 주인공 김윤식이 자신의 친구 서응순을 몹시 높이 평가하고 존중함을 말하는데, 그가 서(徐)씨인데서 착안하여 서치의 전고를 인용한 것이다.

비단 같은 강물은 문득 사선성을 추억하네[33]　　　練江忽憶謝宣城

지금부턴 명산 노닐 꿈 이를 수 있겠네[34]　　　從今可遂名山願

좋은 사위 혼례에서 백벽을 바치리니[35]　　　快壻當筵白璧橫

　가까운 장래에 딸의 초례(醮禮)를 올린다고 했기 때문에 양백옹(楊伯雍)이 서씨(徐氏)의 딸에게 장가간 전고를 인용했다.

수표교 초가집에서 《태현》 쓰는 이가[36]　　　標橋茅屋草玄生

33　비단……추억하네 : 사선성(謝宣城)은 사조(謝朓, 464~499)로, 자는 현휘(玄暉), 진군(陳郡) 양하(陽夏) 사람이다. 남조 제(齊)나라 시인으로 선성태수(宣城太守)를 지냈기에 선성이라고 불린다. 사조의 〈만등삼산환망경읍(晚登三山還望京邑)〉시에 "맑은 강이 고요하여 비단과 같네.〔澄江靜如練〕"라는 구절이 보이는데, 이 구절을 염두에 두고 적은 것이다.

34　지금부턴……있겠네 : 후한(後漢) 상장(向長)이 자녀들을 다 출가시키고 오악(五嶽) 명산을 유람했다는 고사를 취한 것이다.

35　좋은……바치리니 : 양백옹(楊伯雍)은 《수신기(搜神記)》〈선전습유(仙傳拾遺)〉에 나오는 인물이다. 한나라 사람으로 의장(義漿)을 마련하여 행인들에게 베풀었는데, 어떤 행인이 돌 알갱이 한 되를 주었다. 그것을 남전(藍田)에 심었더니 거기서 희고 깨끗한 옥〔白璧〕 5쌍을 얻었다. 그는 이 재물에 의지해서 서씨(徐氏)의 딸에게 장가를 갔다고 한다. 여기서는 그가 서(徐)씨의 딸에게 장가간 것에서 착안하여 서응순이 사위를 얻은 일에 비견했다.

36　태현 쓰는 이가 : 원문은 '초현(草玄)'으로 《태현(太玄)》의 작자인 양웅(揚雄)이 시세에 영합하지 않고 진지하게 진리의 탐구에 몰두했던 것을 칭찬하는 말이다. 전한(前漢) 애제(哀帝) 때 동현(董賢) 등의 간신들이 국정을 농단하였는데, 당시에 이 간신들에게 붙으면 심지어 이천석(二千石)의 벼슬을 받는 것도 어렵지 않았다. 하지만 양웅은 이러한 시세에 휩쓸리지 않고 홀로 은거하면서 《태현》의 초고(草稿)를 잡았다고 한다. 이로 인하여 초현(草玄)이라는 말은 공리(功利)에 대한 욕심 없이 저술에 몰두하는 이를 가리키는 말로 쓰이게 되었다. 여기서는 서응순을 가리킨다.

물결에 편지 띄워 멀리 정을 부쳐왔네　　　　尺素憑流遠寄情

온갖 시름 다 잊었다니 최상이라 하겠는데　　千緒渾忘稱太上

꽃 한 송이 안 피었다니 청명절을 애석해하오　一華不發惜淸明

긴 섬에서 꾸는 꿈은 강남 길을 알고　　　　長洲夢識江南路

방초 핀 봄은 북한산성에서 깊어가네　　　　芳草春深漢北城

　일찍이 북한산(北漢山)을 가자는 약속이 있었다.

담장 아래 몇 그룬가 심어진 버들이　　　　　墻下數株楊柳樹

봄바람 맞으며 날마다 그대 향해 흔들리리　　東風日日向君橫

홀로 앉아 회포를 적다

獨坐書懷

작년 겨울에 나는 서(徐)·오(吳) 두 형[37]과 함께 여러 달 동안 어울려 노닐었는데, 두 형은 내년 봄에 나란히 말을 타고 나를 찾아오겠노라 약속했다. 3월에 편지를 받았는데, 전날의 약속을 기억하여 지키겠다고 하기에 내심 기뻐하며 오래도록 기다렸으나 끝내 오지 않았다. 꽃들은 다 지려하고 마음이 울적하여 시를 지었다.

조용히 거하며 게을리 긴 봄날 보내느라	端居倦長春
유유자적하며 치레 따윈 하지 않았네	于于謝雕飾
때때로 개울가 풀 향기 찾고	時尋澗草香
험한 길 무릅쓰고 산에 올랐네	忘險得前陟
홀연 들려오는 꾀꼬리 울음소리에	忽聞黃鸝鳴
좋은 약속 다가온 걸 알아차렸네	幽期認在卽
좋은 약속 어길 수 없음은	幽期未可誤
좋은 시절 얻기 어렵기 때문	良辰未易得
어렸을 적 강가에서 지냈었기에	小少生江干
바람의 기색을 살필 줄 아네	能知候風色
앉아 바라보니 돌아오는 돛단배 빠르기도 해라	坐見歸帆疾
적막한 가운데 해가 또 기울었네	寥寥到日昃

37　서(徐)·오(吳) 두 형 : 서는 서응순(徐應淳)을 가리키는 듯하다. 오는 미상이다.

담장 동쪽 장미나무도	墻東薔薇樹
받쳐 줄 사람을 기다리는데	亦待人扶植
외로운 하루를 내 어찌 견디랴	孤居我何堪
이 간절한 마음을 어찌 알까	焉知此情極
가끔씩 발을 다시 내리고	時復下葦箔
상자 열어 받은 편지 살펴보았네	開函閱華墨
군자는 의기를 중시하는 법	君子重義氣
어찌하여 이랬다저랬다 하는가	寧爲二三德
알겠노라 세상일에 얽매어	會知俗事牽
날마다 동쪽으로 갔다 남북으로 분주하겠지	征東日南北
녹시의 훈계[38]를 소중히 간직하면	珍重鹿豕戒
막혔던 가시덤불이 활짝 열릴 것이요	豁然開榛塞
깨끗한 마음의 먼지를 닦으면	勤拭冰壺塵
늘 슬퍼하며 지낼 필요도 없으리	不須恒惻惻

---

38 녹시(鹿豕)의 훈계 : 《맹자》〈진심 상(盡心上)〉에서 유래한 말이다. 전문은 다음과 같다. "순 임금이 산야에 묻혀 살적에 사슴이나 산돼지와 섞여서 산림 속에 살아서 보통의 야인(野人)과 거의 구별되지 않았다. 하지만 선언(善言) 한 마디를 듣거나 선행(善行) 하나를 보기만 하면 강하의 둑을 튼 것처럼 열렬히 복응(服膺)하고 실천하여 누구도 막을 수 없었다.〔舜之居深山之中 與木石居 與鹿豕游 其所以異于深山之野人者 幾希 及其聞一善言 見一善行 若決江河 沛然莫之能御也〕"

늦가을에 석장, 이난석[39] 건용 과 함께 읊다
暮秋與石莊李蘭石 建容 共賦

냇가 다리 시든 버들은 바람채찍 견디지 못해	溪橋衰柳不堪鞭
마주하고 가을 감회에 젖어 저녁하늘이 어둡네	相對秋懷黯暮天
병든 나무 높은 바람에 빗방울을 뿌리고	病樹風高能作雨
네모난 못 새벽 한기에 안개 절로 피어오르네	方塘曉冷自生煙
벽옥 같은 소나무는 현담의 주미[40]요	松爲碧玉談玄塵
황금 같은 국화는 술 사올 돈이라네	菊送黃金買酒錢
어떻게 하면 진가에서 빗장 빼버린 이[41]를 얻어다	那得陳家投轄手
밤새도록 평상에 앉아 청신한 이야기 나눌까	終宵抵榻話淸圓

한 해가 또 아득히 먼 옛날처럼 흘러가	一歲依如隔一塵
서리 맞은 기러기 돌아가는 제비가 지난봄을 이야기하네	

---

39 이난석(李蘭石) : 이건용(李建容, 1842~1920)으로, 자는 순여(舜如), 이병찬(李秉瓚)의 장남이다. 문과에 급제하고 참판을 지냈다. 경기도 양근(楊根)에 살았다.

40 주미(塵尾) : 옛 사람들이 현담(玄談)을 할 때 손에 들고 벌레를 쫓거나 먼지를 터는 도구이다. 막대 끝에 말총이나 헝겊 따위를 매달고 옥과 같은 것으로 장식했다.

41 진가(陳家)에서……이 : 한나라 진준(陳遵)의 고사다. 《한서(漢書)》〈진준전(陳遵傳)〉에 "진준은 술을 좋아했는데, 매번 큰 술자리를 베풀어서 빈객들이 당에 가득했다. 곧 문을 잠그고 객의 수레 빗장을 우물 안에 던져버려서, 비록 급한 일이 있더라도 끝내 갈 수가 없었다."고 하였다. 이로 인하여 투할(投轄)은 전심으로 객을 머물게 하여 오래도록 즐겁게 지내고자 하는 주인의 마음을 말하게 되었다.

비 지나간 작은 개울엔 솔방울 떠있고　　　　　　　霜鴻歸鴈語前春
구름 가는 거친 밭엔 보리 파종하는 사람　　　　　　小溪經雨浮松子
고요한 산은 때때로 메아리 따라 울고　　　　　　　荒畝耕雲種麥人
진한 차는 묵향의 맛 나누어 새롭기도 하구나　　　　山靜時隨漂響動
이군이 이 산방의 주인이거니　　　　　　　　　　　茶濃分得墨香新
비단 책갑 상아 책갈피 보니 가난하진 않겠네　　　　李君知是山房主
　　　　　　　　　　　　　　　　　　　　　　　　緗帙牙籤定不貧

눈 가득했던 망상42이 단 번에 씻기니　　　　　　　滿眼空花一洗開
이슬 같은 그대의 시 파초 잔에 쏟아지네　　　　　　君詩如露瀉蕉杯
푸른 물 흐르는 단교엔 물오리 노닐고　　　　　　　斷橋淥水鳧翁沒
찬 서리 내린 고목엔 기러기가 날아드네　　　　　　古木淸霜鴈堉來
쓸쓸한 묵향의 나라에 빼어난 이 그 누군가　　　　　香國蕭條誰拔萃
황폐해진 벼루 밭에 이끼가 반쯤 끼었구나　　　　　硯田荒穢半生苔
종일토록 빈산에서 가을소리에 쌓여 있자니　　　　　空山盡日秋聲裏
여종43만이 홀로 상수리 주워 돌아오네　　　　　　獨有樵靑採橡回

42　망상 : 원문은 '공화(空花)'로 불교용어이다. 병든 눈에 나타나는 번화(繁花) 모양
의 허영(虛影)이다. 어지러운 망상과 가상(假相)을 말한다.

43　여종 : 원문은 '초청(樵靑)'으로 여종을 말한다. 당나라 안진경(顔眞卿)의 〈낭적선
생현진자장지화비(浪跡先生玄眞子張志和碑)〉에 "숙종이 일찍이 노비 각 1명씩을 하사
했는데, 장지화가 부불호 짝을 맺어주었다. 남편의 이름을 어동이라 하고, 처의 이름을
초청이라 했다.〔肅宗嘗錫奴婢各一 玄眞配爲夫妻 名夫曰漁僮 妻曰樵靑〕"고 한다. 후에
초청은 여종을 말하게 되었다.

타고난 못난 성품에 비둘기 둥지나 모방하니[44]	生來守拙倣鳩居
문장 술 거문고 바둑 하나같이 남만 못하네	文酒琴棋摠不如
거친 산 고목 보며 초사를 슬피 읊고	古木荒山悲楚賦
아침볕 창가에서 《당서》를 말리네	晴窓朝日曬唐書
나무 맴돌며 우는 까치 무슨 기쁨을 알까	鵲啼繞樹知何喜
못 속 들여다보는 해오라기 허술하지 않다네	鷺立窺池不是疏
가난한 진평 책 좋아한다[45] 웃지 마시게	莫笑陳平貧好讀
문 앞에는 그래도 벗의 수레 있었다오	門前猶有故人車

찬 이슬에 숲속 참새들 모여들고	露凉林雀聚
부는 바람에 물가 기러기 고요하네	風起渚鴻冥
소나무 사이로 보이는 구름 그림자 희고	雲影松間白
책상 위로 드리운 산 빛은 푸르네	山光案上青
부끄럽게도 그대는 반과산[46]을 조롱하면서도	愧君嘲飯顆

---

44 비둘기 둥지나 모방하니 : '구거(鳩居)'는 비둘기 둥지이다. 《시경》〈작소(鵲巢)〉
에 "까치에게 둥지가 있는데, 비둘기가 그곳에서 사네.〔維鵲有巢 維鳩居之〕"라고 했다.
주희(朱熹)는 《집전(集傳)》에서 "까치는 둥지를 잘 지어서 둥지가 가장 튼튼하다. 그러
나 비둘기는 본성이 졸렬하여 둥지를 짓지 못하는데, 간혹 까치가 만들어 놓은 둥지를
차지하기도 한다.〔鵲善爲巢 其巢最爲完固 鳩性拙不能爲巢 或有居鵲之成巢者〕"라고 설
명했다.

45 가난한……좋아한다 : 진평은 어려서 몹시 가난하여 거적을 걸어서 문을 삼을 정도
였으나 책 읽는 것을 몹시 좋아하여 그만두지 않았다고 한다. 이러한 공부 덕분에 후에
한고조(漢高祖) 유방(劉邦)의 모사(謀士)가 되어 천하를 통일하고 그 후에도 승상이
되어 나라의 기틀을 잡는 큰 일을 맡을 수 있었다.

46 반과산(飯顆山) : 시 짓느라 고심하는 일을 가리킨다. 이백(李白)의 〈희증두보(戲

나를 위해 〈난정서(蘭亭序)〉[47] 써주는구려   爲我寫蘭亭

한 해 저물녘 회남의 나뭇잎이[48]   歲暮淮南葉

사람도 없는데 뜰에 가득 떨어지네   無人落滿庭

贈杜甫)〉 "반과산 머리에서 두보(杜甫)를 만나니, 머리에 삿갓 쓰고 해는 높아 정오이
네. 이별 후 왜 그리 수척해졌는지 물었더니, 모두 이전에 시 짓느라 고생했기 때문이라
네.〔飯顆山頭逢杜甫 頭戴笠子日卓午 借問別來太瘦生 總爲從前作詩苦〕"를 인용했다.
이는 이백이 두보의 시가 지나치게 격률에 얽매여 각고의 노력 끝에 지어진 것을 조롱하
는 말이다.

47 난정서(蘭亭序) : 진(晉)나라 왕희지(王羲之)가 영화(永和) 9년 계축(癸丑)년 늦
봄 초에 회계산(會稽山) 북쪽 산음(山陰) 난정(蘭亭)에 모인 인사들이 수계(修禊)를
지낼 때 지은 시문첩에 서문을 쓴 것이다. 진본은 유실되고 모사본만 전한다.

48 회남(淮南)의 나뭇잎이 : 《회남자(淮南子)》〈설산훈(說山訓)〉에 "오동나무 잎이
하나 떨어지면 가을이 올 것임을 천하가 안다.〔梧桐一葉落 天下皆知秋〕"는 구절이 있
다.

난석에게 이별시를 주다

贈別蘭石

빙청[49]-난석이 동쪽 이웃 친족 집에 기러기를 보냈다[50]- 의 집 문이 작은 샛길로
통하니

氷淸門接一蹊微

며칠이나 소박한 판자문을 두들기러 왔던가 　幾日來敲白板扉

부드러운 맑은 눈동자 가을 물을 오려낸 듯[51] 　宛轉明眸秋水剪

거침없는 보배 서체는 여름날 구름이 나는 듯 　淋漓寶墨夏雲飛

푸른 오얏 가지엔 선풍[52]이 느껴지고 　一枝碧李璿風近

팔월의 푸른 갈대엔 이슬이 드문드문 　八月蒼葭玉露稀

이제 마경[53]과 한 고을에 살게 되었으니 　自是馬卿同郡住

49　빙청(氷淸) : 처의 부친, 즉 장인을 말한다. 진(晉)나라 위개(衛玠)의 장인 낙광
(樂廣)이 명성이 높았는데, 당시 사람들이 장인은 얼음처럼 맑고 사위는 옥처럼 윤택하
다고 평했다는 데서 유래했다.

50　기러기를 보냈다 : 원문의 '위금(委禽)'은 혼례의 납채(納采)에서 기러기를 기증하
는 것을 말한다.

51　가을 물을 오려낸 듯 : "미대춘산, 추수전동〔眉黛春山 秋水剪瞳〕"이라는 상투적
표현이 있다. 즉 눈썹은 봄날의 산등성이처럼 푸르고, 눈동자는 넘실대는 가을 물처럼
맑고 투명하다는 뜻이다.

52　선풍(璿風) : 선풍(璇風)이다. 선궁(仙宮)의 바람을 뜻한다. 선궁은 전설 속의 신
선이 사는 곳.

53　마경(馬卿) : 한(漢)나라 사마상여(司馬相如)를 말한다. 그는 중국 전한(前漢)의
성도(成都) 사람으로, 자는 장경(長卿), 아명은 견자(犬子)였으며, 인상여(藺相如)의

홋날의 부(賦) 감상 내 뜻에 어긋남 없으리　　　　他年賞賦意無違

사람됨을 흠모하여 '상여'라고 개명하였다. 경제(景帝) 때 무기상시(武騎常侍)가 되었다. 사부(辭賦)에 능하여 한(漢), 위(魏), 육조(六朝) 문인들의 모범이 되었는데, 특히 〈자허부(子虛賦)〉와 〈상림부(上林賦)〉가 유명하다.

16일에 배를 띄우고 지은 시를 모으다
既望汎舟詩集

묶지도 않은 배에 밝은 달빛 얻어 싣고서	載得晴光不繫舟
날리는 술잔 흔드는 주미에 모두가 명류로세	飛觴揮麈盡名流
시 읊는 배 때때로 구름 낀 물가에 대니	吟帆時到看雲渚
어부들 사는 집은 물가 누대 근처에 유독 많네	漁戶偏多近水樓
밤 들자 우는 여울 항상 빗소리를 내고	入夜鳴灘常作雨
바람에 기운 늙은 나무는 홀로 가을을 아네	倚風老樹獨知秋
돌아오다 문득 삼베 적삼 무겁게 느껴지더니	歸來忽覺蕉衫重
처량한 이슬방울 풀잎 끝에 내려앉았네	珠露闌珊上草頭

　백종씨(伯從氏) 호는 학해(學海)이다.

방초 자란 섬 가에 목란주[54]를 띄우니	芳洲料理木蘭舟
연대정 앞으로 옥빛 물결 흐르네	練帶亭前碧玉流
달구경하며 객들과 어울린 게 그 얼마던가	見月幾時兼有客
옆 산엔 누대 어울리지 않은 곳 하나도 없네	傍山無處不宜樓
호량[55]의 저녁에 함께 물고기들 감상하고	魚遊共賞濠梁夕

54　목란주(木蘭舟) : 목란 나무로 만든 배이다. 흔히 배의 미칭으로 사용한다.

55　호량(濠梁) : 호수(濠水)의 다리이다. 호수는 안휘성(安徽省) 봉양현(鳳陽縣) 동북에 있다. 《장자(莊子)》〈추수(秋水)〉에, 장자가 혜자(惠子)와 함께 호수의 다리위에서 노닐었는데, 물고기들이 조용히 노니는 것을 보고 물고기가 즐거움을 아는지의여부를 변론했다고 한다.

낙양의 가을에 공연히 농어회[56]를 그리워하네 　鱸膾空憐洛裏秋

내한[57]의 맑은 모습 상상할 수 있어라 　內翰清標如可想

이두방[58]에 앉아 수염 만지며 웃고 호통치셨으리 　綽髯笑罵坐螭頭

　　중종씨(仲從氏) 호는 회은(晦隱)이다.

십 리 물결에 저녁 배를 띄우니 　十里漣漪暮放舟

장공[59]은 지난날에 풍류로 최고였지 　長公昔日擅風流

산은 명사처럼 좌석에 광림하고 　山如名士光臨座

달은 가인처럼 누대에 나른히 오르네 　月似佳人懶上樓

버드나무 늘어진 거리엔 몇몇 집 어두운 등불 　數戶暗燈楊柳港

연꽃 핀 가을에 하늘 가득 맑은 이슬 　一天澄露藕花秋

이 강이 서호[60]의 즐거움만 못하지 않으니 　此江不減西湖樂

---

56 농어회 : 진(晉)나라 장한(張翰)이 천하가 어지러움을 보고, 항상 벼슬을 버리고 고향으로 돌아갈 생각을 지녔는데, 낙양(洛陽)에 가을바람이 일어나자 곧 고향 오중(吳中)의 고채(菰菜)와 순채국〔蓴羹〕과 농어〔鱸魚〕를 생각하고 벼슬을 버리고 떠나갔다고 한다. 여기서 말하는 농어는 바닷물고기가 아닌 송강(松江)의 농어로서 '꺽정이'라는 민물고기이다.

57 내한(內翰) : 송나라 때 한림학사(翰林學士)를 내한이라 했다. 여기서는 소식(蘇軾)을 말한다.

58 이두방(螭頭舫) : 뱃머리에 이수(螭首)를 새긴 것이다. 소식의 〈한식미명지호상태수미래량현령선재(寒食未明至湖上太守未來兩縣令先在)〉시에 "산빛 어린 누런 모자 이두방에 있고, 길옆의 푸른 연기 작미로에 있네.〔映山黃帽螭頭舫 夾道青煙鵲尾爐〕"라는 구절이 있다.

59 장공(長公) : 소장공(蘇長公)을 말한다. 역시 소식의 다른 호칭이다.

60 서호(西湖) : 절강성(浙江省) 항주(杭州) 서쪽에 있는 호수이다.

그림 상자 가져가 호두에게 부탁해야지[61]　　　　　移就丹廚倩虎頭

　숙종씨(叔從氏) 호는 심연(心研)이다.

영아지(影娥池)[62]에 달빛 부딪치는 배를 저어가　　　　欲棹娥池觸月舟

파도 넘어 저 멀리 은하수를 건너리라　　　　　　　凌波遠涉絳河流

진선들은 함께 청모절[63]을 좇고　　　　　　　　　眞仙共逐青毛節

재자들은 응당 백옥루[64]에 많으리　　　　　　　　才子應多白玉樓

61　그림……부탁해야지 : 《진서(晉書)》 권92 〈고개지전(顧愷之傳)〉에 나오는 고사를 인용한 듯하다. '호두'는 진나라 때 호두장군(虎頭將軍)을 지낸 유명한 화가인 고개지를 가리킨다. "고개지가 한번은 그림 한 상자를 앞을 봉한 다음 환현에게 맡겨놓은 적이 있는데 모두가 매우 아끼던 그림들이었다. 환현은 상자 뒤를 열어 그림을 훔친 다음 처음처럼 다시 봉하여 돌려주면서 열지 않았다고 속였다. 고개지는 처음처럼 봉해져있는데 그림만 사라진 것을 보고는 기묘한 그림이 신통하여 마치 사람이 신선이 되는 것처럼 변화되어 사라졌다 여기며 전혀 이상해하지 않았다.〔愷之嘗以一廚畫糊題其前 寄桓玄 皆其深所珍惜者 玄乃發其廚後 竊取畫 而緘閉如舊以還之 紿云未開 愷之見封題如初 但失其畫 直云妙畫通靈 變化而去 亦猶人之登仙 了無怪色〕"

62　영아지(影娥池) : 한나라 무제(武帝)가 달을 감상하기 위해 미앙궁(未央宮) 안에 만든 못 이름이다.

63　청모절(青毛節) : 푸른색 털로 만든 절(節)이다. 《예문유취(藝文類聚)》 권78을 보면, 〈진인주군전〉에서 이르기를, 자양진인 주의산은 자가 위통이며 여음 사람이다. ……몽산에 들어가 선문자를 만났는데, 선문자는 흰 사슴을 타고 깃발로 만든 양산을 들고 푸른 털로 만든 부절을 차고 있었으며, 10여 명의 옥녀가 따르고 있었다. 이에 머리 조아려 재배하며 장생요결을 묻자 선문자는 '그대 이름이 단대옥실에 있는데 신선이 되지 않을까 걱정할 것 무엇인가?'라고 말했다.〔眞人周君傳曰 紫陽眞人周義山 字委通 汝陰人也……入蒙山 遇羨門子 乘白鹿 執羽蓋 佩青毛之節 侍從十餘玉女 君乃再拜叩頭 乞長生要訣 羨門子曰 子名在丹臺玉室之中 何憂不仙〕"

64　백옥루(白玉樓) : 전설 속의 천상에 있다는 천제의 누대이다. 백옥루의 상량문을

삼청[65]에서도 이 밤 함께 하겠지 　　　　　　　　　　料得三淸同此夜

나뭇잎 하나만 보아도 또 가을이 왔구나[66] 　　　　　眼看一葉又新秋

파옹[67]은 소멸과 성장의 이치[68] 아무렇게나 말했지만

　　　　　　　　　　　　　　　　　　　　　　　　坡翁謾說消長理

봄날 꿈도 흰 머리 가득해짐을 어찌 금하랴 　　　　春夢爭禁雪滿頭

　　숙종씨(叔從氏) 호는 취석(醉石)이다.

좋은 날 골라 초대하여 작은 배에 앉아 　　　　　選日招邀坐小舟

물위에서 떠들썩하게 웃고 떠드네 　　　　　　　劇譚哄笑在中流

모래굽이엔 물이 줄어서 바위 많이 드러나고 　　沙灣漲落多磯石

버드나무 끝엔 안개 사라져 주루가 보이네 　　柳杪煙銷見酒樓

달그림자는 이제 막 보름밤을 지났고 　　　　　月影纔過三五夜

퉁소 소리는 다시금 천년전 고사를 접하네[69] 　　簫聲更接一千秋

어부에겐 나름의 창랑곡[70]이 있으니 　　　　　漁家自有滄浪曲

쓰기 위해 당나라 시인 이하(李賀)를 천상으로 불렀다고 한다.

65　삼청(三淸) : 도교에서 말하는 옥청(玉淸)·상청(上淸)·태청(太淸)의 지경이다.

66　나뭇잎……왔구나 : 《회남자(淮南子)》〈설산훈(說山訓)〉에 "오동나무 잎이 하나 떨어지면 가을이 올 것임을 천하가 안다.〔梧桐一葉落 天下皆知秋〕"는 구절이 있다.

67　파옹(坡翁) : 동파거사(東坡居士) 소식을 가리킨다.

68　소멸과 성장의 이치 : 소식의 〈적벽부(赤壁賦)〉에 "가는 것은 이것과 같으나 영원히 가버린 적은 없습니다. 찼다가 기우는 것은 그것과 같으나 끝내 완전히 없어지거나 더 자라는 것은 아닙니다.〔逝者如斯 而未嘗往也 盈虛者如彼 而卒莫消長也〕"라고 했다.

69　퉁소……접하네 : 소식(蘇軾)의 〈적벽부(赤壁賦)〉에서 16일에 배를 띄우고 퉁소 부는 사람과 천지의 소멸과 성장의 이치를 논한 일을 상기한 것이다.

시인의 수조두[71]는 배우지 않네 　　　　　　　不學詩人水調頭

　　이때 나의 자호는 소천(蘇川)이었다.

거울 같은 물굽이에 평온히 지나가는 배 　　　鏡中譚曲穩行舟
누워 바라보니 맑기만 한 은하수 흐르지 않네 　臥看星河淡不流
언덕 나무들 아득하여 병풍을 둘렀나 싶고 　　岸樹迷茫疑列障
강 하늘 쾌활하여 누대에 오른 것만 같네 　　江天快濶似登樓
한유(韓愈)와 맹교(孟郊)[72]는 좋은 밤 알아 서로를 찾았나니

　　　　　　　　　　　　　　　　　　　韓尋孟覓知良夜

산속 정취와 시골의 정경 가을이 벌써 왔구나 　山趣村情已早秋
마침 구름이 몰려와 피리라도 불면 　　　　會見雲封能擊笛
맑은 물속 수많은 물고기 머리를 내밀겠네 　　晴波無數出魚頭

　　종제(從弟) 호는 해석(海石)이다.

눈처럼 고운 모래를 외로운 배로 맴돌다 　　軟沙如雪繞孤舟
천하제일 다천의 물을 길어오네 　　　　　汲取茶泉第一流

---

70 창랑곡(滄浪曲) : 굴원(屈原)의 〈어부사(漁父辭)〉에서 어부가 "창랑(滄浪)의 물이 맑으면 내 갓끈을 씻을 수 있고, 창랑의 물이 탁하면 내 발을 씻을 수 있네"라고 했다.

71 수조두(水調頭) : 수조가두(水調歌頭)의 준말이다. 사패(詞牌)의 이름이다. 소식(蘇軾)을 비롯한 여러 사람들의 작품이 있는데 여기서는 소식의 작품을 가리킨다.

72 한유(韓愈)와 맹교(孟郊) : 중당(中唐)의 문인이다. 한유는 문장에 뛰어나 당송팔가 중의 하나였고, 맹교는 가도(賈島)와 함께 고음시파(苦吟詩派)로 불렸던 시인이다. 한유와 절친하여 서로 주고받은 시와 편지가 다수 전한다.

소매에 안개 기운 끌리는 영벽의 돌[73]   拖袖煙嵐靈壁石

강 한가득 별 달 품은 무창의 누대[74]   滿江星月武昌樓

산허리 물굽이가 꿈에 자주 보이더니   山腰水曲曾勞夢

여뀌이삭 마름 떨기 벌써 가을이 왔네   蓼穗菱叢別有秋

숲 깊어 이웃 가까이 절 있는 것도 몰랐건만   深樹不知隣寺近

어디선가 종소리가 구름 끝으로 떨어지네   猛聽鍾響落雲頭

　　　종질(從姪) 유행(裕行)이다.

맑은 못에서 노 저으며 하늘을 움켜쥐니   漾楫空潭挹太虛

언덕 가 갈대숲은 갈매기들의 거처라네   岸邊叢葦是鷗居

연못은 감호[75] 굽이처럼 차갑고   水心凉似鑑湖曲

벌주는 금곡(金谷)[76] 저택보다 엄하네   酒罰嚴於金谷廬

---

73 영벽(靈壁)의 돌 : 안휘성(安徽省) 영벽현(靈壁縣) 경석산(磬石山)에서 나오는 돌 이름이다. 명나라 때는 조정에 공물로 바칠 만큼 천하제일석으로 이름났다. 청나라 시인 조계항(趙繼恒)은 〈석두시(石頭詩)〉에서 영벽석의 아름다움을 읊으면서, "첩첩 높은 봉우리에서 푸른빛이 흐르고, 안개기운의 물빛깔이 돌 속에 담겨있네. 그 속의 정취를 깨달을 수만 있다면, 산을 찾아 만리를 노니는 것보다 훨씬 나을걸세.[疊疊高峯 映碧流 煙嵐水色石中收 人能悟得其中趣 確勝尋山萬里游]"라고 하였다.

74 무창(武昌)의 누대 : 호북성 무창에 있는 누대 이름이다. 삼국 시대 동오(東吳)의 군사가 지었는데, 후세 사람들은 손권(孫權)이 "무로써 번창했다.[以武而昌]"하여 이 곳을 무창루라 이름지었다고 한다.

75 감호(鑑湖) : 절강성(浙江省) 소흥현(紹興縣) 서남쪽에 있다. 당나라 태종은 시인 하지장(賀知章)을 높이 평가하여 귀향하는 그에게 천추관(千秋觀)이라는 저택과 감호 한 굽이를 하사했다고 한다. 또 지방관에게 하지장을 위해 일곡정(一曲亭)을 지어주게 하여 그가 노닐면서 휴식할 수 있도록 배려해주었다.

76 금곡(金谷) : 서진(西晉)의 부호 석숭(石崇, 249~300)의 별장 금곡원(金谷園)이

고아한 모임 좋은 밤은 옛일 읊기 알맞고　　　　雅集良宵宜詠史
높이 걸린 밝은 달은 책 읽기 좋네　　　　　　高懸明月好看書
거슬러 올라가니 그리운 마음이 생기는 듯[77]　　溯洄若有懷人緒
때때로 갈대밭에서 낚시 수레[78]소리 들리네　　時聽蘆中響釣車

　학해(學海)이다.

구름과 물이 어우러져 한 색으로 공허한데　　　雲水徘徊一色虛
푸른 갈대 가득 자란 곳이 어르신들의 거처라네　碧蘆滿地丈人居
한가히 늙은 바위를 보려 걸상 자주 옮기고　　閑看老石頻移榻
넉넉히 맑은 강가 빌리려 여막 짓고자 하네　　剩借淸江欲結廬
완적[79]은 벼슬을 구해 오직 술만 마셨고　　　阮籍求官端爲酒
두공[80]은 땅을 팔아 책을 보탰네　　　　　　杜公賣土却添書

하남성(河南省) 낙양(洛陽) 서북 금곡에 있었다. 석숭은 문사들과 연회를 하며 시를 짓지 못하면 벌주로 3말 술을 마시게 했다.

77　거슬러……듯 : 《시경》〈겸가(蒹葭)〉에 "짙푸른 갈대, 흰 이슬 서리 되었네. 내가 말하는 그 분, 강물 저 한 쪽에 계시네. 물결 거슬러 올라가 그 분 따르려 해도, 길이 험하고도 멀도다. 물결 거슬러 헤엄쳐 그 분을 따르려 해도, 희미하게 물 가운데 계시네.〔蒹葭蒼蒼 白露爲霜 所謂伊人 在水一方 遡洄從之 道阻且長 遡游從之 宛在水中央〕"라고 한 것을 인용하였다.

78　낚시 수레 : 원문은 '조거(釣車)'로 조어거(釣魚車)의 뜻이다. 일종의 낚시도구이다. 견지낚시와 비슷하다.

79　완적(阮籍) : 210∼263. 진류(陳留) 위씨(尉氏) 사람으로 자는 사종(嗣宗)이다. 건안칠자(建安七子) 중의 한 사람인 완우(阮瑀)의 아들로 죽림칠현(竹林七賢) 중의 한 사람이다. 높은 벼슬을 하였지만 술에 빠져 살면서 광망한 행위를 일삼았다고 전해진다.

80　두공(杜公) : 미상이다.

후에 다시 유람 오면 임고학⁸¹을 묻고　　　　　後遊更問臨皐鶴

단풍 물가에 작은 수레 비칠 날을 기다리리라　　　留待楓汀映小車

　　회은(晦隱)이다.

만 리 비춘 맑은 달 허공에 그림자 드리우니　　　清規萬里影涵虛

찬 대자리 성근 발 화려한 배에 거처하네　　　　涼簟疏簾畫舫居

밤기운에 정신 들어 여울 가 바위를 찾고　　　　夜氣心醒灘上石

가을바람에 병이 나 물 남쪽 여막에 머무네　　　秋風病起水南廬

몇 줄기 푸른 연잎에 새 술을 따르고　　　　　　數莖碧藕斟新釀

두루마리 붉은 첨통(籤筒)엔 고서를 실었네　　　一軸紅籤載古書

번거롭지만 좋은 일 위해 다시 날 잡아주오　　　勝事煩君須更卜

이끼 긴 문 앞 골목에 휘장수레 매어두리니　　　蒼苔門巷繫巾車

　　심연(心硏)이다.

81　임고학(臨皐鶴) : 소식의 〈후적벽부(後赤壁賦)〉에 나오는 임고정(臨皐亭)에서
만난 학이다. "한밤중에 사방이 고요한데, 외로운 학 한 마리가 강을 가로질러 동쪽으로
왔다. 날개는 수레바퀴만 하며 검은 치마에 흰옷을 입고는 길게 울며 내 배를 스쳐
서로 갔다. 잠시 후 객이 떠나고 나 또한 잠들었는데, 꿈에 한 도사가 깃옷을 펄럭이면서
임고정 아래를 지나다가 내게 읍하고 말하기를 "적벽강 뱃놀이가 즐거웠는가?" 그의
이름을 물었으나 대답하지 않았다. "아! 슬프다. 내 알겠노라. 어제 밤에 울며 내 배를
스쳐 지나간 것이 그대가 아닌가?" 하니 도사가 돌아보고 웃었다. 나 또한 놀라 깨어나
창문을 열고 보니, 어디로 갔는지 알 수 없었다.〔時夜將半 四顧寂寥 適有孤鶴 橫江東來
翅如車輪 玄裳縞衣 戛然長鳴 掠予舟而西也 須臾客去 予亦就睡 夢一道士 羽衣翩躚 過臨
皐之下 揖予而言曰 赤壁之遊樂乎 問其姓名 俯而不答 嗚呼噫嘻 我知之矣 疇昔之夜 飛鳴
而過我者 非子也耶 道士顧笑 予亦驚悟 開戶視之 不見其處〕"

술동이 같은 연못 저녁 빛에 사방이 공허한데 　　鈔潭暮色境空虛

어렴풋 성근 숲이 낚시꾼의 거처와 짝해주네 　　隱約疏林伴釣居

가을 물 한창 높아 기러기 쉬는 섬 흐릿하고 　　秋水正高迷鴈渚

시골 배나마 편안하여 오두막보다 낫네 　　　野航稍適勝蝸廬

풍류 멋들어진 환군[82]의 피리소리 　　　　　風流蘊藉桓君笛

찬란한 달빛 영롱한 미씨[83]의 글씨 　　　　　虹月玲瓏米氏書

취한 후에야 서로 베고 진짜 잠을 자나니 　　醉後眞成相枕睡

붉은 해가 하거[84]를 돌려도 상관치 않네 　　不關紅日輾霞車

　　취석(醉石)이다.

글도 술도 퉁소도 노래도 다 허망하기만 하니 　文酒簫歌摠覺虛

지금 이 자리 이젠 옛 사람의 거처 아니라네 　今筵非復古人居

때론 밝은 달이 거품 같은 세상에 내려오는데 　有時明月來泡界

몇 명의 영웅이 여관[85]을 지나갔나 　　　　　幾箇英雄過遽廬

82　환군(桓君) : 진(晉)나라 환이(桓伊)이다. 피리를 잘 불었다. 왕휘지(王徽之)가
경사로 부임하면서 청계(淸溪)에 정박했는데, 마침 환이가 수레를 타고 지나가는 것을
보고 피리연주를 청했더니, 잘 모르는 사이였음에도 환이는 수레에서 내려 3곡을 연주
해주고 떠났다고 한다. 이를 환이삼롱(桓伊三弄)이라고 한다.

83　미씨(米氏) : 미불(米芾)을 말한다. 북송의 서화가이다. 자는 원장(元章), 호는
양양거사(襄陽居士)・해악산인(海嶽山人), 세칭 미전(米顚)이라 불렸으며 모든 서체
에 뛰어났다.

84　하거(霞車) : 화신(火神)이 몰고 다니는 수레이다. 빛깔이 붉어서 하거라 칭했다.

85　여관 : 원문은 '거려(遽廬)'로 여관이나 객사를 말한다. '遽'는 '籧'의 통용자로 쓰였
다. 《장자》〈천운(天運)〉에 "선왕의 거려[先王之籧廬]"라는 말이 나오는데 성현영(成
玄英)은 소(疏)를 달아 "거려는 객사다.[籧廬 客舍]"라고 설명했다. 또 이백(李白)의

물새들은 천 이랑 물결에서 단잠을 자고 　　　鷗鷺夢酣千頃浪
좀벌레는 시렁 위 책 속에서 만족하네 　　　蠹魚志足一牀書
좋은 경치 만났거든 노름지기 행락해야 하니 　　眼前遇景須行樂
오 땅 사람에게 입거[86]일랑 묻지 말게나 　　　莫向吳儂問笠車

　　소천(蘇川)이다.

푸른 하늘 유유하고 사방이 다시 고요하니 　　空碧悠悠境返虛
인생의 재미가 강가 거처에 그득하네 　　　　一生滋味在江居
강가 섬의 가는 풀숲 그윽한 오솔길로 통하고 　汀洲細草通幽徑
울 아래 수양버들은 낡은 여막을 가려주네 　　籬落垂楊補破廬
유유자적한 사람 돌아오며 처음 달을 보고 　　澹蕩人歸初見月
향 짙은 술이 익어 새벽 음주[87]에 족하네 　　膩香酒熟足澆書
만나는 사람마다 모두가 연파수[88]요 　　　　相逢盡是煙波叟

〈춘야연도리원서(春夜宴桃李園序)〉에 "천지는 만물의 여관이요, 광음은 백대의 과객이로다.〔夫天地者 萬物之逆旅也 光陰者 百代之過客也〕"라는 말이 있으니, 여관이란 곧 천지, 이 세상을 가리킨다.

86 입거(笠車) : 대립승거(戴笠乘車)의 줄임말로, 신분의 귀천을 떠나 사귀는 것을 말한다. 《풍토기(風土記)》에서 오월(吳越) 사람들의 질박한 풍속을 설명하면서 그들이 헤어질 때 주고받는 말을 인용하였다. "경은 비록 수레를 타고 나는 삿갓을 썼지만, 훗날 만나면 수레에서 내려 읍할 것이요, 나는 걷고 그대는 말을 탔지만 언젠가 만나게 되면 당신이 말에서 내려야 할 것이오.〔卿雖乘車我戴笠 後日相逢下車揖 我步行 君乘馬 他日相逢君當下〕"

87 새벽 음주 : 송나라 육유(陸游)의 〈춘만촌거잡부절구(春晚村居雜賦絶句)〉시에 "요서를 가득히 술 항아리에서 뜨고〔澆書滿把浮蛆甕〕"라는 구절이 있는데, 자주(自註)를 달아 "동파(東坡)선생이 새벽 음주를 요서(澆書)라고 했다."고 설명했다.

누추한 집 찾아올 높은 분 수레라곤 없다네 無箇蓬門長者車

　해석(海石)이다.

둥실둥실 일엽편주를 허공에 맡기니 飃飃一葉任凌虛

비로소 강가 집과 들판 집이 보이네 纔見江居又野居

십리에 집을 띄워 초삽[89]으로 오니 十里浮家來茗雪

칠분 진면목의 광려산[90]을 알겠네 七分眞面識匡廬

은 술잔에 달뜨니 물결 속의 그림이요 銀觴汎月波心畫

옥피리에 무지개 이니 벽면의 글씨라네 玉笛成虹壁面書

소자의 달관은 어디에 있는가 蘇子達觀何處在

연대구품[91]은 수레바퀴처럼 도네 蓮臺九品轉如車

　유행(裕行)이다.

88 연파수(煙波叟) : 은거하는 노인, 은자를 말한다.

89 초삽(茗雪) : 초계(茗溪)와 삽계(雪溪)의 준말이다. 절강성(浙江省) 호주시(湖州市) 경내에 있는 물 이름으로 당나라 장지화(張志和)의 은거지이다. 《신당서(新唐書)》 〈장지화전(張志和傳)〉에 "물가에 떠다니는 집을 얻어 초삽 사이를 왕래하기를 원했다.〔願爲浮家泛宅 往來茗雪間〕"라는 말이 보인다.

90 광려산(匡廬山) : 강서성(江西省) 여산(廬山)이다. 전설에 은(殷)나라 주(周)나라 무렵에 광속(匡俗) 형제 7인이 이곳에 여막을 짓고 은거하여 광려산이라고 했다고 한다. 소식의 〈제서림벽(題西林壁)〉에 "가로로 보면 고개이고 옆으로 보면 봉우리인데, 멀고 가깝고 높고 낮고 각각이 다 다르네. 여산(廬山)의 진면목을 알 수 없음은, 몸이 이 산중에 있기 때문이네.〔橫看成嶺側成峯 遠近高低各不同 不識廬山眞面目 只緣身在此山中〕"라고 했다.

91 연대구품(蓮臺九品) : 구품연대(九品蓮臺)이다. 불교에서 말하는 수행이 깊은 자가 사후에 서방극락세계에 가서 몸이 연화대(蓮花臺)에 앉는 것이다. 연화대는 생전의 수행의 깊이에 따라 9등급이 있는데 구품연대는 최고 일등이다.

두릉의 여러 벗들과 함께 배를 타고 두포를 출발하여 함께 읊다

與斗陵諸友同舟發荳浦共賦

살짝 차가워진 물 기운이 이른 가을 보내오니	水氣微涼早送秋
연이은 밤 비바람에 돌아갈 배 묶여버렸네	連宵風雨滯歸舟
양 언덕에서 울리는 종소리 자주 듣고	頻聞兩岸鍾聲發
긴 섬에 떠오른 한 점 두포 겨우 알아보겠네	僅辨長洲荳點浮
옛날엔 같은 촉군[92]에서 부를 올렸는데	獻賦他年同蜀郡
고향 떠나 몇 해나 미주[93]를 그리워했던가	離鄕幾歲憶眉州

나의 집은 예전에 두포(荳浦)에 있었는데, 9세에 양근(楊根)으로 옮겨 살았다.

나는 평생 갈매기와 노니는 데 익숙한 몸	吾生慣與沙鷗狎
가벼운 배에 험한 벼슬길 걱정 실은 적 없었네	輕舫曾無宦海愁

두포(荳浦) 동쪽에 압구정(狎鷗亭)[94]이 있는데, 이전 사람의 시에 "험한 벼슬길 앞에서도 갈매기와 노닐 수 있네.〔宦海前頭可狎鷗〕"[95]라는 시구가 있

---

92 촉군(蜀郡) : 사천성(四川省) 성도(成都)이다. 한나라의 저명한 부(賦) 작가 사마상여(司馬相如)가 성도(成都) 출신이다.

93 미주(眉州) : 사천성 미산시(眉山市)이다. 북송(北宋) 소식(蘇軾)의 고향이다.

94 압구정(狎鷗亭) : 지금의 서울 강남구 압구정동에 있다. 한명회(韓明澮, 1415~1487)가 명나라의 문인 예겸(倪謙)에게서 받아온 이름이다.

95 험한……있네 : 최경지(崔敬止, ?~1470)의 시에 "세 번이나 총애의 두터움을 은근히 접했기에, 정자가 있어도 와서 노닐 생각조차 못했네. 흉중의 기심을 고요하게 할 수만 있다면, 험한 벼슬길 앞에서도 갈매기와 노닐 수 있으리.〔三接慇懃寵渥優 有亭

다.

無計得來遊 胸中政使機心靜 宦海前頭可狎鷗〕"라고 하였다.

종일 내린 큰비에 강물이 불어 배를 운행할 수가 없기에 저녁에 독도[96]에 정박하고, 밤에 배안에서 묵다

大雨終日江漲不得行舟晚泊纛島夜宿舟中

배로 빗물 스며드니 하늘에 작은 구멍 난 듯	雨脚侵篷小漏天
외딴 섬에서 바람 살피니 하룻밤이 일 년 같네	候風孤島夜如年
높이 솟은 배는 세 길 물위에 넘실대고	舟高飜漲三篙水
근처 마을은 한 필 안개 속에 비껴있네	村近橫斜一匹煙
멀리 떠나려 공연히 운학[97] 생각에 괴로운데	遐擧空煩雲鶴想
잠시 머무니 오히려 설홍[98] 인연을 알겠네	暫留猶識雪鴻緣
지루한 고해가 이와 같으니	支離苦海應如此
깨우침의 뗏목[99] 그 언제나 피안에 도착할까	覺筏何時到岸邊

---

96 독도(纛島) : 지금의 서울 성동구 뚝섬을 말한다.

97 운학(雲鶴) : 운학은 한가한 구름 속의 학이란 뜻으로, 주로 속세를 떠나 벼슬에 나가지 않고 은거하는 사람을 비유한다.

98 설홍(雪鴻) : 설니홍조(雪泥鴻爪)의 준말이다. 인생이란 우연히 눈 녹은 진창에 찍힌 기러기 발자국과 같다는 것이다. 송나라 소식(蘇軾)의 〈화자유민지회구(和子由澠池懷舊)〉시에 "인생이 이르는 곳이 무엇과 같은지 아는가? 나는 기러기가 눈 녹은 진창을 밟는 것 같으리라. 진창 위에 우연히 발자국을 남겨놓고, 기러기 날아가면 어찌 다시 동서를 헤아리리오?[人生到處知何似 應似飛鴻踏雪泥 泥上偶然留指爪 鴻飛那復計東西]"라고 했다.

99 깨우침의 뗏목 : 불교에서 깨달음의 길을 뗏목의 항해에 비유한 것이다. 중생을 인도하여 고해를 건너 피안의 세계에 도달하는 것을 '벌(筏)'이라 한다.

귀가한 후에 지어서 함께 배를 탔던 제현, 정 이 권 세 사람에게 바치다[100]

歸家後賦呈同舟諸賢丁李權三君

정영위는 탈 없이 화표주에 돌아왔고[101]	令威還柱倘無虧
이원례[102]와는 배 탈 기약 또 있으리	元禮同舟更有期
태백성[103]의 정령과 서로 위로 되었는데	太白星精爲相勞
재지[104]는 몇 번이나 이합시를 지었던가	載之幾作合離詩

---

100 귀가한……바치다 : 이 시는 정(丁), 이(李), 권(權) 세 사람에게 바친 것이기 때문에 각각의 성에 해당하는 정영위, 이응, 권덕여 세 사람을 인용했다.

101 정영위(丁令威)는……돌아왔고 : 《수신후기(搜神後記)》에 다음과 같이 나와 있다. "정영위는 본래 요동 사람이다. 영허산에서 도를 배운 후에 학이 되어 요동으로 돌아와 성문 화표주(華表柱)에 머물렀다. 그때 한 소년이 활을 들고 쏘려하자 학이 공중을 배회하며 말하길, '새여! 새여! 정영위가, 집을 떠나 천년 만에 돌아왔는데, 성곽은 그대로건만 사람들은 다르네. 어찌 선(仙)을 배우지 않고 무덤만 늘어섰는가?' 하더니 마침내 높이 하늘로 사라졌다.〔丁令威 本遼東人 學道于靈虛山 後化鶴歸遼 集城門華表柱 時有少年 擧弓欲射之 鶴乃飛 徘徊空中而言曰 有鳥有鳥丁令威 去家千年今始歸 城郭如故人民非 何不學仙冢壘壘 遂高上衝天〕"고 했다.

102 이원례(李元禮) : 원례(元禮)로 후한(後漢) 이응(李膺)의 자이다. 덕망이 높아서 당시 사람들이 그와 만나는 것을 등용문(登龍門)이라 했다. 일찍이 곽태(郭太)와 함께 배를 탔는데 사람들이 두 사람을 신선과 같다고 했다.

103 태백성(太白星)의 정령 : 이백(李白)의 별칭이다. 《당척언(唐摭言)》 권7에 하지장(賀知章)이 이백이 지은 〈촉도난(蜀道難)〉을 읽고서, 이백에게 "그대는 인간 세상의 사람이 아니니, 아마 태백성의 정령이 아니겠는가?〔公非人世之人 可不是太白星精耶〕"라고 했다는 기록이 있다.

104 재지(載之) : 당나라 문인이자 정치가인 권덕여(權德輿)의 자이다. 약관도 되기

전에 문장으로 명성을 날렸으며, 덕종(德宗) 때에 태상박사(太常博士), 좌보궐(左補闕) 겸 지제고(知制誥)를 지내고 중서사인(中書舍人)까지 역임했다. 여기서 말한 이합시는 그가 비서감 장천(張荐)에게 보낸 〈이합시증장감각로(離合詩贈張監閣老)〉를 가리킨다.

가을날 흥을 풀다. 동문환[105]의 〈추회시〉의 운을 따랐다

秋日遣興步董文煥秋懷詩韻

문환(文煥)은 청나라 사람으로 한림검토(翰林檢討)를 지냈다. 호는 연추(硏秋)다.〈추회시(秋懷詩)〉 8수를 짓자 한 시대의 명사(名士)들이 모두 화답했다.

길고 긴 가을밤 아득하고	漫漫秋夜遠
맑고 맑은 가을노래 유장하네	瀏瀏秋歌長
천지는 점점 어둠에 갇히는데	天地漸幽閉
이 외로운 등불을 어이할까	奈此孤燈光
서릿바람이 저녁 골짜기를 흔들어	霜飇振晚壑
온갖 초목들은 본래 모습 잃었는데	百卉失故常
초췌한 뜰 앞 국화는	顦顇庭前菊
꽃을 피워 중양절을 지나네	開花度重陽

봄비는 가늘어 소리도 없건만	春雨細無聲
가을비는 왜 이리 툭툭 떨어지나	秋雨苦滴滴
정원 안 방초는 자라지 못하고	不滋園中芳
점점이 푸른 이끼만 보일 뿐이네	但見苔點碧
너의 타고난 바탕을 지켜	願子秉質素

---

105 동문환(董文煥) : 청나라 산서(山西) 홍동(洪洞) 사람이다. 한림학사를 지냈다. 저술이 풍부한데, 《연초산방시집(硏樵山房詩集)》, 《막고야산방시집(藐姑射山房詩集)》, 《연초산방문고(硏樵山房文稿)》, 《추회창화집(秋懷唱和集)》 등이 있다.

다시금 푸른빛을 섬기지 말기를　勿復事綠碧

외로운 곡조는 조화롭기 어려워　孤調儘難諧

팔음석[106]이 있는 것만 같네　有如八音石

대화[107]는 본래 힘이 없나니　大化本無力

공로니 재화니 따질 것 있으랴　功禍安足數

몸뚱이 주시고 기름지게 해주신 것　遺肉與湯沃

정녕 개미나 땅강아지 때문 아니라네　定非螻蟻故

상제께서 들어주지 않는다고　上帝不作聰

슬픈 귀뚜라미는 공연히 호소하나　哀蛩徒自訴

지인[108]은 늘 평온하여　至人常坦坦

천년토록 우뚝 서 있네　千載卓所樹

산에서 나무하고 물에서 고기 잡으니　采山復釣水

세상 바랄 것 무에 있으리　於世果何求

몸은 미천하지만 얽매인 데 없고　身微不羈物

은혜도 원수도 많이 맺지 않았네　而寡恩與讐

때때로 문을 닫고 집안에 앉아서　時復掩闔坐

눈썹을 찡그린 채 온갖 근심 품고 있네　攢眉懷百憂

106 팔음석(八音石) : 옛날 소악(韶樂)을 연주하던 돌인데, 두드리면 청량하고 감미로운 소리가 난다고 한다.

107 대화(大化) : 천지만물을 화육(化育)하는 것, 혹은 큰 교화(敎化)를 말한다.

108 지인(至人) : 사상이나 도덕이 가장 높은 사람을 가리킨다.

집안사람들 그 까닭을 물으니   家人問何故

천성이 가을을 슬퍼한다 답하네   答云性悲秋

영정[109]의 화염이 왕화의 자취를 쓸어내니   嬴炎掃王迹

대도가 날로 위태로워졌네   大道日險巇

세상엔 어두운 거리 밝힐 촛불 하나 없고   世無昏衢燭

갈림길에서의 의구심만 더욱 만연했네   愈滋歧路疑

서로 다투느라 공연히 모욕을 당하고   墙鬩空受侮

귀신 도깨비가 나라의 터전을 내려다보았네   鬼魅瞰堂基

앉아서 산을 삼켜버린[110] 물을 보니   坐看懷襄水

태평성세는 그 언제나 이루어질 것인가   成平定何時

가을 구름은 쉬이 흩어지고   秋雲易飄散

바위 골짜기는 아침저녁으로 달라지네   巖壑朝暮非

매번 좋은 벗들 있지만   每有良朋友

면전에서만 좋을 뿐 마음은 더욱 어긋나네   面好心更違

벗 사이에는 오륜의 돈독함이 있어야 하건만   朋友廁五敦

이 도리를 아는 자 드물기만 하네   此道知者希

보검을 두고 속마음을 허락하노니[111]   青萍許肝膽

---

109 영정(嬴政) : 진시황(秦始皇)의 성명이다.

110 산을 삼켜버린 : 원문은 '회양(懷襄)'으로 회산양릉(懷山襄陵)의 준말이다. 홍수
가 험악하게 범람하여 산릉(山陵)을 삼키는 것을 말한다. 《서경》〈요전(堯典)〉에 "넘
실대는 홍수는 산을 삼키고 언덕을 잠기게 하며, 멀리 넘쳐나는 홍수는 하늘에 이르고
있소.〔蕩蕩懷山襄陵 浩浩滔天〕"라는 구절이 보인다.

| 감히 한 치의 미천한 몸을 아끼랴 | 敢惜寸軀微 |

고생하며 거친 밭을 갈아서	辛苦理荒畬
남들보다 늦게 수확을 하였네	收穫在人後
가난한 삶은 천시와 어긋났고	貧薄違天時
누렇게 뜬 얼굴도 이미 오래일세	顑頷亦云久
날 때부터 세상 구할 재능일랑 없어서	生無濟世才
줄곧 초목과 더불어 썩어만 가네	長與草木朽
곡식을 쥐고 영험한 두꺼비에게 묻나니[112]	握粟詢靈詹
미리 정해진 운수를 알 수 있을는지	前期定知否

금봉 옆에서 땔나무를 지고서	荷樵金峯側
가다가 푸른 개울 가 그늘에 쉬는데	流憩碧澗陰
청상[113]이 숲의 소리를 내니	清商發林籟
그 처량함이 높이 읊는 소리를 부추기네	凄切助高吟

111 보검을……허락하노니 : 청평(青萍)은 보검의 이름이다. 두보(杜甫)의 시 〈위장군가(魏將軍歌)〉에 "술취해 검을 꽂으니 간담이 드러나고, 구진이 창창하니 현무는 저물도다.〔酒闌揷劍肝膽露 鉤陳蒼蒼玄武暮〕"라는 구절을 응용한 표현이다.

112 곡식을……묻나니 : 원문은 '악속(握粟)'으로 《시경》 〈소완(小宛)〉에, "곡식을 한 움큼 쥐고 나와 어디로부터 해야 좋을까를 점친다.〔握粟出卜 自何能穀〕"에서 나왔다. 후에 '악속출복(握粟出卜)'은 신명께 복을 비는 말로 사용되었다. 영험한 두꺼비는 달을 말한다. 달에 두꺼비가 산다는 전설에서 나왔다.

113 청상(清商) : 가을바람을 뜻한다. 반악(潘岳)의 〈도망시(悼亡詩)〉에 "청상이 가을에 응하여 이르고, 더위가 계절 따라 가버렸네.〔清商應秋至 溽暑隨節闌〕"라는 구절이 보인다.

멀리서나마 알겠네 가을 슬퍼하는 객이	遙知悲秋客
만리 밖에 있지만 또한 같은 마음이라는 것을	萬里亦同心
밝고 밝음이 그 언제 그치리오	明明何時輟
달의 광채는 고금이 따로 없다네	月華無古今

환재(瓛齋) 선생[114]이 비평하기를 "위류(韋柳)[115]의 문하에서 나왔지만 창려(昌黎)의 〈추회시(秋懷詩)〉여러 편[116] 같기도 하다."라고 했다. 또 말하기를 "선체(選體)[117]는 흉내 내기만 하고 실질이 없으면 위약해질 뿐이다. 그런데 이 작품은 격앙됨이 이와 같으니, 선체 중에 훌륭한 작품이라 하겠다. 때문에 '말에 실질이 있다.'[118]라고 한 것이다."라고 했다.

---

114 환재(瓛齋) 선생 : 박규수(朴珪壽, 1807~1877)로, 본관은 반남(潘南), 자는 환경(桓卿)·환경(瓛卿), 호는 환재(瓛齋)이다. 연암 박지원의 손자이다. 평양 감사로 있을 때 대동강으로 올라온 미국의 함선 셔먼호를 불태웠다. 우의정을 지냈다.

115 위류(韋柳) : 당나라 위응물(韋應物)과 유종원(柳宗元)이다. 왕유(王維), 맹호연(孟浩然)과 함께 산수전원시파 시인으로 꼽는다.

116 창려(昌黎)의……편 : 당나라 문인 한유(韓愈, 768~824)의 〈추회시(秋懷詩)〉11수를 가리킨다.

117 선체(選體) : 《문선(文選)》의 시체(詩體)를 말한다.

118 말에 실질이 있다 : 《주역》〈가인(家人)〉에 "군자는 말에 실질이 있어서 행하면 변하지 않는다.〔以言有物而行有恒〕"라고 했다.

귀천기속시 20수

歸川紀俗詩 二十首

두릉(斗陵)의 정소운(丁小耘)이 〈두릉기속(斗陵紀俗)〉절구 20수를 지었는데, 매 편마다 《시경》과 《초사》에 넣을 만했다. 나에게 보여주며 화답을 구하기에 내가 말했다. "우리 둘의 처소는 한 줄기 물로 떨어져 있을 뿐이라네. 두곡(杜曲)-두릉을 두곡(杜曲)이라고 부르기도 한다.- 과 위곡(韋曲)은 풍토(風土)가 다르지 않고, 초계(苕溪)-귀천(歸川)을 우천(牛川)이라고 섞어서 부르고, 소천(蘇川)이라 부르기도 한다. 소계(蘇溪)는 혹은 초계(苕溪)라고 바꾸어 부른다.- 와 삽계(霅溪)는 사람들의 풍상이 같을 것이네. 강가 삶의 빼어난 구경거리를 그대의 아름다운 시에서 다 표현했으니, 나는 농사짓고 양잠하는 일이나 대추와 밤 같은 농작물에 대해서 보완해보겠네."

숲 저 멀리서 노래하고 달은 가득 찼는데   林外行歌月正圓
줄다리기 마치고 나니 들불이 이어지네   拔河戲罷野燒延

대보름 밤 줄다리기는 당나라 풍속 발하희(拔河戲)[119]이다. 들불은 곧 옛날 당나라 때의 산등(山燈)[120]이다.

---

119 발하희(拔河戲) : 일종의 줄다리기 놀이이다. 당나라 봉연(封演)의 《봉씨견문기(封氏聞見記)·발하(拔河)》에 보인다. 굵을 삼줄을 이용하여 두 무리가 서로 당겨서 승부를 겨루는 것이 우리 줄다리기와 유사하다.

120 산등(山燈) : 당나라 때 정월 보름날 밤에 산과 골짜기에 산 모양으로 쌓아 만든 채색 불이다. 송나라 때는 오산(鰲山)이라 불렸다. 푸닥거리를 하여 복을 빌기 위한

늙은 농부는 총명주에 취해 드러눕고   老農醉臥聰明酒

웃으며 산봉우리 가리키고 풍년 든다 말하네   笑指峯頭說有年

    마을 풍속에 대보름 밤의 음주를 총명주(聰明酒)[121]라고 부른다. 노인의 귀가 다시 밝아진다고 여겼기 때문이다. 또 대보름 밤 달이 상중하 세 봉우리 중 어디로 떠오르는가를 보고서 한 해의 풍흉을 예측한다.

    위는 상원(上元)에 풍년 점치는 것을 읊은 것이다.

서쪽 개울서 캔 미나리 치마를 다 못 채우고   采芹西澗不盈襜

까마귀부리 같은 향그런 싹을 손으로 땄네   烏觜香芽入指尖

누이는 응당 시집살이 고통을 알 테니   阿妹應知新嫁苦

매운 고추인들 시집살이 엄함만 할까   椊椒爭似舅家嚴

    마을 사람들 사이에 〈채근요(采芹謠)〉가 전하는데, 아래 2구는 곧 그 노래의 가사이다.

    위는 봄날 여자가 나물 캐러 가면서 부르는 노래이다.

우산의 봄비 속에 도끼로 나무 해다가   牛山春雨斧斤餘

엮어 만든 성근 울타리 노루 눈[122]처럼 생겼네   編作疏籬麂眼如

    우산(牛山)은 귀천(歸川)과의 거리가 20리인데 촌민들이 땔나무를 하는 곳이다.

풍속이었다.

121 총명주(聰明酒) : 귀밝이술이다. 지역에 따라 이명주(耳明酒), 명이주(明耳酒)라고도 부른다.

122 노루 눈 : 궤안리(麂眼籬) 또는 궤목리(麂目籬)이다. 노루의 눈동자가 사방형(斜方形)이므로 바자의 격자(格子)로 엮은 꼴을 비유하는 말이다.

반쪽 밭두둑이나마 씨 뿌릴 땅이 있어 　　　　　　猶有半畦栽種地
삼 할은 옥수수 심고 칠 할은 채소 심었네 　　　　三分玉秫七分蔬

　　위는 봄날 민가에서 울타리 엮는 것을 읊은 것이다.

곰방메 써레 종다래끼 메고 앞 두렁으로 가니 　　　穰耙耬斗度前阡
여러 식구 먹고 살려고 돌밭을 빌렸네 　　　　　　數口生涯賃石田
봇도랑과 밭두둑 정리하며 일 쫓기 바쁘나니 　　　整頓溝塍趁事急
부지런히 일해야만 주인집 동정을 얻으리 　　　　辛勤庶得主家憐

　　이 시골은 땅이 귀하고 백성들은 가난하여 땅을 빌려서 농사를 짓는다.
　　약간이라도 게으르면 주인이 땅을 빼앗아서 다른 사람에게 준다.

　　위는 봄날 촌민들이 땅을 빌려 씨앗 뿌리는 것을 읊은 것이다.

빨래하고 돌아오니 점심밥 준비 급한데 　　　　　洴澼歸來午饁催
젖은 땔나무에 불 붙여도 불 일지 않네 　　　　　濕薪吹火不成灰
시집와서 농촌 아낙이 된 이후로 　　　　　　　　自從嫁作田家婦
허리둘레 가늘어져 옛 옷을 줄였네 　　　　　　　瘦着圍腰減舊裁

　　인근 마을 어부 집의 여자가 처음에는 자못 예뻤는데, 이 마을로 시집오자
　　초췌해졌으니 농사일로 고생했기 때문이다.

　　위는 촌 아낙이 밭에 들밥 내가는 것을 읊은 것이다.

따뜻한 구름 분가루 같고 물은 넓게 펼쳤는데 　　暖雲如粉水平鋪
산새가 창에 날아와 옥호를 권하네[123] 　　　　　山鳥當窓勸玉壺

---

123 산새가……권하네 : 사다새의 울음소리가 "제호로, 제호로〔提壺蘆, 提壺蘆〕" 한

보리 철 조금이라도 늦으면 춘궁기가 닥치니 　　　　　麥候差遲春窘迫

　위소주(韋蘇州, 위응물(韋應物))의 시에 "춘궁기가 절박한 탓에, 때를 놓치
　면 김매지 못하네.〔直以春窘迫 過時不得鋤〕"[124]라고 했다.

작은 솥에 납가새와 줄풀을 삶아먹는다네 　　　　　小鐺煮熟野茨菰

　위는 봄의 끝에 전가(田家)의 굶주린 기색을 읊은 것이다.

쟁반에 쌓인 상추 쌈밥도 신선해라 　　　　　盤堆萵苣菜包新

　서진명(徐振明)의 〈궁사(宮詞)〉에 "흑미로 포아희를 만드네〔青精飯作包
　兒戲〕"라는 구절이 있는데, 주(註)에 이르길, "4월에 상추로 밥을 싸서 먹는
　것을 포아희반(包兒戲飯)이라 한다. 지금 도성에서는 속칭 타채포(打菜
　包)라고 한다."고 했다. 지금 우리나라 풍속에도 또한 상추로 밥을 싸먹는
　일이 있다.

느릅 잎으로 떡을 찌니 초파일이로세 　　　　　楡葉蒸餻浴佛辰

　4월 8일을 욕불일(浴佛日)이라 한다. 우리나라 풍속에서는 이날 등불을
　매달아 놓고서, 콩을 삶고 느릅잎 떡을 쪄서 등불 매단 나무 아래 모여서
　술을 마신다. 경성의 등불은 자못 웅장하고 화려하지만 시골은 새벽별처럼
　드문드문 보일 뿐이다.

울타리 밖에 짧은 장대를 기대놓고 　　　　　扶起小竿籬落外
자원[125]의 등불 파는 사람을 자주 부르네 　　　　　頻呼瓷院賣燈人

　위는 4월 초파일 촌가(村家)의 현등(懸燈)을 읊은 것이다.

다고 해서 제호조, 또는 제호로라고 하는데, 글자 뜻으로 풀어 술을 권한다고 여겼다.
구양수(歐陽脩)의 시 〈제조(啼鳥)〉에 "꽃가지 위에 앉은 제호로만이 나에게 술사다가
꽃 앞에서 마시라 권하네.〔獨有花上提壺蘆 勸我沽酒花前傾〕"라고 하였다.

124 춘궁기가……못하네 : 이상은 위응물(韋應物)의 〈종과(種瓜)〉시의 구절이다.

125 자원(瓷院) : 분원(分院)의 별칭으로, 조선 시대 경기도 광주 일대에 설치된 관영
사기(沙器) 제조장이다. 《雲養集 卷7 懷歸川賦》

누런 보리 다 베어낸 자리에 벼가 푸릇푸릇   黃雲割盡稻靑靑

여럿이 휘두르는 호미질에 힘도 들지 않네   百指揮鋤着力輕

마을 집엔 사람 없어 낮에도 적막한데   里舍無人晝涔寂

낮닭이 날아올라 지붕 끝에서 우네   午鷄飛上屋頭鳴

　　위는 한 여름에 김매는 것을 읊은 것이다.

갑자일에 부슬부슬 빗발이 어지럽더니   甲子濛濛雨脚迷

오장[126]이 하룻밤 새 산과 나란해졌네   烏檣一夜與山齊

　　《조야첨재(朝野僉載)》에 "속담에 '여름 갑자우(甲子雨)에 배를 타고 시장
　　으로 들어간다.'고 했다."고 했다.[127]

높이 올라 파도 잠든 것을 서로 축하하니   登高共祝波濤穩

척박한 땅이 이제부턴 진흙이 될 것이라고   瘠壤從今變淤泥

　　위는 여름날 강이 범람하여 촌마을 집이 잠긴 것을 읊은 것이다.

한씨 집 담배는 그 맛이 진귀해   韓家菸草味珍奢

사람들은 동릉 소씨의 오이[128]에 견주네   人比東陵邵氏瓜

126　오장(烏檣) : 장오(檣烏)를 말한다. 돛대 끝에 달린 까마귀 모양의 풍향의(風向
儀)이다.

127　조야첨재(朝野僉載)……했다 : 갑자우(甲子雨)는 갑자일에 내리는 비를 말하는
데, 이로써 천시(天時)와 인사(人事)를 점칠 수 있다고 한다. 《조야첨재》는 당나라
장작(張鷟)이 지은 책이다. 이 책 권1에, "봄에 갑자우가 내리면 천리에 가뭄이 든다.
여름에 갑자우가 내리면 배를 타고 시장에 들어갈 수 있다. 가을에 갑자우가 내리면
벼 끝에 귀가 패여 흉년이 된다. 겨울에 갑자우가 내려 까치집이 땅에 떨어지면 그
해에 큰물이 진다.〔春雨甲子 赤地千里 夏雨甲子 乘船入市 秋雨甲子 禾頭生耳 冬雨甲子
鵲巢下地 其年大水〕"라는 말이 보인다.

족맥청부[129]를 한 아름 실어오니 　　　　　足陌靑蚨輸一庤

비옥한 밭에 더 이상 뽕과 삼을 심지 않네 　　膏田無復種桑麻

　위는 한씨가(韓氏家)의 담배 밭을 읊은 것이다.

오월은 지루하고 칠월은 바쁜데 　　　　　　五月支離七月忙

호미 걸어두고 시원한 버들 그늘에 한가로이 누웠네

　　　　　　　　　　　　　　　　　　　掛鋤閑臥柳陰凉

　전가(田家)의 속담에 “5월은 더디가고 7월은 바쁘다.”라는 말이 있다. 또
　전가에서는 7월을 속칭 괘서절(掛鋤節)이라 한다.

산 옆으로 해 저무니 소 발걸음 어지럽고 　　山邊日暮牛蹄亂

쓸쓸한 안개비에 한 줄기 피리소리 들려오네 　煙雨蕭蕭一笛長

　위는 초가을에 김매기 마친 것을 읊은 것이다.

명월암 앞에 달그림자 어지러운데 　　　　　明月庵前月影紛

백중날 남녀가 함께 난분을 바치네[130] 　　中元士女供蘭盆

아반제자[131] 그 목소리 묘한데 　　　　　　阿潘弟子喉音妙

128　동릉(東陵) 소씨(邵氏)의 오이 : 진(秦)나라 때 동릉후(東陵侯)였던 소평(邵平)
이 진나라가 망한 후 몰락하여 장안성(長安城) 동쪽에서 오이를 심어 생계로 삼았는데,
그 맛이 달아서 사람들이 동릉과(東陵瓜)라고 불렀다고 한다.

129　족맥청부(足陌靑蚨) : 족맥은 족맥전(足陌錢)이다. 고대에 동전 10족(足)을 백
매(百枚)로 삼아서 족맥전이라고 한다. 청부는 구멍 뚫린 동전이다.

130　백중날……바치네 : 원문은 ‘난분(蘭盆)’으로 우란분회(盂蘭盆會)를 말한다. 음
력 7월 15일 백중날 밤에 승려들을 공양하여, 쌓은 공덕을 죽은 조상에게 돌림으로써
조상의 혼령이 고통스러운 사후세계로부터 구제되기를 기원하는 불교 행사이다.

131　아반제자(阿潘弟子) : 비구니를 말한다. 아반은 처음으로 비구니가 된 여자 이름

정성껏 주문 외며 세존에게 절하네   誦呪深深拜世尊

    위는 백중날 밤에 암자의 비구니가 불사(佛事) 지내는 것을 읊은 것이다.

푸릇 누릇 들판에 참새 떼 많아서   野色靑黃鳥雀多

아이 시켜 웃배미 벼를 살피게 하네   敎兒去看上坪禾

쫓아도 가지 않으니 아이 마음 괴로워라   驅之不去兒心苦

종일토록 울며 소리친들 너희들을 어찌 하랴   盡日啼號奈爾何

    위는 가을 논에서 참새 쫓는 것을 읊은 것이다.

송편에 솔막걸리 팔월의 중순이라   葉餻松醪八月中

농촌에 가절이 찾아오니 풍년을 기뻐하네   稻鄕佳節喜成功

집집마다 제사상 차리느라 새벽 등불 푸른데   家家設祭晨燈碧

세속의 예법 성묘 풍속이 도리어 부끄러워라   俗禮還羞上墓風

    8월 15일은 추석절(秋夕節)로, 농가에서 가장 중요하게 여긴다. 떡과 대추
와 밤 등으로 조상에게 제사지낸다. 송편은 그 절기의 음식이다. 나라 풍속
에 한식(寒食)과 추석에 모두 묘제(墓祭)를 지내는데, 이는 옛 제도가 아니
다. 마을 사람들이 각자 집에서 제사를 지내고 묘소에 올라서는 청소만
하는 것이, 도리어 옛 제도에 부합할 것이다.

    위는 추석에 선조에게 제사지내는 것을 읊은 것이다.

두렁 위 목화밭에 석양이 차가운데   陌上棉田淨夕暉

가을 되어 다 따버리고 남은 꽃 드무네   秋來摘盡見花稀

이다. 《대송승사략(大宋僧史略)》에 "낙양(洛陽) 부녀자 아반 등이 출가했는데, 비구니
의 처음이다."라고 했다.

때때로 남겨진 솜이 바람 맞아 나오면 　　　　　時看遺絮臨風吐

남쪽 이웃 과부 베틀로 들어간다네 　　　　　　收入南隣寡婦機

　위는 과부가 솜을 줍는 것을 읊은 것이다.

흰 구름 속 땔나무 밭에서 나무하여 돌아오니 　　白雲養裏採薪回

　육구몽(陸龜蒙)[132]의 시에 "푸른 벼랑 가에서 태어나서 흰 구름 속 땔나무
밭을 능히 아네.〔生自蒼崖邊 能諳白雲養〕"[133]라고 했는데, 주(註)에 이르기
를, "산가(山家)에서는 땔나무 자라는 곳을 일러 '양(養)'이라 한다."라고
했다.

강물 차고 가을 깊어 장삿배를 재촉하네 　　　　江冷秋深賈帆催

곧바로 어깨 붉어지고 나무 한 손가락 벗겨져도 　直到肩頳樵指禿

올해엔 득전 받아오기에 충분하겠네 　　　　　　當年恰受得錢來

　마을 사람들은 봄에 땔감 장수들에게 쌀과 돈을 꿨다가 가을에 땔나무를
베어다 갚는다. 그 중 부지런한 자는 빚 갚음을 이미 마치고 남는 것으로
값을 받는데, 이를 일러 '득전(得錢)'이라 한다.

　위는 가을 겨울 즈음에 땔나무를 해다가 배에 나르는 것을 읊은 것이다.

촌가의 예속엔 경박함과 순박함이 뒤섞여서 　　村家禮俗雜澆淳

베껴온 의례문을 사방 이웃이 함께 쓰네 　　　　鈔寫儀文共四隣

132 　육구몽(陸龜蒙) : 당나라 만당(晚唐) 때의 시인으로, 자는 노망(魯望), 별호는
천수자(天隨子)·강호산인(江湖散人)·보리선생(甫里先生)이다. 강소(江蘇) 오강
(吳江) 사람이며 저서로는 《보리선생문집(甫里先生文集)》 등이 있다.

133 　푸른……아네 : 이 구절은 육구몽의 〈초자(樵子)〉시의 구절이다. 시에 보이는
'양(養)' 자는 산가에서 땔나무를 모아두는 곳을 일컫는 말인데, 절강(浙江) 지역 방언
에서 유래했다고 한다.

대상·소상 돌아오면 서로 와 제사 돕고 　　　　　每値祥碁來助祭

언변 좋은 공축[134]은 글자 아는 사람일세 　　　　便便工祝解書人

　촌가에서는 우리말로 상제(喪祭)와 혼의(昏儀)를 베껴두는데, 매번 일이
있을 때마다 이웃 마을에서 빌려다가 사용한다. 또 언문 읽을 줄 아는 사람
을 데려다가 축문을 읽게 하는데, 읽는 사람조차 무슨 말인지 알지 못한다.
또한 촌민들의 대상(大祥)과 소상(小祥) 때에는 온 마을 사람이 노소를
막론하고 모두 모여서 제사를 마치면 차례로 들어가서 조문하고, 주인은
술과 음식을 장만하여 대접한다.

　위는 촌가의 상제(祥祭)를 읊은 것이다.

어려서는 장난치며 놀다 어른 돼선 서로 친해 　　　幼相戲狎長相親

한 집안에 계를 맺으니 의기가 새롭네 　　　　　修稧同堂意氣新

양자를 맺어 그 위세 빙자하려 함 아니니 　　　　非爲假兒聲勢藉

이웃 긍휼히 여김은 한 동포로서의 인애일 뿐 　　恤隣自是共胞仁

　당나라 말에 환관과 변방 장수들은 많은 양자를 들여 세력을 키웠는데,
많은 경우 수백 명에 이르렀다. 이 고을에 종부형제(從父兄弟) 계(稧)가
있는데, 부모가 죽으면 곗돈을 거두어 장례를 돕는다. 계를 맺은 사람들은
모두 흰색 관(冠)을 쓰고 베 허리띠를 두른 채 상여를 전송한다.

　위는 겨울에 계(稧) 맺는 것을 읊은 것이다.

웅얼웅얼 겨울 공부 소리에 앞마을 시끄럽고 　　呀唔冬學鬧前村

134　공축(工祝) : 옛날 제사 때 축문 읽는 일을 전담하던 사람을 일컫는다. 《시경》
〈초자(楚茨)〉에, "공축이 고하기를, 효성스런 자손에게 복 내려주시고〔工祝致告 徂賚
孝孫〕"라는 구절이 있는데, 고형(高亨)은 주(注)에서 "공축은 곧 축관이다.〔工祝卽祝
官〕"라고 하였다. 남자 무당을 일컬어 '축'이라 한다.

등걸불 타는 화롯가에서는 강설하느라 정신없네 榾柮爐頭講說煩
밤 깊어 자려는데 목이 바싹 타면 夜久欲眠喉吻燥
눈 속의 차가운 동치미를 씹어 먹는다네 雪中咬破冷虀根

　눈 속의 동치미를 씹어 먹는 것은 소이간(蘇易簡)[135]의 고사를 사용했다. 겨울밤 독서는 최고가는 상쾌한 맛이다.

　위는 동쪽 이웃의 겨울 공부를 읊은 것이다.

초가 처마의 눈보라에 아이 추울까 근심인데 茅簷風雪念兒寒
어스름 저녁에 두미강[136] 가에 낚시 드리웠네 薄暮垂綸斗尾干
영감 할멈 웃으며 만년의 복 칭송한다네 翁媼解頤稱晚福
왕상[137]의 얼음 판 잉어가 소반에 오르리니 王祥氷鯉也登盤

　위는 깊은 겨울에 두미(斗尾)에 가서 잉어 낚는 것을 읊은 것이다.

135　소이간(蘇易簡) : 958~996. 재주(梓州) 동산(銅山) 사람이며 자는 태간(太簡)이다. 송나라 태평흥국(太平興國) 5년(980)에 진사가 되었다. 일찍이 태종(太宗)이 어떤 식품이 가장 좋으냐고 물으니 소이간이 대답하기를, 숙취로 목이 마를 때 눈 덮인 항아리 속의 절인 채소를 먹는 것이 최고라고 답했다. 《사실류원(事實類苑)》등 여러 책에 관련 기사가 보인다.

136　두미강(斗尾江) : 지금의 남양주시 와부읍과 조안면의 경계 지점 두미 마을 앞의 강 이름이다. 예로부터 잉어 얼음 낚시터로 유명했다.

137　왕상(王祥) : 185~269. 서진(西晉) 낭야(琅邪) 사람으로 자는 휴정(休征)이다. 한(漢)·위(魏)·서진(西晉) 3대를 겪으며 후한(後漢) 말에 은거했는데, 진나라에서 태위(太尉)·태보(太保)를 지냈다. 효(孝)로써 저명했다. 일찍이 병든 계모를 위하여 한겨울에 얼어붙은 강으로 가서 얼음 위에 누워서 체온으로 얼음을 녹이고 잉어를 구했는데, 이 정성에 감동하여 잉어가 스스로 강에서 뛰어나왔다고 한다. 이를 '와빙구리(臥氷求鯉)'라고 한다.

중종씨[138] 만장
仲從氏挽章

온화한 금옥의 자질로 　　　　　　　　　　溫溫金玉姿

일찍부터 낭묘의 기량[139]을 짊어졌네 　　　　早負廊廟器

한 시대에 나타나는 위엄찬 봉황처럼 　　　　譬彼威世鳳

잠시 나와 성스러운 길조를 이루었네 　　　　暫出爲聖瑞

관직은 낮았지만 임금의 총애를 받았고 　　　官卑蒙主眷

집은 가난했지만 베풀기를 좋아했네 　　　　家貧喜振施

호탕함이 끝이 없었고 　　　　　　　　　　浩蕩無涯岸

온화하고 은혜로워 욕심도 질투도 없었네[140] 和惠不求忮

향기로운 난이 갑자기 시드니 　　　　　　　芳蘭忽焉萎

길을 가며 또한 눈물을 떨구네 　　　　　　　行路亦隕淚

열일곱에는 계적[141]을 통과하고 　　　　　　十七通桂籍

휴가 청해 돌아와 글을 읽었네 　　　　　　　請暇歸讀書

스무 살에는 미원[142]에 올라 　　　　　　　二十登薇垣

---

138 중종씨 : 김완식(金完植, 1831~1863)으로, 자는 폭경(輻卿)이다. 작은아버지
의 둘째 아들이다.

139 낭묘(廊廟)의 기량 : 조정(朝廷)의 중임(重任)을 맡을 수 있는 기량을 말한다.

140 욕심도 질투도 없었네 : 이 말은 《시경》〈웅치(雄雉)〉의 "질투도 없고 욕심도
없다.〔不忮不求〕"에서 나왔다.

141 계적(桂籍) : 과거에 등제한 사람의 명적(名籍)이다.

붓을 머리에 꽂고 임금 언행 기록했네	簪筆注起居
스물다섯에는 대부가 되어	廿五爲大夫
의젓한 자태로 궁궐 섬돌을 걸었네	委蛇步玉除
스물여덟에 큰 고을을 맡아[143]	廿八典大郡
빗으로 머리 빗듯 폐단을 다스렸네	理弊若櫛梳
영예가 대성[144]에 퍼지고	令譽遍臺省
광휘가 여항에서 나왔네	光輝生井閭
휴가 받아 향리로 돌아올 때는	休沐還鄕里
반드시 내사의 수레에서 내렸네[145]	必下內史車
벗들의 가르침 즐겨 들었고	樂聞朋輩箴
부모의 즐거움에 힘을 다했네	務盡庭闈歡
비복들도 즐거워하고	婢僕亦欣欣
처자식도 불평하지 않았네	妻孥不咨歎

---

142 미원(薇垣) : 사간원(司諫院)의 별칭이다.

143 스물 여덟에……맡아 : 김완식은 28세 때인 1858년(철종9)에 순천 도호부사(順天都護府使)가 되었다.

144 대성(臺省) : 사헌부(司憲府)와 사간원(司諫院)의 합칭이다.

145 내사의……내렸네 : 내사(內史)는 전한(前漢) 때 제후의 왕국에 두었던 관직 이름이다. 민정을 담당하게 했다. 전한 때 만석군(萬石君) 석분(石奮)은 네 아들이 모두 2천섬의 벼슬에 올랐는데, 하루는 아들 경(慶)이 술에 취하여 바깥문을 지나면서 수레에서 내리지 않고 들어 왔다. 석분이 경을 꾸짖기를 "내사(內史)는 신분이 높은 사람이다. 여리(閭里)로 들어오면 마을 장로(長老)들이 모두 달아나 숨는데 내사가 수레에서 높은 신분 그대로 앉아 있다면 어찌 되겠는가?"라고 했다. 이후 경을 비롯한 모든 아들들은 반드시 수레에서 내려서 걸어 들어왔다고 한다.

웃으며 하시는 말씀 봄바람과 같았고	笑語春風發
좌우를 돌아보면 의기에 여유 넘쳤네	顧眄意氣閑
눈살 찌푸리는 일 하지 않았고	不作皺眉事
남을 백안시하는 일도 없었네	人無白眼看
보기 전엔 모두들 보기를 원했고	未見皆願見
보고 난 사람들은 금란[146]처럼 여겼네	旣見如金蘭
사람의 정리는 한 번 보는 것도 중한데	人情重一見
골육의 형제는 다시 돌아오지 못하리	骨肉不復還

자형나무 메말라 떨어졌으니[147]	紫荊已枯落
언제 다시 봄이 올 것인가	何日更有春
새로운 이별에 떠나감이 애석한데	新別尙惜去
나의 꿈속에 자주 들어오네	爲我入夢頻
손을 붙잡고 목메어 하면서	握手仍哽塞
헤어져 있는 고생을 하소연하네	契濶訴苦辛

---

146 금란(金蘭) : 금란지교(金蘭之交)의 준말이다. 쇠처럼 단단하고 난처럼 향기로운 사귐을 말한다.

147 자형(紫荊)나무……떨어졌으니 : 남조(南朝) 양오균(楊吳均)의 《속제해기(續齊諧記)》〈자형수(紫荊樹)〉에 의하면, 전진(田眞)의 형제가 3명인데 장차 재산을 나누려고 했다. 당 앞에 자형수 한 그루가 있었는데 쪼개서 셋으로 나누어 갖기로 의논했다. 자형수가 갑자기 말라죽고 말았다. 전진이 아우들에게 말하기를 "나무가 본래 같은 그루인데 쪼개서 나누겠다는 말을 듣고 초췌해지고 말았다. 이 사람은 나무만 못하다."고 하고, 스스로 슬픔을 이기지 못했다. 형제들이 함께 감개하고, 다시 재산을 나누지 않았다. 이후 나무가 다시 살아났다고 했다. 자형수는 박태기나무이다. 주로 시문에서 형제와 관련된 전고로 사용된다.

너무 슬퍼하지 말라	謂言勿遽悲
나는 지금 다시 사람이 되었으나	我今還爲人
다만 세상에 버림받았고	但爲世所棄
또 홍진이 싫어졌을 뿐이다라 하니	亦復厭紅塵
이 말 듣고 놀랍고 기뻐	聞此還驚喜
몽롱한 와중에 진짜인가 의심하네	怳惚疑若眞
형께서는 부디 다시 벼슬하지 마시고	請兄勿復仕
함께 이 강가에서 늙어갑시다	共老此江濱
한가히 살면서 성정을 기르고	閑居養性靈
콩과 물로 아침저녁 봉양합시다[148]	菽水奉昏晨
침상 마주하고 다정히 이야기 나누는데	對牀方亹亹
자취가 머뭇머뭇 사라져가네	形影減逡巡
놀라 부르는 소리에 산 달이 떨어지니	驚呼山月落
감정이 북받쳐 올라 신음 소릴 내네	感歎發吟呻
눈물 훔치며 고향 산을 바라보니	揮涕望故山
영원히 소나무 잣나무와 이웃하고 있네	永與松柏隣

---

148 콩과……봉양합시다 : 《예기》〈단궁 하(檀弓下)〉에 "콩을 먹고 물을 마시며 그
즐거움을 다하게 하는 것, 이를 일러 효라 한다.〔啜菽飮水盡其歡 斯之謂孝〕"라는 말이
있다.

철종황제[149] 만사
哲宗皇帝挽詞

삼종숙을 대신하여 짓다.

십여 년의 허망한 구름 같은 자취	十載虛雲迹
한 편의 해를 그리는 글을 짓누나	一篇摸日辭
상림원에 버드나무 일어난 후[150]	上林柳起後
태평성대에 잠저(潛邸)에서 일어났네	興邸河淸時
큰 효도로 조종의 무고함을 씻고[151]	達孝泂宗誣
큰 공평함으로 조의를 정했네[152]	大公定祧儀

149 철종황제(哲宗皇帝) : 1831~1863. 조선 제25대 왕으로 이름은 변(昪)이다. 초명은 원범(元範), 자는 도승(道升), 호는 대용재(大勇齋)이다. 헌종이 후사가 없이 죽자 순원왕후의 명으로 궁중에 들어가 즉위하였다. 재위 기간 동안 안동 김씨의 세도정치로 삼정(三政)의 문란이 더욱 심해져 삼남지방에 민란이 빈발했다. 재위기간은 1849~1863년이다.

150 상림원(上林園)……일어난 후 : 《한서》〈유향전(劉向傳)〉에 "효소제 때, 태산에 관석이 서고, 상림원에 쓰러졌던 버드나무가 다시 일어났는데, 그리고 나서 효선제가 즉위했다.〔孝昭帝時 冠石立於泰山 仆柳起於上林 而孝宣帝卽位〕"는 구절이 나온다.

151 큰……씻고 : 1863년(철종14) 봄 중국 사신 정원경(鄭元慶)이 저술한 〈이십일사약편(二十一史約編)〉이 연경(燕京)에서 조선으로 전해졌는데, 조선의 종계(宗系)와 개국할 때의 일을 기록한 것이 너무나 잘못되었으므로 사신을 보내어 변무(辨誣)한 사실을 가리킨다. 《哲宗實錄 行狀》

152 큰……정했네 : 조의(祧儀)는 천묘(遷廟)의 의례(儀禮)이다. 1851년(철종2) 6월에 진종(眞宗)을 천묘한 사실을 가리킨다. 철종이 종통(宗統)으로는 헌종(憲宗)의 뒤를 이었지만 가계(家系)는 순조(純祖)의 뒤를 이었기 때문에 발생한 전례 문제를

그 드높음에 함께 할 이 없으니 　　　　　　巍巍乎不與

지극한 덕은 요순(堯舜)과 나란하네 　　　　　至德並姚祁

하늘이 살피고 보우하사 　　　　　　　　　皇天垂眷佑

선대의 자취를 어진 임금께서 계승했네 　　　下武哲王承

엄숙히 조정에 임해서는 공경스러워 　　　　穆穆臨朝敬

그득 그득 풍년이 해마다 이어졌네 　　　　穰穰比歲登

요 임금의 심법을 정일하게 받들고[153] 　　堯心精一受

상나라의 공업을 오래 힘써 일으켰네 　　　商業久勞興

슬프구나 우리 백성 복이 없어 　　　　　哀我民無祿

갑자기 유훈을 듣게 되었네[154] 　　　　遽遭玉几憑

이 때 결론 내린 것이다.

153　요……받들고 : 《서경(書經)》〈대우모(大禹謨)〉에 "인심은 위태롭고 도심은 미묘하니, 오직 정밀하게 살피고 오직 전일하게 지켜야 진실로 중도(中道)를 잡을 수 있다.〔人心惟危 道心惟微 惟精惟一 允執厥中〕"라고 한 것을 가리킨다. 이 구절은 순(舜) 임금이 우왕(禹王)에게 제위(帝位)를 물려주면서 경계한 말로, 도통(道統)을 전수하는 요결로 일컬어진다.

154　갑자기……되었네 : 이 말은 《상서》〈고명(顧命)〉에서 나왔다. 임금이 죽음을 예감하고 유언을 남긴다는 의미를 지니고 있다. "사월 달그림자가 지기 시작하던 날, 임금은 몸이 불편하셨다.……옥안석에 기대어 앉은 후 모두 부르셨는데……임금님이 말씀하시기를, '오, 병이 크게 더하여져 위태로워졌소. 병이 날로 더하여 저 이제 목숨이 끝나려하니, 맹서의 말을 하여 뜻을 잇게 하지 못할까 두려워 내 그대들에게 훈계하고 명하는 것이오.〔惟四月哉生魄 王不懌……憑玉几 乃同召……王曰嗚呼 疾大漸惟幾 病日臻 既彌留 恐不獲誓言嗣 兹予審訓命汝〕"

중종씨가 돌아가신 후 1년이 된 갑자년(1864, 철종15)
겨울에 사방 산에 눈이 쌓였다. 우리 중부[155]께서 갑자기
수레를 준비시켜 수종사에 가셨다. 누군가가 이유를 묻자
곧 시를 읊어서 자신의 뜻을 내보였다. 불초소생 슬픔과
두려움을 이길 수 없고, 또 우러러 위로할 길도 없기에 삼가
원시에 차운하여 바쳤다

仲從氏捐舘後一年甲子冬四山雪積家仲父忽命駕之水鍾寺人有問之者
輒吟詩以示己意不肖不勝悲懼無以仰慰敬次原韻以獻之

장수와 요절은 본디 다르게 타고나는 법	彭殤殊所賦
오직 하늘의 임함에 달려있다네	惟有上玄臨
그 누구인들 돌려놓을 힘이 있을까	回挽誰能力
슬픔과 기쁨이 공연히 마음을 침범할 뿐	悲歡謾攻心
갑자기 핀 꽃은 아침에 꽃술 시들고	驟榮朝謝蘂
병약한 나무는 늦게 녹음을 이루네	弱植晚成陰
물리가 마땅히 이와 같으니	物理應如此
갈림길에서 길 찾을 필요 무엇 있을까	何須歧路尋

---

155 중부(仲父): 김윤식의 작은 아버지인 김익정(金益鼎, 1803~1879)을 말한다.

원운 原韻

용문[156]은 나의 소원이 아니니	龍門非我願
답답한 가슴 풀고자 억지로 올랐네	排悶强登臨
시구를 찾아도 궁벽한 수심의 말뿐	覓句窮愁語
산을 바라봐도 통곡하고 싶은 마음뿐	看山痛哭心
절은 외딴곳이라 다른 길 없고	寺孤無別路
나무는 키 작아 녹음을 이루지 못했네	樹短未成陰
이곳엔 무슨 일로 왔는가	此地來何事
삼청[157] 찾아가는 길 멀지 않기 때문이지	三淸不遠尋

---

156 용문(龍門) : 과거 시험을 은유한다. 《후한서(後漢書)》권67〈당고열전(黨錮列傳)〉에 나오는 등용문(登龍門) 고사에서 비롯되었다. 등용문은 입신출세를 위한 어려운 관문이나 시험을 비유적으로 이르는 말로, 물고기가 중국 황하 상류의 급류를 이루는 용문으로 오르면 용이 된다는 고사에서 나온 말이다.

157 삼청(三淸) : 도교에서 말하는 신선이 산다는 옥청(玉淸)·상청(上淸)·태청(太淸) 등의 세 궁(宮)이다.

주상(主上) 10년 기미년(1859, 철종10) 늦봄에 제천(堤川) 정씨(鄭氏) 댁 누님[158]을 찾아가 뵙고, 네 군(郡)[159]을 돌며 유람하면서 군에 사는 사우(士友)들과 번갈아 가며 시를 주고받았는데, 유람하며 승경을 기록해 놓은 작품이 대부분이었다. 습수(濕水)는 네 군에서 흘러나오는데, 이번 유람은 사실 습수를 따라서 다닌 것이므로 이름 붙이기를 '습유만음(濕遊漫吟)'이라 하였다.

자원에 들러서

過瓷院

담 모서리 미풍에 술집 깃발 기울고	墙角微風酒幔斜
가마 연기 속 버드나무엔 까마귀 숨었네	窯煙鎖柳暗藏鴉
열다섯 살 자원의 계집아이 주막에 앉아	院姬十五當壚坐
새로 사온 자기 병에 꽃 가득 꽂아놓았네	新買瓷瓶滿挿花

---

158 정씨(鄭氏) 댁 누님 : 정씨는 김윤식의 자부(姊夫)인 정해신(鄭海臣)이며 이 사람에게 시집간 누님은 집안의 장녀이다.

159 네 군(郡) : 단양(丹陽), 영춘(永春), 제천(堤川), 청풍(淸風)읍을 말한다.

봉황계를 지나다

過鳳凰溪

황공[160]이 울다 그치자 곽공[161]이 울고　　　　黃公啼罷郭公啼

분분히 떨어지는 꽃비가 한 길에 가득하네　　　紅雨繽紛滿一蹊

곤한 봄날 긴 여정에 노새 등에 편히 앉아　　　春困長程驟背穩

잠깐 동안 조는 사이 봉황계에 이르렀네　　　瞥然睡到鳳凰溪

늙은 말은 길게 울고 주점 문은 열렸는데　　　老馬長嘶店戶開

장사꾼은 기대서 왕년의 재주를 떠벌리네　　　販夫倚說舊時才

물고기를 싣고서 천리 먼 원산[162] 길을　　　駄魚千里元山路

한 달에 두 번 왕복하기 식은 죽 먹기였다고　　一月無難兩度廻

160　황공(黃公) : 꾀꼬리의 별칭이다.

161　곽공(郭公) : 뻐꾸기의 별칭이다.

162　원산(元山) : 함경도 원산이다.

목계진[163]을 건너다

渡木溪津

동으로 목계를 보니 쪽빛 같은 물	木溪東望水如藍
옅은 안개 낀 응봉은 깎은 듯 뾰족하네	薄霧鷹峯鑱却尖
젊은 아낙들 앞 다퉈 곡식 항아리 가지고 와	少婦爭持瓶底粟
강 따라 내려온 뱃전에서 소금과 바꾸네	船頭來貿下江鹽

강 따라 내려가는 배가 소금을 싣고 목계(木溪)에 이르면 네 군(郡)의 사람들이 모두 소에 오곡을 싣고 와서 소금과 바꿔 가는데, 누령(樓嶺)과 단령(檀嶺)[164]에서 끊임없이 찾아온다. 내가 네 군을 다녀보니 소금이 가장 귀했다.

목계의 연소배들 너무도 법도를 몰라	木溪年少太無當
흔들흔들 상투가 한 척도 넘네	頭髻搖搖一尺强
새로 번안한 노래 몇 곡을 입으로 부르는데	口唱新飜歌數闋
무리 중에 자줏빛 털주머니를 겉으로 드러냈네	衆中表出紫氈囊

---

163 목계진(木溪津) : 목계나루로, 충청북도 충주시 엄정면 목계리에 있다. 조선 후기 남한강에서 가장 번창했던 포구였다.

164 단령(檀嶺) : 박달재이다. 충청북도 제천시 봉양읍과 백운면의 경계에 있는 고개로 높이 504미터, 길이 500미터에 이른다. 구학산과 시랑산이 맞닿은 곳에 있으며, 능선이 사방을 에워싼 첩첩산중에 위치한다. 원서천을 사이에 두고 남서쪽에 솟은 천등산과 마주 보고 있으며, 천등산 박달재라고도 한다.

내창165에서 비를 만나 출발하며 장난삼아 사금언166을 짓다
自內倉遇雨發行戲賦四禽言

산비둘기 내창의 서쪽으로 부인 좇아왔네167   斑鳩逐婦內倉西
미끄러운168 뜰 진창에선 죽계169의 울음소리   滑滑庭泥聽竹鷄
어찌하여 자고새170는 가지를 못하는가171   何事鷓鴣行不得
빗속에 바지 벗고172 앞개울을 건너네   雨中脫袴渡前溪

165 내창(內倉) : 충청북도 충주시 엄정면이다. 내창장으로 유명했다. 내창이장이라고 한다.

166 사금언(四禽言) : 네 마리 새의 울음소리이다. 새 울음소리의 표기를 중의적 수법으로 사용하는 시를 금언체(禽言體)라고 하는데, 매요신(梅堯臣)의 〈사금언(四禽言)〉에서 시작되었다.

167 부인 좇아왔네 : '축부(逐婦)'는 산비둘기의 울음소리를 흉내 낸 것이다.

168 미끄러운 : '활활(滑滑)'은 죽계의 울음소리 니활활(泥滑滑)을 흉내 낸 것이다.

169 죽계(竹鷄) : 자고새와 비슷하나 약간 작은 새이다. 갈색 반점과 적색 무늬가 있다. 그 울음소리를 본떠서 니활활(泥滑滑) 혹은 계두골(鷄頭鶻)이라고도 한다.

170 자고새 : 꿩과에 속한 새로 메추라기와 비슷한데 몸이 조금 더 크다.

171 가지를 못하는가 : 원문은 '행부득(行不得)'으로 자고새의 울음소리를 흉내 낸 것이다.

172 바지 벗고 : 원문은 '탈고(脫袴)'로 울음소리를 본떠서 지은 뻐꾸기의 별칭이다. 그 울음소리가 탈파고(脫破袴) 혹은 탈각파고(脫却破袴)로 들린다고 한다.

제천 월림에 도착하다

抵堤川月林

월림촌 안 정공 댁은	月林村裏鄭公宅
집안 대대로 시례를 전한 지 이백 년	詩禮傳家二百年
태백산인은 태백으로 돌아갔는데	太白山人歸太白
황량한 묘지만 남아 잡풀이 무성하네	空留荒墓草芊芊

사회정
四檜亭

사회정(四檜亭)은 곧 누님 댁이다. 자부의 이름은 정해신(鄭海臣)인데 어려서부터 학식이 뛰어났으나 불행히 중년에 세상을 떠났다. 자부의 대인(大人)이신 정준현(鄭濬鉉)에게는 형제가 네 분 계셨는데,[173] 마당가 네 그루 전나무에 자신들을 빗대면서 실(室)의 이름을 '사회정'이라 하였다. 그러나 지금은 사람도 나무도 모두 시들어 떨어지고 손자 셋이 남았으니 곧 나의 생질들이다.

섬돌 가득한 배꽃 대낮에도 문은 닫혀 있고	滿砌梨花晝掩門
적막한 양자의 집 책상엔 먼지 끼었네[174]	寥寥揚子一牀塵
가련해라 사회정 가 달만 홀로 남아	可憐四檜亭邊月
삼주수[175] 위의 봄을 비춰 주고 있네	留照三珠樹上春

---

173 형제가 네 분 계셨는데 : 정준현의 위로 정택현(鄭澤鉉), 정제현(鄭濟鉉)이 있고 아래로 노현(鄭潞鉉)이 있었다. 《司馬榜目》

174 적막한……끼었네 : 양자(揚子)는 전한(前漢) 말의 유명한 문인 저술가인 양웅(揚雄)을 말한다. 당나라 시인 노조린(盧照鄰)의 〈장안고의(長安古意)〉에 "적막하기 그지없는 양자의 집, 해마다 상 가득 책 늘어놓고 있네.〔寂寂寥寥揚子居 年年歲歲一牀書〕"라는 구절이 있다.

175 삼주수(三珠樹) : 당나라 때 왕면(王勔), 왕거(王勮), 왕발(王勃) 삼형제를 찬미하던 말이다. 《신당서(新唐書)》권201 〈왕발열전(王勃列傳)〉에, "당나라 초기에 왕면, 왕거, 왕발 삼형제는 재능으로 명성이 자자해서 두이간이 이들을 '삼주수'라 불렀다.〔初 勔勮勃皆著才名 故杜易簡稱三珠樹〕"라는 기록이 보인다. 후에는 형제를 칭송하는 말로 사용되었다. 여기서는 생질 세 명을 비유한 것이다.

누님을 뵙다
謁姊氏

내가 태어나 막 두 돌이 되었을 때	我生甫二朞
큰 누님은 부모님을 멀리 떠나셨지	長姊遠父母
남들이 누님 어디 갔냐고 물으면	人問姊何之
손으로 가리키며 이 창으로 갔다고 말했지	指言從此牖
애달퍼라 돌아가신 부모님	哀哀風中樹
타고난 수명 너무도 짧았어라	匀賦枉偏受
피눈물 흘리며 멀리 바라보지만	泣血遙相望
산천만 뒤얽혀 어지러울 뿐	山川空紛糾
쓸쓸하기만 한 고아와 과부	孤寡意轉索
무슨 수로 즐거운 우의를 펼치리	何因敍歡友
길은 멀고 몸은 쇠약하기에	道遙身羸弱
그리움 깊었지만 그래도 잘 이해해 주었지	思甚反恕厚
나귀를 채찍질해 박달재를 넘으니	策騾過檀嶺
거친 밭 사이로 난 실 같은 오솔길	線徑穿荒畝
적막한 집안은 대낮에도 문 잠겨있고	闃寂晝戶關
네 그루 전나무가 마당 뒤에 그늘을 드리웠네	四檜蔭庭後
당에 올라 공손히 절을 하니	上堂拜宛轉
놀라 넘어질듯 이내 입을 다무시네	驚倒便緘口
노쇠하고 병든 몸 죽지 못하더니	我衰病不死
이리 너를 만난 것이 우연은 아니로구나 하며	見汝亦非偶

한가히 앉아 옛 이야기 하는데	閑坐道故舊
고생스런 삶에 머리가 다 세려하네	酸楚欲白首
여러 생질들은 가축이나 진배없어	群甥同豕畜
비틀비틀 걸으며 맨발로 다니네	跟踉並跣走
철 없고 귀여운 계집애 무릎 주위 다니는데	癡嬌繞膝行
쑥대머리에 얼굴에는 때가 잔뜩	蓬髮面且垢
상자 속의 밤을 다투어 찾아다가	爭搜箱中栗
은근히 다가와 외삼촌에게 주네	慇懃來食舅
우러러 바라보니 기뻐하시는 누님 얼굴	仰瞻姊顔喜
든든한 양손을 얻으신 듯하네	如得備兩手
등을 어루만지며 가려운 데 살피고	撫背審痾癢
음식을 차리며 좋아하는지 물어보네	營饌問嗜否
어여삐 사랑함 참으로 끝이 없어	憐愛諒無極
금전을 쌓는다면 북두성까지 이르리라	積金至北斗
두 누님이 남북으로 있지만	二姊在南北
보지 못한 지 또한 오래되었네	睽離亦云久
자형 나무가 한 땅에서 살지 못하여[176]	紫荊不同土

---

176 자형……못하여 : 남조 양(梁)나라 오균(吳均)의 《속제해기(續齊諧記)》〈자형수(紫荊樹)〉에 보면, "전진의 세 형제가 재산을 나누는데, 당 앞 자형 나무 한 그루를 셋으로 쪼개자고 의논하자 나무가 갑자기 시들어 죽었다. 전진이 여러 형제들에게 말하길, '나무는 한 기둥인데 장차 쪼개 나눠 갖겠다는 소리를 듣고 시들어버린 것이니, 사람이 나무만 못하구나.' 하고는 슬픔을 이기질 못하자 형제들도 감동하여 다시는 재산을 나누지 않았고, 나무도 다시 살아났다.〔田眞兄弟三人析産 堂前有紫荊樹一株 議破爲三 荊忽枯死 眞謂諸弟 樹本同株 聞將分析 所以憔悴 是人不如木也 因悲不自勝 兄弟相感

서로의 마음 등지고 있네   心事兩背負
어떻게 하면 공연한 그리움 떨쳐버리고   安得祛空想
좌우에 늘어앉아 즐거움을 함께 할까   陪歡列左右
원컨대 서로 오래 오래 몸 보존하고   願言長相保
자손들 존귀해지고 장수했으면   兒孫貴且壽

不復分産 樹亦復榮]"이 고사로 인해 '자형'은 형제를 상징하는 전고로 사용된다.

용연가

龍硯歌

선조(宣祖)께서 경연에 참석하여 여러 신하들에게 문제를 냈는데, 정송강(鄭松江)[177]만이 매우 상세하게 대답하였다. 주상께서는 기뻐하시며 명나라 신종(神宗)이 하사한 용연(龍硯) 하나를 하사했다. 병자호란 때 포옹(抱翁)[178]의 부인께서 용연을 가지고 피란 가다가 적을 만나는 바람에 용연의 한쪽 뿔이 손상되었다. 후손인 판서(判書) 익하(益河)[179]가 그 나머지 한쪽 뿔도 갈아냈다. 지금 포옹의 집안에 수장되어 있는데, 옛날에는 자못 신이한 일들이 있었으나 뿔을 갈아버린 후로는 영험함이 갑자기 약해졌다고 한다.

부가산[180] 한조각 구름 속에	斧柯山中一片雲
자줏빛 바탕 녹색 문양이 매끄럽고도 고왔네	紫色綠紋滑而膩
명장의 조각 그 솜씨가 신과 같아	良工雕琢巧如神

177 정송강(鄭松江) : 정철(鄭澈, 1536~1593)로, 본관은 연일(延日), 자는 계함(季涵), 호는 송강(松江), 시호는 문청(文淸)이다. 돈령부판관(敦寧府判官) 정유침(鄭惟沈)의 아들이다. 좌의정을 지냈다.

178 포옹(抱翁) : 정양(鄭瀁, 1600~1668)으로, 호는 부익자(孚翼子)·포옹(抱翁), 자는 안숙(晏叔)이다. 조부는 송강(松江) 정철(鄭澈)이고, 부친은 강릉 부사 정종명(鄭宗溟)이다. 강원도 간성 군수 등을 지냈다.

179 익하(益河) : 정익하(鄭益河, 1688~?)로, 자는 자겸(子謙), 호는 회와(晦窩)이다. 대사간을 지냈다.

180 부가산(斧柯山) : 중국 광동성(廣東省) 조경시(肇慶市)의 영양협(羚羊峽)의 맞은편 단계(端溪)가 흐르는 곳에 있다. 부가산 일대에서 채취한 단계석(端溪石)은 벼루와 인장을 만드는 석재로 유명한데 자주색이 기본이나 초록색이 매끄럽게 감돌아 녹경(綠瓊)이라 불린다.

노룡이 뿜어대는 물결에 먹물 비 떨어지네   老龍噴波墨雨墜

옥황상제 향안 앞에서 일찍이 시중들 때   曾侍玉帝香案前

작와[181]도 봉주[182]도 빛을 잃었지   雀瓦鳳咮失嫵媚

비늘 펴고 턱 벌린 채 패류[183]를 건너오니   張鱗擺頷渡浿流

선왕께서 광제[184]의 하사품 공손히 받았네   先王敬受光帝賜

이때 신하 정철이 경연에 올라   是時臣澈登經筵

홀로 천충[185]을 열어 미묘한 뜻을 펼쳤네   獨啓天衷演微義

대석[186]처럼 홀로 오십여 석을 차지하니   戴席專據五十重

---

181 작와(雀瓦) : 벼루 이름이다. 동작대(銅雀臺)의 기와를 후대 사람들이 가져다가 벼루로 만들었다 한다. 송나라 하원(何遠)의 《춘저기문(春渚紀聞)》〈동작대와(銅雀臺瓦)〉에 보면 "상주는 위나라 무제의 옛 도읍이다. 그곳에 지은 동작대는……후대 사람들이 동작대 옛 터를 파서 기와를 얻은 다음, 끌로 파서 벼루를 만들었다. 검은 빛은 쉬이 얻을 수 있었으나 윤기가 부족해서 호사가들이 그 고고함을 취할 뿐이다.〔相州魏武故都 所築銅雀臺……後人於其故基 掘地得之 鐘以爲研 雖易得墨而終乏溫潤 好事者但取其高古也〕"라는 기록이 보인다.

182 봉주(鳳咮) : 벼루 이름이다. 소식(蘇軾)의 〈봉주연명서(鳳咮硯銘序)〉에 "북원 용배산은 날던 봉황이 물 마시려고 내려오는 형상인데, 그 부리에 해당하는 곳에 검푸르고 옥처럼 치밀한 돌이 있다. 희녕 연간에 태원(太原) 사람 왕이(王頤)가 벼루로 만들었는데, 내가 이름 짓기를 '봉주'라고 했다.〔北苑龍焙山 如翔鳳飮下之狀 當其咮 有石蒼黑致如玉 熙寧中 太原王頤以爲硯 余名之曰鳳咮〕"는 기록이 보인다.

183 패류(浿流) : 패수(浿水)로 고조선 때 중국과 경계를 이루었다는 강 이름이나 조선 시대에는 주로 대동강을 가리킨다.

184 광제(光帝) : 홍광제(弘光帝) 주유숭(朱由崧, 1607~1646)으로, 재위 기간은 1644~1645년이다. 명(明)나라 신종(神宗) 주익균(朱翊鈞)의 손자로, 사종(思宗) 주유검(朱由檢)의 당형(堂兄), 복공왕(福恭王) 주상순(朱常洵)의 아들이다.

185 천충(天衷) : 임금의 심의(心意)를 말한다.

186 대석(戴席)처럼……차지하니 : 탈대빙석(奪戴憑席) 고사이다. "광무제가 원단

주나라 활이 하루아침에 내려지는 것[187] 보았네	周弣遂看一朝畀
정철이 절하고 머리 조아려 받아든 후	澂拜稽首攀之而
왕후 만년토록 신하로서 온 힘 다했네	王后萬年臣鞠瘁
슬프구나 외로운 섬에서 위험한 창날을 맞아	傷哉孤島觸危鋒
한쪽 뿔만 영광전[188]처럼 우뚝 남았네	一角爭似魯殿巋
나라도 집도 상하는데 혼자만 온전하진 않았으니	國破家零不獨全
사정[189] 한반[190]에 부끄럽지 않네	泗鼎漢盤義無愧
채옹의 가야금[191] 불에 타도 희귀한 음률 내고	蔡琴雖焦發希音
주운의 난간[192] 고치지 않고 아름다움 표창했네	朱檻不改旌美事

조회에서 경서에 밝은 신하들에게 서로 논박하게 했는데, 뜻이 통하지 않으면 자리를 빼앗아서 더 잘 해석한 자에게 주었다. 그 결과 대빙이 연달아 50여 자리를 겹쳐 앉게 되었다.〔正旦朝賀 百僚畢會 帝令群臣能說經者更相難詰 義有不能 輒奪其席以益通者 憑遂重坐五十餘席〕《後漢書 戴憑》

187 주나라……것 : 주나라 천자가 전공이 있는 신하들에게 큰 잔치를 열고 소중히 간직해왔던 활을 상으로 내려준 일을 가리킨다. 《詩經 彤弓》

188 영광전(靈光殿) : 한나라 노공왕(魯恭王)이 건립한 영광전을 말한다. 여러 번의 전란을 겪고도 우뚝하게 홀로 보존되었다고 한다.

189 사정(泗鼎) : 주나라 구정(九鼎)이 훗날 사수(泗水)의 팽성(彭城) 아래에 빠졌다고 한다.

190 한반(漢盤) : 한나라 동선승로반(銅仙承露盤)이다. 한무제(漢武帝)가 불로장생을 하기 위해 하늘의 이슬을 받으려고 구리로 만든 선인장 모양의 소반이다.

191 채옹의 가야금 : 후한(後漢) 채옹(蔡邕)의 초미금(焦尾琴)이다. 채옹이 남방에 있을 때 오인(吳人)이 오동나무를 태워서 밥을 하고 있었는데, 채옹이 불타는 소리를 듣고 그것이 좋은 목재임을 알고 구하여서 금(琴)을 만들었는데 과연 아름다운 소리가 났다고 한다. 그런데 그 꼬리부분에 불탄 흔적이 있어서 당시 사람들이 초미금이라 불렀다고 한다. 초미금은 제환공(齊桓公)의 호종(號鍾), 초장공(楚莊公)의 요량(繞梁), 사마상여(司馬相如)의 녹기(綠綺)와 함께 4대 명금(名琴)으로 불린다.

어찌하여 후생은 거듭 손상을 가했던가   後生安得荐加傷

흔적 없애려 뿔을 깎으니 코를 베어버린 듯   磨痕鏟角比刖劓

애석해라 상서께서 한사코 수주대토 하시어   咄咄尙書偏守株

옛것 좋아하나 존양[193]의 뜻 이해 못했네   好古不解存羊意

그래도 여의주가 있어 밝은 빛 끌어안고   猶有頷珠抱光明

높은 언덕처럼 빼어나니 아, 기이하구나   超拔尖崗吁可異

내가 손에 들고 매만지며 옛 먼지 털어내니   我來擎玩拂古塵

허리 춤의 임금 서명이 뚜렷이 새겨졌네   腰間御押煥猶記

시험 삼아 불어보니 안개 가루 흩날리고   試向呴噓霧屑霏

---

192 주운의 난간 : 주운(朱雲)이 부러뜨린 대전의 난간이라는 뜻으로, 직언을 상징한다. 《한서(漢書)》〈주운전(朱雲傳)〉에 "성제(成帝) 때 승상(丞相) 고(故) 안창후(安昌侯) 장우(張禹)가 황제의 스승으로서 지위가 특진(特進)되어 몹시 존중을 받았다. 주운(朱雲)이 상소하여 알현을 청했다. 공경(公卿)들이 앞에 있는데, 주운이 말하기를 '지금 조정대신들은 위로는 임금을 바로잡지 못하고, 아래로는 백성들을 유익하게 함이 없으니 모두가 시위소찬(尸位素餐)들입니다.……신은 상방(尙方)의 참마검(斬馬劍)을 내려주기를 원합니다. 영신(佞臣) 한 사람을 베면 그 나머지는 없어질 것입니다.'라고 했다. 상(上)이 묻기를 '누구인가?'라고 하니, 대답하기를 '안창후 장우입니다.'라고 했다. 상이 크게 노하여 '소신(小臣)이 아래 있으면서 위를 헐뜯고, 조정에서 사부(師傅)를 욕보이니, 죄가 죽어야 하고 용서받을 수 없다.'고 했다. 어사(御史)가 주운을 아래로 끌어내리려고 하자 주운이 대전의 난간에 매달리니 난간이 부러졌다.……나중에 난간을 고치려 했을 때, 상(上)이 '바꾸지 말라! 그것을 모아놓고 직신(直臣)을 표창하려 한다.'고 했다."고 했다.

193 존양(存羊) : 옛날의 예법을 아까워하여 차마 버리지 못하므로 옛 예법에서 필요로 하는 제사 양을 남겨둔다는 뜻이다. 《논어》〈팔일(八佾)〉의 "자공이 곡삭례에 쓰는 희생양을 없애려고 하자 공자께서 말씀하시길, '사야, 너는 그 양을 아까워하느냐. 나는 그 예법을 아까워한다.'고 하셨다.〔子貢欲去告朔之餼羊 子曰 賜也 爾愛其羊 我愛其禮〕"에서 나왔다.

팔십 한 개의 비늘 윤기가 자르르 흐르네   八十一鱗光潤漬
때때로 천둥 비가 빈산에 울리면   有時雷雨響空山
깃든 새 갈 곳 잃고 숲 도깨비 근심하리   棲鳥落泊愁林魅
하룻밤 새 다시 하늘로 날아갈까 두렵지만   恐復一夜摯天飛
주인의 은혜 소중해 감히 저버릴 수 없네   主人恩重不敢棄
그 때 헌원[194]을 따라 돌아가지 못하더니   當年不隨軒轅歸
지금까지 용의 수염에 맑은 눈물을 떨구네   至今胡髥墮淸淚

---

194 헌원(軒轅) : 황제(黃帝)를 말한다. 《사기(史記)》 권28〈봉선서(封禪書)〉에 "황
제(黃帝)가 수산(首山)의 구리를 채굴하여 형산(荊山) 아래서 정(鼎)을 주조했다. 정
이 이미 완성되자, 어떤 용이 호염(胡顏)을 아래로 드리워 황제를 맞이했다. 황제가
위에 올라타자, 군신(群臣)과 후궁(後宮)들이 좇아서 오른 자가 70여 인이었는데 용이
곧 위로 떠나갔다."고 했다.

영춘[195] 가는 중에

永春途中

갑작스런 타닥 소리 불타는 숲 밝고 　　　　忽驚腷膊火林明

절벽에 매달린 소는 종일토록 쟁기질 하네 　　絕壁懸牛盡日耕

해마다 백성을 애통해하는 조서가 내리지만 　雖有年年哀痛詔

가을되면 여전히 조세 재촉하는 소리라네 　　秋來依舊責租聲

---

195 영춘(永春) : 지금의 충청북도 단양 영춘면, 가곡면, 어상천면 일대를 가리킨다.

보발[196] 가던 중에 봄을 전별하다

步發途中餞春

영춘(永春) 원씨(元氏)의 농막은 보발촌(步發村)에 있다.

의지할 곳 없는 꽃술 버들 줄기 나직한데	花鬚無賴柳腰低
한 차례 봄바람 푸른 시냇물 일렁이네	一霎東風漾碧溪
종일토록 가고 가도 찾는 곳 없어	鎭日行行無覓處
산새만 마주보며 맘껏 우짖네	山禽相向盡情啼

196 보발(步發) : 단양에 있는 마을 이름이다.

남굴[197]

南窟

남굴은 읍 남쪽에 있는데 바위 동굴이 넓게 뚫려 있고, 그곳에서 샘물이 흘러나온다. 감사(監司)가 순시할 때면 작은 배를 매고 가 그 안에 띄워놓고는 북을 치고 피리를 부는데, 그러면 바위가 갈라지려 한다. 하지만 근원이 멀어서 끝을 찾을 수 없다. 돌의 기운이 고드름처럼 엉겨있는데, 어떤 이는 이것을 석종유(石鍾乳)라고 부른다.

붉게 날리는 신령한 샘물 세상으로 나왔으니	飛丹靈液走人間
신선의 굴 남교엔 옥 절구 차갑겠네[198]	仙窟藍橋玉杵寒
뗏목으로 은하수 근원 찾아가나 끝이 없어서	槎上河源窮不盡
한 차례 봉황피리 소리에 곤산[199]을 내려오네	一聲鳳笛下崑山

---

197 남굴(南窟) : 영춘남굴(永春南窟)로, 지금의 충청북도 단양군 온달동굴(溫達洞窟)이다.

198 신선의……차갑겠네 : 남교(藍橋)는 중국 섬서성(陝西省) 남전현(藍田縣) 동남 남계(南溪)에 있는 다리 이름이다. 그곳에 선굴(仙窟)이 있는데 당(唐)나라 배항(裵航)이 옥 절구를 예물로 하여 선녀 운영(雲英)에게 장가든 곳이라고 전한다.

199 곤산(崑山) : 곤륜산(崑崙山)이다. 중국 서쪽 끝에 있다는 신선이 사는 산 이름이다.

영춘현에 들르다

過永春縣

강가 가시나무 울타리가 사방을 두르고　　　　江上荊籬遍四圍

　네 군(郡)의 속담에 "영춘 현감(永春縣監)이 가시나무 울타리를 자랑한다."
　라는 말이 있다.

봄날 성의 관기들은 삼베 빨아 돌아가네　　　　春城官妓浣麻回

관아 문은 푸른 산과 더불어 고요하기만 하여　衙門直與靑山靜

외로운 삽살개 소리만 손님 온다 짖어대네　　　秖有孤狵吠客來

북벽

北壁

강가에 푸른 절벽이 둘러 서 있는 것이 마치 몇 겹의 병풍 같다. 영춘읍 치소(治所)의 북쪽에 있다.

강 가운데 절벽이 비치고 석양 밝은데	江心倒壁夕陽明
운모 장식 병풍 펼쳐있어 그림 생각 이는구나	雲母屛開畫意生
봉래산에 갖은 약초 있다고 하나	縱道蓬萊諸藥在
돛단배로 요성[200]에 이르지 못하였네	風檣不得到瑤城

절벽 위에 신령한 약초가 많이 난다고 한다. 그러나 하필 큰 바람을 만나 배를 타고 그 아래에 정박할 수 없었다.

---

200 요성(瑤城) : 옥으로 장식한 성이다. 선궁(仙宮)을 말한다.

도담[201]에서 원시를 차운하고, 또 오언고시 한 수를 짓다
島潭次原韻又賦五古一首

부드럽게 노 저어 한껏 곡담을 누비니	柔櫓縱橫汎曲潭
작은 신선 산이 바다 가운데 셋이로구나	小神山在海中三
날개펴고 달리는 두 봉우리 북쪽을 넘어갈 듯	翼趨雙角如超北
허리 굽힌 가운데 봉우리 남면해도 좋을 듯	磬折中峯可面南
옥패를 부인에게 던지니 꽃비가 내리고	玉佩捐嬪花是雨
금련[202]이 부처 받드니 물로 암자 삼았네	金蓮奉佛水爲庵
너에게 권하는 한 잔 술에 봄 강물 푸르러	一樽勸汝春江碧
거울 속에 서로 바라보며 대낮부터 취한다네	鏡裏相看白日酣

습수는 오대산에서 흘러나와	濕水出五臺
가파른 협곡에 좁은 여울 내달리다	急峽走束湍
여기 이르러 모여서 못을 이루었으니	至此匯爲潭
짙은 초록빛이 흰색 비단을 물들였네	鴉綠染素紈
그 가운데 세 개의 기이한 바위 있어	中有三奇石
우뚝 서 있는 모습 그 얼마나 위엄 있나	屹立何桓桓

---

201 도담(島潭) : 충청북도 단양군 도담삼봉(島潭三峯)이다. 남한강 한 가운데 솟아 있는데, 높이 6미터의 장군봉인 남편봉을 중심으로 왼쪽에 첩봉인 딸봉과 오른쪽에 처봉인 아들봉 등 세 봉우리가 있다.

202 금련(金蓮) : 연꽃 모양의 불좌(佛座)이다.

아래를 내려다보니 천 자 깊은 못	下視千尺淵
불안한 듯 위태롭기만 하네	虺尯似不安
비희[203]처럼 장엄하게 스스로 섰는데	贔屓壯自樹
자중하여 형세가 외롭지 않네	顧藉勢不單
가운데 봉우리는 엄숙히 청고하고	中峯蕭淸高
양쪽 봉우리는 기쁘게 시중드는 듯하네	兩峯如侍歡
가운데 봉우리가 높은 벼슬아치라면	中峯如大僚
양쪽 봉우리는 속관과도 같네	兩峯如屬官
가운데 봉우리 홀로 높이 솟아서	中峯獨偃蹇
머리에 절운관[204]을 쓰고 있네	首戴切雲冠
거대한 이빨처럼 풍파가 물어뜯고	鉅牙囓風波
때때로 파도 쳐서 이마를 넘어가네[205]	過顙時擊搏
양쪽 봉우리도 자못 높아서	兩峯頗突兀
용모와 행동거지 단정함을 잃지 않네	容止不失端
비유하자면 저 붉은 휘장 안에서	譬如絳帳裏
이 부인이 하늘하늘 걸어오는 듯[206]	李姝來姍姍

---

203 비희(贔屓) : 귀부(龜趺), 패하(霸下), 전하(塡下)라고도 불린다. 용의 아홉 아들 중 여섯째로, 거북처럼 생겼고 무거운 것을 짊어지기 좋아하여 삼산오악(三山五嶽)을 짊어질 수 있다고 한다. 때문에 주로 비석이나 돌기둥 아래를 받치는 장식으로 삼는다.

204 절운관(切雲冠) : 높은 관모(冠帽)의 이름이다.

205 때때로……넘어가네 : 이 말은 《맹자》〈고자 상(告子上)〉의 "저 물은 쳐서 뛰어오르게 하면 사람의 이마를 넘어가게 할 수 있고 밀어서 보내면 산에라도 올라가게 할 수 있다.〔今夫水 搏而躍之 可使過顙 激而行之 可使在山〕"에서 따온 것이다.

듣자니 오신산[207]은	我聞五神山
바다에 둥실 떠다니며 땅에 붙기 어려운데	浮游着地難
큰 자라 열다섯 마리가 있어	巨鰲十有五
여섯 마리가 용백[208]의 먹이가 되니	六爲龍伯餐
대여(岱輿)와 원교(員嶠)는 갈 곳을 잃고	輿嶠失所之
저 드넓은 바다를 이리저리 떠다녔다지	漂轉海漫漫
누가 능히 이 섬을 옮겨	誰能移此島
물결 따라 맑은 여울을 지나갈까	順流歷淸灘
둥실둥실 떠다니며 우저[209]에 마음 부치면	汎汎寄牛渚

206 이 부인(李夫人)이……듯 : 원문은 '이주(李姝)'로 한나라 무제가 총애하던 비 이부인을 가리킨다. 《한서》 〈외척전 상(外戚傳上)〉에 다음과 같은 구절이 나온다. "무제는 죽은 이부인을 끊임없이 그리워했다. 제 땅의 방사 이소옹이 부인의 혼을 불러올 수 있다고 말하더니 밤에 등촉을 밝히고 휘장을 두른 뒤 술과 고기를 마련했다. 그리고는 무제에게 다른 휘장에 앉으라 했는데, 멀리서 바라보니 이부인과 흡사한 모습이 나타나 휘장으로 가서 앉았으나 자세히 볼 수 없었다. 무제는 슬픈 감정이 북받쳐 시를 지었다. '너냐, 아니냐? 서서 바라보고 있건만, 어찌하여 하늘하늘 이리도 늦게 오느냐?'〔上思念李夫人不已 方士齊人少翁言能致其神 乃夜張燈燭 設帷帳 陳酒肉 而令上居他帳 遙望見好女如李夫人之貌 還幄坐而步 又不得就視 上愈益相思悲感 爲作詩曰 是邪非邪 立而望之 偏何姍姍其來遲〕" '산산(跚跚)'과 '산산(姍姍)'은 통한다.

207 오신산(五神山) : 전설 속의 발해(渤海) 동쪽에 있다는 대여(岱輿), 원교(員嶠), 방호(方壺), 영주(瀛洲), 봉래(蓬萊) 등 5개의 산이다. 항상 바다에 표류하여서, 천제가 15마리 큰 자라에게 머리로 떠받쳐 고정시켰다고 한다. 나중에 대여와 원교는 북쪽으로 떠내려갔다고 한다.

208 용백(龍伯) : 전설 속 용백국(龍伯國)의 거인이다. 《열자(列子)》 〈탕문(湯問)〉에 "용백국에 거인이 있는데, 발을 들어 몇 발작도 가기 전에 곧 오산(五山)이 있는 곳에 다다라서 낚시하여 여섯 마리 자라를 낚았다."고 했다.

209 우저(牛渚) : 우저는 지금 중국 남경에 있으며, 곧 채석기(采石磯)다. 동진(東

나에게 아침저녁으로 볼거리를 제공할 텐데   供我朝夕看

주인이 웃으며 말하기를   主人笑相謂

그럼 너무 가난하고 쇠잔해지지 않겠나요   無乃過貧殘

그대 돌아가도 산은 여전히 남겠지만   君歸山猶在

산이 떠나가면 물결만 쓸쓸하리니 하네   山去空漪瀾

晉) 때 장군 사상(謝尙)이 우저를 진수하고 있을 때 달밤에 배를 띄웠는데, 마침 원굉
(袁宏)이 자작 〈영사시(詠史詩)〉 읊는 소리를 듣고 감동받아 그를 배로 불러들여 해
뜰 때까지 담소를 나누었다고 한다.

백오전가

百五田歌

허공에 걸린 석문[210] 하늘로 통하는데	石門架空上通天
그 아래 백 다섯 구역의 밭이 있다네	下有一百五區田
단대[211]의 신선이 일백 다섯이니	丹臺仙子一百五
한 사람이 한 구역씩 산꼭대기 밭을 가네	一人一區耕山巓
쩅그랑 석고 소리에 모두 힘을 합하고	鏗鋐石鼓齊衆力
함지[212]의 복습[213]이 와서 그 일을 주관하네	咸池福習來率職
경산의 서화[214]는 크기가 다섯 길	瓊山瑞禾長五尋
상제께서 자부[215]에 내려 귀한 음식 나눠주네	帝下紫府頒玉食
한 낱알 얻어먹으면 항상 배고프지 않고	得嘗一粒恒不饑
몸 바뀌고 뼈 가벼워지며 안색도 화락하네	飜形輕骨顔色怡
이 말을 듣자 나도 모르게 깊은 탄식 나오나니	聞此不覺深咨咨

---

210 석문(石門) : 충북 단양군 매포읍 하괴리에 있다. 석회암 카르스트 지형이 만들어 낸 자연유산으로 석회동굴이 붕괴되고 남은 동굴 천장의 일부가 마치 구름다리처럼 형성된 것이다.

211 단대(丹臺) : 전설 속의 선인(仙人)이 거주하는 곳이다.

212 함지(咸池) : 전설 속의 해가 지는 큰 못의 이름이다.

213 복습(福習) : 보리의 신이다.

214 경산(瓊山)의 서화(瑞禾) : 장협(張協)의 〈칠명(七命)〉에 "대량(大梁)의 기장과 경산(瓊山)의 벼"라고 했는데, 주(注)에 이선(李善)이 "경산의 벼는 곤륜산(崑崙山)의 태화(太禾)이다."라고 했다.

215 자부(紫府) : 도교(道敎)에서 말하는 신선이 거주하는 곳이다.

어떡하면 만 알의 수민단을 만들어   安得化爲萬顆壽民丹

천하 모든 백성들로 하여금   而令海內黔首

아침저녁으로 먹게 할 수 있을까   人人朝噉而暮餐

인생에 즐거움만 있고 영원히 고통일랑 없어   人生有樂永無苦

백성들 뒤섞여 천하를 가득 채우고   赤子蠢蠢充區宇

형신이 온전하여 밖으로 치달릴 일 없으리니   形全神守無外馳

손톱과 이빨 있은들 어디다 쓸 것인가   縱有爪牙安所施

신선이여 나 이제 모든 구속 내던질 테니   仙乎我將棄拘攣

쟁기 따비를 짊어지고 한 자리 받기 원하오   願負耒耝受一廛

단양 조씨의 농막을 방문하다

訪丹陽趙氏庄

친구 조성희의 대인께서는 호가 담인인데, 시로써 세상에 이름이 났다.

밝고 정결한 초가집 담장마다 널찍하고   明淨茅廬百堵寬

개울에 놓인 우교엔 비단무지개가 서려있네   羽橋橫澗錦霓蟠

봄 지나간 뜰에는 제법 그늘 짙어지고   經春院落三分暗

물 가까이 있는 정자는 사월인데도 차갑네   枕水亭臺四月寒

옥 주미 들고 현담하며 진나라 선비[216] 만나니   玉塵談玄逢晉士

흰 붓으로 연푸른색 선단을 그리네   霜毫浮碧寫仙壇

산 찾아갈 나막신 빨리 꾸리구려   請君早理尋山屐

창밖에 짹짹 까치가 날 맑다고 좋아하니[217]   窓外喳喳鵲喜乾

---

216 옥……선비 : 진(晉)나라 때 현담이 유행했는데, 당시 인사들은 항상 옥 따위로
장식한 먼지털이〔塵尾〕를 들고 담화를 했다.

217 까치가……좋아하니 : 까치 울음소리가 들리면 기쁜 소식이 있다 하여 까치를
희작(喜鵲)이라고도 하고, 까치가 본디 구름 없이 맑은 날을 좋아한다 하여 건작(乾鵲)
이라고도 한다. 여기서는 이 두 글자를 한꺼번에 넣어 표현한 것이다.

하선암[218]

下仙巖

청량한 옥패소리에 하산 늦어지고   泠泠玉佩下山遲

골짜기 신선들이 상제를 알현할 때   洞裏群仙謁帝時

석실의 붉은 글씨 아무도 알지 못하니   石室丹書人不識

흰 구름은 응당 다시 오겠단 기약 비웃으리   白雲應笑再來期

---

218 하선암(下仙巖) : 충북 단양군 단성면 대잠리에 있는 단양 팔경 중의 하나이다.

은선암[219]

隱仙巖

높이 가린 담쟁이 휘장에서 백일 동안 자노라니	高掩蘿幬百日眠
옥부도 아래엔 초록 비단 물결 흐르네	玉浮屠下綠羅川
어찌하여 봉호[220]엔 가지 못하고	何事蓬壺曾不到
노을 옷[221]만 끌어안고 바위 위에 앉아 있나	謾擁霞衣石上筵

---

219 은선암(隱仙巖) : 보통 화양 구곡의 하나인 은선암을 말한다. 하지만 현재 작자가 있는 곳이 단양이므로 단양 어딘가를 가리키는 것이 분명하다. 자세한 위치는 알 수 없다.

220 봉호(蓬壺) : 삼신산 중의 하나인 봉래산(蓬萊山)의 별칭이다.

221 노을 옷 : 신선이 입는다는 의복이다.

중선암[222]
中仙巖

중선암이 어찌나 맑고 아름다운지	中巖何晶英
저 깊은 동궁[223]이 절로 열려있네	洞宮深自闢
진인 황초평이	眞人黃初平
양을 꾸짖으니 백석이 일어난 곳[224]이려니	叱羊起白石
알록달록 옥 주렴을 높이 걸어놓고	高掛文玉簾
푸르스름 옥 자리를 비스듬히 펼쳐놓았네	斜鋪碧瑤席
가운데 여경선이 있어서	中有黎瓊仙
꽃을 먹고 영원히 곱고 윤택하다네[225]	餐花長芳澤

222 중선암(中仙巖) : 단양 팔경 중의 하나이다.

223 동궁(洞宮) : 도사나 신선이 사는 곳을 가리킨다.

224 진인……곳 : 황초평의 별칭은 황대선(黃大仙)이며 동진(東晉) 때 저명한 도교 신선이다. 갈홍(葛洪)의 《신선전(神仙傳)》〈황초평(黃初平)〉에 돌을 양으로 변하게 한 것과 관련하여 다음과 같은 내용이 보인다. "초평의 형 초기가 아우에게 '양들은 다 어디 있느냐?'라고 묻자 초평은 '가까이 산 동쪽에 있습니다.'고 대답했다. 초기가 일어나 가서 보았으나 양은커녕 무수히 많은 흰 돌만 보였다. 초기가 돌아와 초평에게 '산 동쪽에는 양이 없더라'고 말하자 초평은 '양이 있는데 형이 못 보신 것입니다.'라고 말했다. 초평은 형과 함께 가보기로 하였는데, 돌을 보며 '양들아, 일어나거라!'라고 소리치자 흰 돌이 모두 수만 마리 양으로 변했다.〔因問弟曰 羊皆何在 初平曰 羊近在山東 初起往視 了不見羊 但見白石無數 還謂初平曰 山東無羊也 初平曰 羊在耳 但兄自不見之 初平便乃俱往看之 乃叱曰 羊起 于是白石皆變爲羊 數萬頭〕"

225 여경선(黎瓊仙)……윤택하다네 : 여경선은 여산노모(黎山老母) 혹은 여산노모(驪山老母)인 마고(麻姑)로, 여는 성, 경선은 자이다. 도교의 전설 속의 여선(女仙)이

나에게 호마반[226]을 남겨주어	貽我胡麻飯
단대[227]의 명적에 편입시키고자 하네	編之丹臺籍
저 멀리 훌쩍 날아가고 싶지만	翩然欲長往
고향집 생각에 미련이 남네	却戀故山宅
머뭇머뭇 거리며 말을 못하니	誣譆仍不發
선자가 보고서 껄껄껄 웃네	仙子笑啞啞
해는 숲속으로 들어가 어둡고	日入叢薄暝
바위 기운에 갈포 삼베옷이 차갑네	石氣凜絺絡
손 흔들고 구름 낀 숲과 작별하자니	擧手謝雲林
형역[228]에 매인 몸 다시금 슬퍼지네	重悲嬰形役

다. 안진경(顏眞卿)의 〈마고선단기(麻姑仙壇記)〉에 다음과 같은 기록이 보인다. "여도사 여경선은 나이가 여든인데 더욱 젊어 보인다. 여경선의 제자 증묘행이 꿈을 꾸었는데, 경선은 꽃을 먹으며 곡식을 끊었다.〔今女道士黎瓊仙 年八十而容色益少 曾妙行夢瓊仙而餐花絶粒〕"

226 호마반(胡麻飯) : 일종의 신선식(神仙食)이다. 유의경(劉義慶)의 《유명록(幽明錄)》및《태평광기(太平廣記)》권61에 보면, 후한 영평 연간(永平年間)에 섬현(剡縣) 사람 유신(劉晨)과 완조(阮肇)가 천태산(天台山)으로 약초를 캐러갔는데, 어떤 두 여자가 집으로 데려가서 호마반을 대접했다. 반년을 머물고 집으로 돌아오니 자손들이 이미 7세대가 지나있었다고 한다.

227 단대(丹臺) : 도교에서 신선이 산다는 곳이다.

228 형역(形役) : 마음이 육체의 부리는 바가 된다는 뜻이다. 정신이 물질의 지배를 받는 것이다.

상선암[229]
上仙巖

선방에서 하루 묵고 상청[230]에 이르니	一宿禪扉到上清
고송과 흐르는 물 모든 것이 정겨워라	古松流水摠關情
자운동 안엔 꽃나무가 천 그루	紫雲洞裏花千樹
때때로 회남의 개 짖는 소리[231] 들리네	時有淮南犬吠聲

---

229 상선암(上仙巖) : 단양 단성면에 있다. 단양 팔경의 하나이다.

230 상청(上清) : 도교에서 말하는 신선이 거주한다는 궁(宮)이다.

231 회남(淮南)의 개 짖는 소리 : 《열선전(列仙傳)》〈유안(劉安)〉에서, 한나라 회남
왕(淮南王) 유안이 승천할 때 마당에 남은 약을 닭과 개가 핥아먹고 함께 승천하여서
닭이 천상에서 울고, 개가 구름 속에서 짖는다는 기록이 보인다.

경천벽[232]
擎天壁

거대한 손바닥은 지주[233]와 같고	巨掌如砥柱
은하수는 치우침 없이 곧기만 하네	繩河直不偏
인간세상은 어느 시대이던가	人間是何世
머리 위는 여전히 태고적 하늘이네	頭上猶古天

232　경천벽(擎天壁) : 충북 단양에 있는 바위벼랑으로, 화양리에 있는 화양동 제1곡(曲)의 경천벽과는 다른 곳이다. 《심암유고(心庵遺稿)》권1 〈화양동구(華陽洞口)〉에 "단양의 경천벽과 화양의 경천벽은, 웅장한 채 위치는 같지 않아도 우뚝하여 명성은 족히 맞수가 되네.〔丹陽擎天壁 華陽擎天壁 磅礡位不同 巖巖名足敵〕"라고 하였다.

233　지주(砥柱) : 중국 하남성(河南省) 삼문협시(三門峽市) 황하(黃河)의 중류(中流)에 솟아있는 바위 이름이다.

사인암[234]

舍人巖

적성[235]의 산수는 하나같이 빼어나	赤城山水摠奇絶
순한 곳은 어여쁘고 수려한 곳은 특출나네	婉爲便妍秀爲傑
기괴한 것 좋아했던 옛날의 우 사인[236]	好怪昔日禹舍人
바위 하나 독차지하여 고절을 지켰네	獨擅一巖護高節
내가 찾은 기이한 곳들 대략 표현할 수 있으나	我來搜奇略能言
이 바위만은 입으로 놀릴 수가 없네	此巖不可饒脣舌
백 장 솟은 바위는 구혼[237]을 찌르고	百丈嶢嶢干九閽
완염[238]을 손에 쥐고 한 칼에 잘라낸 듯	直把琬琰一刀切
군옥산[239]의 수 많은 서가처럼	群玉之山萬架書
네모반듯하게 사방으로 둘려있네	俀俀中繩而四徹
명당의 여덟 창문은 대인을 보는 듯	明堂八窓見大人
구슬 면류관과 패옥 의젓하여 더럽힐 수 없네	珠冕珩佩儼難褻
궁신포곡[240]을 궁궐 뜰에 벌여놓으니	躬信蒲穀羅彤庭

---

234 사인암(舍人巖) : 단양 팔경 중의 하나이다. 단양군 대강면 사인암리에 있다. 고려 말 사인 우탁(禹倬, 1263~1343)이 이곳에 와서 휴양하여 붙은 이름이다.

235 적성(赤城) : 단양군 적성면(赤城面)이다.

236 우 사인(禹舍人) : 고려 말 사인(舍人) 우탁(禹倬)이다.

237 구혼(九閽) : 구천(九天)의 문이다.

238 완염(琬琰) : 미옥(美玉)의 일종이다.

239 군옥산(群玉山) : 전설 속에 고대 제왕의 서책을 간직한 곳이다. 《穆天子傳 卷2》

그중에 읍양하는 기와 설²⁴¹이 있네   中有揖讓夔與卨

나는 듯한 성가퀴 가파르고 벽돌은 견고하니   飛堞削危甎甓堅

포개 놓은 떡을 반듯이 잘라 쌓아 늘어놓은 듯   累糕割正飣餖列

상을 보니 앞과 뒤 각기 다른 모습이라²⁴²   相君面背各殊形

뛰어난 장인의 지혜가 졸렬하지 않구나   大匠運智不示拙

높은 정상에 올라 옷깃을 떨쳐 보니   更躡高頂試振衣

겨드랑이로 바람 엄습하고 구름이 흘러가네   兩腋風襲雲洩洩

경화 궁궐엔 벽당이 빛나고²⁴³   瓊華之闕光碧堂

동물 새긴 검석²⁴⁴을 채색 기둥이 떠받치고 있네   獸材劍石撑藻梲

---

240 궁신포곡(躬信蒲穀) : 규(圭)와 벽(璧)의 이름이다. 《주례(周禮)》〈대종백(大宗伯)〉에 "옥으로 육서를 만들어서 방국의 등급을 매긴다. 왕은 진규를 잡고, 공은 환규를 잡고, 후는 신규를 잡고, 백은 궁규를 잡고, 자는 곡벽을 잡고, 남은 포벽을 잡는다.〔以玉作六瑞 以等邦國 王執鎭圭 公執桓圭 侯執信圭 伯執躬圭 子執穀璧 男執蒲璧〕"라고 했다.

241 기(夔)와 설(卨) : 순(舜) 임금의 신하들이다. 기는 농사를 담당하는 후직(后稷)이었고, 설은 교육을 담당하는 사도(司徒)였다.

242 상을……모습이라 : 괴통(蒯通)이 한신(韓信)의 상을 보고 "그대의 얼굴을 보면 후에 봉해지는데 불과하고 위태하여 불안하지만, 그대의 등을 보면 말할 수 없이 귀합니다.〔相君之面 不過封侯 又危不安 相君之背 貴乃不可言〕"라고 한 말을 인용하여 앞과 뒤의 모습이 매우 다름을 표현한 것이다. 《史記 卷92 淮陰侯列傳》

243 경화(瓊華)……빛나고 : 벽옥당(碧玉堂)과 경화실(瓊華室)은 모두 서왕모(西王母)의 처소다.

244 동물 새긴 검석(劍石) : 원문의 '수재(獸材)'는 짐승을 그린 기둥을 말한다. 당나라 한유(韓愈)와 맹교(孟郊)의 〈성남연구(城南聯句)〉에 보면 "검석은 높은 난간과도 같아, 새겨 넣은 동물이 기둥을 떠받치고 있네.〔劍石猶竦檻 獸材尙挐梲〕"라는 구절이 나온다.

느릿느릿 해 실은 수레가 바위 뿌리를 맴돌고　　　冉冉日轂輾雲根

만 길 금 기둥이 무너질 듯 위태롭네　　　萬丈金柱岌欲跌

바위 아래 물줄기는 쪽빛을 끄는 듯하고　　　巖下一水如拖藍

두 줄 철쭉꽃은 알록달록 물들었네　　　兩行躑躅綺紋纈

물가로 가 꽃 꺾어 술잔을 세고　　　臨水折花爲酒籌

우러러 시 읊으며 해질녘에 이르네　　　仰看諷詠至日昳

이 바위 흔적 감출 날 끝내 없으리니　　　此巖晦跡終無時

사인은 천추토록 이름 길이 전하리라　　　舍人千秋名不滅

수운정 속의 오시랑[245]은　　　水雲亭裏吳侍郞

고아함 스스로 표방하며 이 암혈을 지켰는데　　　自謂高標守巖穴

그 누가 알았으랴 하루아침에 벼슬길에 올라　　　誰知一朝上靑雲

괜히 숲이 무안하고 샘물 슬피 울게 할 줄을　　　空使林愧泉愴咽

245　수운정(水雲亭) 속의 오시랑(吳侍郞) : 수운정은 사인암에서 5백 미터 상류에
있었던 정자 이름이다. 원래 유성룡(柳成龍)이 세웠는데, 영조 때 참판을 지낸 오대익
(吳大益)의 소유가 되었다가 지금은 폐허가 되었다. 오시랑은 곧 오대익을 가리킨다.

장호의 배 안에서

長湖舟中

한 필 기다란 호수는 월나라 비단을 오린 듯	一疋長湖剪越羅
봄바람이 언덕 지나자 보리물결 출렁이네	東風過岸麥生波
여울 가 가벼운 배는 한가할 때가 드물고	灘頭輕舫閑時少
안개 너머 먼 봉우리는 갈라진 곳이 많네	煙外遙峯缺處多
이끼 자라 이룬 선은 꼭 비백[246] 글자 같은데	苔線宛如飛白字
뱃노래는 때로 나물 뜯는 노래와 섞이네	漁謠時雜採靑歌
두향은 고운 풀로 해마다 푸르건만	杜香芳草年年綠
한 곡조 공후의 한은 어찌하면 좋으냐	一曲箜篌恨奈何

두향(杜香)은 퇴계(退溪) 선생이 단양(丹陽)의 읍재(邑宰)로 있을 때의
방기(房妓)이다. 이 물에 투신하여 죽었다고 한다.

---

246 비백 글자 : 비백서(飛白書)는 서체의 일종이다. 후한(後漢) 채옹(蔡邕)이 개발
했다고 한다.

구옥247 고시 1수

龜玉古詩 一首

구옥(龜玉)은 예전에 청풍(淸風)에 속했다. 퇴계(退溪) 이 선생(李先生)이 읍재(邑宰)가 되었을 때 '단구동문(丹邱洞門)' 네 글자를 옥순봉(玉筍峯)에 새겼는데, 그로 인하여 단양(丹陽)에 예속되었다고 한다.

구담248의 물 푸른빛 넘실대고	龜潭之水碧滉瀁
우뚝한 바위 뿔 부처 손바닥처럼 솟았네	森森石角聳佛掌
빈 골짜기는 낭현궁249으로 들어가는 듯	空洞如入嫏嬛宮
천 개 만 개의 문호가 점점 활짝 열리네	千門萬戶漸開爽
해 저물면 온갖 요괴가 근심을 불러일으켜	日暮百怪喚生愁
천오250의 아홉 머리와 망상251이 함께 나타나네	天吳九首並罔象
옥순봉252이 아득히 구름사이로 나타나면	玉筍縹緲來雲間
깃털 일산 청색 깃발로 신선이 내려오네	羽蓋靑節降仙杖

---

247 구옥(龜玉) : 단양 팔경의 구담봉(龜潭峯)과 옥순봉(玉筍峯)이다.

248 구담(龜潭) : 충북 단양 단성면 장회리에 있는 봉우리 이름이다. 절벽 위의 바위가 거북이를 닮았다 하여 붙여진 이름이다.

249 낭현궁(嫏嬛宮) : 선경(仙境)의 이름으로 천제가 서적을 보관하는 곳이다.

250 천오(天吳) : 수신(水神)의 이름이다. 팔수팔면(八首八面)에 호랑이 몸이고, 10개의 꼬리가 있다고 한다.

251 망상(罔象) : 전설 속의 수괴(水怪)이다. 일설에는 목석(木石)의 괴물이라고도 한다.

252 옥순봉(玉筍峯) : 충북 제천시 수산면 괴곡리에 있는 봉우리이다.

용손[253]이 나란히 머리하고 청파에 목욕하는데 龍孫騈頭浴淸波

뾰족뾰족 송아지 뿔 만 길이나 뻗었네 犢角纖纖抽萬丈

누가 퇴옹[254]이 읍재되어 청렴했다 하는가 孰謂退翁作宰廉

금전은 사랑하지 않고 승경을 사랑했을 뿐 不愛金錢愛勝賞

단구라는 일필로 동문을 진압하니 一筆丹邱鎭洞門

마침내 이름난 구역을 그 땅으로 들였네 遂把名區輸其壤

청풍 태수는 겨우 누대 하나 차지하고 淸風太守但一樓

　　청풍(淸風)에 한벽루(寒碧樓)[255]가 있는데, 명승으로 이름났다.

날마다 난간에 기대 공연히 옛일만 생각한다 日日憑欄空遐想

253　용손(龍孫) : 죽순(竹笋)의 별칭이다.

254　퇴옹(退翁) : 퇴계(退溪) 이황(李滉)을 말한다.

255　한벽루(寒碧樓) : 청풍 관아에 있었던 건물 이름이다. 지금은 청풍문화재단지 안으로 옮겨져 있다.

능강동

綾江洞

능강동(綾江洞)은 청풍(淸風) 경내에 있는데 구곡(九曲)이 있다. 청풍 부사(淸風府使) 이계원(李啓遠)이 꿈속에서 이 골짜기를 노닐었는데, 나중에 결국 찾아내자 기이한 조우라 여기고서 마침내 터를 잡아 살았다고 한다.

강가 푸른 산은 부처 머리를 수놓은 듯하고	江上靑山繡佛頭
층층의 여울은 가면서 아홉 번을 돌아 흐르네	層湍去作九迴流
십년 동안 천태몽[256]에서 깨어나지 못해	十年未罷天台夢
아득한 신기는 맑은 기운 가시지 않았네	神氣悠悠淡不收

256 천태몽(天台夢) : 천태는 절강성 천태현(天台縣)에 있는 산 이름이다. 후한(後漢)의 유신(劉晨)과 완조(阮肇)가 천태산에 들어가 두 선녀를 만나고 왔는데 자손들이 이미 7세대를 지났다고 한다.

한벽루²⁵⁷

寒碧樓

시내와 산의 채색 그림 붉은 문에 어리고	溪山繪畫映朱扉
아련히 버들꽃 핀 물 건너 돌아오네	漠漠楊花渡水歸
청풍의 한가한 태수	道是淸風閑太守
하루를 명루에서 보낼 뿐 공문서는 드물다지	名樓鎭日簿書稀

---

257 한벽루(寒碧樓) : 제천한벽루(提川寒碧樓)를 말한다. 충청북도 제천시 청풍면
물태리 산 8-14에 위치하고 있다. 누각에는 우암(尤庵) 송시열(宋時烈), 곡운(谷雲)
김수증(金壽增)의 편액과 추사(秋史) 김정희(金正喜)가 '청풍한벽루(淸風寒碧樓)'라
명(銘)한 액자가 있고 창석(蒼石) 이준(李埈)의 중수기가 있다.

봉강서원[258]을 알현하다

謁鳳岡書院

봉강서원(鳳岡書院)은 나의 선조 문의공(文毅公) 김식(金湜)·문정공(文貞公) 김권(金權)과 족조(族祖) 충간공(忠簡公) 김육(金堉) 세 분 선생을 제사지내는 장소이다. 청풍을 우리 관향(貫鄕)으로 삼았기 때문에 여기에 사원을 세운 것이다. 사원 앞에 봉비암(鳳飛巖)이 있다.

도덕으로 가업 계승함 무거우니	道德承家重
세 분의 어진이가 한 집안에 모였네	三賢萃一門
윤상을 세워 군주의 과실을 바로잡고	扶倫匡主失
도리를 창도하여 스승의 존귀함을 알았네	倡理識師尊
한 시대의 원귀[259]가 떠난 후	一代元龜去
천추토록 상서로운 봉황이 웅크리고 있네	千秋瑞鳳蹲
관향에서 함께 제사를 올리나니	貫鄕同俎豆
옛날 회상하며 잔약한 자손 눈물 흘리네	懷古淚孱孫

258 봉강서원(鳳岡書院) : 충북 청평에 있다. 1671년(헌종12)에 건립되었는데 김식(金湜)·김권(金權)·김육(金堉)을 배향하고 있다.

259 원귀(元龜) : 고대에 점치는데 사용하는 큰 거북으로 한 시대의 사표가 될 만한 인물을 말한다.

봉비암가

鳳飛巖歌

봉황이여 봉황이여 한데 모여 우는구나[260]	鳳兮鳳兮鳴歸昌
밝은 빛 번쩍이며 조양[261]으로 내려오네	淡光耀明下朝陽
가슴엔 인자함 품고 날개엔 의리 끼고	膺抱仁翼挾義
훌쩍 날아올라 천 길 바위가 되었네	翩然化爲千仞崗
사원 중의 세 어르신께서는	院中三夫子
살아서 덕업 이루고 죽어서 아름다움을 남겨	生有德業死遺美
봉황의 비상처럼 찬란하여 짝할 자 없는데	鳳飛覽輝無其儔
언제나 사원의 문 마주하고 머리 돌리지 않네	長對院門不回頭
어찌하여 살아서 찾아와 상서로움 되지 않고	何不生時來爲瑞
공연히 온갖 새들로 하여금 재잘대게 했던가	空使百鳥鳴啾啾
봉황이여, 덕이 쇠약해졌으니	鳳兮德之衰
아, 또한 어찌 하리오	吁嗟乎亦何爲

---

260 모여 우는구나 : 원문의 '귀창(歸昌)'은 봉황이 모여 우는 것을 뜻한다. 유향(劉向)의 《설원(說苑)》〈변물(辨物)〉에 "봉황이 모여 우는 것을 '귀창'이라 한다.〔鳳集鳴曰歸昌〕"는 설명이 보인다.

261 조양(朝陽) : 산의 동쪽이다. 《시경》〈권아(卷阿)〉에서 "봉황의 울음은 저 높은 언덕에 있고, 오동나무가 자람은 저 조양에 있네.〔鳳凰鳴矣于彼高岡 梧桐生兮于彼朝陽〕"라고 하였는데, 이는 곧 태평성세의 상징으로 쓰인다.

의림지[262]

義林池

십 리 제방 못의 일립정	十里陂塘一笠亭
키 작은 숲 낮은 나무가 석양 물가에 있네	短林低樹夕陽汀
쇠 낚시로 끌어낸 붕어 쌍으로 흰빛 드리우고	金鉤引鯽雙垂白
얼음잎 솟은 순채 마디마디 푸름 감쌌네[263]	氷葉抽蓴寸裹靑
바위제비 올 때는 온통 꽃 세상	巖鷰來時花世界
동굴 용 돌아가는 곳엔 비의 신이 영험하네	洞龍歸處雨神靈
산 집의 태반은 어부들이 살아서	山扉半是漁人住
은은한 뱃노래가 물 너머에서 들려오네	隱隱舷歌隔水聽

순채(蓴菜)와 붕어는 의림지의 명산물이다. 못 좌측에 용추(龍湫)가 있고, 우측엔 연자암(燕子巖)이 있다.

---

262 의림지(義林池) : 충북 제천시 모산동 용두산 남쪽 기슭에 있는 인공 저수지 이름이다. 신라 진흥왕 때 우륵(于勒)이 처음 방죽을 쌓았고, 고려 때 고을 현감 박의림(朴義林)이 다시 제방을 축조하고, 조선 초에 체찰사(體察使) 정인지(鄭麟趾)가 크게 보수를 했다고 한다.

263 쇠……감쌌네 : 의림지의 명물로 빙어[空魚]와 수련과(水蓮科)에 속하는 순채를 들 수 있다. 순채는 잎과 줄기가 흰 우무질로 쌓여있어서 그 모습이 얼음 같다고 한다.

영호정[264]에서 함께 유람한 여러 사람들과 이별하다

映湖亭別同遊諸人

유람하며 늦봄을 전별하고	旅遊餞杪春
산수의 고을에 오래 머물렀네	淹留山水鄉
네 군의 어질고 호방한 선비들이	四郡賢豪士
성대하게 모여 문장과 술을 나누는데	彬彬文酒場
문에 들어서자 반갑게 맞이함이	入門便靑眼
구중(裘仲) 양중(羊仲)[265]과 어찌 다르랴	何異裘與羊
기쁘게 겉치레를 벗어버리고	歡然去皮毛
창자 속을 더듬어[266] 쭉정이는 흩어버리네	搜腸播粃糠
지팡이 짚고 여러 인재들을 좇으며	杖策追群英
마침내 깊고 황량한 곳 끝까지 가보았네	遂得窮幽荒
사마천을 따르고자 동굴을 찾았고[267]	探穴蹈司馬

---

264 영호정(映湖亭) : 의림지 남쪽 제방에 있는 정자 이름이다. 1807년(순조7)에 이집경(李集慶)이 건립했으며, 한국전쟁 때 소실되었는데 그 후손 이범우(李範雨)가 1954년에 중건했다.

265 구중(裘仲), 양중(羊仲) : 한나라 은자들이다. 《초학기(初學記)》 권18에서 한나라 조기(趙岐)의 《삼보결록(三輔決錄)》을 인용하여 "장후는 자가 원경이다. 집 안에 세 개 오솔길이 있었는데, 오직 양중(羊仲)과 구중(裘仲)하고만 어울렸다. 이중(二仲)은 모두 청렴으로 추대되었으나 명성으로부터 도피했다.〔蔣詡字元卿 舍中三逕 唯羊仲裘仲從之游 二仲皆推廉逃名〕"는 기록이 보인다.

266 창자 속을 더듬어 : 원문은 '수색고장(搜索枯腸)'으로, 힘을 다하여 생각하여 찾는 것을 말한다. 고심하여 문장을 짓는 것을 말한다.

혜시와 장자에게 응수하고자 호수268를 보았네 　　　觀濠酬惠莊

적성269의 신선 동굴 　　　赤城神仙窟

봉우리와 골짜기가 온통 깃털 옷이었네 　　　峯壑盡羽裳

배로 갈 때면 비바람에 겁먹고 　　　舟行恸風雨

육지로 갈 때면 구불구불 험한 길 걱정이었네 　　　陸走愁羊腸

날 저물어 산속 객점 투숙하면 　　　日暮投山店

발 대자마자 길게 코를 골았네 　　　抵足鼾駒長

몸단속도 팽개치고 소리를 지를라치면 　　　叫呼棄檢束

행인이 미쳤는가 싶어 두려워했네 　　　行者畏猖狂

해학을 해도 지나치지는 않고270 　　　諧謔非爲虐

웃음과 욕으로도 문장을 이룬다네271 　　　笑罵成文章

취해서 쓰는 글씨 종이 위에 피어나고 　　　醉墨紙上煙

아름다운 말이 뺨 사이에서 향기로웠네 　　　綺語頰間香

노둔한 걸음은 본디 타고난 졸렬함이라 　　　駑步素窘劣

---

267 사마천……찾았고 : 사마천은 20세에 남쪽을 유람하며 우혈(禹穴)을 탐색했다고
한다.

268 호수(濠水) : 안휘성(安徽省) 봉양현(鳳陽縣) 동북에 있는 물 이름이다. 《장자
(莊子)》〈추수(秋水)〉에, 장자(莊子)가 혜자(惠子)와 함께 호수의 다리 위에서 노닐었
는데, 물고기들이 조용히 노니는 것을 보고 물고기가 즐거움을 아는지의 여부를 변론했
다는 말이 나온다.

269 적성(赤城) : 전설 속의 선경(仙境)이다.

270 해학을……않고 :《시경》〈기욱(淇奧)〉에 "해학을 잘하나 지나침이 되지는 않
네.〔善戲謔兮 不爲虐兮〕"라고 한 말을 인용한 것이다.

271 웃음과……이룬다네 : 황정견(黃庭堅)의 〈동파선생진찬(東坡先生眞贊)〉에 "웃
고 화내는 것이 모두 문장을 이룬다.〔嘻笑怒罵 皆成文章〕"라고 한 말을 인용한 것이다.

잘 조련된 천리마에 견줄 수 없네	非比騏調良
북쪽 바다의 붕새가 외로운 메추라기를 도와	溟鵬庇孤鷃
바람을 좇아 나란히 날 수 있었네	逐風與翶翔
돌아갈 생각에 마음 급한 나그네지만	遊子戀歸急
승경을 만나면 두리번거리느라 바쁘기만 했네	遇景騁矚忙
의림지는 깊이가 천 자나 되는데	義湖深千尺
나에게 금수산의 햇살을 보내주었네	送我錦繡陽

　　제천(堤川)과 청풍(淸風) 사이의 산 이름이 금수(錦繡)이다.

붕어를 회치고 빙순을 먹느라	鱠鯽啜氷蕈
무르익은 주연 좀체 끝나지 않았네	酣飮殊未央
전별의 말은 값비싼 금보다 나으니	贐言踰兼金
크나큰 아량 그 얼마나 드넓은가	大雅何洋洋
갈팡질팡 길가며 홀로 바라보니	俍俍行獨望
울창한 숲이 앞 언덕을 가리고 있네	薈蔚隔前岡
아름다운 경치를 한 시대의 수재들과 함께 했으니	瓌麗並時秀
그 풍류의 두터움 잊기 어렵네	風流篤難忘
비록 겸궐²⁷²에 비할 수는 없지만	雖不比鶼蟨
영서의 한 점²⁷³은 양쪽에서 절로 빛나리	點犀兩自光

272　겸궐(鶼蟨) : 비익조(比翼鳥)와 비견수(比肩獸)이다. 관계가 친밀한 친우를 비유한다.

273　영서(靈犀)의 한 점 : 원문은 '점서(點犀)'로 일점서통(一點犀通)의 준말이다. 무소의 머리 위 뿔은 통천서(通天犀)라고도 하는데, 안을 갈라보면 하얀 선처럼 보이는 한 줄 무늬가 뿔의 앞뒤를 관통하고 있어 이를 신령하다 여겨 '영서'라고 부르게 되었다. 후에 두 사람의 마음이 서로 통하는 것을 의미하는 말로 쓰였다. 당나라 이상은(李商隱)

하루가 다 가도록 양강 가 집엔   鎭日楊江屋

소나무 평상에 드러누울 사람이 없네   無人臥松牀

거문고 매만지며 때때로 곡조를 타니   撫琴時動操

뭇 산들이 한꺼번에 쟁쟁 소리를 내네   群山皆鏘鏘

은 〈무제(無題)〉시에서 "몸에는 비록 채봉의 쌍으로 나는 날개가 없지만, 마음에는
영서가 있어 한 점으로 통하네.〔身無彩鳳雙飛翼 心有靈犀一點通〕"라고 하였다.

아침 일찍 월림을 출발한 후 집에 돌아와 누님과 이별하다
早發月林歸家辭別姊氏

여러 날을 즐긴 뒤에	屢日方懽娛
문을 나서 다시금 먼 길 떠나네	出門復悠悠
누님께서 떠나는 나를 전송하고서	姊兮送我行
섬돌을 지나며 눈물 흩뿌리시네	歷階淚注流
이별에 애타는 심정 수레바퀴처럼 도니	別腸如輪轉
눈앞이 아득하여 두서를 잃고 말았네	茫茫失緖頭
그 누구인들 누님과 여동생 없을까만	誰無姊與妹
이날의 수심을 어찌 알리오	寧知此日愁

협곡을 나서다 3수

出峽 三首

맑고 시원한 가흥 길	澹蕩嘉興路
행인은 저녁에도 외롭지 않아	行人夕不孤
푸른 산이 저 멀리서 다가오는 것이	青山來遠遠
마치 백미도[274]를 그린 것 같구나	如寫百眉圖

한 달 뚫고 다닌 골짝 오솔길	三旬穿峽逕
오싹하지 않은 곳 없었지	無處不心寒
험난한 곳을 넘어 평지를 밟으니	度險履平地
지친 노새가 편안히 쉬네	疲騾沈宴安

좋은 시절 한창 아름다운데	佳辰正婉晚
나그네 마음 문득 슬퍼지네	遊子意飜傷
골짝 안은 아직 봄빛이건만	峽裏猶春色
밭엔 보리가 이미 누래졌네	野田麥已黃

---

274 백미도(百眉圖) : 백 가지 모양의 눈썹을 그린 그림이다. 흔히 산의 능선을 여자의 눈썹에 비유하기 때문에 한 표현이다. 《청이록(清異錄)》〈장식교매변상(粧飾膠煤變相)〉에 의하면, "송나라 때 평강의 기녀 형저는 옥처럼 깨끗하고 꽃처럼 화사했으며, 특히 화장에 능해 매일 다른 모양으로 눈썹을 그렸다. 당사립이 놀리기를 '서촉에 〈십미도(十眉圖)〉가 있다더니, 네가 이처럼 눈썹 그리는 데 벽이 있으니 〈백미도〉를 그려도 되겠다!'〔瑩姐 平康妓也 玉淨花明 尤善梳掠 畫眉日作一樣 唐斯立戲之曰 西蜀有十眉圖 汝眉癖若是 可作百眉圖〕"라고 하였다.

자규시

子規詩

나는 네 군(郡)을 유람했는데, 돌아갈 일정에 쫓겨서 영월을 보지 못
한 게 한이었다. 돌아가는 길에 충주 판곡(板谷)의 객점에 이르렀을
때, 함께 유람했던 여러 사람들과 다시 영월을 유람하는 꿈을 꾸었
다. 청령포(淸泠浦)를 거쳐 관풍매죽루(觀風梅竹樓)에 올랐는데, 눈
을 드니 처연하기만 한데 풍경은 다르지 않았으니 신정(新亭)의 슬
픔[275]과도 같았다. 마을에서 술을 사다가 누대 위에서 함께 마시는데,
누군가가 아래에서 어제(御製) 〈자규시(子規詩)〉[276]를 읊었다. 우리
들은 슬픔을 이기지 못하고 눈물을 닦으며 서로를 바라보았다. 조감
산(趙甘山)-성희(性憙)- 은 곧 어은(漁隱)[277]의 후손인데, 어은은 세상

---

275 신정(新亭)의 슬픔 : 《진서(晉書)》 권65 〈왕도열전(王導列傳)〉에 다음과 같은
대목이 있다. "강을 건너온 여러 사람들은 매번 좋은 날이 이르면 곧 신정(新亭)으로
서로 불러서 풀밭에 자리를 펴고 술자리를 열었다. 주후(周侯)가 중간에 앉아서 탄식하
기를 '풍경은 다르지 않는데 진정 스스로 산하(山河)의 차이가 있구나!'라고 하자, 모두
가 서로 보며 눈물을 흘렸다. 다만 왕승상(王丞相)이 슬프게 안색을 바꾸며 '마땅히
함께 왕실에 힘을 다하여 신주(神州)를 회복해야지, 어찌 초수(楚囚)가 되어서 서로
대한단 말인가!'라고 했다.〔過江諸人 每至美日 輒相邀新亭 藉卉飲宴 周侯中坐而歎曰
風景不殊 正自有山河之異 皆相視流淚 唯王丞相愀然變色曰 當共戮力王室 克復神州 何
至作楚囚相對〕"

276 자규시(子規詩) : 단종(端宗)의 시를 말한다.

277 어은(漁隱) : 조려(趙旅, 1420~1489)로, 본관은 함안(咸安), 자는 주옹(主翁),
호는 어계(漁溪)이다. 조선 전기의 생육신(生六臣) 가운데 한 사람으로 1453년(단종1)

에서 생육신(生六臣)의 한 사람으로 칭해진다. 이에 더욱 감회를 억누를 길 없어서 마침내 각자 〈자규시〉 일률(一律) 씩을 읊게 되었다. 나는 시에서 "봄바람 속에 피울음 울지 말라, 몇 생애를 닦아야 다시 군왕이 되기에 이를까?"라고 했고, 감산은 시에서 "어떻게 농산 어귀의 말하는 새가 가지 끝에 앉아 상왕(上王)을 말하는 것과 같으리오!"라고 하였다.-앵무가 상황(上皇)의 안부를 물은 일은 《녹설정잡언(綠雪亭雜言)》[278]에 보이니, '황(皇)' 자를 '왕(王)' 자로 바꾼 것이다.- 그 위의 6구는 모두 기억할 수 없어서, 도성에 돌아온 후에 내가 지은 시를 더 구상하여 완성했다. 감산의 시는 훗날 만날 때를 기다렸다가 이어 화답하게 하려 한다.

상사수[279]는 늙고 푸른 하늘 황량한데　　　　　　相思樹老碧天荒

세속에서 전하기를, 장릉(莊陵)[280]과 사릉(思陵)[281] 두 능의 나무들이 서로

성균관 진사가 되었으나, 1455년(세조1) 수양대군(首陽大君)이 단종의 왕위를 찬탈하자 향리로 돌아와 은거하면서 평생을 보냈다.

278 녹설정잡언(綠雪亭雜言) : 명나라 오영(敖英)의 저서이다. 오영의 자는 자발(子發)이며 청강(淸江) 사람이다. 강서우부정사(江西右部正使)를 지냈다.

279 상사수(相思樹) : 전국 시대 송(宋) 강왕(康王)이 사인(舍人) 한빙(韓憑)의 아내 하씨(何氏)의 미모를 흠모하여 빼앗고자 한빙을 옥에 가두었는데, 한빙이 자살해 죽자 하씨는 누대에서 몸을 던졌다. 후에 두 무덤에서 각기 커다란 나무가 자라났는데, 위로는 가지가 서로 맞닿고, 아래로는 뿌리가 서로 교차했다고 하며, 원앙 한 쌍이 그 곳에 둥지를 틀고 목을 서로 감은 채 슬피 울었다고 한다. 송나라 사람들이 이를 슬퍼하여 그 나무를 '상사수'라 불렀다. 간보(干寶)의 《수신기(搜神記)》 권11에 이 이야기가 실려 있다.

280 장릉(莊陵) : 강원도 영월군 영월읍 영흥리에 있는 사적 제196호인 단종(端宗)

바라보고 있는데, 정성이 감응하여 그리 되었다고 한다. 또 순흥(順興) 금성단(錦城壇)²⁸²의 은행나무는 장릉이 복위되지 않았을 때 잎이 모두 쪼그라든 채 펴지지 않다가 복위되자 가지와 잎이 무성해져서 모두 영월을 향했다고 한다.

누대 위에서 울던 두견새 침상 밑에서 절하네　　　樓上聞鵑拜下牀

새벽달은 유심해도 누구에게 맘 호소할까　　　殘月有心誰訴臆

　단종(端宗)의 어제시에 "소리 끊긴 새벽 봉우리에 새벽달 밝건만, 귀먹은 하늘 슬픈 호소를 듣지 못하네."라는 구절이 있다.

푸른 봄에 먼 고향 길을 함께 갈 이 없네　　　靑春無伴可遠鄕

하늘 가 고국은 천리에 아득한데　　　日邊故國迷千里

꿈속의 가인은 칠장이 빛나네　　　夢裏佳人煥七章

　취금헌(醉琴軒)²⁸³의 시에 "마음 속 가인을 꿈속에서 만나네"라는 구절이 있고, 점필재(佔畢齋)²⁸⁴의 〈조의제문(弔義帝文)〉²⁸⁵에 "왕자(王者)는 칠

이홍위(李弘暐, 1441~1457)의 능이다.

281　사릉(思陵) : 단종의 왕비 정순왕후(定順王后) 송씨(宋氏, 1440~1521)의 능이다. 경기도 남양주시 진건면 사릉리에 있다.

282　금성단(錦城壇) : 단종의 복위운동에 관련되어 피살된 금성대군(錦城大君) 유(瑜)와 기타 인사들을 제사지내는 제단이다. 경북 영주시 순흥면 내죽리에 있다.

283　취금헌(醉琴軒) : 박팽년(朴彭年, 1417~1456)의 호로, 본관은 순천, 자는 인수(仁叟), 시호는 충정(忠正)이며, 형조 판서 중림(中林)의 아들이다. 사육신의 한 사람이다.

284　점필재(佔畢齋) : 김종직(金宗直, 1431~1492)의 호로, 본관은 선산, 자는 계온(季溫)이다. 형조 판서, 지중추부사 등을 지냈다. 문장과 경술이 뛰어나 영남학파의 종조(宗祖)가 되었다.

285　조의제문(弔義帝文) : 김종직이 지은 항우(項羽)에게 죽은 초나라 회왕(懷王)인 의제(義帝)를 조상(弔喪)하는 글이다. 김종직의 제자 김일손이 〈조의제문〉을 사초(史草)에 실었다가 유자광(柳子光), 이극돈(李克墩) 등이 일으킨 무오사화(戊午士禍)에

장(七章)의 의복을 입는다."는 말이 있다.

| 봄바람 속에 피울음 울지 말라 | 且莫東風啼血苦 |
| 몇 생애를 닦아야 다시 군왕이 되기에 이를까[286] | 幾生修得到君王 |

서 피살되었다. 이로 인하여 김종직도 또한 부관참시를 당했다.

286 몇⋯⋯이를까 : 두견은 촉제(蜀帝)의 넋이 화하여 된 새라는 설화 때문에 한 말이
다.

경신년(1860, 철종11) 3월에 나는 중종씨(仲從氏)를 수행하여 순천(順天) 임소(任所)로 가서 머물렀다. 그 덕에 여러 명승지를 두루 구경하고, 9월에 임기가 차자 수행하여 돌아왔다. 승평(昇平)은 곧 순천의 옛 이름이다.

연자루[287]
鷰子樓

연자루 앞엔 안개 같은 풀	鷰子樓前草似煙
임청대[288] 아래는 물이 졸졸졸	臨清臺下水潺湲
북쪽 사람이 강남의 즐거움을 물으면	北人如問江南樂
등자 누렇고 귤은 초록인 초겨울이라 하리라[289]	道是橙黃橘綠天

산에 살던 이 몸이 장려[290] 고을에 오니	我本山居客瘴鄉
바다 비린내가 아침저녁으로 채소 먹던 내장을 물리게 하네	

---

287 연자루(鷰子樓) : 순천 관아에 있던 누대이다. 지금은 순천 죽도봉 공원으로 옮겨져 있다.

288 임청대(臨清臺) : 순천(順天)의 옥천(玉川)가에 있던 누대이다. 《梅溪集 卷4 臨清臺記》

289 등자……하리라 : 소식(蘇軾)의 〈증유경문(贈劉景文)〉에, "연잎은 다 떨어져 하늘 향해 벌어지지 않지만, 시든 국화엔 오상고절 가지가 남았소. 기억하시오, 일년의 좋은 경치 중, 등자 누렇고 귤 초록인 초겨울이 최고라는 걸.〔荷盡已無擎雨蓋 菊殘猶有傲霜枝 一年好景君須記 最是橙黃橘綠時〕"이라고 한 표현을 끌어온 것이다.

290 장려(瘴癘) : 남방의 습한 기후로 인해 일어나는 풍토병을 말한다.

海腥朝暮厭蔬腸

저녁 되어 성 남쪽 객사에서 죽순을 삶으니　　晩來燒筍城南舍

선정의 기쁨에 새로 들게 하는 죽순 향기로다[291]　　禪悅新參玉版香

삼월 남풍에 보리 익으려하니　　三月南風麥欲秋

도롱이가 벌써 서쪽 밭에 가득하네　　已看襏襫滿西疇

문득 징과 북소리에 노랫소리 들리니　　忽聞鉦鼓歌聲發

마치 미주의 원경루[292]인 듯하네　　恰似眉州遠景樓

무평은 본디 풍광 빼어난 고을이라　　自是武平形勝州

푸른 산이 끝도 없이 사방에 빽빽하네　　青山不盡四圍稠

긴 대나무와 푸른 귤 온 마을마다 가득하니　　修篁翠橘千村合

어찌 강회의 만 호 제후에 뒤질까[293]　　何啻江淮萬戶侯

---

291 선정의……향기로다 : 옥판(玉版)은 죽순의 별칭이다. 소식(蘇軾)이 일찍이 유안세(劉安世)에게 요청하여 옥판화상(玉板和尚)에게 참선하러 가자고 하였다. 염천사(廉泉寺)에 이르러 죽순을 삶아 먹었는데 맛이 좋아 유안세가 무엇이냐고 물으니 소식이, "이것이 옥판이다. 이 노사(老師)가 설법을 잘하므로 그대로 하여금 선열(禪悅)의 맛을 보게 한 것이다."라고 하였다. 《冷齋夜話》

292 미주(眉州)의 원경루(遠景樓) : 사천성(四川省) 미산시(眉山市) 동파호(東坡湖) 서안(西岸), 소식의 고향에 있는 누대이다. 전란으로 소실되어 청나라 건륭 연간(乾隆年間)에 중건했다. 주루(主樓)가 모두 13층, 80미터이고, 군루(裙樓)가 5층이다.

293 어찌……뒤질까 : 강회(江淮)는 중국 남방의 장강(長江)과 회수(淮水)가 흐르는 지역이다. 《사기》 권129 〈화식열전(貨殖列傳)〉에 "촉한(蜀漢)과 강릉(江陵)지방의 천 그루의 귤나무는 그 수입이 천호후(千戶侯)에 봉해진 것과 같다."라고 한 것을 끌어온 표현이다.

순천(順天)의 옛 이름의 하나는 무평(武平)이다.

진주 비취와 생황 노래가 누대에 가득한데	珠翠笙歌滿一樓
손랑의 심사 정녕 아득하여라	孫郎心事定悠悠
가인이여 봄빛 좋다 노래하지 마오	佳人莫唱春光好
훗날 만날 때는 둘 다 백발이라오	他日相逢兩白頭

고려 때 태수를 지낸 손억(孫億)은 관기 호호(好好)를 사랑했다. 나중에
부를 순찰할 때 다시 찾았으나 호호는 이미 늙어있었다. 장일(張鎰)[294]과
서거정(徐居正)의 시[295]에 승평의 옛일을 읊은 것이 있다.

칠분 밝은 달 옛날의 서주[296]	七分明月古徐州
도랑물 동서로 벽옥처럼 흐르네	溝水東西碧玉流
개성의 한진사는 보이지 않고	不見崧陽韓進士
공연히 아름다운 시구만 남아 명루에 가득하네	空留佳句滿名樓

송도(松都)의 한재렴(韓在濂)[297]은 시로써 유명한데, 일찍이 순천(順天)
으로 유배를 왔다. 그가 지은 〈연루팔영(燕樓八詠)〉시는 몹시 아름답다.

---

294 장일(張鎰) : 1207~1276. 고려 중기의 문신으로 자는 이지(弛之), 시호는 장간
(章簡)이다. 동지중추원사를 지냈으며, 삼별초의 난이 일어나자 경상도 수로방호사(水
路防護使)가 되어 진압하였다.

295 서거정(徐居正)의 시 : 서거정의 〈순천연자루(順天燕子樓)〉시를 말한다. 서거
정(1420~1488)은 조선 전기의 문신으로 본관은 달성(達城), 자는 강중(剛中), 호는
사가정(四佳亭)이다. 권근(權近)의 외손자이다. 1444년에 식년문과에 급제하고, 6조
의 판서를 두루 지내고 좌찬성에 이르렀다. 좌리 공신(佐理功臣)이 되고 달성군(達城
君)에 책봉되었다.

296 서주(徐州) : 중국의 서주를 가리키는데, 중국 서주의 연자루가 유명하여 비유적
으로 끌어온 것이다.

앞머리 두 구는 한재렴의 시다.

최군께서 말을 사양해 청렴한 명성 세우니	崔君讓馬樹廉名
사람들은 최군이 훗날 도모하지 않았다 말하네	人道崔君少後營
훌륭했던 팔마비 지금은 적막하지만	八馬繁華今寂寞
외로운 성 옆에 한 조각이 아직도 보이네	猶看一片傍孤城

최석(崔碩)의 팔마비(八馬碑)[298]는 《읍지(邑誌)》와 《고려사(高麗史)》에 보인다.

---

297 한재렴(韓在濂): 1775~1818. 자는 제원(霽園), 호는 심원자(心遠子)로, 송도(松都) 출신의 학자였다.

298 최석(崔碩)의 팔마비(八馬碑): 《고려사절요(高麗史節要)》에 의하면, 승평 부사(昇平府使) 최석이 비서랑(祕書郎)으로 송도로 돌아갈 때 관례에 따라 8필 말을 골라 가게 하니 다 사양하고 자신의 암말이 부사 시절에 낳았던 망아지까지 돌려주어 말을 가져가게 하던 폐단을 바로잡았다고 한다. 이에 그 고을 백성들이 팔마비를 세워서 그의 덕을 칭송했다.

환선정[299]에서 원시를 차운하다

喚仙亭次原韻

성곽 두른 맑은 내 화려한 처마를 비추니	淸川帶郭映華簷
경치 좋은 전당[300]이 두 가지 아름다움[301] 겸했구나	絶勝錢塘兩美兼
봉해[302] 길로 통하고자 노 끌지 마시게	蓬海路通休引棹
산음[303]의 적막한 봄 발 드리우기 좋다오	山陰春寂好垂簾
먼 섬으로 구름 돌아가니 산봉우리 나타나고	歸雲遠嶼螺鬟出
빈 숲에 장마 내리니 죽순[304]이 돋아나네	宿雨空林犢角添
취하여 오사모 치켜 쓰고[305] 석양을 비껴보니	醉岸烏紗憑晩眺

---

299 환선정(喚仙亭) : 전라남도 순천시 조곡동 죽도봉공원 내에 있는 국궁장에 있다. 원래 순천 관아 남문이었다.

300 전당(錢塘) : 절강성(浙江省) 항주시(杭州市)에 속한 강 이름이다. 절강(浙江)의 하류 지역이다. 여기서는 순천의 비유로 쓰였다.

301 두 가지 아름다움 : 이른바 사미(四美) 가운데 두 가지를 가리켜 말한 것이다. 사미는 천하에 좋은 날[良辰], 아름다운 경치[美景], 완상하는 마음[賞心], 즐거운 일[樂事]을 말하는데, 여기서 말한 두 가지는 앞의 둘을 가리키는 듯하다.

302 봉해(蓬海) : 전설 속 신선산인 봉래산(蓬萊山)이 있는 바다.

303 산음(山陰) : 절강성 소흥(紹興)이다. 진(晉)나라 왕휘지(王徽之)의 고향이다.

304 죽순 : 원문의 '독각(犢角)'은 죽순의 별칭이다. 송나라 황정견(黃庭堅)의 〈만소춘순시(漫沼春笋詩)〉에, "죽순은 나자마자 누런 송아지 뿔 같고, 고사리는 자라기 시작하자 어린아이 주먹 같구나.〔竹笋才生黃犢角 蕨芽初長小儿拳〕"라는 구절이 보인다.

305 오사모 치켜 쓰고 : 원문의 안오사(岸烏紗)는 이마를 드러낸 채 아무렇게나 오사모를 쓴 모양을 가리키는데, 구속됨 없이 호방한 모습을 표현할 때 쓰인다.

강남 십경이 붓 끝으로 들어오네   江南十景入毫尖

난봉산[306] 머리에 짙푸름 펼쳐지니   鸞鳳山頭積翠開
맑은 하늘엔 버들 솜만 흩날리네   晴空柳絮獨徘徊
숲 사이로 둥둥 북소리 울리면   林間畫鼓鼕鼕起
때때로 사적산에 내려오는 백학 본다네[307]   白鶴時看射的來
     정자 앞에 시사장(試射場)이 있다.

성 위에서 들리는 노랫소리에 석양이 빛나고   城上謳歌日夕暉
성 안의 노니는 아낙들 나물 캐 돌아오네   城中遊女採靑歸
포구의 배 돌리는 곳에서 낭군 장차 떠나리니   浦船回處郞將發
달빛 아래에서 흰 모시옷을 새로이 짓네   月下新裁白苧衣

정자 남쪽 누대 북쪽은 온통 꽃향기   亭南樓北摠芳菲
골목 어귀 수양버들 대나무 문이 하얗네   巷首垂楊白竹扉

---

306 난봉산(鸞鳳山) : 순천에 있는 산 이름이다.

307 때때로……본다네 : 《후한서(後漢書)》〈정홍전(鄭弘傳)〉이현(李賢)의 주(注)에서 공령부(孔靈符)가 지은 《회계기(會稽記)》를 인용하여 다음과 같은 내용을 기록하고 있다. "사적산(射的山) 남쪽에 백학산(白鶴山)이 있는데, 학이 선인을 위해 화살을 가져다 준다. 한나라 태위 정홍이 땔나무를 하다가 버려진 화살 하나를 주웠는데, 누군가가 찾으러 오자 정홍은 화살을 돌려주었다. 그 사람이 정홍에게 소원을 묻자 정홍은 '약야계에서 땔나무 하는 게 어려워 근심이니, 아침에는 남풍이, 저녁에는 북풍이 불게 해주십시오.'라고 했더니 그렇게 되었다고 한다.〔射的山南有白鶴山 此鶴爲仙人取箭 漢太尉鄭弘嘗采薪 得一遺箭 頃有人覓 弘還之 問何所欲 弘識其神人也 曰 常患若邪溪 載薪爲難 願旦南風 暮北風 後果然〕"

신선을 부르는 듯 낭군은 끝내 오지 않고　　　郎似喚仙終不到
한 마리 제비인 듯 첩은 백 번을 맴돌며 나네　　妾如鷰子百廻飛

정자 앞엔 수레들이 매일같이 내달리건만　　　亭前車馬日交馳
예쁜 미소 슬픈 노래 얼마를 보냈던가　　　　嬌笑悲歌閱幾時
이곳에서 그대 만나고 다시 송별하니　　　　此地迎君還送別
꽃 같던 얼굴 태반이 여기서 늙었네　　　　紅顔强半箇中衰

향림사[308]

香林寺

길은 향림사로 접어들고	路入香林寺
어지러운 대숲 옆엔 문이 열려 있네	門開亂竹邊
마당 한 가운데 백탑이 한 쌍	庭心雙白塔
불좌 우측엔 청련이 한 줄기	座右一靑蓮
맑은 이내는 들판 나무를 에워싸고	淡藹籠原樹
산들바람은 바위 샘물에서 흐느끼네	微風咽石泉
석양에 종경소리 울리니	斜陽鍾磬發
그 소리 연자루 앞에 떨어지네	聲落鳶樓前

---

308 향림사(香林寺) : 순천시 석현동 비봉산에 있는 절이다.

송광사[309]
松廣寺

해동의 세 개 보찰 가운데	海東三寶刹
송광사가 유독 기이하다 이름났네	松廣獨擅奇

통도사(通度寺)·해인사(海印寺)·송광사(松廣寺)가 삼보사찰(三寶寺刹)이다.

두 조사(祖師)가 의발을 남긴 곳	二祖鉢衣地

나옹(懶翁)[310]이 이 절에서 주석(住錫)하고 의발을 무학(無學)[311]에게 주었다.

사첩[312]의 다향시 지은 곳	四疊茶香詩

고려(高麗) 승 충활(冲豁)은 본디 남성(南省)의 아원(亞元)[313] 출신이나

---

309 송광사(松廣寺) : 전남 승주군 조계산에 있는 절이다. 삼보사찰(三寶寺刹) 중의 하나로서 16국사를 배출한 승보사찰(僧寶寺刹)이다.

310 나옹(懶翁) : 1320~1376. 고려 말의 고승으로 휘는 혜근(慧勤), 호는 나옹(懶翁), 본 이름은 원혜(元慧), 속성은 아(牙)씨이며 공민왕의 왕사이다. 인도의 고승 지공스님의 제자이며 조선 건국에 기여한 무학대사의 스승이었다.

311 무학(無學) : 1327~1405. 속성은 박, 속명은 자초(自超), 법명은 무학이다. 18세에 소지선사(小止禪師) 밑에서 승려가 되었다. 공민왕 때 원나라의 연경에 유학하여 인도의 지공선사와 당시 원나라에 가 있던 혜근에게 가르침을 받았다. 나옹을 만나 서산(西山) 영암사(靈巖寺)에서 수년을 머물다가 1356년(공민왕5) 돌아왔다. 1392년(조선 태조1) 조선 개국 후 왕사가 되고 회암사(會巖寺)에 있다가, 그 다음해에 수도를 옮기려는 태조 이성계를 따라 계룡산 및 한양을 돌아다니며 땅의 모양을 보고 마침내 한양으로 정하는데 찬성하였다. 만년에는 금강산 금장암에 들어가서 여생을 마쳤다.

312 사첩(四疊) : 절구(絕句)시에 차운함을 말한다.

출가하여 송광사에 머물며 불도를 닦았다. 최이(崔怡)[314]가 차(茶)와 향(香)과 시를 보내오자 충활선사가 곧장 화답하기를 "여윈 학 조용히 소나무 꼭대기 달 향해 날고, 한가한 구름 가볍게 고개머리 바람을 좇네. 여기서의 모습은 천 리가 같은데, 무엇하러 다시금 말을 적어 보낼까?"라고 하면서 끝내 답서를 하지 않았다.[315]

그대의 풍류는 비록 아득하지만	風流雖云邈
전범은 참으로 여기에 있네	典型良在玆
산승은 익숙하게 객을 맞이하며	山僧慣迎客
가마는 부지런히 뒤를 따르네	筍輿勤相隨
승방은 삼천 칸이나 되고	方丈三千間
풍경소리 그칠 때 없네	鈴鐸無歇時
한 조각 금강석[316] 견고하고	金剛片石堅

절 안의 고적(古蹟) 중에 정광여래(淨光如來)의 치아가 있다.

한 짝의 달마[317] 신발 남아 있네	達磨隻履遺

또 종려나무에서 뽑은 실로 짠 신발밑창이 있는데, 옛날부터 전하기를 막

---

313 남성(南省)의 아원(亞元) : 남성은 예조(禮曹)를 말하고, 아원은 과거에 두 번째로 합격하였다는 말이다.

314 최이(崔怡) : ?~1249. 고려 무신 정권기의 집권자로 시호는 광렬(匡烈)이다. 최충헌의 아들로 전대(前代)의 부패를 없애기 위하여 노력하였으며 이름난 유학자를 등용하는 한편, 몽고의 침입에 대비하여 강화로 천도(遷都)하고 대장경판(大藏經板) 재조(再雕)를 완성했다.

315 고려(高麗)……않았다 :《신증동국여지승람(新增東國輿地勝覽)》권40〈순천도호부(順天都護府)〉의 기사인데 약간의 글자 출입이 있다.

316 금강석(金剛石) : 부처의 치아를 비유한 말이다.

317 달마(達磨) : 보리달마(菩提達磨)로, 중국에 불교를 포교한 인도 출신의 승려이다. 인도의 28대 조사이자, 중국 선종(禪宗)의 1대 조사이다.

목욕을 마치고서 그 위에 서면 물 흔적이 곧 마른다고 한다.

천룡이 절을 보호하여	天龍護淨居
전란이 있어도 홀로 알지 못했네	金革獨不知

정유년[318]에 병화를 면했다.

머리 숙여 미진[319]을 묻노니	稽首問迷津
의젓한 열여섯 국사여	儼然十六師

절 안에 보조(普照)[320] 이하 열여섯 국사(國師)의 화상[321]이 있다.

---

318 정유년 : 임진왜란에 이어 1597년(선조30) 정유년에 일어난 2번째 왜란을 말한다.

319 미진(迷津) : 불교용어로, 미망(迷妄)한 경계(境界)를 말한다.

320 보조(普照) : 보조국사(普照國師) 지눌(知訥, 1158~1210)로, 속성은 정씨(鄭氏), 호는 목우자(牧牛子)이다. 정혜결사(定慧結社)를 조직했다. 제자 수우(守愚)를 보내 송광산(松廣山) 길상사(吉祥寺)를 중창하게 했다. 1200년(신종3) 정혜결사를 거조사에서 길상사로 옮기고 이후 11년간 그곳에 머무르며 결사운동에 정진했다. 1205년(희종1)에 길상사가 준공되자 왕은 이름을 '조계산수선사(曹溪山修禪社)'로 고치게 하고 가사를 하사했다. 이곳이 지금의 조계산 송광사다.

321 열여섯 국사(國師)의 화상 : 보조국사(普照國師)를 비롯하여 2세 진각국사(眞覺國師), 3세 청진국사(淸眞國師), 4세 충경진명국사(沖鏡眞明國師), 5세 회당자진국사(晦堂慈眞國師), 6세 자정국사(慈精國師), 7세 원감국사(圓鑑國師), 8세 자각국사(慈覺國師), 9세 담당화상(湛堂和尙), 10세 혜감국사(慧鑑國師), 11세 자원국사(慈圓國師), 12세 혜각국사(慧覺國師), 13세 각암국사(覺巖國師), 14세 부암정혜국사(復菴淨慧國師), 15세 홍진국사(弘眞國師), 16세 고봉화상(高峯和尙) 등 송광사를 중심으로 고려 후기에 활약한 16인 고승의 진영(眞影)으로, 송광사 국사전(國師殿)에 봉안되어 있다.

삼청루

三淸樓

송광사에 있다.

일찍이 듣자니 중국 조계산[322]에는	嘗聞曹溪山
옛날에 탁석천[323]이 있었다네	舊有卓錫泉
달고 매끄러운 맛으로 사람들을 먹이니	甘滑瞻大衆
옥전을 일구기를 구하지 않았다네	不求種玉田
우연히 기이한 승경 찾으러 왔더니	偶來搜奇勝
여기 산이 그렇고 샘물 또한 그렇다네	山爾泉亦然

  이 산 또한 이름이 조계(曹溪)이다.

난간에 기대 맑은 물을 떠 마시니	憑欄酌淸流
바닷가 장기가 한 번에 씻기네	海瘴一洗湔
빽빽한 녹음은 푸른 물소리를 뒤덮고	密陰覆碧潨
회치고 난 물고기 조용히 헤엄치네	從容鱠餘鮮

  옛날부터 전하기를, 보조국사(普照國師)가 처음 송광사에 터를 잡았을 때
  도적의 무리에게 점거를 당했다. 도적의 무리가 국사를 모욕하며 물고기를

---

322 조계산(曹溪山) : 광동성(廣東省) 곡강현(曲江縣) 동남에 조계(曹溪)가 흐르는
산 이름이다. 양(梁)나라 천감(天監) 원년에 지약(志藥)이 보림사(寶林寺)를 세웠고,
당(唐)나라 육조(六祖) 혜능(慧能)이 이곳에 거주했다.

323 탁석천(卓錫泉) : 광동성 남웅현(南雄縣) 동북, 대유령(大庾嶺) 동쪽에 있는 샘
이름이다. 일명 벽력천(霹靂泉)이다. 육조 혜능이 이곳을 지나다가 목이 말라서 지팡이
로 바위를 치니 맑은 샘물이 솟아나왔다고 한다.

회쳐 먹게 하였다. 국사는 마다하지 않고 받아먹었는데, 잠시 후 살아있는 물고기 수백 마리를 토해내니, 물고기들이 유유히 헤엄쳐갔다. 도적의 무리들은 놀라 탄복하며 흩어졌다. 지금 삼청루 아래 물에는 노는 물고기들이 많은데, 삼청유어(三淸遊魚) 또한 절 안의 고적(古蹟)이다.

백단 나무는 삶도 죽음도 없이	白檀無生死
불성의 온전함을 깊이 얻었네	深得佛性全

뜰에 고목이 있는데, 몇 년을 살았는지 알지 못한다. 가지와 줄기 모두 완전하고, 색이 희며 향이 난다. 혹자는 백단(白檀)이 아닐까 의심한다고 한다.

구름 헤치고 만사를 멈춘 채	披雲休萬事
목은 선현을 길이 회상하네	長懷牧隱先

목은(牧隱) 선생의 시에 "구름 헤치고 침계루에 한 번 오르니, 인간세상의 만사를 멈추고 싶구나.〔披雲一上枕溪樓 便欲人間萬事休〕"[324]라는 구절이 있다. 침계루(枕溪樓)는 곧 삼청루이다.

이 의원에게 주다

贈李醫

바닷가에서 육십 년을 유유자적 보낸 몸	海上逍遙六十春
처음 인사 나누니 백발도 새롭네[325]	一傾翠蓋白頭新
습지에서 취해 떠나면 산간을 노래하고[326]	習池醉去謠山簡
곡구에서 나무하고 돌아오면 정자진을 묻네[327]	谷口樵還問子眞

---

325 처음……새롭네 : 이 말은 《사기》권83 〈노중련 추양열전(魯仲連鄒陽列傳)〉에 나오는 "흰머리 되도록 오래 사귀어도 처음 만난 것 같은가 하면 수레를 멈추고 처음 인사 나누어도 오랜 친구 같을 수 있다.〔白頭如新 傾蓋如故〕"를 인용한 것이나 고사 본래의 뜻과는 무관하게 글자의 뜻 그대로 썼다.

326 습지에서……노래하고 : 습지는 습씨 집안의 연못이다. 일명 고양지(高陽池)라 고도 한다. 《진서(晉書)》〈산간전(山簡傳)〉에 다음과 같은 기록이 보인다. 산간이 양 양(襄陽)을 맡았을 때 "사방이 어지럽고 천하가 무너지려 하며, 왕권이 세력을 잃고 조야가 위태로웠다. 산간은 내내 유유자적 노닐면서 술만 마셨다. 습씨와 형(荊) 땅의 호족에게 좋은 원지(園池)가 있었는데, 산간은 매번 노닐 때마다 주로 못가에 가서 술을 마시고 번번이 취했다. 그 이름을 고양지(高陽池)라고 했는데, 당시 아이들이 노래하기를, '산공 어디로 가시나? 고양지로 간다네. 저녁이면 실려 돌아오니, 곤드레 만드레 아무 것도 모르네. 때론 말도 탈 수 있지만 백접리를 거꾸로 쓰셨네. 채찍 들고 갈강에게 묻노니, 북방의 호협 소년이 어떠한가?'라고 하였다.〔于時四方寇亂 天下分崩 王威不振 朝野危懼 簡優游卒歲 唯酒是耽 諸習氏 荊土豪族 有佳園池 簡每出嬉游 多之池 上 置酒輒醉 名之曰高陽池 時有童兒歌曰 山公出何許 往至高陽池 日夕倒載歸 酩酊無所 知 時時能騎馬 倒著白接䍦 擧鞭問葛疆 何如幷州兒〕"

327 곡구에서……묻네 : 곡구는 중국 섬서성(陝西省) 예천(禮泉) 동북에 있다. 전한 (前漢) 말에 고사(高士) 정박(鄭樸)이 은거했던 곳이다. 자진은 정박의 자이다. 한나라 양웅(揚雄)의 《법언(法言)》〈문신(問神)〉에 보면 "곡구의 정자진은 그 뜻을 굽히지

대숲 길로 봄, 여름, 가을 소식이 전해오고　　　竹逕三時通信息

약초밭의 온갖 약초가 정신을 지켜주네　　　　藥欄百草葆精神

젊어서 장상군[328]의 의술을 터득했으니　　　　少年自得長桑術

문밖엔 살구나무 심는 사람만 보이네[329]　　　　門外惟看種杏人

않고 바위 아래서 밭을 갈아 명성이 도성에 자자했다.〔谷口鄭子眞 不屈其志 而耕乎岩石
之下 名震于京師〕"고 한다.

328 장상군(長桑君) : 전국 시대 신의(神醫)의 이름이다. 편작(扁鵲)과 친하여 금방
(禁方)을 편작에게 전해주었다고 한다.

329 살구나무……보이네 : 삼국 시대 오(吳)나라 동봉(董奉)이 여산(廬山)에 은거하
고 사람들의 병을 치료해 주었는데, 돈은 받지 않고 살구나무를 받아서 심어 나중에
울창하게 숲을 이루었다고 한다. 또한 그곳에서 생산된 살구로 가난한 사람들을 구휼했
다고 한다.

충무 이공의 화상을 알현하다

謁忠武李公畫像

망해대(望海臺)[330] 옆에는 녹도만호(鹿島萬戶) 정운(鄭蕓)의 화상도 배향되어 있다. 이 지방 사람들이 말하기를 정 장군은 수전(水戰)에 능할뿐더러 충성스럽고 전투에 용맹하여 이공이 깊이 의지했다고 한다.

동방에 국사가 있으니	東方有國士
성은 이요 이름은 순신이라네	姓李名舜臣
그 옛날 진사년[331]에	在昔龍蛇歲
부월 쥐고 홀로 분발했네	秉鉞獨奮神
위엄과 명성으로 일본을 진동시키고	威聲震日域
경영과 책략으로 바닷가를 소생시켰네	經略蘇海濱
풍류는 숙자[332]를 떠올리게 하고	風流思叔子
효도와 우애는 군진[333]을 능가하였네	孝友邁君陳

---

330 망해대(望海臺) : 전남 여수시 진남관(鎮南館) 앞의 누대 이름이다.

331 진사년(辰巳年) : 흉세(凶歲)를 말하는데, 여기서는 임진왜란이 일어난 임진년이다.

332 숙자(叔子) : 진(晉)나라 양호(羊祜, 221~278)의 자이다. 서진(西晉)의 개국원훈(開國元勳)으로 박학능문(博學能文)하고 청렴 정직했다.

333 군진(君陳) : 주(周)나라 성왕(成王)의 신하이다. 주공(周公)을 대신하여 은(殷)나라 유민을 감독했다. 《서경(書經)》〈군진(君陳)〉에 "왕이 이와 같이 이르기를, 군진이여, 그대의 아름다운 덕은 효이며 공손함이니, 효도하며 형제에게 우애하여 능히 정사에 베풀 수 있기에 그대에게 명하여 이 동교를 다스리게 하노니 공경하라.〔王若曰 君陳 惟爾令德 孝恭 惟孝 友于兄弟 克施有政 命汝 尹玆東郊 敬哉〕"라고 하였다.

위풍당당한 정 장군은	桓桓鄭將軍
나라 위해 마침내 목숨 바쳤네	許國遂捐身
태사라면 허원과 장순의 전을 짓고서	太史傳許張
뇌만춘의 이야기도 실어야 마땅하네[334]	當載雷萬春
공경히 제기 준비하며 게을리 하지 않고	俎豆敬不惰
남쪽 지방 백성들 사시사철 제사를 올리네	四時祭南民
무덤에서 다시 살아나긴 어려운 일이니	九原難可作
이 나라 지킬 이 그 누구일까	誰是干城人

---

334 태사라면……마땅하네 : 허원(許遠)과 장순(張巡)은 당나라 안사(安史)의 난 때 휴양성(睢陽城)을 지키며 싸우다가 모두 전사했다. 뇌만춘(雷萬春)은 장순의 편장으로 장순과 함께 전사했다. 이들은 당나라 한유(韓愈)가 지은 〈장중승전후서(張中丞傳後敍)〉에 나오는데, 글머리에서 한유는 자신이 〈후서〉를 지은 이유를 다음과 같이 설명했다. "원화 2년 4월 13일 밤에 한유는 오군의 장적과 함께 집안의 고서를 읽다가 이한이 지은 〈장순전〉을 찾았다. 이한은 문장으로 이름났기에 이 전을 매우 상세히 기록하고 있었다. 그러나 안타깝게도 빠진 게 있었으니, 허원을 위해 전을 쓰지 않았고, 또 뇌만춘 일의 시말도 기재하지 않았다.〔元和二年四月十三日夜 愈與吳郡張籍閱家中舊書 得李翰 所爲張巡傳 翰以文章自名 爲此傳頗詳密 然尙恨有闕者 不爲許遠立傳 又不載雷萬春事 首尾〕"

치통

牙疼

다 늙어서 치통으로 고생을 하면	老大苦牙疼
돌아갈 때를 헤아려도 되지만	尙可歸年數
젊어서 치통으로 고생을 하면	少壯苦牙疼
괴로움으로 마음이 문드러질 것 같네	辛苦心欲腐
질병은 천백 가지지만	疾恙千百般
치통만한 고통 있지 않다네	無如牙疼苦
혹은 창으로 찌르는 듯	或刺如矛戟
혹은 도끼로 쪼개는 듯	或劈如斤斧
혹은 날카로운 칼날로 자르는 듯	或割如利鋒
혹은 독한 쇠뇌로 쏘는 듯	或射如毒弩
혹은 깊은 통증이 은근히 전해오고	或沈痛隱發
혹은 굽이굽이 돌아 끊임없이 이어지고	或綿延㘱縷
혹은 손을 뒤집고 발길질을 하기도 하고	或手飜足蹴
혹은 입을 벌리고 혀를 빼물기도 하고	或口張舌吐
혹은 책상을 밀치며 길게 울부짖기도 하고	或推案長嘯
혹은 자리에 비벼대며 이내 드러눕기도 하고	或刮席乍俯
혹은 조용히 앉아 잘못을 반성하기도 하고	或靜坐思過
혹은 오래 꿇어앉아 복을 빌기도 하고	或長跪禱祜
눈에는 어쩌다 번갯불이 흐르기도 하고	目或流閃電
귀에는 어쩌다 북소리가 울리기도 하고	耳或響鳴鼓

움직이면 간혹 가의[335]의 통곡소리를 내고	動或發賈哭
멈추면 간혹 조적[336]의 춤을 추기도 하고	止或起狄舞
가라앉으면 혹 몸이 땅으로 꺼지는 듯	沈或身入地
성하면 혹 기운이 우주를 덮을 듯	盛或氣蓋宇
장난치는 듯 손가락을 퉁기기도 하고	如戲指或彈
생각하는 듯 턱을 괴기도 하고	如思頤或拄
두 발 뻗고 앉아 간혹 무릎을 흔들기도 하고	箕踞膝或搖
뒤척이며 간혹 가슴을 부여잡기도 하고	轉輾胸或拊
팔 년 세월 마치 하루와 같이	八載如一日
벌레 먹지 않은 이라곤 없었네	無齒不傷齲
어떤 것은 절구처럼 구멍이 뻥 뚫리고	或窞如臼豁
어떤 것은 삐뚤어진 질그릇처럼 이지러지고	或缺如陶窳
어떤 것은 그을린 돌처럼 시커멓고	或黑如焦石
어떤 것은 민둥산처럼 붉고	或赭如童岵
어떤 것은 높은 바위 끊긴 언덕 같고	或崭巖斷岸
어떤 것은 위태롭게 외로운 기둥 같고	或虺脆孤柱
찬 것을 마시면 벌레가 살던 언덕을 잃은 듯	呷冷蟲失坏
뜨거운 것이 들어가면 물고기가 가마솥을 만난 듯	服熱魚遭釜
무른 것을 먹어도 돌멩이인가 싶고	啗軟疑困石

---

335 가의(賈誼) : 한나라 문제(文帝) 때 젊은 나이로 태중대부(太中大夫)가 되었으나, 참소를 받아 장사왕태부(長沙王太傅)로 좌천되었다가 그곳에서 죽었다.

336 조적(祖逖) : 266~321. 동진(東晉) 초에 저명한 북벌장군(北伐將軍)이었다. 유곤(劉琨)과 친했는데 밤새 함께 시국에 대한 강개한 담화를 나누다가 새벽닭이 울자 옷을 갖춰 입고 격렬하게 검무를 추었다고 한다.

연한 것을 삼켜도 그물에 걸리듯 잇새에 끼네	茹柔動觸罟
좋아하는 대추도 가까이하지 못하거늘	嗜棗不敢近
하물며 마른 육포를 씹을 수 있으랴	況復咋乾脯
나는 지금 시린 고통으로 괴로운데	我方酸苦楚
옆 사람은 웃으며 자랑을 해대네	傍人笑詡詡
이건 뿌리 없는 병이라	謂是無根病
오래 앓고 나면 절로 낫는다 하네	久痛自可愈
먼저 아픈 것도 이해해주지 못하면서	先病亦不諒
비웃음을 위로로 삼다니	嘲侮以慰撫
바야흐로 극심히 울고불고 할 때는	方其叫號劇
칠정을 주체하지 못하네	七情失所主
피리도 가야금도 즐겁지 않고	管絃不足樂
꾸짖음과 욕에도 화나지 않는다네	詈辱不足怒
도마뱀이 독룡으로 보이고	蝘蜓視毒龍
파리 모기가 맹호로 보이네	蠅蚋視猛虎
물과 불도 달게 여기겠지만	水火亦甘心
어찌 비웃음과 모멸을 당할 것인가	何有被笑侮
남들은 때때로 술자리가 생기면	有時尊酒筵
청아한 농담 하며 천천히 주미를 휘두르고	清謔徐揮麈
산가지와 말을 다투며 투호도 하고[337]	投壺爭算馬

---

337 산가지……하고 : 투호를 할 때는 시합의 결과를 알아보기 위해 산가지와 말을 사용한다. 투호에 사용하는 산가지는 1척 2촌의 길이였다고 한다. 말은 나무로 깎아 만들었다.

바둑을 두어 다투어 내기를 하면서	奕棋競取賭
한데 모여 먹느라 쩝쩝거리는 소리 들리고	會嚼聲喰喰
쟁반 위엔 산해진미가 가득하건만	盤上水陸聚
누워 바라보자니 절로 마음 상하여	臥看自傷心
차라리 문을 굳게 잠그니만 못하지	不如緊閉戶
하물며 다시 깊은 밤을 당하면	況復當深更
잔등의 심지 하나 밝게 빛나는데	殘燈耿一炷
앉아도 누워도 잠 못 이루고	坐臥眠不得
남몰래 홀로 오장육부를 녹이네	竊獨銷臟腑
소군338은 이런 병도 없었건만	蘇君無此疾
괜스레 바늘로 넓적다리만 찔렀네	枉煩鍼刺股
교자339의 선술을 빌려다	願借喬子術
유선호340를 한 번 베어봤으면	得枕遊仙琥
옆 사람은 코를 골며 잠들었으니	傍人齁齁睡

---

338 소군(蘇君) : 전국 시대의 유세객 소진(蘇秦)이다. 소진이 독서를 할 때 졸리면 송곳으로 넓적다리를 찔러 졸음을 막았는데 피가 발까지 흘렀다고 한다.

339 교자(喬子) : 선인(仙人) 왕자교(王子喬)이다. 《열선전(列仙傳)》에 따르면 주 나라 영왕(靈王)의 태자 진(晉)이라고 한다. 생황 불기를 좋아하여 봉황 울음을 잘 냈다.

340 유선호(遊仙琥) : 꿈속에서 선계를 노닐 수 있는 호박(琥珀)으로 만든 베개로, 유선침(遊仙枕)이라고도 한다. 《개원천보유사(開元天寶遺事)》에 "구자국에서 베개 하 나를 바쳤는데, 그 색이 마노와 같고 옥처럼 매끄러웠다. 그것을 베면 십주와 삼도, 사해와 오호가 모두 꿈속에 보였다. 황제가 그 이름을 유선침이라고 하였다.〔龜玆國進 奉枕一枚 其色如瑪瑙 溫溫如玉 制作甚朴素 枕之寢 則十洲 三島 四海 五湖盡在夢中所見 帝因立名爲游仙枕〕"는 기록이 보인다.

함께 할 수 없어서 얄밉고도 부럽네 憎艶無與伍

새벽닭 괴롭게도 울지 않으니 晨鷄苦不鳴

그 언제나 창문의 햇살을 보려나 何時見窓煦

팔 년 세월을 마치 하루와 같이 八載如一日

몇 번이나 죽지 못하고 통증 앓았나 幾何不死瘀

한 이에 이어서 또 한 이가 一齒復一齒

묘고[341]에라도 전염이 된 듯 有如傳猫蠱

약석으로도 치료할 수 없으니 藥石不可治

진의 의원이 고황[342]을 만난 듯 有如秦兩竪

속히 치료하고자 좋은 처방 시험해보고 速醫試良方

밖에서의 공격과 안에서 보조도 겸해 보았네 外攻兼內補

독약을 투여했더니 입술과 혀가 문드러지고 投毒爛脣舌

약제를 복용했더니 창자와 위가 뒤집히네 試劑攪腸肚

길 가다가 이 빠진 노인을 만나니 行逢齒豁老

---

341 묘고(猫蠱) : 독충(毒蟲)의 일종으로 남만(南蠻) 지역에서 난다고 한다.

342 고황(膏肓) : 고칠 수 없는 고질병을 말한다. 《춘추좌씨전(春秋左氏傳)》성공 (成公) 10년 조에 다음과 같은 기록이 보인다. "진(晉) 경공(景公)이 병이 나서 진백(秦 伯)에게 의사를 요청하자 의완에게 치료하라고 했다. 의완이 오기 전에 경공이 꿈을 꾸었는데 두 녀석이 서로 말하기를 '저 사람은 양의이니 우리를 해칠까 두렵구나.' 그러 자 한 녀석이, '황(肓) 위 고(膏) 아래에 있다면 우리를 어쩔 것인가?'라고 했다. 의완이 와서 경공에게 말하기를 '병을 치료할 수 없습니다. 황 위에 있고 고 아래에 있어서, 치료가 미칠 수 없고, 약도 쓸 수 없습니다.'라고 하였더니 경공이 '양의이다.'라고 하고, 후하게 예를 표하고 돌려보냈다.〔公疾病 求醫于秦 秦伯使醫緩爲之 未至 公夢疾爲二竪 子 曰 彼良醫也 懼傷我 焉逃之 其一曰 居肓之上 膏之下 若我何 醫至 曰 疾不可爲也 在肓之上 膏之下 攻之不可 達之不及 藥不至焉 不可爲也 公曰 良醫也 厚爲之禮而歸之〕"

상쾌하기가 현포³⁴³에 오른 듯하네 爽如登玄圃
어떻게 하면 뿌리를 뽑아내고도 安得拔去根
마음이 평온하고 넓은 아량 가졌을까 淨蕩無岸府
씹고 끊고 못해도 꺼리지 않고 不嫌辭嚼切
좋은 외모 망가져도 근심하지 않네 不愁失媚嫵
그러나 정신은 소진되고 형체는 야위어 神耗形纖瘦
이미 석인의 좋은 풍채³⁴⁴ 어그러졌네 已乖碩人俁
장하던 뜻 점차 사라지고 壯志漸銷磨
날카롭던 기운 거칠고 둔해졌네 精氣變麤鹵
생각하니 옛날의 통달했던 선비들은 念昔達人士
공업에 힘써 스스로를 세웠지 功業勉自樹
젊어서도 힘쓰지 못한 나 妙齡不懋力
노쇠한 몸에서 그 무엇을 취할 건가 朽老安所取
질병은 내 스스로 감당하고 疾病我自當
공업은 옛 사람에게 양보하려네 功業讓與古

---

343 현포(玄圃) : 전설 속의 신선이 거주한다는 곳으로 곤륜산(崑崙山) 꼭대기에 있다.

344 석인(碩人)의 좋은 풍채 : 석인은 높고 큰 덕이 있는 사람을 말한다. 《시경》〈간혜(簡兮)〉에 "훌륭한 그 사람 풍채도 큰데, 궁전 앞뜰에서 춤을 추도다.[碩人俁俁 公庭萬舞]"라고 한 표현을 끌어온 것이다.

좌수영³⁴⁵에 들르다

過左水營

필마로 길 가다가 큰 바다에 임하여	匹馬行臨大海頭
표연히 홀로 진남루³⁴⁶에 올랐네	飄然獨上鎭南樓
장군도 입구엔 차가운 조수에 비 내리고	將軍渡口寒潮雨
충무사 옆엔 고목에 가을이 들었네	忠武祠邊古木秋

성(城) 밖에 이 충무공(李忠武公)의 사당이 있다.

떠들썩한 어시장은 저녁 성곽으로 통하고	魚市喧譁通暮郭
적막한 거북선은 빈 언덕에 매어있네	龜船寂寞繫虛邱

충무공이 옛날 거북선을 사용했는데, 지금은 육지에 올려놓고 사용하지 않는다.

하늘에 닿은 드넓은 물 풍파는 고요한데	連天水闊風波靜
덧없는 인생 끝내 갈매기와 벗하게 했으면	終使浮生伴白鷗

---

345 좌수영(左水營) : 조선 시대 전라도와 경상도의 각 좌도(左道)에 둔 수군절도사의 군영(軍營)이다. 전라도에는 1479(성종10)부터 순천에, 경상도에는 효종 때부터 동래에 두었는데, 1894년(고종31)에 군제 개편에 따라 없앴다.

346 진남루(鎭南樓) : 지금의 전남 여수에 있는 전라좌수영 건물로 75칸의 거대한 객사이다. 수군의 중심 기지로 사용했다.

바다를 보다
觀海

동해 모퉁이에서 나고 자라	生長東海隅
바다 한 구비를 처음 보았네	初見海一曲
이미 마음으로 얻었거늘	已有得之心
눈으로 더 볼 것이 무엇 있겠나	何以加諸目
나는 한 국자의 물을 보고	吾觀一勺水
이미 냇물과 도랑이 있음을 알았고	已知有川瀆
나는 장강과 한수의 흐름을 보고	吾觀江漢流
이미 모든 것을 품은 바다를 알았네	已知海涵畜
지극한 근면은 항상 쉬지 않고	至勤常不息
지극한 위대함은 자족하지 않는 법	至大不自足
자신을 굽히면 더러움도 참을 수 있고	屈己能忍垢
작은 허물은 본디 기록하지 않는다네	細過固不錄
이토록 드넓은 아량을 지녔다면	持此恢恢量
어찌하여 소인의 뱃속을 경계하지 않는가	盍警小人腹

전복 따는 아이
採鰒兒

횡간도[347]에서 전복 따는 아이　　　　　橫干島裏採鰒兒
노란 눈동자 붉은 머리털 그 모습 괴이해라　黃瞳赤髮形怪奇
헤엄치다 뒤집더니 두 발꿈치까지 잠기고　泅水飜倒雙踝沒
보이는 건 오직 일렁이는 초록 물결　　　只看綠浸生紋纈
잠시 후 천천히 파도 위로 머리 내밀더니　須臾冉冉出波頭
표주박에 엎드려 긴 숨 쉬고 다시 물로 들어가네　伏瓠長嘯還自投
어린애 땔감하고 돌아와 뽕나무 아래 잠자니　小兒樵歸桑下睡
할미가 와서 두들겨 깨워 성내며 말하길　嫗來擊起生嗔恚
이웃집 계집아이 나이 겨우 열셋이나　隣家小嬌年十三
늘 포구에 다니며 물속 깊이 들어간다　常遊浦口能入深
너는 남자가 되어 저만도 못하면서　爾獨爲男不如彼
언제나 뽕나무 아래서 꿈만 꾸는구나　長在桑下做夢裏
집안 살림 언제나 넉넉해질 것이냐　家業何時有饒餘
언제 어른이 되어 칭찬을 들을 것이냐 하네　何時成人聞稱譽
가련해라 누군들 자식 사랑하지 않겠는가만　可憐誰不愛其子
목숨 아낄 줄 모르고 이런 것을 가르쳐서　不愛性命而敎此
그것을 얻어 생계 삼고　　　　　得此以爲生
그것을 자랑하며 영예로 삼다니　　誇此以爲榮

347　횡간도(橫干島) : 전남 여수시 남면에 속한 섬이다.

머리 돌려 한 번 탄식하고 거듭 감개하노니   回頭一歎重感慨

세간의 수많은 부형들도 그 사랑을 잘못하여   世間多少父兄失其愛

부지런히 글 가르쳐 벼슬의 바다로 나가게 하네   勤敎文字赴宦海

안도[348] 여인

安島女

아침에 방답진[349]을 출발하여	朝發防踏鎭
저녁에 안도리에 투숙했네	暮宿安島里
풍파 속에 겨우 건너왔더니	風波僅得涉
두근거리는 마음 아직도 풀리질 않네	悸恐心未弛
묻노니 안도의 여인이여	借問安島女
무엇 때문에 굳이 성시를 떠나	何苦去城市
이 외로운 섬에 와 살면서	來此孤島居
죽음도 두려워하지 않는 것이오 하니	而獨不畏死
안도 여인이 웃으며 말하길	安島女笑曰
손님 이치를 잘 모르시군요	客子不知理
성시에선 살 수가 없어요	城市不可居
공역 그칠 날이 없어	供役無時已
부지런히 농사지어도 자급할 수 없고	勤耕不自給
날마다 채찍질을 당하지요	日日遭鞭箠
섬 생활도 정식 조세는 내야하지만	島居有正稅
일 년 내내 포학한 관리는 없지요	終歲無虐使

---

348 안도(安島) : 전남 여수시 남면에 속한 섬이다.

349 방답진(防踏鎭) : 여수 돌산읍 군내리에 있었던 진(鎭)이다. 선소(船所)가 있었다.

시詩 229

성시에선 살 수가 없어요 　　　　　　　城市不可居

자제들이 사치를 배워서 　　　　　　　子弟學侈靡

고생하여 얻은 며칠의 양식이 　　　　　辛苦數日糧

한 켤레 신발값에도 미치지 못하지요 　不及一緉履

섬 생활은 진실과 소박함을 지킬 수 있어 　島居守眞樸

평생 화려함을 알지 못하지요 　　　　　生不識華美

성시에선 살 수가 없어요 　　　　　　　城市不可居

자제들이 경서와 사서를 배워 　　　　　子弟學書史

해마다 도성에 과거 시험 보러 가야하는데 　年年赴京舉

재산을 탕진하고도 그칠 줄을 모르지요 　蕩貲不知止

섬 생활은 우매함과 비루함을 온전히 하며 　島居全愚陋

헤엄치기 배우는 것만 볼 뿐이지요 　　惟看習汭水

성시에선 살 수 없어요 　　　　　　　　城市不可居

거짓말이 날마다 사방에서 일어난다지요 　訛言日四起

듣자니 현달한 관리의 집은 　　　　　　聞道達官家

일 년에 집을 다섯 번이나 이사 간다 하더군요 　一年宅五徙

섬 생활엔 난잡한 말 없어 　　　　　　島居無雜言

한 말 술로 서로 즐거워하지요 　　　　斗酒相懽喜

성시에선 살 수가 없어요 　　　　　　　城市不可居

담 벽 안에 간악한 도둑이 산다지요 　　墻壁棲奸宄

살인과 월담에 강포하여 두려움도 없고 　殺越瞥無畏

문빗장 채워도 속임수로 연다지요 　　　扃鐍啓詐詭

섬 생활은 밤에도 문을 열어놓고 　　　島居夜開戶

늙은 삽살개는 귀 늘어뜨린 채 지내지요 　老尨安帖耳

산속에선 살 수가 없어요   山中不可居

승냥이와 호랑이가 살고 있으니까요   豺虎之所倚

섬 생활엔 그런 걱정 없어   島居無此患

어두운 밤에도 개 돼지를 풀어 놓지요   昏夜放犬豕

물가에선 살 수가 없어요   川邊不可居

물에 떠내려가고 잠겨서 농토를 잃거든요   漂沒失耘耔

섬 생활은 일정한 조수만 살피면   島居候常潮

나아가고 물러남에 궤도를 잃지 않지요   進退不失軌

산에 올라 사슴을 잡고   上山捕麋鹿

숲에 들어가 봄 꿩을 쏘고   入林射春雉

조수가 물러가면 물고기를 그물질하고   潮退網魚鼈

서리 내리면 귤과 감을 거두지요   霜落收橘柿

대를 이어 시집 장가를 드니   婚嫁世相襲

족씨를 분별할 필요도 없고   不必辨族氏

물고기를 팔아 곡식으로 바꾸니   賣魚以換穀

쟁기질에 종사할 필요도 없지요   不必服耒耟

배 안에 있으면 서재나 누각 같아   在舟如齋閣

무늬 아로새긴 비단 창문 부럽지 않아요   不羨窓疏綺

서로 바라볼 뿐 왕래하지 않은 채[350]   相望無來往

창창한 젊은이들 아치[351]에 이르지요   幼艾至兒齒

---

350 서로……채 : 이 말은《노자》제80장에 나오는 "이웃 나라가 서로 바라다 보이고
닭, 개의 소리가 서로 들리지만 백성들은 늙어 죽도록 서로 왕래하지 않는다.〔鄰國相望
鷄犬之聲相聞 民至老死不相往來〕"에서 인용했다.

평평한 육지에 풍파 많으니   平陸多風波

고광대실인들 어찌 믿을 만하겠어요   大廈安足恃

부귀란 옅은 연기와 같고   富貴如薄煙

공경과 재상은 갈대풀[352]이나 진배없지요 하네   公相葭莩視

손님은 대답할 말이 없어   客子無回辭

서글피 저녁 물가에 서 있었다네   悄然立暮浿

---

351 아치(兒齒) : 장수하는 것을 말한다. 《시경》〈반수(泮水)〉에 "복을 많이 받아 머리 누래지고 이가 다시 났네.〔旣多受祉 黃髮兒齒〕"라는 구절이 있는데, 주희(朱熹)는 《집전(集傳)》에서 "아치는 이가 빠졌다가 다시 나는 것으로, 역시 장수의 상징이다.〔兒齒 齒落更生細者 亦壽徵也〕"라고 설명했다.

352 갈대풀 : 갈대의 엷은 막을 말하는데, 친척 간의 관계가 매우 소원하고 옅은 것을 비유한다. 《한서》〈포선전(鮑宣傳)〉에 "시중부마도위 동현은 본디 소원하나마 친척조차 없는데, 그저 교언영색만으로 스스로 출세했다.〔侍中駙馬都尉董賢本無葭莩之親 但以令色諛言自進〕"라는 말이 보인다. 안사고(顏師古)는 주(注)에서, "'가'는 갈대이고, '부'는 갈대 속의 흰 막으로 매우 얇은 부분을 말한다. '가부'는 얄팍한 것을 비유한다.〔葭 蘆也 莩者 其箭中白皮至薄者也 葭莩喩薄〕"고 설명했다.

사슴 사냥

獵鹿

사슴은 사람에게 해 끼치지 않고	鹿無害於人
산속 숲으로 달아나 숨었네	林岫竄藏密
편안히 살면서 신령한 풀 뜯어 먹어	偃仰餌靈草
불사의 술법을 깊이 터득했네	深得不死術
그것이 도리어 화 부를 줄 어찌 알았으랴	豈意反速禍
편안히 지낼 날이 없네	而無寧居日
하지에 처음으로 묵은 뿔이 빠진 후	夏至初解角
깊은 곳에 살며 늘 전전긍긍 두려워하네	深居常兢怵
아침에 나와 개울물 마시는데	朝出飲澗水
날아온 탄환이 별처럼 빠르네	流丸如星疾
굶주린 무리들 즐겁게 서로 모여	衆嬴歡相聚
꿀이라도 먹듯이 피를 마시네	呷血如啗蜜
고요한 밤 산 달은 밝은데	夜靜山月白
요우 요우 울며 짝을 구하네	呦呦求其匹
해마다 늘 짝과 헤어져 있고[353]	年年長仳離

---

353 헤어져 있고 : 원문은 '비리(仳離)'로, 부부가 이별하는 것, 특히 아내가 버림받은 것을 가리킨다. 《시경》〈중곡유퇴(中谷有蓷)〉에 "골짜기의 익모초 가뭄에 바짝 말랐구나. 여자가 이별을 한지라 깊은 한숨짓네.〔中谷有蓷 暵其乾矣 有女仳離 嘅其嘆矣〕"라는 구절이 나온다.

어미 자식도 서로 잃어버리네　　　　　　　子母亦相失

난은 향기로 인해 스스로 불살라지고　　　蘭以香自焚

기름은 밝음으로 인해 스스로 소멸되네　　膏以明自滅

보배를 품고서는 살아남기 어려워　　　　懷寶諒難容

결국은 세상의 질투를 받고 마네　　　　　遂爲世所嫉

서쪽 언덕 아래를 굽어 내다보니　　　　　俯觀西皐下

여우는 제멋대로 날뛰는구나　　　　　　　狐狸自放逸

물고기 잡이를 구경하다
觀打魚

세 척 배가 종횡으로 수면에 나타나	三船縱橫來水面
큰 그물 물에 펼쳐 주위를 두루 싸감네	大網截浦圍裹遍
어부들 밧줄을 메고 먼 물가로 내려가고	百夫擔索下遠汀
배 한 척 가로로 서서 홀로 뒤를 받치네	一船橫立獨爲殿
금세 그물 올리자 바람이 비린내 불어오고	須臾擧網風吹腥
옥빛 튀고 눈이 춤추며 물보라가 흩날리네	玉騰雪舞飛沫濺
배는 작고 물고기는 많아 다 거둘 수 없는지라	舟小魚衆不勝收
술 마시고 북을 치며 축하연을 베푸네	飮酒擊鼓排賀宴
섬사람들은 대개 물고기 중히 여기지 않으니	島人尋常不重魚
내일 하동354으로 가서 내다 팔아야지	明日去賣河東縣

---

354 하동(河東) : 원문의 '하동현(河東縣)'으로 현재의 경남 하동군이다.

금오도³⁵⁵ 즉사

金鰲島卽事

바닷가 기후는 완전히 개는 적 없어	海候無全晴
흙비와 장기(瘴氣)가 초목을 뒤덮네	霾瘴鎖草木
넓고 아득한 물이 하늘에 닿아 있고	浩渺接天心
무성한 초목이 산자락에 자랐네	蒙密依山曲
골짜기 구멍에선 커다란 종소리 울리고	谷竅鳴金鏞
조수 머리에선 은색 집³⁵⁶이 뒤집히네	潮頭飜銀屋
침상 아랜 방게가 다니고	牀下走蟛蜞
처마 끝엔 박쥐가 노니네	簷端遊蝙蝠
우글우글 사슴들 낮에도 지나가고	儦儦鹿晝行
꾸륵꾸륵 두견새 새벽에 울어대네	啾啾鵑曉哭
아침엔 시끄러운 까마귀소리 듣기 싫고	朝厭烏聲煩
밤이면 독침 쏘는 모기 때문에 괴롭네	夜苦蚊嘴毒
파도는 옆걸음 하는 후범³⁵⁷을 보내주고	波送鱟帆橫
바위는 울퉁불퉁한 굴 무더기를 이고 있네	石戴蠔山矗
큰 물고기는 서 있는 사람인가 의아스럽고	大魚訝立人

---

355 금오도(金鰲島) : 전남 여수시 남면에 있는 섬 이름이다.

356 은색 집 : 원문의 '은옥(銀屋)'은 은빛 집채 만한 파도를 말한다.

357 후범(鱟帆) : 참게이다. 참게 등딱지가 위아래로 들썩거리는 것이 돛대 같다고
하여 후범이라고 부른다.

먼 섬은 떠내려 온 좁쌀과도 같네	遙島來浮粟
모래 헤쳐서 숨은 조개를 줍고	披沙拾幽蠣
물속에 거꾸로 들어가 잠긴 전복을 따네	倒水摘潛鰒
들에는 세금 물리지 않는 밭이 있고	原有不稅田
물에는 이름 없는 어족이 많네	水多無名族
여기로 와서 늙도록 물고기를 잡으며	就此欲老漁
세상을 떠나 항상 홀로 있고 싶네	違世恒處獨
고생과 즐거움이 뒤섞이더라도	苦樂縱相參
몸뚱이와 정신은 위축되지 않으리라	形神不蹙蹙

흥국사[358]
興國寺

절은 남쪽 왜구 향해 솟아있고	寺當南寇衝
바다를 진압하듯 높은 정자 서있네	壓海起層樹
승려들은 수군에 예속되어 있어	緇徒隸舟師
염불 외고 겸하여 활쏘기를 익히네	誦呪兼習射
절이 흥하면 나라 또한 흥한다지만	寺興國亦興
그 옛 말이 참으로 의심할 만하구나	古語眞堪訝

전하는 말에, 이 절이 흥하면 국운도 흥하기 때문에 흥국사라고 이름 붙였다고 한다.

어찌 생각이나 하랴 대력복[359]이	豈意大曆服
절집 하나에 달려있을 줄을	關係一僧舍

---

358 흥국사(興國寺) : 전남 여수시 영취산에 있는 절이다. 1195년(고려 명종25)에 보조국사가 호국 사찰로 세운 것을 여러 번 고쳐지었는데, 1624년(인조2)에 계특대사가 건물을 고쳐 세워 지금에 이른 것이라 한다.

359 대력복(大曆服) : 《서경》〈대고(大誥)〉에, "하늘이 우리나라에 재앙을 내려 조금도 기다려주지 아니하거늘 크게 생각하건대 내 어린 사람이 조상의 가없이 큰 운수와 정사를 이어서 슬기롭게 나아가 백성을 편안하게 이끌어주지 못했는데, 하물며 능히 하늘의 명을 궁구하여 알았다고 할 수 있으랴?〔天降割于我家 不少延 洪惟我幼沖人 嗣無疆大歷服 弗造哲 迪民康 矧曰其有能格知天命〕"라는 말이 보인다. 여기서 '대력복'은 나라의 큰 운수와 정사를 가리킨다.

부춘정³⁶⁰의 원운을 차운하다

次富春亭原韻

문평공(文平公) 김길통(金吉通)³⁶¹은 우리 집안과 관향(貫鄕)이 같다. 일찍이 호남
(湖南) 안절(按節)을 지냈는데, 부(部)를 순시하다 장흥(長興)에 이르렀을 때 부춘정
아래에 머물러 감상하며 노닐었다. 그 자손이 그로 인해 그곳에 머물러 집안을 이루고서
사당을 세워 제사를 지낸다.

비단같이 맑은 강에 정자 하나 솟으니	澄江如練聳孤亭
사람도 갈매기도 함께 형체를 잊었네	人與沙鷗共忘形
마당가엔 지금도 소백의 나무³⁶² 있고	庭畔至今召伯樹
산중엔 지난날 엄릉의 별³⁶³ 있었네	山中昔日嚴陵星

---

360 부춘정(富春亭) : 전남 장흥군 부산면 부춘리에 있는 정자이다. 원래 문희개(文
希凱, 1550~1610)가 세운 청영정(淸映亭)인데, 청영정을 건립하기 훨씬 이전에 전라
관찰사 김길통(金吉通, 1408~1473)이 머물며 놀았다는 이유로 그 후손 김기성(金基
成)이 1838년(헌종4) 경에 사들여서 부춘정으로 이름을 바꾸었다고 한다.

361 김길통(金吉通) : 1408~1473. 본관은 청풍(淸風), 자는 숙경(叔經), 호는 월천
(月川)이다. 아버지는 증좌찬성 효례(孝禮)이다. 1429년(세종11)에 생원이 되고, 1432
년 식년문과에 을과로 급제했다. 1460년에 대사헌을 지낸 후 황해도와 전라도 관찰사를
지냈다. 성종(成宗) 때 호조 판서를 지내고 월천군(月川君)에 봉해졌다. 시호는 문평
(文平)이고, 《월천집(月川集)》이 있다.

362 소백(召伯)의 나무 : 소백은 주(周)나라 성왕(成王) 때 주공(周公)과 함께 삼공
(三公)이었던 소공석(召公奭)을 말한다. 그는 덕치를 베풀었는데, 순행할 때 팥배[甘
棠]나무 아래서 쉬었더니 백성들이 그 덕을 기리는 감당 노래를 지어 불렀다. 《시경》
〈감당(甘棠)〉이 그것이다.

363 엄릉(嚴陵)의 별 : 엄릉(嚴陵)은 후한(後漢) 때의 엄광(嚴光)을 말한다. 엄광은

낚시에서 돌아온 작은 배에 안개가 막 엉기고 　　　　釣歸小艇煙初合

피리소리 끊긴 긴 강섬에선 문득 술이 깨네 　　　　笛斷長洲酒忽醒

　부춘팔경(富春八景)에 '능파조대(凌波釣臺)'와 '연주목적(煙洲牧笛)'이 있
다.

우연히 타향에서 화수회[364]를 가지니 　　　　偶得殊鄕花樹會

못가의 봄풀이 혼령을 꿈꾸는구나 　　　　池塘春草夢魂靈

광무제(光武帝)와 동학이었는데 광무제가 등극한 후 부춘산(富春山)에 은거했다. 광무
제가 엄광을 초빙하여 함께 한 침상에서 잤는데 엄광이 광무제의 몸에 발을 올려놓고
잤다. 일관(日官)이 급히 보고하기를, "객성(客星)이 제좌(帝座)를 범했다."고 했다.
부춘(富春)의 이름이 같기 때문에 끌어온 표현이다.

364　화수회(花樹會) : 같은 성(姓)을 가진 사람들이 친목을 위해 이루는 모임이다.

사촌 형님께서 주신 이별시에 삼가 차운하다

謹和從氏贈別韻

바닷가에서 노닐다보니 어느새 가을로 바뀌고	海畔棲遲換素秋
내일 아침 맞이할 이별에 망루에 올랐네	明朝分手上譙樓
돛단배 지나가는 남포엔 구름이 천리	帆過南浦雲千里
내 집 있는 동호엔 물이 두 줄기	家在東湖水二頭
좋은 계절이 표연히 흥을 타고 돌아왔으니	佳節飄然乘興返
어진 사또께서는 잠시만 백성 위해 머무시라	賢侯聊復爲民留
비바람 속에 침상 마주하고[365] 유유자적 하던 집	對牀風雨逍遙屋
훗날 만나게 되면 이 근심 없애겠지요	他日相看破此愁

---

365 비바람……마주하고 : 원문의 '대상풍우(對牀風雨)'는 '대상야우(對牀夜雨)'라고
도 하며, 친구나 형제가 만나 함께 이야기를 나누는 것을 말한다. 백거이(白居易)의
〈풍우초장사업숙(雨中招張司業宿)〉에 "와서 함께 잘 수 있으신가? 빗소리 들으며 침상
마주하고 잡시다.〔能來同宿否 聽雨對床眠〕"에서 나왔다. 소만수(蘇曼殊)의 〈유삼에게
주는 편지(致劉三書)〉에도 "말룽에서 보낸 반년을 회상하니, 비바람 속에 침상 마주하
고 많은 가르침을 받았지요. 지금은 어찌 그럴 수 있겠습니까?〔回憶秣陵半載 對牀風雨
受敎無量 而今安可得耶〕"라는 표현이 보인다.

밤에 황경양 찬희 호 추소 정해기와 함께 읊다

夜與黃景襄 贊熙號秋所 鄭海琪共賦

운치 있는 깨끗한 방에 등불 하나 밝은데	琴軒蕭灑一燈明
경고[366]소리 슬픈 호가소리 저녁 성에 은은하네	更鼓悲笳隱暮城
오랜 비에 새로 뜬 달 반갑게 바라보는데	久雨欣看新月色
찬바람 속에 홀연 먼 다듬이소리 들려오네	涼飆忽動遠砧聲
북두칠성이 지붕으로 새어도 가난 탓하지 않고	七星屋漏貧非病
천 이랑 물결이 흘러도 욕심 생겨나지 않네	千頃波流吝未生
생각해 보니 초계[367]의 농어 한창이겠건만	憶得茗溪鱸正熟
남쪽 고을 산수가 귀향 생각을 묶어 놓네	南州山水絆歸情

---

366 경고(更鼓) : 밤중에 시각을 알리기 위해 치는 북소리이다.

367 초계(茗溪) : 김윤식의 고향 마을의 시내 이름이다. 원래 이름은 소계(蘇溪)이다. 김윤식의 〈귀천기속시(歸川記俗詩)〉의 서문에 "소계는 혹은 초계라고도 바꾸어 부른다."라고 했다.

경양이 백제로 돌아갈 때 야자를 운자로 하여 이별시를 지어 주었다
贈別景襄甫歸百濟得夜字

백마강 가 게딱지 같은 작은 집에서	白馬江上小蟹舍
갖옷 한 벌 갈옷 한 벌 가을에도 양식 없네	一裘一葛秋無稼
젊은이는 의리 사모하고 교분을 중시하여	少年慕義重結交
술자리에 임해 강개하며 웃고 꾸짖네	臨酒慷慨笑且罵
문을 나서 우울하게 어디로 가는가	出門鬱鬱何所之
남쪽 고을 산수는 점입가경이거늘[368]	南州山水如啗蔗
음악도 미인도 전혀 관심 두지 않고	管絃粉黛摠不關
날마다 취해 밤이면 죽정에 드러눕네	日日醉臥竹亭夜
가을 바람 불어오니 문득 귀향 생각 일어나	忽見秋風歸思興
지팡이를 재촉하여 길을 떠나네[369]	登途叱咤葛龍化

---

368 점입가경이거늘 : 유의경(劉義慶)의 《세설신어(世說新語)》〈배조(排調)〉에 보면, "고장강(고개지)이 사탕수수를 먹는데 꼬리부터 먹었다. 그 까닭을 물으니, 점차 좋은 맛에 이를 수 있기 때문이라고 답했다.〔顧長康噉甘蔗先食尾 問所以 云 漸至佳境〕"라고 하였다. 후에 '담저(啗蔗)'는 점입가경, 즉 상황이 점차 호전되는 것을 뜻하는 말로 사용되었다.

369 지팡이를……떠나네 : 원문의 갈룡(葛龍)은 '갈피(葛陂)의 용'으로 지팡이를 뜻한다. 후한(後漢) 때 비장방(費長房)이 약 파는 노인을 만나고서 집으로 돌아갈 때 노인이 대나무 지팡이 하나를 주면서 "이것을 타면 가고 싶은 곳으로 갈 수 있는데, 도착해서는 반드시 갈피에 던져야 한다."고 하였다. 비장방이 과연 집으로 돌아와 갈피에 죽장을 던지니 변하여 용이 되었다. 《後漢書 卷82下 方術列傳 費長房》

나 위로해 새로 지은 시로 은근한 정을 주는데   慰我新詩致殷懃
차가운 오동잎에 가을 이슬 쏟아지네   梧桐葉冷秋露瀉
원컨대 자중자애하시고 내면에 힘쓰시게   願君自愛勉由中
천리마가 어찌 꼭 수레 뒤엎을 필요 있겠는가   驥騄何必須泛駕
좋은 옥의 온화하고 순수한 자질을 지녔어도   雖有良玉溫粹姿
조탁을 해야만 값어치가 나가는 법이라네   須經雕琢更成價

선암사[370]
仙巖寺

집 지은 모양새에 마음도 눈도 놀라워라	結構駭心目
나는 듯한 용마루가 첩첩히 이어졌네	飛甍疊相連
쉰 세 개의 금불은	五十三金佛
그 장엄함이 묘법연화를 깨우쳐주네	莊嚴喩妙蓮
뜻 있는 마음이 귀의처를 얻으니	志心得歸依
사람과 하늘의 대복전[371]이라네	人天大福田

후법당(後法堂)에 순묘(純廟)께서 유년 시절에 쓰신 어필 "인천대복전(人天大福田)" 다섯 글자가 있다.

진리를 설법하니 비둘기 날아와 불경을 듣고	說眞鳩聽經

대각 법사(大覺法師)[372]가 선암사에서 설법할 때 비둘기들이 날아와 경 읽는 것을 경청했다고 한다.

신령이 내려오니 사자가 하늘을 가리키네	降靈獅指天
사르는 향이 공중에 가득하여	焚香滿虛空

---

370 선암사(仙巖寺) : 전남 승주군 조계산에 있는 절이다.

371 대복전(大福田) : 부처님을 말한다. 부처님은 무량한 복을 생기게 하는 근원이기 때문에 이렇게 부른다.

372 대각법사(大覺法師) : 의천(義天, 1055~1101)으로, 속성은 왕씨(王氏)이며 이름은 후(煦), 호는 우세(祐世)이다. 고려 제11대 왕인 문종의 넷째 아들로, 어머니는 인주이씨(仁州李氏) 가문의 인예태후(仁睿太后)이다. 출가하여 중국에 유학하고 천태종(天台宗)을 개창했다.

마치 기산[373] 앞에 와 있는 듯하네   如在耆山前

---

373 기산(耆山) : 기도굴산(耆闍崛山)이다. 인도(印度) 마갈타국(摩揭陀國) 동북쪽
에 있으며, 세존(世尊)이 설법한 장소이다.

동복 물염정³⁷⁴에서 나창주의 원 시에 삼가 차운하다
同福勿染亭謹次羅滄洲原韻

석양과 피어오르는 놀이 저녁 언덕 비추니	夕照蒸霞映晚阜
내 이 산에서 밭 갈고 그릇 구우며 늙고 싶어라	此山吾欲老耕陶
나함³⁷⁵의 고택이 숲 사이로 보이고	羅含故宅林間出

　정자는 곧 도사(都事) 나무송(羅茂松)이 지었다. 지금 나씨의 자손이 8대
　째 내려오고 있다. 무송은 호가 창주(滄洲)다.

사조의 맑은 강물³⁷⁶이 비온 후에 드높네	謝朓澄江雨後高
구름 걷힌 작은 다리에서 절 길을 찾노라니	雲闢小矼尋寺路
사람들이 먼 숲에서 나와 촌 막걸리 받아가네	人從遠樹買村醪
창주는 무슨 일로 오염될까 걱정했나	滄洲何事飜愁染
예 오니 세속 기심이 절로 일지 않는 것을	到此塵機自不勞

---

374 물염정(勿染亭) : 전남 화순군 이서면 창랑리 물염마을에 있다. 조선 중종(中宗)
과 명종(明宗) 때 구례와 풍기 군수를 역임한 송정순이 16세기 중엽에 건립했는데,
나중에 외손 나무송과 나무춘 형제에게 물려주었다고 한다. 김인후(金麟厚), 이식(李
植), 권필(權韠), 김창협(金昌協) 등이 이곳에서 지은 시가 편액으로 걸려 있다.

375 나함(羅含) : 진(晉)나라 문인이다. 자는 군장(君章)이며, 뇌양(耒陽) 사람이
다. 일찍이 꿈속에서 문체가 아름다운 새가 입으로 날아들었는데, 그로부터 문장이
날로 뻬어나게 되었다고 한다.

376 사조(謝朓)의 맑은 강물 : 남조(南朝) 사조의 〈만등삼산환망경읍(晚登三山還望
京邑)〉시의 "맑은 강이 비단처럼 고요하네.〔澄江靜如練〕"구를 말한다.

동복 적벽정³⁷⁷에서 농암³⁷⁸ 김 선생의 시에 삼가 차운하다
同福赤壁亭敬次農巖金先生韻

물에 비친 붉은 벼랑 하늘에 이어지니   丹崖倒水上連天

복지를 좇다가 다시금 복천을 만나네   福地還從遇福川

  동복의 옛 이름이 복천(福川)이다.

기망³⁷⁹이 꼭 같은 일월이어야 하겠는가   既望何須同日月

백년 지나도 여전히 옛날 풍광과 같은 것을   百年猶似舊風煙

지기석³⁸⁰은 늙고 구름은 고요한데   支機石老雲華靜

  이곳 사람이 말하기를 절벽 위에 옥녀가 비단 짜던 굴이 있다고 한다.

소학대는 비고 나무 그림자만 걸렸네   巢鶴臺空樹影懸

  절벽 위에 옛날에 학의 둥지가 있었다고 한다. 농암(農巖)의 시에 "듣자니
  북쪽 벼랑에 둥지 튼 학이 있다던데, 밤 깊으면 우의 입은 신선을 꿈꾸겠

---

377 적벽정(赤壁亭) : 전남 화순군(和順郡) 동복(同福) 옹성(甕城) 서쪽에 위치한
적벽에 있는 정자이다.

378 농암(農巖) : 김창협(金昌協, 1651~1708)으로, 본관은 안동, 자는 중화(仲和),
호는 농암이다. 청풍 부사로 있을 때 기사환국(己巳換局)으로 부친 김수항(金壽恒)이
진도에서 사사(賜死)되자 벼슬을 버리고 영평(永平)에 숨어 살았다. 1694년 갑술옥사
후 부친의 누명이 벗겨져 호조 참의·대제학에 임명되었으나 나아가지 않고 학문에만
전념했다.

379 기망(既望) : 음력 16일이다. 또는 그날 밤의 달을 말한다. 소식(蘇軾)의 〈적벽
부(赤壁賦)〉에 "임술(壬戌)년 가을 7월 기망(既望)에 소자(蘇子)가 객과 배를 띄워
적벽(赤壁) 아래서 노닐었다."고 했기 때문에 한 말이다.

380 지기석(支機石) : 전설 속의 직녀(織女)의 베틀을 받치고 있다는 돌이다.

지"³⁸¹라고 했다.

신령한 땅의 소리와 모습 이와 비슷할 테니   默會靈區聲狀近
꼭대기에 이르면 응당 뭇 신선들 만나겠지   到頭應得接群仙

---

381 듣자니……꿈꾸겠지 : 김창협의 〈적벽(赤壁)〉시의 구절이다. 김창협이 1677년 겨울에 영암으로 귀양 간 부친을 뵙고 귀향하는 길에 화순 적벽에 들러 지은 시이다.

태인 피향정[382]에서 점필재[383] 김 선생의 시에 삼가 차운하다
泰仁披香亭敬次佔畢齋金先生韻

지인이 떠나간 후 남긴 향만 움켜쥐니　　　　　至人一去把遺芬

지팡이 짚고 노니신 곳 바로 여기였다 하네　　　杖屨曾聞此地云

　최고운(崔孤雲)[384]이 일찍이 이 읍의 수령을 지낼 때 이 정자를 지었다. 점필재(佔畢齋)에게 〈회고운(懷孤雲)〉시[385]가 있다.

날 저문 삼산은 먼 길 바라봐도 아득하니　　　　日暮三山迷遠望

어디로 가서 고운을 찾을지 알지 못하겠네　　　不知何處訪孤雲

　정자 앞이 넓게 확 트였는데, 나지막한 숲과 키 작은 나무들이 있다. 숲 너머 산들은 아련히 수려하여 아름다운 운치가 가득하다. 이곳 사람들은 이 산을 삼신산(三神山)이라 여긴다. 옛날부터 전하기를 최고운이 불사술(不死術)을 얻어서 지금까지도 살아있다고 하는데, 그렇게 부르는 의도가 여기에 있는가?

382　피향정(披香亭) : 전북 정읍시 태인면 태창리에 있는 정자이다. 보물 제289호로 지정되어 있다.

383　점필재(佔畢齋) : 김종직(金宗直, 1431~1492)으로, 200쪽 주 284 참조.

384　최고운(崔孤雲) : 신라 최치원(崔致遠)을 말한다.

385　회고운(懷孤雲)시 : 김종직의 〈태인연지상회최치원(泰仁蓮池上懷崔致遠)〉시를 말한다.

또 석천[386]의 시에 삼가 차운하다

又敬次石川韻

그대 마주하고 길이 술을 올리나니	對君長進酒

정송강(鄭松江 정철) 상공(相公)이 기생에게 명하기를, "장진주(將進酒)의 '장(將)' 자는 지겨우니, '장(長)' 자로 바꾸어라"고 했다. 이 또한 시산(詩山)[387]에 얽힌 옛 이야기다. 조운석(趙雲石)[388] 상공의 시에 "덧없는 인생, 취하지 못하면 장차 어찌 견디리? 가인에게 죽엽배를 길이 올리네.〔浮生不醉將何耐 長進佳人竹葉杯〕"[389]라는 구절이 있다.

이 거울 속 하늘에 취하시구려	醉此鏡中天
만약 시혼이 있느냐 묻거든	若問詩魂在
만 줄기 연꽃을 한번 쳐다보시구려	試看萬柄蓮

점필재(佔畢齋)의 시에 "천년에 시 읊던 혼을 어디서 찾으랴? 부용꽃 만

---

386 석천(石川) : 임억령(林億齡, 1496~1568)으로, 자는 대수(大樹), 호는 석천(石川)이다. 금산 군수를 지냈고, 을사사화 때 벼슬을 버리고 해남에 은거했다.

387 시산(詩山) : 전북 태인현에 있는 산인데, 정철은 이곳에 머물면서 많은 작품과 일화를 남겼다.

388 조운석(趙雲石) : 조인영(趙寅永, 1782~1850)으로, 본관은 풍양(豊壤), 자는 희경(羲卿), 호는 운석(雲石)이다. 부친은 이조 판서 진관(鎭寬)이며, 형이 영돈녕부사 만영(萬永)이다. 1819년(순조19) 식년문과에 장원으로 급제하여 응교가 되었으며, 그해 형의 딸이 세자빈이 되면서 홍문록(弘文錄), 도당록(都堂錄)에 이름이 올랐다. 1822년 대사헌에 특진되었으며, 1826년 경상도 관찰사를 거쳐 이조 참의·대사성·예조 참판 등을 역임했다.

389 덧없는……올리네 : 조인영의 〈요차시산심사군영수능숙피향정운(遙次詩山沈使君英叟能淑披香亭韻)〉시의 구절이다.

줄기가 만 명의 고운이라네.〔千載吟魂何處覓 芙蕖萬柄萬孤雲〕"라고 했다.

장성 백양산 정토사[390] 쌍계루에서 포은 선생의 시에 삼가 차운하다
長城白羊山淨土寺雙溪樓敬次圃隱先生韻

누대 그림자 개울 소리 승려는 보이지 않으니	樓影溪聲不見僧
어느 해에 탑을 세워 공적 기록했던가	何年建塔記功能
흰 바위 하나만 이름난 땅을 지키고	白巖一片名區鎭

절 뒤에 색깔도 정결한 높은 봉우리가 있는데, 이름이 백양(白羊)이고, 백암(白巖)이라고도 한다.

단풍든 천 봉우리는 색계를 돋보이게 하네	紅葉千峯色界增
사람 떠나고 글자만 남아 산은 더욱 무겁고	人去字留山爲重
마음 한가롭고 땅은 외져 물은 유독 맑네	心閑境僻水偏澄
옷자락 떨치고 다시금 운문암으로 향하니	拂衣更向雲門路

위에 운문암이 있는데, 정토사 뒤 10리 거리에 있고 경치가 으뜸이다.

우스워라 전현께서 올라갈 겨를이 없었다니	堪笑前賢未暇登

포은(圃隱)[391]의 시에 "오래도록 인간 세상에서 근심으로 머리 뜨거우니 언제나 옷자락 떨치고 그대와 함께 올라갈까.〔久向人間憂熱惱 拂衣何日共君登〕"라고 했다.

---

390 정토사(淨土寺) : 지금의 전남 장성 백양사(白羊寺)이다.

391 포은(圃隱) : 고려 정몽주(鄭夢周)의 호이다. 인용된 시의 제목은 〈장성백암사 쌍계기제(長城白巖寺雙溪寄題)〉이다.

광주 무등산 천황봉

光州無等山天皇峯

광석대(廣石臺)과 입석대(立石臺)가 모두 천황봉(天皇峯) 아래에 있다.

천황의 소매 높이 잡고	高挹天皇袂
머리 긁적이며 속세와 작별했네	搔頭謝俗塵
산중에 흰 돌 많고 많은데	山中多白石
양을 치는 사람은 그 누구인가[392]	誰是牧羊人

392 양을……누구인가 :《신선전(神仙傳)》〈황초평(黃初平)〉에 황초평이 금화산 (金華山)에서 신선술을 닦아 백석(白石)을 질타하여 양떼로 만들었다고 했다.

광석대

廣石臺

신선은 높고 탁 트인 곳을 좋아해   神仙好高曠

하늘이 자연스런 대를 쌓아주셨네   天築自然臺

유람하는 이들의 자취로 더럽혀질까 두려워   恐浼遊人跡

숲 바람이 이끼에 찍힌 나막신 자국 쓸어버렸네   林風掃屐苔

입석

立石

서있는 돌이여 어쩌면 그리 기이한가	立石何奇哉
정영이 빽빽이 쌓여있구나	精英鬱積聚
공공[393]이 지유[394]를 끊어버려서	共工絶地維
하늘 향해 뻗은 천주만 남아있네	惟有向天柱

---

393 공공(共工) : 전설 속의 천신(天神)이다.《회남자(淮南子)》〈천문훈(天文訓)〉에 "옛날 공공(共工)이 전욱(顓頊)과 싸워서 천제가 되었는데, 노하여 부주산(不周山)을 들이받아 천주(天柱)가 절단되고 지유(地維)가 끊어졌다. 하늘이 서북으로 기울어져서 일월성신이 이동하게 되었고, 땅이 동남을 채우지 못하여 수료(水潦)와 진애(塵埃)가 몰리게 되었다."고 했다.

394 지유(地維) : 대지를 잡아매어 놓은 밧줄이다.

을축년(1865, 고종2) 여름, 나는 중부(仲父)를 모시고 서원(西原 청주(清州))의 관아 안에 있었다. 송하옥(松下屋)은 서원의 자사(子舍)³⁹⁵ 이름이다.

국경³⁹⁶의 〈우중만음〉시에 화운하다
和國卿雨中漫吟韻

이 시는 마땅히 격경집(擊磬集)에 실어야 하는데, 잘못하여 여기에 실었다.

단가는 집안에 가득하고	短歌盈室宇
장가는 천지에 가득하네	長歌滿乾坤
어긋나고 또 어긋나	齟齬復齟齬
쥐구멍 속에서 동이를 머리에 이고 있네³⁹⁷	鼠穴銜戴盆
저 마당가 잣나무를 보니	瞻彼庭畔柏
아래에 용이 서린 듯한 뿌리가 있네	下有盤龍根
가지와 잎이 어찌 없겠는가	豈無枝與葉
우뚝하게 높은 처마에 그늘 드리우네	亭亭蔭高軒

395 자사(子舍) : 각 읍에 수령의 아들이 거처(居處)하던 곳이다.

396 국경(國卿) : 김윤식의 종제(從弟)이다.

397 쥐구멍……있네 : 대분망천(戴盆望天)에서 나온 말이다. 하늘을 보는 것과 동이를 이는 것은 서로 모순된 행위이다. 목적과 행위가 서로 어긋남을 말한다. 사마천의 〈보임소경서(報任少卿書)〉의 "동이를 이고 어찌 하늘을 바라볼 수 있겠습니까.〔戴盆何以望天〕"에서 나온 말이다.

비바람이 때도 없이 이르러   風雨不時至

샘의 수원을 다시 끊을까 두렵네   恐復斷泉源

어린아이는 침상을 맴돌며 노는데   小兒繞牀戲

두 넓적다리 내놓은 채 벌거벗고 서 있네   赤立兩腿臀

깊은 못에 갈까 항상 두렵고   常懼臨深池

허물어진 담에 오를까 또 근심이 되네   復訝乘壞垣

네 뒤 따라다닐 힘이 없어서   無力隨汝後

이 늙은이는 늘 주춤거린단다   老夫常邅迍

단가 부르며 근심을 잊고   短歌聊忘憂

장가 지어 길게 읊조리네   長歌以永言

즐겁구나 단비가 내리어   樂哉時雨降

풀들도 무성하게 자랐구나   庶草亦厐繁

나의 벗은 하늘 저 멀리에 있어   我友天一方

만날 수가 없으니 뉘와 더불어 논할까   契闊誰與論

술 가득 따라 즐거움 삼나니   引滿且作歡

술 속에 묘리가 있다네   酒中妙理存

청녕각[398] 벽에 김백곡[399]의 운을 차운하다
清寧閣壁上次金柏谷韻

서원을 작은 서울이라 부르니	西原稱小京
상당[400]엔 고성이 있다네	上黨有孤城
남교[401] 길로 말을 달려가서	走馬南橋路
물가에 기대어 호각 소리 듣네	憑流聽角聲

398 청녕각(清寧閣) : 충북 청주(清州) 관아의 이름이다. 원래 이름이 근민헌(近民軒)이었는데, 1868년(고종5)에 청주 목사 이덕수(李德洙)가 10칸 규모의 건물을 28칸으로 증축하고 청녕각이라고 현판을 바꾸었다.

399 김백곡(金柏谷) : 김득신(金得臣, 1604~1684)으로, 본관은 안동, 자는 자공(子公), 호는 백곡·구석산인(龜石山人)이다. 진주 목사 김시민(金時敏)의 손자이며, 부제학 김치(金緻)의 아들이다. 1662년(현종3) 증광 문과에 급제하여 가선대부에 올랐으며 안풍군(安豐君)에 봉해졌다. 저서로 《백곡집(柏谷集)》, 《종남수어(終南粹言)》, 《종남총지(終南叢志)》 등이 있다.

400 상당(上黨) : 충북 청주(清州)의 옛 이름이다. 청주(清州)시 상당구 산성동에 상당산성(上黨山城)이 있다. 1716년(숙종42)에 이전에 있던 토성을 돌로 고쳐 쌓고, 그 후로 여러 차례에 걸쳐 중축 및 개축을 했다.

401 남교(南橋) : 청주 무심천(無心川)에 있던 다리로 신라 시대에 건설된 것인데 1936년 시가지 확장 사업으로 철거되었다. 《東亞日報 昭和11年 5月 27日》

잠자리. 남의 시에 차운하다
蜻蜓次人韻

붉은 망건 붉은 치마 저녁 하늘을 비추고	赤幘朱裳映晚天
들길을 다닐 때면 어디건 나를 앞서네	野行無處不相先
정처 없이 이리저리 섬돌 풀 사이를 맴돌고	棲棲靡定巡階草
바쁜 듯 너도나도 저녁연기를 좇네	箇箇如忙趁夕煙
세상의 맛 겪느라고 두 날개 얇아지고[402]	世味閱來雙翼薄
시간이 아까워 부릅뜬 눈동자 동그랗네	光陰惜得努睛圓
가장 사랑스러운 것은 춘풍화 속에 들어가	最憐堪入春風畫
가인의 벽옥전[403]에 붙어있는 것이라네	黏在佳人碧玉鈿

---

402 세상의……얇아지고 : 송나라 육유(陸游)의 시 〈임안춘우초제(臨按春雨初霽)〉
에 "세상 맛은 근년들어 깁처럼 얇아졌네.〔世味年來薄似紗〕"라는 구절이 있어 한 말이
다.

403 벽옥전(碧玉鈿) : 푸른 옥으로 장식한 비녀이다.

귀뚜라미, 남의 시에 차운하다

蟋蟀次人韻

동방의 기나긴 밤 등불 막 켜자마자	洞房遙夜上鐙初
높다란 귀뚜라미 소리에 주위 더욱 공허해지네	蟋蟀聲高境轉虛
세월을 느낌에 당숙[404]의 뜻 아직 남아 있고	感歲猶存唐叔意
가을을 울어댐에 맹교[405]의 글 문득 생각나네	鳴秋忽憶孟郊書
쓸쓸한 한 평생 늦은 계절을 만나니	一生寥落逢時晚
온통 청한하기로 나 같은 이 있을까	全賦清寒有我如
새벽 맞은 벽에 너울너울 청등 아직 남았는데	曉壁婆娑青尚在
괴로이 시 읊고 난 뒤 수염은 무사하구나[406]	髭鬚無恙苦吟餘

---

404 당숙(唐叔) : 진(晉)나라 개국 시조 당숙 우(唐叔虞)이다. 주 무왕(周武王)의 아들이자 성왕(成王)의 아우이다. 처음에는 당(唐) 땅에 봉해져서 당숙 우라고 했으나 나중에 진수(晉水) 옆으로 옮겨가서 진(晉)으로 이름을 바꾸었다. 《시경》의 작품 중에 〈실솔(蟋蟀)〉이 있는데 "귀뚜라미가 당에 있으니, 한 해도 마침내 저물어간다.[蟋蟀在堂 歲聿其莫]"로 시작하여 한 해가 저물어 감을 느끼며 지은 노래이다. 당(唐)은 곧 주 성왕이 아우인 숙우를 당후에 봉한 곳이므로 이렇게 표현한 것이다.

405 맹교(孟郊) : 751~814. 자는 동야(東野), 호주(湖州) 무강(武康) 사람이다. 그의 시 가운데 가을의 처량한 회포를 읊은 것이 많은데, 〈서재양병야회다감(西齋養病夜懷多感)〉에 "침상 가득 투명한 달빛, 네 벽에는 가을 귀뚜라미 소리[一床空月色 四壁秋蛩聲]"라는 구절이 있다.

406 괴로이……무사하구나 : 당나라 노연양(盧延讓)의 시 〈고음(苦吟)〉에 "시 한 글자를 찾아내느라 몇 가닥 수염을 비틀어 끊어먹었네.[吟成一箇字 撚斷數莖鬚]"라는 구절이 있어서 한 말이다.

7월 14일 밤 석장 향해 완정 등 여러 종인들과 운을 뽑아서 함께 읊다
七月十四日夜同石莊香海阮亭諸宗人拈韻共賦

사라담 위에 가을바람 일 때에	鈔羅潭上起秋風
기망에 가벼운 배 푸른 허공에 띄웠었지	旣望輕舟漾碧空
오래 앉았더니 의건에 이슬이 맑게 스며들었고	坐久衣巾沾露白
읊고 나니 오색 달빛이 종이에 붉게 떨어졌지	吟餘虹月落箋紅
바깥 연못의 봄풀의 꿈 깨고 나니	夢驚春草池塘外
여관 안의 가을 벌레는 이 몸과 짝하고 있네	身伴秋蟲旅舘中
달 밝은 오늘밤 그 어떤 저녁이던가	今夜月明是何夕
한 동이 술 그대와 함께라면 외려 다행이련만	一樽猶幸與君同

사라담(鈔羅潭)은 열수(洌水)[407] 남자주(藍子洲) 앞의 못 이름이다. 마침 막 종제(從弟)의 상(喪)을 당한 터라, 지난해 함께 놀았던 때를 추억한 것이다.

달빛 은은한 키 큰 오동나무에 산들바람 일어	高梧月隱細生風
탁한 기운을 다 쓸어가니 만상이 공이로다	滅盡氛埃萬象空
일렁이는 잔물결에 관가의 술은 희고	演漾微波官酒白
아련한 저 먼 숲에 역참의 등불은 붉네	迷茫遠樹驛燈紅

---

407 열수(洌水) : 경기도 남양주시 조안면 능내리 마재 마을 앞의 물 이름으로, 북한강〔汕水〕과 남한강〔濕水〕이 합쳐지는 지점을 열수(洌水)라고 한다.

남현의 두 그루 소나무[408]를 청아하게 읊은 후에 　　二松藍縣淸哦後

완정(阮亭)이 율봉 역승(栗峯驛丞)을 맡게 되었다.

휴양의 두 묘[409]를 손으로 가리키네 　　　　　　雙廟睢陽指點中

송옥(松屋)에서 북쪽으로 수십 걸음 되는 곳에 삼충사(三忠祠)가 있는데
무신년에 순절한 병사(兵使) 이봉상(李鳳祥)[410] 등을 제향하고 있다.

심정이 공연히 지경 따라 변하더니 　　　　　　　情緖無端隨境變

가을 되자 도리어 고인을 닮아가네 　　　　　　　秋來却與古人同

408　남현의 두 그루 소나무 : 한유(韓愈)의 〈남전현승청벽기(藍田縣丞廳壁記)〉에
"최사립은 정원을 깨끗이 청소하고 물을 준 후, 두 그루 소나무를 마주보고 매일 그
가운데서 시를 읊조렸다. 묻는 사람이 있으면, '내 지금 공무가 있으니, 그대는 일단
가 계시오'라고 말했다.〔斯立痛掃漑 對樹二松 日吟哦其間 有問者 輒對曰 余方有公事
子姑去〕"는 구절이 나온다.

409　휴양(睢陽)의 두 묘 : 허원(許遠)과 장순(張巡)의 묘를 말한다. 이곳에 남제운
(南霽雲)도 배향되어 있다. 당나라 안사(安史)의 난리 때 휴양성(睢陽城)을 지키며
싸우다가 모두 전사했다.

410　이봉상(李鳳祥) : 1676~1728. 본관은 덕수(德水), 자는 의숙(儀叔)이다. 충무
공(忠武公) 이순신(李舜臣)의 5대손이다. 1728년 이인좌(李麟佐)가 반란을 일으켜 청
주를 함락하였을 때 작은아버지 홍무(弘茂)와 함께 반란군에게 붙잡혀 죽었다. 충청감
영에 들어온 이인좌가 항복할 것을 권하였지만 충무공 집안의 충의를 내세워 끝내 굽히
지 않았다. 시호는 충민(忠愍)이다.

우중에 율승[411] 족인 기룡 의 시에 차운하여 석장과 함께 읊다
雨中次栗丞 族人基龍 韻同石莊共賦

솔평에서 자다 깨니 비가 막 지나가	松林睡歇雨初過
담 모서리에 푸릇푸릇 담쟁이가 올라왔네	墙角青青上薜蘿
땅에 가득한 찬 샘물에 붉은 벼 줄었고	滿地寒泉紅稻減
종일토록 작은 정원에 벽오동 많네	終朝小院碧梧多
그대의 재능은 비단 재단하듯 막 시험되는데[412]	君才初試如裁錦
나는 성품이 길들지 않아 도롱이에 익숙하네	吾性未馴慣着簑
말 튼튼하고 풀 기름져 초록 들판 아득한데	馬壯草肥綠蕪遠
역루에서 듣는 목동의 노래 좋기도 하구나	驛樓好聽牧兒歌

---

411 율승(栗丞): 김기룡(金基龍, 1847~1910)으로, 자는 경전(景田)이며, 진사(進士) 김행묵(金行默)의 아들이다. 1862년 정시문과(庭試文科)에 병과(丙科)로 급제하여 교리(校理) 등을 역임하고 공조 참의(工曹參議)에 이르렀다.

412 비단……시험되는데: 원문의 '재금(裁錦)'은 벼슬하여 읍(邑)을 다스리는 것을 비유한다.

율승의 운에 차운하여 세상 떠난 종제 국경을 회상하다
次栗丞韻懷亡從弟國卿

빈산에 옥을 묻은 지 이미 오래건만　　　　　　空山埋玉已多時
오늘은 먼길 간 나그네처럼 더욱 그립네　　　　此日猶如遠客思
빼어난 기상은 서리속 대나무처럼 차가움 기특했고 逸氣堪憐霜竹冷
훌륭한 명성은 골짝의 소나무처럼[413] 늦은 성취 기대했었지

　　　　　　　　　　　　　　　　　　　　令名期保澗松遲
육기와 육운[414]은 낙양으로 가 처음 부를 전했고　機雲入洛初傳賦
형실[415]은 가을 슬퍼하며 일찍이 사를 지었네　　邢實悲秋早有詞
내세에 다시 만난다고 기약할 수 있으랴　　　　來世重逢那可必
등불 앞에서 어리석게도 공연한 생각만 드네　　燈前空想百般癡

413　훌륭한……소나무처럼 : 원문은 '간송(澗松)'으로 '간저송(澗底松)'이다. 재덕
(才德)이 높은데 관위는 낮은 것을 비유한다. 당나라 시인 백거이(白居易)의 〈비재행
(悲哉行)〉"산 위에 자란 풀과 산골짝 아래의 소나무. 지세에 따라 높낮음이 나뉘네.
이는 옛날부터 어쩔 수 없었던 바, 그대 홀로 슬퍼할 일 아니라네.〔山苗與澗松 地勢隨高
卑 古來無奈何 非君獨傷悲〕"에서 나온 말이다.

414　육기(陸機)와 육운(陸雲) : 진(晉)나라 육기와 육운 형제를 말한다. 진 무제 말
기에 형제가 함께 낙양에 들어가서 명성이 일시에 낙양을 진동하였다.《晉書 卷54 陸機
傳》

415　형실(邢實) : 형거실(邢居實)로, 송(宋)나라 형서(邢恕)의 아들이다. 자는 돈부
(惇父), 사마광(司馬光)을 사사했고, 소식(蘇軾)·황정견(黃庭堅) 등과 교유했는데
19세에 요절했다. 그의 가을을 슬퍼한 작품에 〈추풍삼첩기진소유(秋風三疊寄秦少游)〉
가 있다.《宋史 卷471 邢居實傳》

가슴에 눈물 흘리며 상자를 열 때　　　　　襟臆涕流開篋時

저물녘 구름 보니 그리움 금할 길 없네　　　看雲日暮不禁思

이별 후에 일찍 분가한 것⁴¹⁶ 얼마나 한했던가　別來幾恨分荊早

병든 후엔 글쓰기 더딘 것 늘 슬퍼했네　　　病後常憐下筆遲

해내에선 자유⁴¹⁷ 같은 벗 중의 지기였고　　海內子由知己友

세상에선 장길⁴¹⁸ 같은 글의 귀재였네　　　人間長吉鬼才詞

하늘은 총명한 사람만 유독 미워하기에　　　皇天偏惡聰明子

여태껏 먹고 자며 나의 어리석음 지키고 있네　眠食如今保我癡

416 분가한 것 : 원문은 '분형(分荊)'으로 형제의 분가(分家)를 뜻한다. 한나라 때 경조(京兆)의 전진(田眞) 형제가 재산을 나누면서 마당의 자형화(紫荊花)를 나누어 갖자고 의논하니, 자형화가 말라 죽어갔다고 한다. 이에 분가하기를 포기하자 자형화도 다시 무성해졌다.

417 자유(子由) : 송나라 소철(蘇轍)의 자이다. 형 소식(蘇軾)과 함께 문장과 시로 유명했다. 여기서는 소식에게 있어 소철이 지기였듯이, 죽은 사촌이 작자에게 그런 존재였음을 비유한다.

418 장길(長吉) : 당나라 이하(李賀)의 자이다. 악부시(樂府詩)에 뛰어나서 귀재(鬼才)로 불렸다.

율승의 시에 차운하여 석장과 함께 읊다
次栗丞韻與石莊共賦

남으로 온 이래 다병하여 홀로 지내느라   南來多病獨棲身

여산 진면목을 보지 못했네[419]   不見廬山面目眞

가로로 비낀 수풀은 한 개 병풍을 이루고   林藪斜橫成一障

   성 북쪽에 일대의 긴 숲이 있는데 이름이 북수(北藪)다.

우뚝 높이 선 철당간은 천년을 지나왔네   鐵幢危立歷千春

   현문(縣門) 남쪽에 철당이 있는데 높이가 10장(丈)이다. 신라 때 큰 절이었
   던 용두사(龍頭寺)[420]에서 세운 것이다.

오랜 세월 보낸 누대에 사람도 함께 늙고   樓臺歲久人同老

가을에 수확한 감 대추에 들녘이 넉넉하네   柿棗秋登野不貧

청화산[421] 아래 길로 가지 마오   莫向青華山下路

소슬한 암재에 누런 먼지만 가득하오   巖齋蕭瑟滿黃塵

   청화산이 서쪽으로 뻗어오면서 낙양산(洛陽山)[422]이 되는데, 낙양산은 곧
   화양(華陽)의 주산(主山)이다. 화양(華陽) 제4곡(曲)에 암서재(巖棲

---

419 여산(廬山)……못했네 : 여산은 중국 강서성(江西省) 북부에 있는 산 이름이다.
송나라 소식(蘇軾)은 〈제서림벽(題西林壁)〉에서 "여산의 참모습 알지 못하는 것은,
이내 몸이 이 산중에 있기 때문이라네.[不識廬山眞面目 只緣身在此山中]"라고 읊었다.

420 용두사(龍頭寺) : 청주에 있는 절 이름이다. 전설에 고려 초 혜원(惠園)이란 중이
용두사 경내에 철당간(鐵幢竿)을 세웠다고 한다. 이 철당간은 부처의 공덕을 나타내기
위한 상징물로서 현재 국보 제41호로 지정되어 있다.

421 청화산(靑華山) : 충북 괴산군과 경북 문경과 상주에 걸쳐있는 산이다.

422 낙양산(洛陽山) : 충북 괴산군 화양리에 있는 산이다.

齋)[423]가 있으니, 이곳이 곧 우암 송시열 선생이 독서하던 곳이다.

소나무에 기댄 집엔 몸조차 들이기 어려우나	依松屋子劣容身
차 마시고 바둑 두며 천성 기르기엔 족하네	啜茗看棋足養眞
남국의 풍광은 가을을 맞이했고	南國風煙逢素節
서생의 경세제민 뜻은 청춘을 저버렸네	書生經濟負靑春
황량한 뜰 저녁 나비는 휴문[424]처럼 수척하고	荒園晚蝶休文瘦
저녁 잎 가을 매미는 중자[425]처럼 가난하네	夕葉寒蟬仲子貧
통음하며 무료히 대낮을 보내고	痛飲無聊消白日
삼충사 안에서 지난날을 위로하네	三忠祠裏吊前塵

423 암서재(巖棲齋) : 충북 괴산군 화양계곡 제4곡 금사담(金沙潭) 바위 위에 1666년 송시열(宋時烈)이 지은 서재 이름이다.

424 휴문(休文) : 남조(南朝) 심약(沈約, 441∼513)의 자이다. 오흥(吳興) 무강(武康) 사람이다. 그는 몹시 야위었다고 하는데, 그의 가는 허리에 관해서는 《양서(梁書)》 〈심약전(沈約傳)〉에 다음과 같은 기록이 보인다. "심약은 서면과 친했기에 그에게 편지를 보내 마음을 보이며 늙고 병든 몸에 관해 이야기하였다. '백일 중에 몇 십일씩 혁대의 구멍을 앞으로 옮겨야 하고, 손으로 팔을 잡아보면 매달 반 푼씩 줄어드는 것 같으니, 이렇게 미루어볼 때, 얼마나 버티겠나?'〔沈約與徐勉素善 遂以書陳情于勉 言己老病 百日數旬 革帶常應移孔 以手握臂 率計月小半分 以此推算 豈能支久〕" 후에 '심요(沈腰)'는 가는 허리의 대명사로 쓰였다.

425 중자(仲子) : 진중자(陳仲子)이다. 다른 이름으로 진중(陳仲)·전중(田仲)·오릉중자(於陵中子) 등이 있다. 본명은 진정(陳定), 자는 자종(子終)이다. 전국 시대 은사(隱士)이다. 그 형의 식록(食祿)이 만종(萬鍾)임을 보고 수치스럽게 여기고, 장백산(長白山)에 은거했다. 《孟子 滕文公下》

초가을 잡영
初秋雜詠

작은 못에 바람 자고 이슬은 차가울 제   小塘風定露凉時

남쪽 처마에 조용히 앉아 하는 일 드무네   澹坐南榮少事爲

울타리 아래 맨드라미는 울긋불긋 피고   籬底鷄冠紅的的

시렁 옆 포도는 주렁주렁 익었네   架邊馬乳熟離離

가을 되니 교활한 파리 부(賦)로 읊을 만하고[426]   秋來蠅狡眞堪賦

강가의 살진 농어 정녕 생각이 나도다[427]   江上鱸肥正入思

해 저물녘 급한 다듬이소리 어디서 나는지   日暮急砧何處起

타향의 절기를 객이 먼저 느끼네   異鄕節候客先知

초가을 물색은 갠 날과 흐린 날이 다른데   新秋物色異晴陰

이곳에서 높은 곳에 올라 고금을 슬퍼하네   此地登臨悲古今

남석교[428]는 저 멀리 방초와 이어지고   南石橋連芳草遠

전장비는 저 깊이 푸른 이끼에 묻혔네   戰場碑沒碧苔深

     서문(西門) 밖에 중봉 조헌 선생의 전장기적비(戰場紀蹟碑)[429]가 있다.

426 파리……만하고 : 송나라 구양수(歐陽脩)의 〈창승부(蒼蠅賦)〉가 있다.

427 강가의……나도다 : 진(晉)나라 장한(張翰)이 천하가 어지러움을 보고, 항상 벼슬을 버리고 고향으로 돌아갈 생각을 지녔는데, 낙양(洛陽)에 가을바람이 일어나자 곧 고향 오중(吳中)의 고채(菰菜)와 순채국〔蓴羹〕과 농어〔鱸魚〕를 생각하고 벼슬을 버리고 떠나갔다고 한다.

428 남석교(南石橋) : 청주시 육거리 시장 앞에 있다. 예로부터 답교놀이를 했던 곳이다.

어량에서 햇불 돌아오니 새로 게를 맛보고　　溪梁火返新嘗蟹
벼 들판에 바람 맑으니 석양에 새들이 모이네　野稻風淸夕聚禽
우연히 높은 누대에 올라 잠시 조망하자니　　偶向高樓成小望
꼭 신선의 마음 얻어야 기뻐지는 것 아니네　欣然不是待仙心
　　관아 뒤에 망선루(望仙樓)⁴³⁰가 있다.

장마가 갓 개이니 먼 모래밭 환한데　　　　積霖初霽遠沙明
박 잎에 푸른 연기 서리고 저녁기운 일어나　匏葉靑煙薄暮生
가을 들자 숲과 동산 모두 그릴 만하니　　秋後林園皆可畫
거울 속 얼굴과 머리에 놀랄 필요 없네　　鏡中容髮不須驚
굽은 난간에 밤 고요해 연꽃 향기가 느껴지고　曲欄夜靜芰荷氣
거친 길에 사람 돌아오니 수수소리 들리네　荒徑人歸蜀黍聲
만 줄기 파초 잎에 붓을 휘둘렀더니⁴³¹　　萬本芭蕉揮灑盡
창 앞 먹물 비에 남은 줄기가 잠겨있네　　窓前墨雨鎖殘莖

429　전장기적비(戰場紀蹟碑) : 청주시 상당구 남문로에 있다. 임진왜란 때 의병장 중봉(重峯) 조헌(趙憲, 1455~1592)이 충주성을 탈환한 승리를 기념하여 세운 비석이다. 1710년(숙종36)에 그의 문인들이 세웠다.

430　망선루(望仙樓) : 이 누는 원래 청주목 객관(客館)의 동쪽에 있었는데, 옛 이름은 취경루(聚景樓)이다. 오래 되어 퇴락되었던 망루는 1461년(세조7)에 목사 이백상(李伯常)이 새로이 중수하고 한명회(韓明澮)가 누각의 편액을 고쳐서 망선루(望仙樓)라 하였다.

431　붓을 휘둘렀더니 : 원문은 '휘쇄(揮灑)'로 붓으로 글씨를 쓰거나 그림을 그리는 것을 말한다. 당나라 승려 회소(懷素)가 만 그루 파초를 심어서 파초 잎에 글씨 연습을 했다고 한다.

동쪽 나루를 건너다
渡東津

어젯밤 소나무 창가에 장대비가 내리더니　　　松窓昨夜雨飜盆
곳곳 강가 집에 물 불어난 흔적 보이네　　　　處處江扉見漲痕
땅에 가득한 여뀌 그늘에 사공이 자는 곳　　　滿地蓼陰黃帽睡
푸른 산이 그림 같은 봉암촌이라네　　　　　　靑山如畫鳳巖村

대낭자암

大娘子巖

대낭자암은 피죽령(皮竹嶺) 길옆에 있다. 말안장 같이 생긴 바위가 있는데 행인들이 그것을 밟고 지나가면서 '대낭자(大娘子)' 하고 부르면 앞산이 응답하지만 몇 걸음만 벗어나도 응답하지 않는다.

매일같이 낭군 기다려 야윈 얼굴로 서 있지만	夫君日望立屛顔
청총마[432] 보이지 않고 헤진 안장뿐	不見青驄但弊鞍
나그네는 어디서 와 괴로움만 더하는가	客子何來相惱殺
낭군이 부르는가 했더니 빈산이 대답하네	錯疑郎喚答空山

---

432 청총마(青驄馬) : 푸른색과 흰색의 털이 섞여 있는 준마(駿馬)이다. 고악부(古樂府) 〈소소소가(蘇小小歌)〉에 "첩은 유벽거를 타고, 낭군은 청총마를 타세요. 어디에서 사랑을 맺을까요? 서릉의 소나무 측백나무 아래이네.〔妾乘油壁車 郎騎青驄馬 何處結同心 西陵松柏下〕"라고 했다.

가을날 길을 가던 중에

秋日行途中

수수 붉게 늘어지고 콩잎은 누런데 　　　　蜀黍紅垂豆葉黃
얽히고설킨 들밭이 온갖 무늬 수놓았네 　　野田相錯盡文章
멀리서 보니 메밀꽃이 흰 눈과도 같아 　　遙看蕎麥花如雪
한 줄기 바람결에 한 줄기 향 풍기네 　　一陣風來一陣香

을축년(1865, 고종2) 12월에 나는 건침랑(健寢郞)에 임명되었는데 무진년(1868) 봄에
교체되어 돌아왔다. 이 시집은 당시 입직할 때 지은 것이다.

건재[433]에서 제야에 제향을 지낸 후 정연원[434]의 증별시의
운을 차운하다 을축년(1865, 고종2) 12월
健齋除夜過享後次丁硏園贈別詩韻 乙丑臘月

어두운 소나무 측백나무에 매서운 바람 일고	陰陰松柏肅生風
처량한 쑥 향기에 섣달 횃불이 붉네	悽愴蕭香臘炬紅
분주히 다니느라 천한 신분 모두 잊고	奔走渾忘身賤却
가까이 궁궐 안에 있는 줄 스스로 의심하네	自疑密邇紫宸中

능원을 바라보니 언덕으로 막혀있는데	陵園一望隔阡岡
구학[435]과 호룡[436] 떠난 후에 숨었네	緱鶴湖龍去後藏

---

433 건재(健齋) : 경기 화성시 안녕동에 있는 정조와 효의왕후가 합장된 건릉(健陵)
의 재실(齋室)이다.

434 정연원(丁硏園) : 정대무(丁大懋, 1824~?)로, 본관은 나주(羅州), 호는 연원이
다. 정학유(丁學游)의 아들이며 정약용(丁若鏞)의 손자이다.

435 구학(緱鶴) : 구지산(緱氏山)의 학이다. 《열선전(列仙傳)》에 "왕자교(王子喬)
는 주영왕(周靈王)의 태자 진(晉)이다. 생황 불기를 좋아하여 봉황 울음소리를 잘 냈
다. 이수(伊水)와 낙수(洛水) 사이에서 노닐었는데, 도사(道士) 부구공(浮丘公)이 데
리고 숭고산(崇高山)으로 올라갔다. 30여 년 후 산 위에서 찾았는데, 환량(桓良)을

임금의 효심 끝없지만 의례엔 한계 있으니　　　　聖孝無窮儀有限
그 누구인들 체상장437을 읽지 않을까　　　　誰人不讀禘嘗章

나에게 높은 관직은 어울리지 않으니　　　　簪紳於我未稱當
어찌 공명을 이루어 후세에 방명 드리울까　　　豈爲功名著後芳
내일이면 흰머리가 귀밑에 더해지리니　　　　明日二毛添鬢上
풍류는 반랑438에게 양보해야 마땅하리　　　　風流端合讓潘郞

강가 마을에서는 이날 새봄의 술을 담고　　　江鄕此日釀新春
수제비며 만두며 별미를 차렸지만　　　　餺飥饅頭味品珍
한 젓가락인들 어찌 일찍이 입으로 들어갔으리오　一箸何由嘗入口
벼슬살이 하다보면 출가인처럼 된다네　　　做官好作出家人

보고서 말하기를 '내 집에다가 7월 7일 구지산 고개에서 나를 기다리라고 알려주시오'라
고 했다. 그 때가 되자 과연 백학(白鶴)을 타고 산 위에 머물렀다. 바라보면서도 다가갈
수 없었는데, 손을 들어 사람들에게 인사하고 며칠 후 떠나갔다."고 했다.

436 　호룡(湖龍) : 정호(鼎湖)의 용이다. 전설에 황제(黃帝)가 정호(鼎湖)에서 용을
타고 승천했다고 한다.

437 　체상장(禘嘗章) :《중용장구》제19장을 말하는데 거기에 "교사의 예법과 체상의
뜻에 밝으면 나라를 다스리는 것은 손바닥을 보는 것과 같다.〔明乎郊社之禮 禘嘗之義
治國其如示諸掌乎〕"라고 하였다.

438 　반랑(潘郞) : 서진(西晉)의 반악(潘岳)이다. 재능과 더불어 아름다운 용모로 유
명했는데 30대에 이미 반백이었다고 한다. 그가 지은〈추흥부(秋興賦)〉서문에서, "나
는 나이 서른둘에 흰머리가 나기 시작했다.〔余春秋三十有二 始見二毛〕"는 말이 보인다.
후에 심약(沈約)의 가는 허리와 반악의 흰 머리는 '심요반빈(沈腰潘鬢)'이라 일컬어졌
다.

재실 서쪽 꽃나무에 새 가지 자랐으니　　　　齋西花木長新枝
부지런히 보호하여 이월에 보아야지　　　　勤護須看二月時
좋은 때에 그 사람 오지 않을까 늘 두려운데　常恐佳期人不到
뜰 가득 비바람만 저 홀로 흩뿌리네　　　　滿庭風雨自披離

제야에 진부량의 운을 차운하다
除夜次陳傳亮韻

올해도 참으로 많이 남지 않았으니	此歲諒無多
오늘 밤이 어떤 밤이던가	今夕是何夕
문득 들려오는 저 멀리 닭소리에	忽聞遠鷄鳴
동방이 이미 밝아오누나	已見東方白
대궐에서 삼가 새해를 축하하니	恭喜魏闕裏
누런 치마가 몇 자[439]	黃裳若干尺
천 명의 관원들 새해 인사하러 들어가니	千官趨賀正
골목이며 거리며 거마가 가득한데	車馬塡巷陌
고요한 침랑서에는	寥寥寢郎署
글 읽을 틈 있어 자못 기뻐라	頗喜讀書隙
쓸고 물 뿌리고 맡은 일 부지런히 하지만	掃灑勤厥職
혁혁한 명성이 어디 있으랴	何有名赫赫
처음 뜻은 어쩌면 그리도 컸던가	素志何太張
만 리의 용액후[440]에 봉해지고	萬里封龍額

---

439 누런……자 : 원문은 '황상(黃裳)'으로, 일반적으로 태자를 가리키나 여기서는 고종(高宗)을 가리키며, '약간척(若干尺)'은 조금 장성했음을 가리킨다. 《예기(禮記)》〈곡례 하(曲禮下)〉에 "천자(天子)의 나이를 물으니, 대답하기를 '듣건대, 비로소 의복이 약간 척(若干尺)이라고 합니다.'라고 했다."라고 한 데서 유래하였다.

440 용액후(龍額侯) : 한나라 한열(韓說)과 그의 손자 한증(韓增)이 전공으로 용액후에 봉해졌는데, 후에는 총애받는 대신을 용액후라 칭하였다.

전공을 세워 사막에 위엄 떨치며   立功威沙漠

앞장서서 깃발 들고 멀리 자취를 남겨   旄頭以遠跡

청사에 큰 영예를 드리우고   靑史垂廣譽

창생에게 두터운 은택 입히고자 하였지   蒼生被厚澤

오활하여라 어찌 이룰 수 있겠는가   迂哉安能成

봄이 되었으니 언덕에 보리나 심어야지   及春播隴麥

고생스러우나 내 힘으로 먹고살 수 있어   辛苦幸食力

밭에 땀 뿌리니 뜨거운 태양 붉도다   汗疇熱日赤

아무 일 없는 태평성대에   聖代無一事

강역을 개척할 필요가 있겠는가   何須啓疆域

뒤척이며 깊이 잠들지 못하고   轉輾寢無寐

공연히 근심만 끌어안았구나   空成憂抱積

집 떠나와 오늘 처음으로   離家始今日

오래도록 나그네 될까봐 다시금 두려워지네   復恐長爲客

건재잡영 병인년(1866) 1월

健齋雜詠 丙寅 正月

게으른 성품 본래 늦게 일어나길 좋아해	懶性從來喜晏起
옷 걸치고 나면 늘 해가 중천에 떴지	披衣常及日三竿
창 앞에서 홀연 능에 아무 일 없다 보고하니	窓前忽報陵無事
연옹께서 황급히 관직 벗으신 일 떠오르네	却憶淵翁遽解官

세상에 전하기를, 삼연(三淵)⁴⁴¹선생은 본디 벼슬에 뜻이 없었는데, 침랑
(寢郎)에 제수되어 입직했을 때 아침에 일어나 능지기 노복이 능이 무사하
다 고하자 선생이 깜짝 놀라며, "만일 일이 있으면 어찌할 것인가"라고 하더
니 마침내 관직을 버리고 떠났다고 한다.

삭망에 분향하고 닷새마다 올라가나니	朔望焚香五日登
새벽에 도포에 홀 들고 왕을 배알하네	淸晨袍笏詣喬陵
구부러져 도는 동작은 홍의가 이끌어주고	折旋却有紅衣導
비석 뒤와 전각 앞을 한 바퀴 돈다네	碑後殿前一匝行

---

441 삼연(三淵) : 김창흡(金昌翕, 1653~1722)으로, 본관은 안동, 자는 자익(子益),
호는 삼연이다. 좌의정 상헌(尙憲)의 증손자이며, 영의정 수항(壽恒)의 셋째 아들로
김창집과 김창협의 동생이다. 형 창협과 함께 성리학과 문장으로 널리 이름을 떨쳤다.
과거에는 관심이 없었으나 부모의 명령으로 응시했고 1673년(현종14) 진사시에 합격한
뒤로는 과거를 보지 않았다. 김석주(金錫冑)의 추천으로 장악원주부(掌樂院主簿)에
임명되었으나 벼슬에 뜻이 없어 나가지 않았고, 기사환국 때 부친이 사약을 받고 죽자
은거했다.

가마 준비 재촉하여 매일 언덕으로 달려가서　　　　促辦藍輿日走岡
나무꾼 길을 통하지 않고 절로 향하네　　　　　　　不由樵徑向禪房
도끼 자국 모두 파묻었지만 흐릿하게 보이기에　　　斧痕埋盡猶微露
임금 수레가 다닐 터이니 다리 놓으라 명하네　　　道是駕行敕備梁

나무꾼을 잡아들였으나 너무도 적으니　　　　　　捉得樵人苦不多
한가한 관아의 공사가 또 몹시 바쁘게 됐네　　　　閑曹公事又忙過
도끼와 낫을 동환의 예로 잘못 보고　　　　　　　斧鎌謬視銅鐶例
집으로 보냈으니 그것 또한 부끄럽네　　　　　　寄送家中也愧他

선생의 장협이 어떠한지 물어보니　　　　　　　　先生長鋏問何如
출타할 땐 가마 있고 식사엔 생선이 있다네[442]　　出有筍輿食有魚
한스럽게 비루한 유생 아직 빈곤을 못 보내나니　　可恨腐儒窮未送
찬거리를 매일 돈으로 계산하고 줄였다네　　　　　盤饌日日計錢除

　　예전에는 능관에게 주는 음식이 풍족하여 생선과 고기가 다섯 접시였다.
　　그 후에 한 관리가 찬을 줄이고 값으로 대신 받았는데, 마침내 정례(定例)
　　가 되었다.

442 선생의……있다네 : 장협(長鋏)은 긴 칼이란 뜻이다. 전국 시대 풍환(馮驩)이
일찍이 맹상군의 문객이 되었을 때, 좌우로부터 천시를 받아 음식 제공이 형편없자,
그가 기둥에 기대어 손으로 검(劍)을 치면서 노래하기를 "장협아, 돌아가야겠다. 먹자
도 고기가 없구나.〔長鋏歸來乎 食無魚〕"라고 하므로, 맹상군이 좌우에게 명하여 음식
제공을 잘하도록 했는데, 뒤에 또 검을 치면서 노래하기를 "장협아, 돌아가야겠다. 나가
려도 수레가 없구나.〔長鋏歸來乎 出無輿〕"라고 하므로, 맹상군이 또 그가 출입할 때에
수레를 제공하도록 해 주었던 고사에서 끌어온 표현이다. 《史記 卷75 孟嘗君列傳》

독성산성[443]을 유람하다

遊禿城山城

이 산은 예전엔 민둥산이었다는데	玆山舊云禿
어느 해인지 수목들이 자랐네	何年長髭髮
마치 새둥지 같은데	人家如鳥巢
한 줄기 연기가 높은 산에서 피어오르네	孤煙生巀嵲
위태로운 길에서 성가퀴를 더위잡고	危經攀雉堞
높은 곳에 오르니 광활함을 알겠네	登臨覺悠闊
기러기 그림자는 나막신 아래에서 퍼덕이고	鴻影飜屐底
바다색은 하늘 끝과 닿아 있네	海色挹天末
일찍이 섬 오랑캐에게 곤욕 당할 때	嘗爲島夷困
물길이 끊겨 병사들 오래 목말랐는데	絶汲士久渴
쌀을 들어 말 등에 쏟아부었더니	揚米寫馬脊
멀리서 바라보고 물 뿌리는 줄 알았네	望之水濺沫
왜놈들 깜짝 놀라며 신이 돕는다 여기니	夷驚謂有神
오랜 포위를 하루아침에 깨뜨릴 수 있었네[444]	長圍一朝拔

443 독성산성(禿城山城) : 경기도 오산시 지곶동에 있는 산성이다. 원래 삼국 시대의 산성이었는데 조선 때 수축하여 사용했다. 1593년 임진왜란 때 권율(權慄)이 왜적을 물리친 곳이다.

444 일찍이……있었네 : 이곳에 세마대(洗馬臺)의 전설이 있는데, 즉 1593년 권율 장군이 주둔하고 있을 때 가토 기요마사(加藤清正)가 이끈 왜군이 이 벌거숭이산에 물이 없을 것이라고 생각하고 물 한 지게를 산위로 올려 보내 조롱하였다. 그러나 권율

쌀은 모래를 되질하여 속게 만들고	米以量沙幻
샘물은 삼태기를 끌며 발굴하였네	泉或曳籠發
이 두 가지 계책을 합쳐 기적을 이루었으니	合兩成茲奇
임기응변이 참으로 끝도 없었네	應變固不竭
길 가다가 승려를 만나	行行逢衲子
그를 따라 성 동쪽 사찰에 이르니	隨到城東刹
승려의 말이 아침안개가 장관이라	僧言曉霧壯
드넓은 바다를 본 듯 착각한다 하네	詭觀如溟渤
남루에서 다시금 흥이 길게 일어나니	南樓興復長

성남(城南)에 진남루(鎭南樓)가 있는데, 멀리 조망하기에 더없이 적당하다.

기대어 바라보매 마음도 눈도 확 트이네	憑眺心目豁
숲에는 자욱하게	藹然林木間
봄기운이 이미 골고루 퍼졌네	春意已勻抹
이르는 곳마다 가마를 세우니	藍輿隨處泊
해가 뉘엿뉘엿 저물어가네	金烏冉冉沒

은 물이 풍부한 것처럼 보이기 위하여 백마를 산 위로 끌어올려 흰 쌀을 말에 끼얹어 목욕시키는 시늉을 하였다. 이를 본 왜군은 산꼭대기에서 물로 말을 씻을 정도로 물이 풍부하다고 오판하고 퇴각하였다고 한다.

9일 비 내린 후에 짓다

初九日雨後作

가만 보니 봄볕은 날로 더 길어지고	較量春煦日添長
밤비 내린 정원엔 푸른 방초가 무성하네	夜雨林園滋綠芳
새소리는 맑고 고와 우호를 맺는 듯	鳥語媚晴如講好
꿩 울음은 득의양양 바쁜 일을 물리치는 듯	雉鳴得意似排忙
매화 겨우 한 그루이나 몹시도 곱고	梅纔一樹式姸淨
소나무 채 백 살 안 되었지만 노건함이 있네	松未百年猶老蒼
왕래하며 가까이 누님 뵐 수 있어 위안 되나니	稍慰往來省姊近
버들 냇가에 꽃 피어 양 옆 길이 향기롭네	柳川花發夾途香

빈 창가에 깊숙이 앉아 참선을 배우다가	虛窓深坐學枯禪
솔 고요하고 구름 온화해 학을 벗해 잠들었네	松靜雲和伴鶴眠
때때로 장부 볼 때면 진짜 관리 같지만	時有簿書眞似吏
닭소리 개소리도 없어 신선보다 적막하네	不聞鷄犬寂於仙
옆 관서에서 책 빌려다간 돌려주기 게으르고[445]	借書隣署慵還璧
산길 가다 시구 얻으면 이내 통발을 잊네[446]	得句山蹊任忘筌

---

445 돌려주기 게으르고 : 원문은 '환벽(還璧)'으로 물건을 되돌려 주는 것을 말한다. 전국 시대 조(趙)나라 인상여(藺相如)의 완벽귀조(完璧歸趙) 고사에서 나왔다.

446 통발을 잊네 : 원문은 '망전(忘筌)'으로 '득어망전(得魚忘筌)'의 줄인 말이다. 물고기를 잡으면 통발은 잊어버린다는 뜻이다.

초봄의 한가로운 일들 처리하고 　　　　料理新春閑事業

청명일 오기 전에 찻잎을 따네 　　　　茶旗趁取淸明前

이 대부[447] 항로

李大夫 恒老

이 아래 5수는 병인년(1866) 겨울 양요(洋擾)[448] 때 지은 것이다.

사람들이 말하길 독서하는 선비는	人言讀書士
물정 몰라 중한 일에 맞지 않는다고 하네	迂闊不中機
유유히 조정의 양 계단에서 춤춘들[449]	悠悠舞兩階
평성의 포위를 누가 풀 것인가[450]	詎解平城圍

447　이 대부(李大夫) : 이항로(李恒老, 1792~1868)로, 본관은 벽진(碧珍), 초명은 광로(光老), 자는 이술(而述), 호는 화서(華西)이다. 의병장 최익현(崔益鉉)·김평묵(金平默)·유중교(柳重教) 등이 그의 문하에서 배출되었다. 1866년 프랑스 군함이 침입하여 강화도를 약탈한 병인양요가 일어났을 때 흥선대원군에게 척화론(斥和論)을 건의, 이를 국론으로 채택하게 했다. 며칠 후 공조 참판으로 승진 발령되고, 경연관(經筵官)에 임명되었다. 그러나 경복궁 중건의 중지와 과중한 세금부과의 시정을 촉구하는 상소를 올리고, 만동묘(萬東廟)의 재건을 상소하는 등 흥선대원군의 정책에 대해 정면 공격을 가한 것이 문제가 되어 삭탈관직을 당하고 낙향하여 말년을 보냈다.

448　양요(洋擾) : 병인양요를 말한다. 1866년(고종3)에 흥선대원군의 천주교 탄압을 구실로 삼아 외교적 보호를 명분으로 하여, 프랑스 함대가 강화도에 침범하여 약탈을 저지른 사건이다.

449　유유히……춤춘들 : 훌륭한 덕화를 펼치는 것을 말한다. 《서경》〈대우모〉에 "순(舜) 임금이 일찍이 문덕을 크게 펴고 방패와 깃을 들고 두 섬돌 사이에서 춤을 추었는데 그렇게 한 지 70일 만에 완악한 묘족이 감복하였다.〔帝乃誕敷文德 舞干羽于兩階 七旬有苗格〕"라고 한 데서 온 말이다.

450　평성(平城)의……것인가 : 한 고조(漢高祖)가 평성(平城)에서 흉노(匈奴)에게 7일 동안 포위되어 식량과 물이 떨어져서 곤경에 처했는데 진평(陳平)이 계책을 내어서 탈출하게 했다. 그 계책은 선우(單于)의 왕비 연지(閼氏)에게 한(漢)나라 여인의 미녀

이런 것으로 다급한 일 처리한다면	以玆急操切
장자도 비난을 거의 면치 못하네	長者鮮免譏
위대하도다 이대부여	偉哉李大夫
도를 품고 포위⁴⁵¹로 늙어갔으나	懷道老布韋
하루아침에 바닷가 재앙이 다급해지자	一朝海氛急
부름을 전하는 사신 수레 날듯이 달려갔네	徵召使蓋飛
영예 크게 드러나 임금의 총애 입고	隆顯荷寵光
예로써 대우받아 궁궐로 들어갔는데	禮遇入金扉
조정에 가득한 방술사들은	盈廷方術士
서로 고집부리며 길흉을 논했네	扼掔論祥禨
대부가 무슨 말을 할 수 있으리오	大夫何所言
묵묵히 있자니 마음과 어긋났네	默默與心違
도가 아닌 것을 어찌 감히 진언하랴	非道安敢陳
다섯 번의 상소를 궁중에 올려 아뢰길	五疏獻重闈
세금 징수는 두터운 원망을 초래하고	徵斂招厚怨
병사를 모집함에 잔학함이 넘치며	召募滋虐威
영선⁴⁵²은 마땅히 멈춰야 하고	營繕時當紃
제사를 안 지내⁴⁵³ 신이 의지할 바 없다 하였네	匱祀神靡依

도를 보내서, 한나라에서 미녀를 바치면 총애를 잃을 것이라고 설득하여 선우에게 포위를 풀어주도록 하도록 했다. 이에 연지에게 설득된 선우는 포위를 풀어주었다.

451 포위(布韋) : 무명옷을 입고 가죽 띠를 맨 가난한 선비의 복식을 말한다.

452 영선(營繕) : 건물 따위를 수리하고 증축하는 하는 것이다. 여기서는 경복궁 중건을 가리킨다.

453 제사를 안 지내 : 선현들을 봉안한 서원을 철폐하여 제사를 받들지 못하게 된

보는 자들 모두 실색을 하였으나 見者皆失色
그 늠름함 가을 햇살처럼 밝았네 凜烈明秋暉
양자처럼 명망을 저버리지 않았기에 陽子不負望
천년토록 그와 함께 하리라 千載與同歸

것을 가리킨다.

양 천총[454] 헌수

梁千摠 憲洙

양천총은 사내 만 명의 용맹을 지녔으니	梁千摠萬夫勇
하늘이 이 사람 보내 오랑캐 씨를 섬멸했네	天遣此人殲夷種
태평세월 백년에 무기들 한가로워	昇平百年干戈閑
소 잡고 술 빚어 날마다 즐겼네	椎牛釃酒日取歡
화륜선 날아옴에 격렬한 번개같아	火船飛來如激電
무리들 바라만보며 대응할 바를 잃었네	擁衆遙望失機變
양 장수 소리쳐 기꺼이 싸움 청해 말하길	梁帥大呼請樂戰
이 적들과는 한 하늘 아래 살 수 없으니	身與此賊不俱生
원컨대 일개 부대의 병사들을 내려주소서	願賜一隊兵
장군께서는 앉아서 성패만 관망하소서	將軍但坐觀成敗
공 세우면 당신 것, 이 몸 죽어도 영광이오 했네	功成歸君死我榮
주장은 머리 싸안고 울고	主將抱首泣
장사들은 손을 소매에 넣은 채 서 있었네	將士袖手立
오직 관서의 건아들만 종군을 원하여	惟有關西健兒願從征

454 양 천총(梁千摠) : 양헌수(梁憲洙, 1816~1888)로, 본관은 남원(南原), 자는 경보(敬甫), 호는 하거(荷居), 시호는 충장(忠莊)이다. 아버지는 부사정 종임(鍾任)이다. 이항로(李恒老)에게서 배웠다. 1866년 병인양요 때 정족산성 전투에서 승전한 공으로 한성우윤에 임명되었으며, 이어 여러 관직을 거쳐 1879년 도총부도총관, 1882년 지삼군부사, 1884년 공조 판서, 1887년 춘천부 유수 겸 독련사 등을 지냈다. 저서로 《하거집(荷居集)》이 있다.

용맹하게 앞 다퉈 화급함 구하러 나아갔네	人人賈勇爭赴急
한번 북소리에 각진(覺津)을 건너고	一鼓渡覺津
두 번째 북소리에 비린 먼지를 소탕했네	再鼓掃腥塵
강화도가 다시 판도안에 들어오자	沁都復歸版圖裏
첩서를 날려 아룀으로 임금을 감동시켰네	捷書飛奏動紫宸
조정에선 전투책 거두어들이고	廟堂撤謀算
궁궐에선 임금의 노고 그쳤으며	九重息宵旰
흩어진 백성들 비로소 둥지로 돌아오고	析民始還巢
간사한 무리들 어둡고 의기소침해졌는데	邪黨陰沮消
조정에서 무신의 작위 좋아하지 않아서	朝廷不愛武臣爵
양 장수 공이 컸으나 상은 미미하고 박했네	梁帥功大賞微薄

양화진 순무사 신헌[455]

楊花陣 巡撫使 申櫶

양화나루[456]에 달이 막 떠오르니	楊花渡頭月初出
엄숙한 북소리 막 그치자 사졸들이 순찰하네	嚴鼓纔罷巡士卒
이슬 맞으며 중원에 주둔하는 장군	將軍暴露駐中原
철갑엔 서리 가득하고 바람은 쓸쓸하네	鐵衣霜滿風瑟瑟
강에 술 부어 마시며[457] 음식도 나눠 먹으며	投醪飲河能分甘

---

455 신헌(申櫶) : 1810~1884. 본관은 평산(平山), 초명은 관호(觀浩), 자는 국빈(國賓), 호는 위당(威堂)·금당(琴堂)·동양(東陽)·우석(于石), 시호는 장숙(壯肅)이다. 실학과 개화파의 영향을 받아 근대적 군사제도 수립에 노력했으며, 강화도조약과 조미수호통상조약 체결 때 조선 측 대표로 참여했다. 1866년(고종3) 병인양요 때에는 총융사가 되어 강화도를 수비했다. 1876년 전권대관(全權大官)에 임명되어 구로다[黑田淸隆]와 강화도조약을 체결했으며, 1882년에도 전권대관의 자격으로 미국의 슈펠트와 조미수호통상조약을 체결했다. 그는 국방책으로 정약용의 민보방위론(民堡防衛論)을 계승하여 민간 자위(自衛)에 입각한 민보 방위 체제를 주장했고, 병인양요를 거치면서 서양식 근대무기를 수용하여 수뢰포(水雷砲)와 마반차(磨盤車) 등 신식 무기를 제작했다. 저서로 《민보집설(民堡輯說)》, 《융서촬요(戎書撮要)》, 《금석원류휘집(金石源流彙集)》, 《유산필기(酉山筆記)》, 《농축회통(農畜會通)》, 《심행일기(沈行日記)》 등이 있다.

456 양화(楊花)나루 : 서울 마포 서남쪽 잠두봉 아래에 있던 조선 시대의 나루이다. 삼진(三鎭)의 하나로, 양화진영(楊花津營)이 있었으며 양천에서 강화로 이어지는 중요한 나루터였다.

457 강에 술 부어 마시며 : 《여씨춘추(呂氏春秋)》〈순민(順民)〉에 "월왕(越王)이 회계(會稽)의 수치를 괴롭게 여기고……백성들을 양육하여 그 마음을 이끌려고 했다. 달고 부드러운 음식이 있는데 나눌 수 없으면 감히 먹지 않았고, 술이 있으면 강에

도롱이 빌려 비 막고 군율 엄히 다스렸네   借笠禦雨亟用律
장사꾼이 노래하며 진영 앞에서 물건 파니   販夫歌呼賣陣前
장사들 즐거워하며 집안 걱정 잊었네   將士歡娛忘家室
군사 파하라는 전유에도 난국을 지키니   傳諭罷兵猶持難
산처럼 무거운 형세로 꼼짝하지 않았네   勢重如山不徐疾
장강과 한수 사이에 풍류가 자욱하여   風流藹然江漢間
원개⁴⁵⁸의 전아함에 짝이 될 만하네   元凱儒雅堪儔匹
신융⁴⁵⁹과 같은 맹장이 되어서   願同辛肜作虎臣
사방 오랑캐 복종하여 평안을 누렸으면   四夷賓服享安逸

부어서 백성들과 함께 마셨다."라고 했다.

458 원개(元凱) : 팔원팔개(八元八凱)이다. 전설에 고신씨(高辛氏)에게 재자(才子) 8인이 있는데 8원(元)이라 하고, 고양씨(高陽氏)에 재자 8인이 있는데 8개(愷)라고 했다. 순(舜)이 요(堯)에게 그들을 천거했는데 모두 정교(政敎)로써 찬미되었다.

459 신융(辛肜) : 후한(後漢)의 장군이다. 돈황도위(敦煌都尉) 등을 지내며 많은 전공을 세웠다.

연안초토사 한응필[460]

延安招討使 韓應弼

팔월 보름날 달은 어두운데	八月望日月無光
화륜선이 들어와 강화도 남쪽에 정박했네	火船來泊沁之陽
대포가 땅을 뒤흔들어 여러 진들 무너지고	轟砲震地列鎭壞
지키는 신하들 당황하여 해안 방어 무너졌네	守臣蒼黃失海防
줄지어 겹겹 주둔한 채 소극적 방어만 일삼아	複屯相望事玩寇
보이는 건 매일 휘날리는 이모[461] 뿐이었네	但見二矛日翶翔
연안 태수는 참으로 기이한 선비이니	延安太守眞奇士
비분강개해 무리를 격동시켜 무장하고 나갔네	慷慨激衆趨嚴裝
후원도 없는 군대 혼자서 어찌 대항하랴	孤軍無繼安能抗
탄식하며 군대 해산하니 마음만 상했네	歎息罷兵心自傷
몸 던져 위험 무릅쓰고 호랑이 굴로 들어가고	挺身試險入虎穴
배에 들어가 염탐하며 적의 상황 탐색했네	投舟潛訶探賊詳
군으로 돌아와 글 적어 방책을 올리니	還郡拜書上方略

---

460 한응필(韓應弼) : 1832~1883. 자는 경부(景傅)이다. 은언군(恩彦君)의 사위로
서 금구 현령(金溝縣令)을 지낸 각신(覺新)의 계자(繼子)였다. 그의 생부(生父)는 순
조(純祖) 때 감역(監役)을 지낸 매신(邁新)이다. 여러 곳의 수령을 연임하고, 병인양요
때 연안 부사였다. 병인양요의 기사를 정리한 《어양수록(禦洋隨錄)》이 있다.

461 이모(二矛) : 두 자루의 창이라는 뜻으로, 《시경》〈청인(淸人)〉에 "청 고을 사람
이 팽읍에 와서, 무장한 네 필 말을 요란하게 모네. 두 자루 창에 붉은 장식깃을 매달고
황하 물가를 배회하네.〔淸人在彭 駟介旁旁 二矛重英 河上乎翶翔〕"라고 했다.

작명 두터워[462] 빼어난 공적이 드러났네 　　　　爵命優異奇勳彰

끝까지 양 장수[463] 보좌해 강적을 물리치고 　　　終輔梁帥退强寇

돌아와 복자당[464]에서 거문고를 뜯네 　　　　歸來彈琴宓子堂

연주의 부로들 감탄해 마지않으며 　　　　　　延州父老有餘歎

다시 부름 받아 조정으로 돌아갈까 두려워하네 　恐復被召歸巖廊

당세에 한형주 알기[465] 원치 않을 이 그 누구랴 　當世誰無識韓願

아름답다 난새 봉새가 나와 세상의 길조 되었구나

　　　　　　　　　　　　　休哉鸞鳳之出爲世祥

---

462 작명(爵命) 두터워 : 한응필에게 적정을 염탐하여 보고한 공으로 통정대부(通政
大夫)를 가자한 사실을 가리킨다.《承政院日記 高宗 3年 9月 21·25日》

463 양 장수 : 앞의 시에 나오는 천총(千摠) 양헌수(梁憲洙)이다.

464 복자당(宓子堂) : 복자(宓子)는 춘추 시대 노(魯)나라 복자천(宓子賤)이다. 공
자의 제자였던 복자천이 선보(單父)의 원이 되어 거문고를 타면서 관아의 당(堂) 아래
로 내려가지 않고도 고을을 잘 다스렸다고 한다.

465 한형주(韓荊州) 알기 : 이백(李白)의 〈한형주에게 드리는 편지(與韓荊州書)〉에
"제가 듣건대 천하의 담사들이 모여서 말하기를 '살아서 만호후(萬戶侯)에 봉해지기보
다 한형주(韓荊州) 한 번 알기를 원한다.'고 합니다. 어찌 사람들의 경모를 여기에 이르
게 할 수 있습니까?〔白聞天下談士相聚而言曰 生不用萬戶侯 但願一識韓荊州 何令人之
景慕 一至于此耶〕"라고 했다. 당시 명망이 대단했던 한형주와 교분을 맺는 것이 모든
이들의 소원일 정도였다는 뜻이다.

귀천시사의 시를 차운하여 〈윤회매〉를 읊다

次歸川詩社韻詠輪回梅

이무관(李懋官)[466]의 〈윤회매(輪回梅)〉[467]라는 시가 있는데, 벌이 꽃을 채취하여 밀랍을 만들고 밀랍은 다시 꽃이 되니, 이는 불가의 윤회설(輪回說)과 같기 때문이라고 했다. 당시 시인들 중 이 시에 화답한 이가 많다.

패옥 차고 느릿느릿 붉은 휘장 뒤에서	環佩遲遲隔絳紗
봄바람 속의 참 모습 화장도 씻어냈구나	春風眞面洗鉛華
태어나 향기 남기지 못함이 한스러우니	生來可恨無遺馥
기묘한 곳에서 터지려는 꽃망울 보기 적당하니	妙處宜看欲放花
그림에 솜털이 더하니 신기가 넘치고	畫裏添毛神氣足

---

466 이무관(李懋官) : 이덕무(李德懋, 1741~1793)로, 자는 무관(懋官), 호는 아정(雅亭)·청장관(靑莊館)·형암(炯庵)·영처(嬰處)·동방일사(東方一士)이다. 부친은 통덕랑(通德郎) 성호(聖浩)이다. 서자로 태어났다. 박제가(朴齊家)·유득공(柳得恭)·이서구(李書九)와 함께 시문으로써 사가(四家)라고 불렸다. 북학파의 한 사람으로 많은 저술을 남겼다.

467 윤회매(輪回梅) : 이덕무의 〈이아탕 주인의 윤회매(輪回梅)시에 차운하여 정이옥(鄭耳玉) 수(琇)에게 겸하여 보임〔和爾雅宕主人輪回梅韻兼示鄭耳玉〕〉시의 서문에 "내가 밀랍으로 매화를 만들었는데 털로 만든 꽃수염과 종이로 만든 꽃받침이 교랑(皎朗)하여 어여쁘지라 김 진사(金進士) 일여(逸如) 사의(思義)가 좋은 술 한 병으로 한 판〔一板〕을 사고, 또 정이옥(鄭耳玉)과 더불어 칠절시(七絶詩)를 지어 좌계(左契)를 삼았다. 윤회매(輪回梅)는 내가 이름 지은 것으로, 꽃가루를 배양하여 밀랍〔蠟〕을 만들고 밀랍으로 꽃을 만들었으니 서로 순환한 것이다.〔余鑄蠟爲梅 毛蕊紙跗 皎朗堪憐 金進士逸如 以名醞一壺 買一板 又與鄭耳玉 作七絶 以爲左契 輪回梅者 余所命也 花釀爲蠟 蠟鑄爲花 相循環也〕"라고 했다. 《靑莊館全書 卷10 雅亭遺稿2》

궁중의 화장[468]에 보요[469]가 비스듬하네 　　　宮中妝額步搖斜

백겁 윤회한들 본질이야 어찌 변하랴 　　　輪回百劫那能變

하나의 풍류는 절로 계승되는 법 　　　一種風流自繼家

468　궁중의 화장 : 남조(南朝) 송나라 수양공주(壽陽公主)가 함장궁(含章宮) 처마에
누워 있었는데 매화 꽃잎이 떨어져 이마에 붙자 보기가 좋아서 그대로 두었다고 한다.
이후 궁중 화장법의 한 양식이 되었다.

469　보요(步搖) : 일종의 머리수식물이다. 걸어가면 흔들리는 떨잠의 일종이다.

귀천시사의 운을 차운하다

次歸川詩社韻

약 먹은 뒤 빈 섬돌 걸으니 걸음마다 편안한데	行藥空階步步安
고심하며 음영하다 허리띠만 헐렁해졌네	苦吟剩得帶圍寬
숲에서 부는 바람 삼경 되자 고요해지고	林吹恰到三更靜
따뜻한 겨울이지만 열흘은 족히 춥네	冬暖猶饒十日寒
강마을로 이어진 눈에 세상은 온통 흰색 언덕	江雪連村皆素封
달과 경계 이룬 산 구름은 오사란470 같네	山雲界月似烏欄
좋은 밤의 경치가 이토록 맑아	良宵景物淸如許
한가한 사람에게 실컷 보게 하네	只教閑人飫眼看

---

470 오사란(烏絲欄) : 상하에 오사(烏絲)로 짜서 만든 난(欄)과 그 사이에 주묵(朱墨)으로 행을 나눈 견사(絹紗)이다. 먹선이 격자(格子)로 된 전지(箋紙)를 말한다.

봄날 행재서원 안에서 짓다 정축년(1877, 고종14) 봄
春日行齋署園中作 丁卯春

동원의 어여쁜 화초 새로 심은 것이 반인데　　　　園中佳卉半新栽
떠돌이 삼 년에 돌아가지 못하네　　　　　　　　爲客三年且未回
봄바람에 순서 없는 것 이상하지 않으니　　　　怪道春風無次第
복사꽃 심은 길에 살구꽃도 함께 피었네　　　　桃花徑倂杏花開

상서 송석[471] 종인 학성씨 61세 잔치
松石尙書 宗人 學性氏 六十一長筵

악독[472]의 정령 무녀성[473]에 비추니	嶽瀆精英映婺輝
정년[474]이 다시 오니 영위[475]와 같네	丁年重到似令威
집안에 만석군[476]이 무탈하시니	堂中萬石君無恙

471 송석(松石): 김학성(金學性, 1807~1875)으로, 자는 경도(景道), 호는 송석(松石), 시호는 효문(孝文)이다. 종정(鍾正)의 증손, 동헌(東獻)의 아들이다. 1828년(순조28) 사마시(司馬試)를 거쳐 1829년(순조29) 정시문과(庭試文科)에 병과(丙科)로 급제, 시교(侍敎), 한성부 좌우윤(漢城府左右尹), 이조 참판(吏曹參判), 한성부 판윤(漢城府判尹), 규장각제학(奎章閣提學), 호조 판서(戶曹判書), 광주부 유수(廣州府留守), 평안도 관찰사(平安道觀察使) 등을 지냈다. 《송석유고(松石遺稿)》가 있다.

472 악독(嶽瀆): 오악사독(五嶽四瀆)의 준말이다. 오악은 동악(東嶽) 태산(泰山), 남악(南嶽) 형산(衡山), 서악(西嶽) 화산(華山), 북악(北嶽) 항산(恒山), 중악(中嶽) 숭산(嵩山)이며, 사독은 강(江), 하(河), 회(淮), 제(濟) 등 네 강이다.

473 무녀성(婺女星): 별 이름이다. 28수 중의 하나로 여름에 볼 수 있다.

474 정년(丁年): 태세(太歲)의 천간(天干)이 정(丁)으로 된 해이다. 주로 생일이나 회갑 등을 말한다.

475 영위(令威): 정영위(丁令威)를 말한다. 《수신후기(搜神後記)》에 다음과 같이 나와 있다. "정영위는 본래 요동 사람이다. 영허산에서 도를 배운 후에 학이 되어 요동으로 돌아와 성문 화표주(華表柱)에 머물렀다. 그때 한 소년이 활을 들고 쏘려하자 학이 공중을 배회하며 말하길, '새여! 새여! 정영위가 집을 떠나 천년 만에 돌아왔는데, 성곽은 그대로건만 사람들은 다르네. 어찌 선(仙)을 배우지 않고 무덤만 늘어섰는가?' 하더니 마침내 높이 하늘로 사라졌다.〔丁令威 本遼東人 學道于靈虛山 後化鶴歸遼 集城門華表柱 時有少年 擧弓欲射之 鶴乃飛 徘徊空中而言曰 有鳥有鳥丁令威 去家千年今始歸 城郭如故人民非 何不學仙家壘壘 遂高上衝天〕"라고 했다.

기쁘게 조의 벗고 색동옷⁴⁷⁷으로 갈아입네   好換朝衣着彩衣

뜰에 핀 난초는 동산의 꽃들 중에 빼어나고   庭蘭秀出衆芳園
평상에서 뜯는 맑은 가야금 백세도록 즐겁네   牀瑟湛和百歲歡
사람에게 스민 복의 기운 바다처럼 깊고   福氣熏人深似海
봄날 술은 잔에 넘치지 않은 날이 없네   春醪無日不盈尊

아름다운 얼굴 늘 태평의 기상 띠고 있어   韶顏長帶昇平像
사십년 동안이나 태산북두로 우러렀네   四十年來山斗仰
하늘이 현인을 도와 아직도 건장하니   天意佑賢方未艾
영수각⁴⁷⁸에 구장⁴⁷⁹ 하사하는 것을 장차 보겠네   佇看靈壽下鳩杖

---

476 만석군(萬石君) : 한(漢)나라 석분(石奮)의 호이다. 자는 천위(天威)이다. 경제(景帝) 때 관직이 이천석(二千石)에 이르고, 네 아들도 모두 이천석이 되어서 만석군이라고 하였다.

477 색동옷 : 춘추 시대 초(楚)나라 은자 노래자(老萊子)가 연로한 부모를 위해 연로한 나이에도 색동옷을 입고 부모를 봉양했다는 고사에서 나온 표현이다.

478 영수각(靈壽閣) : 기로(耆老)들이 모여 국사를 자문하던 곳이다. 즉 나라의 기로로서 예우받음을 상징한다.

479 구장(鳩杖) : 임금이 70세 이상 되는 높은 벼슬아치에게 주던 지팡이다. 손잡이 꼭대기에 비둘기 모양을 새기어 앉혔다.

건재에서 숙직 중에 친구를 만나서 짓다
健齋直中遇故舊作

종이 창문엔 등불 아득하고 물시계는 똑똑	紙窓燈逈漏丁東
침서는 고요하게 나무 사이에 숨어 있네	寢署寥寥隱樹中
눈 오는 밤에 노 저어[480] 진나라 인사 만나고	雪棹夜深逢晉士
세모의 산엔 느릅나무[481] 당풍을 읊네	山樞歲暮詠唐風
강호의 짧은 이별이 삼년이나 오래되었고	江湖少別三年久
술잔 들고 마주하니 한 시대가 공허하네	杯酒相看一世空
가난한 집에 전신 안 온다 원망 말아야지	休恨錢神貧不到
동산[482]이 언제 가난 구제하는 통로였으랴	銅山那見救飢通

당시 대전(大錢)[483]을 사용했는데, 백성들의 범법행위가 많았기에 언급한
것이다.

---

480 눈 오는 밤에 노 저어 : 《세설신어(世說新語)》〈임탄(任誕)〉에 "왕휘지는 산음
(山陰)에 살았는데, 밤에 큰 눈이 내리자 문득 대안도(戴安道)가 생각났다. 이때 대안
도는 섬(剡)에 있었는데, 즉시 작은 배를 타고 찾아갔다. 밤을 지내고 비로소 그 문에
이르렀는데, 들어가지 않고 돌아갔다. 사람들이 그 까닭을 물으니, 왕휘지가 '나는 본래
흥이 나서 갔는데, 흥이 다하여 돌아왔다. 어찌 반드시 대안도를 만날 필요가 있겠는
가?'라고 했다."고 했다.

481 산엔 느릅나무 : 원문은 '산추(山樞)'로 《시경》〈산유추(山有樞)〉를 말한다.

482 동산(銅山) : 구리 광산을 말한다.

483 대전(大錢) : 당백전(當百錢)이다. 경복궁 중건으로 인한 재정적 궁핍을 해결하
기 위하여 대원군이 만든 화폐이다. 법정 가치는 상평통보의 100배였지만 실제 가치는
이에 크게 미치지 못하여 화폐 가치의 폭락을 가져왔고, 1867년(고종4)에 폐지되었다.

사촌누이의 사위 이응익 군은 열네 살인데 정신이 맑고
재능이 빼어나다. 일찍이 그가 열 살 때 지은 작품을 읊기에
그 시를 차운하여 그에게 주었다 무진년(1868, 고종5) 3월
從妹壻李君應翼年十四神淸才穎嘗誦其十歲時所作因步其韻贈之 戊辰
三月

젊은 나이에 커다란 패옥 그 소리 청아하고	妙年王佩玉丁東
빼어난 기운은 훨훨 허공을 가로지르네	奇氣飄然橫素空
입속에 봉황 읊는 것 이미 알았나니	已識鳳凰吟口裏
그 누가 병풍의 공작을 쏘게 하였던가[484]	誰敎孔雀射屛中
길은 멀어 구름 낀 나무 천 겹으로 막혀있고	路賒雲樹千重隔
걸어가는 복사꽃 길이 온통 붉도다	行踏桃花一逕紅
이로부터 송라가 숙원을 이루었는데	從此松蘿諧夙願
어린 벗이라 부르자니 장공[485]에게 부끄럽네	飜呼小友愧張公

---

484 병풍의……하였던가 : 두태후(竇太后)의 부친 두의(竇毅)는 병풍에 공작 두 마
리를 그려놓고 구혼하러 온 자들에게 화살 두 발을 쏘아 공작의 눈을 명중시키면 혼인을
허락하겠다고 했다. 몇 십 명이 모두 실패하고 당 고조(唐高祖) 이연(李淵)이 맨 나중에
공작의 두 눈을 쏘아 맞히자 두태후를 고조에게 시집 보냈다. 후에 사위를 선택하는
것을 일러 '작병중선(雀屛中選)'이라 칭했다.

485 장공(張公) : 당나라 때 재상을 지낸 장구령(張九齡)이다. 《신당서(新唐書)》
〈이비전(李泌傳)〉에 다음과 같은 고사가 나온다. "장구령은 엄정지 및 소성과 가까웠는
데, 엄정지는 소성의 아첨이 싫어서 장구령에게 소성을 멀리하라 권했다. 장구령이
혼자 생각하길, '엄정지는 너무 강직한데 반해 소성은 부드러워서 좋아.' 그리고는 좌우
에 명해 소성을 불러오게 하였더니 이비가 옆에 있다가 '공께서 포의에서 일어나 재상에

까지 오르셨는데, 부드러운 자만 좋아하십니까?'라고 하자 장구령은 깜짝 놀라 낯빛을
고치고 사죄하며 이비를 '어린 벗'이라 불렀다.〔九齡與嚴挺之蕭誠善 挺之惡誠佞 勸九齡
謝絶之 九齡忽獨念曰 嚴太苦勁 然蕭軟美可喜 方命左右召蕭 泌在旁 帥爾曰 公起布衣
以直道至宰相 而喜軟美者乎 九齡驚 改容謝之 因呼小友〕"

무진년(1868, 고종5) 늦봄 임금의 행차 후에 관직이 교체되어 건릉을 떠나면서 짓다

戊辰暮春幸行後遞官離健陵作

높은 능을 우러러 청소한 지 어언 4년에 　　　瞻掃喬陵已四霜
올 때 심은 잣나무가 이젠 줄을 이루었구나 　　來時種柏盡成行
숨어 사는 표범[486]은 종일토록 한가히 잠자고 　豹藏盡日添閑睡
고기 생각에 공연히 메마른 창자가 괴롭네 　　肉食無端惱瘦腸
부엌 아전 오래 있다 보니 나의 기호 잘 알고 　廚吏久居諳嗜好
촌아이도 익히 보아서 자량[487]을 부르네 　　村童慣見號慈良
매교의 돌아가는 길에 거듭 머리 돌리니 　　梅橋歸路重回首
한 줄기 안개 낀 봉우리가 석양에 잠겨있네 　一抹煙岑鎖夕陽

486　숨어 사는 표범 : 은거하여 심신을 수양하는 것이다. 《열녀전(列女傳)》〈도답자처(陶答子妻)〉에 "첩(妾)이 듣자니, 남산(南山)에 현표(玄豹)가 있는데 안개비 속에 7일 동안 먹지 않는다고 합니다. 무엇 때문입니까? 그 털을 윤택하게 하여서 문장(文章)을 이루려는 것입니다. 그래서 숨어서 해를 멀리한 것입니다."라고 했다.

487　자량(慈良) : 효순(孝順)을 말한다.

조종[488]을 지나는 도중에
朝宗途中

초여름 협곡엔 아직 옅은 한기 감도는데	峽裏初夏尚微寒
마침 가뭄 들어 메마른 길 근심일세	正値天旱愁途乾
행인은 날 저물자 마음이 정녕 급한데	行人日暮意正急
작은 길은 개울 따라 백 번을 꺾어 도네	細路緣溪百折盤
개울가 기름진 풀에 말이 나가지 않고	澗邊膩草馬不進
바위 아래 숨은 꽃술에 나비가 붙어있네	巖底幽蕊蝶尚攀
깊은 산 뻐꾸기 그 울음 비장한데	深山布穀鳴悲壯
어디선가 소 모는 소리 매몰차구나	何處叱牛聲更頑
고지의 백성들 부지런하여 보리 먼저 익었으니	地高民勤麥先熟
누런 구름이 끊긴 봉우리에 가득 펼쳐있네	黃雲彌布跨絶巒
가다 뽕나무 밤나무 보니 마을이 가까워지는데	行逢桑栗知村近
여러 집이 함께 널찍한 자리 펼쳤네	數家共置一席寬

---

488 조종(朝宗) : 조종천(朝宗川)이다. 경기도 가평군에 있는 물 이름이다. 가평군 신판리에서 발원하여 북한강으로 흘러들어간다.

관청엔 혹정 없고 산엔 맹호 없기에[489]　　　官無苛政山無虎

사람을 만나 풍속을 물으면 편안하다 말하네　　逢人詢俗道平安

우리 선조 이 땅에 은거한 일 아련히 떠올리니　緬思吾祖隱此地

밭 갈며 세상 피해 벌단[490]을 노래했지　　　　躬耕避世歌伐檀

한 번 산속을 나와서 품은 뜻을 펼침에　　　　一出山門展夙抱

멀리까지 공을 베풀고 시대의 어려움 구했는데　功施被遠濟時艱

지금 세상 근심할 자 다시 누가 있으랴　　　　如今誰復憂世者

숲 아래엔 종종 관직 그만둔 사람만 보이네　　林下往往見休官

489　관청엔······없기에 : 가정맹어호(苛政猛於虎)의 고사를 취했다. 가혹한 정치는
호랑이보다 무섭다는 뜻이다.

490　벌단(伐檀) : 《시경》의 편명이다. 근면하게 노동함을 노래했다.

우계 이연사 만익 의 산장에서 숙박하다
宿雩溪李研史 萬翼 山庄

회화나무 녹음이 종일 문에 푸르게 드리우고	槐陰盡日碧垂扃
조용히 거문고와 책 마주하니 마음이 흡족하네	靜對琴書愜性靈
골목에 거마도 드무니 진정 세상 피했고	巷寡輪蹄眞避世
아이는 두각을 이루어 경전 읽기 좋아하네	兒成頭角好傳經
산에서는 쉬이 날 저물어 등불 항상 일찍 켜고	山暉易夕燈常早
들판 물은 논에 대느라 방아 잠시 멈추네	野水分田碓暫停
내일 골짝 속으로 손잡고 떠나면	明日雲門携手去
가리키는 채찍 끝에 불두청491을 기쁘게 보리라	鞭梢喜看佛頭青

---

491 불두청(佛頭青) : 전설에 부처의 머리털은 푸르다고 하는데, 이로써 푸른색의 산을 비유하게 되었다.

명함 장로에게 주다

贈明涵長老

정사년(1857, 철종8) 여름에, 나는 미지산(彌智山)[492] 상원암(上元庵)에서 샘물을 마셨는데 명함(明涵)이 그 절 주지였다. 지금 나는 운악산(雲岳山)[493] 샘물을 마시고 있는데, 그 사이 명함은 현등사(懸燈寺)[494]로 이석(移錫)하여 다시 주지가 되었다. 인연이 있어서 모였으리니, 참으로 우연은 아닐 것이다.

뽕나무 아래에서 일찍이 오랜 인연을 맺고[495]	桑下曾經種夙因
물 나뉘고 구름 막힌 채 십삼 년이 지났네	水分雲隔十三春
지금은 연꽃 발우 점점 늙어가고	如今蓮鉢垂垂老
여전한 자작나무 껍질 두건 가난하기도 하네	依舊樺巾可可貧
이슬 갈아 시 적으니 수척함 더하고	研露題詩添瘦冷
연기 베어 약초 심으니 진기가 길러지네	斸煙栽藥養和眞
문 들어서자 한번 웃으며 반겨 주는 눈	入門一笑看靑眼
도처에서 나오는 영험한 샘물의 주인이 되었네	到處靈泉作主人

492　미지산(彌智山) : 경기도 양평군 용문산(龍門山)의 옛 이름이다.

493　운악산(雲岳山) : 경기도 가평군(加平郡) 하면 하관리에 있는 산이다.

494　현등사(懸燈寺) : 경기도 가평군에 있는 절로, 양주 봉선사(奉先寺)의 말사(末寺)이다. 신라 법흥왕(法興王) 때 인도의 중 마라사미(摩羅詞彌)를 위해 지었다고 하나, 고려 때 보조 국사(普照國師)가 창건했다고도 한다. 1411년(태종11)에 함허 조사(涵虛祖師)가 중수(重修)하였다.

495　뽕나무……맺고 : 《후한서(後漢書)》 권30 〈양해열전(襄楷列傳)〉에 "어떤 이가 말하기를 '노자(老子)가 이적(夷狄)의 땅으로 들어가서 부도(浮道)가 되었는데, 부도는 뽕나무 아래서 3일 밤을 묵지 않는다고 한다. 오래 머물다가 은애가 생겨나지 않도록 하는 것이니 정신의 지극함이다.'라고 했다."고 했다.

샘물을 마시다
飮泉

운악산은 얼마나 아득한지	雲嶽何縹緲
야드르르한 놀이 아침저녁으로 짙네	膩霞日夕濃
뭇 산들은 옥기둥처럼 솟아 오르고	群峭矗玉柱
첩첩 묏부리는 쇠 담장처럼 둘러쳐졌네	疊岡環金墉
절간은 숲 아지랑이 속에 어렴풋한데	招提杳林靄
몇 리를 나무꾼 발자취 찾아 헤맸더니	數里尋樵踪
신령한 등이 옛 탑에 매달렸고	神燈懸古塔

> 옛날에 전하기를, 보조 국사(普照國師) 지눌이 운악산을 유람하다가 밤에 불빛을 보고 자취를 따라갔다가 폐사(廢寺)의 옛 터를 찾아냈다고 한다. 탑 위에 등불 하나가 매달려 있었는데, 국사는 그것을 기이하게 여겨 이 절을 중건하고 그 절 이름을 현등(懸燈)이라 하였다.

영험한 소리가 저녁 종소리에 실려왔네	靈籟送晚鍾
명함 스님이 옛 친구를 반기며	涵師欣舊識
손잡더니 속세의 낯빛에 놀라고 마네	握手驚塵容
나를 신령한 샘으로 인도하며	導余靈泉路
구불구불 겹겹의 봉우리를 오르네	崎嶇躡重峯
절벽 미끄러운데 계단 없어 괴롭고	壁滑苦無級
등성이는 날카로워 칼날 밟듯 서늘하네	脊銳凜履鋒
올라와서야 비로소 휘파람을 불지만	登臨始舒嘯
굽어 내다보며 다시금 두려워지네	俯視更懷怕

바위 틈 이따금 살짝 벌어진 곳에서	巖縫時微綻
천 척 높이의 소나무가 자라네	乃生千尺松
다행히 본성 해치는 도끼가 없어[496]	幸無戕性斧
오랜 세월 살면서 노룡처럼 되었네	歲久成老龍
바위 동굴은 안이 확 트여서	石門洞窅豁
이리저리 둘러봄에 마음이 씻기네	騁矚瀊心胸
뭇 봉우리들은 도성으로 내달리고	衆巒趨京邑
모든 골짝은 조종으로 모이네	百谷歸朝宗

　　조종(朝宗)은 냇물의 이름이다.

빽빽한 숲은 짙푸름에 젖어	鬱鬱涵積翠
찬란하기가 부용처럼 수려하네	粲粲秀芙蓉
앞서 가던 무리가 갑자기 놀라 물러나니	前徒忽驚却
담은 커져도 마음은 점차 졸아들어	陡絶路無從
거칠었던 간담이 그만 졸아들어	膽麤心轉細
신발도 벗고 지팡이도 버렸네	脫屣幷棄筇
험한 곳 넘어서자 서로 축하하고	蹻險顧相賀
졸졸 샘 소리 기쁘게 듣네	喜聞泉溜淙
골짝이 휑한 곳에 바위 곳집 열렸는데	谽谺開石廩
담장 몇 겹 두른 집처럼 깊기도 하네	邃如屋壁重
어둡고 깊어 밝은 햇살 갇히고	窈冥閟暘日

---

496 본성……없어 : 우산(牛山)의 나무가 아름다웠는데 도끼와 자귀로 매일 베어져 아름다움을 잃은 것을, 사람의 선한 본성이 물욕에 침해당하는 것에 비유한 맹자의 말에서 끌어온 것이다. 《孟子 告子上》

얼음 엉기어 한겨울로 돌아온 듯하네 凝沍返窮冬
입을 가시니 제호⁴⁹⁷처럼 정결하고 漱齒醍醐淨
폐를 적시니 옥해⁴⁹⁸처럼 진하네 沁肺玉薤醲
숙재⁴⁹⁹하고 영험 내려주십사 기원한 다음 宿齋祈靈貺
머리 숙여 공경을 바치네 稽首致敬恭
원컨대 오장육부를 씻어내어 願得滌腸腑
숙병과 어리석음을 제거했으면 除痾與憃惷
신이 능히 내 소원을 들어주실까 神能聽我否
엎드려 조용히 기다렸다네 俯伏俟從頌
샘물 세 바가지면 이미 충분한 줄 아니 三瓢已知足
돌아오는 길은 해 지는 봄날이라네 歸程日下春

---

497 제호(醍醐) : 우유(牛乳)에 갈분(葛粉)을 타서 미음 같이 쑨 죽이다.

498 옥해(玉薤) : 미주(美酒)의 이름이다.

499 숙재(宿齋) : 제사를 거행하기 전에 재계(齋戒)하는 것이다.

연사가 송씨 세 효렴과 함께 산사를 방문하였기에 함께 읊다
硯史偕宋氏三孝廉見訪于山寺共賦

옷 대충 입고 바위 문에서 객을 맞이하니 　　迎客巖扉不束衣

절의 종소리 그치고 학이 막 돌아왔네 　　上方鍾罷鶴初歸

새 벗들과는 점차 시를 논하다가 친숙해지고 　　新知漸向論詩熟

세상 근심은 고요함을 익힌 덕에 거의 안 하네 　　世慮還因習靜稀

산 비가 갑자기 지나가 경계가 축축하고 　　山雨驟過分界濕

골짝 구름 천천히 피어올라 하늘로 날아가네 　　洞雲遲起到天飛

보아하니 그대 아직 세상 번뇌 깨지 못했소 　　看君未破塵勞障

이러한 숲을 소매만 스치고 지나쳐버리다니 　　如此林泉拂袖違

산에서 내려와 우계에 이르러, 연사와 물고기 구경하는 곳에서 다시 노닐다가 함께 읊다
下山至雩溪與硯史復遊觀魚處共賦

울타리 닭 울음 웃음소리가 뒤섞이고	籬落鷄鳴雜笑聲
개울가의 늘어진 버들은 저녁바람 가볍네	溪邊垂柳晚風輕
사람은 한가하여 물고기 구경터를 다시 찾고	人閑復到觀魚地
풍속은 예스러워 말 빌려주는 인정 다시 보네	俗古還看借馬情

　연사가 안생(安生)을 방문하여 말을 빌렸기 때문에 언급한 것이다.

열흘 동안 명산을 녹옥장500으로 누비고	十日名山携綠玉
몇몇 집 깊은 숲에서 오정주501를 샀네	數家深樹買烏程
장차 그대 따라서 띠 집을 얽어	擬將茅屋隨君結
삿갓쓰고 나막신 신고 여기서 늙으리라	笠屐相尋老此生

500　녹옥장(綠玉杖) : 전설 속의 신선이 사용하는 지팡이 이름이다.

501　오정주(烏程酒) : 중국 형남(荊南) 오정(烏程)에서 생산되는 명주(名酒)의 이름이다.

운계에서 비로 지체하다가 출발에 임하여 연사에게 주다
滯雨雩溪臨發贈硯史

지붕 모퉁이 비둘기 울음 나그네를 웃게 하고　　　　屋角鳩鳴破客顔

아침에 보니 맑은 해가 숲 위로 떠올랐네　　　　　朝看晴旭上林端

여러 날 산행하며 몸 건강해졌건만　　　　　　　山行有日知身健

이별 길에 술잔 드니 귀밑머리 희끗희끗　　　　別路把杯又鬢斑

삿갓 그림자는 방초 너머로 저 멀리 나뉘는데　　笠影遠分芳草際

글 읽는 소리는 푸른 버들 속에 여전히 들리네　書聲猶在綠楊間

덧없는 인생에서 이런 만남 얻기 어려울지니　浮生此會須難得

자기[502]가 관문 나가는 때 정해져 있던가　　　紫氣何時定出關

(옮긴이 기태완)

---

502 자기(紫氣) : 길조의 붉은 구름 기운이다. 일찍이 노자(老子)가 서역(西域)으로 가기 위해 산해관(山海關)으로 가니 자기가 뒤를 따랐다고 한다.

운양집

제2권

詩시

무진년(1868, 고종5)에서 신미년(1871, 고종8)까지이다.

갈대 도롱이에 적다
題荻笠

소슬한 갈대가 강변에 가득한데	蕭蕭蘆荻滿江邊
언제 엮어서 둥근 도롱이 되었나	何日編成笠子圓
도롱이 쓰고 초계로 가서 낚시질 하니	戴向茗溪溪上釣
가을바람 가을비 전생의 인연일세	秋風秋雨是前緣

신이원 성수 을 애도하다

挽申怡園 性秀

동회¹의 물은 서쪽으로 흐르고   東淮之水水西流

쓸쓸한 낡은 집엔 초목이 가을 들었네   老屋蕭然草樹秋

집안의 동생² 지금은 볼 수 없고   中有董生今不見

닭 짖는 소리 젖 먹이는 개에 수심만 가득하네   鷄鳴狗乳使人愁

작은 동산에서 꽃 심고 대나무 기르니   蒔花養竹小園中

색동옷 춤추며 기쁨 받드니 즐거움 끝없네   舞彩承歡樂未窮

그 옛날 시 읊고 감상하던 곳 아직 기억하건만   猶記舊時吟賞處

가을바람에 안래홍³ 잎이 떨어지네   秋風零落鴈來紅

> 이원(怡園)이 어려서 지은 시에 "안래홍 백 그루 잘 심어 놓고, 냉금전⁴에
> 시를 적네.〔好種鴈來紅百本 冷金箋紙作詩材〕"라는 구절이 있다.

옥색 비단주머니 속 작은 서책엔 붉은 도장 찍혀 있고

---

1 동회(東淮) : 경기도 양평군 양수리 두물머리 일대의 물 이름이다.

2 동생(董生) : 한(漢)나라 동중서(董仲舒)이다. 무제(武帝) 때의 유학자(儒學者)이다.

3 안래홍(鴈來紅) : 마름〔菱〕의 별칭이다.

4 냉금전(冷金箋) : 냉금지(冷金紙)라고도 한다. 종이 위에 박힌 금박을 '냉금'이라
하는데, 무늬가 있는 것과 없는 것 두 종류로 나뉜다.

시렁 위 여러 책들은 손수 초록한 것 많네 　　　　　　架上羣書手鈔多

다행히 궁구⁵를 전해줄 아이 있으니 　　　　　　可幸弓裘傳有托

큰애 이미 그 뜻 알고 아끼며 어루만지네 　　　　　大兒已解惜摩挲

縹囊小帙印紅窠

---

5 궁구(弓裘) : 대대로 전하는 가업이다.

평양전도병풍을 읊다 일백 일운 무진년(1868, 고종5) 12월

題平壤全圖屛風百一韻 戊辰臘月

세모의 강가엔 눈발 펄펄 날리고	江上歲暮雪翩翩
황량한 길엔 인적 끊기고 새들도 자려 하네	荒徑人斷鳥欲眠
벽에 걸린 잔등은 저 혼자 빛나고	殘釭掛壁炯自照
만리를 유람하는 마음은 참선하듯 앉아있네	心遊萬里坐如禪
병풍을 찾아와서 성근 창 막아놓고	索取屛風掩疎牖
침상에 기대 그림 보니 그윽도 하구나	倚床看畵轉窅然
서울에서 서쪽으로 오백 리 떨어진 곳	西去漢師五百里
한 조각 이름난 도시 옛날의 조선일세	一片名都古朝鮮
지세는 요동과 말갈을 가까이서 당기고	地勢緊控遼鞨路
천문은 기미성6 궤도에 해당하네	天文正値箕尾躔
관서와 해서 사이 일개 도회지로서	關海之間一都會
수려하고 빼어남이 견줄 바 없네	塊麗秀奇無與肩
먼 산은 평야를 두르고 강은 성곽을 껴안고	遠岫圍野江抱郭
울창한 숲엔 많은 인가에서 피어나는 연기	蒼翠鬱鬱萬家烟
밝고 고운 금수산7-산 이름- 은 주진이 되고	錦繡明媚作州鎭
한 송이 모란봉8-봉우리 이름- 더욱 사랑스럽네	牧丹一朶更可憐

---

6 기미성(箕尾星) : 별이름이다. 기수(箕宿)와 미수(尾宿)이다.

7 금수산(錦繡山) : 평양 중부 대동강의 오른쪽에 있는 산으로, 해발고도 95미터이다.

8 모란봉(牧丹峯) : 평양 중심부 대동강 가에 있다.

산 정상의 누대 그 이름 을밀대[9]	山頂有臺號乙密
여러 승경 조망함에 전경을 볼 수 있네	一寓諸勝得之全
부벽루[10] 높은 누대 강가에 솟았는데	浮碧高樓臨江起
일찍이 어가가 여기서 돌아갔네	曾經龍御此般旋
북쪽 바라보며 토산[11] 위의 옛일 슬퍼하니	北望吊古兎山上
남겨진 기자[12] 무덤엔 풀만 우거졌네	箕聖遺墓草芊芊
제씨의 수구초심 어찌 연연함 없었겠는가	齊氏首邱豈無戀
어진 이 자진함은 시세에 순응한 것[13]	仁人自靖亦合權
영명사[14]는 한산사와 비슷해	永明寺類寒山寺

9 을밀대(乙密臺) : 평양시 중구역 금수산 을밀봉 밑에 있는 6세기 중엽 고구려 평양성 내성의 북쪽장대로 세워진 정자이다.

10 부벽루(浮碧樓) : 평양 중구역 금수산 동쪽 청류벽(淸流壁)에 있는 누각으로, 원래 이름은 영명루(永明樓)이며, 392년에 세운 영명사의 부속건물이었다. 12세기 초 예종(1106~1122 재위)이 이곳에서 잔치를 연 다음 이안(李顔)에게 명하여 이름을 다시 짓도록 했는데, 그는 거울같이 맑고 푸른 물이 감돌아 흐르는 청류벽 위에 둥실 떠있는 듯한 누정이라는 뜻에서 부벽루라고 했다고 한다.

11 토산(兎山) : 평양성 북쪽에 있는 산으로, 기자의 능묘가 있다고 전한다.

12 기자(箕子) : 은(殷)나라 문정(文丁)의 아들, 제을(帝乙)의 동생, 주왕(紂王)의 숙부로서 태사(太師)를 지냈다. 이름은 서여(胥餘)인데, 은나라가 망하자 유민들을 거느리고 동이(東夷)로 가서 기자조선을 세웠다고 전한다. 기자는 평양에서 죽었기에 평양에 기자의 무덤이 있다는 설도 존재한다.

13 제씨의……순응한 것 : 제씨는 전횡(田橫)을 말한다. 전횡 형제 세 명은 진(秦)에 대항해 제나라를 세우고 칭왕했다. 후에 한 고조 유방이 천하를 통일하자, 전횡은 그 밑에서 신하가 되고 싶지 않아 500명의 문객을 이끌고 바닷가 섬으로 도망갔다. 그러나 유방이 보낸 자들에 의해 끌려오다가 낙양에서 30리 떨어진 곳에서 자결하였다. 섬에 남아 있던 500명의 문객은 전횡이 죽었다는 말을 듣고 모두 자결하였다.

14 영명사(永明寺) : 지금의 평양 중구역 금수산 동쪽 청류벽에 있었던 사찰로, 6·25

종소리가 밤중에 장사꾼의 배에 이르네[15]　　　　　鍾聲夜到賈客船

숲 사이 외로운 탑은 흰 학과 같고　　　　　　　　林間孤墖如白鶴

월암[16]에 든 맑은 가을에 달도 둥그네　　　　　　月巖秋淸桂魄圓

번화했던 구제궁[17]은 지금은 적막하고　　　　　　梯宮繁華今寂寞

황량한 옥섬돌엔 흰 박쥐들만 시끄럽네　　　　　　玉砌荒凉鬧白蝙

기린굴[18]에 얽힌 기이한 일도 있나니　　　　　　更有異事尋麟窟

동명왕이 옛날에 신선되어 승천했다지　　　　　　東明昔日去昇仙

정호에 남긴 활 어찌 이와 같을까[19]　　　　　　鼎湖遺弓爭何似

지금도 바위 남아 하늘을 향하네-조천석(朝天石)[20]-　至今片石留朝天

때에 전소되고 폐사되었다.

15 　종소리가……이르네 : 당나라 시인 장계(張繼)의 〈풍교야박(楓橋夜泊)〉시에 "고
소성 너머 한산사, 한밤중의 종소리가 객선에 들려오네.〔姑蘇城外寒山寺 夜半鐘聲到客
船〕"라고 했다.

16 　월암(月巖) : 영명사에 있는 바위 이름이다.

17 　구제궁(九梯宮) : 영명사는 본래 고구려 동명왕(東明王)의 구제궁이었다고 한다.

18 　기린굴(麒麟窟) : 동명왕이 기린을 길렀다는 굴이다. 동명왕은 기린을 타고 신선
이 되어 하늘로 올라갔다고 한다.

19 　정호(鼎湖)에…… 같을까 : 이 고사와 관련하여 《사기》〈봉선서(封禪書)〉에 다음
과 같은 기록이 보인다. "황제가 수산의 구리를 채취하여 형산 아래서 세발솥을 주조했
다. 세발솥이 완성되자 용이 수염을 드리우고 황제를 맞이하러 왔다. 황제가 올라타자
군신과 후궁 모두 70여 명이 따라 탔고, 용은 이내 하늘로 올라갔다. 나머지 소신들은
미처 올라가질 못해 용의 수염을 잡았는데, 용 수염이 뽑혀 떨어지고 황제의 활도 같이
떨어졌다. 백성들은 황제가 하늘로 올라가는 것을 우러러 바라보며 활과 수염을 끌어안
았다고 한다. 후에 그 곳을 '정호'라 이름하고 그 활을 '오호'라 불렀다.〔黃帝采首山銅
鑄鼎于荊山下 鼎旣成 有龍垂胡鬚下迎黃帝 黃帝上騎 群臣後宮從上者七十餘人 龍乃上
去 餘小臣不得上 乃悉持龍鬚 龍鬚拔墮 墮黃帝之弓 百姓仰望黃帝旣上天 乃抱其弓與胡
鬚 故後世因名其處曰'鼎湖' 其弓曰烏號〕"

전금문[21] 동쪽엔 너른 평야 푸르고　　　　　　　轉錦門東平蕪綠

청류벽[22] 아래엔 못이 검네　　　　　　　　　　淸流壁下水困玄

일대의 능도[23]-능라도(綾羅島) 이름이다-엔 방초 우거지고

　　　　　　　　　　　　　　　　　　　　　　一帶綾島芳菲滿

깊은 강은 옅푸른색으로 화장을 했네　　　　　深紅淺碧調粉鉛

소소소[24]의 무덤 어디 있는가　　　　　　　　蘇小小墳在何處

현무문[25] 밖 선연동[26]-기생들 묘지의 이름이다-에 있다네

　　　　　　　　　　　　　　　　　　　　　　玄武門外洞嬋娟

은탄[27]-여울 이름이다-의 봄물은 포도 빛으로 푸르고　銀灘春水葡萄碧

채색 돛은 때때로 과피편[28]을 보내네　　　　彩騶時送瓜皮艑

20　조천석(朝天石) : 동명왕이 기린을 타고 하늘로 올라갈 때 밟고 갔다는 바위이다. 기린의 발자국이 남아 있다고 한다.

21　전금문(轉錦門) : 평양 중구역 경상동에 있는 조선 시대의 성문이다.

22　청류벽(淸流壁) : 평양 을밀대 근처에 있는 긴 석벽이다.

23　능도(綾島) : 능라도(綾羅島)이다. 평양 대동강 안에 있는 섬으로, 대동강의 하중도로서 모란봉 부벽루와 마주한다. 남북 길이 2.7㎞, 해안선 길이 6㎞이며 평균해발은 10미터이다.

24　소소소(蘇小小) : 남제(南齊) 때 전당(錢塘)의 명창(名娼)이다. 《방여승람(方輿勝覽)》에 "소소소의 묘는 가흥현(嘉興縣) 서남 60보(步)에 있다. 곧 진(晉)의 가희(歌姬)인데, 지금 편석(片石)이 통판청(通判廳)에 있고, '소소소묘'라고 적혀 있다."라고 했다.

25　현무문(玄武門) : 평양 금수산(錦繡山)의 성문으로, 모란봉과 을밀대 사이에 있다.

26　선연동(嬋娟洞) : 모란봉 아래에 있는 기생들의 공동묘지 이름이다.

27　은탄(銀灘) : 백은탄(白銀灘)으로, 평양 능라도 근처에 있는 여울이다.

28　과피편(瓜皮艑) : 작고 허름한 배이다.

잡약산[29] 앞에는 부의 치소가 있어 　雜藥山前開府治

푸른 기와 아로새긴 창이 첩첩이 이어졌네 　碧瓦綺疏相疊聯

막부 주위엔 창고가 늘어섰는데 　幕府周遭倉廠列

그 중의 한 집 풍화를 베푸는 곳 　中有一堂風化宣

평원루와 다경루는 어우러져 정취를 이루고 　平遠多景渾成趣

　평원과 다경은 모두 누대 이름이고, 성취(成趣)는 문 이름이다.

반짝이는 숲엔 쌍 봉황이 날아오르네 　映帶林樹雙鳳騫

장락전 옛 궁전을 물을 곳 없으니 　長樂舊殿無處問

궁화만 적막하고 부서진 벽돌 덮여있네 　宮花寂寞覆碎甎

네 개 부가 똑같이 나뉘고 네거리 곧으며 　四部平分衢街正

　인의예지(仁義禮智)가 곧 사부(四部)이다.

밤낮으로 덜컹덜컹 수레소리 가득하네 　日夜轟轟而闠闤

곳곳에 세워진 정자와 관사 마주보며 서있고 　亭舘處處相望起

알록달록 새긴 난간이 줄줄이 이어졌네 　繡栭鏤檻彌連延

붉은 해 솟자마자 물건 사라 외치는 소리 　一竿紅日爭叫賣

온갖 잡화가 깊 양편 시전에 널렸네 　百貨夾道列市塵

그 중에 이 나라 산물 아닌 것으로는 　就中不數本國産

비단과 명향과 계전[30]이 있네 　綺羅名香與罽氈

물 긷는 이 딸랑이 소리 내며 행보를 맞추는데 　汲夫鳴鐶行爲節

어깨 밀치고 팔 스치며 선후를 다투네 　磨肩交臂競後先

인물들 웅건함 이전 역사에도 드러나 　人物雄强著前史

---

29 잡약산(雜藥山) : 평양에 있는 산 이름이다.

30 계전(罽氈) : 융단으로 짠 모직물로, 양탄자의 일종이다.

활과 말에 능하고 날램을 자랑하네	便弓嫻馬誇輕儇
신의를 퍽 숭상하고 연소배를 중시하니	頗尚然諾重年少
고기 먹고 국수 먹어도 값 따지지 않네	啗猪喫麪不論錢
평강방31은 풍류의 소굴	平康坊裏風流藪
곡강32에서 봄놀이하며 붉은 전지에 시 적네	曲江春遊題紅箋
이원의 제자33 삼백 명은	梨園弟子三百隊
하나같이 요염하고 귀밑머리는 매미날개 같네	箇箇妖艷鬂如蟬
박판 치며 목청 돋우고 수수무34를 추니	檀板高歌垂手舞
천금의 금두전35도 아끼지 않네	千金不惜錦頭纏
부호들은 붉은 치마 속에 취할 줄만 알아	富豪偏解紅裙醉
소반엔 사치스런 음식 고기가 즐비하네	盤飧侈美羅葷羶
서로 만나 의기가 통하면 술동을 기울이고	相逢意氣傾樽酒

---

31 평강방(平康坊) : 당나라 장안(長安) 단봉가(丹鳳街)에 평강방(平康坊)이 있었는데, 기녀(妓女)들이 모여 사는 곳이었기에 기방을 뜻하는 말로 사용된다.

32 곡강(曲江) : 지금의 중국 서안시(西安市) 동남에 있는 강으로, 당나라 때 황제의 원림(園林)이 있던 곳으로 저명한 경승지였다.

33 이원의 제자 : 당나라 현종(玄宗)이 거느렸던 교방(敎坊)의 기녀들이다. 송나라 정대창(程大昌)의 《옹록(雍錄)》에 "이원(梨園)은 태극궁(太極宮) 서금원(西禁苑)의 안에 있다. 개원(開元) 2년, 봉래궁(蓬萊宮)에 교방(敎坊)을 설치하고 상(上)이 스스로 법곡(法曲)을 가르쳤는데 이들을 이원 제자(梨園弟子)라고 한다. 천보 연간에 동궁에 의춘북원(宜春北苑)을 설치하고 궁녀 수백 인을 이원 제자로 삼았다. 곧 이원이란 안악(按樂)하는 곳이고, 가르침에 참여한 자를 제자라고 이름 불렀을 뿐이다."라고 했다.

34 수수무(垂手舞) : 이원 제자들이 추었다는 춤 이름이다. 두 손을 곧게 늘어뜨리고 앞으로 세 걸음, 뒤로 반걸음 물러나며 춘다. 주로 등장할 때 추었으며 경쾌하고 빠르다.

35 금두전(錦頭纏) : 기녀의 가무 값으로 주는 비단이나 돈을 말한다.

수양버들에 말 매놓고 금 채찍 들고 읍하네	繫馬垂柳揖金鞭
초루의 슬픈 호가소리 회칠한 성가퀴에 가리고	譙樓悲笳隱粉堞
장대³⁶는 아득히 산꼭대기에 있네	將臺縹緲山之巔
보통문³⁷ 앞에 한바탕 달무리가 지니	普通門前陣月暈
김 장군³⁸ 여기에 왜적의 수급을 매달았네	金帥於此倭級懸
계월향³⁹이 이룬 공 참으로 진기하니	桂娘成功眞奇事
끝내 미천한 몸을 나라 위해 바쳤네	竟將微軀爲國捐
명나라 군대가 전쟁 일어난 땅에 거듭 왔으니	天兵再造先事地
위대한 공적이 기상⁴⁰에 새겨졌네	殊勳茂績旂常鐫
무열사⁴¹와 충무사⁴² 서로 가까이 있어	武烈忠武祠相近

---

36 장대(將臺) : 평양성에 있는 대(臺) 이름이다.

37 보통문(普通門) : 평양시 중구역 보통문동에 위치한다. 6세기 중엽 고구려가 평양성을 쌓을 때 그 서문으로 처음 세웠다. 지금 있는 건물은 여러 차례 보수와 개건되어 오다가 조선 시대인 1473년 고쳐 지은 것이다. 평양성 서북쪽 방향으로 통하는 관문으로서 국방상·교통상 중요한 위치에 있었으므로 고구려 시대부터 고려와 조선 시대에 이르기까지 매우 중요시되었다.

38 김 장군 : 김응서(金應瑞)를 말한다. 임진왜란 때 평안도 병마절도사로 명나라 군과 함께 평양성을 수복한 장군이다. 나중에 강홍립과 함께 후금(後金)에 거짓 투항하여 정보를 조정에 알리려고 했다가 죽임을 당했다.

39 계월향(桂月香) : 임진왜란 당시 평안도 병마절도사 김응서의 애첩으로 평양성이 일본군에 함락된 뒤 김응서가 일본 장수 고니시 유키나가의 부장인 고니시히의 목을 베는 데 결정적인 구실을 해 평양성 탈환에 기여했다.

40 기상(旂常) : 교룡(蛟龍)을 그린 기(旂) 깃발과 일월(日月)을 그린 상(常) 깃발을 말하며, 왕후(王侯)의 기치(旗幟)이다.

41 무열사(武烈祠) : 평양에 있는 사우(祠宇)이다. 1593년(선조26) 명나라 병부상서(兵部尙書) 석성(石星)의 은덕을 기리기 위해 세웠다. 임진왜란 때 조선 원병파견에

영웅들의 호매한 바람 불어와 깃발을 스치네　　　　　英風颯爽拂旄旛

숭인전[43] 건물은 학교에 접해 있어　　　　　　　　崇仁殿宇接黌舍

선성과 선사[44]를 함께 제사 지내네　　　　　　　　先聖先師共豆籩

이런 것 없으면 누가 여기 함께 할 수 있을까　　　微斯孰能與於此

단군 모신 사당도 그 앞에 있구나　　　　　　　　更有檀君廟在前

대동문[45] 안 대동관에서는　　　　　　　　　　　大同門內大同舘

큰 역할을 한 석성은 평양과 서울 수복 이후 울산·남원 전투에서 왜군에 패한 책임을 지고 사임했다가, 뒤에 심유경(沈維敬)의 화의 실패로 인한 모함을 받아 옥사했다. 이 사실을 안 조선에서는 명군이 처음 참전한 평양에 무열사를 세웠는데, 건립과 함께 사액을 내렸으며 뒷날 명나라 장수 이여송(李如松)·양원(楊元)·이여백(李如栢)·장세작(張世爵) 등을 추가 배향했다. 1871년(고종8) 흥선대원군의 서원철폐 때에도 남아 있었다.

42　충무사(忠武祠) : 평양에 있는 사우로, 김양언(金良彦, 1583~1627)과 을지문덕을 배향한 사우이다. 김양언은 조선 중기의 무신으로 자는 선익이다. 평양 출생으로 1618년 아버지가 살이호 전투에서 전사하자 복수를 결심하고 전쟁에서 죽은 전사자들의 자손 500명을 모아 복수군을 조직해 변방 수비에 공을 세웠다. 1624년 이괄의 난이 일어나자 척후장으로 안령에서 공을 세워 진무 공신 3등에 책록되고 진흥군에 봉해졌다. 이후 군기시주부를 지냈고 1627년 정묘호란 당시 안주에서 많은 적들을 사살하고 전사했다. 사후 중추부판사 겸 의금부판사에 추증되고 평양의 충무사, 안주의 충민사에 배향되었다.

43　숭인전(崇仁殿) : 평양시 중구 종로동에 있는 기자조선의 시조인 기자(箕子)를 추모하기 위하여 위패를 모시고 춘추로 향사를 지내는 전각으로 평양에서 가장 오래된 건물이다. 1325년(충숙왕12)에 창건한 후 여러 차례 보수를 거쳐 오늘에 이르렀다.

44　선성(先聖)과 선사(先師) : 기자와 공자이다.

45　대동문(大同門) : 평양시 동쪽에 있는 성문이다. 조선 태종(太宗) 때 창건(創建)되어 중종(中宗) 때 소실된 것을 1577년(선조10)에 다시 재건했다. 구조가 웅대(雄大)하고 기교가 정교(精巧)한 3층 누문(樓門)인데, 조선 시대 건축의 일품으로 꼽힌다.

중국 사신 접대하며 아홉 번 연회⁴⁶를 베푸네　　　　每接皇華設九筵

옛날 사대부들 지금은 볼 수 없으나　　　　　　　　　昔時衣冠今不覩

벽 위엔 종종 시편들 남아있네　　　　　　　　　　　壁上往往留詩篇

쾌재정⁴⁷ 위에서 무더위를 씻으니　　　　　　　　快哉亭上滌煩暑

그윽한 꽃 야윈 바위에 병이 다 나으려 하네　　　　幽花瘦石病欲痊

　서진(徐振)의 〈조선죽지사(朝鮮竹枝詞)〉에 "야윈 바위 그윽한 꽃이 맑고
　얕은 물가에 있나니, 납청정과 쾌재정이여"라는 구절이 있다.

길가 아로새긴 전각에 저녁종소리 울리고　　　　　　街頭彩閣昏鍾動

달그림자 못에 잠김은 연꽃 사랑해서라네　　　　　　月影涵池是愛蓮

　애련(愛蓮)은 못의 이름인데, 종루 옆에 있다.

연광정⁴⁸은 패수⁴⁹에 임하여　　　　　　　　　練光亭子臨浿水

아름다운 경치 거느리고 아름다움 독점했네　　　　　管領風華美獨專

번화한 거리 향긋한 바람 비 한바탕 지나가고　　　　紫陌香颸吹雨過

태평성세의 노랫소리 귓가에 이르네　　　　　　　　太平歌管到耳邊

풍월 누대마다 온통 옛날의 자취　　　　　　　　　　風月樓臺渾陳跡

46　아홉 번 연회 : 임금을 대신하여 중국 사신에게 베푸는 9번의 연회이다.

47　쾌재정(快哉亭) : 평양 대동관(大同館)의 동쪽 헌(軒)이다.

48　연광정(練光亭) : 평양 중구역(中區域) 대동문동(大同門洞)에 있는 누정이다. 경
치가 빼어나 예로부터 관서팔경의 하나로 꼽혔고, 제일루대·만화루 등으로도 불렸다.
현존하는 누정은 1670년에 다시 지은 것으로, 연대가 다른 글자를 새긴 기와가 20여
종이나 되는 것으로 보아 이전에 여러 번 보수하였다는 것을 알 수 있다. 난간의 바깥쪽
대동강 벼랑에는 성벽을 쌓았고, 그 위에 담장을 쌓아 연광정을 둘러막았다. 남쪽채의
대들보는 굵직하며, 천장은 통천장을 기본으로 하고 일부에만 소란반자를 댔다. 전반적
으로 모루단청을 입혔고, 대들보에 비단무늬를 그렸다. 북한 사적 제5호이다.

49　패수(浿水) : 대동강의 옛 이름이다.

옛날 풍월루(風月樓)가 있었는데 지금은 허물어지고 풍월지(風月池)만 남았다.

작은 못만이 남아 명성을 전하네	惟有小池名相傳
덕암[50]이 물을 막아 백성들 익사를 면하니	德巖捍水民免溺
깎아 세운 성의 뿌리 크기가 주먹만 하네	削立城根大如拳
성 아래 맑은 강은 초록빛으로 물들일 듯	城下澄江綠可染
돛의 까마귀 익조 그림[51] 배가 떼로 줄 잇네	檣烏畫鷁簇相連
주렴 친 배에 술 싣고 쌍쌍이 지나가고	簾舫載酒雙雙去
퉁소 북을 다퉈 울리며 뱃전 두들겨 노래하네	簫皷競發歌扣舷
사군정 외로운 정자가 구로를 마주하고	思君孤亭對九老

　구로(九老)도 또한 정자 이름이다.

한 구비의 맑은 못이 다시금 거슬러 도네	一曲淸潭更洄漩
십 리의 평평한 숲은 푸른 연기와 어우러지고	十里平林靑烟合
눈 같은 흰 모래밭은 긴 내를 두르고 있네	白沙如雪繞長川
하물며 남포[52] 혼 녹이는 곳엔	況復南浦銷魂地
하늘하늘 버들이 이별의 사념을 이끄네	細柳裊裊離思牽

---

50 덕암(德巖) : 연광정(練光亭)이 세워져 있는 바위 이름이다.

51 돛의 까마귀 익조 그림 : 원문의 '장오(檣烏)'는 돛대 위에 있는 까마귀 모양의 일종의 풍향계이다. 익조(鷁鳥)는 물새의 일종으로 헤엄을 잘 쳐서 배 앞에 그려넣어 침몰을 막는 상징으로 삼았다.

52 남포(南浦) : 고려 정지상(鄭知常)의 〈대동강(大同江)〉시에 "비 갠 긴 제방에 풀색이 푸른데, 그대를 남포에서 전송하니 슬픈 노래 울리네. 대동강물은 언제나 마르려나, 이별의 눈물이 해마다 푸른 물결에 더해지네.〔雨歇長堤草色多 送君南浦動悲歌 大同江水何時盡 別淚年年添綠波〕"라고 했다.

주작문은 서쪽으로 옛 성곽과 이어지고	朱雀門西連古郭
오거 거리는 활시위처럼 곧네	五車街頭直如弦
창광산[53] 아래엔 사원들이 줄지어	蒼光山下列祠院
사시로 초서[54] 차려 항상 치성을 드리네	四時椒糈常致虔
나무 사이 초가집들은 하나같이 깨끗한데	樹間茆屋盡明淨
집집마다 꽃 피어 붉게 타오르려 하네	家家花發紅欲燃
외성의 인사들은 학문 숭상할 줄 알고	外城人士知尙學
관아 있는 국당[55]에선 시와 음악 익히네	曹處局堂習誦絃
서로 마주한 정양과 함구 -모두 성문 이름이다	正陽含毬相對峙
겹겹의 팔각에 용머리가 나란하네	八角重重龍首駢

천연히 만들어진 흙 언덕이 있는데, 겹겹이 팔각(八角)을 이루었다.

| 기자의 궁과 기자의 우물 아직도 터가 남아 | 箕宮箕井尙有處 |
| 팔교문을 세워 계몽을 담당하네 | 門設八教啓蒙顓 |

팔교(八教)는 기궁(箕宮)의 문(門) 이름이다.

성인의 어진 정치가 어찌 시작되었나 보려거든	欲觀聖人仁政始
가로세로 여덟로 나눈 정전법을 보시게	縱橫八八是井田
가지한 수레 길, 바둑판같아	秩秩軫涂如碁局
위대하다! 왕도에 치우침이란 없네	大哉王道無頗偏
진나라의 폭정 여기에 미치지 못한 덕에	可幸秦暴不及此
천년 지나도 밭두둑을 분별할 수 있네	千載猶能辨陌阡

---

53 창광산(蒼光山) : 평양에 있는 산 이름이다.

54 초서(椒糈) : 산초 향과 정미(精米)로 만든 제물이다.

55 국당(局堂) : 경서와 문학을 가르쳤던 학교이다.

왜진 서쪽으로 가 옥애 아래에 이르니

수덕문[56] 가운데로 물길 하나 뚫려있네

천강교[57]는 영귀로에 접했고

양포엔 풀 푸르고 물은 졸졸졸

서산의 푸른 저녁 빛 맑음 떨어지려 하고

날개 펼친 강가 사당엔 채색 서까래 비상하네

작은 정자 한사-한사(閒似)는 정자 이름이다- 는 그윽이 감상할 만하고

차문루[58]는 초록빛 물결에 평평히 임해있네

낚싯배를 저물녘 봉대 가에 대니

여울 차가운 수포 거슬러 올라가기 좋겠네

양각[59] 두 섬이 강 언덕을 나누고

이암[60]이 홀로 서서 제연을 엿보네

긴 숲 다한 곳에 송원 있고-재송원(栽松院)[61]-

떨어져 있는 인가가 맑은 샘을 베개 삼네

성 전체를 한 폭 흰 비단에 모두 베껴놓음에

농담과 소밀함이 천으로 만으로 다르네

좋구나, 아름다운 금박을 입힌 듯한 땅이여

倭津西赴玉崖下

水德門中一派穿

天降橋接永歸路

揚浦草綠水潺湲

西山晚翠晴欲滴

翼然江祠飛彩橡

小亭閒似足幽賞

車門平臨綠漪漣

釣舟晚泊鳳臺畔

寒灘瘦浦好溯沿

羊角雙島分江岸

狸巖獨立窺梯淵

長林盡處卽松院

別有人家枕淸泉

全城輸寫一幅素

澹濃疎密殊萬千

好是佳麗銷金地

---

56 수덕문(水德門) : 평양 서쪽 외성(外城)에 있던 문이다.

57 천강교(天降橋) : 평양 외성(外城) 북쪽에 있던 문이다.

58 차문루(車門樓) : 대동강 가에 있는 누대이다.

59 양각(羊角) : 대동강 안에 있는 섬으로 평양직할시 중구역에 속한 섬이다.

60 이암(狸巖) : 제연(梯淵) 남쪽에 있는 바위이다.

61 재송원(栽松院) : 평양에 있는 역관(驛館) 이름이다.

절세의 빼어남은 서시에게 견줄만하네	絶世堪比西子妍
기억하노니, 옛날 태초에 만물이 개벽할 때	記昔鴻荒初開物
단군은 요 임금과 같은 때에 나라 기틀 다졌네	檀君肇基幷堯年
편벽한 모퉁이에서 서계⁶² 만들 줄 몰라	偏隅不知書契出
일천 년 동안의 일이 아득히 묻혔네	一千年事屬杳玄
하늘이 문명의 군자국을 여시어	天開文明君子國
부사⁶³가 동으로 와 간전⁶⁴에 터 잡았네	父師東來卜澗瀍
제사와 예법 그 풍속 두터워	俎豆禮讓風俗厚
지금껏 은덕 받아 인자하고 어질게 교화되었네	于今受賜化仁賢
기자의 시대 쇠하고 선업이 땅에 떨어지자	箕氏世衰先業墜
위만⁶⁵이 연나라에서 도망쳐왔네	衛滿奔逃來自燕
건원천자⁶⁶가 영토 넓히길 좋아하니	建元天子喜邊事
우거⁶⁷가 병사 막으며 깨우칠 줄 몰랐네	右渠阻兵不知悛
누선⁶⁸의 깃발이 동해를 뒤덮더니	樓船旌旗蔽東海

---

62 서계(書契) : 사물(事物)을 나타내는 부호(符號)로서의 글자이다.

63 부사(父師) : 기자(箕子)이다.

64 간전(澗瀍) : 두 물의 이름으로, 간수(澗水)와 전수(瀍水)를 말한다. 모두 지금의 낙양시(洛陽市) 경내를 지나 낙수(洛水)로 흘러들어간다.

65 위만(衛滿) : 위만 조선의 창시자이다. 중국 연나라의 관리로서 천여 명의 무리를 이끌고 고조선에 망명하여 준왕(準王)으로부터 변경 수비의 임무를 맡았다. 유망민을 기반으로 힘이 커지자 준왕을 축출하고 위만 조선을 세웠다. 재위 기간은 기원전 194년 부터이나 언제까지인지는 분명하지 않다.

66 건원천자(建元天子) : 한 무제(漢武帝, 기원전 156~기원전 87)이다. 건원 원년 (기원전 140)에 즉위했다.

67 우거(右渠) : 고조선의 마지막 왕으로서 위만의 손자다.

낙랑[69]이 한나라 강역으로 꺾여 들어갔네	樂浪折入漢幅員
고구려가 도읍 세운 것 언제인지 아는가	高氏建都知何日
험준한 땅에서 자강하여 여러 대를 이었네	據險自强歷世綿
수당 병사[70]의 위세가 천지를 진동했으나	隋唐兵威天地動
성 아래서 공적 세우지 못한 채 오래 주둔했네	城下無功久屯邅
중국 장수가 와서 도호부[71]를 설치하니	天將來鎭都護府
다시 중주에 속하여 호적에 편입되었네	復屬中州氓戶編
고려가 이에 서경[72]을 설치해 지키며	勝朝爰置西京守
양쪽 변방 제압해 그 목구멍 눌렀네	控制兩邊扼其咽
요금에 이르러 국토가 서로 접하더니	降及遼金相接壤
백성들 마침내 사납고 굳세게 변했네	民俗遂變悍且堅
패강에 다시 〈황하청〉의 송축이 들리고	浿江復聞河淸頌

---

68 누선(樓船) : 다락을 높이 세운 병선(兵船)을 말한다.

69 낙랑(樂浪) : 한나라의 무제가 기원전 108년에 세운 한사군(漢四郡) 중 하나로
4군 중에서 최후까지 남은 유일한 군이다. 313년 고구려 미천왕에 의해 축출될 때까지
4세기에 걸쳐서 한반도 북부의 중국 변군(邊郡)으로 존속하였다. 일부 학자들 및 재야
사학자들은 낙랑군을 비롯한 한사군의 위치가 한반도 북부가 아니라 요동 또는 요서
지역이었다고 주장한다.

70 수당 병사 : 수양제(隋煬帝)와 당태종(唐太宗)의 고구려 침략을 말한다. 모두 을
지문덕(乙支文德)과 양만춘(楊萬春) 등의 고구려 장군에 의해 크게 패전하고 돌아갔
다.

71 도호부(都護府) : 당나라는 668년 고구려를 멸망시키고 그 지역을 통치하기 위하
여 평양에 안동도호부(安東都護府)를 두었다. 당나라는 고구려 땅을 9도독부 42주 100
현으로 나누고 초대 도호(都護)로 설인귀(薛仁貴)를 주둔시켰다.

72 서경(西京) : 고려는 평양을 서경으로 삼아서 북방개척을 강화했다.

고악부(古樂府)에 〈황하청〉이 있는데, 패강을 황하에 비유하여 기자를 송축한 것이다.

천년만의 태평성세 교화를 즐겼네	千一聖世樂陶甄
전쟁터가 이내 가무 즐기는 곳 되고	干戈仍成歌舞地
흥망성쇠는 유유한 물따라 흘러갔네	盛衰悠悠逝水遷
성곽은 그대로되 사람 바뀜을 어찌 물을까	城是人非何須問
요양에 돌아온 학[73]만 공연히 서성일 뿐	遼陽歸鶴空蹁躚
내 이 그림 보니 솜씨 한번 좋구나	我見此畫眞良手
지척과 만리가 신묘하고도 상세하구나	咫尺萬里得妙詮
정밀하지만 넘치는 생동감 겸하였으니	精細又兼生意足
서희[74]와 황전[75]을 논할 필요 있으랴	何論徐熙與黃筌
혜숭[76]의 작은 풍경화는 더욱 멋들어져	惠崇小景尤蕭灑
입신의 경지로 붓 놀리며 빈 곳 잘 채워넣었네	經營入神工補塡
황홀 중에 몸이 신령의 경지에 있는 것만 같아	恍然身在靈境裏
모래섬의 방초를 뜯을 수도 있을 듯하네	汀洲芳草如可搴
손으로 뜯는 요현에 뭇 산들이 울리니	手揮瑤絃羣山響

---

73 요양에 돌아온 학 : 정영위(丁令衛)의 요동학(遼東鶴)을 말한다. 정영위가 도술을 닦아 학이 되어 고향 요동으로 돌아와서 "성곽은 예전 같은데 사람은 다르네."라고 했다.

74 서희(徐熙) : 남당(南唐)의 화가로, 종릉(鍾陵) 사람이다. 화죽(花竹)·금어(禽魚)·소과(蔬果)·초충(草蟲) 등을 잘 그렸다.

75 황전(黃筌) : 903~965. 자는 요숙(要叔)으로, 오대(五代) 서촉(西蜀)의 화가이다. 성도(成都) 사람이며, 한림대조(翰林待詔)를 지냈다. 산수, 인물, 용수(龍水), 송석(松石), 화조(花鳥), 초충(草蟲) 등을 잘 그렸다.

76 혜숭(惠崇) : 북송(北宋) 승려 화가로, 건양(建陽) 사람이다. 소경(小景)을 잘 그렸다.

종문[77]의 와유 참으로 편리하구나 　　　　　宗文臥遊眞成便

나는 본디 열수 가에서 나고 자라 　　　　　顧我生長洌水上

단정히 문을 걸어 닫고 학문 연구에 매진했네 　端居閉戶事鑽硏

눈으로는 담벽 밖 벗어나보지 못했지만 　眼孔未離墻壁外

마음속의 헛된 망상, 팔방 땅 끝을 다 보았네 　意內虛想窮八埏

옆 사람들 서도의 즐거움 칭송할 때면 　傍人艶稱西都樂

껄껄껄 문 나서며 괜스레 침만 흘렸네 　出門大笑空流涎

먼 곳 유람일랑 가난한 선비가 할 수 없는 일 　遠遊誠非寒士辦

하물며 일에 얽매어 구속된 몸임에랴 　况復冗累被拘攣

여산의 진면목[78] 보지 못하고 　未見廬山眞面目

대충 긴 노래 지어 뒷날 인연으로 남겨두네 　謾成長歌留後緣

---

77 종문(宗文) : 종병(宗炳, 375~443)으로, 남조(南朝) 송(宋)나라 화가이다. 자는 소문(少文), 남열양(南涅陽) 사람이다. 서법과 회화, 그리고 거문고에 뛰어났다. 젊어서 여러 곳을 유람했는데 늙어서 병으로 돌아다닐 수가 없자, 유람했던 곳을 그림으로 그려서 거실에 걸어두고 스스로 말하기를 "회포를 맑게 하고 도(道)를 보려고 누워서 유람을 한다."고 했다.

78 여산(廬山)의 진면목 : 소식(蘇軾)의 〈제서림벽(題西林壁)〉시에 "여산의 진면목을 알 수 없음은, 몸이 산중에 있기 때문이네.〔不識廬山眞面目 只緣身在此山中〕"라고 했다.

한우경 군이 옛 명인의 글씨 이백여 자를 모으고 시어를 지어 벽첩의 자료로 삼으려고 했다. 이에 6언 일곱 수를 지어서 응답했다 기사년(1869, 고종6) 봄

韓君羽卿集古名人書二百餘字要作詩語作壁帖之資爲賦六言七首以應之 己巳春

술잔 마주하고 밝은 달빛 나누고자	對酒聊分明月
창문을 밀쳤더니 푸른 산이 먼저 보이네	推窓先見碧山
세상에는 취하고 깨는 일 많으니	人間醒醉多事
집안에서 지냄이 오히려 편안하네	屋裏起居猶安

강가엔 몇 리에 걸쳐 방초가 자라고	江干數里芳草
언덕엔 천 송이 어여쁜 꽃들 피었네	岸上千朶佳花
동원엔 봄날 저물어가고	春事林園將晚
밤이면 비바람이 많이도 불어오네	夜來風雨常多

유심한 거처에는 운치 있는 일 많아서	幽居多逢韻事
조용히 앉았노라면 온통 시정만 떠오르네	靜坐渾是詩情
집안에 옛날 책 천 권이 있으니	家有舊書千卷
백 개의 성 지닌 왕[79]의 즐거움인들 그 어떠하리	何如南面百城

---

79 백 개의 성 지닌 왕 : 원문의 '백성서(百城書)'는 풍부한 장서를 말한다.《위서(魏

고요함 속에 본성을 기르고 도를 지키니　　　　　靜裏養眞守道
손잡고 바람에 실려 단대[80]에 오르네　　　　　　乘風携手丹臺
신선의 자태는 봄처럼 늘 좋으니　　　　　　　　仙姿如春常好
꽃이 지고 피는 것을 몇 번이나 볼까　　　　　　幾見花落花開

달빛에 산 그림자 누대 그림자 밝고　　　　　　月明山影樓影
바람에 꽃향기 술 향기 실려오네　　　　　　　風動花香酒香
아름다운 지경의 맑고 진솔함 그림과도 같고　　佳境淸眞如畵
숲 사이론 어렴풋 작은 당이 보이네　　　　　　林間依約小堂

숲 깊어 벗은 이르지 않고　　　　　　　　　　林深故人不到
밤 고요하니 산달은 몹시도 밝네　　　　　　　夜靜山月極明
술 취해 두건 치켜 쓰고[81] 하릴없이 지내는데　醉後岸巾無事
맑은 창에선 벌써 글 읽는 소리 들려오네　　　晴窓早出書聲

창 앞엔 어지럽게 서대[82]가 얽혀있고　　　　　窓前亂交書帶

書》》〈이밀(李謐)〉에 "장부가 만 권의 책을 지니고 있다면 왕 되어 백 개의 성 지닌
즐거움을 빌릴 필요 있으랴?〔丈夫擁書萬卷 何假南面百城〕"라고 했다.

80　단대(丹臺) : 도교에서 말하는 신선이 거주한다는 곳이다.

81　두건 치켜 쓰고 : 두건을 치켜 올려 써서 이마를 드러내는 것으로, 소탈하고 거침없
는 성격을 표현할 때 쓰는 말이다.

82　서대(書帶) : 서대초(書帶草)이다. 백합과(百合科) 연개초(沿階草) 속(屬)의 상
록식물로, 잎이 넓어서 글씨를 쓸 수 있다고 하여 서대초라고 한다.

누대 밖엔 몇 점 필봉이 찍혀있네   樓外數點筆鋒

시험 삼아 꽃이슬로 글자를 써보니   試將花露寫字

두루마리에 향기로운 바람이 늘 따라다니네   卷裏常携香風

남계의 박도사[83] 제정 가 대석인[84]의 생신 잔치에 초대하여 함께 읊다

藍溪朴 齊政 都事爲其大碩人晬辰邀飮共賦

주인이 노래자[85] 옷 입고 손님을 맞으니   主人萊服款賓情

봄 깊은 해옥[86]에 술이 몇 순배 돌았네   海屋春深酒數行

푸른 나무 성근 울타리로 개 짖는 소리 들리고   碧樹疎籬通犬吠

대낮 높은 누대에 앉아 꾀꼬리 울음 듣네   高樓白日坐鶯聲

저 늙은 평천석[87] 정해진 주인 없고   平泉石老無常主

---

83 박도사(朴都事) : 박제정(朴齊政, 1837~?)으로, 자는 순칠(舜七), 본관은 반남이다. 양주(楊州)에서 살았다. 영원진병마첨절제사(寧遠鎭兵馬僉節制使) 박진수(朴晋壽)의 아들이다.

84 대석인(大碩人) : 자당(慈堂)으로 모친을 말한다.

85 노래자(老萊子) : 춘추 시대의 초(楚)나라 현인(賢人)으로, 중국 24효자(孝子) 중의 한 사람이다. 난을 피하여 몽산(蒙山) 남쪽에서 농사를 지으면서 살았는데 70세에 어린아이 색동옷을 입고 어린애 장난을 하여서 늙은 부모를 위안했다. 《노래자(老萊子)》 15편을 지었다고 전한다.

86 해옥(海屋) : 해옥첨주(海屋添籌)의 준말로 장수를 축하하는 말이다. 소식(蘇軾)의 《동파지림(東坡志林)》〈삼로어(三老語)〉에 "일찍이 세 노인이 서로 만났는데, 어떤 이가 나이를 물어보니……한 노인이 말하기를 '바닷물이 뽕밭으로 변했을 때 산가지를 하나 내려놓았는데 그 이래로 나의 산가지가 10칸 지붕에 가득하다.'고 했다."고 했다.

87 평천석(平泉石) : 평천장(平泉莊)의 바위. 평천장은 당나라 이덕유(李德裕)의 별장 이름이다. 당나라 강병(康騈)의 《극담록(劇談錄)》〈이상국택(李相國宅)〉에 "[평천장은] 낙양(洛陽)에서 거리가 30리인데 나무와 꽃, 누대와 정자가 선부(仙府)를 만들

저기 오는 반과인⁸⁸ 너무도 수척하네   飯顆人來太瘦生

지금부터 담쟁이 길로 자주 문안하러 올 테니   蘿徑從今頻問訊

강섬의 해오라기도 늘 보면 놀라지 않으리라   慣看洲鷺不須驚

    남계장(藍溪庄)은 여러 차례 주인이 바뀌었기 때문에 제5구에 언급했다.

어 놓은 듯하다."고 했다.

88 반과인(飯顆人) : 당나라 시인 두보(杜甫)를 말한다. 당나라 맹계(孟棨)가 지은 《본사시(本事詩)》〈고일(高逸)〉에 다음과 같은 기록이 보인다. "이백이 일찍이 말하길, '깊고 은미하게 흥을 기탁하는 데는 오언이 사언만 못하고, 칠언은 또 오언만 못하다. 하물며 성조 따위에 구속받는 배우임에랴!' 그리고는 두보를 놀리며 시를 짓기를, '반과산 머리에서 두보를 만나니, 머리에 삿갓 쓰고 해 꼭대기에 떴네. 묻노니, 어찌 이리 수척해졌는가? 종전에 시 짓느라 고생한 때문이지요'. 대개 격식에 구애받는 것을 기롱한 말이다.〔嘗言 興寄深微 五言不如四言 七言又其靡也 況使束于聲調俳優哉 故戲杜曰 飯顆山頭逢杜甫 頭戴笠子日卓午 借問何來太瘦生 總爲從前作詩苦 蓋譏其拘束也〕"

초여름 이웃 시사를 따라서 남곡을 유람하며 짓다

初夏從隣社遊藍谷作

어둑한 골짜기 입구에 풀색 맑은데 　　　　洞口陰陰草色晴
아침 내 버선에 신발 신고 개울 옆을 지나가네 　終朝鞋襪傍溪行
새참 먹는 밭두둑엔 국 간 보는 이 있지만 　　　饁疇還有調羹手
나무꾼 노래엔 본디 맞출 곡조 없다네 　　　　樵唱元無度曲聲
사람 향해 달려가는 어리석은 송아지의 장난 　　奔走向人癡犢戲
숲 너머에서 우짖는 예쁜 꾀꼬리의 놀란 소리 　　喧呼隔樹嬌鶯驚
농가에서 비 바란 지 그 얼마던가 　　　　　　田家望雨知多少
마른 보리 어린 벼 그 모습 각각이네 　　　　　枯麥穉禾各異情

골짜기에 이내는 저녁 되자 개고 　　　　　　谷裏烟嵐晚更晴
노래하는 나무꾼은 푸른 봉우리 길에 있네 　　　樵歌人在碧峯行
한가하면 꽃 심는 객 몇 번이나 찾았던가 　　　間來幾訪栽花客
오래 접었던 바둑알 소리 비로소 듣겠네 　　　久廢初聞落子聲
뜬구름 같은 삶 헤아려보니 근심 반 즐거움 반 　細計浮生憂半樂
총애에 두려움 품을 수 있는 자[89] 그 누구이랴 　誰能處世寵如驚
주민이여, 복사꽃 뜬 물 보내지 마오 　　　　居民休送桃花水
산문 나서자마자 이내 속세라오 　　　　　　纔出山門便世情

89　총애에……있는 자 : 피총약경(被寵若驚)에서 나왔다. 뜻밖의 총애를 입으면 두려
워 불안해한다는 뜻이다.

한정언[90] 용덕 을 애도하다

挽韓 容悳 正言

아, 한부자여 　　　　　　　　　　　　　　嗟哉韓夫子

강직한 성품은 세상에 없던 바였네 　　　　　耿介世所無

관직 낮았지만 나라를 사랑했고 　　　　　　官卑猶國戀

집안 가난했지만 일신의 도모 하지 않았네 　家貧絶身謀

똑바로 앉은 자세 관녕의 목탑 헤지고[91] 　危坐管榻弊

부모 연모하는 정[92] 왕부의 측백 메말랐네[93] 孺慕王柏枯

---

90 한정언(韓正言) : 한용덕(韓容悳)으로, 본관은 청주(淸州)이며 양근(楊根)에 살았다. 을해년(1825)에 과거에 합격하고, 집의(執義) 등을 지냈다.

91 관녕(管寧)의 목탑 헤지고 : 진(晉)나라 황보밀(皇甫謐)의 《고사전(高士傳)》〈관녕(管寧)〉에 "관녕은 항상 한 목탑(木榻)에 앉아 있었는데, 55년 동안 다리를 뻗고 앉은 적이 없었다. 의자 위의 무릎이 닿는 곳이 모두 뚫어졌다."라고 했다. 관녕은 중국 삼국 시대 위(魏)나라 주허(朱虛) 사람으로, 자는 유안(幼安)이며, 청렴한 고사(高士)로 저명하다.

92 부모 연모하는 정 : 원문의 '유모(孺慕)'는 부모의 상을 당하여 회고와 연모의 그리움을 표현하는 것을 말한다.

93 왕부(王裒)의 측백 메말랐네 : 《이십사효고사전(二十四孝高士傳)》〈왕부읍묘(王裒泣墓)〉 고사를 말한다. "위나라 왕부는 그의 아비 왕의가 진문제에게 죽임 당하자 평생 서쪽을 향해 앉지 않음으로써 진의 신하가 되지 않겠다는 뜻을 보였다. 그의 모친은 천둥을 무서워했는데, 천둥소리가 날 때면 무덤으로 가 울면서 '제가 여기 있으니 두려워마세요!'라고 말했다. 무덤 앞 측백나무를 어루만지며 통곡했는데, 눈물이 나무에 떨어지자 나무가 메말랐다.〔魏王裒 父儀爲晋文帝所殺 裒終身未向西坐 示不臣晋 母

휘영청 밝은 고리[94]의 달	皎皎藁里月
빙호[95]를 매달아 놓았나 의심스럽네	猶疑掛氷壺
어린 나이에 해치관[96] 쓰시니	早歲冠獬豸
그 풍채에서 아름다운 옥빛이 빛났네	風彩映瓊琳
하읍에서 유인[97]을 시험하고	下邑試遊刃
고당에선 소금[98]을 울렸네	高堂鳴素琴
돌아온 집 사방에 덩그라니 벽만 있었지만	歸來空四壁
질나팔과 젓대[99]로 좋은 가락 주고받았네	塤箎酬好音
남들이 알아주지 않는다 한탄하지 마오	莫歎人未識
이 즐거움을 마음을 저버리지 않는다오	此樂不負心

畏雷 每聞雷 即奔墓前 拜泣告曰 衰在此 母勿懼 嘗攀墓前柏樹號泣 淚着樹 樹爲之枯]"

94 고리(藁里) : 고빈(藁殯)한 마을과 빈장(殯葬)한 마을을 말한다.

95 빙호(氷壺) : 백옥의 항아리에 얼음 조각을 넣은 것처럼 지극히 청렴한 마음을 말한다.

96 해치관(獬豸冠) : 어사(御史)와 법관 등이 썼던 모자이다. 해치(獬豸)는 전설 속의 뿔이 하나인 동물로서 곡직(曲直)을 구별한다고 한다.

97 유인(遊刃) : 칼질을 여유있게 놀리는 것처럼 어떤 일을 자유자재로 함을 말한다. 《장자(莊子)》〈양생주(養生主)〉의 포정(庖丁)의 고사에서 나온 말이다.

98 소금(素琴) : 장식하지 않은 금(琴)을 말한다.

99 질나팔과 젓대 : 원문의 '훈지(塤箎)'는 서로 소리가 잘 어울리는 악기로서 형제의 화목함을 말한다. 《시경》〈하인사(何人斯)〉에 나오는 "백씨가 질나팔 부니, 중씨가 젓대를 부네.〔伯氏吹塤 仲氏吹箎〕"에서 유래했다.

경오년(1870, 고종7) 초봄에 승선 석촌 윤우선[100]의 산장에 모여서 밤에 술 마시며 함께 읊다

庚午孟春會石村尹宇善承宣山莊夜飮共賦

강달과 강바람 지난해와 똑같고	江月江風似去年
푸른 등불 아래 마주하니 다시 예전같네	靑燈相對更依然
한가해진 사업은 물처럼 맑고	閒來事業淸如水
덧없는 세상의 처세는 하늘에 맡기네	浮世行藏任聽天
장독 안의 초파리[101]는 노년을 보내는데	甕裏醯鷄仍送老
책 속의 맥망[102]은 신선이 되었네	卷中脈望却成仙
성조에서 사신 대하는 예 두터워	聖朝優假詞臣禮
숲과 샘에서 종일토록 자는 것을 허락해주셨네	賸許林泉盡日眠

100 윤우선(尹宇善) : 1845~? 본관은 해평, 자는 경위(景爲)로, 승정원 좌승지(承政院左承旨) 윤치영(尹致英)의 아들이다. 1885년(고종22) 을유(乙酉) 식년시(式年試) 진사 3등으로 합격했다. 판한성부사를 지냈다.

101 장독 안의 초파리 : 《장자(莊子)》〈전자방(田子方)〉에 "나〔공자〕는 도(道)에 있어 초파리와 같다! 선생께서 나의 뚜껑을 열어주지 않았다면 나는 천지의 온전함을 알지 못했을 것이다.〔丘之於道也 其猶醯鷄與 微夫子之發吾覆也 吾不知天地之全也〕"는 말이 나온다. 옹리혜계(甕裏醯鷄)는 장독 속의 초파리처럼 견식이 없는 것을 말한다.

102 맥망(脈望) : 좀벌레가 변화한 물건을 말한다. 당나라 황보구(皇甫口)의 《원화기(原化記)》〈하풍(何諷)〉에 "《선경(仙經)》에 의하면 '좀벌레가 신선 글자를 세 번 먹으면 변화하여 이 물건이 된다고 했는데 이름이 맥망이다.' 밤에 화살에 끼워 별을 향하면 별이 내려온다. 그때 단약을 달라고 해서 물에 섞어 먹으면 즉시 뼈가 바뀌어 하늘에 오른다.〔據 仙經 曰 蠹魚三食神仙字 則化爲此物 名曰脈望 夜以繒映當天中星 星使立降 可求還丹 取此水和而服之 卽時換骨上升〕"라는 기록이 보인다.

정연원[103] 대무 소운 대번 향원 대초 삼형제가 나란히 방문하여 함께 읊다
丁硏園 大懋 小芸 大樊 香畹 大楚 三兄弟聯訪共賦

방초를 따라 올라가 깊은 숲에 앉으니	夤緣芳草坐幽林
떡갈나무 잎 울타리 구멍으로 햇살이 스며드네	槲葉籬篩日脚侵
하는 말마다 분명한 꾀꼬리 혀를 시험하고	數語分明鶯試舌
한평생 바삐 사는 나비 심사도 많네	一生忙迫蝶多心
한가로이 역사를 평함에 고금의 인물 등장하고	閒中評史人今古
뜻으로 교분을 나눔에 술잔 오고 가네	意內論交酒淺深
우리들 경서 궁구한들 무슨 일을 이룰까	吾輩窮經成底事
연못 개구리 울음소리를 지음[104]에게 부치네	池蛙鼓吹付知音

---

103 정연원(丁硏園) : 정대무(丁大懋)로, 본관은 나주(羅州), 자는 자원(子園)이며 정학유(丁學遊)의 아들이다. 철종(哲宗) 무오년(1858, 철종9)에 과거에 합격하고, 고종(高宗) 정묘년(1867)에 북청 현감(北靑縣監)을 지냈다.

104 지음(知音) : 자기의 음악을 알아주는 사람을 말한다. 전국 시대 금(琴)의 명인인 백아(伯牙)가 자신의 음악을 알아주던 종자기(鍾子期)가 죽자, 금의 현을 끊어 버리고 다시는 연주하지 않았다고 한다.

정소운이 율시 한 수를 부쳐 보여주기에 차운하여 받들어 화답하다

丁小芸投示一律次韻奉答

벼루 밭[105] 수확도 없이 반이나 황폐해졌으니	硯田無穫半荒蕪
이 세상에 팔주[106] 이을 이 그 누구이랴	此世誰能繼八廚
길 잃고 가련한데 상심함[107] 품고	失路堪憐懷隕穫
경서 궁구하였으되 능력 없고 말조차 모호하네	窮經辦不說模糊
끝내 봉호[108]를 안다면 참으로 병이 아니고	終知蓬戶眞非病
오직 차를 마셔야만 깊은 고심[109]할 수 있네	惟有茶腸可搜枯

---

105 벼루 밭 : 문인들이 생활을 위하여 글을 쓸 때, 벼루를 농사짓는 논에 비유하여 이르는 말이다.

106 팔주(八廚) : 후한(後漢)의 도상(度尙) 등 여덟 사람을 말한다. 《후한서(後漢書)》〈당고전서(黨錮傳序)〉에 "도상(度尙)·도막(張邈)·왕고(王考)·유유(劉儒)·호무반(胡母班)·진주(秦周)·번향(蕃向)·왕장(王章)을 팔주(八廚)라고 한다. 주(廚)라는 것은 재물로써 남을 구할 수 있음을 말한 것이다."라고 했다.

107 상심함 : 원문의 '운확(隕穫)'은 곤궁한 채 뜻을 상실한 모양을 말한다.

108 봉호(蓬戶) : 쑥대로 엮은 문이란 뜻으로, 가난한 집을 말한다. 공자(孔子)의 제자 원헌(原憲)이 노(魯)나라에 살면서 가난했는데, 자공(子貢)이 헌거(軒車)와 큰 말의 행장으로 그를 알현했다. "원헌이 화관(華冠)과 종극(縱履) 차림으로 청려장을 집고 문으로 나와서 맞이했다. 자공이 '아! 선생은 무슨 병이십니까?'라고 물으니, 원헌이 대답하기를 '제가 듣기로는, 재물이 없는 것을 가난이라고 하고, 배우고 행하지 않는 것을 병(病)이라고 합니다. 지금 저는 가난하지만 병은 아닙니다.'라고 했다. 자공이 주저하면서 부끄러운 안색이 있었다."고 했다. 《장자(莊子)》〈양왕(讓王)〉에 보인다.

생계 도모 못 배워 귀신의 비웃음을 더하지만   莫學謀生添鬼笑
가난한 왕도 동오를 재패할 수 있다네   貧王猶足覇東吳

109 깊은 고심 : 원문의 수고(搜枯)는 수색고장(搜索枯腸)을 줄인 말로, 힘을 다하여 사색하는 것을 말한다.

삼가 이산보의 조천첩에 적다

敬題李山甫朝天帖

이산보(李山甫)는 나의 선조 문정공(文貞公 김육(金堉))이 병자년 (1637) 조천[110]했을 당시의 군관이다. 그의 후손 중에 기성(箕城 평양 (平壤))에 사는 자가 첩을 가지고 와서 보여주었는데 산보가 직접 쓴 것이다. 첩의 끄트머리에 족조 문정공이 지은 근체시 3수가 있기에 그 운을 삼가 차운하여 비분강개한 마음을 붙였다.

| 달 밝은 밤에 배 타고 석다산[111]을 출발하니 | 月明舟發石多山 |
| 처량한 이별노래 돌아올 날 언제이랴 | 惆悵離歌幾日還 |

　　이것은 이선악사(離船樂詞)를 인용한 것이다. 세간에서 전하기를 조천할 때 지은 것이라고 한다.

| 만리 길의 행장은 평탄함과 험준함 밖에 있고 | 萬里行裝夷險外 |
| 일 년 간의 세상사는 흥망에 임해있네 | 一年世事興亡間 |

　　당시 조천사는 관(舘)에 머물며 돌아오지 않았는데, 본국은 이미 병화(병자

110　조천(朝天) : 중국 천자를 알현하는 일로, 중국에 사신으로 감을 말한다. 김육(金堉)은 1636년 명나라에 파견된 성절사(聖節使)로서 연경에 갔으며, 1637년 명나라에서 병자호란의 발발과 인조의 항복 소식을 접하였다. 명나라에 다녀와서 남긴 《조천일기(朝天日記)》에는 그가 직접 목격한 명나라 관원의 타락과 어지러운 사회 분위기를 기술하였다.

111　석다산(石多山) : 평양(平壤)에 있는 산 이름이다.

호란)를 당해 강화(講和)를 했다.

은혜로운 하사를 어찌 다시 천계에서 받들까 　　　恩頒那復承天陛

공로가 해관으로 이어졌다는 소리 들리지 않네 　　貢路空聞迤海關

　첩(帖) 중에 기록되어 있는 사신의 하사품이 매우 많다. 또 공로(貢路)를
　염초(焰硝) 무역하는 곳으로 바꿔줄 것을 청했는데, 주관하는 자가 뇌물을
　요구하며 끝내 허락하지 않았다. 아! 해는 엄자산(崦嵫山)[112]에 가까워 행
　인이 장차 쉬려하는 뜻을 그 누가 알겠는가? 이것이 지사(志士)가 첩을
　어루만지며 여러 번 흐느껴 우는 까닭이다.

지난날의 흔적 가슴 아프나 물을 곳 없고 　　　　往蹟傷心無處問

몇 그루 야윈 버들만 안개 물굽이에 서 있네 　　　數株衰柳立烟灣

만 겹의 큰 파도, 그 기세 산더미 같아 　　　　　鯨濤萬疊勢如山

오직 왕령[113] 덕에 잘 오고갈 수 있었네 　　　　祇恃王靈好往還

은하수 뗏목[114]이 바다로 돌아온 이후 　　　　　一自星槎歸海上

지금까지 경궐[115]은 구름으로 막혔네 　　　　　至今瓊闕隔雲間

이 행차 마침 위급한 시기에 있었으니 　　　　　斯行正值艱危際

후세는 마땅히 의리의 관계를 알아야 하네 　　　後世應知義理關

112　엄자산(崦嵫山) : 엄자산은 지금 중국의 감숙성(甘肅省) 천산현(天山縣) 서쪽에
있는 산으로, 옛날에는 태양이 지는 곳이라고 여겼던 곳이다. 태양이 엄자산에 가까웠
다 함은 사람의 모년, 혹은 사물의 끝을 비유하는 말로 쓰인다.

113　왕령(王靈) : 임금의 위덕(威德)을 말한다.

114　은하수 뗏목 : 사신의 배를 말한다. 한나라 장건(張騫)이 황제의 명을 받고 황하
의 근원을 찾으러 갔다가 은하수에 다녀왔다는 전설로 인해 생겨난 말이다.

115　경궐(瓊闕) : 궁궐의 미칭이다.

여기서 그대 만나니 감개가 더하여   此地逢君增感慨

쇠잔한 후손 맑은 물굽이에 눈물 뿌리네   屬孫有淚灑淸灣

족대부[116] 기찬 시랑의 61세 잔치

族大父 基繟 侍郎六十一長筵

밝은 시대에 수역[117]이 열리니	熙世開壽域
남극성[118]은 늘 찬란히 빛나네	南極爛常映
덕이 있는 가문의 밝은 빛 나누었으니	分輝耀德門
참으로 우리 가문의 경사라 하겠네	寔爲吾宗慶
소춘[119]이 시월에 드니	小春十月交
따뜻하고 고운 날씨, 정결도 하구나	暄妍天氣淨
고당에선 생신을 축하하며	高堂賀令辰
하장[120]을 국자로 뜨네	霞漿挹斗柄
아름다운 용모는 사방 좌중을 압도하고	韶顔傾四座
담소를 나누심에 근력도 강건하네	譚笑鬪健勁
부엌의 공양, 해양[121]의 뜻 갖추었고	廚供備陔養

---

116 족대부(族大父) : 김기찬(金基繟, 1809~?)으로 자는 공서(公緒), 호는 석거(石居)이며 주묵(周默)의 아들이다. 1835년(헌종1) 증광문과(增廣文科)에 병과(丙科)로 급제하고 집의(執義)를 거쳐 1852년(철종3)에 대사간이 되고 이어 이조 참의(吏曹參議)·이조 참판(吏曹參判)을 지냈다. 저서로《석거집(石居集)》이 있다.

117 수역(壽域) : 사람마다 천수를 다 누리는 태평성대를 말한다.

118 남극성(南極星) : 남극노인성(南極老人星)을 말하며, 사람의 수명을 주관한다고 한다.

119 소춘(小春) : 음력 10월의 별칭이다.

120 하장(霞漿) : 선로(仙露)를 뜻한다.

규방의 범절 공경함이 엄숙하네 　　　　　　　　　　　閨範肅賓敬

옛말에 어진 이 장수한다 했으니 　　　　　　　　　　古稱仁者壽

공께서는 요산[122]의 성품 지니셨음에랴 　　　　　　公有樂山性

고삐 잡았을 때는 남녘을 맑게 다스렸고[123] 　　　攬轡澄南服

입에서 나오는 말마다 나라를 성대히 울렸네 　吐辭鳴國盛

명망 높아 이조 참판 되셨고 　　　　　　　　　　　　望隆天官貳

방정하고 근면하여 정치를 대신했네 　　　　　　　方勤代斲政

성조에서 노인 봉양 도탑게 한 덕에 　　　　　　　聖朝優養老

은혜의 물결 속에서 오래도록 헤엄쳤네 　　　　恩波久宜泳

이제 출관도[124]를 가지고 　　　　　　　　　　　　　聊將出關圖

수룡음[125]에 짝하시라 　　　　　　　　　　　　　　　擬配水龍詠

121　해양(陔養) : 서로 효도와 공양으로써 경계하는 것을 말한다. 《시경》〈남해 서 (南陔序)〉에 "〈남해〉는 효자가 서로 공양을 경계하는 것이다.〔孝子相戒以養也〕"라고 했다.

122　요산(樂山) : 요산요수(樂山樂水)를 말하며, 인자(仁者)는 산을 좋아한다고 했 다.

123　고삐……다스렸고 : 《후한서(後漢書)》〈범방전(范滂傳)〉에 "당시 기주에 기근 이 들고 도적들이 떼 지어 일어났다. 이에 범방을 청조사로 삼아 안찰하게 했다. 범방은 수레에 올라 고삐를 잡더니, 강개하여 천하를 맑게 하려는 뜻을 품었다.〔時冀州飢荒, 盜賊蜂起 乃以滂爲淸詔使 案察之 滂登車攬轡 慨然有澄淸天下之志〕"라는 말이 보인다. 후에 '남비징청(攬轡澄淸)'은 난세를 다스려 태평성세를 이루고자 하는 포부를 가리키 는 말로 사용된다.

124　출관도(出關圖) : 예로부터 〈노자출관도(老子出關圖)〉가 많이 그려졌는데, 사 서의 기록에 따르면, 노자는 서쪽으로 함곡관(函谷關)을 나간 후 어떻게 되었는지 모른 다고 한다.

125　수룡음(水龍吟) : 사패(詞牌) 이름이다. 이백(李白)의 시 〈궁중행락사(宮中行

樂詞) 8수〉 중 "피리를 연주하니 물속의 용이 노래하고, 퉁소가 울리니 공중의 봉황이
내려오네.〔笛奏龍吟水 簫鳴鳳下空〕"에서 나왔다.

차운하여 정운당에게 화답하다

次韻答丁芸堂

밤마다 낀 찬 구름에 답답한 가슴 풀 길 없고	連夜寒雲悶不開
강마을엔 어지럽게 두회[126]가 떨어지네	江村亂落荳灰來
개울얼음 깨 가져오니 차 끓이기 좋고	澗氷敲取宜烹茗
책이 잔뜩 쌓였으니 매화 보호할 수 있겠네	書卷堆深可護梅
세상사에 점차 소홀해져 붓 잡기도 게으르고	人事漸疎慵把筆
시 짓는 근심을 풀길 없어 애써 술만 들이키네	詩愁難遣强銜盃
덩그마니 방에서 상여의 병[127] 홀로 동정하느라	獨憐四壁相如病
답장하고 싶었으나 아직 생각 마름하지 못했네	欲謝瑤函意未栽

---

126 두회(荳灰) : 눈발을 말한다.

127 상여의 병 : 한(漢)나라 사마상여(司馬相如)는 평생 소갈증(消渴症)에 시달렸다고 한다.

이양애 최진 에게 주다 신미년(1871, 고종8) 봄

贈李楊厓 最鎭 辛未春

세상 피한 그대 백란[128] 같아 사랑스러운데	違世憐君似伯鸞
흰 구름은 어느 곳 계곡 안에 서렸는가	白雲何處澗中盤
서까래 몇 개로 나무 옆에 띠집을 짓고	數椽因樹爲茅屋
반 무[129]에 꽃 심어 약초 울타리 보호하네	半畝栽花護藥欄
삼이[130]로 유사들의 논변 완전히 잊고	三耳渾忘遊士辯
두 눈동자로 오래도록 고서를 대하네	雙眸長對古書觀
문 앞의 작은 배 낚싯줄 드리울 만하여	門前小艇堪垂釣
풍파 속에 오고감에 꾸는 꿈도 편하네	來往風波夢亦安

---

128 백란(伯鸞) : 후한(後漢) 양홍(梁鴻)의 자이다. 양홍은 후한 장제(章帝) 때의 은사로서 아내 맹광(孟光)과 함께 패릉산(霸陵山)에 은거하여 농사와 길쌈으로 일을 삼았다. 장제가 그를 찾았으나 성명을 바꾸고 오(吳)나라로 떠나 끝내 뜻을 이루지 못했다.

129 무(畝) : 넓이의 단위이다.

130 삼이(三耳) : 전국 시대 조(趙)나라 평원군(平原君)의 식객(食客) 공손룡(公孫龍)이 궤변을 잘했는데, 자고(子高)와 함께 '장삼이(臧三耳)', 곧 '노비는 귀가 셋이다.'라는 주제로 논쟁을 하여 교묘한 궤변으로 상대를 물리쳤다.

김몽초 복균 가 벽려방에 방문하다

訪金夢初 復均 于碧蘆舫

정우매(鄭友梅) 이형(履亨) 이양애(李楊厓) 장환옥(張煥玉)이 와서 모여서 함께 읊다.

한낮에 회화나무 그늘에서 황정경[131]을 읽으니	槐陰亭午讀黃庭經
산의 나뭇잎과 초동이 한 색으로 푸르네	山葉樵童一色靑
뜻이 이르니 수염과 눈썹 익히 본 것 같고	意到鬚眉如見慣
경계 맑으니 담소 중에 퍼뜩 마음이 깨어나네	境澄談笑忽心醒
섬돌을 돌며 붓 적셔 《화사》[132]를 정리하고	巡堦點筆修花史
돌 두들겨 소리 들으며 《수경》[133]에 주석 다네	敲石聆音註水經
우리에게 더 이상 남은 일일랑 없으니	吾輩更無餘事業
검 짚고 밤하늘의 별 볼 필요 없으리라	未須倚劍夜看星

---

131 황정경(黃庭經) : 도교(道敎)의 경전 이름이다.

132 화사(花史) : 화훼를 기재한 책이다.

133 수경(水經) : 역도원(酈道元, 470?~527)의 《수경주(水經注)》를 말한다. 역도원의 자는 선장(善長), 북위(北魏) 범양군(範陽郡) 탁현(涿縣) 사람으로, 북위(北魏) 평동장군(平東將軍)·청주 자사(靑州刺史) 등을 지냈다.

김몽초와 이양애가 내방하여 함께 읊다

金夢初李楊厓來訪共賦

몇 해를 애타게 기다려 이제야 찾아왔나	幾年勞望始相過
작은 배로 강 하나 건너는 쉬운 일이건만	容易工夫一葦河
유쾌히 책 읽으려면 따를 술이 있어야지	快讀應須澆酒物
서로 만나 절반은 격호가[134]를 부르네	相逢半是擊壺歌
약초 울타리 꽃향기는 미풍에 건너오고	藥欄花氣微風度
어부 집 불빛은 먼 물가에 넘실대네	漁戶燈光遠水多
기둥에 시 적던 사인[135]은 지금 이미 늙어서	題柱詞人今已老
요즘은 소갈증 어떠한지 모르겠네	不知消渴近如何

제호[136] 산새소리 객이 머무는 것 기뻐하고	山鳥提壺款客留

---

134 격호가(擊壺歌) : 진(晉)나라 왕돈(王敦)은 술 마시면 늘 여의로 단지를 두드리며 조조(曹操)의 "늙은 말이 구유에 엎드려 있으나 뜻은 천리 밖에 있네. 열사는 늙었지만 장대한 포부 그치지 않았네.〔老驥伏櫪 志在千里 烈士暮年 壯心不已〕"라는 시구를 불렀다 한다. 《진서(晉書)》 권98 〈왕돈열전(王敦列傳)〉에 보인다.

135 기둥에 시 적던 사인 : 한나라 사마상여(司馬相如)를 뜻한다. 사마상여가 고향 성도(成都)를 떠나 장안(長安)으로 갈 때 사마교(駟馬橋)를 지나면서 다리 기둥에 적기를 "높이 사마를 타지 않고는 이 다리를 통과하지 않겠다.〔相如不駟馬衣錦 絶不汝下〕"고 했다. 또한 사마상여는 소갈증을 앓았다고 전해진다.

136 제호(提壺) : 제호조(提壺鳥) 또는 제호로(提壺盧)라고도 한다. 울음소리가 '티후〔提壺〕'처럼 들린다고 하여 지어진 이름이다.

모심는 노래 곳곳에 있어 미주[137]와도 같네	秧歌處處似眉州
들나물 배불리 먹으면 짐짓 고기 삼을 수 있고	野蔬吃飽權當肉
마당 보리 높이 쌓으면 좋이 누대가 되네	場麥堆高好作樓
동화[138]에서 늙어감은 꿈으로 막혀 있는 듯하고	老去東華如隔夢
남완[139]과도 같은 가난은 근심 어울리지 않네	貧同南阮未宜愁
부용강[140] 양 언덕 모두 시 짓기 좋은 경치지만	蓉江兩岸皆詩境
그중에서 상류 마주한 그대 집이 가장 부럽네	最美君家對上遊

몽초(夢初)는 일찍이 공경들 사이에서 노닐었으나 얼마 안 되어 상심하여 돌아왔다. 여러 친족들을 돌아보면 부귀의 성대함이 비할 데 없건만 그만 홀로 이 고을에서 궁벽하게 살기 때문에 오류 구에서 언급한 것이다.

---

137 미주(眉州) : 사천성 미산시(眉山市)를 말한다. 북송(北宋) 소식(蘇軾)의 고향이다.

138 동화(東華) : 전설 속의 신선이 사는 곳을 말한다.

139 남완(南阮) : 진(晉)나라 완함(阮咸)과 완적(阮籍) 등을 말한다. 도로 남쪽에 살아서 부르는 칭호이다. 모두 가난하게 살았다고 한다.

140 부용강(芙蓉江) : 서울 마포와 밤섬 일대를 흐르는 한강의 이름이다.

중추에 비 내린 후 아이들의 운을 차운하다

仲秋雨後次兒曹韻

숲에 내리던 성근 빗발 저녁 되어 개더니	林霏疎颯晚來晴
찬바람에 시든 연꽃이 흰 모시처럼 가볍네	風冷殘荷白苧輕
깊이 가려진 서실 휘장엔 등불만 고요하고	書幌掩深燈火靜
다급한 마을 다듬이질 소리 종이창에 울리네	村砧調急紙窓鳴
어렴풋한 세상사 기러기 발자국[141] 같고	依稀世事鴻留跡
쓸쓸한 가을 회포 제비 떠나가는 심정일세	寥落秋懷鷰去情
한가한 날 자질들 거느리고 동산을 거니니	暇日東山携子姪
면류관 쓴 남의 광영 연모할 필요 없다네	不須軒冕慕他榮

멍하니 한밤중에 마른 오동에 기댄 채	嗒然中夜據枯梧
텅 빈 가을 창에 바보처럼 앉아있네	濩沈秋窓坐似愚
세월 오래된 산길에 기견[142]이 생기고	歲久山蹊生杞犬
빗물 불어난 강 언덕에 장오[143]가 모였네	雨添江岸簇檣烏

---

141 기러기 발자국 : 송나라 소식(蘇軾)의 〈화자유민지회구(和子由澠池懷舊)〉시에 "인생이 가는 곳마다 무엇 같은지 아는가? 마땅히 나는 기러기가 눈 녹은 진창을 밟는 것과 같으리라.〔人生到處知何似 應似飛鴻踏雪泥〕"라고 했다.

142 기견(杞犬) : 기구(杞狗)라고도 하며, 전설 속의 개를 말한다. 나부산(羅浮山) 마고단(麻姑壇)에 있는 구기(枸杞)나무 아래에 있다는 붉은 빛의 개를 말한다.

143 장오(檣烏) : 돛대 위에 있는 까마귀 모양의 풍향계를 말한다.

독서는 단지 한가함 보내기 위함	讀書只爲消閒地
근심을 푼들 어찌 끝내 없을까	遣悶那能到底無
서남쪽에서 들려오는 저 소리 무엇인가	聲自西南者何物
거울 속 모습 보니 흰 눈이 살쩍에 스몄구나	鏡中飜覺雪侵鬚

구아[144]가 나이 열 살인데 처음 고시 10운을 지었다. 내가 그것을 위해 운대로 읊어서 보여주었다

駒兒年十歲始作古詩十韻余爲之依韻口呼以示之

강개하여 가을을 슬퍼하는 자	慷慨悲秋者
가을 오니 까닭도 없이 슬퍼지네	秋來悲無端
장부가 사방에 뜻을 둔 것은	丈夫志四方
단지 일신의 안락 때문이 아니라네	不爲徒自安
자장[145]은 나이 스물에	子長年二十
남쪽을 유람하며 장강과 회수를 보았네	南遊江淮觀
종군은 겨우 열다섯 나이에	終軍纔成童
수를 버리고 부절을 지니고 돌아왔네[146]	棄繻持節還

---

144 구아(駒兒) : 김유증(金裕曾, 1862~1908)을 말하며, 김윤식의 장남이다.

145 자장(子長) : 사마천(司馬遷)의 자이다. 젊은 시절 전국을 유람하며 고적을 살폈다. 《한서(漢書)》〈사마천전(司馬遷傳)〉에 "20세에 장강(長江)과 회수(淮水)를 남쪽으로 유람하고, 회계산(會稽山)에 올랐고, 우혈(禹穴)을 탐색하고, 구의산(九疑山)을 살피고, 원수(沅水)와 상수(湘水)를 떠다녔다."고 했다.

146 종군은……돌아왔네 : 한나라 종군(終軍)은 장안으로 가려고 함곡관을 들어서는데, 관을 지키던 관리가 종군에게 수(繻), 곧 비단으로 만든 일종의 통행증을 주자, "'대장부가 사방을 유람함은 반드시 공명을 이루기 위함인데, 관을 나섬에 이 물건이 무슨 쓸모란 말인가!' 하고는 수를 버리고 갔다. 종군은 장안에 들어가 알자가 되어서 명을 받들고 군국을 순행하게 되었는데, 부절을 들고 동으로 가 함곡관에 이르자 관을 지키던 관리가 그를 알아보더니 '이 사자는 전번에 수를 버리고 떠난 후생이다!'라고

영척은 소뿔을 두들기며 노래했네[147]	甯戚叩牛角
무명으로 만든 홑은 추위를 이기지 못한다고	單布不勝寒
귀하고 천해지는 데는 각기 때가 있으니	貴賤各有時
때가 되면 어려움도 구할 수 있네	及時乃濟艱
품은 생각 있어 잠 못 이루는데	有懷不能寐
밝은 달이 난간을 비추네	明月照闌干
서풍이 뜰의 나무로 불어오나니	西風入庭樹
근심스런 모습 이미 옛 안색이 아니네	戚戚非舊顔
마부가 내 수레에 기름칠을 해도	僕夫脂我車
비바람 불어오면 나루 잃고 헤매네	風雨迷津關
분발하여 공명을 생각해야지	奮發思功名
앉아서 길게 탄식한들 무슨 소용 있으리	何用坐長歎

하였다.〔大丈四游 必取功名 出關何用此物 棄繻而去 終軍至長安爲謁者 受命巡行郡國 持節東至函谷關 關吏識之 道 此使者原是此前棄繻後生〕《한서(漢書)》〈종군전(終軍傳)〉에 보인다.

147　영척은……노래했네 : 《삼제략(三齊略)》에 보면 다음과 같은 이야기가 나온다. "제환공이 밤에 숙소 가까이로 출타했는데, 영척이 소뿔을 두들기며 목청 높이 노래를 불렀다. '남산의 바위, 흰 바위 찬란하네, 살아서 요순의 선양을 보지 못하고, 짧은 무명 홑옷 갈빗대를 겨우 가리네. 해 저물녘부터 소 먹이기 시작해 한밤이 가까워오도록, 기나긴 이 밤, 언제 날이 새려나?' 제환공은 그를 불러와 함께 이야기 나눈 뒤에 기뻐하여 그를 대부로 삼았다.〔齊桓公夜出近舍 甯戚疾擊其牛角高歌曰 南山矸 白石爛 生不遭堯與舜禪 短布單衣適至骬 從昏飯牛薄夜半 長夜曼曼何時旦 桓公召與語 說之 以爲大夫〕"

신미년(1871, 고종8) 초겨울에 정우매 어르신 정연원 소운 향원과 함께 이양애의 산방에 모여서 함께 읊다

辛未初冬與鄭友梅丈丁研園小芸香晩會于李楊厓山房共賦

지붕 용마루 위 성근 연기에 고목이 차갑고	屋脊疎烟古木寒
눈썹 같은 새달이 처마 끝에 올랐네	一眉新月上簷端
맑게 갠 눈 마을에 가득하여 온 지경이 크고	晴雪滿村提封大
깨끗한 강 언덕을 껴안아 두른 띠 드넓네	澄江抱岸帶圍寬
그대 수레 천리 밖에서 오기 어려우나[148]	君駕難如千里命
이 술동이는 일생의 즐거움으로 삼기에 족하네	此樽便足一生歡
매화가 피지 않아 시정이 메말랐기에	梅花不發詩情瘦
양주를 슬퍼하며 구비진 난간을 꿈꾸네[149]	惆悵楊州夢曲欄

---

148 그대……어려우나 : 《세설신어(世說新語)》〈혜강전(嵇康傳)〉에 "혜강과 여안은 서로 친해서 매번 생각이 날 때마다 천리에 말을 몰아 찾아갔다. 한번은 여안이 혜강을 찾아갔으나 혜강은 없고 그의 동생 혜희가 나와 맞이했다. 그러나 여안은 들어가지 않고 문에다가 글자 하나를 적어놓고 떠나갔다. 혜희는 알지 못하고 좋아했으나, 일부러 '봉'자를 썼으니, 이는 범속한 새라는 뜻이다.〔嵇康與呂安善 每一相思 千里命駕 安後來 值康不在 嵇 喜出戶延之 不入 題門上作字而去 喜不覺 猶以爲忻 故作'鳳'字 凡鳥也〕"

149 양주를……꿈꾸네 : 당나라 시인 두목(杜牧)의 〈견회(遣懷)〉시에 "십년만에 양주의 꿈에서 깨어나니, 청루에서 박정한 남정네란 명성만 얻었네.〔十年一覺揚州夢 贏得靑樓薄倖名〕"라고 했다. 양주의 꿈은 감회의 전고로 사용된다.

사립문밖 안개 낀 물은 갈매기 거처와 접하고　　柴門烟水接鷗居
집안의 의관엔 수초[150]가 담박하네　　屋裏衣冠澹澉初
소나무 상에 사람 만류하여 현성주[151]를 마시고　　松榻留人賢聖酒
갓 씌운 등 켜놓고 새벽까지 고금의 책을 읽네　　簧燈抵曉古今書
창가 닭과 이야기하며 현공[152]은 자랐으나　　窓鷄共話玄功進
동산 학에게 먹이 나눠주어 생계는 소홀해졌네　　園鶴分糧生計疎
푸른빛 마르고 붉은빛 물들임 어떤 일이던가　　裁碧暈紅何許事
고심하며 읊다가 서로 보며 한 번 웃네　　相看一笑苦吟餘

150　수초(邃初) : 은거하겠다는 처음의 뜻을 이루는 것을 말한다.

151　현성주(賢聖酒) : 현인과 성인은 탁주와 청주를 뜻하는 은어이다.

152　현공(玄功) : 위대한 공적이라는 뜻도 있으나 도가에서 말하는 양생의 공법(功法)을 뜻하기도 한다. 여기서는 후자의 뜻으로 쓰인 듯하다.

대고연가

代古硯歌

신산북(申汕北)[153] 선생 집에 송나라 때의 벼루 1방(方)이 있는데, 선생이 〈고연가〉를 지어서 송 조정의 흥망성쇠를 모두 기술했다. 현인과 간인이 기용되고 내쳐진 일로 말미암아 생겨난 다른 시대의 감개를 사물에 의탁하여 펼쳤다. 내 이를 차운하여 〈대고연가〉를 지어 황명(皇明)의 자취를 진술함으로써 삼가 화답한다.

미천한 몸 거둠 받아 감히 자문을 받드니   辱收菲質承咨詢
임금 위한 허심으로 윤균[154]을 털어놓았네   爲君虛心寫輪囷
대아가 땅에 떨어졌는데 무엇을 진술하리   大雅委地竟何陳
바다 속으로 한벽금 함께 빠졌네   海中寒碧同沉淪

　왕유정(王猷定)[155]에게 〈한벽금기(寒碧琴記)〉[156]가 있다.

153 　신산북(申汕北) : 1805~? 본관은 평산(平山), 호는 산북(汕北)으로 경기도 광주(廣州) 두릉(斗陵)에서 살았다. 감역관(監役官)을 지냈으며 정약용(丁若鏞)의 제자이다.

154 　윤균(輪囷) : 간담륜균(肝膽輪囷)을 말한다. 숨김이 없는 출중한 용기와 기백을 말한다.

155 　왕유정(王猷定) : 1598~1662. 자는 우일(于一), 호는 진석(軫石)이며 강서(江西) 남창(南昌) 사람으로, 명말청초의 문인이다. 산문으로 뛰어났으며, 청나라에 들어가서는 은거했다.

다행히 만년에 군자와 이웃 되었으니　　　　尙幸晚接君子隣

주인께선 옛것 좋아하여 취미가 순후하네　　主人好古風味醇

저생[157]은 《춘추》로 논의를 다하려고 하고　楮生春秋欲竭論

눈 깜짝할 사이 지난 일은 묵륜[158]을 지나가네　彈指往事過墨輪

태어난 후 삼고[159]는 들은 것 너무 적어　　生後三古嗟寡聞

훔친 기억 있다한들 어찌 족히 말하리　　　縱有賭記安足云

---

156 한벽금기(寒碧琴記) : 왕사정의 《지북우담(池北偶談)》에 "남창(南昌) 왕우일(王于一) 유정(猷定)이 지은 〈한벽금기(寒碧琴記)〉에 '옛날 자첨(子瞻 소식(蘇軾))이 등주사호참군(登州司戶參軍)이 되었을 때, 자유(子由 소철(蘇轍))가 문안하러 갔다. 금(琴)을 휴대하고 대해(大海)를 건너다가 배가 전복되어서 금이 바다에 빠져버렸다. 나중에 고려(高麗) 사람이 얻어서 그 왕에게 바쳤는데, 왕이 소씨(蘇氏)의 물건임을 알았다. 수장한 지 수 백년이 지나서, 명나라 숭정(崇禎) 간에 이르러 고려(高麗)가 전쟁에 의해 곤궁을 당했는데 구원을 청했다. 총병(總兵) 아무개를 파견하여 군대를 인솔하여 구원하게 했다. 빈행(瀕行)할 때 금을 기증하여, 금이 마침내 다시 중국으로 돌아왔다.'고 했다. 《동파연보(東坡年譜)》를 살펴보니, 원풍(元豐) 8년 을축년 5월에 조봉랑(朝奉郞)으로서 지등주(知登州)가 되었는데, 군(郡)에 도착한 지 겨우 5일만에 곧 예부낭관(禮部郞官)으로 소환되었다. 〈별등주거인(別登州擧人)〉시를 지었는데, '5일간 홀홀히 수령을 지냈네(五日匆匆守)'라는 구가 있다. 공은 사호참군(司戶參軍)을 지낸 적이 없고, 군에 이르러 오래지 않아서 즉시 소환되었으니, 소공(少公) 또한 등주로 공을 문안간 적이 없다. 숭정(崇禎) 간에는 또한 고려로 군대를 파견한 적이 없다. 우일은 기탄(奇誕)함을 좋아하여 매번 남들을 속임이 이와 같은 종류가 많다."고 했다.

157 저생(楮生) : 종이를 말한다. 당나라 문인 한유(韓愈)의 〈모영전(毛穎傳)〉에 "모영은 강 땅 사람 진현, 홍농의 도홍 및 회계의 저선생과 서로 친하게 지내면서 서로 밀어주고 끌어주며 어디건 함께 한다.[穎與絳人陳玄 弘農陶泓及會稽楮先生友善 相推致 其出處必偕]"는 표현이 나온다.

158 묵륜(墨輪) : 먹을 말한다.

159 삼고(三古) : 상고(上古)・중고(中古)・하고(下古)의 합칭을 말한다.

송나라는 약하고 선하여 인정을 베풀었기에　　　　宋氏衰善以爲仁

온 중국 땅이 잠시나마 문물의 빛 보았네　　　　諸夏暫見文物彬

백 년이 못되어 오랑캐 먼지[160] 쓸어내고　　　　不及百年掃胡塵

명나라가 천명 받아 천하에 우뚝했네　　　　皇明受命四海尊

정치는 당을 추구하여 비교당하는 것 부끄럽고　　　　治邁李唐羞比倫

학문은 주자를 존숭하여 도학이 순정했네　　　　學尊紫陽道術淳

인종과 선종이 이어 다스린 지 겨우 십년 만에　　　　仁宣繼治纔十春

민물이 크게 풍성하여 창성의 시기 맞이했네[161]　　　　民物殷阜際昌辰

정통[162]연간 이후로 석양빛 드리워　　　　正統以後已夕曛

아름다운 귀고리 소리 뿐 임금은 없었네　　　　但聞媚璫不有君

궁문의 쇠 비석[163]는 사라지고 없으니　　　　宮門鐵碑去不存

어찌 지록위마[164]가 진나라를 그르친 정도이랴　　　　奚翅鹿馬誤嬴秦

천계 숭정의 성쇠[165]는 신령 더욱 상하게 했네　　　　啓禎剝復愈傷神

160　오랑캐 먼지 : 원나라를 말한다.

161　민물이……맞이했네 : 명나라 인종(仁宗)과 선종(宣宗) 때는 사회경제적인 번영을 누린 시기로서 '인선지치(仁宣之治)'라고 하는데, 후세에서 전한(前漢)의 '문경지치(文景之治)'에 비견하였다.

162　정통(正統) : 명나라 영종(英宗)의 연호(1436~1449)이다.

163　쇠 비석 : 명나라 홍치(弘治) 14년에 〈건립관음사기(建立觀音寺記)〉의 철비를 주조했다.

164　지록위마(指鹿爲馬) : 윗사람을 농락하여 권세를 마음대로 함을 이르는 말이다. 진나라 조고(趙高)가 자신의 권세를 시험하여 보려고 황제 호해(胡亥)에게 사슴을 가리키며 말이라고 한 데서 유래했다.

165　천계 숭정의 성쇠 : 천계(天啓, 1621~1627)와 숭정(崇禎, 1628~1644) 연간의 성쇠를 말한다. 원문은 '박복(剝復)'으로 성쇠를 말한다.

귀지(貴池) 오응기(吳應箕)[166]가 지은 〈계정양조박복론(啓禎兩朝剝復論)〉이 있다.

충량들은 다 제거되고 귀신같은 간신만 남으니	忠良鋤盡餘鬼姦
진사 문호에서 도맡아 관료를 택했네	進士門戶專擇官
국사 도모하고 백성 근심할 겨를이 있었으랴	何暇謀國與憂民
금구[167]는 깨지고 우마의 무리 날뛰는 것을	金甌缺破牛馬群

당시 "우마가 벼슬아치들을 없앴다."는 노래가 있었는데, 우금성(牛金星)[168]과 마사영(馬士英)[169]을 가리킨 것이다.

매화령의 의관, 푸른 피가 원통한데	梅嶺衣冠碧血冤

사독보(史督輔)[170]가 양주(楊州)에서 군사를 영솔했는데, 흘린 눈물이 피를 이루었다. 그가 살신성인한 후에 그 의관을 매화령(梅花嶺)[171] 아래에

---

166 오응기(吳應箕) : 1594~1645. 자는 차미(次尾), 호는 누산(樓山)으로, 귀지(貴池) 대인연(大演) 석태(石台) 대연향훈전(大演鄕訓田) 사람이다. 명나라 말의 문인이다.

167 금구(金甌) : 강건한 국토를 가리킨다.

168 우금성(牛金星) : 1595?~1652. 자는 취명(聚明), 명말의 거인(擧人)으로서 이자성(李自成)의 의군(義軍)에 가담하여 대순국(大順國)의 건립에 앞장서서 협조하고, 명나라가 망한 후 승상(丞相)을 지냈다.

169 마사영(馬士英) : ?~1646. 자는 요초(瑤草), 명나라 말에 봉양총독(鳳陽總督)과 남명(南明) 홍광조내각(弘光朝內閣)의 수보(首輔)를 지냈다. 본성(本姓)은 이씨(李氏)인데 마씨(馬氏)의 뒤를 이었다. 명나라 말에 완대성(阮大鋮)과 결탁하여 권력을 다투다가 명나라가 망한 후 남명(南明) 정권을 수립하는데 적극 가담하였다.

170 사독보(史督輔) : 사가법(史可法, 1601~1645)을 말한다. 자는 헌지(憲之)·도린(道鄰)이며 상부(祥符) 사람이다. 예부상서(禮部尙書) 겸 동각대학사(東閣大學士)를 지냈다. 청나라의 침략에 맞서 양주성(揚州城)에서 싸우다가 성이 함락되자 자결했다.

171 매화령(梅花嶺) : 대유령(大庾嶺)을 말한다. 중국 오령(五嶺) 중의 하나이며, 강

묻었다.

유로들은 하릴없이 경륜만 낭비했구나	遺老謾費閒經綸
멀리 부상[172]에 고하여 끝내 의지한 이 누구인가	遠控扶桑誰極因

주최지(周崔芝)[173]가 재차 일본에 가서 군사를 요청했으나 이루지 못했다.

땅도 바다도 아득하여 나루를 알 수 없네	陸海茫茫不知津
눈을 들어도 나와 잘 지내던 옛 벗 없고	擧目無余宿好敦
오직 삼재[174]만이 매일 문에 찾아왔네	但見三災日及門
괴이한 복장을 가까이 할 수 없던 터에	詭裝殊服不可親
바다 밖에 의관에 의대[175]한 사람 있다고 들었네	海外聞有冠帶人
인현이 남긴 교화 문명 떨어뜨리지 않았으니	仁賢遺化不墜文
이 나라라면 영원히 몸 보호할 수 있겠네	此邦可以永庇身
오직 바라건대	惟願
조정에서 항상 충량한 신하를 얻어서	朝廷常得忠良臣
나가건 머물건 떨어지지 않고 임금 수행하면서	行藏隨君不相分

서성 대유현(大庾縣) 고개 위에 매화가 많아서 일명 매령(梅嶺)이라고 한다.

172 부상(扶桑) : 일본의 별칭이다. 부상은 전설 속의 동해에 있다는 신목(神木)으로 서 해가 떠오르는 곳이라고 한다.

173 주최지(周崔芝) : 자는 구원(九元), 복청(福淸)이며 용담(榕潭) 사람이다. 젊어 서 바다에서 도적이 되었다. 일찍이 일본에 왕래하며 활쏘기로 명성이 있었다. 살사마 왕(撒斯瑪王)과 부자(父子) 관계를 맺었다. 명나라가 망한 후 항청군(抗淸軍)에 가담 하여 일본에 군사를 요청하는 등 활약을 했다.

174 삼재(三災) : 사람에게 닥치는 3가지 재해를 말한다. 도병재(刀兵災)·질역재 (疾疫災)·기근재(飢饉災), 또는 수재(水災)·화재(火災)·풍재(風災)가 있다.

175 의관에 의대 : 예의 있는 나라의 사람 혹은 문명인을 뜻하며, 조선을 말한다.

임금의 지극한 이치와 간곡한 가르침 듣기를	聆君至理誨諄諄
안타까워라	可惜
문장에 공연히 절세의 보배 지녔으니	文章空有絶世珍
저 속세의 사람들과 절대 말하지 말라	愼毋與彼俗子言
아	嗟乎
신중히 저 속자들과 말하지 말게나	愼毋與彼俗子言
차라리 아침저녁으로	不如朝朝暮暮
돌로 양치하고[176] 구름 밭가는 것만 못하리라	漱石而耕雲

---

176 돌로 양치하고 : 원문의 '수석(漱石)'은 수석침류(漱石枕流)의 줄임말이다. 은거
생활을 말한다. 《세설신어》〈배조(排調)〉에 "왕이 묻기를, '흐르는 물도 베고, 돌로
양치할 수 있느냐'라고 하니, 손초(孫楚)가 말하길, '물을 베는 것은 귀를 씻기 위함이요
돌로 양치함은 이를 갈고자 함입니다.'라고 하였다.〔王曰 流可枕 石可漱乎 孫曰 所以枕
流 欲洗其耳 所以漱石 欲礪其齒〕"

신산북[177] 선생 기영 의 〈선덕로가〉에 삼가 화답하다

敬和申汕北先生 耆永 宣德鑪歌

지금 사람들 기이한 것 좋아해 힘써 모으느라	時人好奇務蓄聚
시대를 따지지 않고 오직 옛것만 사랑하네	不論其世惟愛古
더러운 진나라 비석, 정이[178]와 뒤섞이고	秦碑荒穢混鼎彝
황제 참칭한 왕망의 화폐,[179] 구부[180] 어지럽혔네	莽泉僭賊亂九府
하물며 관지[181]에는 끌어다 붙인 것 많아	況復款識傅會多
거를 오거로, 정을 조정으로 삼네[182]	以舉爲伍丁爲祖

---

177 신산북(申汕北) : 신기영(申耆永, 1805~?)으로 본관은 평산(平山)이며, 산북은 그의 호이다. 경기도 광주(廣州) 두릉(斗陵)에서 살았다. 감역관(監役官)을 지냈으며 정약용(丁若鏞)의 제자이다.

178 정이(鼎彝) : 고대의 제기(祭器)이다. 상면에 공적이 있는 인물을 표창(表彰)한 문자가 많이 새겨져 있다.

179 왕망의 화폐 : 원문의 '망천(莽泉)'은 왕망전(王莽錢)이라고도 한다. 왕망(王莽, 기원전45~23)이 한나라를 찬탈하여 신(新)을 세운 후 새로 발행한 화폐이다.

180 구부(九府) : 주나라 때 재폐(財幣)를 관장하던 관청이다. 태부(太府)·옥부(玉府)·내부(內府)·외부(外府)·천부(泉府)·천부(天府)·직내(職內)·직금(職金)·직탕(職幣)이 있었다.

181 관지(款識) : 고대 정정이기(鐘鼎彝器)에 새긴 문자이다. 관(款)은 각(刻), 지(識)는 표지(表識)이다. 이밖에 여러 설이 있는데 관은 안에 있는 것, 지는 밖에 있는 것이라는 설, 혹은 관은 화문(花紋), 지는 전각(篆刻)이라는 설 등이 있다.

182 거를 오거(伍舉)로……삼네 : 이 말은 마단림(馬端臨)의 《문헌통고(文獻通考)》 권207에 보인다. "본조의 사람들은 예를 들어 유원보, 여여숙, 황장예 등 많은 사람들이

자산의 방정이니[183] 필길의 길이[184]니	子産方鼎偪吉匜
누가 판별했는지, 고생 꽤나 했으리	誰其辨之心亦苦
이 항아리만큼 근세의 것이고도 보배일까	未若玆罏近且珍
이것이 주조됨은 선덕 연간[185] 봄에 있었네	鎔鑄乃在宣德春
인온[186]의 원기가 구리를 잉태하여	絪縕元氣孕銅母
어디론가 안아 보내니 향기로운 재 내뿜었네	抱送誰家噴香塵
당시 삼양[187]의 보필이 있었고	當時有若三楊佐
위에는 옷을 드리운 성인[188]이 있었네	上有垂衣之聖人

고대 기물관지 수집하는 것을 좋아해 고증이 매우 상세하다. 그러나 대부분 고인의 이름을 갖다 붙이길 좋아하는데, 예를 들어, 정 자는 조정이라 여기고 거 자는 오거라 여기며, 방정이 나오면 자중이라 여기고 길이가 나오면 핍길이라 여기는 식이다.〔本朝諸家蓄古器物款識(其考訂詳洽 如劉原父 呂與叔 黃長睿多矣 大抵好附會古人名字 如丁字卽以爲祖丁 擧字卽以爲伍擧 方鼎卽以爲子仲 吉匜卽以爲偪姑之類)〕

183 자산의 방정이니 : 《춘추좌씨전(春秋左氏傳)》 소공(昭公) 7년 조에 "한자는 하교에서 제사 지낸 후 진후에게 틈이 있기에 자산거의 두 방정을 하사했다.〔韓子·祀夏郊 晉侯有間 賜子産莒之二方鼎)〕"고 했다. 방정은 방형(方形)의 식기이며, 주로 제기(祭器)로 쓰였다. 자산거는 정(鄭)나라 대부(大夫) 공손교(公孫僑)이다.

184 길이(吉匜) : 이(匜)는 고대에서 물이나 술을 담은 주전자 모양의 청동기이다. 이 역시 주석 6의 내용에 보인다.

185 선덕(宣德) 연간 : 명나라 선종(宣宗)의 연호(1426~1435)이다.

186 인온(絪縕) : 천지음양(天地陰陽)의 이기(二氣)가 상호 작용하는 모양을 말한다.

187 삼양(三楊) : 명나라 양사기(楊士奇)·양영(楊榮)·양부(楊溥)를 말한다. 세 사람 모두 영락(永樂)·홍희(洪熙)·선덕(宣德)·정통(正統) 사조 동안 선후로 지위가 대각중신(臺閣重臣)에 이르렀다.

188 옷을 드리운 성인 : 명나라 선종(宣宗, 1398~1435)을 말한다. 재위기간 동안 태평시대를 이루어서 인종(仁宗)과 함께 '인선지치(仁宣之治)'라고 칭해진다. 수의(垂

빈풍[189]의 베 짜는 여인에게 어필을 날리니	豳風織婦颺宸翰
좋은 길조로 답하여 추우[190]의 어짊 보았네	報答嘉瑞騶虞仁
이 항아리를 하나하나 모두 친히 보았더니	玆罏一一皆親見
사백년의 일이 마치 어제 일인 듯하네	四百年事如隔晨
선생께서 옛것 좋아함 넓고도 곧아	先生嗜古博而正
홀동[191]을 감별함, 진나라 거울[192] 같네	鑒別匲董如秦鏡
집안에 푸른 양탄자[193] 있어 가난하지 않은데	家中靑氈頗不貧
유독 이 물건만 사랑하며 목숨처럼 여겼네	獨愛此物爲性命
지난날 영조께서 황단[194]에 절하시며	憶昔英考拜皇壇
향정에 감개하여 눈물 줄줄 흘리셨지	感玆香鼎涕汍瀾

　　영묘(英廟 영조(英祖))께서 일찍이 황단에 참배하다 〈비풍(匪風)〉[195]의 감

衣)는 의복의 제도를 제정하여 천하에 예(禮)를 보이는 것이다. 후에 무위(無爲)로써
다스리는 황제를 칭송하는 말로 쓰였다.

189　빈풍(豳風):《시경》의 국풍(國風) 중의 하나로, 모두 7편으로 구성되어있다.

190　추우(騶虞):상서로운 동물 이름을 말한다. 살아 있는 동물을 먹지 않고, 살아
있는 풀을 밟지 않는 어진 동물이라고 한다. 또한《시경》소남(召南)의 편명으로서
문왕(文王)의 교화를 칭송하는 노래이기도 하다.

191　홀동(匲董):오래된 그릇을 말한다.

192　진나라 거울:진시황이 지녔다는 사람의 선악사정(善惡邪正)과 병(病)의 유무
를 비춰준다는 거울이다.

193　푸른 양탄자:집안에 전해오는 오래된 물건을 말한다. 진(晉)나라 왕헌지(王獻
之)가 서재에 누워있는데 도둑이 들어와서 물건을 뒤지자, "석량(石梁)과 청전은 우리
집안의 오래된 물건이니 특별히 놓아두는 것이 어떠한가?"라고 했다고 한다.

194　황단(皇壇):고려 때부터 하늘과 땅에 제사하던 단을 말한다. 지금 서울의 조선
호텔 안에 있다.

195　비풍(匪風):《시경》의 편명이다. 문왕(文王)·무왕(武王)·주공(周公)의 정

상에 젖어 윤음 내리시길 그치지 않으셨다. 하시는 말씀이 모두 슬펐고, 거듭 탄식하며 우시었다. 끝에서 말하기를 "슬픔 토로함이 다 끝났다. 밤이 얼마나 되었는지?[196] 전(殿) 위의 향로는 곧 황조의 옛 물건이니, 안에 선덕(宣德) 연호가 새겨져 있다. 아무 해에 아무개가 연경에서 구한 것이다. 북쪽으로 저녁구름 바라보니 눈물 떨어짐을 금할 수 없었다."고 했다.

동해로 흘러간 물 다시 돌아오지 않는데	流水東溟去不返
공연히 년월만 남아 관지에서 보이네	空留日月款中看
투계 그려진 옛 항아리도 아까운데	鬪鷄古缸猶愛惜

　주죽타(朱竹坨)의 〈감구집서(感舊集序)〉[197]에 나온다.

하물며 보물 감상을 책상 가까이에서 할까	況乃珍玩近几席
항아리여 여기저기 떠돌다니 슬프구나	鑪兮漂泊縱堪唏
다행히 남쪽 만동[198]이나 북쪽 사막으로 가지 않고	
	幸而不南走蠻峒北走磧

또 다행히 치황[199]에게 떨어지거나 대장간에서 녹지도 않고

령(政令)을 사모하는 시이다.

196 밤이 얼마나 되었는지 : 《시경》〈정료(庭燎)〉의 "밤이 얼마쯤 되었는지, 밤은 아직 새지 않고〔夜如何其 夜未央〕"를 인용했다.

197 주죽타(朱竹坨)의 〈감구집서(感舊集序)〉 : 주죽타는 주이준(朱彝尊, 1629~1709)을 가리킨다. 청나라 문인으로 자는 석창(錫鬯), 호는 죽타(竹坨)·소장노조어사(小長蘆釣魚師)·금풍정장(金風亭長)이다. 수수(秀水) 사람이다. 《감구집》은 왕사정(王士禎)이 편찬한 청나라 초의 시가 총서인데, 16권으로 되어있다. 주이준은 〈감구집서〉에서 "술잔은 방초와 투계가 그 위에 그려져 있어서 '계강'이라 칭한다.〔酒杯則畫芳草鬪鷄其上 謂之'鷄缸'〕"고 했다.

198 만동(蠻峒) : 중국 남방 이민족이 거주하는 지역이다.

199 치황(緇黃) : 불교의 승려와 도교의 도사를 말한다. 승려는 검은 옷〔緇衣〕을 입고, 도사는 노란 모자〔黃冠〕를 쓴다.

又幸而不落緇黃遊冶家

이미 지기를 만났으니 다시 무엇이 근심이랴	旣遇知己復奚戚
창 밝고 방 조용하여 위치도 좋구나	窓明室淨位置佳
청아한 말 토해내 가슴속 흥취를 붙이니	吐屬淸雅寄興懷
전연²⁰⁰이 하늘하늘 공중으로 피어나네	篆烟裊裊空中起
마음은 지는 해에 매달려 하늘 끝을 생각하고	心懸落日思天涯
허연 머리로 망자를 애도하며 다시금 근심하네	白首悼亡又痒瘋
등불 앞 고음이 얼마나 비통한가	燈前苦吟何激楚
항아리여 항아리여	鑪兮鑪兮
지금 사람들은 그렇지 않아	今世之人殊不然
희롱과 모멸만 더할 뿐	但加玩侮
누가 너를 어여뻐하리	而誰能憐汝

---

200 전연(篆烟) : 전자(篆字) 모양으로 피어오르는 연기를 말한다.

알성 응제에 응시했는데 합격하지 못하고 고향으로 돌아와서 이양애와 함께 읊다 임신년(1872, 고종9) 봄

赴謁聖應製不中還鄉 與李楊厓共賦 壬申春

관기교[201]의 물이 반쯤 맑게 둘렀는데	觀旂橋水半環淸
열흘 동안 봄 그늘에서의 도성을 추억하네	十日春陰憶禁城
우러러보니 기쁘게도 성상께선 무탈하신데	有喜仰瞻無疾病
부끄럽게도 성근 재주 휴명[202]을 저버렸네	疎才多愧負休明
술자리 말똥한 눈동자 제호[203] 지저귐 때문이고	酒場醒眼提壺語
문자의 헛된 명성 과두[204]로 인해 생겨났네	文字虛名科斗生
새로운 양식의 채색 종이 사다가	買得花箋新樣紙
시 적어 모운의 정[205]에게 남겨 주네	題詩留與暮雲情

---

201 관기교(觀旂橋) : 지금의 서울 명륜동 2가에 있었던 다리 이름이다.

202 휴명(休明) : 아름답고 청명한 임금의 덕을 말한다.

203 제호(提壺) : 새 이름이다. 우는 소리가 '제호' 즉 티후와 비슷하여 붙여진 이름이다.

204 과두(科斗) : 올챙이 모양의 글자를 말한다. 과두문자(蝌蚪文字)이다.

205 모운(暮雲)의 정 : 벗을 그리워하는 정을 뜻한다. 두보(杜甫)의 〈춘일억이백시(春日憶李白詩)〉시에 "위수 북쪽엔 봄날의 나무, 장강 동쪽엔 일모의 구름. 언제나 한 술동이 놓고서, 다시금 문장을 논할 것인가?[渭北春天樹 江東日暮雲 何時一樽酒 重與細論文]"라고 했다.

한우경은 나이가 오십에, 마흔 다섯이나 된 늙은 기녀를 얻었기에 장난삼아 읊어서 주다

韓羽卿年五十蓄一老姬年四十五 戲賦贈之

늙은 조개 잉태하여 달 다시 차올라[206]	老蚌含胎月再圓
남전[207]에 심었더니 옥에서 연기가 피어나네	藍田種得玉生烟
버들눈썹 억지로 그려 수줍게 화촉 밝히고	柳眉强掃羞華燭
원앙이불 따뜻해 밝아오는 하늘 원망하네	鴛被將溫怨曙天
두차에게 부채 거둔 그 다음을 묻지 마오[208]	莫問寶奲却扇後

206 늙은 조개⋯⋯차올라 : 전설에 방합(蚌蛤)이 진주를 잉태하는 것은 달의 차고 이지러짐과 관계가 있다고 한다.

207 남전(藍田) : 산 이름이다. 옥산(玉山)을 말한다. 섬서성 남전현(藍田縣)에 있으며, 미옥(美玉)의 생산지였다. 남전산에 햇볕이 따뜻하면 옥에서 연기가 난다고 한다.

208 두차에게⋯⋯묻지 마오 : 당나라 두종일(竇從一)을 말한다. 중종(中宗) 때 어사대부(禦史大夫)를 지냈다. 《자치통감(資治通鑒)》에 "경룡(景龍) 2년 겨울에 왕공(王公)과 근신(近臣)들을 전각으로 불러서 수세(守歲)를 했다. 술이 거나하자 상(上)께서 어사대부(禦史大夫) 두종일(竇從一)에게 말하기를 '경(卿)이 오랫동안 홀로 지낸다고 들었는데, 오늘 저녁 경을 위해 혼례를 시켜주겠소.'라고 했다. 두종일이 절하며 사례했다. 이윽고 내시(內侍)가 촉롱(燭籠)과 보장(步障)과 금루라선(金縷羅扇)을 인도했다. 그 뒤에 어떤 사람이 누의(縷衣)를 입고 꽃 비녀를 꽂고 있었다. 두종일과 마주보고 앉게 한 후 각선(却扇)하고 옷을 갈아입게 하니, 곧 황후의 늙은 유모(乳母) 왕씨(王氏)였는데 본래 만족(蠻族) 비녀였다. 상과 대신들이 모두 크게 웃었다. 영국부인(營國夫人)으로 봉하여 시집보내 두종일의 처가 되게 했다. 세속에서 유모의 남편을 아(阿)라고 칭하는데, 두종일은 표(表)를 올릴 때마다 스스로 익성황후아(翊聖皇后阿)라고 칭

누가 한연의 향 훔치기 전을 알겠는가[209]   誰知韓掾偸香前
기쁜 사랑 무르익은 곳에 뜬금없는 한이여   歡情濃處無端恨
금슬 요현이 해를 기록하네[210]   錦瑟瑤絃是紀年

하고서 기쁘게 자부(自負)하는 기색이 있었다."라고 했다. 혼례를 행할 때 신부가 부채를 이용하여 얼굴을 가리고 있다가 교배(交拜)를 한 후에 제거하는 것을 말한다.

209 한연의……알겠는가 : 진(晉)나라 가충(賈充)의 딸 오(午)가 한수(韓壽)를 좋아했는데, 그 여종이 그 뜻을 알렸다. 한수가 담을 넘어와 그녀와 사통했다. 오가 무제(武帝)가 가충에게 하사한 기이한 향을 훔쳐서 한수에게 주었다. 그 향은 몸에 붙어서 여러 달 동안 사라지지 않는 것이어서, 마침내 가충에 의해 발각되었다. 결국 가충은 딸을 한수에게 시집보냈다. 《진서(晉書)》〈가충전(賈充傳)〉에 보인다. 양억(楊億)의 〈무제(無題)〉시에 "마땅히 한연이 향을 훔치는 밤을 알리라.〔應知韓掾偸香夜〕"라고 했다.

210 금슬 요현이……기록하네 : 이 시는 당나라 시인 이상은(李商隱)이 50세에 지었다는 〈금슬(錦瑟)〉과 관계있다. "금슬은 뜬금없이 오십 줄, 줄 하나 기러기발 하나에 꽃다운 시절 그리워하네. 장생은 꿈에서 깨어나 나비인가 어지러웠고, 망제는 춘심을 두견새에 의탁했지. 푸른 바다 달 밝은데 진주는 눈물 흘리고, 남전 따스한 햇살에 옥에선 연기 피어나네. 이 사랑 추억이 될 수 있겠으나, 그때 되면 이미 모든 것이 아득할 것.〔錦瑟無端五十弦 一弦一柱思華年 莊生曉夢迷蝴蝶 望帝春心托杜鵑 海月明珠有淚 藍田日暖玉生烟 此情可待成追憶 只是當時已惘然〕" 한우경이 나이 쉰에 늙은 기생을 맞이한 것을 빗대기 위해 전반적으로 이 시를 염두에 두고 인용한 듯하다.

정우매 어르신과 이양애가 방문하여 함께 이원에 올라가 작은 술자리를 갖다

鄭友梅丈李楊厓見過共登梨園小飲

물가의 휘장 친 정자 그늘을 좇아 움직이고	幔亭臨水逐陰移
회나무 가시 새로 나고 보리까끄라기 늘어졌네	槐爪新生麥髮垂
너른 교외엔 그 누가 소 등에 사서 걸었나[211]	牛背平郊誰掛史
해 저무는 배 안에선 시가 소리 들리는 듯	船中落日似聞詩
그대는 그림을 알아서 삼절로 일컬어지나	君如解畵稱三絶
나는 치절[212]을 맡을 글 하나도 없네	我自無書任一癡
꽃향기 아직 차가운 솔바람 이기지 못하지만	花氣未當松韻冷
붉게 물든 아침 해에 조금 실려오네	朝醺賸得帶些兒

시 두루마리 차 화로 가지고 산기슭에 앉으니	詩卷茶罏坐翠微
힘 센 봄바람이 수심을 깨뜨리네	春風有力破愁圍
푸른빛으로 나뉜 작은 길 숲 사이로 나있고	靑分小徑林間立
희게 보이는 외로운 돛 나무 끝에서 나네	白見孤帆樹末飛

---

211 너른 교외엔······걸었나 : 수(隋)나라 말에 이밀(李密)이 소를 타고 다니면서 소 뿔에 《한서(漢書)》 한 질을 걸어놓고 근실하게 독서를 했다고 한다.

212 치절(癡絶) : 진(晉)나라 고개지(顧愷之)는 삼절(三絶)을 지녔는데, 재절(才 絶)·화절(畵絶)·치절(癡絶)이 그것이다.

자고새 반점 같은 풀은 때로 향내를 풍기고 　草似鷓斑時入嗅
제비 침인가 싶은 꽃은 일부러 옷에 달라붙네 　花疑鷰唾故黏衣
강마을 사람들은 복어 철 가까워온 것 알아 　江村知近河豚候
곳곳마다 어망 펼쳐 대나무 울타리에서 말리네 　處處漁罾曬竹扉

바쁘기 그지없는 봄 일에 지나는 구름도 적고 　窮忙春務少過雲
어지러운 세상사에 관여하는 일 전혀 없네 　一事渾無管世紛
동산은 꽃 심어 여섯 갈래 길이 늘어나고 　園爲栽花添六徑
개울은 벼논에 물 대느라 삼분이 줄었네 　溪因灌稻減三分
누가 아나 작은 나비 예전에 내가 아니었을지 　誰知小蝶曾非我
오직 푸른 산만이 그대를 저버리지 않네 　惟有靑山不負君
계곡 집에 해 길어 잠에서 깨어나니 　澗戶日長成睡覺
발 가득한 풀빛이 비단 문양을 이루네 　滿簾草色縝成紋

정우매 어르신 이양애 김몽초가 함께 와 다시 이원에서 술 마시다

鄭友梅丈李楊厓金夢初聯過復飲梨園

잠 오면 바위 베고 깨면 노래하면서　　　　　睡來枕石寤當歌

한가한 구름 수시로 오가는 것만 허락하네　　秖許閒雲數往過

솔방울 떨어지는 잔치 자리에 맑은 낮이 길고　松子落筵淸晝永

버들꽃 흘러가는 물엔 멀리 돛단배도 많네　　楊花度水遠帆多

입은 뻐꾸기[213]처럼 무료할 뿐이고　　　　　口如布穀無聊爾

눈은 제호[214]를 보니 어찌 마시지 않으랴　　眼看提壺不飲何

호수 위 작은 배 그대의 생계 평온하리니　　湖上小舟君計穩

맘대로 오고가며 다른 길 가지 마오　　　　　去來惟意莫由他

밤낮으로 개울가 누대 가파른 봉우리 마주하고　日夕溪樓對峭峯

한 줄기 푸른빛이 나의 게으름을 일으키네　　靑蒼一抹起余慵

그럭저럭 한가로운 정취는 차처럼 길고　　　不妨閒味如茶永

몹시도 사랑스런 봄빛은 술처럼 짙네　　　　劇愛春光似酒濃

풀이름을 많이 알아 약초 분별할 수 있고　　多識草名能辨藥

213　뻐꾸기 : 울음소리 '뿌구〔布穀〕'를 흉내내어 붙인 이름이다.

214　제호(提壺) : 제호조(提壺鳥) 또는 제호로(提壺盧)라고도 한다. 울음소리가 '티후〔提壺〕'처럼 들린다고 하여 지어진 이름이다.

벼의 계보 자세히 초록하여 농사일에 밝네　　　細鈔禾譜可明農

시 지어 이웃 승려에게 해석해 주는데　　　詩成解與隣僧聽

꽃비 내리는 모든 산에 저녁종소리 떨어지네　　　花雨千山落晩鍾

아침에 제공들을 전송하며 짓다

朝日送諸公作

마라강 마을엔 드문드문 몇 점 연기   懘懘江村數點烟
통발 두 세 개가 고기잡이배에서 나오네   兩三筌箬出漁船
곱고 정갈한 아침햇살은 소나무 너머로 밝고   朝暉姸淨明松表
줄지어 나누어줄 점심은 비 오기 전에 지었네   午餉分排瀹雨前
십 리 부드러운 모래밭은 갈매기의 경계   十里軟沙鷗境界
사람들 향기로운 집신은 풀밭에 이어졌네   數人芳躚草夤緣
그대 전송한 후 종일 향기가 책상에 엉기니   送君盡日香凝几
좋은 시구 가히 서시만큼 어여쁘네   佳句堪並西子憐

6월 6일 정우매 어르신 이양애 장난옥과 함께 김몽초의 벽려소방에서 모이다

六月六日與鄭友梅丈李楊厓張煥玉共會于金夢初碧蘆小舫

호젓한 벽려소방에서 편안히 기거하니 　　　　　蘆舫蕭然穩起居
녹효강²¹⁵ 강 빛은 기름을 뿌려놓은 듯하네 　　　綠驍江色潑油如
산중에선 때때로 아침 사슴을 보고 　　　　　　山中時復朝看鹿
마을에선 지금도 물고기를 곁들여 먹네 　　　　村裏今兼食有魚
세 잔 마시고 초서 쓰는 것도²¹⁶ 칭찬할 만한데 　已許三盃能染草
두 여종마저 글을 안다니, 참으로 어려운 일 　最難兩婢亦知書
높은 곳의 밭을 골라 사지 마시오 　　　　　　請君莫占高田買
가뭄에도 비 지난 후를 근심해야 한다오 　　　枯旱猶愁一雨餘

215　녹효강(綠驍江) : 강원도 홍천강(洪川江)의 별칭이다.

216　세……것도 : 이는 초성(草聖)이라 불리는 서예가 장욱(張旭)을 염두에 두고 쓴 말이다. 두보의 시 〈음중팔선가(飮中八仙歌)〉 중에, "장욱은 세 잔 마시고도 초성이라 전해져, 왕공 앞에서 모자 벗고 이마를 드러냈네.〔張旭三杯草聖傳 脫帽露頂王公前〕"라 는 구절이 보인다.

몽초가 그 어린 손자를 보여주었는데 수려한 자태가 참 어여뻐서 이 시를 지어 축하했다

夢初出示其穉孫姸秀可喜作此賀之

옥으로 새긴 기린 딸랑딸랑 찼더니만　　　　　麒麟玉刻佩丁東

어느새 어린 손자가 할아버지와 벗해주네　　　已看穉孫伴太翁

매미소리에 일찍 들려 깊은 골짜기를 찾았고　　蟬響早流深洞闢

제비새끼 자라나 옛 둥지를 비웠네　　　　　　鷰雛欲長舊巢空

　　몽초는 강가에서 오래 살 계획이 아니다. 자손들이 좀 더 자라면 장차 한양
　　으로 돌아가려고 한다고 했다.

한 방의 벼루 받아 늙음을 재촉하지만　　　　　一枚贈硯還催老

세 번 읍이 문채 이루니 궁귀 보낼 수 있겠네[217]　三揖成文可送窮

창 앞의 푸른 서대초[218] 한번 따보시게　　　　試攬窓前書帶綠

---

217 세……있겠네 : 한유(韓愈)가 지은 〈송궁문(送窮文)〉에 "원화6년 정월 을축 그
믐날에 주인은 노복 성에게 버드나무로 수레를 만들고 출로 배를 만들게 한 다음 식량을
실으라 명했다. 소에 멍에를 씌운 후 돛을 올렸다. 그리고는 궁귀에게 세 번 읍하고
다음과 같이 고했다.〔元和六年正月乙丑晦 主人使奴星結柳作車 縛草爲船 載糗輿糧 牛
系軏下 引帆上檣 三揖窮鬼而告之曰〕"는 표현이 보이는데, 거기서 인용했다.

218 서대초(書帶草) : 일종의 풀 이름이다. 일명 수돈초(秀墩草)라 한다. 후한(後漢)
정현(鄭玄)이 일찍이 불기산(不其山)에 들어가서 학자들을 가르칠 때 그곳에 난 풀이
잎은 길고 매우 질겨서 그 문하생들이 이것으로 서책(書冊)을 묶었던 데서 이름을 붙였
다고 한다. 소식(蘇軾)의 〈화문여가양천원지30수(和文與可洋川園池三十首)〉 중 〈서
헌(書軒)〉에 "뜰에 벌써 서대초 자라나, 혹 정강성이 아닌가 의심하게 하네.〔庭下已生

염려 말고 아동²¹⁹에게 경전 전할 수 있으리니　　傳經無慮付阿同

書帶草 使君疑是鄭康成〕"라는 구절이 있다.

219　아동(阿同) : 소철(蘇轍)의 자가 동숙(同叔)이었기에 '아동'이라고 불렀다.

날이 저물려고 하여 여러 벗들과 함께 배를 타고 이양애의 서옥으로 가다

向晚同諸益棹舟至楊崖書屋

콩콩 시인의 지팡이 저녁 까마귀를 좇아가니	策策詩筇趁暮烏
어찌 번거롭게 술 사러 먼 길 갈까	何煩沽酒走長須
작은 길엔 초록 풀 뒤덮여[220] 길이 없는가 싶고	裙腰草綠疑無路
세 집으로 이루어진 마을[221] 깊어도 외롭지 않네	鐺脚村深自不孤
멀리 뻗은 버들언덕에선 송아지 자주 불러대고	柳岸迤長頻呼犢
막 줄기 시작한 물길에선 농어 맛볼 수 있겠네	江槽初減可嘗鱸
방공 댁의 닭고기와 기장밥을 좇아가니	龐公宅裏趣鷄黍
그대가 주인인지 내가 객인지 누가 알겠는가[222]	主客誰知君與吾

---

220 작은……뒤덮여 : 수풀에 뒤덮인 좁고 긴 작은 길을 말한다. 당나라 백거이(白居易)의 〈항주춘망(杭州春望)〉시에 "누가 호수가 절로 가는 서남쪽 길 열었는가? 초록빛 치마허리가 한 길에 비껴있네.〔誰開湖寺西南路 草綠裙腰一道斜〕"라고 한 데서 비롯되었다.

221 세……마을 : 원문의 '당각(鐺脚)'은 발이 세 개 달린 솥을 가리키는데, 송나라 시인 육유(陸游)의 〈자개세음우연일미지(自開歲陰雨連日未止)〉시를 인용한 듯하다. "십리의 구절양장은 겨우 길로 통하고, 세 집이 세 발 솥처럼 절로 마을 이루었네.〔十里羊腸僅通路 三家鐺脚自成村〕"

222 방공……알겠는가 : 여기에는 두 가지 고사가 섞여있다. 후한 때 녹문산(鹿門山)에 은거했던 방덕공(龐德公)은 사마휘(司馬徽)와 절친한 사이었는데, 《형세언(型世言)》 제20회에 "나는 친구라면 옛날 방덕공과 사마휘처럼, 서로 집이 통하여 누가 주인

이고 누가 객인지 모르게 그렇게 지내야 한다고 줄곧 생각해왔다.〔我一爲人友 也要似古時龐德公與司馬徽 彼此通家 不知誰客誰主〕"는 말이 나온다. 닭고기와 기장밥은 범식(范式)·장소(張劭)에 관한 것이다. 이들은 태학에서 동문수학했는데, 태학을 졸업하게 되자 2년 후 9월 15일에 장소의 집을 방문하겠다고 약속했다. 약속할 날 닭 잡고 기장밥 지어 기다렸더니 과연 범식이 장소의 집을 방문했다고 한다.《後漢書 范式傳》맹호연(孟浩然)의 〈과고인장(過故人莊)〉에 "벗이 닭고기 기장밥을 차려놓고, 나를 시골집으로 초청했네.〔故人具鷄黍 邀我至田家〕"라는 구절도 보인다.

양애의 댁에서 밤에 묵으며 함께 읊다

夜宿楊厓宅共賦

누에 실 뽑고 쇠똥구리 구르듯 고음은 더딘데	蠶抽蜣轉苦吟遲
논 개구리가 재빨리 알아챌까 두렵네	恐被田蛙聖得知
고요히 앉았노라니 승려가 강론을 파한 듯	澹坐渾如僧罷講
자반[223] 두세 자루를 다 살라버렸네	鷓斑燒盡兩三枝
붉은 해는 허공에서 버티지 못하고	赫日當空不可支
성근 숲엔 바람도 힘이 약해지네	疎林風力也還微
저녁 들어 남쪽 처마 아래로 걸상을 옮김은	晚來移榻南榮下
가을 매미 앉은 가지에 가깝게 가기 위함이네	爲近涼蟬坐處枝

---

223 자반(鷓斑) : 자고반(鷓鴣班)이라 하며, 향(香) 이름이다. 흑갈색과 백색 점이 자고새의 알록달록한 깃털 점과 같은 데서 붙여진 이름이다. 그 향기는 연꽃 향과 같다고 한다.

귀가한 후 도정절[224]의 〈정운〉[225] 중 '식아정가' 네 글자로
오언고시 4수를 각각 13운으로 읊은 후 용강[226]의
여러분들께 받들어 올리다

歸家後取陶靖節停雲篇中息我庭柯四字賦得五古四首各十三韻奉呈蓉
江諸子

정공은 빙벽[227]을 품고서	鄭公懷氷蘗
훨훨 좌중을 뛰어 넘어 날아올랐네	飄然逸羣翼
북곽[228]에서 오십 년을 살았기에	北郭五十春
이름을 물어도 아무도 알지 못하네	問名人不識
용강 티 없이 맑은 곳에	蓉江淨無塵
초가를 짓고 머물러 사네	結茅來棲息
색시는 손수 밥을 짓고	新婦執炊爨

---

224 도정절(陶靖節) : 도잠(陶潛)을 말한다. 정절은 그의 시호이다.

225 정운(停雲) : 도잠의 시로 4편의 사언고시로 되어 있다. 내용은 벗을 그리워하는
것이다.

226 용강(蓉江) : 부용강(芙蓉江)을 말하며, 서울 마포와 밤섬 일대를 흐르는 한강의
이름이다.

227 빙벽(氷蘗) : 벽은 황벽(黃蘗)나무를 말한다. 성질이 차고 맛이 쓰기 때문에 한미
하면서 절조를 지키는 것을 비유한다.

228 북곽(北郭) : 《한시외전(韓詩外傳)》에 "북곽(北郭) 선생은 초(楚)나라 장왕(莊
王)의 초빙을 물리치고 출사하지 않았다."라고 하여 북곽 선생은 은자(隱者)를 가리키
는 말로 사용된다.

자제들은 노비들의 일을 대신하네	子弟代隷力
이웃엔 소박한 사람들 많아서	隣曲多素心
밤낮으로 지팡이와 나막신으로 방문하네	日夕携筇屐
서로 은거의 뜻을 북돋위주고	共勉邱壑志
호사스런 밥상을 부러워않겠다 맹세하네	矢不慕鼎食
촌사람들이 또한 무엇을 알랴마는	村夫亦何知
오래 지나다보니 그 덕에 감화되었네	久能化其德
집집마다 선생이라 부르고	家家呼先生
각자 기쁜 맘으로 자득해 하네	欣欣各自得
내 그를 위해 채찍 잡기를 원하여	而我願執鞭
강북에서 배타고 거슬러 올라갔네	溯洄從江北
술잔 놓고 옛날을 얘기하니	對酒談古昔
거대한 바다처럼 드넓기가 끝이 없네	溟渤浩無極
이틀 묵었어도 마음이 넘쳐	信宿有餘意
끝없이 이야기하며 피로한 기색조차 없네	亹亹無倦色
어여쁜 새는 마당 나무에서 울고	好鳥鳴庭樹
가슴에는 찬란한 수가 놓였네	燦燦被繡臆
적막은 달게 여길 바 아니니	寂寥非所甘
부디 가시나무에 잘못 깃들지 마오	幸不誤棲棘

　　정우매(鄭友梅)에게 주다.

장씨는 빼어난 기상을 지니어	張氏有奇氣
그 당당함 세상에서 보기 드문 바라	堂堂世所寡

선공 모셨던 일 아득히 생각해보니	緬維陪先公
남쪽 고을에서 함께 피서를 했을 때였지	南州共銷夏
술 마시면 웅변을 토하였고	銜盃騁雄辯
붓 적시면 거침없이 휘둘렀네	染翰恣揮灑
비분에 겨워 꾸짖을 때면 단지를 두들겼으니[229]	悲咤時擊壺
장대한 뜻 그 얼마나 우뚝한가	壯志何磊砢
사람들 말하길 저 집안에 훌륭한 아들이 있어	謂言家有子
그 출중함이 능히 가업을 감당할만하다 하였네	爽爽克負荷
그대와 한번 만나보면	君當一會面
마치 나를 보는 것만 같았을 것을	庶幾如見我
세상사 너무도 빨리 바뀌어서	人事倏變嬗
물 쏟아지듯 세월 흘러가버렸네	流光若水瀉
어찌 알았으리 십년 만에	豈知十年間
고매한 소매를 겨우 잡게 될 줄을	高袂始得把
담소하는 잔치 자리에서 옛일을 떠올리고	談讌興疇昔
손을 꼭 잡고 앞으로 다가가 앉았네	依依促前坐
모습은 예전부터 잘 알던 사람 같았고	眉宇如舊諳
통달한 견식이 좁지 않았네	通識不僅倮
적막한 옥성사[230]	寂寞玉城祠

---

229 단지를 두들겼으니 : 진(晉)나라 왕돈(王敦)은 술 마시면 늘 여의로 타호를 두드
리며 조조(曹操)의 "늙은 말이 구유에 엎드려 있으나 뜻은 천리 밖에 있네. 열사는
늙었지만 장대한 포부 그치지 않았네.〔老驥伏櫪 志在千里 烈士暮年 壯心不已〕"라는
시구를 불렀다 한다. 《진서(晉書)》〈왕돈전(王敦傳)〉에 보인다.

230 옥성사(玉城祠) : 경기도 김포시 하성면 가금리에 있는 장만(張晩, 1566~1629)

부용산 아래에 있네 　　　　　　　　　　乃在蓉山下

고목에는 비도 이슬도 없고 　　　　　　　古木無雨露

빈 뜰은 찬 안개로 덮여있네 　　　　　　　空庭寒烟鎖

감개해 탄식하며 선조의 업적 생각하면서 　感歎思先業

후손이 게을러지지 않도록 하네 　　　　　毋敎後人惰

　　장난옥(張煖玉)에게 주다.

이자는 소나무 계수나무의 자태 지녀 　　李子松桂姿

세밑에도 푸름을 지키네 　　　　　　　　歲晏保靑靑

스무 살에 교분을 맺은 이래로 　　　　　結交在弱冠

신분도 형적도 초월한 친구로 지냈네 　　伊來遂忘形

절간에선 일찍이 눈빛에 책을 비춰보았고 　蕭寺曾照雪

산속 집에선 함께 반딧불이를 모았네 　　山屋共拾螢

기질은 바늘과 자석처럼 서로 감응하고 　氣同鍼鐵感

행동은 비익조[231]보다 나란했네 　　　行視鶼蟨並

몇 달씩 만나지 못할 때면 　　　　　　時月阻盍簪

내 마음 편치 않았네 　　　　　　　　使我心不寧

서로 만나면 즐겁게 웃으면서 　　　　相逢則歡笑

을 제향하는 사당이다. 장만은 이괄의 난 때 공을 세워 옥성부원군(玉城府院君)에 봉해졌다.

231 비익조 : 원문의 '겸궐(鶼蟨)'이다. '겸'은 비익조(比翼鳥)의 별칭이고 '궐'은 비견수(比肩獸)의 별칭이다. 항상 짝을 이뤄 함께 다니므로 절친한 벗이나 부부 사이를 상징하는 말로 쓰인다.

깊은 토론 나누느라 어두워지는 것도 몰랐네	幽討不知冥
이러한 마음 갈수록 더욱 돈독해지더니	此意久愈篤
둘 다 머리가 희끗해졌네	鬢髮兩星星
그대 고아한 이웃 얻은 것 축하하나니	賀君得高隣
만년의 교분이 난처럼 향기롭네	晩契如蘭馨
풍류가 사방에 진동하고	風流動江關
편지 왕래가 잠시도 멈추지 않네	郵筒不暫停
경척²³²은 정교히 구름을 마르고	瓊尺巧裁雲
날카로운 봉우리는 막 숫돌에서 갈아낸 듯하네	銛峯新發鉶
종종 수려한 시구를 전해오면	往往傳秀句
맑게 울리는 소리 병든 귀가 깨어나곤 하네	鏗然病耳醒
작은 재주 귀히 여김이 아니라	非爲貴小技
평소의 기대가 성령을 만족시켰기 때문	素期愜性靈
길게 읊조리며 긴 밤 보내니	長吟以永夕
밝음을 껴안은 달빛이 들에 가득하구나	朗抱月滿庭

　　이양애(李楊厓)에게 주다.

몽초는 옛날부터 뜨거운 명성 있었으니	夢初舊熱名
웅장한 글은 협곡을 내달리는 물결과도 같았네	雄詞奔峽波
두곡과 오 척 거리에 있어²³³	杜曲去尺五

232　경척(瓊尺) : 옥척(玉尺)이라고도 하는데, 높은 재능을 비유한다. 당나라 두목
(杜牧)의 〈증장호(贈張祜)〉시에 "흰 붓은 오직 달을 그리고, 경척은 단지 구름만 마르
네.〔粉毫唯畫月　瓊尺只裁雲〕"라는 표현이 보인다.

푸른 하늘엔 선인들도 많았네	碧落仙人多
귀한 이들과 유람할 때면 서로 사귀기를 다퉜고	貴遊爭傾蓋
명사들과 모인 자리에선 비단 속에 취했네	名場醉綺羅
비통한 심정에 지팡이로 사립문 두들기니	愴恨策叩扉
화려한 집 산언덕으로 변했네	華屋變山阿
길게 읍하며 소란한 속세를 떠났다	長揖謝囂塵
돌아와 어부 나무꾼과 노래를 주고받네	歸和漁樵歌
노래하는 자가 누구인가	問是歌者誰
자진²³⁴과 지화²³⁵일세	子眞與志和
초계²³⁶에는 봄물 푸르고	茗溪春水綠
골짜기 입구에는 저녁 산 드높네	谷口暮山峩
갈증 나면 낭파²³⁷의 술 마시고	渴飲浪婆酒

233 두곡(杜曲)……있어 : 《신씨삼진기(辛氏三秦記)》라는 책에 다음과 같은 기록이 보인다. "성 남쪽 위곡과 두곡은 하늘에서 오 척밖엔 떨어져있지 않다.〔城南韋杜 去天尺五〕" 즉 위곡과 두곡은 모두 삼보(三輔)의 땅으로 귀족들이 모여 사는 곳이다. 후에 '천오척(天尺五)'은 궁궐과 가까운 곳을 가리키는 말로 사용되었다.

234 자진(子眞) : 한나라 때 보중(襃中) 사람 정박(鄭朴)의 자이다. 도를 닦으며 계곡 입구〔谷口〕에 살았다고 하여 당시 곡구자진(谷口子眞)이라 불리었다. 성제(成帝) 때 대장군 왕봉(王鳳)이 초빙하였으나 응하지 않고 바위 아래에서 농사를 지으며 살았다.

235 지화(志和) : 당나라 때 무주(婺州) 금화(金華) 사람 장지화(張志和)를 말한다. 자는 자동(子同)이다. 숙종(肅宗) 때 대조한림(待詔翰林)을 지냈으나, 사건에 연루되어 파직되자 출사하지 않고 강호에 은거하면서 자호를 연파조수(煙波釣叟)라고 하였다.

236 초계(茗溪) : 남양주시 조안면 능내리에 있다. 옛날에는 이곳을 초내(茗川) 또는 두릉(杜陵)이라고 했다.

흔들흔들 푸른 도롱이 차림으로 춤추네[238]　　　　　獨速舞靑簑

오래 떠나있어 인간세상 잊으니　　　　　久去忘人世

가는 세월에 도끼자루 썩었네　　　　　歲月爛斧柯

나는 그와 벗 하고자　　　　　我欲友其人

일엽편주로 여러 차례 찾아왔네　　　　　扁舟數相過

상자를 열어 새로 지은 시를 읽으니　　　　　發篋讀新詩

깊은 병을 털어버린 듯하네　　　　　脫然辭沉痾

호기는 없어지지 않았건만　　　　　豪氣猶未除

본디 품은 뜻은 스러지고 말았구나　　　　　素志惜蹉跎

도를 지킴은 전현보다 나으니　　　　　秉道邁前修

당고[239]와 비교하여 그 운명이 어떠할까　　　　　命如唐皐何

　　김몽초(金夢初)에게 주다.

---

237 낭파(浪婆) : 물결의 신을 말한다. 당나라 시인 맹교(孟郊)의 〈송담공(送淡公)〉 제3수에 "나는 물결을 치는 아이, 술 마실 때면 낭파에게 절하네.〔儂是拍浪兒 飮則拜浪婆〕"라는 구절이 보인다.

238 흔들흔들……춤추네 : 이 구절 역시 맹교의 〈송담공〉시에 나온다. "발로 작은 뱃머리 밟으며, 흔들흔들 짧은 도롱이 입고 춤을 추네.〔脚踏小船頭 獨速舞短簑〕" '독속'은 몸을 흔드는 모습을 가리킨다.

239 당고(唐皐) : 1469~1524. 자는 수지(守之), 호는 심암(心庵)으로 명나라 때 흡현(歙縣) 사람이다. 청나라 사람 저인획(褚人獲)이 편한 《견호집(堅瓠集)》 권2에 그에 관하여 다음과 같은 기록이 보인다. "휘주 사람 당고는 젊어서 명성이 있어 자부심이 드높았다. 그러나 실의한 채 과거에 낙방하고 비루하게 지냈다. 후에 쉰에 가까운 나이에 장원급제하여 품은 뜻을 저버리지 않았다.〔徽州唐皐 少負才名 自許甚高 已而蹉跎不第 亦復骯臟 後年近知命 方魁天下 不負所志〕"

계유년(1873, 고종10)에서 정해년(1887, 고종24)까지

소산 이 영공 응진 의 〈신거〉에 차운하다 30수

次素山李令公 應辰 新居 三十首

계유년(1873) 여름, 나는 양근(楊根)에서 한성 북산 아래 육상궁(毓祥宮)[240] 옆으로
거처를 옮겼다. 그때 소산(素山) 어른 역시 풍계(楓溪)로 이사했는데 〈신거잡절삼십수
(新居雜絶三十首)〉를 보여주었다. 나는 그 운에 의거해서 화답했다.

강호 십 년에 해오라기 꿈은 비고	十載江湖鷺夢空
지난날의 뜻은 상봉[241]에 부끄럽네	向來志事愧桑蓬
어찌하여 만년에 기려객[242] 되어	如何晚作騎驢客

---

240 육상궁(毓祥宮) : 서울 종로구 궁정동 1-1에 위치한 사적 149호이다. 조선 시대
영조의 생모인 숙빈(淑嬪) 최씨(崔氏)의 위패를 모신 사당이다. 1725년(영조1) 영조가
즉위하면서 생모를 기리기 위해 사당을 지었는데, 지을 당시에는 숙빈묘라 이름 하였다.
1744년에 육상묘로 고쳤으며, 1753년에는 육상궁으로 승격하였다.

241 상봉(桑蓬) : 상호봉시(桑弧蓬矢)를 말한다. 뽕나무 활과 쑥대화살을 뜻하며, 남
아가 출생하면 뽕나무 활과 쑥대 화살로 천지 사방에 쏘아서 남아가 마땅히 사방에
뜻을 두어야 함을 상징했다. 남아의 큰 뜻을 말한다.

242 기려객(騎驢客) : 당나라 시인 가도(賈島)가 나귀를 타고 골똘히 시를 읊다가
경조윤(京兆尹)의 행차와 부딪힌 적이 있다. 이후 기려객은 시인을 의미하게 되었다.

아계의 낚시하는 노인을 그르쳤는가 　　　　　　誤了鴉溪一釣翁

여원 뼈는 본디 절 방[243]에 적합해서 　　　　　瘦骨元宜丈室容
문사는 없어도 세 해[244] 나기에 족하네 　　　　更無文史足三冬
오래된 벼루 하나와 너덜한 글 몇 장을 　　　　一方古硯殘書葉
몸에 잘 간직하며 열 겹으로 보호하네 　　　　藏弆隨身護十重

가는 곳마다 푸른 산이 북창[245]과 마주하니 　　隨處靑山對北窓
이사 온 후론 전혀 쟁변할 일 없네 　　　　　移來全不費攪扛
문 앞으로 난 한 줄기 양구[246]의 길 　　　　門前一線羊裘徑
굽은 골목 서쪽으로 통해 작은 다리를 건너네 　曲巷西通渡小杠

243　절 방 : 원문의 '장실(丈室)'은 방장실(方丈室)의 준 말로 절의 방을 가리킨다.

244　세 해 : 원문의 '삼동(三冬)'은 세 번의 겨울이라는 뜻으로 곧 3년 세월을 말한다. 《한서(漢書)》〈동방삭전(東方朔傳)〉에 "나이 열셋에 글을 배웠는데, 삼동의 문사에 쓰기에 족하다.〔年十三學書 三冬文史足用〕"는 말이 있는데, 왕선겸(王先謙)의 보주(補注)에 "살펴보니, 삼동은 삼년이다. 삼춘·삼추라 하는 것과 같다.〔三冬謂三年 猶言三春三秋耳〕"고 했다.

245　북창(北窓) : 당나라 시인 백거이(白居易)는 북창삼우(北窓三友)로 시(詩)·금(琴)·주(酒)를 들었는데, 이로써 북창은 은자(隱者)를 상징하는 말로 사용되었다.

246　양구(羊裘) : 한(漢)나라 양중(羊仲)과 구중(裘仲)을 말한다. 《초학기(初學記)》에서 한(漢)나라 조기(趙岐)의 《삼보결록(三輔決錄)》을 인용하여 "장후(蔣詡)의 자는 원경(元卿)이고, 집에 삼경(三逕)이 있는데, 오직 양중과 구중하고만 노닐었다. 이중(二仲)은 모두 청렴으로 추대되었으나 명예를 피했다."고 했다. 나중에 이중은 은거하며 청렴하게 지내는 사대부를 지칭하게 되었다.

어린 여종 장에 가면 번번이 늦게 돌아오는데　　小鬟赴市每回遲
떠들썩한 싸전 어전에서 배를 불리네[247]　　米闤魚喧謾朶頤
밤이건 낮이건 산골 부엌엔 채소만 사들이니　　日夕山廚惟買菜
선생이 장검을 퉁긴들[248] 또 무엇 하리오　　先生彈鋏亦何爲

높고 낮은 뭇별들 자미궁[249]에 가깝고　　列曜參差近紫微
영롱한 붉은 그물에 오색구름 높이 나네　　玲瓏朱網靄雲飛
소슬한 띠 집이 궐 담장 옆에 있으니　　蕭然茅屋依墻住
종남산의 욕심[250] 없어졌다 그 누가 말할까　　誰信終南已息機
　집이 경복궁(景福宮) 서쪽 담장 백 궁(弓)[251]의 땅에 있다.

숲과 샘엔 적합하지 않은 곳이 없어　　林泉無處不宜渠
무속헌 옆에 작은 오두막 지었네　　無俗軒傍置小廬

247 배를 불리네 : 원문의 '타이(朶頤)'는 《주역》〈이괘(頤卦)〉의 "초구는 너의 신령한 거북이를 버리고 나를 보고서 턱을 벌리니, 흉하다.〔初九舍爾靈龜 觀我朶頤 凶〕"에서 나온 말로 입에 음식을 가득 넣고 먹는 모양이다.

248 장검을 퉁긴들 : 전국 시대 맹상군(孟嘗君)의 식객(食客) 풍훤(馮諼)이 자신에 대한 대우에 불만을 품고 칼을 두들기며 물고기반찬, 수레, 집이 없다고 노래하였는데, 맹상군이 보고를 듣고 그의 바람을 다 들어주었다고 한다.

249 자미궁(紫微宮) : 임금의 궁전을 말한다.

250 종남산의 욕심 : 종남산(終南山)은 은자들이 많기로 유명한데, 은자들이 고명을 얻어 조정에 초청되는 일이 잦자 벼슬길에 나아가는 수단으로 종남산에 일부러 은거하는 사람들이 늘어났다고 한다.

251 궁(弓) : 길이의 단위이다. 1궁은 6자 혹은 8자 정도였다고 한다.

여기서 선인들 시를 주고받았으니   爲是先人酬唱地
아직도 옛날 이웃 석실이 그대로네   依然石室舊隣居

  선조(先祖) 문정공(文貞公 김육(金堉))이 평구(平邱)에 있을 때 석실(石
  室) 김청음(金淸陰)[252] 선생과 함께 어울려 노니면서 《석실수창집(石室唱
  酬集)》을 남겼다. 지금 우리 집은 무속헌 옆에 있는데, 이곳이 바로 청음의
  고택이다.

한가한 거처 가꾸는 일 즐겁기도 해라   閒居經濟儘堪娛
부추 자르고 파 쪼개고 가지[253]도 접붙이네   剪韭披葱嫁洛蘇
성 안에는 때 이른 매화비[254] 내리는데   城裏梅霽時節早
옥수수는 익어서 알알이 명주구슬   玉高梁熟顆明珠

가지런히 배추와 아욱 자란 한 이랑의 밭   整頓菘葵一稜畦
아주까리 붉은 여뀌 담장과 나란하네   蓖麻紅蓼與墻齊
아이들도 시골 정취 기뻐하나니   兒童也喜鄉園趣
신풍[255]에 풀어 놓은 개와 닭과 꼭 닮았네   恰似新豊放犬鷄

---

252 김청음(金淸陰) : 김상헌(金尙憲, 1570~1652)으로, 본관은 안동, 자는 숙도(叔
度), 호는 청음(淸陰)·석실산인(石室山人)·서간노인(西磵老人), 시호는 문정(文
正)이다. 병자·정묘호란 때 척화대신으로 이름이 높았다. 경기도 남양주시 와부읍
덕소 석실마을은 그 집안의 세거지로서 그의 묘소가 있다.

253 가지 : 원문의 '낙소(洛蘇)'는 낙소(落蘇)라고도 하는데, 가지의 별칭이다.

254 매화비 : 원문의 '매음(梅霪)' 매실이 익을 무렵에 내리는 장맛비를 말한다.

255 신풍(新豊) : 섬서성(陝西省) 임동현(臨潼縣) 서북에 있었던 현 이름이다. 한고
조(漢高祖)가 관중(關中)에 도읍을 정한 후 그 부친이 장안(長安)에 살면서 고향을
그리워하자, 고향 풍읍(豐邑)의 형태로 여읍(驪邑)을 개축하고 풍읍의 백성을 이주시

천 그루 아름드리가 서재에 그늘 드리우고　　　　千章佳木蔭書齋
빗속에 풀 덮인 섬돌 찾아오는 이조차 없네　　　雨裏無人草上階
장막 젖히면 명사 있다고 말하지 마오　　　　　莫道披帷名士在
삭막한 곳 소슬 바람엔 회포조차 없다오　　　　索居蕭颯不成懷

수풀 우거진 동산이 백 궁도 더 되겠네　　　　　林園賸得百弓恢
푸른빛이 저 멀리 경무대²⁵⁶까지 이어졌구나　　葱蒨迤連景武臺
저물녘 꾀꼬리 소리 맑고도 고우니　　　　　　向晚鶯歌淸宛轉
새 악보를 훔쳐 뒤뜰로 가져와야겠네　　　　　應偸新譜後庭來

문회지당은 바로 어제일 같은데　　　　　　　文會池堂似隔晨
적막한 몇 년 세월에 평상 가득 먼지만 쌓였네　寥寥幾歲一牀塵
기문 감상하고 뜻 풀면²⁵⁷ 남은 생 만족이라　賞奇析義餘生足
한 마을엔 지금도 평소 뜻 지닌 이 많다네　　同閈今多素志人
　　문회지당(文會池堂)은 봉서(鳳棲) 유 선생(兪先生)²⁵⁸의 옛 집이다. 직하

커서 살게 하고 신풍이라고 불렀다.

256　경무대(景武臺) : 군사를 훈련하던 곳이다. 경복궁 옆에 있었다.

257　기문 감상하고 뜻 풀면 : 도연명(陶淵明)의 〈이거(移居)〉시에 "빼어난 문장을
함께 기쁘게 감상하고, 의문 나는 뜻을 서로 분석하네.〔奇文共欣賞 疑義相與析〕"라고
했다. 빼어난 글을 감상하고 의문을 함께 분석하는 것을 말한다.

258　봉서(鳳棲) 유 선생(兪先生) : 유신환(兪莘煥, 1801~1859)으로, 본관은 기계
(杞溪), 자는 경형(景衡), 호는 봉서(鳳棲)이다. 주자학자로서 윤병정(尹秉鼎)·서응
순(徐應淳)·김윤식(金允植)·윤치조(尹致祖) 등 많은 제자를 길러냈으며, 학문적으
로는 이기신화론(理氣神化論)을 주장하였다.

(稷下)에 있는데, 선생이 세상을 떠나신 후 당(堂)이 폐해진 지 이미 오래이다. 선생의 문하에서 좇아 노닐던 사람들이 지금도 같은 마을에 많이 거주하고 있다.

느릿느릿 구리 징259 불타는 구름 위에 걸렸고	冉冉銅鉦掛火雲
대낮 되자 낮은 처마엔 타는 듯한 열기	矮簷當晝熱如焚
때맞춰 쏟아진 소나기에 답답한 가슴 씻기니	霎時驟雨煩襟滌
지붕 샌다고 어찌 정광문260을 슬퍼하랴	屋漏何傷鄭廣文

도화원 입구가 선원에 접해있어	桃花洞口接仙源
봄이면 꽃잎 떨어져 흔적을 남기네	萬點春來落水痕
성대엔 본디 세상 피하는 객 없으니	聖代元無逃世客
그저 보통의 꽃 파는 마을일 뿐	尋常秪作賣花村

나의 집 뒤에 도화동(桃花洞)이 있는데, 거주민들은 복숭아나무를 심는 것을 생업으로 삼는다.

| 키 큰 버드나무 매미소리에 여름도 춥고 | 高柳蟬聲夏亦寒 |

---

259 구리 징 : 태양을 상징한다.

260 정광문(鄭廣文) : 당나라 정건(鄭虔, 685~764)으로, 자는 약재(若齋)이다. 하남(河南) 영양(滎陽) 영택(滎澤) 사람이다. 광문관(廣文館) 박사를 지냈다. 두보(杜甫)는 〈취시가(醉時歌)〉를 지어 정건의 가난과 불운을 읊었는데, 시는 "제공들 득의하여 대성에 오를 제, 광문 선생은 홀로 한직에 머물렀네. 저택에선 어지러이 산해진미에 물릴 제, 광문 선생은 밥조차 부족하였네.〔諸公袞袞登臺省 廣文先生官獨冷 甲第紛紛厭梁肉 廣文先生飯不足〕"로 시작한다.

바람을 이야기하고 이슬을 읊자니 석양이 지네　　談風吟露夕陽欄
온 성 가득 메운 검은 먼지 속에　　　　　　　　滿城滾滾緇塵裏
이곳만은 초연히 깨끗한 땅 차지했네　　　　　　地位超然占淨乾

제관은 본디 청아하고 한가로운 자리라　　　　　祠官本是職清閒
떠남과 머묾에 대한 근심은 신경 쓰지 않네　　　去住猶愁不自關
관단261을 빌려왔으나 구유에 콩대가 없어서　　　款段借來無棧豆
서늘한 틈을 타 풀꽃 사이에 짐짓 풀어놓았네　　乘凉權放荣花間
　　나는 이때 경모궁령(景慕宮令)262으로 있었다.

소년들 본떠 어깨 젖히고 가슴 치켜드니　　　　肩反胸昂範少年
여남263에선 예로부터 선현을 기억했지　　　　　汝南自古記先賢
전형은 비록 멀어졌으나 풍류는 남아　　　　　　典型雖邈風流在
거문고 소리 글 소리, 집집마다 잠자지 않네　　絃誦家家夜未眠
　　야사에 이르기를, 농암(農巖)264과 삼연(三淵)265 두 선생은 매번 문을 나설
때마다 어깨를 젖히고 가슴을 치켜들었는데, 장동(壯洞)의 인사들이 그것

261　관단(款段) : 원래는 말이 느릿느릿 걷는 모양을 가리키는데, 더 나아가 말 자체
를 가리키기도 한다.

262　경모궁령(景慕宮令) : 경모궁은 사도세자와 그의 비(妃) 헌경왕후의 신위를 모
신 사당이다. 창덕궁 안에 있었으나, 1839년(헌종5)에 화재로 소실되었다.

263　여남(汝南) : 하남성 여남현이다. 진(晉)나라 사람 주배(周裴)는 일찍이 《여남
선현전(汝南先賢傳)》을 지어 여남 출신 현자들의 일화를 기록한 바 있다.

264　농암(農巖) : 김창협(金昌協, 1651~1708)의 호이다.

265　삼연(三淵) : 김창흡(金昌翕, 1653~1722)의 호이다.

을 많이 본떴다고 하였다. 지금 마을에 글 읽는 소리가 많은 것은 선현들의
유풍(遺風)이다.

시편에다 마구 속요를 섞어놓고	謾與詩篇混俗謠
붉은 주묵에 푸른 점 찍어 표제를 시험하네	硯朱點碧試題標
꿈속에서 때때로 지당구를 얻었기에[266]	夢中時得池塘句
시를 지을 때면 먼저 자수교[267]를 찾아가네	韻事先尋慈壽橋

　　종형(從兄)인 학해(學海)가 가끔 자수교에 머물었다.

뱁새는 나뭇가지 위 둥지에 만족하니[268]	鷦鷯自足一枝巢
가슴속 두 마음의 싸움을 털어버리네	擺落胸中兩戰交
몹시도 어리석은 집사람 때문에 늘 괴로운데	常苦家人痴騃甚
또 쌀 가지고 가 점치며 좋은 점괘를 바라네	更將米卜祝佳爻

　　《영표록(嶺表錄)》[269]에 "닭 점, 쌀 점, 소뼈 점 등의 풍속이 있다."고 했다.

266　꿈속에서……얻었기에 : 종영(鍾嶸)의 《시품(詩品)》에서 《사씨가록(謝氏家錄)》을 인용하여 이르길, "사영운은 사혜련을 마주할 때마다 좋은 시구를 얻었다. 후에 영가의 서당(西堂)에서 시를 지었는데, 종일토록 완성하지 못하다가 문득 꿈에서 혜련을 보고 곧 '연못가에 봄풀 자라나고〔池塘生春草〕'라는 구절을 지었다. 그래서 항상 말하기를 '이 말은 신의 도움으로 얻은 것이지 내가 지은 말이 아니다.'〔康樂每對惠連 輒得佳語 後在永嘉西堂 霞詩竟日不就 寤寐間忽見惠連 卽成'池塘生春草 故嘗云 此語有神助 非吾語也〕"고 했다.

267　자수교(慈壽橋) : 자수궁교(慈壽宮橋)를 말한다. 서울 효자동에 있었던 다리 이름이다.

268　뱁새는……만족하니 : 《장자(莊子)》〈소요유(逍遙遊)〉에 "뱁새〔鷦鷯〕는 깊은 숲에 둥지를 트는데 한 가지에 불과하다."고 했다.

우리 동국의 무녀 또한 쌀로 점을 친다.

한 가지 일도 못 이룬 채 반백이 되었으니	百事無成到二毛
우를 들고 제나라 문 찾은들 무슨 소용이리²⁷⁰	齊門何用客竽操
근자에는 꽃 키우는 기벽까지 생겼으니	近來却有澆花癖
끙끙대며 물동이 드는 수고도 달게 여기네	搰搰猶甘抱甕勞

한 가지 일도 못 이룬 채 반백이 되었으니　百事無成到二毛
우를 들고 제나라 문 찾은들 무슨 소용이리270　齊門何用客竽操
근자에는 꽃 키우는 기벽까지 생겼으니　近來却有澆花癖
끙끙대며 물동이 드는 수고도 달게 여기네　搰搰猶甘抱甕勞

육상궁의 우물로 중병이 나았으니　毓祥宮井已沉痾
제호를 들이붓듯, 많아도 싫지 않네　灌似醍醐不厭多
벗이 준 송국 차를 맛보았더니　聊試故人松茗麴
일곱 잔을 마심에 몽환의 경지에 이르렀네271　傾來七椀到無何

269 영표록(嶺表錄):《영표록이(嶺表錄異)》를 말한다. 모두 3권으로 되어있다. 당나라 유순(劉恂)이 편찬했으며, 당나라 영남도의 물산(物産)·민정(民情) 등 다양한 내용을 기록한 책이다.

270 우를……소용이리 : 당나라 문인 한유(韓愈)의 〈답진상서(答陳商書)〉에 벼슬을 구하는 것과 관련하여 다음과 같은 말이 나온다. "제나라 왕은 우를 좋아했는데, 그 나라에서 벼슬하겠다는 사람이 슬을 들고가 왕의 문 앞에 3년을 서 있었으나 들어가지 못했다.〔齊王好竽 有求仕于齊者 操瑟而往 立王之門 三年不得入〕" 여기서는 이미 나이 먹고 이룬 일이 없어 이제 와 우를 들고 제나라 문을 찾아가도 아무 소용없다는 뜻으로 사용되었다.

271 일곱……이르렀네 : 당나라 노동(盧仝)의 〈주필사맹간의기신다(走筆謝孟諫議寄新茶)〉시에 "일곱 번째 잔은 마실 수 없으니, 오직 겨드랑이 사이에서 맑은 바람이 이는 것 같은 느낌만 든다.〔七椀喫不得也 唯覺兩腋習習淸風生〕"고 하였으니, 이미 선령(仙靈)과 통한다는 것이다. '무하(無何)'는 '무하유지향'의 줄임말로 아무 것도 없는 땅, 텅 빈 몽환의 세계를 가리키는 말이다.

서경당(徐絅堂)[272]이 송향국차(松香麴茶) 1포(包)를 주면서, 더위를 씻어 내고 갈증을 멈추게 한다고 했다.

반 이랑에 심은 무가 일찍 싹이 나왔기에	半畦蘆菔早生芽
뽑아다가 먼저 술파는 집에 나눠주네	挑取先分賣酒家
이상도 해라 번풍[273]이 절기를 재촉하여	却怪番風催序急
가지 사이로 다시 사과꽃[274]이 보이네	枝間再見月臨花

비온 후 새로 뜬 달이 장막을 훤히 비추니	雨餘新月鑒帷煌
반쪽 벽 무너진 담이라 빛 받아들이기 딱 좋네	半壁頹垣恰受光
연꽃과 마름만 뜰에 가득한데 인적은 드물고	荇藻滿庭人跡少
관사의 가을 소리는 띠 집안에 숨어있네	秋聲舘裏隱茅堂

첨 찾아온 객들이라 얼굴마다 낯설지만	客子新來面面生

---

272 서경당(徐絅堂) : 서응순(徐應淳, 1824~1880)을 말한다. 본관은 달성(達城), 자는 여심(汝心), 호는 경당으로 달성부원군 종제(宗悌)의 후손이다. 유신환(兪莘煥)의 문하에서 심기택(沈琦澤)·민태호(閔台鎬)·김윤식(金允植) 등과 함께 수학하였다. 1870년(고종7) 음보(蔭補)로 선공감 감역(繕工監監役)·군자감 봉사(軍資監奉事)·영춘 현감(永春縣監)을 역임하고, 간성 군수(杆城郡守)로 부임하여 임지에서 죽었다. 이이(李珥)를 숭모하여 학행을 닦았고 경서와 성리학을 깊이 연구하였으며, 특히 《대학》과 《중용》에 주력하였다.

273 번풍(番風) : 24번의 화신풍(花信風) 중 제1번의 화신풍인 소한(小寒) 때의 매화(梅花)의 바람을 말한다.

274 사과꽃 : 원문의 '월림화(月臨花)'는 임금화(林檎花)라고도 하는데 능금, 즉 사과 꽃을 말한다.

북산은 여전히 풍류와 정 넉넉하네　　　　北山猶自款風情
돌 형님과 우물 아우여 너무 탓하지 마오　　石兄井弟休相怪
양주 땅을 걸어가는 것[275] 아니라면　　　除是楊州捲地行

큰길에 종소리 파하자 시장 등불 훤해지고　九衢鍾罷市燈熒
드문드문 은하수에 별들 몇 점 보이네　　　寥落天河見數星
찍찍 울어대는 벌레소리 어디서 나는지　　　唧唧蟲聲何處起
가을소식 미리 가져다 간곡히 알려주네　　　預將秋信報丁寧

단비와 햇볕이 좋은 징조와 어우러지니　　　時雨時暘協庶徵
요 임금 시절 좋은 때 풍년이 거듭 이어지네　堯年幸際屢豊承
시정 아이들은 농가의 고통을 몰라　　　　市兒不識田家苦
길거리 노래 대충 배워 곳곳에서 불러대네　謾學衢謠處處興

구구한 기장과 벼 기러기의 도모 비웃지만[276]　梁稻區區笑鴈謀
신천옹[277]은 본래 근심이 없다네　　　　信天翁也本無愁

---

275 양주 땅을 걸어가는 것 : 당나라 노동(盧仝)의 〈객사정(客謝井)〉에 "양주의 악독한 백성들, 내가 땅 껍데기 걷어갈까 의심한다네.〔楊州惡百姓 疑我捲地皮〕"라는 말이 나온다.

276 구구한……비웃지만 : 두보의 시 〈동제공등자은사탑(同諸公登慈恩寺塔)〉 마지막 구에, "태양 좇아 나는 기러기를 보시오, 각각 벼와 기장 위해 도모하고 있다오.〔君看隨陽雁 各有稻粱謀〕"라는 말이 나온다.

277 신천옹(信天翁) : 바다 새의 일종으로, 알바트로스를 말한다.

상자 속에 마침 잡힐 만한 조복이 있기에　　　　篋中合有朝衣典
이웃 주막에 술 익었냐고 물어보네　　　　　　爲問隣墟酒熟不

우뚝 선 벽오동 그림자 길이만 천 길　　　　　翠梧特立影千尋
소슬한 담 머리엔 반 무의 녹음 드리웠네　　　蕭灑墻頭半畝陰
늙어가며 품은 것은 오직 금 생각뿐　　　　　老去全含琴意思
시원한 비바람에 용의 신음278 내네　　　　　　泠然風雨作龍吟

세심대279 아래 판교의 남쪽　　　　　　　　　洗心臺下板橋南
오색 그림 청계280에 작은 암자 하나 있네　　　罨畫淸溪一小庵
그 속에 장엄한 시불이 있어　　　　　　　　　箇裏莊嚴詩佛在
향 사르고 공손히 소산에게 참배하네　　　　　瓣香敬爲素山參

숲 개구리 꽥꽥 울며 비를 먼저 점치고　　　　林蛙閤閤雨先占
바람 불려 할 때면 소나무가 수염을 터네　　　風欲來時松拂髯
삽시간에 희뿌옇게 변한 남산의 나무들　　　　片刻空濛南嶽樹
개울 북쪽을 넘어가면 이내 그치네　　　　　　拖過溪北不同沾

278　용의 신음 : 소리가 큰 것을 비유한다. 오동나무가 늙어서 금(琴)이 되고 싶은
생각을 지니고 금의 소리를 낸다는 의미이다.

279　세심대(洗心臺) : 서울 인왕산 계곡에 있었던 대 이름이다.

280　청계(淸溪) : 인왕산 백운동(白雲洞) 아래에 있는 개울 이름이다. 청풍계 청하동
(淸霞洞)에서 고개 너머에 김상용(金尙容)의 별장 선원고택(仙源古宅)이 있었다. 또
그의 아들 김창업(金昌業)이 살던 옥류동(玉流洞)이 있었다.

대아의 봄 모습 소호와 함지[281] 연주하고   大雅春容奏護咸
신맛과 짠맛 적당한 국의 간맞춤[282] 다시 보네   和羹又見適酸醎
몇 번을 자세히 음미함에 뺨에서 향기 나니   數回細嚼香生頰
마른 창자의 허기를 구하기에 충분하네   充得枯腸可救饞

---

281 소호(韶濩)와 함지(咸池) : 소호는 탕(湯)의 음악, 함지는 요(堯)의 음악이라고
한다.

282 국의 간맞춤 : 원문은 '화갱(和羹)'으로 정치를 다스림을 말한다.《서경》〈열명
(說明)〉에 "국에 간을 맞추려면, 소금과 매실식초로 해야 한다.〔若作和羹 爾惟鹽梅〕"고
했다.

원춘정[283] 세순 과 함께 세검정으로 걸어 나가서 성루에 올라 짓다

與元春汀 世洵 步出洗劍亭登城樓作

막 개인 동천에 쪽빛 하늘 깨지고	洞天新霽破藍靑
곳곳의 깊은 숲에 장막 친 정자가 세워졌네	處處穹林設幔亭
길 끼고 있는 폭포에선 늘 비가 흩뿌리고	挾道飛泉常作雨
벼랑 위 높은 성가퀴에선 별도 만질 수 있겠네	懸崖危堞可捫星
아, 놀라워라 여름도 저물어 가는구나	飜驚夏序行將晚
그래도 좋아라 세상 소란함 점차 멀리 들리니	差喜塵囂漸遠聽
옛 동산의 원숭이와 학 그대로 남아 있으니	猿鶴故園依舊在
이문[284]을 북산 신령에게 보내지 마오	文移休送北山靈

나와 원형(元兄)은 금년에 모두 경성(京城)으로 이주하였기 때문에 언급한 것이다.

---

283 원춘정(元春汀) : 원세순(元世洵)으로, 1862년(철종13) 금부도사(禁府都事), 음성 현감(陰城縣監)을 지냈다.

284 이문(移文) : 남조(南朝) 제(齊)나라 공치규(孔稚珪)의 〈북산이문(北山移文)〉을 두고 한 말이다. 글 중에 "혜초 휘장 비니 밤에 학이 원망하고, 산사람 떠나가니 새벽에 원숭이가 놀란다.〔蕙帳空兮夜鶴怨 山人去兮曉猿驚〕"라는 구절이 보인다.

빗속에 정회를 읊다. 노두의 〈자경부봉선현〉 50운을 차운하다

雨中詠懷-次老杜自京赴奉先縣五十韻

뱁새는 분수에 쉬이 만족하거늘	鷦鷯分易足
비둘기만은 성품이 어찌 그리 졸렬한가	維鳩性何拙
험난함과 우환을 적게 타고났건만	生少賦險釁
근심과 상처로 하릴 없이 슬퍼하네	憂傷徒契契
학문도 얕고 식견도 협소하며[285]	學淺識窾啓
재주는 낮은데 뜻은 성그네	才短意疎闊
마흔에도 노쇠한 용모 지녀	四十有衰容
머리 희고 이도 다 빠졌네	鬢白齒更豁
권세가의 문을 들여다 본 적 없으니	未窺朱門裏
어찌 손대면 데일 정도의 뜨거움[286]을 알겠는가	焉知炙手熱
외람되게 깊은 골짜기 난초와 짝하였을 뿐	猥比幽谷蘭

---

285 식견도 협소하며 : 《장자》 〈달생(達生)〉에 "손휴라는 자는 학식이 얕고 들은 것이 적은 백성이다.〔今休 款啓寡聞之民也〕"는 말이 나온다. '관계(款啓)'는 학문이 얕고 식견이 좁은 것을 뜻한다.

286 손대면……뜨거움 : 가까이 하면 곧 손을 데이는 것을 말한다. 권세가 대단한 것을 말한다. 두보의 〈여인행(麗人行)〉은 양귀비 가문의 춘유(春遊)를 읊은 것인데, 그 대단한 기세를 읊으면서 맨 마지막 구절에 "손대면 데일 정도로 그 권세가 천하제일이니, 가까이 갔다가 괜히 승상의 노여움이나 사지 마시오.〔炙手可熱勢絶倫 愼莫近前丞相嗔〕"라는 말이 나온다.

스스로 강한 향기 풍길 수 있는 사람 없다네 　無人自芳烈

관적에 올라 분수를 넘었고 　通籍踰涯分

옥당[287]의 달 아래서 한 번 묵었네 　一宿玉堂月

어찌 백성을 보호할 재목이나 된다고 　豈是庇民才

고향의 논밭과 영영 이별을 했는가 　便與畎畝訣

타관살이에 궁핍은 더욱 심해져서 　僑居窮轉甚

한 소쿠리의 밥도 누차 걸렀네 　簞食屢告缺

안빈낙도하면서 　誰能貧而樂

욕망에 빼앗기지 않을 자 그 누구랴 　不爲慾所奪

휘장 내리고 아이 글공부를 시키니 　掩帷課兒讀

쓸쓸하기가 바위굴과도 같네 　蕭然若巖穴

아는 이들은 모두 어진 분들이어서 　所知皆長者

깊이 탐구하신 것 큰 바다처럼 터져나오네 　搜討瀉溟渤

고생스럽게 나의 잘못을 잡아주시니 　辛勤矯余枉

감히 청탁 따위 배우지 못하네 　不敢學干謁

가마솥 안에는 먼지만 가득하고 　釜中塵埃滿

문전은 쑥대로 파묻혔네 　門前蓬蒿沒

하물며 오래도록 비가 내리더니 　況乃天久雨

범람하여 마침내 통제할 길 없어졌네 　浸淫遂無節

흐르는 빗물이 종횡으로 넘쳐나 　流潦浩縱橫

나그네의 발걸음도 끊겼네 　行旅亦斷絶

도랑물이 모두 부딪혀 터지고 　溝瀆盡衝決

---

287 옥당(玉堂) : 홍문관의 별칭이다.

언덕과 골짜기가 모두 무너졌네 　　　　　　　　 陵谷咸崩裂

충청도와 전라도엔 수재가 더욱 심하니 　　　　 兩湖災尤甚

어찌 당발[288]의 정비를 느슨하게 할 것인가 　　 詎緩齊棠發

올벼도 늦벼도 모두 썩었으니 　　　　　　　　 稙稺俱靡爛

기장인들 메벼인들 어찌 열매 맺을까 　　　　　 黍稌實豈結

재앙의 기운이 미원[289]을 향하고 　　　　　　　 妖祲射微垣

자욱한 기운이 높은 산을 가두었네 　　　　　　 蒙氣鎖巇嶭

긴 여름에도 어둔 길을 가야하고 　　　　　　　 長夏過昏衢

희화의 수레바퀴[290]는 허공에서 미끄러지네 　　 羲輪走空滑

하늘에 맹세하며 재앙의 기운 쫓고자 하지만 　　 誓欲驅氛霧

힘이 나약하여 그 어려움 근심하네 　　　　　　 力孱愁戛戛

한 묶음의 땔나무와 한 됫박의 쌀이 　　　　　　 束薪與升米

값이 뛰는 바람에 한바탕 소란이 났네 　　　　　 騰躍喧轇轕

채색 수놓은 벽에 사는 이들 괜찮지만 　　　　　 哿矣紋繡壁

짧은 갈옷 입은 이들만 애달파라[291] 　　　　　　 哀此被短褐

---

288 당발(棠發) : 감사(監司)를 말한다.

289 미원(微垣) : 자미원(紫微垣)을 말한다. 큰곰자리를 중심으로 170개의 별로 이루어진 별자리이다. 태미원(太微垣)·천시원(天市垣)과 더불어 삼원(三垣)이라고 부르며, 별자리를 천자(天子)의 자리에 비유한 것이다.

290 희화(羲和)의 수레바퀴 : 태양을 상징한다. 희화가 태양을 실은 수레를 동에서 서로 몰아가면 하루 해가 지나간다는 전설이 있다.

291 채색 수놓은……애달파라 : 《시경》〈정월(正月)〉에, "저 부자들은 괜찮거니와, 이 의지할 곳 없는 사람들을 애달파 하노라.〔哿矣富人 哀此惸獨〕"라는 구절이 나오는데, 이를 인용한 것이다.

임금께서 밤낮으로 근심하시며	聖主宵旰憂
은혜로운 윤음을 시시때때로 내리시네	恩綸無時出
어찌 차마 주상 혼자만 수고롭게 할 수 있겠냐만	忍令獨勞上
부끄럽게도 재주가 없어 보좌할 길 없네	匪才慚補闕
하민들은 어리석고 몽매하여	下民愚且蒙
구차하게 아침저녁 생계만을 꾀하네	苟謀朝夕活
배부르고 따뜻해야 원망이 없으니	飽煖方無怨
어찌 교화를 알겠는가	豈識化中物
썩은 줄로 경계한 까닭[292]	所以朽索戒
생각하면 항상 두렵고 떨리네	思之常凜慄
아, 늙고 야윈 사내가	嗟嗟枯項士
길게 울부짖으며 칠실[293]에서 근심하네	長嘯憂漆室
밤비에 담장 갈라지더니	夜雨藩垣坼
중당이 추한 몸을 드러냈네	中堂露醜質
문을 여니 사방이 확 트이고	開戶曠四望
부녀자들은 숨죽이며 두려워하네	婦女屛縮瑟
집에 능금나무 있는데	家有林檎樹

---

292 썩은 줄로 경계한 까닭 : 《서경》〈오자지가(五子之歌)〉에 "나는 백성 앞에 임할 때면 썩은 줄로 6필의 말을 부리는 것처럼 두려웠다.〔予臨兆民 懍乎若朽索之馭六馬〕"는 말이 나온다. 후에 이 말은 일에 닥쳐 위기를 생각하며 늘 경계하라는 뜻으로 사용되었다.

293 칠실(漆室) : 춘추 시대 노(魯)나라 읍(邑) 이름이다. 노나라 목공(穆公) 때 군로태자(君老太子)가 어려서 국사가 몹시 위태로웠는데, 한 소녀가 칠실에서 기둥에 의지하여 울부짖으며 나라를 근심하고 백성을 근심했다고 한다.

강회²⁹⁴의 귤에 비할 만하네	可比江淮橘
이웃 아이들 면전에서 훔쳐가	隣兒對面偸
늙은 나무엔 앙상한 줄기만 남았네	老樹餘幹骨
어린 아들 비틀대며 울부짖어	幼子踉蹌叫
괴로운 심정에 글 가르치는 것도²⁹⁵그만 두었네	騷擾廢蛾述
관창의 관리노릇 하는 벗이 있어	故人官倉曹

　서경당(徐絅堂)을 가리킨다.

한 말 쌀로 학철고어²⁹⁶를 구했네	斗米救涸轍
생각해보니 그대 또한 가난하면	念子亦貧寠
궁벽한 해를 만나면 늘 고생했지	窮年恒兀兀
돈 생기면 곧 술을 사다가	得錢卽沽酒
그댈 불러와 간소하게 갚으리라	招邀以簡折
지붕 샌 자국은 북두칠성과 같고	屋漏如七星
사방 벽에서는 바스락 소리가 나네	四壁聲窸窣
안색만은 여전히 늘 좋아서	顏色猶常好
장가를 노르면 저 멀리까지 울리네	長歌彌激越
소리를 가득 채워 상송²⁹⁷을 읊고	聲滿吟商頌
곡조를 높여 영의 백설²⁹⁸ 곡에 화답하네	調高和郢雪

294　강회(江淮) : 중국 장강(長江)과 회수(淮水)가 흐르는 강남지역을 말한다.

295　글 가르치는 것도 : 원문의 '아술(蛾述)'은 근면한 공부를 뜻한다.

296　학철고어(涸轍枯魚) : 물이 마른 수레바퀴 자국 속에서 말라가는 물고기를 이르며 곤경에 처한 것을 말한다.

297　상송(商頌) :《시경》의 삼송(三頌) 중의 하나이다.

298　영(郢)의 백설 : 춘추 시대 초(楚)나라 도성 영(郢)에서 유행하던 〈양춘백설(陽

이 음악은 아는 자가 적지만	此樂知者少
굶주림과 갈증을 거의 잊게 한다네	庶以忘飢渴
지금 듣건대 어두운 비에 대비하여	今聞陰雨備
바다 지키는 병졸을 엄히 경계시킨다 하네	嚴警防海卒
태평시대에는 병사 보는 것 두려워하여	昇平畏見兵
거리의 의논이 분분히 목구멍에 가득하네	巷議紛闐咽
조정의 계책이 정해진 것을 안다면	固知廟筭定
번거롭게 볼기 치고 회초리 부러뜨릴 일 없으리	無煩笞箠折
조창²⁹⁹이 잠겨 비축해놓은 식량이 비었으니	漕澌蓄積空
무엇으로써 갑작스런 사변에 대비할 것인가	何以備倉猝
사나운 놈은 힘으로 굴복시키지 못하니	獷悍匪力服
미리 처벌을 꾀하는 것이 중요하네	所貴先謀伐
지난번에 노곤한 군대를 물리칠 수 있었으니	疇能却勤師
담소로써 정처 없이 떠도는 이들을³⁰⁰ 진압했네	談笑鎭棲屑

春白雪)〉을 말한다. 송옥(宋玉)의 〈답초왕문(答楚王問)〉에 다음과 같은 기록이 보인
다. "객 중에 영에서 노래하는 자가 있었는데, 처음에 〈하리파인〉을 부르자 백성 중에
수천 명이 따라 불렀다. 〈양아〉와 〈해로〉를 부르자 백성 중에 수백 명이 따라 불렀다.
그러나 〈양춘백설〉을 부르자 백성 중에 이 노래를 따라하는 자는 수십 명에 불과했
다.……이는 이 곡이 너무 고아하여 따라할 수 있는 자가 적었던 것이다.〔客有歌於郢中
者 其始曰 下里巴人 國中屬而和者數千人 其爲 陽阿 薤露 國中屬而和者數百人 其爲 陽
春白雪 國中屬而和者不過數十人……是其曲彌高 其和彌寡〕"

299 조창(漕倉) : 조선 때 국가가 징수한 곡물을 모아 보관하고, 이를 다시 경창(京
倉)으로 운송하기 위해 해안이나 강변에 설치했던 창고이다.

300 정처 없이 떠도는 이들을 : 원문은 '서설(棲屑)'로 분망(奔忙)하고 불안한 모양을
말한다.

한숨 쉬며 옛 사람을 생각하니   慨然思古人

탄식이 그치지 않네   歎息意未卒

미친 듯 부르짖는 말 조리도 없어서   狂號言無倫

태사가 적기에 부족하네   太史不足掇

동료 김구현[301]과 옥당에서 마주하고 당직 서면서 함께 시를 지어 한치수[302]에게 보여 주다

與金僚九鉉對直玉堂共賦示韓致綏

치수(致綏)는 이름이 장석(章錫)인데, 지금 기성랑(騎省郎)[303]으로 있다.

낭현[304] 복 받은 땅이 온 성을 껴안았건만	福地嫏嬛擁百城
쓸쓸하게 두건 쓴 두 명의 서생	蕭然襆被兩書生
무더운 바람이 설핏 그쳐 삼시[305]에 가깝고	炎風乍止三時接
상서로운 해 기쁘게 우러르니 오색광채가 나네	瑞日欣瞻八彩明
기성[306]에 가을이 오니 공연히 시만 읊고	騎省秋來空有賦
광문관[307] 추운 것은 아마도 정 때문	廣文官冷若爲情

---

301 김구현(金九鉉) : 1820~? 본관은 광산(光山), 자는 경락(景洛), 호는 소계(小溪)이다. 1874년(고종12) 별시 문과에 병과 35인으로 급제하여 교리, 이조 참의, 참판을 거쳐 공조 판서에 이르렀다.

302 한치수(韓致綏) : 한장석(韓章錫, 1832~1894)을 말한다. 정시 문과에 병과로 급제한 뒤, 수찬, 용강 현령(龍岡縣令) 등을 거쳐 대사성·이조 참판 등을 역임했다.

303 기성랑(騎省郎) : 병조랑(兵曹郎)이다.

304 낭현(嫏嬛) : 천제(天帝)의 장서처(藏書處)이다. 장화(張華)가 꿈속에서 다녀왔다고 한다.

305 삼시(三時) : 하지(夏至)의 후반 개월을 말한다.

306 기성(騎省) : 병조(兵曹)의 별칭이다.

307 광문관(廣文官) : 당나라 때 7학(學) 중의 하나이다. 천보(天寶) 9년에 국자감(國子監)을 확대하여 광문관이라고 했다.

맑은 조정에서 붓 꽂고 보탬 못돼 부끄러운데　　　清朝簪筆慚無補
또 은 술잔에 취하여 태평성세만 기리고 있네　　　且醉銀盃頌太平

　옥당에 임금께서 하사한 은배(銀盃)가 있다.

남을 대신하여 61세 장연을 축하하다

代人賀六十一歲長筵

수역[308]에서 보낸 세월에 이 몸 늙어가지만	壽域烟花老此生
붉은 얼굴 검은 머리에 눈도 유독 밝네	朱顔綠髮眼偏明
어진 아손에겐 벌써 가업 전하는 즐거움 있고	兒賢早有傳家樂
궁벽한 마을에서 그 누가 은거의 명성 다툴까	村僻誰爭避世名
천추[309]의 연잎 옆에 거북이 쉬며 보양하고	蓮葉千秋龜養息
구월의 국화 속에 기러기가 소리를 전하네	黃花九月鴈流聲
옛날 이웃들 모두 쇠하고 병들었으니	昔時隣曲今衰病
장수의 연회에서 어찌 옛 정을 이야기할까	安得長筵話舊情

308　수역(壽域) : 사람마다 천수를 누리는 태평성대를 말한다.

309　천추(千秋) : 어르신의 생신을 높여 부르는 말로 사용된다.

중양절에 옥수[310] 조면호 어른 를 모시고 소산 경당 보산 윤상의 이 태고정[311]에 모였다

重陽陪玉垂 趙丈冕鎬 素山絅堂寶山 尹象誼 會于太古亭

어지러운 백전[312]에서 비단 도포를 빼앗으니[313]	白戰紛紛奪錦袍

이 날은 춘대(春臺)에서 정시(庭試)를 베풀었다.

한가한 사람은 이 언덕에 오를 일 드물겠지	閒人應少此登皐
못가엔 세월이 쌓여 풍인[314]이 늙고	池邊歲積楓人老
고목엔 서리 맑아 안서[315]가 호방하네	古木霜淸鴈婿豪

---

310 옥수(玉垂) : 조면호(趙冕鎬, 1803~1887)로, 본관은 임천(林川), 자는 조경(藻卿), 호는 옥수(玉垂)·이당(怡堂)이다. 조기항(趙基恒)의 아들이며, 김정희(金正喜)의 척실(戚姪)이며 제자이다. 1837년(헌종3)에 진사시에 합격하고, 공조 참의를 거쳐 호조 참판·지의금부사(知義禁府使)를 역임하였다. 저서로《옥수집(玉垂集)》32권 16책을 남겼고, 유묵으로 예서(隷書) 2점이 전하는데, 한예(漢隷)에 기초를 두고 추사의 필치를 겸하여 근대한국서법의 백미로 평가된다.

311 태고정(太古亭) : 서울 북한산 아래 김상헌(金尙憲)의 별장이 있었던 청풍계(淸楓溪) 위에 있던 정자 이름이다.

312 백전(白戰) : 시인들이 글재주를 다투는 싸움을 말한다.

313 비단 도포를 빼앗으니 :《신당서(新唐書)》〈송지문(宋之問)〉에 "무후(武后)가 낙양 남쪽 용문(龍門)에 놀러가서 수행한 신하들을 불러다가 시를 짓게 했는데 좌사(左史) 동방규(東方虯)가 먼저 시를 지어서, 무후가 비단 도포를 하사했다. 송지문이 이윽고 시를 지어 올렸는데 무후가 보고 감탄하고, 다시 도포를 빼앗아 하사했다."고 했다.

314 풍인(楓人) : 단풍나무의 노목에 생기는 큰 혹을 말한다. 늙은 단풍나무를 말한다.

명사가 관직 얻으니 누런 잎 차갑고 名士得官黃葉冷

종신이 발걸음 남기니 푸른 산이 드높네 宗臣留躅碧山高

국화는 말없이 늘어져 피겠지만 寒花無語垂垂發

그때 서로 그리워했던 고뇌를 기억할까 記否當年相憶勞

경당(絅堂)이 영춘(永春)의 수령으로 나가고, 보산(寶山)은 은진(恩津)의
수령으로 나가게 되어서 장차 만나지 못해 괴로울 것이다.

---

315 안서(鴈婿) : 기러기를 말한다. 당나라 이백의 〈산자고사(山鷓鴣詞)〉에 "연산의
호안 서방에게 시집가니, 나를 입에 물고 안문을 향해 돌아오려 하네.〔嫁得燕山胡鴈婿
欲銜我向雁門歸〕"라고 했다.

호남으로 돌아가는 이형대를 전송하다

送李亨大歸湖南

소슬한 낙엽소리에 나그네 잠자다 깨어나 　　　　落木蕭蕭客枕驚

오늘에야 올라와 그대 행차를 전송하네 　　　　登臨今日送君行

시 읊은 자리 옆 누런 잎이 그윽한 길에 머물고 　吟邊黃葉停幽逕

숙소엔 찬 다듬이소리 저물녘 성으로 들어오네 　宿處寒砧入暮城

여관 밥의 담박한 맛을 이미 달게 여겼고 　　　旅飯已曾甘澹薄

서창에서 흐리고 갬을 몇 번이나 겪었던가 　　　書窗幾伴閱陰晴

이정[316]에서 부모 섬김 그 누가 늦출 수 있으랴 　鯉庭趨侍誰能挽

남으로 가는 기러기가 짝 보내는 소리를 근심스레 듣네

　　　　　　　　　　　　　　　　　　愁聽南鴻送侶聲

---

316 이정(鯉庭) : 공자(孔子)가 아들 이(鯉)가 뜰을 지나가는 것을 보고 시(詩)와 예(禮)를 배우라고 훈계한 데서 유래하여 부친의 훈도를 가리키는 말로 사용되었다.

이화여가 과거에 낙방하고 삼화[317]로 돌아가게 되어 시를 읊어 주고, 아울러 강서[318] 사군께 올리다

李和汝下第歸三和賦詩贈之兼呈江西使君

흰 모시 도포에 나그넷길 추위가 일고	客路寒生白苧袍
서울에서 이별하며 물가 언덕을 오르네	邦堁分手上亭皐
호량[319] 보며 즐거움 함께하자 약속했으니	觀濠已許同心樂
파교[320] 건넘에 누군들 호방할 수 있으랴	渡灞誰能作意豪
서리 내린 들길엔 닭 우는 주점도 저물고	野徑有霜鷄店暮
물 같은 바닷가 하늘엔 기러기 높이 날아가네	海天如水鴈程高
학성의 선리[321]가 묻거든	鶴城仙吏如相問
가을 들어 꿈꾸느라 노곤하다 알려 주오	爲報秋來入夢勞

---

317 삼화(三和) : 평안남도에 있는 현 이름이다.

318 강서(江西) : 평안남도 남서부에 있는 군이다.

319 호량(濠梁) : 호수(濠水)의 다리이다. 호수는 안휘성(安徽省) 봉양현(鳳陽縣) 동북에 있다. 《장자》〈추수(秋水)〉에, 장자가 혜자(惠子)와 함께 호수의 다리 위에서 노닐었는데, 물고기들이 조용히 노니는 것을 보고 물고기가 즐거움을 아는지의 여부를 변론했다는 말이 나온다.

320 파교(灞橋) : 섬서성 장안(長安) 동쪽, 파수(灞水)에 놓인 다리이다. 장안에서 동쪽으로 떠나는 사람을 전송하여 이별하는 장소이다.

321 학성의 선리(仙吏) : 팔선(八仙) 중의 한 명인 도사 여순양(呂純陽)이 학을 타고 남통(南通)의 고진(古鎭)인 여사(呂四)에 네 번 내려왔다고 하여 이곳을 학성이라고 부른다.

10월 1일 소산의 집에 모여서 읊다. 해서의 시인 오미초 또한 그곳에 있었다

十月初一日會賦素山室海西詩人吳眉樵亦在焉

쓸쓸한 양 귀밑머리 바람이 가을 재촉하기에 　　　　　雙鬢蕭蕭颯欲秋

소춘[322] 시절에 동쪽 유람을 했네 　　　　　　　　　小春時節作東遊

국화가 땅에 만발하여 취하기가 다반사 　　　　　　黃花滿地尋常醉

반기며 교분을 논하니 그 풍류가 제일 　　　　　　靑眼論交第一流

추위가 두려운 벌레둑은 스스로를 지키지만 　　　怕冷蟲坯還自護

허공에 쓴 기러기 글자는 어찌 항상 머무르랴 　　書空鴈字豈常留

고아한 읊조림은 서리 밭의 수확 묻지 않으니 　　高吟不問霜畦穫

문사란 원래 생계에 소홀한 법 　　　　　　　　　文士原疎百口謀

---

322 소춘(小春) : 음력 10월의 별칭이다.

학사 이소산 효렴 이동저 진사 오미초가 찾아와 함께 읊다

李素山學士李東渚孝廉吳眉樵進士來訪共賦

유유자적 벼슬하며 명성을 다툰다면　　　悠悠簪笏尙爭名

끝내 어떻게 이 생애를 보낼 건가　　　至竟如何度此生

북사의 풍류는 삼상[323]이 족한데　　　北社風流三足上

고향 산의 농사는 한 가지도 이룬 것 없네　　　故山耕稼一無成

울짱 곁눈질하는 게으른 닭에 찬 연기 엉기고　　　倦鷄眈柵寒烟合

창을 두드리는 까치 소리에 석양이 밝네　　　乾鵲敲窓夕照明

마주하면 좋은 일 주고받을 수 있으니　　　相對惟堪傳勝事

인근 술집의 술 익어 오정주[324]와 같다네　　　隣壚酒熟似烏程

323　삼상(三上) : 마상(馬上)·침상(枕上)·측상(廁上)을 말한다. 송나라 구양수(歐陽脩)의 《귀전록(歸田錄)》에 "내가 평생 지은 문장은 삼상(三上)에서 많았다. 곧 마상(馬上)·침상(枕上)·측상(廁上)인데 대개 이곳에서 더욱 생각을 이을 수 있다."고 했다.

324　오정주(烏程酒) : 중국의 옛날 명주(名酒)의 이름이다.

소산의 운에 차운하여 영춘 서경당 사군께 부쳐서 올리다

次素山韻寄呈永春徐絅堂使君

협곡의 잔도가 구름에 이어진 소백산 서쪽	峽棧連雲小白西
가을바람에 길가는 말은 서리로 발굽 괴롭네	秋風征馬困霜蹄
어량에 물이 줄자 사다새가 소리치고	漁梁水落鵜鶘喚
고목에 추위 들자 왜가리가 우네	古木天寒鶬鴰啼
세상 피하는 법 중에 관리와 은자 겸함을 그 누가 알까	
	避世誰知兼吏隱
글 읽는 일이라면 산중 은신처도 무방하리라	讀書無妨作巖棲
옛날에 밀랍 칠한 나막신[325]으로 동쪽을 두루 유람했으니	
	舊時蠟屐東遊遍
이끼를 털고 바위에 적은 시 반드시 보시구려	拂蘚須看石面題

---

325 밀랍 칠한 나막신 : 《세설신어(世說新語)》〈아량(雅量)〉에 "어떤 사람이 완부를 방문했는데, 그가 직접 나막신에 밀랍을 입히고 있는 것을 보고는 탄식하며 말하길, '평생 몇 켤레 나막신을 신을지 모르겠구나!' 하고는 얼굴빛이 환해졌다.〔或有詣阮 阮孚 見自吹火蠟屐 因嘆曰 未知一生當著幾量屐 神色閑暢〕" 후에 '납극'은 유유자적한 생활을 상징하는 말로 사용되었다.

동쪽 마을의 여러 벗들과 송동[326] 이연사가 새로 매입한 집에서 노닐다. 이곳은 곧 우옹[327]의 옛 집터이다

與東村諸益遊宋洞李硯史新買之宅卽尤翁舊基也

성 동쪽으로 가면서 길 더욱 궁벽해지는데	畧約城東路轉窮
문득 담소 소리가 바람결에 들려오네	忽聞笑語落樵風
종일 들려오는 글 읽는 소리에 산빛이 푸르고	書聲鎭日山光碧
천추토록 서 있는 벽에 바위 면이 붉네	壁立千秋石面紅

   정자 뒤의 석벽에 적어놓은 '증주벽립(曾朱壁立)' 네 글자는 우옹(尤翁)의 필적이다.

띠 풀 베는 일은 송씨 댁에서 해준다 했으니	已許誅茅依宋宅
물만 마시며 안회의 허기짐 한탄할 필요 없네	未須飲水歎顏空
한가로운 일상이 게으른 성품에 딱 맞아	閒居事業堪怡性
때때로 나무 심는 노인 집 찾아가네	時到門前種樹翁

밤에 동저 미초와 소산의 서실에 모여서 함께 읊다

夜與東渚眉樵會于素山室共賦

부침하는 세상의 물결 속에서	浮沉陸海在流中
이렇게 서로 모였으니 취향이 같을 터	相聚還應氣味同
다섯 궁귀[328] 다 보내니 나의 졸렬함만 남고	盡送五窮餘我拙
조용히 삼뢰[329]를 들으니 그대의 귀 참 밝네	靜聞三籟信君聰
청아한 사람 사는 작은 방엔 거문고 책 좋아라	人淸小屋琴書好
옷 벗은 나무 성근 울타리론 담소소리 들리네	木落疏籬笑語通
편히 장가가고 시집가면 만사가 족하니	嫁娶安閒生事足
세상에서 그 누가 왕무공[330]인가	世間誰是王無功

침상 마주한 좋은 밤이 이제는 드물기에	對床良夜少如今
새로 지은 시에 무릎 치며 그 뜻을 음미하네	擊節新詩許賞音
빗속에 산을 보니 한 쌍 나막신이 돌아오고	雨裏看山雙屐返

---

328 다섯 궁귀 : 당나라 한유(韓愈)의 〈송궁문(送窮文)〉에 나오는 다섯 궁귀, 즉 지궁(智窮)·문궁(文窮)·학궁(學窮)·명궁(命窮)·교궁(交窮)을 말한다.

329 삼뢰(三籟) : 천뢰(天籟)·지뢰(地籟)·인뢰(人籟)를 통틀어 한 말이다. 자연에서 울리는 온갖 소리를 말한다.

330 왕무공(王無功) : 당나라 왕적(王績, 585~644)을 말하며, 자는 무공(無功), 호는 동고자(東皐子)이다. 강주(絳州) 용문(龍門) 사람으로 술을 좋아하여 술을 재제로 하여 많은 시문을 지었다.

등불 앞에서 역사를 평하니 술동이가 한 가득	燈前評史一樽深
공명은 손으로 더듬듯 쉬운 것 아니요	功名未易如探手
문자는 예로부터 마음을 얽어맸지	文字從來亦累心
취해 쓰러졌던 중양절이 며칠이나 되었다고	醉倒重陽纔幾日
한 번 떠나간 벗은 구름 봉우리 저 멀리	故人一去隔雲岑

빈 창가에서 참선하여 진여³³¹를 깨치니	虛窓禪定悟眞如
이곳은 바로 유마힐의 거처라네	此是維摩丈室居
이 세상 살면서 입 열 일 전혀 없고	處世渾無開口事
대대로 전할 것은 키 높이의 서적들이라네	傳家猶有等身書
좋은 술이 있단 말 들으면 관직 구해야겠지만	倘聞佳釀宜求職
매번 명산을 생각하면 여막 짓고픈 생각뿐	每想名山欲結廬
울타리 아래 국화는 사람과 더불어 시드는데	籬下黃花人共瘦
서리 내리고 나면 다시 활짝 피어나리	可能抖擻立霜餘

형체를 잊으니 내가 누군지도 몰라	忘形不覺我爲誰
수염과 눈썹 가만히 보니 자네 참 기이하네	靜看鬚眉子亦奇
시상이 떠올라 파교 언덕을 거닐고³³²	詩思入神行灞岸

---

331 진여(眞如) : 불교 용어이다. 우주만유의 본체, 실상(實相)을 의미한다.

332 시상이……거닐고 : 파교(灞橋)는 섬서성 장안(長安) 동쪽의 파수(灞水) 위에 걸쳐진 다리 이름이다. 《전당시화(全唐詩話)》〈정계(鄭綮)〉에 "어떤 이가 묻기를 '상국께서는 근래 새 시를 지었습니까?'라고 물으니, 정계가 답하기를 '시흥이 눈보라 치는 파교의 나귀에 있는데, 여기서 어떻게 얻을 수 있겠는가?'라고 했다.〔相國鄭綮善詩……

동천에 연분이 있어 구지³³³를 꿈꾸네　　　洞天有分夢仇池

깊은 마을 멀리 개 짖는 소리 밤새도록 들리고　　村深遠犬依宵永

따뜻한 가을에 길 떠나는 기러기 때를 놓쳤네　　秋暖離鴻赴節遲

비바람은 그저 시든 잎이나 쓸어낼 수 있어서　　風雨秖應殘葉掃

바람이 흔들어도 까치둥지는 끄떡도 않네　　　　飄搖無恙鵲巢枝

或曰 相國近有新詩否 '對曰 詩思在灞橋風雪驢子上 此處何以得之]" 정계의 이 말은 맹호
연(孟浩然)이 나귀를 타고 파교에서 눈을 밟으며 매화를 찾으러 갔다는 고사를 염두에
두고 한 말이다.

333 구지(仇池) : 산 이름이다. 감숙성(甘肅省) 성현(成縣) 서쪽에 있다. 송나라 소
식(蘇軾)의 〈화도화원(和桃花源)〉시의 서(序)에 "타일(他日)에 공부시랑(工部侍郎)
왕흠신(王欽臣) 중지(仲至)가 나에게 말하기를 '내가 일찍이 사명을 받들고 구지를
방문했는데, 99곳의 샘이 있고 만산(萬山)이 에워싸서 세상을 피할 수 있음이 도원(桃
源)과 같다.'고 했다."고 했다. 좋은 은거지의 전고로 사용된다.

이튿날 밤에 또 모이다

翌日夜又會

나뭇가지에 서리 내려 갠 하늘 높은데 　　　林杪霜落霽天高
새로 돋은 달은 눈썹 같고 바람은 칼날 같네 　　新月似眉風似刀
가을 겨울이면 마음이 늘 서글퍼라 　　　　　心事秋冬常惻惻
벗들은 남으로 북으로 떨어져 바삐 사네 　　　故人南北況勞勞
당 앞에서 빗소리 듣다 옛 일 추억하는데 　　堂前聽雨成追憶
시에서 능운필334 만나지 못해 애석하네 　　　篇上凌雲惜未遭
백 번 벌주어도 금곡주335 사양하지 않을 셈에 　百罰不辭金谷酒
시흥 이는 대로 붓 휘둘러 경쟁하네 　　　　謾將詩思較爭毫

삿갓에 나막신 신고 훨훨 흥이 나 날아갈듯 　笠屐翩翩興欲飛
하늘 가득 비바람 불어도 사립문 닫지 않네 　滿天風雨不關扉
오 땅의 고사336는 별빛에 가깝고 　　　　　吳中高士星光近

334　능운필(凌雲筆) : 빼어난 시적 재능을 말한다. 두보(杜甫)의 〈희위육절구(戱爲
六絶句)〉에서 "유신의 문장은 늙을수록 성취 높아, 구름을 찌를듯한 굳건한 필치, 뜻도
거침없네.〔庾信文章老更成 凌雲健筆意縱橫〕"라고 했다.

335　금곡주(金谷酒) : 진(晉)나라 석숭(石崇)이 금곡원(金谷園)으로 손님들을 초청
하여 연회를 하면서 시를 짓지 못하면 벌주로 세 말〔斗〕 술을 마시게 했다.

336　오 땅의 고사(高士) : 절강성 항주(杭州) 동려(桐廬) 부춘강(富春江)가에 은거
했던 엄광(嚴光)을 말한다. 동학이었던 광무제(光武帝)와 한 침상에서 잠을 자면서

주하의 진인[337]은 관리 경력이 미미하네	柱下眞人宦跡微
냇가 정자 맑은 인연으로 사흘 밤을 즐기니[338]	溪榭淸緣三夜卜
바닷가 산의 수려한 경색 만 겹으로 둘렀네	海山秀色萬重圍
멀리 보이는 이슬 젖은 갈대에 강섬은 희어서	遙看葭露中洲白
슬픔에 겨운 저 사람 또 귀거래를 읊네	怊悵伊人更賦歸

밤새 들리는 가을소리에 귀밑머리 세었나니	一夜秋聲兩鬢霜
이 몸 초목도 아닌데 더위와 추위를 다 겪네	身非草木閱炎涼
눈앞엔 오직 잔에 든 술만 남았고	眼前惟有盂中物
떠나간 후엔 자리에 남은 향기도 없네	去後曾無席上香
우스워라 창가의 파리 아침 해 지고 나오네	堪笑窓蠅負曒出
어여뻐라 바닷가 학 구름 속으로 날아드네	遙憐海鶴入雲翔
모두들 소란 가라앉히고 시령을 재촉하니	萬家喧息催詩令
한가한 사람이 왜 굳이 다시 바빠져야 하나	何苦閒人更做忙

뜰에 가득한 누런 잎 담도 수리하지 않았는데	滿庭黃葉不修垣

광무제의 배에 발을 올리고 잤는데, 이튿날 신하들이 급히 상주하기를 "객성이 황제와 좌위를 범했습니다.〔客星犯帝座〕"라고 하였다.

337 주하의 진인(眞人) : 노자(老子)을 말한다. 일찍이 주(周)나라 주하사(柱下史) 를 지냈다고 한다. 주하는 장서(藏書)의 장소이다.

338 사흘 밤을 즐기니 : 복주복야(卜晝卜夜)에서 나온 말로, 밤낮을 가리지 않고 술 마시며 즐기는 것을 가리킨다. 《춘추좌씨전(春秋左氏傳)》 장공(莊公) 22년 조에 "신은 낮에만 모시고 즐길 것이지, 밤까지 계속 즐기는 일은 감히 할 수 없습니다.〔臣卜其晝, 未卜其夜 不敢〕"라는 말이 나온다.

이끼 낀 길엔 들쑥날쑥 나막신 자국 보이네　　　苔逕參差見屐痕
편히 누우면 바람이 지붕 말아가도 무방하니　　　高臥無妨風捲屋
잠깐의 소란은 대야 뒤집힐 듯한 비 때문이네　　　乍喧正爲雨飜盆
어둠 속 닭 우는 곳에선 현인 생각 간절하고　　　昏鷄鳴處思賢切
구멍 속 쥐가 두 손 맞잡으니 예의 높음 아네　　　穴鼠拱來識禮尊
내일 보내고 나면 잘 기억해야 하리　　　明日送將須記取
청풍교 가에서 넋을 잃을지도 모르니　　　靑楓橋畔是銷魂

얼음 병 같은 가을달이 텅빈 못을 비추는데　　　氷壺秋月照空潭
천하의 신교가 한 자리에 모였네　　　四海神交一席參
하염없는 세월에 시든 국화가 깃들고　　　苒苒年光衰菊寄
침침한 밤기운에 늙은 홰나무가 잠겼네　　　沉沉夜氣老槐涵
허공의 종소리가 차가운 성곽에 떠있고　　　霜鍾碧落浮寒郭
별 제사 드리던 부적이 먼 암자에 남았네　　　星醮靑詞逗遠庵
그래도 반가운 건 시 짓는 서쪽 이웃 늙은이　　　却喜西隣老詩伯
한 알 한 알 여주를 손으로 찾아내네　　　驪珠箇箇手中探

역리가 동쪽에서 왔기에 편지를 부쳤으니　　　驛使東來尺素憑
벗은 관부에서 푸른 등나무 끌어안겠네　　　故人官府擁蒼藤
하릴없는 산 북쪽엔 담황색 주렴 쳐져있고　　　山陰無事緗簾下
시 짓기 좋은 강 빛은 한 칠 비단이 맑네　　　江色宜詩匹練澄
옛날 노닐었던 풍사339가 꿈에 자주 보이고　　　楓社舊遊頻夜夢
옛날을 조문하려 온성340에 몇 번이나 올랐던가　　　溫城吊古幾回登

습지[341]에선 날마다 풍류도 족하고 　　　習池日日風流足

술 나라에선 결승[342]을 허비할 필요 없네 　　　酒國何煩費結繩

　위는 경당(絅堂)[343]을 생각한 것이다.

---

339 풍사(楓社) : 청풍계(淸楓溪)의 시사(詩社)이다. 청풍계는 인왕산 아래 백운동에 있는 개천 이름으로 소산(素山) 이응진(李應辰)이 그곳에 거주하며 김윤식을 비롯한 벗들과 시회(詩會)를 가졌다.

340 온성(溫城) : 온달산성을 말한다. 지금의 충북 단양군 영춘면 하리에 있다. 김윤식의 친구 서응순이 영춘 현감(永春縣監)으로 있을 때 김윤식이 그곳을 방문했다.

341 습지(習池) : 습가지(習家池)를 말한다. 일명 고양지(高陽池)이다. 호북성 양양(襄陽) 현산(峴山) 남쪽에 있으며, 진(晉)나라 산간(山簡)이 양양 태수로 있을 때 형(荊) 땅 호족인 습씨(習氏)들의 원지(園池)로 놀러나가서 매번 술에 취하여 돌아왔다고 한다.

342 결승(結繩) : 고대에 끈으로 매듭을 만들어 숫자 등을 표기한 기호이다. 여기서는 술 마실 때 잔 수를 세는 용도로 사용되던 산가지와 비슷한 뜻으로 사용했다.

343 경당(絅堂) : 서응순(徐應淳)을 가리킨다.

을해년(1875, 고종12) 인일[344]에 낭원 이계가 와서 보여준 시가 있는데, 그 운을 차운하여 보여주다

乙亥人日李郎元契來見有詩次示其韻

작은 집에 새봄이 오니	小屋新春至
여인네 머리장식에 금화가 피었네[345]	金花勝裏開
달은 소부[346]의 말처럼 사랑스럽고	月憐蘇婦語
사람은 정공풍[347]이 온 듯하네	人似鄭公來
거리는 궁벽해도 눈 속에 길 뚫렸건만	巷僻猶穿雪
산속이 추워 매화 피우지 못했네	山寒未放梅
세월이 양 귀밑머리에 더해지니	歲華添兩鬢
그림자 돌아보며 술을 마시네	顧影且銜盃

344 인일(人日) : 음력 1월 7일이다.

345 여인네……피었네 : 승(勝)은 오색 종이를 오려서 만들었던 여인네들의 머리 장식이다. 두보(杜甫)의 〈인일(人日)〉시에 "술동이 앞 측백나무 잎은 술 따라오기 그만두고, 머리장식 속 금화는 추위를 잘 견디었네.〔樽前柏葉休隨酒 勝裏金花巧耐寒〕"라고 하였다.

346 소부(蘇婦) : 전진(前秦)의 소혜(蘇惠)을 말한다. 유사(流沙)로 멀리 떠난 남편 두도(竇滔)에게 비단에 회문선도시(迴文旋圖詩)를 짜서 보냈다.

347 정공풍(鄭公風) : 정홍(鄭弘)의 계곡의 바람을 말한다. 후한(後漢) 정홍이 일찍이 회계(會稽) 사적산(射的山) 남쪽 백학산(白鶴山)에서 선인(仙人)이 잃어버린 화살을 찾아주고, 소원을 말하기를 "항상 약야계(若邪溪)에서 땔나무하는 것이 괴로웠는데, 아침에는 남풍이 불고 저녁에는 북풍이 불었으면 합니다."라고 했는데, 과연 그렇게 되었다고 한다 이로 인해 약야계의 바람을 정공풍이라고 불렀다고 한다.

초봄에 송동으로 이연사를 방문하다

初春訪李硯史于宋洞

춘소(春沼) 이연익(李淵翼), 국사(菊史) 이관익(李觀翼), 추거(秋居) 홍종우(洪鍾禹)가 와서 모여서 함께 읊다.

송자[348]가 남긴 당이 산자락 아래 있는데 　　　宋子遺堂倚碧山
소탈한 띠 집이 세속에서 벗어났네 　　　茅茨蕭灑出塵間
섬돌 따라 흐르는 물, 절로 패옥소리를 내고 　　　循階流水自鳴佩
담 에워싼 높은 언덕, 관문을 설치한 듯하네 　　　繞壁崇岡若設關
골짜기 속 노을 속에서 이젠 주인이 되었고 　　　洞裏烟霞今作主
술동이 앞에서 담소 나누며 몇 번이고 웃었지 　　　樽前談笑幾開顔
봄 와도 꽃구경 약속 저버릴지 모르겠네 　　　春來恐負看花約
그대 동룡문[349] 향해 새벽 반열을 좇아야 하니 　　　君向銅龍趁曉班

　　춘소(春沼)가 이때 계방(桂坊)의 직함[350]을 맡고 있었다.

348　송자(宋子) : 송시열(宋時烈)을 말한다.

349　동룡문(銅龍門) : 한나라 때 설치된 태자궁(太子宮)의 문 이름이다.

350　계방(桂坊)의 직함 : 계방직함을 말한다. 계방(桂坊)은 1418년 설치되어 조선시대 세자의 호위를 맡던 관청이다.

양주 직동에서 대원군을 배알하려고 혜화문³⁵¹을 나와 삼각산을 바라보며 다시 앞의 운을 차운하다

拜大院君于楊州直洞出惠化門望三角山復次前韻

이름난 도성과 이 산이 있은 이래로	自有名都有此山
양주의 수려한 경색이 구름 사이로 들어왔네	楊州秀色入雲間
뭇 관리들 검을 찬 채 궁궐로 향하고	千官劍佩趁瓊闕
수많은 기마와 의장이 철관을 옹위하네	萬馬旌旗擁鐵關
거기다 안개비가 맑은 기운을 남기고	猶看烟霏留淑氣
여러 번 겪은 풍우에 쇠잔한 안색도 씻겼네	幾經風雨洗孱顔
문명의 한 시대가 이처럼 성대하니	文明一代斯爲盛
곡령³⁵²과 오잠³⁵³은 감히 반열에 오르지 못하리	鵠嶺鰲岑不敢班

---

351 혜화문(惠化門) : 서울 동소문(東小門)의 정식(定式) 이름이다. 원이름은 홍화 문인데 1483년(성종14)에 세운 창경궁(昌慶宮) 동문(東門)을 홍화문이라 명명하였으 므로 1511년(중종6)에 혜화문으로 고쳤다.

352 곡령(鵠嶺) : 송악(松嶽)을 말한다. 지금의 개성 북쪽 5리에 있는 진산(鎭山)으 로 처음에는 '부소(扶蘇)' 또는 '숭산(崧山)'이라고 하였으며, 이밖에도 '신숭(神嵩)'· '곡령(鵠嶺)'이라고도 일컬어졌다.

353 오잠(鰲岑) : 경상도 대구의 오산(鰲山)으로 자라산이라고도 한다.

돌아오다 중간에 이르러 다시 앞의 운을 차운하다

還至中路復疊前韻

어둑어둑 지는 해가 먼 산을 넘는데	落日荒荒倚遠山
너른 모래밭에 길 하나가 들밭 사이로 나있네	平沙一道野田間
북쪽으로 뻗은 옥백[354] 삼천리	北來玉帛三千里
서를 바라보니 금성탕지[355] 백이관[356]	西望金湯百二關
땅을 덮은 인가의 연기가 시야 멀리 아득하고	撲地人烟遙極目
하늘에 가득한 눈보라가 문득 얼굴을 깨우네	滿天風雪忽醒顏
이 행차는 대안도 찾아가는 길도 아닌데[357]	此行非爲尋安道
홍이 다한 청계에서 시들해져버린 말의 행렬	興盡淸溪倦馬班

---

354 옥백(玉帛) : 제후가 드는 예물이다. 예악(禮樂)을 말한다.

355 금성탕지(金城湯池) : 쇠로 만든 성과 그 둘레에 파 놓은 뜨거운 물로 가득 찬 못을 말하며, 방어 시설이 잘되어 있는 성을 이르는 말이다.

356 백이관(百二關) : 백이관하(百二關河), 백이산하(百二山河)라고도 한다. 산하가 험고(險固)한 땅을 말한다.

357 이……아닌데 : 《세설신어(世說新語)》〈임탄(任誕)〉에 "왕자유(王子猷)는 산음에 살았는데, 밤에 대설이 내리자 잠에서 깨어나 문을 열고 술상을 차려오게 했다. 사방을 둘러보니 온통 밝기도 하여, 일어나 서성이며 좌사의 〈초은시〉를 읊었다. 문득 대안도(戴安道)가 생각났는데 이때 대안도는 섬(剡)에 있었다. 왕휘지는 즉시 작은 배를 타고 찾아가 날이 새서야 그 문에 이르렀는데, 들어가지 않고 돌아갔다. 사람들이 그 까닭을 물으니, 왕휘지가 '본래 홍이 나서 갔으니 홍이 다하면 돌아올 뿐, 어찌 반드시 대안도를 만날 필요가 있겠는가?'라고 했다.〔王子猷居山陰 夜大雪 眠覺 開室 命酌酒 四望皎然 因起彷徨 詠左思招隱詩 忽憶戴安道 時戴在剡 卽便夜乘小船就之 經宿方至 造門不前而返 人問其故 王曰 吾本乘興而去 興盡而返 何必見戴〕"

송동으로 돌아와 숙박하며 여러 벗들과 함께 봄눈을 읊다

還宿宋洞與諸益共賦春雪

가벼운 추위 잠깐 만나 둥글어지지 못하여서 薄寒乍觸不成圓

가까이 보면 먼지 같고 멀리 보면 연기 같네 近看如塵遠似烟

가볍고 보드라운 자태는 땅에 붙기 어려우니 意態輕盈難着脚

삽시간에 녹았다 엉김이 어찌 하늘 탓이랴 銷凝頃刻豈由天

복비의 비단버선이 돌아가는 파도 위에 있고[358] 宓妃羅襪歸波上

조비연의 꽃치마가 수놓은 침 앞에 있네[359] 飛鷰花裙繡唾前

부질없는 세상의 좋은 인연들 다 정해진 것 아니니

浮世良緣儘無定

기러기 발자국을 남겨놓아 새해를 감상하네 且留鴻爪賞新年

---

358 복비의……위에 있고 : 조식(曹植)의 〈낙신부(洛神賦)〉에 "파도를 넘는 작은 걸음에 비단버선에서 먼지 날리네.〔凌波微步 羅襪生塵〕"라는 표현이 보인다. 복비는 복희씨(伏羲氏)의 딸로서 낙신(洛神)이 되었다고 한다.

359 조비연(趙飛燕)의……있네 : 조비연은 한(漢)나라 성제(成帝)의 황후로 가무에 능했다. 《비연외전(飛燕外傳)》에 다음과 같은 고사가 전한다. "조비연이 조첩여와 앉아있다가 실수로 조첩여의 소매에 침을 떨어뜨렸다. 그러자 조첩여가 말하길, '언니가 제 비단 소매에 침을 떨구시니 꼭 돌 위에 꽃이 핀 것 같아요. 상방에서 만들어도 꼭 이 옷의 꽃처럼 만들지는 못할 것이요.'라고 하면서 이를 넓은 소매 위의 돌 꽃이라 여겼다.〔后與婕妤坐 后誤唾婕妤袖 婕妤曰 姊唾染人紺袖 正似石上華 假令尙方爲之 未必能若此衣之華 以爲石華廣袖〕"

이튿날 송동 뒤의 산기슭에 올라 임포와 수석의 승경을 구경하다

翌日登宋洞後麓觀林圃水石之勝

산꼭대기에 사대(射臺)가 있다.

곧게 잘 자란 나무들이 누대보다 높고 　　　　佳木欣欣長過臺

밭을 두른 가시울타리 사이로 작은 길 나있네　棘籬護圃徑微開

황초평[360]의 바위 늙어 양떼는 누워있고　　　初平石老羣羊臥

사적산[361]은 깊어서 백학이 날아오네　　　　射的山深白鶴來

때론 여윈 지팡이 짚고 물소리 들으러 가고　　癯杖有時聽水去

작은 수레로 꽃 보고 돌아올 계획도 세우네　　小車準擬看花回

자질들을 한가히 이끌고 뽕밭 과수원을 도니　閒携子姪巡桑果

일소의 풍류여, 술잔 들 만하구나[362]　　　　逸少風流可引盃

360 황초평(黃初平) : 별칭은 황대선(黃大仙), 동진(東晉) 사람이다. 저명한 도교 신선(道敎神仙)으로 절강성(浙江省) 금화현(金華縣) 출신이다. 원래 양치기였는데 15세에 광성자(廣成子)에게 도를 배우며 적송산(赤松山)에 은거했다. 득도한 후 적초평(赤初平)으로 이름을 바꾸고, 호를 적송자(赤松子)라고 했다. 일찍이 백색 돌을 채찍질하여 모두 양떼로 변하게 한 적이 있다.

361 사적산(射的山) : 중국 회계군(會稽郡)에 있는 산 이름이다. 《후한서(後漢書)》 권58 〈정홍열전(鄭弘列傳) 주(注)〉에 "공령부(孔靈符)의 《회계기(會稽記)》에 '사적산 남쪽에 백학산(白鶴山)이 있는데, 이곳 학은 선인(仙人)을 위해 화살을 찾아온다.'라고 했다."고 했다.

362 일소(逸少)의……만하구나 : 《진서(晉書)》 〈왕희지전(王羲之傳)〉에 "동쪽 유

람에서 돌아와서, 뽕나무와 과수를 심었는데 지금은 무성해졌다. 자식들을 이끌고 어린 손자를 안고 그 사이를 노닐며 구경했고, 한 가지 맛있는 음식이 있으면 나누어 주면서 보고 즐거워했다.〔頃東游還 修植桑果 今盛敷榮 率諸子 抱弱孫 游觀其間 有一味之甘 割而分之 以娛目前〕"고 했다. 일소는 왕희지의 자이다.

단농 이건초가 멀리서 시 한 수를 부쳐 와서 차운하여 화답하다

丹農李建初遠寄一詩次韻和之

이생을 오랫동안 보지 못하다	不見李生久
편지를 받고 보니 병마저 잊을 듯하네	書來病欲忘
강건한 필력은 수척한 바위처럼 사랑스럽고	骨憐山石瘦
필묵에는 계곡에 핀 꽃향기가 배어있었네	墨帶澗花香
그대 은거의 뜻 이룬 것 부럽고	羨遂林樊志
나는 죽백363의 향기 없어 부끄럽네	愧無竹帛芳
아득히 혼만 날아가	窅然魂自往
깨어나 노래하는 그대 곁에 있는 듯하네	如在寤歌傍

---

363 죽백(竹帛) : 죽간(竹簡)과 백견(白絹)을 말한다. 서적이나 사승(史乘)을 말한다.

늦봄에 육상궁 후원에 올라 소산[364] 옥거[365] 수산 심춘초와 함께 읊다

暮春登毓祥宮後園與素山玉居繡山沈春樵共賦

연로[366]의 꽃향기 상림에 접하고	輦路芳菲接上林
냉천 정자[367]엔 고운 주렴이 그윽하네	冷泉亭子畫簾深
백년 된 나무 늙었으나 여전히 윤기 간직하고	百年樹老猶含澤
하루만 날 맑아도 구경함에 흡족하네	一日天晴足賞心
비위가 고단하여 차로 잠을 깰 생각 자주 하고	脾困頻思茶醒睡
앉아 편안하니 그늘로 자리 옮겨도 무방하네	坐安不妨席移陰
그대 현도관[368]의 꽃구경하는 객도 아니건만	君非玄觀看花客
백발로 상봉하여 뜻 펴지 못한 것 애석해하네	頭白相逢惜屈沈

---

364 소산(素山) : 이응진(李應辰)의 호이다. 1882년에 홍문관 제학, 1884년에 예조 판서를 지냈다.

365 옥거(玉居) : 윤병관(尹秉觀)의 호이다. 순창 군수(淳昌郡守)를 지냈다.

366 연로(輦路) : 왕의 수레가 지나는 도로를 말한다.

367 냉천(冷泉) 정자 : 육상궁 안에 있는 정자이다.

368 현도관(玄都觀) : 섬서성(陝西省) 장안현(長安縣) 남쪽 숭업방(崇業坊)에 있었던 관 이름이다. 당나라 유우석(劉禹錫)의 〈희증간화제군자(戲贈看花諸君子)〉시에 "길가 먼지가 얼굴을 뒤덮는데, 모두들 꽃구경 갔다 돌아오는 길이라 말하네. 현도관 안 복사꽃 천 그루, 모두 나 유랑이 떠난 후에 심은 것이네.〔紫陌紅塵拂面來 無人不道看花回 玄都觀里桃千樹 盡是劉郎去後栽〕"라고 했다.

문학 한치수의 〈옥류상화〉시를 차운하여 화답하다.

次韻和韓致綏文學玉流賞花

옥류천(玉流泉)[369]은 금원(禁苑)에 있는데, 꽃 시절에 놀며 구경하기에 가장 적합한 곳이다.

가랑비와 미풍 불어 날이 개려고 하니	小雨輕風作意晴
상림원 좋은 곳에서 꾀꼬리소리 들려오네	上林佳處聽鶯聲
고아한 명망으로 오래 추대된 승화객[370]이니	久推雅望承華客
은거 기약한 북곽생[371]을 그 누가 찾아올까	誰訪幽期北郭生
긴 날 동루[372]에서 책을 펼치고	日永銅樓披蕊簡
봄 깊은 물가에서 향성[373]에 들었네	春深玉潀坐香城
옅은 재주론 청진[374]의 뒤를 이을 수 없지만	菲才難屬淸塵後
훌륭한 시편 잇달아 지어 큰 밝음을 읊네	佳什聯翩賦大明

369 옥류천(玉流泉) : 창덕궁 안에 있는 샘 이름이다.

370 승화객(承華客) : 승화(承華)는 태자의 궁문이다. 여기서는 동궁에서 관직 생활을 하고 있는 사람을 지칭한다.

371 북곽생(北郭生) : 후한(後漢) 요부(廖扶)는 평생 은거하고 성시에 출입하지 않았는데 당시 사람들이 북곽 선생(北郭先生)이라 불렀다.

372 동루(銅樓) : 동룡루(銅龍樓)를 말한다. 한나라 때 태자궁의 문 이름이다.

373 향성(香城) : 불국(佛國)이나 선경(仙境)을 가리킨다.

374 청진(淸塵) : 수레 뒤에 일어나는 먼지를 말한다. 존귀한 사람의 대칭으로 쓰인다.

하늘하늘 거미줄에 청신함이 일렁이니 遊絲裊裊漾新晴

아침 맞은 옥빛 개울에 나막신 소리 울리네 玉澗朝來響屐聲

모자 스치고 지나는 향기에 붉은 꽃비 내리고 拂帽香過紅雨落

술잔 띄운 가득한 물에 자줏빛 안개 피어나네 流觴水滿紫烟生

승경 구경하며 호남 유람한 것 자랑하지만 謾詫勝賞遊湖右

　지난해 치수는 호남에서 학사(學事)를 시찰하면서 여러 승경지를 두루 유람
　하고 돌아왔다.

도성에 명승지 있음을 그 누가 알았으리 誰識名區在禁城

동룡[375]의 여러 학사 너무도 고마워 多謝銅龍諸學士

봄노래 한 가락으로 태평성세에 답하네 一春歌詠答休明

375　동룡(銅龍) : 동룡루(銅龍樓)이다.

4월 2일 빗속에 윤옥거 병관 댁에 모여 함께 읊다

四月初二日雨中會尹玉居 秉觀 宅共賦

자교[376]에 막 내린 비로 작은 주렴에 바람이니	紫橋新雨小簾風
한가히 앉아있는 그대, 점치는 노인 같네[377]	閒坐君如賣卜翁
낮 내내 책 교정하여 과업 늘어난 것 알겠지만	永日讐書知增課
봄 다 가도록 시구 찾아도 도대체 공 없네	一春覓句苦無功
물소리는 이미 붉은 도리[378] 밖으로 멀어지고	湫喧已遠朱桁外
살림살이만 여전히 작은 방안에 남아있네	經濟猶存小屋中
한 동이 술로 객을 붙잡음에 동복들 기뻐하니	樽酒留人僮僕喜
선생께선 가난을 근심하지 않아도 되겠소	先生應也不愁窮

소슬한 풍채에 기왓장만 수레에 가득한데	風彩蕭條瓦滿車
그저 허연 귀밑머리만 반랑[379]을 닮았네	鬢毛秪得潘郎如

376 자교(紫橋) : 지금의 청와대 서쪽 효자동에 있었던 다리 이름이다.

377 점치는 노인 같네 : 진(晉)나라 황보밀(皇甫謐)의 《고사전(高士傳)》〈엄준(嚴遵)〉에 "엄준(嚴遵)의 자는 군평(君平)이고 촉(蜀) 사람이다. 은거하여 출사하지 않고 항상 성도(成都)의 시장에서 점을 팔았다."고 했다.

378 도리 : 원문의 '항(桁)'은 서까래를 받치기 위해 기둥과 기둥 사이에 걸쳐놓은 나무를 말한다.

379 반랑(潘郎) : 반악(潘岳, 247~300)을 말하며 자는 안인(安仁)이다. 서진(西晉)의 문인으로 용모가 잘생겨서 반랑으로 불렸는데, 길에 나가면 부녀자들이 모두 수레에

가난해도 뜻은 있어 배부름 구한 것 부끄럽고　　　貧猶志氣羞求飽

늙어가며 경륜 쌓이니 글 믿은 것 후회스럽네　　　老去經綸悔信書

이랬다저랬다 술 생각은 찬 것 더운 것 모르고　　　磈磊酒胸無冷熱

시들해진 꽃들은 찬란했다 쇠했다 하네　　　　　　闌珊花意有乘除

문전의 조그만 저자가 물보다 맑으니　　　　　　　門前小市淸於水

무엇하러 멀리 동굴 찾아가 여막을 지으랴　　　　巖穴何須遠結廬

초록빛 이어진 조그만 오솔길³⁸⁰에　　　　　　草色綠連裙子腰

몇 몇 이름난 동산의 자류마³⁸¹가 오만하네　　　名園幾處紫騮驕

깊숙한 골목으로 난풍이 느릅 열매를 보내오고　　暖風深巷添楡莢

빈 섬돌에 내린 보슬비는 약초 모종을 키우네　　微雨空階長藥苗

먼 옛날 문장은 모두 격정이 있었으니　　　　　　終古文章皆有激

한가함 보내는 담소는 온통 무료할 뿐　　　　　　遣閒談笑盡無聊

낼 아침 술 깨면 전부 묵은 자취가 될 것이니　　明朝酒醒渾陳迹

알쏭달쏭 세상사 녹초³⁸²에 붙이려네　　　　　　世事依稀付鹿蕉

과일을 던져서 가득 찼다고 한다. 반악은 중년에 이미 백발이 되었기에 이를 반악빈(潘岳鬢)이라고 부른다.

380　오솔길 : 원문의 '군자요(裙子腰)'는 좁고 길게 나 작은 길을 말한다. 당나라 백거이(白居易)의 〈항주춘망(杭州春望)〉시에 "누가 호수가 절의 서남쪽 길을 열었는가? 초록빛 치마 입은 허리가 비스듬히 나왔네.〔誰開湖寺西南路 草綠裙腰一道斜〕"라고 했다.

381　자류마(紫騮馬) : 밤색 털이 난 말을 말한다.

382　녹초(鹿蕉) : 춘추 시대 정(鄭)나라 나무꾼이 사슴 한 마리를 잡았는데, 남의 눈에 띌까 두려워서 구덩이에 숨기고 파초잎으로 덮어놓고 나중에 가져가려고 했는데

맹세코 그대 이끌고 취향에 들어가리니 　　　　　　逝欲携君入醉鄉

제해383의 말 황당하다 괴이 여기지 마오 　　　　　　齊諧休怪語荒唐

양을 잃고 양주는 몇 번이나 울었던가384 　　　　　　亡羊幾作楊朱泣

봉황 노래한 초나라 선비는 미치지 않았네385 　　　　歌鳳元非楚士狂

산 오를 때 신는 두 굽 나막신만 있을 뿐386 　　　　空有尋山雙齒屐

자식에게 물려줄 백 그루 뽕나무는 없네387 　　　　曾無遺子百株桑

숨긴 장소를 잊고 한바탕의 꿈으로 돌리고 말았다고 한다. 《열자(列子)》〈주목왕(周穆
王)〉에 실려 있다.

383 제해(齊諧) : 인명을 말한다. 일설에는 고서(古書)의 이름이라고 한다. 주로 황
당무계한 이야기를 싣고 있어서 후에는 지괴소설 등을 상징하는 용어로 사용되었다.

384 양을 잃고……울었던가 : 《열자(列子)》〈설부(說符)〉에 "양자의 이웃 사람이 양
을 잃고, 그 무리들을 이끌고서, 또 양자의 하인을 청하여 추적하려고 했다. 양자가
'아! 한 마리 양을 잃고 어찌 쫓아가는 가는 사람이 많은가?'라고 하니, 이웃 사람이
'갈림길이 많기 때문입니다.'라고 했다. 그들이 돌아오자, '양을 찾았는가?'라고 물으니,
'잃었습니다.'라고 했다. '어찌 잃었는가?'라고 하니, '갈림길 속에 또 갈림길이 있어
우리는 어디로 갔는지 알 수가 없어서 돌아왔습니다.'라고 했다.……심도자(心都子)가
말하기를 '대도는 다기망양(多岐亡羊)하기 때문에 학자들이 방향을 상실함이 많다.'고
했다."고 했다. 양자는 양주(楊朱, 기원전440~기원전360?)를 말하며 전국 시대 위
(魏)나라 사람으로 중국 역사에서 철저한 개인주의자이며 쾌락주의자라는 비난을 받았
다.

385 봉황……않았네 : 《논어》〈미자(微子)〉에 "초나라의 미치광이 접여가 노래하며
공자 옆을 지나가며 '봉황이여! 봉황이여! 어찌 덕이 쇠퇴했는가? 지나간 것은 간하여
바로잡을 수 없지만 오는 것은 오히려 추구할 수 있네. 그만 두어라 그만 두어라, 오늘날
정사를 좇는 자는 위태로울 것이다.'라고 했다."라고 했다.

386 산 오를 때……있을 뿐 : 진(晉)나라 사영운(謝靈運)이 산에 오를 때 신었던 나막
신은 필요에 따라 앞굽과 뒷굽을 떼었다가 붙일 수 있었다고 한다. 산에 오를 때는
앞굽을 제거했고, 산을 내려올 때는 뒷굽을 제거했다고 한다.

387 자식에게……없네 : 제갈량(諸葛亮)은 〈자표후주(自表後主)〉에서 "저는 처음

종일토록 아득히 종남산을 바라보다   悠然盡日終南色

말을 채 완성하기도 전에 뜻을 전부 잊었네[388]   不待成言意已忘

선제를 모시면서 모든 생활비를 관으로부터 받았을 뿐, 스스로 먹고살 일을 도모하지 않았습니다. 지금 성도에 뽕나무 8백 그루가 있고, 거친 밭이나마 15이랑이 있어 자제들의 의식은 공급하고도 남습니다.〔初奉先帝 資仰于官 不自治生 今成都有桑八百株 薄田十五頃 子弟衣食 自有餘饒〕”라고 하였다.

388 말을……잊었네 : 도연명(陶淵明)의 〈음주(飮酒)〉시에 “이속에 참 뜻이 있어, 뭐라 말하려다가 이미 말을 잊었네.〔此中有眞意 欲辯已忘言〕”라고 했다.

소산과 옥거가 내방하여 도헌 매장 이대식 과 함께 읊다
을해년(1875, 고종12) 늦봄

素山玉居來訪與道軒 姊丈李大稙 共賦 乙亥暮春

시냇가 누대에서 밤낮으로 즐거워   溪樓日夕喜蹬然

사람 따라 봄빛도 비단 물가에 펼쳐졌네   春色隨人錦水邊

즐기고 탐하며 종일토록 세상 가는 먹을 보고   玩愒終看磨世墨

세상에 부침하는 것은 산을 살 돈[389] 때문이네   浮沉政坐買山錢

때를 맞은 섬돌 가 풀이 진흙 뚫고 나오고   應時階草衝泥出

이별 아파하는 뜰 꽃은 매달린 꽃술을 안았네   惜別庭花抱蕊懸

탑상 밖 코고는 소리, 그대 묻지 마오   榻外鼾聲君莫問

초파리도 술독 안의 하늘을 즐길 수 있다네[390]   醯鷄堪樂甕中天

열흘도 넘긴 장마비에 누운 소나무가 자라고   霖雨兼旬長瓦松

반가운 뻐꾸기소리 서쪽 봉우리에서 들려오네   喜聞布穀在西峯

더딘 해에 미혹의 바다는 삼천 겁이나 되고   日暹迷海三千劫

야윈 꽃에 번풍[391]이 열여덟 번째 소식 전해오네   花瘦番風十八封

---

389 산을 살 돈 : 은거할 산을 구매하는 돈을 말한다.

390 초파리도……있다네 :《장자》〈전자방(田子方)〉에 다음과 같은 이야기가 나온다. "공자가 나와 안회에게 말하기를, '나는 도에 있어서 초파리와 마찬가지였구나. 부자께서 뚜껑을 열어주지 않았으면 나는 천지의 온전함을 모를 뻔했다.'〔孔子出 以告顏回曰 丘之于道也 其猶醯鷄與 微夫子之發吾覆也 吾不知天地之大全也〕"

산 고을의 벗은 신발 한 쌍이 아득하구나　　　　峽郡故人雙舃遠

도성의 봄은 집집마다 무르익었네　　　　　　　禁城春事萬家濃

젊은 시절의 서검의 뜻 심히도 어긋났지만　　　妙年書劍蹉跎甚

구름 사이에 사룡392 있음을 그 누가 알까　　　誰識雲間有士龍

호탕한 시의 번뇌 끝이 없으니　　　　　　　　浩蕩詩愁不可涯

작은 주렴에 바람 멎자 먹에 꽃이 피는구나　　小簾風定墨生華

바다 새가 가지 물어다 바다 메우듯 어렵고393　難如海鳥塡衛木

벌들이 벌집으로 날마다 꿀 따오듯 세밀하네394　細入衙蜂課採花

앉아서 서산 바라보며 자주 홀로 뺨을 괴고395　坐見西山頻拄笏

391　번풍(番風) : 이십사번화신풍(二十四番花信風)을 말한다. 봄에 피는 꽃을 절기에 따라 24번의 순서로 나눈 것이다.

392　사룡(士龍) : 《세설신어》〈배조(排調)〉에 "순명학(荀鳴鶴 순은(荀隱))과 육사룡(陸士龍 육운(陸雲)) 두 사람은 서로 알지 못했는데, 모두 장무선(張茂先 장화(張華))의 좌석에 모였다.……육사룡이 '운간(雲間)의 육사룡이오'라고 하니, 순명학이 '일하(日下)의 순명학이오.'라고 답했다."고 했다. 육운(陸雲, 262~303)은 자가 사룡이고, 진(晉)나라 오군(吳郡) 화정(華亭) 사람인데 형 육기(陸機)와 함께 문명을 떨쳤다.

393　바다……어렵고 : 전설에 염제(炎帝)의 딸이 동해로 놀러갔다가 바다에 빠져 죽고 말았는데 그 영혼이 정위(精衛)로 변했다고 한다. 정위는 알록달록한 머리에 하얀 부리, 빨간색의 다리를 갖고 있으며 북쪽 발구산(發鳩山)에 살았는데, 자신의 생명을 앗아간 바다를 원망하며 서산의 작은 돌멩이와 나뭇가지들을 물어다가 동해에 던져 그 넓은 바다를 메우려고 했다고 한다.

394　벌들이……세밀하네 : 봉아(蜂衙)는 벌떼가 아침저녁으로 모여 여왕벌을 옹위하는 모습을 말하는데, 그 모습이 관리들이 아문에 반열을 이루어 참견하는 모습과 비슷한 데서 연유했다.

가다가 막다른길 만나 몇 번이나 수레 돌리네[396]　　行逢窮道幾回車
늙은이는 그저 한가함 보낼 계획만 세우면서　　老夫秪爲消閒計
아이들이 까마귀 그림[397] 배우는 것 비웃고 있네　　更笑兒僮學畵鴉

　위는 시수(詩愁)이다.

비 내린 후 갑자기 가벼운 한기가 일더니　　雨餘特地作輕寒
시 짓는 마음 무료해져 완악한 술기운 빌리네　　詩膽無聊借酒頑
글자 써보려 맑은 창에서 욕안[398]을 마주하고　　試字晴窓臨鴝眼
손님 붙잡아 정오 탑상에서 용단차[399]를 마시네　　留賓午榻啜龍團
수척해지니 정말로 사람 마음을 만난 것 같고　　瘦來甚似逢人顆
늙어가며 몇 번이나 그대 좇아 즐김을 노래했던가　　老去幾歌從子盤
봄이 끝나가려는데 그대가 왔으니　　春事向闌君始到

---

395 앉아서……괴고 : 《세설신어》〈간오(簡傲)〉에 다음과 같은 기록이 보인다. "왕
자유(王子猶 왕휘지(王徽之))가 환거기(桓車騎 환충(桓沖))의 참군(參軍)이 되었다.
환이 왕에게 '경(卿)은 부(府)에 오래 있었으니 근래 사무를 잘 처리했을 것이오.'라고
했다. 처음에는 대답하지 않다가, 곧 높이 쳐다보면서, 수판(手板 홀(笏))으로 뺨을
괴고 '서산(西山)이 아침이 되면 상쾌한 기운을 보냅니다.'라고 했다."고 했다.
396 가다가……돌리네 : 죽림칠현(竹林七賢) 중의 한 사람인 완적(阮籍)은 종종 수
레를 타고 말이 가는 대로 맡겨두었다가 길이 막히면 통곡을 하고 돌아왔다고 한다.
397 까마귀 그림 : 아녀자가 이마에 아황(鴉黃)을 칠하는 것으로 아황은 일종의 화장
품이다.
398 욕안(鴝眼) : 구욕안(鴝鵒眼)이 새겨진 벼루이다. 구욕안은 구관조 눈동자를 말
한다.
399 용단차(龍團茶) : 송나라 공차(貢茶)의 이름으로 떡 모양이며 위에 용문양이 있
다.

감상할 마음도 부족한 경치도 모두 어렵겠네　　　　　　賞心缺界儘兼難

맑고 한가로운 봄 구름이 도성을 덮으니　　　　　　澹蕩春雲覆禁城
곳곳의 주루마다 주렴 깃발 나부끼네　　　　　　酒樓處處拂簾旌
몇 번이나 천하에서 명주 띠를 던졌던가[400]　　　　幾多海內曾投紵
만년에 속세에 매인 것 부끄러워지네　　　　　　愧向塵間晚縛纓
문자에 대한 관심으로 마음의 짐 무겁지만　　　文字關心爲累重
절개 따르니 옷과 두건에 몸이 가벼워지네　　　衣巾隨節覺身輕
자식들 혼사를 다 마쳐야한다 말한다면　　　　若須婚嫁人人畢
명산이 자평[401]을 비웃을까 두렵네　　　　　　　恐敎名山笑子平

400　명주 띠를 던졌던가 : 깊은 교의를 말한다. 춘추 시대 오(吳)나라 계찰(季札)이
정(鄭)나라에 사신을 가서 자산(子産)을 보고 옛 친구인 듯하여 호대(縞帶 명주 띠)를
선물했는데, 자산은 저의(紵衣 모시옷)을 주었다고 한다.

401　자평(子平) : 후한(後漢) 향장(向長)의 자이다. 은거하고 출사하지 않았는데, 광
무제(光武帝) 건무(建武) 중에 자녀들의 혼취(嫁娶)를 모두 마치고, 가사를 버리고
오악(五嶽) 명산(名山)을 유람하러 떠나간 후 행적이 알려지지 않았다.

옥거와 금전이 내방하여 도헌과 함께 읊다

玉居錦田來訪與道軒共賦

시인의 지팡이가 저녁에 자교 개울을 건너는데	詩筇晩渡紫橋溪
어젯밤 가랑비에 풀색도 고르구나	昨夜廉纖草色齊
골짜기 안 떠다니는 꽃잎 물 위아래로 다니고	洞裏浮花川上下
누대 앞 날리는 술집깃발 골목 동서로 걸렸네	樓前飛幔巷東西
마음은 종이 아까워 파리만 하게 글씨 쓰고	心猶惜紙蠅書細
꿈은 기심402 잊지 못해 개미굴403을 헤매네	夢未忘機蟻穴迷
어떻게 하면 그대처럼 즐겁게 살면서	安得人生如汝樂
나무사이 경쾌한 지저귐을 앉아서 들을까	坐聽快活樹間啼

---

402 기심(機心) : 원문의 '망기(忘機)'는 속세의 일이나 욕심을 잊는 것을 말한다.

403 개미굴 : 남가지몽(南柯之夢)의 고사를 말한다. 당나라 전기소설 《침중기(枕中記)》에 나온다. 순우분(淳于棼)이 술에 취하여 회화나무의 남쪽가지 밑에서 잠이 들었는데 꿈속에서 괴안국(槐安國 개미나라)의 왕녀에게 장가들어 온갖 영화를 누리다가 깨어났다는 고사이다.

침계 윤공⁴⁰⁴ 정현 을 추도하다

桗溪尹公 定鉉 追輓

건릉⁴⁰⁵ 태평성대에 영재를 길러	健陵盛際育髦英
관각 뭇인재들의 치수⁴⁰⁶가 밝았네	舘閣羣材絺繡明
당세에 호걸한 문원의 인재들이	當世磊落文苑手
거장으로 오직 석재⁴⁰⁷의 명성을 추대했지	鉅公獨推碩齋名

---

404 윤공(尹公) : 윤정현(尹定鉉, 1793~1874)으로, 자는 계우(季愚), 호는 침계(桗溪), 시호는 효문(孝文)으로 윤행임(尹行恁)의 아들이다. 1843년(헌종9) 식년문과(式年文科)에 병과(丙科)로 급제, 규장각직각(奎章閣直閣)을 거쳐 교리(校理)가 되고, 대사성(大司成), 이조 참의(吏曹參議)를 역임했다. 1848년 황해도 관찰사, 이듬해 병조 판서가 되고, 1850년(철종1) 지실록사(知實錄事)로 찬수 당상(纂修堂上), 교정 당상(校正堂上)을 겸직, 《헌종실록(憲宗實錄)》의 편찬과 교정에 참여했다. 그 뒤 예조 판서, 함경도 관찰사, 판의금부사(判義禁府事), 이조 판서를 지내고 1856년 규장각 제학으로 주자소 주관 당상이 되어 규장각의 활자를 주자(鑄字)한 공으로 가자(加資)되었다. 이어 판의금부사에 재임했다가 1858년 지중추부사(知中樞府事)로 치사(致仕)했다. 경사(經史)에 밝았고 특히 비지(碑誌)에 조예가 깊었으며 글씨도 잘 썼다.

405 건릉(健陵) : 정조의 묘호(廟號)이다.

406 치수(絺繡) : 고대 귀족의 예복에 놓은 수이다. 사채(辭釆)나 문채(文釆)를 말한다.

407 석재(碩齋) : 윤정현의 부친 윤행임(尹行恁, 1762~1801)의 호이다. 초명은 행임(行任), 자는 성보(聖甫), 호는 방시한재(方是閑齋)·석재(碩齋), 시호는 문헌(文獻)이다. 1782년(정조6) 별시 문과에 급제하여 검열·주서를 거쳐 초계 문신(抄啓文臣)으로 뽑혀 규장각 대교가 되었다. 당시 시파(時派)였던 그는 1788년 벽파(僻派)로부터 민치화(閔致和)와 함께 유언비어를 퍼뜨리고 백성의 재산을 약탈했다는 탄핵을

성인과 멀지 않아 부친의 가르침 받았으니　去聖未遠承庭訓

하늘이 공에게 베푸심 참으로 가볍지 않았구나　天畀我公誠不輕

어려서부터 도량이 세속을 초월하여　早歲器宇出流俗

우뚝한 화산 금천씨의 정령이었네[408]　亭亭華岳金天晶

콸콸 쏟아지는 유학의 근원이 백가를 뒤덮어　儒源滈洞淹百氏

위로 호악[409]을 엿보고 두 도성에 미쳤네　上窺灝噩逮兩京

도서를 베면 굶주림과 갈증도 잊은 채　枕藉圖書忘飢渴

종정을 감별하고 옥형[410]을 매달았네　鑑別鍾鼎懸玉衡

지금 사람 박대 않고 옛사람 더욱 사랑하며　不薄今人尤愛古

풍류가 두텁고 마음에 다툼이 없었네　風流篤厚心靡爭

받고 성환(成歡)으로 유배되었다가 이듬해 규장각 직각으로 복직되었다. 이조 참의·
대사간·비변사 제조를 역임하는 동안 정조의 신임을 받았으며, 1794년 정리사(整理
使)가 되었다. 1800년 정조가 죽자 제술관(製述官)으로 왕의 시장(諡狀)을 썼다. 같은
해 순조가 즉위하자 도승지, 선혜청 제조, 관상감 제조, 이조 참판, 부제학, 이조 판서를
거쳐 양관 대제학을 지냈다. 이듬해 수렴청정을 하던 정순왕후가 시파를 제거하기 위해
신유박해를 일으키자 강진현(康津縣) 신지도(薪智島)로 유배되었다. 곧 풀려나 예조
판서·전라도 관찰사를 역임했으나, 또다시 서학을 신봉한다는 탄핵을 받고 신지도에
안치된 뒤 참형당했다. 헌종 초에 신원되고, 영의정에 추증되었다. 저서로《방시한집
(方是閑集)》,《동삼고(東三攷)》등이 있다.

408　우뚝한……정령이었네 : 화산은 오악 중 서악(西嶽)에 해당한다. 화산을 주관하
는 신이 소오(少吳) 금천씨인데, 서방을 관리하며 가을을 주관하는 신이라 여겨진다.
정(晶)은 정광(精光)을 말한다.

409　호악(灝噩) : 넓고 큰 모양을 말한다. 양웅(揚雄)의《법언(法言)》〈문신(問神)〉
에 "우하서는 드넓고, 상서는 질펀하며 주서는 장엄하다.〔虞夏之書渾渾爾 商書灝灝爾
周書噩噩爾〕"라고 했다.

410　옥형(玉衡) : 옥으로 만든 천문관측기이다. 선기옥형(璇璣玉衡)이라고도 한다.

공이 아니면 누가 나라의 융성함을 울릴까　　　　微公誰能鳴國盛
대아[411]의 젊은 용모로 소영[412]을 연주했네　　　大雅春容奏韶韺
종이 한 장의 유묵 수장하여 보배로 여기며　　　片楮遺墨藏爲寶
서로들 모사하여 후생에게 남겼네　　　　　　　紛紛摹畫屬後生
늦게 나아가고 일찍 물러나 은거한 셈 아니나　　晚進早退匪高蹈
입으론 명리 끊고 가득 차는 것 깊이 경계했네　　口絶名利深戒盈
집안 대대로 충효와 청백을 전해　　　　　　　傳家忠孝與淸白
명철한 후손에게 상자 가득 맡겼네　　　　　　付與哲嗣勝滿籝
근래 임금께서 화곤[413]을 능가하게 표창하시니　邇來宸褎逾華袞
예림의 덕망 높은 어른이 종맹으로 추대되었네　藝林宿德推宗盟
하늘이 남겨두지 않았으니 아 무슨 의도인가　　天不憖遺嗟何意
용도 죽고 호랑이도 떠나 기둥이 기울었네　　　龍亡虎逝砥柱傾
대평성대의 전형이 오직 공에게 남았으니　　　聖代典型惟公在
백 년 동안 모래톱 다북쑥을 누가 보았는가[414]　百年誰見沚莪菁
내 겨우 문에 이르렀건만 공께서 나를 버리니　我纔及門公棄我
곡을 하려는 것 아닌데도 눈물이 마구 흐르네　匪爲哭私淚自橫

---

411 대아(大雅) : 덕이 높고 큰 재능의 사람을 말하며, 문인들이 서로를 칭하는 경칭
이다.

412 소영(韶韺) : 순(舜)의 음악과 제곡(帝嚳)의 음악을 말한다.

413 화곤(華袞) : 원래는 왕공귀족의 채색 예복인데, 지극히 높은 임금의 총애를 말한
다.

414 백……보았는가 : 《시경》〈청청자아(菁菁者莪)〉는 인재를 배양하는 사람을 찬
미하는 노래라고 한다.

4월 9일 소산 도헌 옥거와 함께 읊다. 동려 임백희 댁에 이양애 최진 김창강[415] 택영 도 모였다

四月九日與素山道軒玉居共賦 東黎 任百熙 宅李楊厓 最鎭 金滄江 澤榮 亦會焉

지리하게 지는 해에 아무것도 할 수 없고	支離消暑苦無能
정오 탑상에 선선한 바람 부니 졸음 쏟아지네	午榻涼颸睡薈騰
운사에는 꽃 구석[416]이 빈번하고	韻事便蕃花九錫
벼슬길은 술 세 되[417]에 매어있네	宦情覊絆酒三升
자잘한 책에 벌레 물고기 주석[418] 누가 견디랴	殘編誰耐蟲魚註

415 김창강(金滄江) : 김택영(金澤榮, 1850~1927)으로, 자는 우림(于霖), 호는 창강(滄江)·소호당(韶護堂)이다. 1903년(광무7)에《동국문헌비고》를 증수할 때에 편찬위원이 되었다. 을사조약이 체결되자 1908년 중국으로 망명하였다. 황현(黃玹)·이건창(李建昌)과 더불어 한문학사의 마지막을 장식하는 대가로 불렸다. 저서에《한국소사(韓國小史)》,《교정 삼국사기(校正三國史記)》 등이 있다.

416 꽃 구석(九錫) : 당나라 나규(羅虯)가 제안한 모란을 꽂기 위한 몇 가지 원칙이다. "1. 천장이 겹으로 된 휘장(바람을 막음) 2. 금착도(가지를 자름) 3. 감천수(거기에 담금) 4. 옥 항아리(거기에 꽂음) 5. 아로새긴 대좌(그 위에 놓음) 6. 그림으로 그리기 7. 곡으로 옮기기 8. 좋은 술(마시며 감상함) 9. 새로 지은 시(읊음)〔重頂輕 障風 金錯刀 剪折 甘泉 浸 玉缸 貯 雕文臺座 安置 畫圖 翻曲 美醑 賞 新詩 詠〕"

417 술 세 되 : 당나라 왕적(王績)이 술을 좋아하여 자신의 벼슬살이는 매일 지급해주는 술 세 되 때문이라고 말했다. 당시 사람들이 그를 두주학사(斗酒學士)라고 불렀다.

418 벌레 물고기 주석 : 벌레와 물고기에 대해 주석을 다는 것을 말한다. 고증가(考證家)가 고증(考證)을 일삼는 것을 말한다.

훌륭한 필력은 앵무필419 능가한다 추대되었네　健筆已推鸚鵡凌

고아한 포부 중거420와 같음을 그대 아나니　雅抱知君同仲舉

객이 와도 자리에 엉긴 먼지 쓸지 않네　客來不掃席塵凝

친지들과 어깨 걸고 함께 해를 보냈고　親知把臂摠經年

서늘한 모자 가벼운 적삼에 초파일을 맞았네　涼帽輕衫浴佛天

일찍이 함께 우저의 달빛을 읊었으니　曾共詠詩牛渚月

장차 누가 북산 안개 속으로 역말을 달릴까　誰將馳驛北山烟

네모 연못에 비가 풍족해 개구리가 장을 열고　方塘雨足蛙成市

작은 밭에 미풍 불어 나무들이 잠들려 하네　小圃風微樹欲眠

능금꽃 아래서 만나자던 약속 언제나 오려나　幾日來禽花下約

공연히 시든 꽃만 남아 시 읊는 곳에 이르네　空留殘蕊到吟邊

　동려(東黎)와 능금 꽃 아래서 술 마시자고 약속했는데, 수일 간 비가 내려서
　꽃이 이미 시들어버렸다.

깊은 방에서 초 심지 자르며 천천히 담소하고　剪燭幽軒笑語遲

병에서 나는 생황소리421 들으며 찻잎을 끓이네　瓶笙時聽煎茶旗

419　앵무필(鸚鵡筆) : 후한(後漢) 예형(禰衡)이 지은 〈앵무부(鸚鵡賦)〉의 빼어난
문필을 말한다.

420　중거(仲擧) : 후한(後漢) 진번(陳蕃, ?~168)의 자이다. 강직하고 절의가 있었
다. 일찍이 태수를 지낼 때 어떤 객도 만나지 않았는데 다만 은거하는 서치(徐穉)만을
존중하고, 특별히 한 걸상을 마련하여 서치를 맞이했다고 한다.

421　생황소리 : 원문의 '병생(瓶笙)'은 병(瓶)으로 차를 끓일 때 부글거리는 물소리가
마치 생황소리와 같다고 하여 이루어진 말이다.

속세의 인연 따름이 신발을 잊은 것과 같고　　　生緣隨分如忘屨
세상재미 사람을 구속함이 실 물들이듯 쉽네　　世味籠人易染絲
파초 잎이 점차 펴지니 글씨 쓸 만하나　　　　蕉葉漸舒堪灑墨
해당화가 막 피었는데 시가 없어 한스럽네　　　海棠初發恨無詩
강마을 보리철에 복어가 올라오고　　　　　　江村麥候河豚上
오늘 그대를 만나니 내 그리움이 곱절이네　　今日逢君倍我思

　양애(楊厓)를 가리킨 것이다.

중궁전오첩[422]

中宮殿午帖

영롱한 추녀의 빛 온화한 기운도 맑은데	軒輝玲瓏淑氣清
좋은 날 천중절[423]에 온갖 길조를 맞이하네	天中佳序百休迎
복 깃든 아홉 개 향긋한 종자가 엮이고[424]	祚延九子香粽結
절개를 드러내는 두 가닥 채색 그넷줄이 밝네	節表雙條綵縷明
아름다운 모범으로 장락전[425]에서 즐거움 받드니	徽範承歡長樂殿
길한 빛이 화인성[426]에 맴돌며 펼쳐지네	祥暉舒轉化人城
국의[427]가 아침에 궁으로 돌아오니	鞠衣朝日公宮返
삼분[428]의 양잠 이뤄진 것이다 기뻐해도 좋겠네	應喜三盆繭事成

---

422 중궁전오첩(中宮殿午帖) : 중궁에게 올린 단오(端午)에 지은 시첩(詩帖)이다.

423 천중절(天中節) : 단오절을 일명 천중절이라고 한다.

424 복 깃든⋯⋯엮이고 : 단오절에 구자종(九子粽)이라는 종자(粽子)를 먹었는데, 9개의 종자를 하나로 꿰었기에 구자종이라 부른다. 멱라수에 빠져 죽은 굴원을 애도하여 물고기들이 굴원의 시신을 먹지 못하도록 먹이로 던져준 데서 유래하였다.

425 장락전(長樂殿) : 전한 때의 궁전 이름이다. 혜제(惠帝) 이후 태후의 거처로 사용되었다.

426 화인성(化人城) : 화인(化人)은 선인(仙人)을 말한다.

427 국의(鞠衣) : 왕후의 육복(六服) 중의 하나이다. 황복(黃服)이라고도 하며, 양잠을 하려고 할 때 복상(福祥)의 도움을 구하면서 입는 예복이다.

428 삼분(三盆) : 삼엄(三淹)을 말한다. 세 번 누에고치를 물에 담가서 그 실을 뽑아내는 것이다.

운기동에서 비를 만나서 다시 소산의 댁에서 모이다

雲起洞遇雨還會素山宅

숲에 내린 비가 사람을 작은 뜰로 이르게 모니	林雨驅人到小庭
석류꽃 붉게 떨어지고 채소밭 푸르네	榴花紅落菜畦青
객 돌아간 산길엔 새들이 즐겁고	客歸山徑禽相樂
샘물 차가운 이웃 주막엔 술이 영험하네	泉洌隣墟酒有靈
시의 경지는 다시금 집안에서 찾고	詩境還從家裏在
동천은 황홀 중에 꿈속에서 본 듯하네	洞天怳若夢中經
나다니고 숨고에 정처 없음은 본디 그런 것	行藏無定元如是
위에 계신 푸른 하늘에 모든 것을 맡기네	上有蒼蒼一任聽

도헌 이형의 과거 시험 낙방을 조롱하다

嘲道軒李兄下第

서리 밟던 말발굽 한번 미끄러지니 어떠한지?　　霜蹄一蹶意何如
전원으로 돌아갈 생각에 처음 뜻⁴²⁹을 읊네　　歸計林園賦邃初
온 세상이 제나라 객의 슬 재주 다투면서⁴³⁰　　擧世爭工齊客瑟
그대 마구 영 사람의 글⁴³¹ 말함을 비웃네　　笑君謾說郢人書
어지러운 술자리에 등잔 불꽃이 어지럽고　　壺觴錯落燈花亂
질탕한 담소에 빗발 잦아드네　　談笑淋漓雨脚疎
홰나무 잎 누래져 가을이 또 지나가려는데　　又近槐黃秋一度
서풍에 머리 돌리니 흥 여전히 남아있네　　西風回首興猶餘

---

429 처음 뜻 : 원문은 '수초(邃初)'로 처음의 소망을 이루는 것, 즉 관직을 떠나 은거함
을 말한다.

430 온……다투면서 : 《소림(笑林)》에 다음과 같은 내용이 보인다. "제나라 사람이
조나라 사람한테 슬을 배우는데, 먼저 음을 조절한 다음 기러기발을 아교로 붙여 돌아갔
다. 삼년이 되도록 한 곡도 타지 못하자 제나라 사람이 이상하게 생각했다. 마침 조나라
에서 온 사람이 있기에 그와 같은 사실을 알아내고 그 사람의 우매함을 비로소 알았다.
〔齊人就趙人學瑟 因之先調 膠柱而歸 三年不成一曲 齊人怪之 有從趙來者 問其意 方知
向人之愚〕"

431 영(郢) 사람의 글 : 영은 전국 시대 초(楚)나라 도성이다. 잘못 된 글을 말한다.
영 땅 사람이 연(燕)나라 상국(相國)에게 편지를 쓰는데 불빛이 어두웠다. 그래서 촛불
을 들고 있는 사람에게 촛불을 들어올리라〔擧燭〕고 하자 편지에 그대로 '거촉'이라 적었
다. 이로 인하여 와전된 말의 전고로 사용된다.

이익과 명성 다투다가 이 생애 그르쳤으니 　　爭利爭名誤此生
곧 한 번 취하는 것 빼고는 이룬 것 없네 　　便除一醉更無成
그대 다병하여 심랑[432]처럼 수척한 것 가여워서 　　憐君多病沈郎瘦
그대 위해 자주 오느라 유윤[433]이 가벼워졌네 　　爲子數來劉尹輕
등불 아래서 필세를 보니 여전히 굳건하고 　　筆勢尙看燈下健
빗속에 시 읊는 소리 맑게 느껴지네 　　詩聲便覺雨中淸
홍진에서 오래 객 생활하는 것 그대 뜻 아니니 　　紅塵久客非君意
좋은 밤에 걸상 마주하는 정 연모해야 하리라 　　應戀良宵對榻情

---

432 심랑(沈郎) : 남북조 시대 양(梁)나라 심약(沈約)을 말한다. 심약이 노병(老病)으로 허리가 수척해졌는데 이를 심요(沈腰)라고 했다.

433 유윤(劉尹) : 유담(劉惔), 자는 진장(眞長)이다. 여러 번 단양윤(丹陽尹)을 지내서 세칭 유윤이라 했다. 패국(沛國) 상(相) 사람이다. 진목재(晉穆帝) 영화(永和) 원년 전후로 살았다. 간문제(簡文帝) 초에 상(相)이 되어 왕몽(王濛)과 함께 담객(談客)이 되었다.

이달 15일 여러 벗들이 와서 나의 병을 위문했다. 자리한 사람이 일곱이었다

是月十五日諸益來問余病在座者七人

장마에 괴롭게 병에 매어 있다가	梅霖苦與病淹留
어깨 걸고 마주보니 미간에 근심 사라지네	把臂相看眉散憂
사람 일이란 항상 별처럼 끝도 없는 것	人事常如星落落
세상 미련 모두 아득히 물에 부치네	世情都付水悠悠
백 잔의 깊은 벌주는 금곡[434]을 따르고	百盃深罰追金谷
일곱 사람 높은 명성은 설루[435]를 잇네	七子高名繼雪樓
오늘밤 둥근 달을 알아야지만	須識團團今夜月
풍류가 조금이라도 덜해지지 않으리	纔虧些子減風流

---

434 금곡(金谷) : 서진(西晉)의 부호 석숭(石崇, 249~300)의 별장 금곡원(金谷園)을 말한다. 하남성 낙양현(洛陽) 서북 금곡에 있었다. 석숭은 문사들과 연회를 하며 시를 짓지 못하면 벌주로 3말 술을 마시게 했다고 한다.

435 설루(雪樓) : 명나라 후칠자(後七子)의 맹주였던 이반룡(李攀龍)을 말한다. 《백설루시집(白雪樓詩集)》이 있다.

며칠 뒤에 병에서 일어나 윤옥거와 북산 정상에 오르자고 약속했다. 성을 돌아 송동 이연사를 방문했는데, 동촌의 여러 벗들도 성에 올라 맞이하여 함께 읊다

後數日病起約尹玉居共登北山之頂巡城訪宋洞李硯史東村諸益亦登城
相迎共賦

성가퀴를 도는 이번 걸음 특별하기도 해라   巡堞吾行儘出奇
앓고 난 후 문득 일어나 벗을 생각했지   病餘忽起故人思
나막신으로 숲길 다니며 자주 위험한 곳 찾고   穿林蠟屐危頻涉
시원한 두건 비에 젖었으니 웅덩이도 상관없네   帶雨凉巾墊亦宜
저 멀리 흰 구름이 머문 곳을 바라보다   遙看白雲留住處
서로 만나 반가운 눈으로 맞이하네   相逢青眼笑迎時
이 유람 강락[436]을 좇은 것이 아니니   玆遊非是追康樂
괜히 회계산에게 의심받게 하지 마오   莫使稽山錯見疑

436 강락(康樂) : 진(晉)나라 사영운(謝靈運, 385~433)을 말한다. 절강성 회계(會稽) 사람이다. 동진(東晉) 명장(名將) 사현(謝玄)의 손자로서 강락공(康樂公)을 습봉(襲封)했다. 산수를 좋아하고, 산수시인으로 저명하다.

7월 5일 칠성암에 올랐다. 모인 사람이 여섯이었는데 모두 경당의 벗들이었다. 술이 반쯤 취하자 모두 경당이 그리워져 지난 가을에 경당과 함께 이곳에 놀러온 일을 추억했다. 지금 경당은 영춘 산중에서 수령이 되어서 민사를 친히 다스리고 장부를 살피면서 종일 땀을 흘리고 있다. 우리처럼 자유롭게 살지 못하면서, 오두미[437]에 매인 채 산속 원숭이와 학으로 하여금 혜장[438]이 빈 것을 원망하게 하고 있을 것이다. 한탄할 일이로다. 이에 각자 율시 1수씩을 읊어서 위수강운[439]의 정회를 적었다. 이것은 첫 번째 모임이다

七月五日登七星庵會者六人皆絅堂友也酒半皆思絅堂因想去年秋與絅堂共遊于此今絅堂作宰于永春山中親民事校簿書流汗終日未必如吾輩之脫灑而乃爲五斗所麋使山中猿鶴共怨蕙帳之空是可歎也於是各賦一律以寫渭樹江雲之懷此是第一集

437　오두미(五斗米) : 도연명(陶淵明)이 팽택(彭澤) 현령으로 있을 때 녹봉 오두미 때문에 허리를 굽힐 수 없다고 하고 벼슬을 버리고 귀거래(歸去來) 하였다.

438　혜장(蕙帳) : 휘장의 미칭이다. 남조(南朝) 제(齊)나라 공치규(孔稚珪)의 〈북산이문(北山移文)〉에 "혜장이 비니 밤에 고니가 원망하고, 산인(山人)이 떠나가니 새벽에 원숭이가 놀란다."고 했다.

439　위수강운(渭樹江雲) : 멀리 있는 벗을 그리워하는 것을 말한다. 두보(杜甫)의 〈춘일억이백시(春日憶李白詩)〉에 "위수 북쪽엔 봄날 나무, 장강 동쪽엔 날 저녁 구름. 언제나 술동이 하나 앞에 놓고, 다시 만나 자세히 문장을 논할까?〔渭北春天樹 江東日暮雲 何時一樽酒 重與細論文〕"라고 했다.

그대 보고파도 볼 수 없어 협곡 구름만 긴데   思君不見峽雲長

멀리 걸린 새 달에 맑은 인품[440] 떠올리네   新月遙懸想霽光

의대 차려입고 소나무 골짜기 그리워하겠지   束帶應憐松架壑

계획 전하며 국화주 술잔 추억하리라   傳籌回憶菊斟觴

반평생 만에 겨우 박한 회양[441] 얻었으니   半生纔得淮陽薄

서늘한 경수[442] 한 자락을 그 누가 다툴까   一曲誰爭鏡水凉

죽림칠현[443]에 하나가 빠진 것을 모두 한탄하며   共歎竹林成少一

만전[444]에 먹 향기를 적어 부치네   蠻牋寄與墨華香

---

440 맑은 인품 : 원문의 '제광(霽光)'은 광풍제월(光風霽月)의 줄임말이다. 마음이 넓고 쾌활하여 아무 거리낌이 없는 인품을 비유적으로 이르는 말인데, 황정견(黃庭堅)이 주돈이(周敦頤)의 인품을 평한 데서 유래한다.

441 회양(淮陽) : 한나라 급암(汲黯)은 절의가 있고 청렴했으나, 우직하여 남과 잘 화합하지 못하여 회양태수로 관직을 마쳤다.

442 경수(鏡水) : 당나라 현종이 하지장에게 조칙으로 감호일곡(鑑湖一曲)을 사여하여 감호를 하감호라고도 칭한다. 감호는 일명 경호(鏡湖)라고도 하며, 여기서 경수라고 말한 것 역시 감호, 즉 경호를 가리킨다.

443 죽림칠현(竹林七賢) : 중국 위(魏)나라와 진(晉)나라 시절 완적(阮籍)·혜강(嵆康)·산도(山濤)·상수(向秀)·유령(劉伶)·완함(阮咸)·왕융(王戎)을 가리킨다. 당시 정치권력에 불만을 품고 죽림에 모여 거문고와 술을 즐기며, 청담(淸談)을 주고받으며 세월을 보냈다. 여기서는 작가를 포함하여 모두 6명이 모였으므로 칠현에서 한 사람, 즉 시의 대상인 경당이 빠졌음을 아쉬워하며 끌어온 비유다.

444 만전(蠻牋) : 당나라 때 고려(高麗)나 촉지(蜀地)에서 생산된 고급 종이를 지칭하던 말이다.

6일에 제공들과 나의 집에 모였는데 윤수산이 나중에 왔다. 두 번째 모임이다

初六日諸公會于弊廬尹繡山追會第二集

서늘함 좇아 괜히 지팡이만 휘두르다 돌아와서	追涼謾費試筇回
숲 사이로 북쪽 창 열린 것 보고 조금 기뻤네	差喜林間北牖開
선병[445]을 누가 거사의 방에 남겼나	禪病誰存居士室
시 빚은 장차 난왕의 누대[446]로 피하려네	詩逋將避赧王臺
차 향기가 탑상을 휘감아 연기가 죽 같고	茗香繞榻烟如粥
불꽃이 허공을 태워 구름이 재가 되려하네	炎火燒空雲欲灰
내일 분명 세차우[447]가 내리리니	明日洗車知有驗
산머리에서 때때로 가벼운 우렛소리 들리네	山頭時聽響輕雷

---

445 선병(禪病) : 선정수행(禪定修行)을 방해하는 일체의 망념(妄念)을 말한다.

446 난왕(赧王)의 누대 : 난왕은 주나라 마지막 왕 희연(姬延). 《태평어람(太平御覽)》권177에 황보밀(皇甫謐)의 《제왕세기(帝王世紀)》를 인용하여 다음과 같은 기록이 보인다. "주 난왕은 비록 천자의 지위에 있었으나 제후들에게 핍박당해 일반 백성과 다름없었다. 백성에서 돈을 꾸고도 갚을 길이 없어 대 위로 피했다. 그래서 주나라 사람들은 그 대를 '피채대'라고 불렀으니, 지금 낙양 남궁의 이대가 바로 그것이다.〔周赧王雖居天子之位 爲諸侯所侵逼 與家人無異 貰於民 無以歸之 乃上臺以避之 故周人因名其臺曰逃債臺 故洛陽南宮簃臺是也〕"

447 세차우(洗車雨) : 음력 7월 7일에 내리는 비를 말한다. 일설에는 7월 6일에 내리는 비를 세차우라고 하고, 7월 7일에 내리는 비를 쇄루우(灑淚雨)라고 한다.

7일에 인동 매화실에 모였다. 상공 영초[448]의 별장이다. 세 번째 모임이다

初七日會于仁洞梅花室潁樵相公別業第三集

뜰 나무 가을 매미 술자리 시작 녘에 들려와	庭樹涼蟬飮酒初
홍진에도 이와 같은 산거부[449]가 있네	紅塵有此賦山居
섬돌 옆엔 크고 작게 뚫린 공청부[450]	階邊大小空靑府
절벽 위엔 종횡으로 쓴 금벽서[451]	壁上縱橫金碧書
순화성[452] 흐르다 끊겨 오동잎은 떨어지고	鶉火裁流梧葉落
오작교엔 물 막 불어나고 빗소리 성그네	鵲橋新漲雨聲疎
성명한 시절에 바야흐로 국 간 맞춰야 하니[453]	明時方着調羹手

---

448 영초(潁樵) : 김병학(金炳學, 1821~1879)의 호이다. 본관은 안동(安東), 자는 경교(景敎), 시호는 문헌(文獻)이다. 이조 판서와 한성부 판윤을 지낸 김수근(金洙根, 1798~1854)의 아들이다. 척화론자(斥和論者)로서 1866년(고종3) 병인양요 때는 천주교를 탄압할 것을 극력 주장했다. 영의정을 거쳐 1875년 영돈녕부사가 된 뒤 조일수호조약(朝日修好條約) 체결을 극력 반대했다.

449 산거부(山居賦) : 당나라 시인 이교(李嶠)가 〈동부산거칠석(同賦山居七夕)〉이라는 시를 지었다. 이 시도 칠석날 지었기에 이를 인용한 듯하다.

450 공청부(空靑府) : 공청(空靑)은 푸른 하늘을 말한다.

451 금벽서(金碧書) : 황금색과 푸른색의 글씨로, 절벽에 새겨진 글씨를 말한다.

452 순화성(鶉火星) : 일명 유수(柳宿)이다.

453 국 간 맞춰야 하니 : 《서경》 〈열명(說命)〉에 "만약 국에 간을 맞추려면 소금과 매실 식초로 해야 하리라.〔若作和羹 爾惟鹽梅〕"라고 한 데서 유래하여, 국가정사를

언제나 영수[454] 가로 물러나 물고기를 잡을까   潁上何年可退漁

다스림을 비유한다.

454 영수(潁水) : 하남성(河南省) 등봉현(登封縣) 서쪽에서 발원하여 회수(淮水)로
흘러드는 물이다. 요(堯) 임금 시절 허유(許由)가 은거했던 곳이다.

8일에 옥거 댁에서 모이다. 네 번째 모임이다

初八日會玉居宅第四集

기원서 물러나 경대도 버린 듯 게으르고　　　　懶如退院抛粧奩
두더지가 강물 마시듯 쉽게도 취하네[455]　　　　量似飮河易屬饜
한 삼태기의 노력[456]은 개미 둑에서 볼 수 있고　一蕢工夫看蟻垤
백화의 정기는 벌꿀 속으로 들어가네　　　　　　百花精氣入蜂岾
시가 요구하는 운은 진나라 관문처럼 험하고　　詩要趁韻秦關險
마음에 밴 가난은 위나라 풍속처럼 검소하네　　心慣居貧魏俗纖
근자에 그대 집에서 하삭의 음주[457] 했더니　　近日君家河朔飮
단술은 응당 목생[458]을 위해 준비했으리라　　醴齊應爲穆生添

---

455 두더지가……취하네 : 이 말은 《장자》 〈소요유(逍遙游)〉에 나오는 "두더지는 강물을 마셔도 자기 배 하나 불릴 뿐이다.〔偃鼠飮河 不過滿腹〕"에서 따 온 말이다.

456 한 삼태기의 노력 : 원문의 '일괴(一蕢)'는 '일궤(一簣)'와 통한다. 《서경》 〈여오(旅獒)〉에, "아홉 길의 산은 쌓는데, 그 공은 마지막 한 삼태기에 무너진다〔爲山九仞 功虧一簣〕"는 말에서 나왔다.

457 하삭의 음주 : 여름날 피서하며 마시는 술이다. 하삭(河朔)은 황하(黃河) 이북지역이다. 위(魏)나라 유송(劉松)이 원소(袁紹)의 군사를 북쪽에서 진압할 때 원소의 자제들과 매일 함께 연회하며 술을 마셨는데, 항상 삼복(三伏) 때에는 밤낮으로 만취할 때까지 술을 마셨다고 한다. 후에 이를 하삭음이라 하고 피서 때의 음주를 가리키는 전고로 삼았다.

458 목생(穆生) : 한나라 때 노(魯) 사람이다. 초원왕(楚元王) 교(交)가 목생을 예우하여 항상 단술을 차렸다. 나중에 교의 손자 무(戊)가 지위를 잇자 단술을 갖추는 것을 잊었는데 목생이 그 뜻을 알고 마침내 떠나갔다고 한다.

나는 마침 술을 마실 수 없었는데, 옥거가 그 때문에 감향주(甘香酒)[459]를 차려주니, 몹시 맛이 좋았다.

---

459 감향주(甘香酒) : 단맛이 나고 향기가 있는 약재를 넣어서 빚은 술이다.

9일에 소산 댁에서 모이다. 다섯 번째 모임이다

初九日素山宅第五集

어딜 가건 주제 잊고 경계를 갖추어 적었으니	到處忘形境與俱
영치부⁴⁶⁰라고 불러도 무방하리라	不妨喚作詅癡符

어딜 가건 주제 잊고 경계를 갖추어 적었으니　　　到處忘形境與俱
영치부⁴⁶⁰라고 불러도 무방하리라　　　不妨喚作詅癡符
땅에 가득한 쑥대풀 대숲과 맞먹고　　　蓬蒿滿地當修竹
바람에 날리는 박잎 벽오동보다 낫네　　　瓠葉飜風勝碧梧
박봉을 학과 나누니⁴⁶¹ 늘 부족해 근심이고　　　薄俸鶴分常患寡
청담을 매미와 함께 하니 외롭지 않네　　　清談蟬共未爲孤
이처럼 물외에 마음 붙이며　　　尚然物外神情寄
책상 위 오악 그림을 오래 들여다보네　　　案上長看五嶽圖

미친 노래로 여름 보냄은 명성 구함 아니니　　　狂吟消夏匪求名
짧은 재주로 어찌 갑을을 다툴까　　　寸長何須甲乙爭
매번 세 곳⁴⁶²에서 시상을 얻고　　　屬思每從三上得

---

460 영치부(詅癡符) : 졸렬한 글을 바위에 새겨 세상에 알리기를 좋아하는 사람이다. 북제(北齊) 안지추(顏之推)의 《안씨가훈(顏氏家訓)》〈문장(文章)〉에서 "내가 세상 사람들을 보니, 재주라곤 없는데 스스로 청아하다 여겨 졸렬한 솜씨를 퍼뜨리는 자가 많았다. 강남에서는 이를 영치부라 부른다.〔吾見世人 至無才思 自謂清華 流布醜拙 亦以衆矣 江南號爲詅痴符〕"라는 말에서 유래했다.

461 학과 나누니 : 당나라 때 관봉(官俸)을 학봉(鶴俸)이라고 했다.

462 세 곳 : 마상(馬上)·침상(枕上)·측상(廁上)을 말한다. 송나라 구양수(歐陽

재주 자랑도 좋이 여덟 번 팔짱으로[463] 펼쳤네   騁才亦好八叉成

더위와 추위가 어느새 붓끝에서 변하고   炎凉不覺毫端變

달빛과 이슬이 때때로 유달리 잘 보이네   月露時看分外呈

소 허리 만한 두루마리 한바탕 웃을 만하니   軸大牛腰堪一笑

편히 앉아 사념을 잊는 편이 어떠할까   豈如安坐且忘情

십년 탄 나귀에 말 자국도 뒤따르니   十載騎驢馬跡隨

분가루 같은 고운 먼지가 턱에 가득하네   軟塵如粉雪盈頤

산 살 계획은 없어 그저 말뿐이고   買山無計徒言爾

처세 능숙하게 하는 것 어찌 배워서 되랴   涉世能工豈學爲

밤마다 글 지으며 게으른 성품 고쳤으나   韻事連宵醫性懶

더위에 취기 오르자 깨는 것도 더디네   微醺當熱覺醒遲

이끼 가득한 길엔 푸르름만 무성하니   蒼苔滿逕因蕪綠

선생께서 강단의 휘장 내려서이네   正是先生下講帷

脩)의 《귀전록(歸田錄)》에 "내가 평생 지은 문장은 삼상(三上)에서 많이 얻었다. 곧 말 위, 베개 위, 측간 위가 그곳인데, 거기서 더욱 생각을 모을 수 있다."고 했다.

463 여덟 번 팔짱 : 당나라 온정균(溫庭筠)이 재사(才思)가 민첩하여 매번 시험장에 들어가면 팔짱을 끼고 구상을 했는데 대개 8번 팔짱을 끼면 8운(韻)을 이루었다고 한다.

7월 14일 관찰사 민표정[464] 태호 이 천연정[465]으로 초청해 술 마시며 연꽃 구경을 하다. 북촌의 시 벗들 중에 모인 자가 20여 명이다

七月十四日閔杓庭 台鎬 觀察邀飮天然亭賞荷花北村詩友會者二十餘人

수면에 시원하게 비단 동천이 열리고	水面凉開錦洞天
붉게 치장 기녀들이 화려한 누대 옆에 서 있네	紅粧簇立畫樓邊
간밤 내린 비에 가슴 부여잡고 근심했는데	捧心愁絶前宵雨
이별했던 물가로 장막에 가린 혼이 돌아왔네	隔帳魂還別潊烟
종일토록 먹고 마시느라 숲이 떠들썩하고	鎭日行廚林下鬧
집집마다 성가퀴 높아 경계가 이어졌네	千家危堞境中連
동도의 수령께선 풍류도 많으시지	東都地主風流足
제일가는 꽃구경으로 이 해를 기억하시니	第一看花記此年

---

464 민표정(閔杓庭): 민태호(閔台鎬, 1834~1884)로, 본관은 여흥이며 자는 경평(景平), 호는 표정(杓庭), 시호는 충문(忠文)이다. 부친은 치삼(致三)이며 민영익(閔泳翊)의 부친이다. 유신환(兪莘煥)의 문인이기도 하다. 1870년 정시문과에 급제한 뒤 1875년 경기도 관찰사를 지냈다. 1882년 강화 유수, 1883년 통리군국사무아문독판을 지냈고, 1884년에는 총융사·어영대장·대제학 등을 지냈다. 1884년 12월 갑신정변 때 민영목(閔泳穆)·조영하(趙寧夏)·이조연(李祖淵)·한규직(韓圭稷) 등과 함께 경우궁(景祐宮)에 입궐하다가 개화당 사람들에게 참살 당했다. 영의정에 추증되었다.

465 천연정(天然亭): 현 서대문구 독립문 근처에 있었던 정자이다.

좋은 유람이 참으로 습가지[466]와 같으니　　　　　勝遊政似習家池
산공이 말을 더디 몬다고 비웃지 마오[467]　　　　休笑山公上馬遲
온 성의 장부라야 한가한 날 많아　　　　　　全省簿書多暇日
당에 가득한 퉁소 북소리 태평시절을 즐기네　　滿堂簫鼓樂明時
가을생각은 매미 우는 나뭇잎에 고요히 들고　　秋心靜入吟蟬葉
밤기운은 까치 깃든 나뭇가지에 공연히 이네　　夜氣虛生繞鵲枝
연꽃에게 말 붙였으니 이제 한스러워 마오　　　寄語荷花今莫恨
맑은 바람 환한 달빛 아래 알아줄 사람 있으니　風淸月曉有人知

466　습가지(習家池) : 고적(古迹)의 이름으로 일명 고양지(高陽池)라고 한다. 중국
호북성(湖北省) 양양(襄陽) 현산(峴山) 남쪽에 있다. 《진서(晉書)》〈산간전(山簡
傳)〉에 "산간이 양양(襄陽)을 진수할 때 여러 습씨(習氏)와 형(荊) 지역의 사대부 호족
(豪族)들에게 좋은 원지(園池)가 있었다. 산간이 매번 나가서 놀며 즐길 때는 주로
못가에 가서 술자리를 차리고 곧 취했다. 그 이름을 고양지(高陽池)라고 한다."고 했다.

467　산공이……마오 : 산공은 위에 나오는 산간을 가리킨다. 자는 계륜(季倫)이다.
《세설신어(世說新語)》〈임탄(任誕)〉에 "산계륜은 형주자사로 있을 때 자주 술에 취한
채 밖을 다녔는데, 사람들이 그를 두고 노래하길, '준마를 탈 줄 알긴 하는데, 백접리를
거꾸로 쓰셨네.〔山季倫爲荊州 時出酣暢 人爲之歌曰 復能乘駿馬 倒著白接䍦〕"라는 고
사가 나온다. 백접리는 백로 깃털로 장식한 모자이다.

박오서[468] 주양 학사가 주청사 서장으로 충원되어 연경에 가는 것을 전송하다

送朴梧西 周陽 學士充奏請使書狀赴燕

학사 오서는 영주의 객[469]	梧西學士瀛洲客
손에 구슬나무[470] 받들고 동루[471]에 있었네	手擎珠樹銅樓前
팔월에 요하로 옥 부절[472]을 수행하니	八月遼河隨玉節
성상은 벌써 견우직녀성 궤도로 움직였네	星象已動牛女躔

468 박오서(朴梧西) : 박주양(朴周陽, 1838~1891)으로, 본관은 반남(潘南), 자는 문재(文哉), 호는 오서(梧西)이다. 1873년(고종10) 문과에 합격하여 홍문관 부수찬에 특채되었다. 1875년 주청사(奏請使)의 서장관으로 청나라에 가서 5개월 동안 그 곳의 상황과 국제정세의 변동을 살피고 돌아왔다. 1880년 대사성에 보임되고, 이어서 대사간 · 이조 참의를 역임하였다. 1884년 좌승지로 있으면서 갑신정변(甲申政變)을 맞았는데 정변이 수습된 후 일본으로 도피한 김옥균(金玉均) 등 정변의 주역들을 잡아와 처단할 것을 강경히 주장하였다. 1887년 이조 참판을 지내고 이를 전후하여 통리교섭통상사무아문 협판(統理交涉通商事務衙門協辦)으로서 외교와 통상업무도 주관하였다. 그 후 대사헌 · 예방승지를 지내고 병사하였다.

469 영주(瀛洲)의 객 : 영주(瀛洲)는 동해에 있다는 삼신산의 하나이다. 여기서는 명예로운 지위에 있음을 말한다. 당태종(唐太宗)이 문학관(文學觀)을 짓고 방현령(房玄齡) · 두여회(杜如晦) 등 18학사의 초상을 그리고, 찬(贊)을 붙여서 보관하게 하여 예우했는데, 세상에서 이를 영주(瀛洲)에 올랐다고 했다.

470 구슬나무 : 원문의 '주수(珠樹)'는 삼주수(三珠樹)로 전설에 나오는 신목이다.

471 동루(銅樓) : 동룡루(銅龍樓)를 말한다. 태자의 궁실을 말한다.

472 옥 부절 : 사신이 되었음을 말한다.

끝도 없는 길에 집은 날로 멀어지고   行路靡靡家日遠

수척해진 시정에 물방울은 가을이라 곱네   詩情冷瘦滴秋鮮

옥 서간⁴⁷³ 받들고 돌아와 옥계⁴⁷⁴에 도착하면   歸捧珉簡達玉陛

환호성과 조화로운 기운이 바닷가를 두르리라 歡聲協氣環海邊

그대 비로소 상봉⁴⁷⁵의 뜻 이룸을 축하하나니 賀君始邃桑蓬志

당대 현인들과 몇 번이나 호저⁴⁷⁶를 주고받을까 縞紵幾得交時賢

---

473 옥 서간 : 사신이 받든 국서를 말한다.

474 옥계(玉陛) : 궁궐의 섬돌이다.

475 상봉(桑蓬) : 상호봉시(桑弧蓬矢)를 말한다. 뽕나무 활과 쑥대화살을 뜻한다. 남아가 출생하면 뽕나무 활과 쑥대화살로 천지사방에 쏘아서 남아가 마땅히 사방에 뜻을 두어야 함을 상징했다. 남아의 큰 뜻을 말한다.

476 호저(縞紵) : 깊은 교의를 말한다. 춘추 시대 오(吳)나라 계찰(季札)이 정(鄭)나라에 사신을 가서 자산(子産)을 보고 옛 친구인 듯하여 명주 띠〔縞帶〕를 선물했는데, 자산은 모시옷〔紵衣〕을 주었다고 한다.

7월 26일 기성에서 야간 숙직을 섰는데, 이학여와 김수경이
계방관⁴⁷⁷으로서 좌랑서로 나왔다. 모두 가까운 관아에
있어서 절구 세 수를 읊어 올려서 화답을 구하다

七月二十六日夜直騎省李鶴汝金秀卿以桂坊官出佐郞署俱在近曹賦呈
三絶求和

물시계 소리 드문드문 밤은 더욱 깊은데 　　　　傳漏初稀夜轉遙
비 온 후 가을기운이 소슬해지네 　　　　　　雨餘秋氣欲蕭蕭
새벽에 문득 강마을의 꿈을 꾸더니 　　　　　五更忽作江鄕夢
내가 병조에 있는 것도 기억하지 못하네 　　不記吾官是馬曹

계방의 인재들이 낭서에 모이니 　　　　　　桂坊羣彦集郞署
진흙에서 솟아난 연꽃처럼 정갈하네 　　　　淨似荷花出泥淤
서쪽 이웃의 완보병⁴⁷⁸ 가소롭구나 　　　　可笑西隣阮步兵
취향에서 벼슬하느라 함께 할 수 없으니 　　爲官酒國渾無與

기성의 가을 정회엔 고금이 따로 없나니 　　騎省秋懷無古今
안인⁴⁷⁹의 흰 살쩍 나날이 침범하네 　　　　安仁霜鬢日侵尋

---

477 계방관(桂坊官): 세자익위사(世子翊衛司)의 관원이다.

478 완보병(阮步兵): 진(晉)나라 완적(阮籍)을 말한다. 보병도위(步兵都尉)를 지
냈기에 완보병이라 부른다. 죽림칠현(竹林七賢)의 한 사람이다.

새벽녘 벽에 시 지은들 누구에게 말할까   詩成曉壁誰當語

벌레소리에 답하는 셈 억지로 한 번 읊었네   爲答蟲聲强一吟

---

479   안인(安仁) : 진(晉)나라 반악(潘岳, 247~300)의 자이다. 미남자로 유명하지만 32세 때 백발이 되었다고 한다.

소산 이씨 어르신이 장단 부사에 임명되어 밤에 사중의 여러 벗들과 축하를 올리고 술을 가져오라 하여 시를 읊다

素山李丈除長湍府使夜與社中諸益進賀索飮賦詩

금동 휘장 검은 인끈이 숲속에서 반짝이니	銅章墨綬映林皐
동쪽 산에서 더 이상 편히 누워있을 수 없네	不復東山任臥高
지난 겨울엔 시 지으며 눈을 감상했는데	韻事前冬曾賞雪
오늘 저녁엔 가을 소리가 물결처럼 들려오네	秋聲今夜已聞濤
박한 벼슬자리 본디 봉황이 머물 바 아니지만	元來薄宦非棲鳳
다만 특별한 은혜가 자라를 인 듯 커서라네	秪是殊恩若戴鰲
시 보내면 바로 응답하고 소송도 쓸어 내니[480]	響答詩筒庭訟盡
그대 아니면 누가 한 시대의 호걸이라 할까	微君誰許一時豪

---

480 시……쓸어내니 : 《송사(宋史)》 권317 〈전협열전(錢勰列傳)〉에 "다시 지개봉이 되어서, 더욱 정밀히 일에 임했다.……소식이 말하기를 '번개처럼 관아의 송사를 처리하고, 시통에 시 넣어 보내면 즉각 답하니, 근래에 〔이런 사람은〕 보지 못했다.'라고 했다.〔錢勰復知開封 臨事益精……軾曰 電掃庭訟 響答詩筒 近所未見也〕"라는 말이 보인다.

8월 10일 조흘강[481] 시관에 충원되어 정록청[482]에 들어갔으나
강에 응한 자가 하나도 없어서 내키는 대로 읊다 2수

八月旬日充照訖講試官入正祿廳無一人應講者 謾吟 二首

의젓이 오사모 쓰고 홀로 정록청에 올랐는데　　　　　儼然烏帽獨升廳
괴시[483]엔 옛 경서 파는 사람 하나도 없네　　　　　　槐市無人售古經
관리는 한가히 잠자고 강사는 자리에 기대있고　　　　舘吏閒眠師倚席
낙타산[484] 경색만 주렴으로 푸릇푸릇 들어오네　　　　駝山秀色入簾靑

어진 재사들 시험 치지 않아도 모두 명류이니　　　　賢才不試儘名流
머리 숙여 소리 내어 읽는 것 부끄러울 만하지　　　　屈首咿唔亦足羞
문재 갖추었더라도 오히려 예를 사랑하여　　　　　　縱是具文猶愛禮

481　조흘강(照訖講) : 문과 복시의 수험생들은 조흘강에 통과해야 다음 시험을 볼
자격이 주어졌다. '조(照)'는 확인을 뜻하며, '흘(訖)'은 글자 그대로 확인을 '마쳤다'는
뜻인데, 이 합격증이 있어야 다음 단계 시험에 등록하는 녹명(錄名)을 할 수 있었다.
소과의 조흘강은 《소학》을 배강(背講)하는 것이었고, 복시는 《가례(家禮)》와 《경국대
전(經國大典)》을 펴놓고 읽는 것이었다.

482　정록청(正錄廳) : 성균관 직원이 당시 정사(政事)를 뽑아 적어서 보관하던 곳이
다.

483　괴시(槐市) : 한나라 때 장안(長安)의 독서인들이 모이고 무역(貿易)하는 시장
이다. 나중에 학궁(學宮)이나 학사(學舍)를 가리키는 말이 되었다.

484　낙타산(駱駝山) : 서울시 종로구와 동대문구 성북구에 걸쳐 자리한 산으로 풍수
상으로 좌청룡에 해당하는 낙산(駱山)이다. 일명 낙타산이라고 한다.

청금⁴⁸⁵을 보지 못하고 사념만 아득하네 　　　　　青衿不見思悠悠

485　청금(靑衿) : 청금자(靑衿子)를 말한다. 젊은 서생(書生)을 말한다. 청금은 학자의 복식이다.

중추절에 소산 댁에 모여서 달을 감상하다

中秋夜會素山宅賞月

부절 막 받자마자 벌써 백성을 근심하여	纔分符竹已憂民
시 짓는 자리에 오기도 전에 진솔함에 맡기네	不及詩場却任眞
서치[486]가 객으로 오기에 서재에 걸상 놓았고	徐穉爲賓齋設榻

좌석에 서씨(徐氏)가 있었는데, 장단(長湍) 사람이다.

사운[487]이 수령이 되었어도 솥에 먼지가 생겼네	史雲作宰甑生塵
이제 북사에는 풍류가 줄겠으니	從今北社風流減
내년에 달빛이 새로운 곳은 그 어디일까	何處明年月色新
목계가 한 곡을 한번 들어보면	試聽木鷄歌一曲
훗날 자고 먹을 때면[488] 부모님 생각 배가 되리라	鼎茵他日倍思親

장단(長湍) 오관산(五冠山) 아래에 옛날에 어떤 효자가 〈목계가〉[489]를 친

---

486 서치(徐穉) : 후한의 서치(徐穉)는 남창(南昌) 사람인데 청빈한 고사(高士)로서 은거하여 출사하지 않았다. 진번(陳蕃)이 태수로 있을 때 서치를 위하여 특별히 의자 하나를 만들어두고서, 서치가 오면 그 의자에 앉게 하고, 그가 떠나가면 그 의자를 매달아두었다고 한다.

487 사운(史雲) : 후한(後漢) 범염(范冉)의 자이다. 내무장(萊蕪長)을 지냈다. 평생 가난하여 여러 번 밥도 짓지 못했는데 솥 안에 물고기가 생겨났다고 한다.

488 자고 먹을 때면 : 인(茵)과 정(鼎)은 잠자리와 솥을 뜻하므로 일상적인 기거와 음식을 가리킨다.

489 목계가 : 《신증여지승람》에 "고려사람 문충(文忠)은 세계(世系)가 상세하지 않은데, 어머니를 지극한 효성으로 섬겼다. 오관산 영통사동(靈通寺洞)에 살았는데 서울

히 지어 악부(樂府)에 전해졌다. 소산(素山) 영공(令公)에게 풍수불기(風樹不泊)[490]의 회포가 있어서 언급한 것이다.

과 30리 떨어진 곳이다. 어머니 봉양을 위해 녹사(祿仕)를 하되, 아침에 나갈 때는 반드시 아뢰고 저녁에 돌아올 때 반드시 뵙고 밤에는 잠자리를 보살피고 새벽에는 문안하는 것을 조금도 게을리 하지 않았다. 그 어머니가 늙은 것을 탄식하여 〈목계가〉를 지었는데, 〈오관산곡(五冠山曲)〉이라 이름 하였고 악부에 전한다. 이제현(李齊賢)의 사(詞)에, '나무 깎아 작은 당닭〔唐鷄〕 한 마리 만들어, 젓가락으로 찍어다가 벽 위에 올려 앉혔네. 이 닭이 꼬끼오 꼬끼오 시간을 알리니 우리 어머니 얼굴이 비로소 해가 서쪽에 편평한 것과 같아라.'라고 했다."는 기록이 있다.

490 풍수불기(風樹不泊) : 풍수지탄(風樹之嘆)과 같다. 부모에게 효도를 하려고 해도 부모님은 이미 돌아가시고 계시지 않는 것을 말한다.

연공사 서장관 장우 윤 치염 교리를 전송하다

送年貢使書狀丈藕尹 致曄 校理

문 닫고 경서 공부한 지 사십 년인데	閉戶窮經四十春
파산 높은 곳이 푸르게 우뚝 솟았네	坡山高處碧嶙峋
만나면 연하의 기운 괴이하기 여기리니	相逢應怪烟霞氣
명종 때 제책 지은 사람이라 말해야 하리	須道明時制策人

장우의 집은 파산(坡山) 아래에 있다. 경당(絅堂)의 시에서 "파산은 밤새도록 푸르다."라고 했는데, 대개 그 사람을 중시한 것이다. 아래 2구는 율곡(栗谷) 선생의 빈사(儐使)의 일[491]을 인용했다.

한 송의 원류를 넓고도 간략히 구분되건만	漢宋源流博約分
함부로 세속의 기호 좇아 분분히들 떠드네	謾趣時好說紛紛
선생에게는 진정 공평한 심안이 있어	先生定有公心眼
유마힐의 불이문[492]일세	那箇維摩不二門

---

491 율곡(栗谷)……일 : 율곡 이이는 명종 13년에 별시에 참가했는데, 제책 문제를 보고 〈천도책(天道策)〉을 지어 올렸다. 제책의 문(問) 중에 안개와 노을 등 자연현상에 관한 물음이 있었다. 후에 명나라 사신이 조선에 왔을 때 이이가 빈사가 되어 그들을 맞이하는데, 그들은 이율곡을 소개받고 "아 저 사람이 〈천도책〉을 지은 사람이냐?"고 물었다고 한다.

492 불이문(不二門) : 불이법문(不二法門)을 말한다. 평등하고 차이가 없는 지극한 도를 뜻한다. 《유마힐경(維摩詰經)》〈입불이법문품(入不二法門品)〉에 "나의 뜻과 같은 자는 일체의 법에 있어서 무언무설(無言無說)하고, 무시무식(無示無識)하고, 문답

봉성[493]의 철기군이 동구[494]로 내려와　　　　　鳳城鐵騎下東溝

황지[495] 깨끗이 쓸어내니 전쟁 북소리 멈추었네　淨掃潢池息鼓枹

문노니 먼 곳을 경영하는 책략이 어떠한가　　　借問如何經遠畧

변경에 펴는 계책엔 아직 염려 많다네　　　　展邊措畫尙多虞

　　이 때 봉성장군(鳳城將軍)이 병사를 거느리고 향비(響匪)[496]를 공격하고
　　이어서 강변의 소굴을 쳐서 전복시켰다. 그리고는 동구에 주둔하면서 병사
　　의 위세로써 파저강(婆豬江)[497]의 호적에 편입되지 않은 백성을 공격하여
　　복종시키고, 그 땅을 군현(郡縣)으로 삼고자 했다. 혹여 횡결(橫決)[498]의
　　염려가 있을까 싶어 이렇게 말했다.

많기도 한 청산 속에 그대 보내고 돌아오는데　青山無數送君還

겨우 요양을 지나자마자 산이 보이지 않네　　纔度遼陽不見山

점점이 추운 까마귀들 가을풍경 속에 멀어지고　萬點寒鴉秋色遠

행인만이 홀로 강의 관문을 넘어가네　　　　行人獨自越河關

좋은 국화 시든 난초 이미 때 다 지나고　　　佳菊衰蘭已後時

끝도 없는 나그네 시름에 흰 살쩍 드리웠네　旅愁無限雪垂垂

에서 벗어나니, 이것이 불이법문으로 들어가는 것이다."라고 했다.

493　봉성(鳳城) : 중국 요녕성(遼寧省) 봉성진(鳳城鎭)을 말한다.

494　동구(東溝) : 중국 요녕성 단동시(丹東市) 동구현(東溝縣)을 말한다.

495　황지(潢池) : 황지롱병(潢池弄兵)을 뜻한다. 반란군을 말한다.

496　향비(響匪) : 중국 북방의 비적이다. 약탈할 때 향전(響箭)을 쏘아서 붙은 이름이
다.

497　파저강(婆豬江) : 중국 요녕성에 있는 혼강(渾江)의 옛 이름이다.

498　횡결(橫決) : 사태의 발전이 상궤(常軌)에 벗어나는 것을 말한다.

가다 말 위에서 읊조린 게 몇 번인 줄 아는가　　　行吟馬上知多少

그 어떤 호사가가 감구시⁴⁹⁹를 엮어줄까　　　好事誰編感舊詩

₄₉₉　감구시(感舊詩) : 고향을 생각하는 시이다.

이영재[500] 건창 의 〈행대시초〉에 적다

題李寧齋 建昌 行臺詩鈔

오묘한 득오[501]와 영롱[502]함을 경지 밖에서 얻어	妙悟玲瓏境外求
황주[503]의 장엄함을 안중에 두지 않네	眼中不見壯皇州
시를 이해하는 천고의 요양학[504]	解詩千古遼陽鶴
외로운 구름에 생각 들어가니 어느새 가을	思入孤雲一段秋

석령[505]의 찬바람은 옛날과 같은데	石嶺寒風似舊時

---

500 이영재(李寧齋) : 이건창(李建昌, 1852~1898)으로, 자는 봉조(鳳朝), 호는 영재 (寧齋)이다. 1874년(고종11) 서장관으로 청나라에 가서 서보(徐郙), 황각(黃珏) 등과 교유하며 문명을 떨쳤다. 평생 척양주의자로 일관하였다. 황현(黃玹), 김택영(金澤榮) 등과 한문학사의 마지막 대가로 불린다. 저서로《당의통략(黨議通略)》,《명미당고(明 美堂稿)》가 있다.

501 오묘한 득오 : 신오(神悟)를 말한다. 송나라 엄우(嚴羽)의 《창랑시화(滄浪詩 話)》〈시변(詩辨)〉에 "대저 선도(禪道)는 오직 묘오(妙悟)에 달려있으며 시도(詩道) 또한 묘오에 달려 있다."라고 했다.

502 영롱(玲瓏) : 시문의 영활(靈活)한 경지를 말한다. 청나라 왕사정(王士禎)의 〈당현삼매집서(唐賢三昧集序)〉에 "엄우가 시를 논하여 '성당(盛唐)의 여러 시인들은 오로지 흥취(興趣)에만 머물러서 영양(羚羊)이 나무에 뿔을 걸어놓고 자는 것처럼 자 취를 찾을 수 없고, 투철하고 영롱하여 머물러 둘 수 없다.'라고 했다."고 했다.

503 황주(皇州) : 천자가 있는 도성으로, 중국을 말한다.

504 요양학(遼陽鶴) : 요동학(遼東鶴)과 같다. 요동사람 정영위(丁令衛)가 도술을 익혀 학이 되어 돌아왔다는 고사를 말한다.

천계 숭정 때 남은 이야기로 여관 등불 밝혔네　　啓禎殘話旅燈垂

평상시 읊조림도 충효에 관한 것이더니　　尋常吟弄關忠孝

기자 나라의 맥수시[506]를 또 보겠네　　又見箕邦麥穗詩

505　석령(石嶺) : 청석령(靑石嶺)을 뜻한다. 중국 심양(審陽)으로 가는 도중의 만주
지명이다.

506　맥수시(麥秀詩) : 맥수가(麥秀歌)를 말하며 기자(箕子)가 멸망한 그의 조국 은
(殷)나라 도읍지의 폐허를 지나면서 읊었다는 노래 이름이다.

대전연상시 병자년(1876, 고종13)

大殿延祥詩 丙子

대전 모서리 높은 곳에 북두칠성 동에 떴고　　　　殿角嵒嶢斗柄東
봄날의 화사한 기운, 신공이 펼쳐졌네　　　　　　青陽喜氣布神功
깃발 날리며 요첩[507] 받쳐 임금의 효도 칭송하고　揚徽瑤牒稱宸孝
물후 살피는 관상대에서는 풍년을 점치네　　　　候物雲臺占歲豊

짐승 그려진 궁궐 동이가 해 그림자를 머금고　　畫獸宮樽含淑景
새 우는 동원 버들에 동풍이 조풍 실려오네　　　鳴禽苑柳帶條風
성대에서 경서 숭상하던 뜻을 알고자　　　　　欲知聖代崇經意
설날 조회에서 먼저 대시중[508]을 맞이하네　　元會先延戴侍中

507 요첩(瑤牒) : 귀중한 전책(典冊)을 말한다.

508 대시중(戴侍中) : 후한(後漢)의 대빙(戴憑)이다. 자는 차중(次仲), 여남(汝南) 평여(平輿) 사람이다. 16세에 군수(郡守)의 천거로 명경(明經)이 되고, 곧 낭중(郎中) 에 임명되었다. 광무제(光武帝)가 뭇 신하들을 소집하여 경서를 해석할 때 대빙의 해석 이 가장 훌륭해 시중(侍中)에 임명했다. 명성을 원근에 날려서 당시 도성에서는 "경서 해석으로 대시중을 궁하게 하지 못하네.〔解經不窮戴侍中〕"라는 말이 돌았다.

한식날 제관으로 출장 갔다가 수릉[509]에서 돌아와 옥거 및 위당[510]과 함께 읊다

寒食差祭自綏陵還與玉居韋堂共賦

한식날 구릉[511] 가는 길에	寒食九陵道
거마가 맑은 새벽부터 모였네	車馬集蕭晨
구릉에는 좋은 기운 많아서	九陵多佳氣
석상들 마치 새것과도 같네	象設儼如新
그 밖을 두르고 있는 무덤들	佳城繞其外
많고 많은 신하들이 이웃하고 있네	濟濟列臣隣
길은 멀고 날은 어두워 날마다 찾아올 수 없지만	遠暮日不給
크나큰 반석은 천년의 기틀을 다졌네	磐泰基千春
무성한 소나무 잣나무 사이에서	藹然松柏間
마치 혼령을 뵈온 듯하네	彷彿見精神
구천엔 고금이 따로 없으니	泉臺無今古
풍속 여전히 순박하리라	風俗尙應淳

---

509 수릉(綏陵) : 경기도 구리시 인창동에 있는 순조(純祖)의 아들이자 헌종(憲宗)의 아버지인 추존왕(追尊王) 익종(翼宗)과 신정황후(神貞皇后)를 합장한 능이다.

510 위당(韋堂) : 이근헌(李近憲)의 호이다. 1895년경에 홍천 군수(洪川郡守)를 지냈다.

511 구릉(九陵) : 경기도 구리시에 있는 동구릉(東九陵)을 말한다.

3월 4일 윤파강[512] 병정 댁에서 모이다

三月四日會于尹巴江 秉鼎 宅

청수(聽水) 홍재정(洪在鼎), 백거(白渠) 유만주(兪萬柱),[513] 서경당(徐絅堂), 조동포(趙東苞)와 함께 읊다.

어지럽게 돌아온 봄 수심이 한 무더기였는데	雜還春愁自一叢
그대가 와서 쫓아내니 영웅이라 칭할 만하네	君來驅去足稱雄
삼년간 못 본 사이 얼굴은 변했지만	三年不見鬚眉改
사방에서 말 없어도 취미는 같네	四座無言氣味同
먹물을 어찌 손잡고 마실 수 있으랴	墨水那堪携手飮
동포와 백거가 모두 회시에 떨어졌다.	
설산은 또 다시 사람 보내고 비었겠네	雪山應復送人空
파강은 새로 동번(東藩)에서 교체되어 왔다.	
단주의 선리[514]는 분명 한가할 텐데	湍州仙吏應多暇

---

512 윤파강(尹巴江) : 윤병정(尹秉鼎, 1822~?)으로, 자는 사홍(士弘), 호는 파강(巴江), 시호는 효문(孝文)으로 태주(泰周)의 아들이자 유신환(兪莘煥)의 문인이다. 1851년(철종2) 정시문과(庭試文科)에 장원, 여러 청환직(淸宦職)을 거쳐 1857년 부사(府使)로 재직중 암행어사(暗行御史) 이정현(李正鉉)의 탄핵으로 파직당했다. 뒤에 다시 등용되어 1861년(철종12) 대사성(大司成), 1873년(고종10) 강원도 관찰사, 1885년 이조 판서·한성부 판윤(漢城府判尹), 뒤에 판돈녕부사(判敦寧府事)에 이르렀다.

513 유만주(兪萬柱) : 본관은 기계(杞溪), 호는 백거(白渠)이며 1882년(고종19) 임오(壬午) 식년시(式年試) 진사 1등(一等) 4위로 합격했다. 저서로 《백거선생시초(白渠先生詩抄)》가 있다.

뉘와 더불어 저녁 다하도록 시를 논할까 　　　　誰與論詩到夕窮

8일 밤에 파강 댁에서 만나다

八日夜會于巴江宅

이소산(李素山), 열릉(洌陵) 신관조(申觀朝), 혜거(兮居) 유진일(俞鎭一), 위당(韋堂) 이근헌(李近憲)이 모여서 함께 읊다.

봄바람 속에 열흘 동안 비가 뿌렸으니　　　　　東風十日雨斜斜

그대 집 버들 빛으로 뒤덮였음을 벌써 알겠네　　早認君家柳色遮

술 있으니 오늘밤 달 볼 만하겠고　　　　　　有酒耐看今夜月

사람 생각하니 작년의 꽃 피워보고 싶네　　　懷人欲發去年花

일신 도모함은 해 좇는 기러기[515]만 못하지만　謀身未及隨陽鴈

나라 사랑함은 한해를 축원하는 까마귀와 같네　憂國惟同呪歲鴉

떠도는 벼슬살이 본디 나그네 고생 많은 법　　遊宦元多羇旅苦

내일 아침이 한식이건만 또 집을 떠나네　　　明朝寒食又離家

515　해 좇는 기러기 : 권세를 좇아가며 빌붙는 세력을 비유한다. 두보의 〈동제공등자
은사탑(同諸公登慈恩寺塔)〉에 "저 해 좇는 기러기를 보시오, 각자 먹고살 길 도모를
한다오.〔君看隨陽雁 各有稻粱謀〕"라 되어있다.

4월 9일 청수 댁에서 만나다

四月九日會于聽水宅

진암(縉庵) 박홍수(朴洪壽), 추당(秋堂) 서상우(徐相雨), 경당(絅堂), 옥거(玉居)도
와서 함께 모였다.

수많은 횃불 속에 해는 서쪽으로 지는데 　　　　　萬竿燈火日西沉

초파일에 날씨 청명하고 풀빛도 짙네 　　　　　　浴佛天晴草色深

샘물 맑아서 향 좋은 차로 고저[516]를 가져오고 　泉潔茗香來顧渚

사람 한가하여 주렴 그림자는 산음과도 같네 　人閒簾影似山陰

작은 수레로 꽃구경 하자던 약속 몇 번이나 저버렸나

　　　　　　　　　　　　　　　　　　　　　　小車幾負花間約

맘대로 술 마신 후의 마음 공연히 연민하네 　如意空憐酒後心

내일 아침 은혜 내려와 뱃놀이를 허락하면 　一棹明朝恩暇許

맑은 강에서 파도 스치는 새를 즐겨 좇으리라 　清江好逐掠波禽

516　고저(顧渚) : 고저자순(顧渚紫笋)이라고 하는 명차 이름이다. 절강성 호주(湖
州) 장흥현(長興縣) 수구향(水口鄉)에 있는 고저산 일대에서 난다. 일찍이 당나라 때
다성(茶聖)이라 불렸던 육우(陸羽)로부터 '차 가운데 으뜸〔茶中第一〕'이라 평가받은
바 있다.

17일에 배를 타고 귀천에 도착하여 짓다

十七日乘舟到歸川作

성 나서니 온갖 근심 편안해진 것 같아   出城便覺百憂平

부끄러운 갓끈의 먼지를 물에 비추니 깨끗하네   慙愧塵纓照水淸

밭 따라 난 작은 길엔 방초가 어둡고   細路緣田芳草暗

햇살 받는 높은 돛 저 멀리 봉우리가 밝네   峭帆受日遠峯明

고향에서 농사짓고 책 읽는 것도 괴롭지만   故山耕讀還無賴

반평생 부침한 것이 어찌 명예 때문일까   半世浮沈豈爲名

호숫가 우는 새들은 우릴 아는지 모르는지   湖上啼禽相識否

은근히 우리 가는 것을 놓아주지 않으려 하네   慇懃不欲放吾行

25일에 석호정[517] 아래에 배를 띄우고 정연원 정운당 형제에게 화답하다

廿五日泛舟石湖亭下和丁研園芸堂兄弟

배 한 척에 손님 불러 거울 속으로 들어가니　　招邀一棹鏡中還
일찍이 어깨 걸고 한 세월을 지낸 사이　　　　把臂曾經歲月間
몇 번이나 꿈속에서 붉은 작약 길을 찾았던가　幾度夢尋紅藥徑
돌아와 보면 몸은 흰 구름 물굽이에 있었네　　却來身在白雲灣
저 멀리 때 알고 돌아오는 지친 채 어여뻐라　遙憐倦鳥知時返
종일토록 한가한 외로운 배 안타깝네　　　　更惜孤舟盡日閒
편지 다 읽었으나 사람은 보이지 않고　　　　讀罷瑤函人不見
꽝꽝 나무 베는 소리만 빈산에 울리네　　　　丁丁伐木響空山

　배를 띄운 다음날 연원(研園)이 시를 주어서 서로 기증했다.

들판의 배가 물결 타고 아득히 오고가는데　　野艇乘波杳往還
이름난 정자 흥하고 망하기가 백 년 사이라네　名亭興廢百年間
풀 우거져 게으른 암소는 마을에 늦게 돌아오고　草深倦特遲歸巷
봄 가뭄에 헤엄치는 고기는 물굽이에 못 오르네　春旱游魚不上灣
바둑과 술로 보내니 어찌 다만 삼사[518]에만 열등할까

517　석호정(石湖亭) : 경기도 남양주 이석리(二石里) 팔당호 근처에 있었던 정자 이름이다. 원래 활을 쏘던 곳이었다고 한다.

강호에 한가한 이는 이 두 사람뿐이라네   江湖有此兩人間

원래 언덕과 골짜기란 마음에 품는 것이니   原來邱壑胸中物

돈으로 푸른 산 살 필요 있겠는가   何用金錢買碧山

　　연원(硏園)의 시에 "옥주(沃州)에 가서 푸른 산을 사고 싶네."라는 구절이
　　있었다.

---

518 삼사(三事) : 정덕(正德)·이용(利用)·후생(厚生)을 말한다.

5월 10일 윤옥거 임동려 김화강 김약헌 하산 남정철[519] 황만당과 함께 읊다

五月十日與尹玉居任東黎金華岡金葯軒南霞山廷哲黃晚堂共賦

취한 김에 저녁 틈타 돌아온들 무슨 상관이랴	且醉何妨趁暮歸
숲 창문엔 마침 반가운 부슬비 내리네	林窗正喜雨霏微
책상과 마주한 푸른 산은 눈썹과 나란히 높고	靑山當案齊眉擧
사람과 친한 꾀꼬리는 이마 스치며 나네	黃鳥親人感頟飛
단약의 효과 얻지 못했다 한스러워 마오	休恨丹砂功未就
백안시 할 만큼 거스르는 자란 본래 없는 법	元無白眼世相違
스물일곱 가지 소반의 채소 웃으며 보나니	笑看廿七盤中菜
유랑[520]처럼 가난하다 그대 나무라지 마오	貧似庚郞君莫譏

---

519   남정철(南廷哲) : 1840~1916. 자는 치상(穉祥), 호는 하산(霞山), 현감(縣監) 남홍중(南弘重)의 아들이자 유신환(兪莘煥)의 문인이다. 형조 판서, 대사헌, 예조 판서, 한성부 판윤(漢城府判尹) 등을 역임했다. 1910년 한일합방이 되자 일본 정부로부터 남작(男爵)의 작위를 받았다.

520   유랑(庚郞) : 남조(南朝) 제(齊)나라 유고지(庚杲之)를 말한다. 상서가부랑(尙書駕部郞)을 지냈는데, 집이 청빈하여 음식이 오직 부추절임, 데친 부추, 생 부추와 여러 채소뿐이었다. 남들이 그것을 놀리면서 "누가 유랑을 가난하다고 말하는가? 먹는 채소가 항상 이십칠 종이 있다네."라고 했다. 이십칠 종은 삼구(三韭)를 말하는 것으로써 삼구(三九)와 발음이 같다.

5월 20일 송동의 앵두가 한창 익었다는 소식을 듣고서 윤옥거와 다시 성을 도는 행차를 마련하고, 심운가 기택 를 이끌고 함께 연사를 방문했다. 동촌의 여러 벗들도 와서 모였다

五月二十日聞宋洞櫻桃正熟與尹玉居復作巡城之行携沈雲稼 琦澤 共訪 硯史東村諸益亦來會

.

나막신 신고 떠나는 이 행차 해마다 있으니	蠟屐年年有此行
그대 집 앵두가 익을 때가 우리들 움직일 때	君家櫻熟我期程
길이 끝나자 이내 기쁜 물소리 먼저 들리고	路窮乍喜先聞水
마을 후미져 성안에 있지 않은 것만 같네	村僻還疑不在城
봄 지나도록 꿀 따던 벌은 여전히 부지런하고	蜂課經春猶役役
막바지 꾀꼬리 노랫소리는 곧고도 밋밋하네	鶯聲垂老直平平
두건 벗고 홀로 소나무 그늘에 앉으니	脫巾獨向松陰坐
거문고소리 듣는 객 세속의 마음 아니네	有客聽琴非世情

24일 박봉호 재응 가 솔경[521]으로서 계방[522]에서 당직 서다
율시 한 수를 보내서 보여주었다. 나는 옥서[523]에 계속
임명되었던 터라 옥서의 고사를 가지고 화답하였다

二十四日朴鳳湖 齊應 率更直桂坊投示一律余方持被玉署以玉署故事和
之

은배와 자기 벼루가 청아한 관사를 진압하고   銀盃磁硯鎭淸司

　숙종 임신년(1692)에 옥당(玉堂)에서 술을 베풀면서 은도배(銀桃盃)를 하
사했다. 어제(御製) 명문 16글자도 새겨서 하사했다.

　정조 갑진년(1784)에 커다란 자기 벼루 1매(枚)를 하사하고, 응제(應製)
때 사용하도록 했다.

아홉 마디 창포[524]가 돌 위에 드리웠네   九節菖蒲石上垂

　옥당(玉堂)에 석창포 2그루가 있는데, 언제 처음 심었는지 모른다. 외부인
이 옮겨 심거나 훔쳐 가면 곧 말라버리고, 그 집에는 반드시 재해가 생겼다.
하지만 다시 관에 가져다 두면 예전처럼 무성했다. 지금도 여전히 남아
있다.

잠잘 때 털옷 덮어주니 받은 은혜 무겁고   貂覆夜眠恩荷重

　신숙주(申叔舟)가 집현전에서 당직 설 때 밤까지 독서를 했다. 문종(文宗)이

521　솔경(率更) : 솔경령(率更令)이다. 태자의 속관으로 시각을 담당하는 관직이다.

522　계방(桂坊) : 세자익위사(世子翊衛司)를 말한다. 세자의 호위를 맡던 관청이다.

523　옥서(玉署) : 홍문관을 가리킨다.

524　아홉 마디 창포 : 근경이 한 치 정도에 9마디가 있는 석창포를 말한다.

그것을 가상히 여기고, 사람을 시켜 잠든 것을 살피게 한 다음 담비 갖옷을 벗어 덮어주게 했다. 집현전은 지금의 옥당이다.

꾀꼬리는 더딘 걸음 싫어 아침 강독 재촉하네　　　　鶯催晨講步嫌遲

옥당 기둥에 적힌 대련에 "아침꾀꼬리가 강독하러 가는 걸음을 재촉하고, 가을 학이 독서하는 소리를 경계하네.〔晨鶯催講步 秋鶴警書聲〕"라는 구절이 있다.

남은 글로는 그저 긴 여름이나 소일할 만하고　　　　殘編秖可消長夏

허연 머리로 성대한 때를 만난 것이 부끄럽네　　　　衰髮還慙遇盛時

두 곳 모두 옛일을 고찰하는 직책이니　　　　　　　兩地均叨稽古職

영조 갑신년(1764) 상감께서 왕세손(王世孫 정조(正祖))과 옥당에 행차하셨다. 상감이 왕세손에게 말하기를 "옛날 환영(桓榮)이 이르기를 '금일 은혜를 받은 것은 옛일을 살핀 덕이다.'[525]라고 했다. 나에게 있어서는 옥당이 옛일을 살피는 곳이고 너에게 있어서는 춘방(春坊)이 옛일을 살피는 곳이다. 나는 이미 이곳에 임했으니, 너 또한 춘방을 둘러보아야 한다."고 했다.

성인의 공부 날로 성취됨을 근신은 알았네　　　　　聖工日就近臣知

---

525 옛날……덕이다 : 《태평어람(太平御覽)》에서 《동관한기(東觀漢記)》를 인용하여 "건무(建武) 28년, 환영(桓榮)을 소부(少傅)로 삼고, 치거승마(輜車乘馬)를 하사했다. 환영은 제생(諸生)들을 크게 모아놓고, 수레와 말과 인수(印綬)를 진열하고, 말하기를 '금일 은혜를 받은 것은 옛일을 살핀 덕이다. 어찌 열심히 하지 않겠는가?'라고 했다."고 했다. 환영은 자가 춘경(春卿)이고, 전한 성제(成帝) 때 사람으로서 태자소부(太子少傅)·태상(太常)을 지내고 관내후(關內侯)에 봉해졌다.

춘방에서 당직 중에 용강 수령 한치수에게 받들어 부치다.

春坊直中奉寄龍岡守韓致綏

이 밑의 서는 《해서지부집》 아래에 있다

나랏일과 백성의 근심은 각각 관계가 있나니	王事民憂各有關
출렁이는 한 줄기 물 중간에 있네	盈盈一水在中間
바람 맞으니 서쪽으로 오는 기러기 부럽구나	臨風却羨西來鴈
오산의 가을 색을 거느리고 돌아가네	領取烏山秋色還

　내가 해서로 행차했을 때 안악(安岳)은 용강(龍岡)과의 단지 물 하나를 사이에 두고 있을 뿐이었는데, 각자 공무가 있어서 경계를 넘어가 만날 수 없었다. 복명(復命) 후 치수가 편지를 부쳐와 슬프고도 안타까운 마음을 전했다.

벼슬길 따라가는 것도 인연이 있는 듯한데	宦迹相尋若有緣
어찌하여 이불 덮고 함께 잘 수 없었던가	如何不得共衾眠
등불 푸르고 화롯불 식은 춘방의 밤에	燈靑火冷春坊夜
홀로 가을 회포 읊노라니 또 한 해가 가네	獨賦秋懷又一年

　치수는 옥당(玉堂)에서 기성랑(騎省郞)이 되고, 다시 문학(文學)에 제수되었다. 나는 매번 그 뒤를 따랐지만 함께 한 관서에 있을 수가 없었다. 갑술년(1874) 가을에 치수가 기성에서 당직할 때, 나는 옥당에서 당직을 했는데 치수에게 기증한 시에 "기성에 가을 오니 읊어야 마땅하리.〔騎省秋來應有賦〕"라고 했다. 을해년 가을에는 내가 기성에서 당직하고 치수는 춘방에서 당직했는데, 내게 말하기를 "지금은 기성 구절을 바꾸어도 되겠다."고 했다. 지금 나는 문학으로서 춘방에 계속 임명되었고, 치수는 나가서 황룡(黃龍)의 수령이 되었다. 하늘 끝에서 세모를 맞이하는 생각이 어둡기만 하다.

동궁춘첩자 초계운 7율

東宮春帖子抄啓韻 七律

조풍[526]이 처음 불고 물시계소리 길어지니	條風初拂漏聲長
봄 찾아온 담 벽에 온갖 복이 창성하네	春到銅闈百祿昌
만물이 번성하는 정월[527]에 천명을 맞이하고	序泰三陽延景命
당을 계속 비춰주는 빛이 휴광[528]을 여네	堂臨繼照啓休光
안개 속 아득히 주나라 왕제 보이고	氛祲遙視周王制
별의 바다에서 한나라 악장 휘황하네	星海重輝漢樂章
첩자의 규잠을 새 법식으로 내리니	帖子規箴新式降
궁궐 신하들은 고굉[529]의 충량 본받아야 하네	宮臣應効股肱良

---

526 조풍(條風) : 동북풍을 말한다.

527 만물이 창성하는 정월 : 원문의 '서태삼양(序泰三陽)'은 '삼양교태(三陽交泰)'라
고도 한다. 신년을 송축하는 말이다. 음력 11월 동지에 일양(一陽)이 생기고, 12월에
이양(二陽)이 생기며, 정월에 삼양(三陽)이 열린다고 하여 주로 봄이나 정월을 가리키
는 말로 사용된다. '교태'는 《주역》〈태괘(泰卦)〉에 "천지가 교차하는 것을 태라고 한
다.〔天地交 泰〕"고 했는데, 왕필(王弼)은 주(注)를 달아, "태란 만물이 크게 통하는
시기이다.〔泰者 物大通之時也〕"라고 하였다. 따라서 '교태'는 천지의 기운이 융합하고
만물이 번성하는 것을 가리킨다.

528 휴광(休光) : 성대하고 아름다운 빛을 말한다. 미덕이나 공훈을 비유한다.

529 고굉(股肱) : 고굉지신(股肱之臣)을 뜻한다. 팔다리에 견줄 만한 신하라는 뜻으
로, 임금이 가장 신임하는 신하를 말한다.

〈가소음〉에 삼가 차운하다 정축년(1877, 고종14) 초봄

敬次可笑吟 丁丑孟春

선조(先祖) 문의공(文毅公)의 셋째 아들 해은공(海隱公)은 해주(海州)의 미록촌(糜鹿村)에 은거했는데, 벼슬을 중히 여기지 않고 도를 즐기면서 〈가소음(可笑吟)〉을 지어서 의지를 드러냈다. 백씨(伯氏) 이진공(頤眞公)과 교유했던 여러 현자들이 대다수 그 시에 화답했다. 나는 지난해 해주에서 공무를 볼 때 공이 살던 옛 터를 찾아가 그의 고아한 풍모를 상상해보았다. 정축년 봄에 종친 진규(晉圭)가 내방했는데, 그는 곧 해은공의 후손이다. 그때 《율곡집(栗谷集)》이 책상머리에 있기에 펼쳐서 〈가소음〉을 읽어보다가 느낀 바가 있어 삼가 차운하였다.[530]

가소롭고 또 가소로워라	可笑又可笑
일신 도모함이 졸렬한 게 가소롭네	笑我謀身拙
축타[531]의 말재주도 없고	旣無祝鮀佞

---

530 선조(先祖)……차운하였다 : 문의공은 김식(金湜)으로, 대사성 증좌찬성을 지냈으며 효령대군의 손 영신군(永新君)의 딸을 아내로 맞이했다. 그의 아들 중 장남인 이진공(頤眞公) 김덕수(金德秀), 둘째 아들 김덕무(金德懋, 1512~1566), 셋째 아들 해은공(海隱公) 김덕기(金德器)가 서로 〈가소음〉을 주고받으며 읊었는데, 훗날 율곡 이이가 또한 감응하여 〈가소음〉을 지었다.

531 축타(祝鮀) : 춘추 시대 위(衛)나라 사람이다. 자는 자어(子魚), 관직은 대축(大祝)을 지냈다. 공자가 그의 언변을 칭찬한 바 있다.

정건[532]의 빼어남도 없네 又乏鄭虔絶

오직 덕 있는 노인 공경할 줄은 알아서 惟知敬耆德

꿇어앉아 버선 끈을 묶는 것도 마다하지 않았네[533] 不辭跪結襪

한가로이 노닐다 밝은 시절을 만나 優遊値明時

우연찮게 벼슬자리를 얻었네 偶然遂釋褐

머리 숙이고 세속의 길을 따라가고 低首遵時途

그저 모양만 본 떠 뼈도 없는 그림을 그렸네 依樣畫沒骨

빈둥빈둥 하는 일 없이 陸陸無所爲

봉록만 생각하며 구차히 살아가는구나 懷祿苟求活

하물며 요와 탕 임금의 근심을 만났는데 況逢堯湯憂

한 몸을 돌볼 겨를이 있겠는가 一身不暇恤

가소롭고 또 가소로워라 可笑又可笑

---

532 정건(鄭虔) : 당나라 형양(滎陽) 사람으로 자는 약재(弱齋)이다. 집이 가난하여 종이 대신 감잎을 사용하며 공부했다. 현종(玄宗) 때 광문관박사(廣文館博士)・저작 랑(著作郞)을 지냈다. 시서화(詩書畫)에 뛰어나서 세 가지 빼어남[三絶]으로 일컬어 졌다.

533 꿇어앉아……않네 : 《사기》 권102 〈장석지풍당열전(張釋之馮唐列傳)〉에 "왕생 은 황로(黃老)의 설에 뛰어난 처사였다. 일찍이 조정에 초징되었는데, 삼공과 구경이 모두 모여서 서있었다. 왕생은 노인이었는데, '내 버선이 풀렸구나'라고 하고는 장정위 를 돌아보며 '나를 위해 버선 끈을 묶어라!'라고 말했다. 장석지가 꿇어앉아 그것을 묶었다. 묶기를 마치자 사람들 중 누군가가 왕생에게 묻기를 '어찌하여 유독 조정에서 장정위를 욕보이려고 꿇어앉아 버선 끈을 묶게 하는가?' 하니, 왕생이 말하기를 '나는 늙고 비천하여 스스로 헤아려보아도 끝내 장정위에게 이익을 줄 수 없다. 장정위는 지금 천하의 명신이므로, 내가 일부러 장정위를 욕보이려고 꿇어앉아 버선 끈을 묶게 함으로써 중시 받게 하려한 것이다.'라고 했다. 제공들이 그 말을 듣고 왕생을 어질게 여기고 장정위를 중시했다."고 했다.

의지가 비열한 게 가소롭네	笑我志卑劣
길이 전현의 자취를 생각하니	永念前修迹
우뚝 빼어난 절개를 지녔었지	卓犖秉奇節
궁벽한 곳에 살면서도 뜻을 더욱 굳었고	居窮意彌厲
촌음을 아껴가며 게을리 살지 않았지	惜陰不自逸
덕을 세우고 공을 세운 것은	立德與立功
담설에서 과대평가한 것만은 아니라	不廑侈談說
위대하구나 문정공의 덕업이여	偉哉文貞業
양심을 간직하고 백성들을 사랑했네	存心愛民物
지주534처럼 무너지는 물결 속에 서서	砥柱立頹波
손엔 세상 구할 비결을 쥐었네	手握救世訣
나라를 다스림은 마땅히 이와 같아야 하니	體國當如是
어찌 권세에 영합함을 일삼겠는가	焉能事容悅
가소롭고 가소로워라	可笑又可笑
속세의 소란에 염증난 게 가소롭네	笑我厭塵眃
나가면 관리535들을 따르고	出則隨簪組
들어오면 가난한 집 문536을 닫았네	入則掩圭蓽
내가 아는 궁핍한 자들도	所識窮乏者

---

534 지주(砥柱) : 중국 하남성(河南省) 삼문협시(三門峽市) 황하(黃河)의 중류(中流)에 솟아있는 바위 이름이다.

535 관리 : 원문의 '잠조(簪組)'는 관잠과 관대로 벼슬아치 혹은 벼슬을 말한다.

536 가난한 집 문 : 원문의 '규필(圭蓽)'은 필문(蓽門)과 규두(圭竇)로 가난한 거처를 말한다.

나를 바라보며 망연자실하네	望我還自失
수레를 몰아 번화한 거리로 향하면	驅車向綺陌
잔뜩 움츠려든 채 마음이 늘 떨리네	蹙蹙心常栗
본성은 바꿀 길이 없어	素性不可回
나를 교주고슬[537]이라고 하네	謂我膠柱瑟
슬프다, 하토에서 소모되니	哀哉耗下土
나라계책이 한 달을 가지 못하네	國計無終月
길에 가득한 떠도는 걸인들	流丐盈道路
새까만 얼굴에 누더기 걸쳤네	鳥面衣百結
백성들의 근심이 참으로 그치기 어려운데	民憂固難弭
바닷가의 소란도 하물며 그치지 않음에랴	海氛況不輟
원귀[538]의 죽음을 탄식하니	歎息元龜亡
나라 위한 계책은 장차 누가 세우나	謀猷誰將設
지난해 바닷가를 돌아다니며	往年巡海垻
잠시 수양산 고사리를 먹었지	暫食首陽蕨
조상님께서 남겨주신 여막	族祖有遺廬
바라보자니 감회가 일어났네	瞻望懷感發
은거하여 세상을 등진 것이 권도에 맞고[539]	隱居廢中權

---

537 교주고슬(膠柱鼓瑟) : 슬(瑟)의 현을 받치는 기러기발을 아교로 붙여놓고 연주를 하듯 융통성이 없이 고지식함을 말한다.

538 원귀(元龜) : 나라의 계책을 물을 모사(謀士)를 말한다.

539 은거하여……맞고 : 《논어》〈미자(微子)〉에 나오는 "우중과 이일은 은거하며 말을 함부로 하였으나 처신은 청아함에 맞았고 왕위를 버린 삶은 권도에 맞았다.〔虞仲夷逸 隱居放言 身中淸 廢中權〕"에서 인용한 구절이다.

눈 내려도 원안[540]처럼 편히 누웠네	高臥袁安雪
가슴 속에 작은 티끌도 없어	胸次無纖埃
태허를 집으로 삼았네	太虛以爲室
말을 하면 문장이 되었으니	發言遂成章
풍취와 뜻 깊고도 절실했네	風旨托深切
이 즐거움을 아는 자 적지만	此樂知者少
몸은 곤궁해도 도는 굽히지 않았네	身窮道不屈
멀리 요순시절을 상상하니	緬想唐虞際
현인과 성인들이 조화를 이루었지	賢聖相吁咈
맑은 선비는 여전히 뜻을 지키는데	淸士猶守志
영리의 물결 속에 매몰됨이 부끄럽네	恥埋榮利汨
나의 천성을 온전히 하는 것이 중하니	所貴全吾性
어찌 자신의 명성이 소멸됨을 근심하랴	豈患身名滅

"원구의 죽음을 탄식하네〔歎息元龜亡〕"는 환재(瓛齋)[541] 선생을 가리킨 것이다.

---

540 원안(袁安) : 자는 소공(邵公), 후한(後漢) 여남(汝南) 여양(汝陽) 사람이다. 태복(太僕)·사공(司空)·사도(司徒) 등을 역임했다. 낙양에 대설이 내렸을 때 사람들이 모두 나와서 눈을 치우며 소란을 피웠는데, 원안은 홀로 편히 누워서 동요하지 않았다.

541 환재(瓛齋) : 박규수(朴珪壽, 1807~1877)를 말한다. 자는 환경(桓卿)·환경(瓛卿), 호는 환재(瓛齋), 본관은 반남(潘南), 연암(燕巖) 박지원(朴趾源)의 손자이다. 우의정을 지냈고, 개화사상가로서 활약했다.

3월 3일 사중의 여러 벗들과 매화실에서 모이다

三月三日與社中諸益會于梅花室

벽오동과 푸른 대나무가 누대보다 키가 큰데	碧梧翠竹長過樓
피서하는 이름난 동원에서 옛 유람을 떠올리네	消夏名園記昔遊
종일 산을 보니 허공의 푸름 쌓였고	永日看山空翠積
바다 같은 백화는 채색 난간에 떠있네	百花如海畵欄浮
이날 난정에서 술잔 들며 첩542을 썼지만	引觴此日蘭亭帖
어느 해나 영수543 배 위에서 낚싯줄 드리울까	垂釣何年潁上舟
정적 속에서 벌써 이리 봄이 된 줄도 모르고	靜裏不知春似許
문 걸어 닫고 아무렇게나 시의 경지 구하네544	謾將詩境閉門求

---

542 첩(帖) : 동진(東晉) 영화(永和) 9년(353) 3월 3월에 왕희지(王羲之)가 친구 및
자제들과 산음(山陰)의 난정에서 수계(修禊)의 성대한 모임을 가졌는데, 그때 지은
시첩을 말한다. 왕희지가 짓고 쓴 〈난정집〉 서문이 전한다.

543 영수(潁水) : 중국 하남성(河南省) 등봉현(登封縣) 서쪽 영곡(潁谷)에서 발원하
여 회수(淮水)로 흘러들어가는 물이다. 요 임금 때 허유(許由)가 영수 가에서 은거했
다.

544 문……구하네 : 송나라 황정견(黃庭堅)의 〈병기형강정즉사(病起荊江亭卽事)〉
시에 "문 닫고 시구 찾는 진무기이네.〔閉門覓句陳無己〕"라고 했다. 진무기(陳無己)는
진사도(陳師道)를 말한다.

이튿날 옥당에서 당직 서며 이동련 교리 및 홍운서 설서와 함께 읊다

翌日直玉堂與李東蓮校理洪雲書說書共賦

하늘거리는 거미줄 맑은 허공에서 출렁이니	遊絲裊裊漾晴空
깊고 엄숙한 청쇄문545에서 함께 숙직546 서네	靑瑣深嚴豹直同
부끄럽다 내 의논으로 근신에 끼었으니	愧我論思參邇職
알겠구나 그대에겐 정시의 유풍547 있음을	知君正始有遺風
종일토록 다 읽지 못한 황내548를 가까이하고	殘書盡日親黃嬭
간밤엔 보슬보슬 사공우549 지나갔네	微雨前宵過社公
재상 정치 밝은 시절 가히 일 해볼 만하니	相業明時堪做得

---

545 청쇄문(靑瑣門) : 한나라 궁궐의 문 이름이다.

546 숙직 : 원문의 '표직(豹直)'은 어사가 숙직 서는 것을 뜻한다. 또는 복표(伏豹)라고도 하는데 모든 관리들은 다 퇴근하고 혼자만이 남아 있다는 뜻에서 나왔다. 여기서는 여러 날 계속하여 서는 수직(守直)을 말한다.

547 정시의 유풍 : 정시는 삼국 시대 위(魏)나라 폐제(廢帝) 조방(曹芳)의 연호(240 ~249)이다. 습관적으로 정시문학, 혹은 정시유풍(正始遺風)하면 서진(西晉)이 서기 전까지 약 25년간 유행했던 청담(淸談)과 현풍(玄風)을 일컫는다.

548 황내(黃嬭) : 황내(黃妳)를 말한다. 남조 양(梁)나라 때 서책을 부르던 별칭이다.

549 사공우(社公雨) : 사옹우(社翁雨)를 말한다. 송나라 때부터 입춘 후 다섯 번째 무일(戊日)을 사일(社日)이라 하였는데, 이날 내리는 비를 사공우, 혹은 사옹우라 하였다. 초봄에 내리는 비, 꽃을 재촉하는 비로 여겨진다.

봄이 되어 나물을 먹으며 가난을 말하지 않네　　春來咬菜不言窮

초 심지 자르는 서쪽 창에 모자 그림자 높은데　　剪燭西窓帽影峨
궁문 잠그고 할 일 없어 즐거이 찾아왔네　　禁局無事喜相過
나긋나긋 봄날에 매화 혼 돌아오고　　娟娟春日梅魂返
산들산들 숲 바람엔 조신[550]도 많구나　　陣陣林風鳥信多
배율이 완성하지 못해 돌을 굴리는 듯하고　　排句未成如轉石
교정 끝내기 어려워 밑바닥 없는 강물 같네　　讐書難盡似窮河
눈으로 아름다운 경치 보고도 대충 지나치니　　眼看麗景忽忽去
나 위해 동황[551]께 고해 노양공의 창[552] 잡아주게　　爲報東皇挽魯戈

밤빛은 어두운데 상궐[553]은 높아　　夜色沉陰象闕峨
시각 알리는 긴 소리가 바람 따라 지나가네　　曼聲報漏逐風過
한가한 벼슬에 연분 있어 꽃구경 족히 하고　　宦閒有分看花足
노곤한 봄에 뜬금없이 꿈도 많이 꾸네　　春困無端得夢多
관대한 은혜의 말이 초목을 적시고　　寬大恩言沾草木

550　조신(鳥信) : 음력 3월의 동북풍을 말한다.

551　동황(東皇) : 봄을 관리하는 신을 뜻한다.

552　노양공의 창 : 노양휘과(魯陽揮戈)를 말한다.《회남자(淮南子)》〈남명훈(覽冥訓)〉에 "노양공(魯陽公)이 한(韓)나라와 전쟁을 했는데, 전투가 한창 무르익었을 때 해가 지려고 했다. 이에 창을 들고 휘두르자 해가 3사(舍) 정도 되돌려졌다."고 했다. 즉 시간을 되돌려달라는 뜻이다.

553　상궐(象闕) : 상위(象魏)를 말한다. 궁문 밖의 높은 건축물로 교령(敎令)을 걸어서 보이던 곳이었다.

문명의 상서로움이 은하수에 곧장 이르네   文明休瑞直星河

케케묵은 유자가 때를 만났으니 후세에 자랑할 만하구나

腐儒逢際堪誇後

늙도록 태평성세 누리며 전쟁 보지 못하였네   到老昇平不見戈

3월 9일 어가가 육상궁에 이르러 전배[554]했다. 나는 그때 당직을 마치고 집에 있었는데, 도로가에서 이웃과 함께 밝은 빛을 뵈옵고 공손히 적다

三月九日大駕詣毓祥宮展拜余時下直在家與隣人覲耿光于道傍恭識

난여를 호위하여 구중궁궐을 나오니　　　　　　　　　鑾輿擁出九宵重

삼월의 풍경이 집집마다 무르익었네　　　　　　　　　三月烟花萬戶濃

구름처럼 움직이는 신선의 의장 치미선[555]을 펼쳐들고

　　　　　　　　　　　　　　　　　　　　　　　　仙仗雲移開雉尾

정오의 수라간에서 낙타의 육봉[556]을 올리네　　　　御廚日午進駝峯

성에 깃든 기쁜 기운 궁중버들에서 피어나고　　　　　夾城喜氣生宮柳

어원 가득 상서로운 빛 소나무 서까래를 휘감네　　　滿苑祥輝繞棡松

벽제 소리[557] 행여 아름다움 바라봄에 방해될세라　　蹕路恐妨瞻望美

시신들 자득한 채 조용 조용 걸어가네　　　　　　　　侍臣自得步從容

554　전배(展拜) : 임금이 종묘나 능묘 등에 참배하는 것을 말한다.

555　치미선(雉尾扇) : 임금의 의장용구의 하나이다.

556　낙타의 육봉 : 낙타 등 위의 혹을 말하며 진미의 하나이다.

557　벽제(辟除) 소리 : 원문의 '필로(蹕路)'는 임금이 행차할 때 행인을 금하고 거리를 깨끗하게 하는 것을 말한다.

3월 12일 3일의 매화실의 시벗들과 다시 칠송정에 모였다. 한산 상서가 나중에 들어오고, 주인 조 노인도 함께 했다

三月十二日與初三日梅花室詩伴復會于七松亭漢山尚書追入主人趙老亦與焉

집집마다 수양버들이 그림처럼 화사할 때	萬家垂柳畫明時
바람 편에 생황 퉁소 소리 느릿느릿 전해오네	風便笙簫度曲遲
꽃 아래서 맞이하니 오만한 기골일랑 없고	花下逢迎無傲骨
솔뿌리에 다리 펴고 앉은 이 모두가 늙은이[558]	松根箕踞盡厖眉
주량 너무 작아서 사다새[559]가 비웃고	酒腸太狹提壺笑
봄 농사가 끝나감을 뻐꾸기[560]가 아네	春事將闌布穀知
이 승경의 주인도 속된 이 아니라	名勝主人元不俗
한 편의 의루시[561]를 다시 이었네	一篇更續倚樓詩

---

558 늙은이 : 원문은 '방미(厖眉)'로, 흑백이 섞인 눈썹을 뜻하며 노태(老態)를 말한다.

559 사다새 : 울음소리가 '티후' 즉 술병 들어[提壺]처럼 들려서 제호사라고 부른다.

560 뻐꾸기 : 울음소리가 '뿌구' 즉 씨앗 뿌려[布穀]처럼 들려서 포곡새라고 부른다.

561 의루시(倚樓詩) : 《전당시(全唐詩)》에 "조하(趙嘏)의 시는 섬미(贍美)하고 흥미(興味)가 많았다. 두목(杜牧)이 일찍이 조하의 '기다란 피리 소리에 사람은 누대에 기대네[長笛一聲人倚樓]'라고 한 구절을 사랑하며 감탄을 그치지 않았다. 그로 인하여 사람들이 '조의루(趙倚樓)'라고 불렀다."고 했다.

서경당이 영춘에서 올라왔다. 3월 27일 파강 옥거 열릉 혜거 동산과 다시 칠송정에서 모이다

徐絅堂自永春上來三月二十七日與巴江玉居洌陵兮居東汕復會于七松亭

영춘의 강물은 기름 뿌린 듯 맑고	永春江水潑油淸
현의 관사에서는 오래도록 두견새 소리 들리네	縣舍長聞杜宇聲
시는 기의 음악[562] 들어간 듯 강건함 더하고	詩似入夔添勁健
정사는 촉을 다스리듯[563] 문명을 칭송하네	政如治蜀頌文明
어찌 알았으랴 오늘 꽃구경하자던 기약이	那知今日看花約
전날 밤 빗소리를 듣던 정을 다시 잇게 될 줄을	重續前宵聽雨情
단로[564]의 풍류 여전히 적막하여	丹老風流仍寂寞

---

562 기의 음악 : 묘당(廟堂)의 아악(雅樂)을 말한다. 기는 순(舜) 임금 때의 악관 이름이다.

563 촉을 다스리듯 : 북송(北宋) 장영(張詠, 946~1015)은 자가 복지(復之), 호가 괴애(乖崖)로 복주(濮州) 견성(鄄城) 사람인데, 송나라 개국 초에 골칫덩어리 땅으로 간주되던 촉(蜀)을 잘 다스린 것으로써 이름나서 태종(太宗)이 일찍이 "장영이 촉 땅에 있으니 나는 서쪽을 돌볼 근심이 없어졌다.[詠在蜀 吾無西顧之憂]"고 말할 정도였다. 《宋史 卷293 張詠傳》

564 단로(丹老) : 조희룡(趙熙龍, 1789~1866). 조선 말기의 화가이다. 본관은 평양, 자는 치운(致雲), 호는 우봉(又峰)·석감(石憨)·철적(鐵笛)·호산(壺山)·단로(丹老) 또는 매수(梅叟)이다. 서울 출생으로 김정희(金正喜)의 문인이다. 그는 그림에 뛰어났는데, 특히 매화를 많이 그렸다.

산양의 저녁 피리소리[565] 근심을 불러일으키네　　　山陽暮笛喚愁生

565　산양의 저녁 피리소리 : 진(晉)나라 상수(向秀)가 산양의 옛 거처를 지나가며
이웃 사람이 피리를 부는 소리를 듣고 망우(亡友) 혜강(嵇康)과 여안(呂安)에 대한
그리움을 금할 수 없어서 〈사구부(思舊賦)〉를 지었다고 한다. 산양은 섬서성에 있는
현 이름이다.

4월 보름날에 여러 벗들과 함께 육상궁 후원에 올라서 짓다

四月望日與諸益共登毓祥宮後苑作

서늘한 궁궐나무에 솔솔 저녁 바람 불어오니　　冷然宮樹晩風微
높이 날아올라 이 세상과 멀어진 듯하네　　　　遐擧如將世與違
앉은 곳에 그늘지니 꾀꼬리가 모자를 스치고　　坐處隨陰鶯掠帽
졸려 바위에 기대니 개미가 옷 위를 지나가네　睡來支石蟻行衣
꽃 앞엔 모임할 만한 술 있으나　　　　　　　　花前有酒堪徵會
강가에 귀거래를 읊을 만한 밭이라곤 없네　　　江上無田可賦歸
담 아래 지은 띠집 몇 해인지 아는가　　　　　墻下結茅知幾歲
오늘처럼 즐거운 저녁 드물었던 것 같네　　　　賞心一夕似今稀

18일 경당 옥거 동려 그리고 난고 강세형과 단농이 온동의 소산이 새로 매입한 집에 모이다

十八日與絅堂玉居東梨蘭皐姜世馨丹農會于溫洞素山新買之第

검은 인끈 찬 삼년에 나날이 백발이 생기니 　　　墨綬三年白髮新
서쪽 백성들 시루에 생긴 먼지를 몇 번이나 칭송했나566

　　　　　　　　　　　　　　　　　　　西民幾誦甑生塵

우리 고을 예로부터 훌륭한 관리 많고　　　吾鄕自古多循吏
　　장동(壯洞)의 선배들은 군을 다스림으로써 많은 치적을 드러냈다. 지금 소
　　산·경당도 청렴하고 능력 있다는 명성이 있다.

지금 같은 성세엔 취한 사람 있네　　　　聖世如今有醉人
　　이때 처음으로 주금(酒禁)을 풀었다.

주미567 휘두르며 절에서 함께 밤 보냈고　　　揮塵曾同蕭寺夜
　　지난 해 가을, 나는 화장사(華藏寺)에 머물렀는데 소산 어른이 지주(地主)로
　　서 방문했다.

꽃을 찾아 간 옛 동산은 이미 늦었네　　　尋花已晚故園春

---

566 시루에……칭송했나 : 후한(後漢) 범염(范苒)이 가난하여 시루에 먼지가 나고
솥에 물고기가 살 지경이었는데, 청렴하여 이를 꺼리지 않았다. 향리에서 노래하기를
"시루에서 먼지 나는 범사운(范士雲)이고, 솥에서 물고기가 사는 범내무(范萊蕪)이네."
라고 했다. 사운은 범염의 자이고, 내무장(萊蕪長)을 지냈다.

567 주미(塵尾) : 총채를 말한다. 말총이나 헝겊 따위로 만든 먼지떨이이다. 진(晉)
나라 사람들이 청담(淸談)을 할 때 항상 주미를 휘두르며 담론을 보조했기 때문에 휘주
(揮塵)는 담론을 뜻하는 말이 되었다.

상봉[568]이 파공보다 한 달 적은데[569]　　　　　　桑蓬一月坡公少

학 그림자 동쪽으로 돌아온 옥국[570]이 참되네　　　鶴影東歸玉局眞

　소산의 회갑일이 지금 정월 19일에 있는데, 파공(坡公)의 남규(覽揆)[571]보다 한 달이 적다.

568　상봉(桑蓬) : 남자의 생일을 말한다.

569　파공(坡公)보다 한 달 적은데 : 파공은 소동파, 즉 소식(蘇軾)이다. 그의 생일은 12월 19일이다.

570　옥국(玉局) : 소식(蘇軾)의 이명(異名)이다. 소식은 옥국관제거(玉局觀提擧)를 지냈다. 옥국은 송나라 때 사관(祠官)의 명칭인데 제사를 담당했다.

571　남규(覽揆) : 형량(衡量)을 관찰하는 것을 말한다. 《초사(楚辭)》〈이소(離騷)〉에 "황고께서 나의 초도를 살펴시고, 나에게 아름다운 이름을 내려주셨네.〔皇覽揆余于初度兮 肇錫余以嘉名〕"라고 했는데, 남규는 생일을 가리키는 말이 되었다.

동궁단오첩 2수

東宮端午帖 二首

상서로운 날 중명[572]께서 자신전[573] 곁에 계시고 　　　瑞日重明近紫宸
장명루[574] 채색실 창포로 머리감는 날 　　　　　　　彩絲長命蓄蘭辰
전각 모퉁이에 미풍 불어도 마음이 언짢은 건 　　　微風殿角心猶歉
끝없는 서쪽 밭두둑 도롱이 걸친 사람 때문 　　　無限西疇襏襫人

매우[575] 끝나자마자 보리 철이 서늘하니 　　　　　梅雨初過麥候凉
동루[576]가 무사하고 물시계소리 기다라네 　　　　銅樓無事漏聲長
궁궐 신하들이 준비한 서연에 납시니 　　　　　　宮臣準備書筵御
만 권을 새로이 옥섭[577]으로 장식했네 　　　　　萬卷新成玉躞粧

---

572 중명(重明) : 태자(太子)를 말한다.

573 자신전(紫宸殿) : 임금이 거주하는 궁전을 말한다.

574 장명루(長命縷) : 단옷날 오색실을 팔에 매고 귀신과 병화(病禍)를 물리치는 풍속이 있는데 이를 장명루 혹은 속명루(續命縷)라고 했다.

575 매우(梅雨) : 매실이 익는 초여름의 장마를 뜻한다.

576 동루(銅樓) : 동룡루(銅龍樓)이다. 동룡(銅龍)을 장식한 문루(門樓)를 뜻하며, 태자궁을 말한다.

577 옥섭(玉躞) : 옥으로 장식한 족자의 마구리이다. 마구리는 족자의 축이다.

진사 정동산이 초대하여 찰밥 먹는 모임을 가지다

鄭東汕進士邀作黏飯之會

십년 간 자고 명성[578]을 넘치게 얻어	十年剩得鷓鴣名
집안엔 도서가 백성[579]을 껴안았네	屋裏圖書擁百城
역마 두는 풍류 그는 한나라 사람이고[580]	置驛風流人是漢
진한 술 맛 내가 바로 정보(程普)라네[581]	飮醇氣味我爲程
붉은 앵두 물에 담그니 시심마저 차갑고	朱櫻沉水詩脾冷
푸른 보리 소반에 올리니 들판 느낌 물씬하네	碧麥登盤野意生

---

578 자고(鷓鴣) 명성 : 당나라 정곡(鄭谷)이 〈자고(鷓鴣)〉시로 명성을 얻어서 정자고(鄭鷓鴣)라고 불렸다. 여기서는 시의 명성을 말한다.

579 백성(百城) : 백성서(百城書)를 뜻하며 풍부한 서적을 말한다. 《위서(魏書)》〈일사전(逸士傳) 이밀(李謐)〉에 "장부(丈夫)가 책 만 권을 껴안고 있는데 어찌 백성(百城)을 남면(南面)함을 빌리겠는가?"라고 했다.

580 역마……사람이고 : 《사기(史記)》〈급정열전(汲鄭列傳)〉에 "정당시(鄭當時)는 자가 장(莊)이고……경제(景帝) 때 태자사인(太子舍人)을 지냈다. 5일마다 휴가를 받았는데, 항상 장안(長安)의 여러 교외에 역마를 두고서 여러 벗들에게 안부를 묻고 빈객(賓客)들에게 사례를 했는데 밤부터 새벽까지 이어져서 그 날이 밝으면 두루 하지 못함을 걱정했다."고 했다. 후에 빈객을 좋아하는 전고가 되었다.

581 진한……정보(程普)라네 : 《삼국지(三國志)》 권54 〈오서(吳書) 주유전(周瑜傳)〉에 "오직 정보(程普)와는 화목하지 못했다."고 했는데, 배송지(裴松之)의 주(注)에 "정보가 나중에 스스로 탄복하고 친하며 중시했는데, 남에게 이르기를 '주공근(周公瑾)과의 사귐은 진한 술을 마시는 것처럼 스스로 취함을 깨닫지 못한다.'고 했다."고 했다. 이후 음순은 남을 관대하게 대하고 마음으로 복종함을 함을 의미하게 되었다.

초삽[582]의 일엽편주 어느 날 떠나는가　　　　　　茗雪扁舟何日去

가을바람에 모여서 순채와 농어 먹으러[583] 행차하리라

　　　　　　　　　　　　　　　　　　　秋風會作蓴鱸行

　모임 중의 여러 사람들이 7월에 동호(東湖)로 배를 타고 거슬러 올라가자는
약속을 가졌다.

582　초삽(茗雪) : 초계(茗溪)와 삽계(雪溪)를 말한다. 중국 절강성(浙江省) 호주시
(湖州市) 경내에 있는 물 이름이다. 당나라 때 장지화(張志和)의 은거지이다. 《신당서
(新唐書)》〈은일전(隱逸傳) 장지화(張志和)〉에 "부가범택(浮家泛宅)을 이루어 초삽
사이를 오가고 싶다."라고 했다.

583　순채와 농어 먹으러 : 동진(東晉) 장한(張翰)은 자가 계응(季鷹)이며 오군(吳
郡) 사람인데, 시국이 혼란하여 은거할 뜻을 지니고 있었다. 때마침 가을바람이 부는
것을 보고 오중(吳中)의 고채(菰菜)·순갱(蓴羹)·농어회(鱸魚膾)가 생각나서 벼슬
을 버리고 고향으로 돌아갔다고 한다. 이후 순채, 농어회 등은 은거를 상징하는 표현이
되었다.

5월 19일 옥거 난고와 함께 송원으로 연사를 방문했다. 춘소 국사 추거도 와서 모였다

五月十九日偕玉居蘭皐訪硯史于宋園春沼菊史秋居亦來會

벼루 안석 술잔 술독 모든 것이 빛을 발해	硯几尊罍事事光
풍류의 고아함이 진나라 당나라를 겸했네	風流古雅晉兼唐
맑은 창가 거문고 곡조 샘물 소리처럼 가늘고	虛窓琴引泉聲細
고즈넉한 성곽의 구름 풀빛처럼 이어졌네	古郭雲連草色長
정련해낸 영약은 바위에 진액이 엉기고	靈藥鍊精石凝液
화보에 실린 명화는 붓에서 향기 피어나네	名花載譜筆生香
그대 지난날 관직 그만 둔 뜻 알겠노라	知君向日休官意
서산에 날아가는 학을 보고 품었겠지	看取西山一鶴翔

춘소(春沼)는 새로 호읍(湖邑)에서 귀거래(歸去來)를 읊었다.

26일 비 내리는데 밤에 옥거 난고와 함께 유사 댁에서 모였다
二十六日雨夜與玉居蘭皐會于遊史宅

빗물 고인 빈 뜰에 야색이 황량한데	積雨空庭夜色荒
숲 바람이 비를 불어와 불빛이 흩어지네	林風吹雨散燈芒
객 찾아와 천 권에 실린 옛일을 모두 상고하고	客來攷古盡千卷
술 마신 후 물가 저 편의 사람을 그리워하네	酒後懷人水一方
반평생 수레도 없어 집을 옮기려는데	半世無輿欲遷舍
금년에 보리수확 있어 문득 고향을 생각하네	今年有麥忽意鄉
몇 명의 좋은 이웃이 있으니 그나마 기쁘니	數三猶喜芳隣在
때를 아는 풍종584은 서리를 기다리리라	氣味豊鍾應候霜

---

584 풍종(豊鍾) : 풍산종(豊山鐘)을 말한다. 《산해경(山海經)》〈중산경(中山經)〉에 "풍산에 구종이 있는데, 서리 때를 알면 스스로 울린다.〔豊山有九鐘焉 是知霜鳴〕"고 했다.

6월 10일 동려 댁에 모여서 함께 읊다

六月十日會于東黎宅共賦

오만하게 누가 편지로 부를 수 있겠는가만	偃蹇誰能折簡呼
유독 글 짓는 술자리에는 염치가 적네	獨於文酒少廉隅
노쇠하여 좌석에 앉은 노인네들 얼굴	頹唐座上蒼顔在
평생을 점검해보니 백안시[585] 당한 적 없었네	點檢平生白眼無
작은 집이라 더위와 서늘함 느끼기 쉽고	小屋炎凉偏易覺
잠시 취했다 깨어남이 어찌 다른 길이랴	暫時醒醉豈殊途
용산의 늙은 벗을 기다려야 하리니	蓉山老友應相待
달이 다 기울지 않아 호수에 배 띄울 수 있네	月未全虧可泛湖

---

585 백안시(白眼視) : 못마땅하게 보는 시선을 말한다. 진(晉)나라 완적(阮籍)이 싫은 사람은 백안시했고, 좋아하는 사람은 청안(靑眼)으로 보았다고 한다.

이달에 난고 옥거와 함께 차례로 평성운을 뽑자고 약속했다.
먼저 나의 집에서 모였는데 동(東)과 동(冬)운으로 읊었다
是月與蘭皐玉居約以次第拈平聲韻首會余家賦東冬韻

긴 여름 조용한 기거에 세상 근심 없으니	長夏端居世慮空
산 가득 푸른빛이 주렴으로 비추네	滿山蒼翠一簾通
고아한 음영은 상간곡[586] 짓지 않고	高吟不作桑間曲
옷 벗고 드러누워 유하혜의 풍모[587] 들었네	躶臥曾聞柳下風
정오 창에서 더위 식히며 술에 뜬 거품 보고	銷暑午窓看泛蟻
재계하는 밤에 사람 그리며 큰 종소리 대하네	懷人齋夜對鏞鴻

　　김유사(金遊史)가 태묘랑(太廟郎)으로서 오늘 저녁 망제(望祭)[588]에 참여
　　한다고 해서 언급한 것이다.

돌처럼 맑은 야윈 기골 스스로 연민하며	自憐瘦骨淸如石
비 내리는 솔바람 소리에 오래도록 서 있네	長在松聲雨色中

586　상간곡(桑間曲) : 음미(淫靡)한 음악을 말한다. 《예기(禮記)》〈악기(樂記)〉에
"상간(桑間)과 복상(濮上)의 음(音)은 망국(亡國)의 음이다."고 했다.

587　유하혜(柳下惠)의 풍모 : 《맹자》〈공손추 상(公孫丑上)〉에, "너는 너고 나는 난
데, 비록 어깨를 드러내고 옷 벗은 채 내 옆에 누워있다 한들, 네가 어찌 나를 더럽힐
수 있겠느냐.〔爾爲爾 我爲我 雖袒裼裸裎于我側 爾焉能浼我哉〕"고 했다.

588　망제(望祭) : 가뭄이 심할 때 북교(北郊)에 나가서 악(嶽)·해(海)·독(瀆)·
명산(名山)·대천(大川) 따위의 19신위(神位)에게 비를 내려 달라고 빌던 제사이다.

오두막 지어 푸른 봉우리 마주하니　　　　　　爲結衡茅對碧峯
평상에 부는 맑은 바람에 게을리 누워 책 보네　　清風一榻臥書慵
덧없는 인생은 굴러다니는 쑥대풀 같은 것　　　浮生儘覺如蓬轉
세상살이가 짙은 술맛만 하였던가　　　　　　世味何曾似酒濃
서책에 공명 드리우고자 한 처음 뜻 가련한데　簡冊功名憐素志
돌밭 일구려던 부지런한 농부의 뜻 저버렸네　石田經濟負明農
지난해 오늘 묘음을 터득했던 객이　　　　　去年今日妙音客
빗속에서 여전히 범종소리 듣고 있을 것 같네　雨裏猶疑聽梵鍾

15일 김유사 구근 댁에 모여서 함께 읊다

十五日會金游史 龜根 宅共賦

수국이 피어 숲으로 난 창을 비추고　　　　　繡毬花發映林窓
뜰 가득 소나무 물결소리 강을 베고 누운 듯　　滿院松濤若枕江
늙은 나무 멀리서 바라보니 하늘에서 지척이고　老樹遙看去天尺
기이한 구름은 홀연 먼 봉우리에서 쌍을 이루네　奇雲忽作遠峯雙
차의 깃발[589]엔 힘 있어 잠을 깨울 수 있지만　茶旗有力能醒睡
붓의 진영[590]엔 공 없어 매번 항복 깃발을 꽂네　筆陣無功每竪降
엊저녁 작은 모임 마치 꿈만 같구나　　　　　小集前宵如夢寐
새벽 비바람 속에 등불 켜고 시를 읊조리네　　五更風雨一吟缸

589　차의 깃발 : 원문의 '다기(茶旗)'는 막 나온 찻잎의 싹을 말한다.
590　붓의 진영 : 원문의 '필진(筆陣)'은 문장 짓는 것을 말한다. 시문을 구성함이 마치
군진(軍陣)을 배열하는 것과 같다고 하여 지어진 말이다.

16일 동려 댁에서 모여서 읊다

十六日會賦東黎宅

미풍이 나무에 불더니 이내 비가 따르는데　　微風吹樹雨從之

지금이 바로 선생께서 시문 고치시는 시간　　正是先生點易時

창밖에 보이는 산에 말조차 잊으려 하고　　窗外見山言欲忘

흉중에 둔 일 없어 잠이 항상 더디네　　胸中無事睡常遲

파 씨 뿌릴 것은 어리석은 하인과 약속했고[591]　　披蔥已定癡僮約

붓을 들려다 먼저 어린 아낙의 글[592]에 놀라네　　落筆先驚幼婦辭

반 이랑 솔 그늘이 버드나무 거리로 통하니　　半畝松陰通柳巷

흥이 나면 혜려[593]를 기다릴 필요 없으리　　興來嵇呂不須期

---

591 파 씨……약속했고 : 한나라 왕포(王褒)의 〈동약(僮約)〉에서 인용했다. 왕자연
(王子淵)은 과부 양혜(楊惠)를 찾아갔다가 어리석은 하인이 제멋대로 글자 돈 1만5천
냥에 그를 사들였다. 종이 계약서에 명기된 사항만 부림당하겠다고 하자 장황하게 계약
조건을 적어내려가는데, 그 중에 나오는 구절이 "이월 봄철에는……박을 심어 표주박을
만들고, 가지를 종자별로 심고, 파 씨 또한 나누어 심는다.〔二月春分……种瓜作瓠 別茄
披蔥〕"는 말이 보인다.

592 어린 아낙의 글 : '황연유부(黃絹幼婦)'에서 나왔다. 《세설신어(世說新語)》〈첩
오(捷悟)〉에 보인다. 채옹(蔡邕)이 조아비(曹娥碑)를 읽고 뒷면에 '황연유부외손제구
(黃絹幼婦外孫韲臼)' 여덟 자를 적어놓고 갔는데, 조조(曹操)와 주부(主簿) 양수(楊
修)가 동시에 해석하기를, 황연은 색이 있는 실〔色絲〕이니 절(絶)이고, 유부는 어린
여자〔少女〕이니 묘(妙)이며, 외손은 딸의 아들〔女子〕이니 호(好)이고 제구는 매운 맛
이니〔受辛〕 사(辭)라고 하였다. 결국 절묘하게 훌륭한 글이라는 뜻이다.

593 혜려(嵇呂) : 진(晉)나라 혜강(嵇康)과 여안(呂安)을 말한다. 혜강은 단야(鍛冶

쇠를 단련하는 것)를 좋아하여 집안의 버드나무 아래 물길에 둑을 쌓고, 여름이면 항상 그 아래에서 단야를 했다. 여안은 혜강의 고아한 풍치를 연모하여 천리의 먼 길을 마다하지 않고 수레를 타고 방문했다고 한다.

18일 나의 오두막에 모여서 짓다

十八日會于吾廬作

상쾌한 서풍 불어 술은 약해지는데　　　　　　爽氣西來酒力微

갈대 처마에 해는 기울고 푸른 산이 둘렀네　　葦簷斜日碧山圍

느린 구름에 골짜기 나무는 맑게 흔들리고　　懶雲洞樹晴仍放

간밤 비에 뜰의 꽃잎 젖어 날리지 않네　　　宿雨庭花濕不飛

부엌사람 가난해도 세 가지 부추[594]가 오르고　廚冷猶登三種韭

시상 빈곤해도 백가의 옷[595] 빌릴 수 있네　　詩貧乞借百家衣

유심한 거처는 꼭 궁벽한 시골마을 같아서　　幽居恰似鄕村僻

박 잎에 푸른 연기가 저녁 사립문을 덮었네　匏葉靑烟鎖夕扉

594　세 가지 부추 : 남조 제(齊)나라 유고지(庾杲之)는 상서가부랑(尙書駕部郎)을
지냈는데, 청빈하게 살아 상에 오른 음식이 오직 부추절임, 데친 부추, 생 부추뿐이었다
고 한다.

595　백가의 옷 : 집구시(集句詩)를 말한다. 송나라 혜홍(惠洪)의 《냉재야화》에 "집구
시(集句詩)를 산곡(山谷 황정견(黃庭堅))이 백가의체(百家衣體)라고 했다."고 했다.

지난밤 비가 와서 홍석정이 나중에 와서 함께 읊다

向夕雨至洪石汀追會共賦

산으로 난 창에 종일토록 성근 빗발 내리는데	山窓盡日雨絲疎
풀숲 헤치고서 적막한 거처를 찾아온 사람	披草人來問索居
비새는 처마에 앉을 때면 고광대실 생각나고	每坐漏簷思廣廈
다 부서진 벼루 끼고 거친 밭을 대신하네	聊將破硯代荒畬
새로 지은 시는 청풍의 노래⁵⁹⁶를 읽는 듯하고	新詩如讀淸風誦
낡은 상자는 황석공의 책⁵⁹⁷을 전해야 하리	舊篋應傳黃石書
경도⁵⁹⁸에서 웃으며 홍애⁵⁹⁹의 어깨를 치니	笑拍洪厓瓊島上
황홀 중에 신선 베개 베고 꿈에 노닐다 온 듯	依稀仙枕夢遊餘

3 · 4연은 윤(尹) · 강(姜) · 홍(洪) 등의 벗을 가리킨 것이다.

---

596 청풍(淸風)의 노래 : 《시경》〈증민(蒸民)〉에 "윤길보가 노래를 지었는데, 화목함이 청풍과 같았다.〔吉甫作誦 穆如淸風〕"고 했다.

597 황석공(黃石公)의 책 : 《황석공삼략(黃石公三略)》을 말한다. 진(秦)나라 시대의 황석공이라는 은군자가 이교라는 곳에서 장량(張良)에게 전해준 태공망의 병서라 전한다.

598 경도(瓊島) : 전설 속의 신선이 거주한다는 곳을 말한다.

599 홍애(洪厓) : 전설 속의 신선의 이름이다. 진(晉)나라 곽박(郭璞)의 〈유선시(遊仙詩)〉에 "왼손으로 부구의 소매를 잡고, 오른 손으로 홍애의 어깨를 치네.〔左挹浮丘袖 右拍洪崖肩〕"라고 했다.

26일 동려 댁에서 모이다

二十六日會東黎宅

어지러이 자줏빛 붉은빛 인끈 찬 관리들	紛紛拖紫與紆朱
주막에 누워있는 것과 비해 풍류가 어떠한가	蕭灑何如臥酒壚
얕은 기술 아직 팔 세 번 부러짐[600] 겪지 않았지만	淺術未經三折臂
부질없는 명성이 한 번의 웃음[601]만 같으랴	浮名爭似一呼盧
어찌 꼭 암혈만이 은자가 머물 곳이랴	豈須巖穴方容隱
장안으로 통한다면 모두가 길인데	若透長安摠是途
당 앞의 나무 한 그루면 맑은 녹음 넉넉하니	一樹堂前淸蔭足
가을 매미 날아와 버려진 못 가에서 우네	凉蟬來噪廢池隅

---

600 팔 세 번 부러짐 : 원문의 '삼절비(三折臂)'는 '삼절굉(三折肱)'이라고도 한다. 양의(良醫)가 되기 위한 과정이라 여겨진다.

601 한 번의 웃음 : 원문의 '호로(呼盧)'는 '호로(呼嚧)'라고도 쓴다. 웃음소리를 말한다.

28일 밤에 나의 오두막에서 모이다

二十八日夜會于吾廬

어느 곳인들 시원한 물 넉넉한 계곡이 아니랴	何處淸凉餘不溪
내 옷 걷어 부치고 흙먼지 씻고 싶네	褰裳我欲洗塵泥
백년을 파초처럼 굳세게 서 있었으니	百年若箇蕉堅住
키 작은 기장 익은 참에 한번 취해도 무방하리	一醉無妨黍熟低
숲 바람을 들이고자 북창을 여니	爲納林吹開牖北
북두칠성자루가 벌써 서쪽 처마로 가고 있네	已看斗柄向簷西
밤 되면 온갖 소리 고요해진다고 누가 말했나	夜來誰謂羣喧息
땅 가득한 귀뚜라미소리 가지런하지도 않구나	滿地蛩吟苦未齊

또 난고 옥거 두 벗에게 올리다

又賦呈蘭玉兩友

비룡[602]은 차례로 하늘 길[603]을 걸어가고 　飛龍取次步天街

두 선비는 남아서 낙수 가를 지키네 　二士猶看守洛涯

반평생 시 읽는 소리는 낙엽 우는 소리 내고 　半世詩聲鳴落葉

십년 간 가을 색은 누런 회화나무[604] 탄식하네 　十年秋色歎黃槐

시골 주막 막걸리에 항상 취하나니 　村壚白酒尋常醉

수국의 푸른 갈대 마음속에 있네 　水國蒼葭宛在懷

이 사이의 궁상[605]은 오직 채소 씹는 소리뿐 　齒裏宮商惟嚼菜

문 닫고 고요히 장재[606]를 배우네 　閉門兀兀學長齋

---

602 비룡(飛龍) : 준마(駿馬)를 말한다.

603 하늘 길 : 도성의 큰 거리를 말한다.

604 누런 회화나무 : 회화나무 꽃이 누렇게 되는 때를 가리킨다. 과거 시험으로 바쁜 계절을 말한다. 당(唐)나라 이요(李淖)의 《진중세시기(秦中歲時記)》에 "진사(進士)에 낙방하면 당년 7월에 다시 새 글을 올려 발해(拔解)를 구하는데, 이를 '괴화(槐花 화화나무 꽃)가 누렇게 되면 거자(擧子)가 바쁘다.'고 말한다."고 했다.

605 궁상 : 5음(音) 중의 궁음(宮音)과 상음(商音)을 말한다. 널리 궁상각치우, 즉 음률을 가리킨다.

606 장재(長齋) : 불교도들이 오랫동안 금식을 하는 것을 말한다.

이튿날 두 벗과 또 만나서 영사시를 읊다

翌日兩友又會賦詠史

흥망성쇠의 지난 자취 모두 슬퍼할 만하니	興衰往蹟摠堪哀
곳곳의 누런 먼지 폐허가 된 누대여	幾處黃塵廢榭臺
초나라엔 검에 능한 자 들리지 않고[607]	楚國未聞能利劍
진나라 사람은 하릴없어 술을 마셨네[608]	晉人無事且銜盃
하룻밤 어둠을 틈타 하루살이가 나오고[609]	俟陰一夕蜉蝣出
천금으로 값을 논하자 준마가 왔네[610]	論價千金駿馬來

---

607 초나라엔……들리지 않고 : 어떤 고사를 지칭하는지 정확히 알 수 없다.

608 진나라……마셨네 : 진나라 문인 유령(劉伶)은 늘 술에 취해 있기로 유명한데, 그는 〈주덕송(酒德頌)〉을 지어, "술 단지 들고 술통 받아서는 잔을 입에 물고 술을 마신다.〔捧甖承槽 銜杯漱醪〕"라고 노래했다.

609 하룻밤……나오고 : 왕포(王褒)의 〈성주득현신송(聖主得賢臣頌)〉에 "귀뚜라미는 가을을 기다려 울고, 하루살이는 어둠을 틈타 나온다.〔蟋蟀俟秋吟 蜉蝣出以陰〕"는 구절이 있다.

610 천금으로……왔네 : 《전국책(戰國策)》 〈연책일(燕策一)〉에 나오는 곽외(郭隗)가 연 소왕에게 해준 이야기를 인용했다. "옛날 한 임금이 천금으로 천리마를 사려했으나 3년 동안 사지 못했다. 임금 밑에 있던 한 천한 이가 자기가 가서 구해오겠다고 하기에 보냈는데, 세 달 만에 천리마를 찾았으나 도착했을 때 이미 죽었다. 그는 500금으로 뼈를 사다가 임금에게 바쳤다. 임금이 대노하여, '산 말을 구했지 죽은 말뼈로 무얼 하겠다고 500금을 버렸느냐?'고 하자 그가 말하기를, '죽은 말도 500금을 주고 샀으니 산 말이야 어떻겠습니까? 사람들은 임금께서 정말로 말을 사려하신다는 것을 알고 곧 바칠 것입니다.' 과연 1년만에 3필의 천리마가 왔다.〔臣聞古之君人 有以千金求

책을 어루만지며 지금도 마음이 괴로운데　　　撫卷如今心尙苦

그 당시에 어떻게 얼굴 펴고 웃었으리　　　當時那得笑顔開

千里馬者 三年不能得 涓人言于君曰 請求之 君遣之 三月得千里馬 馬已死 買其首五百金
反以報君 君大怒曰 所求者生馬 安事死馬而捐五百金 涓人對曰 死馬且買之五百金 況生
馬乎 天下必以王爲能市馬 馬今至矣 于是不能期年 千里之馬至者三]”

7월 2일 또 모이다

七月二日又會

술 마신 뒤 미친 듯 노래하니 의기가 새로우나	酒後狂歌意氣新
마주보는 봉두난발 이미 청춘이 아니로다	相看蓬髮異靑春
책만 섭렵하니 능글거리는 입담꾼과 다르고	獵書未擬滑稽客
벌레에 주석 다니611 끝내 호방한 이612 못 되네	蟲註終非磊落人
더위 나느라 병든 몸 나뭇잎처럼 가볍고	經暑病軀輕似葉
그대 만나니 시정은 몸뚱이보다 크네	逢君詩膽大於身
긴 수염 난 놈613 쌀 구걸 언제나 그만둘까	長鬚乞米何時已
동방의 한 선비 가난도 하구나	歎息東方一士貧

골짜기 속 맑고 한가하여 속세의 기운 없으니	洞裏淸閒絶世氛
때로 지팡이 나막신 행장이 절로 무리 이루네	有時筇屐自成羣
교유의 도가 예와 지금 다르다고 하지 마오	莫云交道今殊古

---

611 벌레에 주석 다니 : 충어주(蟲魚註) 즉 벌레와 물고기에 대해 주석을 다는 것을
말한다. 고증을 일삼는 것을 가리킨다.

612 호방한 이 : 뇌락(磊落)은 세속의 범절에 구속받지 않는 것을 말한다. 한유(韓愈)
의 〈독황보식공안원지시서기후(讀皇甫湜公安園池詩書其後)〉시에 "이아처럼 벌레와
물고기에 주석 다는 것은, 진정 호방한 사람이 아니네.〔爾雅注蟲魚 定非磊落人〕"라고
했다.

613 긴 수염 난 놈 : 남자 종을 가리킨다.

영웅이라 하기엔 나도 그대도 가소롭구려 可笑英雄我與君
요즘들어 시맹은 흰 물[614]과 같고 近日詩盟如白水
만년의 고아한 흥취는 푸른 구름을 움직이네[615] 晚來高興動靑雲
파초는 늙어도 기이한 절개 없어 芭蕉老大無奇節
베개 위에 누워서 밤비 소리 듣네 夜雨猶堪枕上聞

614 흰 물 : 《춘추좌씨전(春秋左氏傳)》 희공(僖公) 24년 조에, "구씨와 한 마음이 아닌 자는 저 흰 물과 같다.〔所不與舅氏同心者, 有如白水〕"라는 구절이 나오는데, 양백 준(楊伯峻)은 주석에서 "흰 물과 같다는 저 강과 같다는 뜻이니, 즉 강의 신께서 내려다 본다는 것이다. 《진세가》에서 하백이 보고 있다고 번역한 것은 옳은 번역이다.〔有如白 水 卽有如河 意謂河神鑒之 晋世家譯作河伯視之 是也〕"라고 하였다. 후에 변치 않음을 맹서하는 것을 뜻하는 말로 사용된다.

615 푸른 구름을 움직이네 : 두보(杜甫)의 〈북정(北征)〉에 "푸른 구름에 고아한 흥취 가 진동하고, 그윽한 일 또한 즐길 만하네.〔靑雲動高興 幽事亦可悅〕"라고 했다.

23일 소산 어른이 장단에서 편지를 부쳐왔는데 기망밤에 객과 함께 적벽 아래서 배를 띄우고 시 18운을 지어 그 일을 기록하니 참으로 유쾌한 유람이었다고 했다. 차운하여 받들어 화답하다

二十三日素山丈自長湍寄書言旣望夜與客泛舟於赤壁之下有詩十八韻 以紀其事洵勝踐也次韻奉和

강 빛에 가을이 비추니	江光照素秋
맑기가 깨끗한 한 필 비단과도 같네	澄似匹練濯
슬피 바라보는 함께 배에 오른 객	悵望同舟客
키 큰 소나무 위로 은하수가 아득하네	喬松雲漢邈
지난해 서쪽 고을 유람할 때	去歲遊西州
서로 만나면 코를 쥐고 읊조렸지[616]	相逢吟鼻捉
밤 주막에서 행장을 머물고	夜店停行李
새벽에 망루에서 울리는 북과 호각 소리 들었지	晨譙聞鼓角
먼지 가득한 길은 신선의 땅과 떨어져있어	塵途隔仙區

---

616 코를 쥐고 읊조렸지 : 《진서(晉書)》 권79 〈사안전(謝安傳)〉에 "사안은 명성이 대단하여 당시 그를 흠모하는 자가 많았다.……그는 본래 낙하서생의 음영에 능했는데, 〔낙하서생의 음영이란〕콧병이 있어 소리가 둔탁한 것을 가리킨다. 당시 명류들은 그 음영을 흠모하나 따라갈 수가 없어서 손으로 코를 틀어쥐고 흉내 냈다.〔安少有盛名 時多愛慕……安本能爲洛下書生詠 有鼻疾 故其音濁 名流愛其詠而弗能及 或手掩鼻以斆 之〕"라는 구절이 나온다.

왔다 갔다 하는 동안 귀밑머리만 희끗희끗	搗來霜鬢駁
백 리 멀리 막혀있는 길에	貽阻百里遠
저 크고 널따란 밭[617]처럼 마음만 고달파라	心勞甫田倬
쩌렁쩌렁 울리는 그대의 시 읽어보니	鏗然讀君詩
황홀하기가 균악[618]을 듣는 듯	怳如聆勻樂
승경을 유람하며 아름다운 경치에 흡족하니	勝遊愜佳境
파옹[619]께선 과연 먼저 깨달은 자로다	坡翁是先覺
충심과 사랑은 두들기는 뱃머리에서 우러나고	忠愛發扣舷
뜻과 기운은 세로로 잡은 창[620]보다 드높네	意氣凌橫槊
강관을 진동하는 사부여	詞賦動江關
향기로운 꽃을 손으로 따는구나	芳菲手搴擢
천년이 하루와 같으니	千載如朝暮
서로 붙잡고 기뻐할 수 있으리	庶幾欣相握
사군께서 유명한 읍의 수령 되시니	使君宰名邑
높은 명망이 유악[621]을 능가하네	崇望出帷幄

617 크고 널따란 밭 : '보전(甫田)'은 《시경》 소아(小雅)의 편명이다. "저 크고 널따란 밭, 해마다 만여 섬을 걷네.[倬彼甫田 歲取十千]"으로 시작하는데, 군자 지금을 마음 아파하고 옛날을 생각하는 내용이라고 한다.

618 균악(勻樂) : 균천광악(鈞天廣樂)이다. 천상의 음악 혹은 선악(仙樂)을 말한다.

619 파옹(坡翁) : 송나라 소식(蘇軾)을 가리킨다.

620 세로로 잡은 창 : 횡삭부시(橫槊賦詩)를 말한다. 삼국 위(魏)나라 조조(曹操)와 조비(曹丕)가 말 위에서는 창을 가로로 걸쳐놓고 시를 읊고, 말을 내려서는 담론을 했다고 한다.

621 유악(帷幄) : 조정 혹은 임금의 측근 모신(謀臣)을 말한다.

굳센 필력은 사원을 기울게 하고 健筆傾詞源

청상곡⁶²²은 금악⁶²³을 뒤흔드네 清商動琴嶽

달 마주하고 흥망성쇠를 논하나니 對月談消長

지극한 이치는 확실히 증명할 수 있네 至理可證確

나는 본래 강과 바다에 어울리는 성품이거늘 我本江海性

중간에 포기하고 늙어 농사를 배웠네 中抛老稼學

문 닫아 걸고 좋은 날을 보내자니 閉戶過良辰

깊은 거리엔 똑똑 문 두드리는 소리도 작네 深巷少剝啄

때때로 아득히 생각 속으로 빠지면 有時寄遐想

비바람 속에 새벽닭이 꼬끼오 울었네 風雨晨鷄喔

연파가 종이 위에 가득한데 烟波滿紙上

상상만 할 뿐 그려낼 수 없네 想像不可貌

---

622 청상곡(清商曲) : 악부가곡(樂府歌曲)의 이름이다. 음조가 청아하여 붙여진 이름이다.

623 금악(琴嶽) : 금(琴)을 말한다. 그 모양이 우뚝한 산의 형세와 같다고 하여 붙여진 이름이다.

27일 밤에 난고와 옥거가 와서 모였다

二十七日夜蘭皐玉居來會

이 달에 나는 배를 타고 귀천(歸川)으로 가서 중부(仲父)를 뵙고 돌아왔다.

삼년 동안 강가에서 암담히 혼이 나가 　　　　三年江國黯銷魂
모래섬에 닻줄 매니 달빛이 문을 비추네 　　　繫纜汀洲月映門
옛날 낚시하던 무리는 안개 가에서 말하고 　　舊日釣徒烟際語
초가을 벼논에는 홍수가 남긴 흔적 여전하네 　新秋稻壟漲餘痕
마름 연못 버드나무 거리 비스듬히 항구에 닿고 菱塘柳陌連斜港
오이 넝쿨 호박꽃 작은 마을을 감싸네 　　　芷蔓瓠花護小村
슬퍼라 고향 동산으로 돌아갈 수 없으니 　　惆悵鄉園歸不得
물과도 같은 벼슬살이 어찌 감히 논하랴 　　宦情如水詎敢論

환한 은하수는 얕은 여울 같은데 　　　　歷歷銀河似淺湍
발 가득한 바람 이슬에 밤이 처량하네 　　滿簾風露夜闌珊
요충[624]이 어찌 전신의 고통을 알까 　　蓼蟲豈識全身苦

---

624 요충(蓼蟲) : 여뀌에 기생하는 벌레이다. 《초사(楚辭)》 작품인 동방삭(東方朔)의 〈칠간(七諫)〉 중 〈원세(怨世)〉에, "계화 좀벌레는 머물 줄을 모르고, 여뀌 벌레는 아욱으로 옮겨갈 줄을 모르네.[桂蠹不知所淹留兮 蓼蟲不知徙乎葵菜]"라고 했는데, 왕일(王逸)의 주(注)에 "여뀌 벌레는 맵고 쓴 식물에 붙어 살면서 쓰고 고약한 것을 먹으면서도 아욱으로 옮겨가 단 것을 먹을 줄도 모르는 채 평생 고생만 하다 병들고 야위는 것을 말한 것이다.[言蓼蟲處辛烈 食苦惡 不能知徙于葵菜 食甘美 終以困苦而癯瘦也]"

귀뚜라미는 세모의 추위를 근심해야 하리라　　促織應愁卒歲寒
조용히 앉아 육근⁶²⁵을 모두 없앴건만　　靜坐六根皆廢用
어둠 속에서 한 글자를 찾는 것도 쉽지가 않네　　冥搜一字亦爲難
서재에 친 휘장에 첫 추위가 스며드니　　書帷近日新凉動
짧은 등잔걸이 버려둘 탄식일랑 끝내 없으리　　短檠終無棄置歎

라고 하였다.

625　육근(六根) : 불교 용어이다. 안(眼), 이(耳), 비(鼻), 설(舌), 신(身), 의(意)를
말한다.

8월 8일 거창지부 학농 김 어른 계진 께서 임지로 돌아가려
하면서 김석초 익진 윤파강 두 대감 및 여러 시우들을 불러
풍계에서 함께 술 마시며 짓다

八月八日居昌知府鶴農金丈 啓鎭 將還任邀金石樵 翊鎭 尹巴江兩台丈及
諸詩友共飮楓溪作

산성의 몇 집이 맑은 빛 속에 가려있고   數家山郭隱淸暉
약초 밭길 미풍 속에 나막신 날리며 걷네   藥徑風微步屢飛
오랜 세월에 냇가 단풍나무는 몸에 혹이 나고   歲久靑溪楓瘦老
깊은 마을엔 대낮에도 말발굽 소리 드무네   村深白日馬蹄稀
언제 북사에서 함께 술자리를 가질까   幾時北社同開酒
이제 남쪽 고을로 떠나가면 벌써 구월[626]일 텐데   此去南州已授衣
듣자니 옥천으로 이사한다는데   聞道玉川移住計
돌 형님 우물 아우[627] 거스를 수 없어 슬퍼하네   石兄井弟悵難違

---

626 구월 : 겨울옷을 준비해야 한다는 뜻으로 음력 9월을 가리킨다. 《시경》〈칠월(七
月)〉에 "칠월이면 대화성이 흐르고, 구월이면 옷을 준비한다.〔七月流火 九月授衣〕"에
서 나왔다. 《모전(毛傳)》에서는 "구월엔 서리가 처음 내리므로 옷을 다 지어 겨울옷을
준다.〔九月霜始降 婦功成 可以授冬衣矣〕"고 하였다.

627 돌 형님 우물 아우 : 《양계만지(梁溪漫志)》〈미원장배석(米元章拜石)〉에 보면
"미불이 유수를 다스릴 때 괴석이 강둑에 있단 말을 듣고……치소로 옮겨다 놓았는데,
연회를 즐길 때 돌이 이르자 놀라 자리를 펴게 하고 마당 아래서 절하며, '제가 석형을
보고자 한 게 20여 년입니다.'라고 하였다.〔米元章守濡須 聞有怪石在河壖……公命移至
州治 爲燕游之玩 石至而驚 遽命設席 拜于庭下 曰吾欲見石兄二十年矣〕" 그러나 우물

김 어른이 근래 송현(松峴)에 집을 사서 곧 이주할 것이라고 했다.

아우에 대한 전고는 찾을 수 없다.

13일 밤 종씨를 모시고 송정 유사 댁을 방문했다. 마침 친구인 김춘목 부근 이 단양에서 도성으로 들어왔고 난고와 옥거 두 친구도 함께 모였다

十三日夜陪從氏訪松亭遊史家時金友春木 數根 自丹陽入京蘭玉兩友亦來會

먼 여행 읊어야 하나 두려웠는데	慘慄如將賦遠遊
물 같은 가을하늘에 기러기 남으로 흘러왔네	凉天似水鴈南流
크게 소리 내어 글 읽는 구양수[628]의 밤	誰家大讀歐陽夜
먼 성곽 차가운 다듬질 소리는 유신[629]의 가을	遠郭寒砧庾信秋
젊을 땐 뾰족한 수염에 공연히 뜻만 있었건만	少日戟髥空有志
그대 고운 용모를 보니 바라는 것이 없는 듯	看君玉貌儘無求

---

628 구양수(歐陽脩) : 1007~1073. 자는 영숙(永叔), 호는 취옹(醉翁)·육일거사(六一居士)이다. 북송(北宋)의 저명한 문인이었다. 여기서는 "구양자가 밤에 바야흐로 책을 읽고 있는데, 서남쪽으로부터 어떤 소리가 들렸다.〔歐陽子方夜讀書 聞有聲自西南來者〕"로 시작하는 〈추성부(秋聲賦)〉를 염두에 두고 한 말 같다.

629 유신(庾信) : 513~581. 자는 자산(子山)이며, 유개부(庾開府)라고도 불린다. 부친은 유견오(庾肩吾)인데, 소강(蕭綱)의 궁중에 출입하며 서릉(徐陵)과 함께 '서유체(徐庾體)'를 이루었다. 서위(西魏)로 사신을 갔다가 억류되었고, 양나라가 망한 후 서위와 북주(北周) 등에서 활약했다. 이 구절은 유신의 〈야청도의시(夜聽搗衣詩)〉를 염두에 둔 것 같다. 그 시는 다음과 같다. "가을밤에 다듬이질 소리, 장문성을 넘어오네.……가을 다듬이 소리 더욱 빨라져, 어지러운 방망이 소리가 새 가락으로 변했네.〔秋夜搗衣聲 飛度長門城……秋砧調急節 亂杵變新聲〕"

근래 들어 게으름에 이내 통달했으니　　　　年來懶散仍成達

취향이 우리 무리를 용납해주려나　　　　酒國還容我輩不

　　이상의 두 수는 차례로 운(韻)을 단 것이 아니다.

춘목에게 읊어서 주다

賦贈春木

녹거630가 언제 단산631에 숨었나	鹿車何日隱丹山
울창한 소나무 계수나무 문은 고요히 닫혔네	松桂深深靜掩關
이런 사람 속세에서 보기 어려우니	難見斯人塵世裏
누가 그대와 흰 구름 속 거처를 다툴까	誰爭子所白雲間
지팡이로 험한 곳 다녀보니 몸 아직 강건하고	竹筇試險身猶健
기장 밭 가을 만나 의취가 절로 한가롭네	秫畝逢秋意自閒
근래 신통한 약방 얻어 늙음을 물리치고	近得神方能却老
골수와 머리털 세 번 바꾸어632 동안을 잡아두네	髓毛三伐駐童顏

춘목은 지난해 병을 얻어서, 온 몸의 털이 다 빠져버렸다. 근래 신통한 약방을 써서 수염과 눈썹이 다시 자라났는데, 가는 황백색이었다. 여주(驪州) 이청사(李晴簑)가 〈황미선인가(黃眉仙人歌)〉를 지었다.

630 녹거(鹿車) : 전한 말의 포선(鮑宣)이 관직에 있다가 고향으로 돌아가 조상의 묘를 돌보고자 했는데, 그는 옆에서 늘 그와 함께 해주던 아내와 함께 사슴이 끄는 작은 수레를 몰고 아내를 태우고 함께 귀향했다 한다.

631 단산(丹山) : 단혈(丹穴)을 말한다. 전설 속의 산 이름으로 봉황이 산다고 한다.

632 골수와……바꾸어 : 벌모세골(伐毛洗髓)에서 나왔다. 머리를 깎고 골수를 씻어낸다는 뜻으로 환골탈태를 가리킨다.

〈중추월가〉를 호우 직지사인 담녕 이건창에게 보이다
中秋月歌示湖右直指使者澹寧李建昌

작년 팔월에 벼에 서리가 내려	去年八月霜隕禾
월색도 참담하고 농부는 탄식했네	月色慘澹田夫嗟
올 팔월엔 나락이 영글어	今年八月禾稼熟
온 성에서 달 보며 즐거운 노래가 떠들썩	滿城見月喧笑歌
월색은 해마다 변함이 없건만	月色年年自無變
사람들 근심과 즐거움으로 서로가 다르네	世人憂樂殊所見
성 모퉁이 가난한 선비만은 세속의 정 아니라	
	惟有城隅寒士不世情
달 보며 읊는 시 그칠 날이 없네	對月吟詩常未停
흉년도 죽일 수 없을진대	凶年不能殺
풍년이 어찌 살릴 수가 있으랴	豊年豈能生
작년엔 금주령이 내려와 술을 끊었고	去年有禁仍斷酒
금년엔 술 있어도 입에 대지 않네	今年有酒不到口
이 밤 취해 쓰러질 이 그 몇인가	此夜醉倒能幾人
밝은 달은 나를 허물하지 않으리라	明月於吾不應咎
듣자니 남쪽 고을에 가을이 길어	聞道南州秋色長
기러기들이 훨훨 고향으로 돌아가고	鴻鴈翩翩歸故鄉
쓸쓸한 마을엔 열에 한 집도 남지 않아	閭井蕭條什無一
여우와 토끼가 서성이고 쑥대풀만 우거졌다지	狐兔躑躅蓬蒿沒

현리가 와서 세금을 닦달하니	縣吏來索租
경세[633]를 피할 수가 없네	經稅不可逋
삶을 정돈할 날 그 언제이랴	整頓生息知何日
벼와 기장 들에 가득해도 집이 없구나	禾黍滿野無室
중추절의 달 보기도 어려워라	中秋月最難看
어찌하면 만리에서 즐거운 얼굴 함께 할까	那得萬里同歡顔

633 경세(經稅) : 조세(租稅)와 공물(貢物)을 말한다.

8월 그믐날 서한산[634] 형순 이서암[635] 인설 김석초 여러 대감과 윤파강 시랑 댁에 모여 술을 마셨다. 소산 영공도 나중에 와서 모였다

八月晦日陪徐漢山 衡淳 李瑞庵 寅皜 金石樵諸台丈會飲于尹巴江侍郎宅 素山令公亦追入會

깊은 대숲에 마주앉으니 마음 절로 초연한데	坐對幽篁意脩然
은낭[636]과 오사모가 작은 누대 앞에 있네	隱囊烏帽小樓前
빙 두른 풍경이 고송 너머로 들어오고	盤桓景入孤松外
가슴 트인 사람들은 어여쁜 국화 옆으로 왔네	澹蕩人來佳菊邊
허공 가득한 술기운에 온 세상이 어지럽고	酒氣滿空迷宇宙
물 같은 가을빛이 산천을 씻어내네	秋光如水洗山川
그대 천마산[637] 좋은 경치 구경한 것 부럽구려	羨君遊歷天磨勝
수려함 다투는 바위와 골짜기 모두 다 보았으리	巖壑應看競秀千

---

634 서한산(徐漢山) : 서형순(徐衡淳, 1813~?)으로, 본관은 달성, 자는 치평(穉平)으로 1843년(헌종9) 계묘(癸卯) 식년시(式年試) 진사 2등(二等)으로 합격했다.

635 이서암(李瑞庵) : 이인설(李寅皜)로, 본관은 전주, 자는 은철(殷哲)로 수원 판관(水原判官)·성주 목사(星州牧使) 등을 지냈다.

636 은낭(隱囊) : 사람이 기댈 수 있는 부드러운 주머니를 말한다.

637 천마산(天磨山) : 황해도 재령군(載寧郡)에 있는 산이다.

깊은 밤에 일을 마치고 돌아와서 임동려를 방문했다. 취당 종씨와 춘목 유사 옥거 등 여러 벗이 모여서 함께 읊다

夜深罷歸訪任東黎翠堂從氏及春木遊史玉居諸友來會共賦

가을 기분에 날마다 허리띠가 느슨해지니	秋懷日日帶圍寬
서로 만나면 말술 마시며 억지로 즐기네	斗酒相逢强作歡
살갗과 털 모두 없애면 속세의 모습이 아니라	盡去皮毛非俗相
경세제민 망령되이 논하며 유자의 관모 비웃네	妄論經濟笑儒冠
어룡의 밤[638]에 하늘의 소리 들려오고	魚龍爲夜聞天籟
당에 우는 귀뚜라미에 뜰이 추운 것 알겠네	蟋蟀在堂知野寒
협곡의 나무 호수의 구름 그대 이제 떠나니	峽樹湖雲君不住
중양절 국화를 누구와 함께 보아야 하나	重陽黃菊共誰看

　　춘목은 장차 단양(丹陽)으로 돌아가고, 동려는 장차 진천(鎭川)으로 돌아갈 예정이기 때문에 말구(末句)에서 그것을 언급했다.

638　어룡의 밤 : 어룡야(魚龍夜)는 가을을 가리킨다. 두보의 《진주잡시(秦州雜詩)》 첫 수에서, "물 떨어지는 어룡의 밤, 산이 텅 빈 까마귀 쥐의 가을[水落魚龍夜 山空鳥鼠秋]"이라는 구절이 보이는데, 두수가(杜修可)는 주석에서 《수경주(水經注)》를 인용하여, "어룡은 가을을 밤으로 삼는다. 용은 추분에 내려와 깊은 못에서 잠자기 때문에 가을을 밤으로 삼는 것이다.〔魚龍以秋日爲夜 龍秋分而降 蟄寢於淵 故以秋日爲夜也〕" 라고 설명했다.

중양절에 한산 서암 석초 이관 파강 소산과 연세 칠십인
송정주인 조국사가 풍림의 감천 곧 칠송정 에 함께 모였다

重陽日漢山瑞巖石樵怡觀巴江素山松亭主人趙菊史年七十俱會于楓林
甘泉 卽七松亭

골짜기 가을소리 작은 정자에 가득한데	滿壑秋聲一小亭
성근 별 희미한 은하수에 멀리 숲도 어둡네	星疎河薄遠林冥
바위 샘물 찬 달빛 받아 물 가운데가 희고	石泉寒月澄心白
단풍잎은 막 서리 맞아 잎 반쪽이 푸르네	楓葉新霜半面靑
붓 아래 햅쌀 떡 놓고 어지러이 글 짓고	筆下香糕題爛漫
바람 앞의 취한 모자 날리는 대로 놓아두네	風前醉帽任飄零
주인의 시골[639]이 이처럼 맑아	主人詩骨淸如許
칠십 년 묵은 낙락장송의 소리 들리네	七十年來落木聽

---

639 시골(詩骨) : 시정(詩情)을 말한다.

12일 밤에 신열릉 봉사와 정동산 진사가 방문하여 유사 옥거 난고와 모여 함께 읊다

十二日夜申洌陵奉事鄭東汕進士見訪會游史玉居蘭皐共賦

그대 집에서 보리밥 먹던 때 대화성[640] 흐르지 않았건만

嘗麥君家火未流

서로 만나 촛불 심지를 자르니 벌써 가을이네 　　相逢剪燭已高秋

문에서 우는 귀뚜라미 서리가 발로 들어오고 　　蛩吟在戶霜侵箔

허공 가로지르는 기러기 달빛은 누대에 가득 　　鴈字橫空月滿樓

뜬금없는 백발에 기성[641]을 슬퍼하고 　　　　白髮無端悲騎省

막 피어난 국화에 강주[642]를 추억하네 　　　　黃花初發憶江州

가여워라 뿔 베개에서 외로운 신세 되었으니 　　最憐角枕成幽獨

장생[643]에게 부쳐서 수심을 깨뜨리게 　　　　付與莊生一破愁

열릉(洌陵)은 근래 고분(叩盆)의 슬픔[644]이 있었다.

---

640 대화성 : 심수(心宿)를 말한다. 음력 7월 황혼에 중천에 위치하다가 날이 갈수록 점차 서쪽으로 내려가는데, 가을이 올 시기임을 뜻한다.

641 기성(騎省) : 진(晉)나라 반악(潘岳)을 말한다. 반악의 〈추흥부서(秋興賦序)〉에 "산기성(散騎省)에서 우직(寓直)한다."고 했는데, 이후 기성은 반악을 가리키는 전고가 되었다. 반악은 30대에 반백이 되었다고 한다.

642 강주(江州) : 중국 강서성(江西省) 구강시(九江市)를 말한다. 당나라 백거이(白居易)가 좌천되어 강주사마(江州司馬)를 지냈다.

643 장생(莊生) : 장자(莊子)를 말한다.

644 고분(叩盆)의 슬픔 : 아내의 죽음을 말한다. 《장자(莊子)》〈지락(至樂)〉에 "장

자(莊子)의 처가 죽자, 혜자(惠子)가 조문을 갔는데 장자는 바야흐로 두 발을 뻗고 앉아서 질항아리를 두들기며 노래하고 있었다."고 했다.

이날 저녁 9일에 함께 놀았던 여러 공들과 칠송정에 다시 모이다

是夕與九日同遊諸公復會于七松亭

성명한 시절에 차마 수구초심을 읊지 못하니 不忍明時賦遂初
태평한 풍경이 교화 중에 펼쳐지네 太平烟景化中舒
포의의 장수자를 시험하니 구장[645]이 찾아오고 荊圍試壽來鳩杖

이 때 동궁의 환후가 쾌유되시어 기과(耆科)[646]를 설치하고 칠십 세 이상을 춘당대(春塘臺)에서 시험을 보게 하라 명했다. 시험이 모레이다.

초야의 현인을 초징하려 학서[647]를 내렸네 草野徵賢下鶴書

이때 도성 밖에 명하여 유일(遺逸)[648]을 천거하도록 했는데 송병선(宋秉璿)[649]을 자의(諮議)[650]로 임명하고 돈유(敦諭)[651]를 내렸다.

645 구장(鳩杖) : 지팡이머리에 비둘기를 새긴 지팡이를 말한다. 80세 이상의 노인에게 하사하던 지팡이였다.

646 기과(耆科) : 기로과(耆老科)를 말한다. 조선 시대 60세나 70세 이상의 선비들만 보았던 과거 시험이다.

647 학서(鶴書) : 재야의 인재를 부르는 조서이다.

648 유일(遺逸) : 버려져서 기용되지 못한 인재를 가리킨다.

649 송병선(宋秉璿) : 1836~1905. 본관은 은진(恩津)이며, 자는 화옥(華玉), 호는 연재(淵齋), 시호(諡號)는 문충(文忠)이다. 관직은 참판·대사헌(大司憲) 등에 이르렀다. 을사조약이 체결되자, 일본을 경계할 것을 상소하려다가, 일본 헌병대에 의해 강제로 고향으로 이송되어 음독자살했다. 의정(議政)에 추증되었다.

650 자의(諮議) : 조선 시대 세자시강원(世子侍講院)에 두었던 정칠품(正七品) 문관(文官)으로 정원은 1원이다.

가절 지난 뒤 단풍 국화가 더욱 고와지고　　　　　楓菊增姸佳節後

공무 마친 후에 술잔 기울이며 한가로움 많네　　　壺觴多暇退公餘

이 정자는 소요곡과 진배없으나　　　　　　　　　此亭便是逍遙谷

벼슬아치들의 풍류는 그림만 못하네　　　　　　　冠冕風流畫不如

　　당나라 위사립(韋嗣立)[652]의 별장은 여산(驪山) 소요곡(逍遙谷)에 있었는데, 중종(中宗)이 이름을 지은 것이다. 당나라 때 공경(公卿)들이 휴목(休沐)하는 때에 소요곡에 연회를 베풀어 모였다. 왕유(王維)[653]가 그것을 그림으로 그리고, 또한 서문을 썼는데, "관료들은 소부(巢父)와 허유(許由)[654]고, 형제 아우는 원개(元凱)[655]일세"라고 했다.

651　돈유(敦諭) : 교지(敎旨)를 내려 정승이나 유학자가 노력하도록 권하던 임금의 말을 가리킨다.

652　위사립(韋嗣立) : 654~719. 자는 연구(延構), 정주(鄭州) 양무(陽武) 사람으로 쌍류 현령(雙流縣令)을 지내면서 탁월한 정적을 남겼다. 중종(中宗) 때 봉각시랑(鳳閣侍郎)・병부상서(兵部尙書) 등을 지냈고, 예종(睿宗)을 책립한 공을 세웠다. 그의 별장은 위씨소요곡(韋氏逍遙谷)이라 불리는데, 도성 교외에서 저명한 승경 중 하나였다.

653　왕유(王維) : 701~761. 자는 마힐(摩詰), 성당(盛唐) 시인으로 맹호연(孟浩然)과 함께 산수전원시파의 대표 시인이었다. 불교에 심취하여 시물(詩佛)이라 불렸다. 또한 남종화(南宗畫)의 개창자이다. 상서우승(尙書右丞)을 지냈다.

654　소부(巢父)와 허유(許由) : 요(堯) 임금 때의 고사(高士)들로 출사하지 않고 은거했다.

655　원개(元凱) : 현인재자(賢人才子)를 말한다. 팔원팔개(八元八凱)의 생칭(省稱)이다. 전설에 고신씨(高辛氏)에게 재자 8인이 있어서 팔원(八元)이라 했고, 고양씨(高陽氏)에게 재자 8인이 있어서 팔개(八愷)라고 불렸다고 한다.

이튿날 밤에 열릉 혜거 동산이 소산 댁으로 와서 파강 유사 난고 옥거와 함께 읊다

翌日夜洌陵兮居東汕來會素山宅與巴江游史蘭皐玉居共賦

은혜도 살생도 하지 않는 나는 누구인가　　　　　不惠不夷我是誰

흉중을 토해봐야 특별히 뛰어난 것도 없네　　　　胸中吐屬別無奇

형체의 구속 모두 잊은 채 남곽[656]을 탄식하고　　渾忘形累噓南郭

마음까지 환히 밝아지는 상지수[657]를 마시네　　洞徹心脾飲上池

섬돌 가에 막 피어난 국화는 세모를 슬퍼하고　　階菊初開憐歲暮

뜰에 익지 않은 채소는 서리 늦음을 기뻐하네　　園蔬未熟喜霜遲

고향 산 원숭이 학이 그대를 웃으며 맞이하니　　故山猿鶴迎君笑

무탈한 가을바람이 계수나무 가지에 부네　　　　無恙秋風桂樹枝

　　소산(素山)이 어제 인끈을 풀었기에 언급한 것이다.

656　남곽(南郭) : 남곽자기(南郭子綦)를 말한다. 《장자(莊子)》〈제물론(齊物論)〉에 "남곽자기가 궤안(几案)에 기대어 앉아서 하늘을 우러러 탄식하며 답연(嗒然)히 그 상대를 잊은 듯했다. 안성자유(顔成子游)가 앞에 모시고 서 있다가 '어디에 있습니까? 몸을 참으로 고목(枯木)처럼 만들 수 있고, 마음을 참으로 식은 재처럼 만들 수 있습니까?'라고 했다."는 구절이 나온다.

657　상지수(上池水) : 땅에 떨어지지 않은 이슬이나 빗물을 받아 취한 물을 말한다.

23일 송정에 모여서 백거에게 이별시로 주다

二十三日會松亭贈別白渠

맑은 가을에 술 싣고 찾아갈 일 다시 없으리니	無復淸秋載酒過
밤마다 촛불 심지 자르는 그 심경 어떠할까	連宵剪燭意如何
반평생 사귄 벗들은 푸른 부평초처럼 늙고	半生結識靑萍老
백 리 멀리 보낸 사람은 붉은 잎처럼 많네	百里送人紅樹多
옛 상자에 남은 글들은 학을 감별하는 비결	古篋殘編相鶴訣
깊은 산 석양빛엔 소 타고 부르는 노래	深山落日騎牛歌
푸른 갈대 아득하고 이별의 수심은 멀어서	蒼葭渺渺離愁遠
은하수에 작은 배 띄워 따라가고 싶네	欲往從之一葦河

그믐날 송정에 모여 읊어서 가을을 전별하다 1수

晦日會松亭賦餞秋 一首

시들어 성근 숲엔 낙엽이 뿌리로 돌아가는데	疎林槭槭葉歸根
장차 떠나가는 가을 위해 사발에 술 가득 붓네	素節將還酒滿盆
떨어지는 낙엽은 한스런 사람 마음만 움직이고	搖落偏爲恨人感
더위와 추위는 문득 세상인심처럼 뒤바뀌네	炎凉倏似世情飜
맑은 구름은 보슬비에 흐르는 빛이 새어나오고	澹雲微雨流光瀉
물가에 가건 산에 오르건 이별의 심경뿐	臨水登山別意存
좋은 시구를 지은들 어디에 부쳐야 하나	佳句吟成何處寄
국화는 상심한 나머지 말조차 않으려 하네	黃花愁絶欲無言

10월 11일 회덕 송씨 집안으로 구아[658]가 위금[659]하게 되어서 내가 데리고 갔다. 근례[660] 이튿날 밤에 의령 수령 송송석[661] 기로 옥천 수령 홍추포[662] 정유 회덕 수령 안담박[663] 영식 송환성[664] 종오 감역과 그 아우 초정 종렴 춘운 종학 등과 함께 읊다

十月十一日駒兒委禽于懷德宋氏之門余率以往卺禮之翌日夜與宋松石

綺老 宜寧宰洪秋圃 鼎裕 沃川宰安澹泊 榮植 懷德宰宋喚醒 鍾五 監役及

其弟草庭 鍾濂 春雲 鍾學 共賦

---

658 구아(駒兒) : 김윤식의 장남 김유증(金裕曾, 1862~1900)의 어릴 때 이름이다. 송기로(宋綺老)의 딸에게 장가들었다.

659 위금(委禽) : 혼례(婚禮)를 말한다. 옛날 혼례 때 납채(納采)에 기러기를 사용했기 때문에 이르는 말이다.

660 근례(卺禮) : 합근례(合卺禮)를 말한다. 교배례를 마친 신랑과 신부가 서로 술잔을 주고받으면서 부부가 되었음을 나타내는 절차이다.

661 송송석(宋松石) : 송기로(宋綺老, 1830~1898)로, 본관은 은진(恩津), 자는 중호(仲皓), 호는 송석(松石)이다. 장흥도호부사 등을 지냈다. 《송석집》 5책이 있다.

662 홍추포(洪秋圃) : 홍정유(洪鼎裕, 1828~?)로, 본관은 남양, 자는 희경(羲卿), 호는 추포(秋圃)이다. 1852년(철종3) 임자(壬子) 식년시(式年試) 진사(進士) 3등(三等) 44위로 합격하였다. 행화순 현감(行和順縣監) 홍건후(洪健厚)의 아들이며 강서(江西)·옥천(沃川)·김해(金海)·무주(茂州) 현령 등을 지냈다.

663 안담박(安澹泊) : 안영식(安榮植, 1825~?)으로. 초명은 안윤식(安胤植), 자는 영상(永祥), 호는 담박재(澹泊齋)이다. 충청우도 회덕(懷德) 현감·대흥(大興) 군수·진잠(鎭岑) 현감 등을 지냈다.

664 송환성(宋喚醒) : 송종오(宋鍾五, 1828~?)로, 본관은 은진(恩津)이며, 1888년(고종25) 별시 갑과에 합격했다. 회덕(懷德)에 살았고, 송영노(宋永老)의 아들이다.

부평초 고을에서 해후하니 눈이 되려 밝아져　　　　萍鄕邂逅眼偏明

코 감싸고 나직이 읊조리니 낙생이 보이네[665]　　　擁鼻微吟見洛生

벗들과 함께한 술자리로 삼일 밤이 흡족하고　　　知舊盃樽三夜洽

형제들이 꽃나무처럼 한 집안에 가득하네　　　　弟兄花樹一家盈

빈 당에서 검은 휘장을 열렸을 때를 상상하니　　虛堂想像緇帷闢

객지에서 기쁘게 만나 수레덮개 기울였네[666]　　客路欣逢皁蓋傾

거할의 편장[667]에는 덕을 연모함이 깊었나니　　車舝篇中深戀德

내일 아침이면 기러기 우의를 이루리라[668]　　賓鴻朝日羽儀成

　이곳은 동춘(同春) 선생[669]이 독서하던 곳으로서 동춘당(同春堂)이라는 편

---

665 코 감싸고……보이네 : 《진서(晉書)》〈사안전(謝安傳)〉에 "사안은 명성이 대단하여 당시 그를 흠모하는 자가 많았다.……그는 본래 낙하서생의 음영에 능했는데, 이는 콧병이 있어 소리가 둔탁한 것을 가리킨다. 당시 명류들은 그 음영을 흠모하나 따라갈 수가 없어서 손으로 코를 틀어쥐고 흉내 냈다.〔安少有盛名 時多愛慕……安本能 爲洛下書生詠 有鼻疾 故其音濁 名流愛其詠而弗能及 或手掩鼻以斆之〕"라는 구절이 나온다.

666 수레덮개 기울였네 : 원문은 '경개(傾蓋)'로 수레를 타고 가다 길에서 상봉하여 수레덮개를 기우리고 담화하는 것을 말하는데, 처음 만나고도 오랜 친구처럼 느껴지는 그런 사이를 가리킬 때 사용된다.

667 거할편(車舝篇) : 《시경》〈보전(甫田)〉의 편명이다. 신혼(新婚)을 연회하며 즐거워하는 시라고 한다.

668 기러기 우의를 이루리라 : 《주역》〈점괘(漸卦)〉에 "鴻漸於陸, 其羽可用爲儀"라는 말이 나온다. 공영달(孔穎達)은 소(疏)에서 "높은 곳에 있으면서 그 위치를 가지고 스스로를 얽매지 않으면 그 깃털은 다른 것의 의표가 될 만하니, 귀하고 본받을 만하다.〔處高而能不以位自累 則其羽可用爲物之儀表 可貴可法也〕"고 설명했다. 후에 '우의(羽儀)'는 높은 지위에 있으면서 재덕을 겸비하여 남의 모범이 되는 것을 뜻하는 말로 사용되었다.

669 동춘(同春) 선생 : 송준길(宋浚吉)을 가리킨다.

액이 걸려 있는데, 우옹(尤翁)[670]의 글씨이다.

670 우옹(尤翁) : 송시열(宋時烈)을 가리킨다.

이튿날 벗들과 비래암[671]을 방문했다. 앞에 반타백석이 있는데 샘물이 덮으며 아래로 흘러간다. 그 위에 누대가 있는데 이름이 옥류각[672]이다. 동춘 선생이 도학을 강의했던 곳이다

翌日與諸益共訪飛來庵前有盤陀白石泉流被而下其上有樓名玉溜閣同春先生講道之所

황량하고 쓸쓸한 암자가 계곡 동쪽에 자리하고	初地荒寒倚谷東
비래암 옆으론 작은 물길이 나있네	飛來巖畔細流通
가는 서리 내린 후 감 밭의 잎은 붉고	柿園紅葉微霜後
비끼는 석양 속에 대숲 길의 이끼는 푸르네	竹逕蒼苔返照中
늙은 바위 일찍이 흘러가는 물의 탄식 들었고	老石曾聞歎逝水

암자 앞 석벽에 '탄서대(歎逝臺)' 세 글자가 새겨있는데 동춘의 글씨다.

높은 누대 여전히 봄바람 속에 앉아 있는 듯	高樓猶似坐春風
아득히 조상님의 어린 시절 자취를 생각하니	緬懷族祖童年迹
지팡이 나막신으로 여기서 모시고 유람했었네	杖屨陪遊此地同

찬성공(贊成公)에 추증된 7대조께서 어린 시절에 외가를 찾아뵈었을 때 외삼촌들과 동춘 선생을 모시고 이곳에 와서 노닐었다. 지금 암자에 배유록(陪遊錄) 판각이 있다.

---

671 비래암(飛來庵): 대전광역시 대덕구 비래동에 있는 절이다. 현재 이름은 비래사(比來寺)로 되어 있다.

672 옥류각(玉溜閣): 비래사 경내에 있는 2층 누대로서 송준길이 1639년에 세웠다.

밤에 여러 벗들과 함께 읊다

夜與諸益共賦

남쪽 고을의 시 짓는 호걸들 흰머리 안타까워	南國詩豪惜鬢華
양금[673] 하나하나가 모래 헤치고 보이네	良金箇箇見披沙
정처 없는 자취 서러워 구름처럼 모이고	自憐浪跡雲相聚
이별의 회포를 말하려 밤을 함께 지새네	欲說離懷夜共賖
양원[674]의 사인들 지금 세상에 나란하고	梁苑詞人今並世
정향[675]은 예학 집안 대대로 전하네	鄭鄉禮學尚傳家
신선의 땅에서 고깃배 멀어짐을 슬퍼하나니	仙區惆悵漁舟遠
훗날 돌아오면 사방이 꽃이리라	他日歸來遍是花

---

673 양금(良金) : 양금미옥(良金美玉)을 말한다. 남의 문장이나 재능의 아름다움을 말한다.

674 양원(梁苑) : 일명 토원(兎園)이라 한다. 전한(前漢) 양효왕(梁孝王)이 건설한 동원(東苑)으로서 지금의 하남성(河南省) 개봉시(開封市) 동남에 있었다. 원림(園林)이 사방 3백여 리이고, 궁실(宮室)이 서로 이어지고, 경치를 완상하고 사냥을 하던 곳이었다. 양효왕은 당시 명사인 사마상여(司馬相如)·매승(枚乘)·추양(鄒陽) 등을 빈객으로 초빙하여 연회를 베풀었다.

675 정향(鄭鄉) : 정공향(鄭公鄉)을 가리킨다. 남의 향리(鄉里)에 대한 미칭이다.

이튿날 벗들이 떠나면서 이별시를 주기에 차운하여 답하다

翌日諸益臨行贈別次韻酬之

끝도 없이 이어진 국화길 꽃은 언제 피려나　　　　　　菊徑源源幾日開
벗들 전송하려 저녁 누대에 올랐네　　　　　　　　　　故人相送晚登臺
가을 물가 마을엔 길 떠나는 기러기 멀어지고　　　　　三秋澤國羈鴻遠
시월의 정자 언덕엔 수척한 학이 날아오네　　　　　　十月亭皐瘦鶴來
성명한 세상은 장차 소산의 계수[676] 부르려는데　　　聖世將招小山桂
한수 가 매화는 그 언제나 다시 찾아올까　　　　　　何時重訪漢濱梅
아픈 이별에 쉰 머리 검은 털 남지 않았으니　　　　　傷離衰鬢無餘黑
만년의 인연에 누가 다른 이끼[677]를 바로잡게 할까

晚契誰令訂異苔

---

676 소산의 계수 : 《초사(楚辭)》〈회남소산왕 초은사(淮南小山王 招隱士)〉에 "계수
가 떨기로 자라네, 산 깊은 곳에서.〔桂樹叢生兮山之幽〕"라고 했다.

677 다른 이끼 : 진(晉)나라 곽박(郭璞)의 〈증온교(贈溫嶠)〉시에 "사람에게는 또한
말이 있고, 소나무 대나무에는 숲이 있고, 그대의 취미에 있어서는 다른 이끼가 봉우리
를 함께 하네.〔人亦有言 松竹有林 及爾臭味 異苔同岑〕"라고 했다.

박오서 학사가 나의 시고를 소매에 넣고 떠났는데 반년 만에 돌려받았다. 아울러 시를 주며 화답을 구하기에 차운하여 답하다

朴梧西學士袖余詩藁以去半年見還並投詩索和次韻答之

다 늙어 밭일 배우는 천한 땅의 장인이	晚來學圃賤場師
높은 오동나무 보지 못해 그리움이 깊었네	不見高梧有所思
붓 꽂고 초나라 궁에서 〈풍부〉를 짓고[678]	簪筆楚宮風有賦
궁의에 남만 땅에서 〈설시〉를 적었네[679]	弓衣蠻域雪題詩
수척한 가도[680] 시 읊는 괴로움 가련해라	自憐瘦島吟邊苦
수염 많은 소식[681] 취한 후 모습 상상하네	每想髯蘇醉後儀
가을 시권 장정한들 누구에게 부쳐야 하나	秋卷裝成誰與寄
지금 세상에서 오직 한 사람만이 아네	如今海內一人知

678 붓……짓고 : 전국 시대 초(楚)나라 송옥(宋玉)이 난대궁(蘭臺宮)에서 초양왕(楚襄王)을 모시고 놀 때 〈풍부(風賦)〉를 지었다.

679 궁의(弓衣)에……적었네 : 구양수(歐陽脩)의 《육일시화(六日詩話)》에 "학사 소자첨(蘇子瞻)은 촉(蜀) 사람이다. 일찍이 육정감(渭井監)에서 서남(西南) 이인(夷人)이 파는 만포로 지은 궁의(弓衣)를 얻었는데, 그 무늬가 매성유(梅聖兪)의 〈춘설(春雪)〉시를 짜 놓은 것이었다."라고 했다.

680 수척한 가도(賈島) : 맹교(孟郊)와 함께 고음시파(苦吟詩派)의 대표 시인으로서 '교한도수(郊寒島瘦)'라는 송나라 소식(蘇軾)의 평을 받았다.

681 수염 많은 소식(蘇軾) : 소식이 수염이 많아서 붙은 별칭이다.

그믐날 저녁에 김유사가 태묘령으로서 삭향에 참여했다.
난고 옥거 두 벗과 셋이 대화하며 돌아오기를 기다리다 짓다
晦日夜金游史以太廟令入參朔享余與蘭玉兩友鼎話待還而作

신문[682] 동쪽 가에 금빛 잠[683]들이 모이고   神門東畔簇金簪
마당 횃불의 밝은 빛이 상림에 접했네   庭燎明光接上林
화가와 운뢰[684]는 삼대 때의 기물   禾罍雲罍三代器
요함에 담긴 옥첩은 열조의 마음   瑤函玉牒列朝心
오사모 쓰고 이년 간 낭서에 침잠한 지 오래라   兩年烏帽潛郎久
한 번 노래하는 주현에 깊은 사모의 정 붙이네   一唱朱絃寓慕深
두건 쓰고 돌아올 땐 새벽기운을 떨치고   襆被歸來應拂曙
눈 속에 길가 버들나무 그림자 늘어졌으리   雪中街柳影森森

682 신문(神門) : 종묘(宗廟)의 문을 말한다.

683 금빛 잠(簪) : 황금으로 장식한 잠(簪)으로, 고관을 가리킨다.

684 화가(禾罍)와 운뢰(雲罍) : 벼 문양의 술잔과 구름 문양의 술동이를 가리킨다.
삼대(三代) 때의 양식이다.

동짓달 7일 밤에 이소산 윤파강 강난고 유혜거 신열릉 김유사 임동려 윤옥거 정동산 홍난파[685] 및 취당[686] 종씨가 나의 집에 모였다. 나까지 모두 열두 명이었다. 해가 가기 전에 돌아가며 술자리 열고 시를 읊기로 약속했다. 이것은 첫 번째 모임이다

至月七日夜李素山尹巴江姜蘭皐兪兮居申洌陵金游史任東黎尹玉居鄭東汕洪蘭坡及翠堂從氏會于余家與余合十二人約歲前輪番開酌賦詩此是第一會也

흰 술과 푸른 등불은 작년과 똑같건만	白酒靑燈似去年
말처럼 내달리는 시절이 시위 떠난 화살 같네	駸駸節序矢離弦
편지로 불러 모아 음사[687]로 모이니	尺書徵會來吟社
절방에서 수도하며 병선[688]을 배우네	丈室修眞學病禪

---

685 홍난파(洪蘭坡) : 홍시모(洪時模), 호는 난파(蘭坡)이다. 규장각한국학연구원에 필사본《난파시초(蘭坡詩抄)》가 소장되어 있는데, 285수의 시가 수록되었다. 1862년(철종13)에 목천(木川)에 우거(寓居)한 적이 있다.

686 취당(翠堂) : 김만식(金晚植, 1834~1901)의 호이다. 자는 대경(大卿)이며 공조참판을 지낸 김익정(金益鼎)의 4째 아들이다. 1869년 문과에 급제하고, 동부승지·공조 참의를 지냈다. 수신사(修信使) 박영효(朴泳孝)를 따라 수신부사(修信副使)로 일본에 다녀왔다. 한성 부윤·대사헌·평양감사 등을 지냈다.

687 음사(吟社) : 시사(詩社)를 말한다.

688 병선(病禪) : 병을 제거하는 선(禪)을 가리킨다. 9종의 대선(大禪) 중의 하나이다.

이십사풍⁶⁸⁹에 비교하여 자리 반을 열고   較廿四風開半席

보름달 뜨기를 기다려 맑은 인연을 잇네   待三五月續淸緣

  열릉(洌陵)이 15일 밤에 장흥고직려(長興庫直廬)에서 만나자고 약속했다.

저녁 되어 집에 돌아갈 근심할 필요 없나니   不須向晚愁歸路

취한 곳에서 그대로 잠들어도 무방하리라   醉處無妨抵足眠

---

689 이십사풍 : 이십사번화신풍(二十四番花信風)을 말한다. 소한(小寒)에서 곡우
(穀雨)까지 화기(花期)에 응하여 부는 바람을 가리킨다.

13일 인동 난파 홍시모 댁에서, 두 번째 모임이다

十三日仁洞蘭坡 洪時模 宅第二會

매화 감상하는 작은 방에 얇은 비단 덮였는데	賞梅小閣冪輕羅
시 짓는 일도 겨울 나면서 차례차례 지나가네	韻事經冬次第過
술이 있으니 추운 밤도 도리어 짧기만 해라	有酒寒宵還苦短
사람 놀라게 하는 좋은 시구 많을 필요 없네	驚人佳句不須多
문장으로 구름 잡을 이[690] 그 누구일까	文章誰許拿雲手
정신과 자태만은 작지가[691] 부르는 이와 같네	意態空憐斫地歌
세모의 한가로운 수심 다 풀 수가 없어서	歲暮閒愁銷不盡
벼루 연못엔 날마다 새 물결이 넘쳐나네	硏池日日漲新波

---

690 문장으로……이 : 원문의 '나운수(拿雲手)'는 구름을 붙잡는 손이라는 뜻으로, 빼어난 솜씨를 말한다.

691 작지가(斫地歌) : 검으로 땅을 치며 부르는 노래를 뜻한다. 강개함을 말한다.

18일 장흥고[692] 열릉[693]의 직려에서, 세 번째 모임이다

十八日長興庫洌陵直廬第三會

장풍의 관서 옆 개울 서쪽엔	長豊官署傍溪西
서리 내린 다리에 삿갓 그림자 나직하네	人跡橋霜笠影低
부러워라 그대의 휘호 객을 상대할 수 있구나	美子揮毫能對客
우스워라 나는 금주 맹세는 매번 처를 속이네	笑吾誓酒每欺妻
십년 동안 홍진에서 살찐 말을 따라다니고	紅塵十載隨肥馬
새벽까지 이어지는 현담에 닭 울음소리 들리네	玄理殘宵聽小鷄
갈대 관[694]이 오늘 아침 난율[695]을 회복하여	葭管今朝回暖律
축하 반열이 돌아가는 곳에 오색구름 어지럽네	賀班歸處五雲迷

---

692 장흥고(長興庫) : 고려와 조선 때 돗자리·종이·유지 따위를 대고, 관리하던 관아(官衙)를 가리킨다.

693 열릉(洌陵) : 신관조(申觀朝)의 호이다. 자는 용빈(用賓)으로 청송 현감(靑松縣監), 취산 현령(鷲山縣令), 양산 현령(梁山縣令) 등을 지냈다.

694 갈대 관 : 가율(葭律)을 말한다. 갈대청을 태운 재를 넣은 관으로서 고대에 갈대 청을 태운 재를 관에 넣고 밀폐된 방에 놓고서 절기를 점쳤다. 어떤 절기에 이르면 그 절기에 해당하는 관의 재가 날린다고 한다.

695 난율(暖律) : 온난한 절후(節候)를 말한다.

20일 송정 유사 댁에서 매화를 읊다. 네 번째 모임이다
二十日松亭游史宅賦梅花第四會

몇 그루 나무가 어렴풋 등림⁶⁹⁶을 이루어 　　　　　數樹依然作鄧林

황혼녘 흐른 달빛에도 찾기가 쉽네 　　　　　　　黃昏細月易相尋

일곡의 명주 노랫소리 따뜻하고 　　　　　　　　明珠一斛歌聲暖

　　일곡주(一斛珠)⁶⁹⁷는 당나라 개원 연간(開元年間)의 악부가곡(樂府歌曲)
　　이름이다.

쌍으로 날아오는 비취 새⁶⁹⁸ 꿈결이 깊네 　　　　翠羽雙來夢緖深

몸을 닦아 얼음 눈 같은 고야⁶⁹⁹의 얼굴빛 얻고 　修得雪氷姑射色

단련하여 철석같은 광평⁷⁰⁰의 마음 이루었네 　鍊成鐵石廣平心

696 등림(鄧林) : 등위산(鄧尉山)의 숲을 가리킨다. 등위산은 강소성 소주시(蘇州市) 서남에 있는 산으로 한나라 때 등위(鄧尉)가 은거했던 산이다. 매화로 유명하다.

697 일곡주(一斛珠) : 현종(玄宗)이 매비(梅妃)에게 진주 1곡(斛 열 말)을 하사하자 매비가 시를 지어 사례하기를 "장문에서 종일 단장하지 않는데, 진주로 적막함을 위로하실 필요 있을까요?〔長門盡日無梳洗何必珍珠慰寂寥〕"라고 했다. 이를 악곡으로 짓게 하고 〈일곡주〉라고 이름 붙였다고 한다.

698 비취 새 : 당나라 유종원(柳宗元)의 〈조사웅이 매화 아래에서 취해 쉬다〔趙師雄醉憩梅花下〕〉에 "사웅이 일어나 둘러보니 큰 매화나무 아래였고 그 위에 비취 새가 재잘대고 있었다.〔師雄起視 乃在大梅花樹下 上有翠羽啾嘈〕"고 했다.

699 고야(姑射) : 막고야(藐姑射)를 가리킨다. 선인(仙人)의 이름이다. 《장자》〈소요유(逍遙游)〉에 "막고야(藐姑射) 산에 신인(神人)이 사는데 피부가 얼음 같고, 하늘하늘함이 처자와 같다."고 했다.

세상의 우물⁷⁰¹ 중에 너 같은 자 또 누구일까　　　世間尤物誰如汝

칠보로 단정히 단장하여 황금 집에 간직해야지　　　七寶粧嚴屋貯金

700　광평(廣平) : 당나라 송경(宋璟)의 자이다. 〈매화부(梅花賦)〉를 지었다. 《금자
전(錦子箋)》에 "송경은 자가 광평인데, 정절이 굳다. 그의 강철 같은 마음은 아름다운
말을 토할 수 없을 것 같은데, 〈매화부〉를 지은 것이 청아하고 무척 아름다웠다."고
했다.

701　우물 : 빼어난 물건을 가리킨다. 매화의 별칭이다.

22일 옥정동 동려 댁에서, 다섯 번째 모임이다
二十二日王井洞東黎宅第五會

좋은 밤의 우리 모임 그 누가 막겠는가	良夜誰能障吾行
도처에 시 짓는 술동이 팔 붙들며 맞이하네	到處詩樽把臂迎
안개 속 외로운 다듬질소리에 마을은 고요하고	烟際孤砧村㸔靜
등불 앞 싸락눈에 저자 다리가 밝네	燈前微雪市橋明
흥이 났는데 왕자유는 어찌 배를 되돌렸던가[702]	興來王子寧回棹
늙어가니 방공도 때때로 성으로 들어오네[703]	老去龐公時入城
세모에 병든 정회 아직은 강건하여	歲暮病懷知尙健
매화와 취향에 새로운 노래 나오네	梅花酒國有新聲

---

702 흥이……되돌렸던가 : 《세설신어(世說新語)》〈임탄(任誕)〉에 다음과 같은 고사
가 전한다. "왕자유(王子猷)는 산음(山陰)에 살았는데, 밤에 큰 눈이 내리자 잠을 깨고
서 문을 열고 술상을 차려오게 했다. 사방을 둘러보니 환하기에 일어나 서성이며 좌사
(左思)의 〈초은시(招隱詩)〉를 읊었다. 문득 대안도(戴安道)가 생각났다. 이때 대안도
는 섬계에 있었는데, 즉시 작은 배를 타고 찾아갔다. 밤을 지내고 비로소 그 문에 이르렀
으나 들어가지 않고 돌아갔다. 사람들이 그 까닭을 물으니, 왕휘지가 '본래 흥이 나서
갔는데, 흥이 다하였기에 돌아왔다. 반드시 대안도를 만날 필요가 있겠는가?'라고 했
다."

703 늙어가니……들어오네 : 방공은 방덕공(龐德公)을 가리킨다. 후한(後漢)의 명
사(名士)이며 양양(襄陽) 사람이다. 녹문산(鹿門山)에 은거하여 약초를 캐며 생애를
마쳤다.

23일 대동 유성 주서[704]의 서옥에서, 취당 종씨와 함께 여섯 번째 모임이다

二十三日帶洞 裕成 注書書屋翠堂從氏第六會

완적[705]의 수레는 왜 꼭 막다른 길에서 되돌려야 했나

阮轍何須窮處回

장생의 가을 물은 넓어서 끝이 없네　　　　　莊生秋水浩無限

누가 능히 학을 타고서 허리에 돈을 찰까[706]　誰能騎鶴兼腰貫

마땅히 집게발 들고 술잔 잡아야 하리[707]　　端合持螯復把盃

704　주서(注書) : 김유성(金裕成, 1849~1914)을 말한다. 본관은 청풍(淸風), 자는 경소(景韶), 호는 이력(履歷)이다. 1876년 식년문과(式年文科)에 병과(丙科)로 급제하고, 1877년에 정언(正言)이, 1879년에는 홍문관의 부교리(副校理)가 되었다. 1889년에 북청 부사(北靑府使)로 가서 위유사(慰諭使)의 임무를 수행하였다. 1892년에는 대사성(大司成)에 올랐으며 1894년에 이조 참의가 되었다가 곧 예조 참판에 임명되었다. 1896년에 개편된 지방관제에 따라 함흥부 관찰사(咸興府觀察使)에 임명되었으며 이듬해에 중추원 1등의 관리관(管理官)이 되고 칙임관(勅任官) 4등에 올랐다. 1899년에는 종2품 궁내부 특진관 칙임관 3등에 올랐으며 1910년 8월에는 규장각 전제관(典製官)에 있으면서 훈(勳) 3등을 받았다.

705　완적(阮籍) : 죽림칠현의 한 사람이다. 때때로 강개하면 수레를 몰고 길이 아닌 곳으로 가다가 길이 막히면 통곡하고 되돌아왔다고 한다.

706　누가……찰까 : 남조(南朝) 양(梁)나라 은운(殷芸)의 《소설(小說)》〈상양주(上楊州)〉에 "각자 소원을 말했는데, 어떤 사람은 양주자사(楊州刺史)가 되기를 원했고, 어떤 사람은 많은 재물을 원했고, 어떤 사람은 학을 타고 하늘로 오르기를 원했다. 그 중 한 사람이 허리에 십만 관(貫)을 차고 학을 타고 양주로 가겠다고 했다."고 했다.

오래 앉았으니 밤은 종소리 그친 뒤에도 길어 　　　久坐夜於鍾後永

그리운 사람이 꿈속으로 오는 듯하네 　　　相思人若夢中來

시정이 점차 매화와 더불어 수척해지니 　　　詩情漸共梅花瘦

밝은 창 향해 품은 뜻 다 펴지 마시오 　　　莫向晴窗盡意開

---

707 집게발……하리 : 진(晉)나라 화탁(華卓)이 "한 손에는 집게발을 들고 또 한 손에 는 술잔을 들면 곧 일생을 보낼 수 있다."고 했다. 《세설신어》〈임탄(任誕)〉에 보인다.

25일 난고가 집을 빌린 송정에서, 일곱 번째 모임이다

二十五日蘭皐借屋松亭第七會

겨울날 모율[708]이 황종[709]에 이르렀을 때	冬天暮律屆黃鍾
매화 아래 한기가 녹자 술꾼들이 모였네	梅下銷寒會酒龍
읊조리며 눈썹 치켜뜸이 어찌 우국이랴	吟裏攢眉豈憂國
병든 후 이가 썩어 모습이 말이 아니네	病餘齲齒非爲容
헛된 명성과 높은 관모는 모두 헛된 것	浮名軒冕皆烏有
천지 가득한 연하로도 소봉[710]이 될 수 있네	滿地烟霞可素封
용산의 밝은 달밤 슬프기도 하구나	惆悵蓉山明月夜
오랜 벗 다병하여 굳게 문을 닫았네	故人多病閉門重

서경당(徐絅堂)이 용산(蓉山)에 병으로 누워있어서 모임에 올 수 없었기 때문에 슬퍼한 것이다.

708 모율(暮律) : 십이율(十二律) 가운데 일 년의 끝에 해당하는 겨울을 말한다.

709 황종(黃鍾) : 악률(樂律) 12율 중 제1율을 말한다.

710 소봉(素封) : 관작(官爵)이나 봉읍(封邑)은 없지만 봉군(封君)에 비할 만큼 부유한 사람을 뜻한다.

12월 16일 간동 동산 댁에서, 여덟 번째 모임이다. 심운가 이국사 유백거는 나중에 모였다. 모두 15명이었다

十二月十六日諫洞東汕宅第八會沈雲稼李菊史兪白渠追會凡十五人

서걱서걱 신발소리 눈 속에 들리더니	磔磔靴聲雪裏聽
불기산[711] 아래 집 뜰을 알아보겠네	不其山下識門庭
관리노릇 하다보면 한 해 동안 헤어져있지만	爲官動作經年別
시사로 들어오면 반나절도 깨어있는 적 없네	入社應無半日醒
땅이 가까워 성 위의 달빛은 삼분이 희고	地近三分城月白
날이 추워 지붕의 연기는 이삭처럼 푸르네	天寒一穗屋煙靑
병든 후 시루[712]의 깃발이 변했으니	病餘詩壘旌旗變
패권 다투어 초평[713] 차지할 이 그 누구이랴	爭霸誰能占楚萍

---

711 불기산(不其山) : 경기도 가평에 있는 산 이름이다.

712 시루(詩壘) : 시인의 진영(陣營)을 말한다.

713 초평(楚萍) : 초강평(楚江萍)을 말한다. 《공자가어(孔子家語)》〈치사(致思)〉에서 말하기를, 초왕(楚王)이 강을 건너다가 크기가 말(斗)만 하고, 둥글고 붉은 물건을 보고 취한 후, 사람을 시켜 공자에게 물어보게 했다. 공자가 "이것은 이른바 평실(萍實)이란 것인데, 갈라서 먹을 수 있고, 길한 징조이다. 오직 패자(覇者)만이 얻을 수 있다."고 했다.

16일 내가 옥거 댁에서, 아홉 번째 모임이다

十六日內街玉居宅第九會

소리 높여 읊는 각촉[714]에 밤이 도리어 긴데	高吟刻燭夜還遙
분명한 시령[715]은 금과옥조와도 같네	詩令分明似玉條
점점 등불이 골목 끝에서 비춰오고	數點燈光來巷尾
오경의 삿갓 그림자가 담 허리를 지나네	五更笠影過墙腰
서사에 능하지 못해도 삼여[716]가 족하고	未能書史三餘足
오직 술 단지가 있으니 만고의 시름을 푸네	惟有樽醪萬古消
매화와 더불어 입 벌리고 웃고 싶지만	欲與梅花開口笑
얼음 영혼[717] 너무도 청아하여 부를 수 없네	氷魂淸絶不堪招

---

714 각촉(刻燭) : 초에 도수(度數)를 새겨서 시간을 재는 것을 말한다. 시 짓기의 민첩함을 말한다. 《남사(南史)》 권59 〈왕승유열전(王僧孺列傳)〉에 "경릉왕(竟陵王) 왕자량(王子良)이 일찍이 밤에 학사(學士)들을 소집하여 각촉으로 시를 짓게 했다. 사운(四韻)일 경우는 일촌(一寸)을 새겼는데, 이것으로 비율을 삼게 했다."라고 했다.

715 시령(詩令) : 여러 사람이 시를 짓기 전에 미리 정하여 두는 약속을 말한다.

716 삼여(三餘) : 겨울과 밤과 비 오는 날을 가리킨다. 겨울은 한 해의 여분이고, 밤은 하루의 여분이고, 비 오는 날은 때의 여분이라고 한다.

717 얼음 영혼 : 송나라 소식(蘇軾)의 〈재용전운(再用前韻)〉시에 "나부산 아래 매화 촌, 옥설로 뼈를 이루고 얼음으로 혼을 삼았네.〔羅浮山下梅花村 玉雪爲骨氷爲魂〕"라고 했다.

19일 포동 소산 댁에서, 열 번째 모임이다. 박진암[718] 홍수가 나중에 들어왔다

十九日圃洞素山宅第十會朴縝庵 洪壽 追入

더러운 물로 맑은 도랑에 비추는 것 부끄러워	羞將汙水映淸渠
노을빛 종이에 먹물 뿌려 해타의 나머지 적네	雨墨霞箋咳唾餘
점차 옮겨가는 북두칠성자루에 절기가 보이고	節序漸看移斗柄
다행히 규성[719]이 모인 문명의 때 만났네	文明幸際聚奎墟
누가 알았으리 어두운 안개 속 남산의 표범[720]이	誰知隱霧南山豹
끝내 바람을 치는 북해의 물고기[721] 될 줄을	終作搏風北海魚

이때 윤옥거(尹玉居)가 광침랑(光寢郎)에 새로 임명되어서 장차 쇄직(鎖直)하려고 했기 때문에 이를 인용하여 축하한 것이다.

두 가지 좋은 안주에 많고도 많은 채소들	兩樣佳肴無限蔬

---

718 박진암(朴縝庵) : 박홍수(朴洪壽, 1824~1879)로, 을사오적의 한 사람인 박제순(朴齊純)의 부친이다. 유신환의 제자였다.

719 규성(奎星) : 28수(宿) 중의 하나이다. 문운(文運)을 주관하는 별이다.

720 남산의 표범 : 유향(劉向)의 《열녀전(列女傳)》〈도답자처(陶答子妻)〉에 "첩이 듣건대 남산(南山)에 현표(玄豹)가 있는데, 안개비가 내리는 7일 동안 먹지를 않는다고 합니다. 무엇 때문입니까? 그 털을 윤택하게 하여 문장(文章)을 이루려고 하기 때문입니다. 그래서 숨어서 해를 피합니다. 개나 돼지는 먹이를 가리지 않고 그 몸을 비만하게 하는데, 살아서 반드시 죽게 될 뿐입니다."라고 했다.

721 북해의 물고기 : 《장자(莊子)》〈소요유(逍遙遊)〉에 "북명(北冥)에 물고기가 있는데 그 이름이 곤(鯤)이다. 곤의 크기는 몇 천리인지 모른다."고 했다.

참된 정 나누는 운사 아주 성근 것은 아니네 　　　情眞韻事未全疎

무인년(1878, 고종15) 1월 6일 귀천에서 강매화와
강버들을 읊다 2수

戊寅正月六日在歸川賦江梅江柳 二首

단장하고 선 모습 거울 속에서 밝은데   靚粧小立鏡中明
아늑한 포구에 사람 없어 남모를 한 생기네   極浦無人暗恨生
하늘하늘 낙비[722]가 처음 걸음 걷고   澹蕩洛妃初試步
은근한 역사[723]가 멀리서 정을 품네   慇懃驛使遠含情
달빛 찬 용궁에 빙초[724]가 정결하고   鮫宮月冷氷綃淨
안개에 갇힌 어부 집에 옥피리 소리 빗기네   漁舍煙銷玉笛橫
어딘들 고상한 은거에 마땅하지 않겠는가마는   何處不宜高尙隱
물가에 갓끈 맑게 씻은 모습 가장 사랑스럽네   劇憐臨水濯纓清

  위는 강매(江梅)이다.

---

722 낙비(洛妃) : 전설 속의 낙수(洛水)의 여신 복비(宓妃)를 말한다. 원래 복희씨
(宓羲氏)의 딸이었다고 한다. 송나라 황정견(黃庭堅)이 수선화(水仙花)를 낙비에 비
유하여, 〈왕충도가 수선화 50가지를 보내와서, 흔연히 기뻐하며 수선화를 위해 읊다[王
充道送水仙花五十枝 欣然會心 爲之作詠]〉시에 "파도 넘어오는 선녀는 버선에 먼지 일
고, 물 위에서 아리땁게 부연 달빛 밟고 오네.[凌波仙子生塵襪 水上輕盈步微月]"라고
했다.

723 역사(驛使) : 매화의 별칭이다.

724 빙초(氷綃) : 얇고 하얀 비단을 말한다. 전설 속의 교인(鮫人)이 짠다는 비단을
말한다.

물가의 풀과 꽃이 함께 봄날 교태를 뽐내는데 　　　汀草汀花共媚春

나룻머리에서 흔들거리며 나그네에게 정 주네 　　　渡頭搖曳款征人

눈서리 실컷 겪어 마른 줄기 누워있고 　　　　　　飽經霜雪枯槎臥

수레 배를 간질이며 가는 줄기 새로 났네 　　　　慣拂舟車細縷新

안개에 갇힌 항구에서 어둠속에 어렴풋이 서 있고 　暝立依依烟鎖港

달빛 빗긴 나루에서 새벽에 말쑥하게 보이네 　　　曉看濯濯月横津

변궁⁷²⁵의 가무는 이전과 같지 않으니 　　　　汴宮歌舞非前日

봄바람 향해 빈번히 손 늘어뜨리지⁷²⁶ 말라 　　莫向東風垂手頻

　　위는 강류(江柳)이다.

---

725 변궁(汴宮) : 북송(北宋)의 궁전이다. 북송의 도성은 변경(汴京)이었다. 지금의
하남성 개봉시(開封市). 송휘종(宋徽宗)은 명기 이사사(李師師)와 가무를 즐기다가
금(金)나라에 포로로 잡혀가서 북송의 멸망을 초래했다.

726 손 늘어뜨리지 : 수수무(垂手舞)를 뜻한다. 《악부시집(樂府詩集)》〈잡곡가사
(雜曲歌辭) 대수수(大垂手)〉에 "《악부해제(樂府解題)》에 '대수수(大垂手)와 소수수
(小垂手)는 모두 춤추면서 그 손을 드리움을 말한다.'고 했다."는 말이 나온다.

16일 밤 옥동 파강 댁에서 이전 겨울의 시사를 이었다. 열한 번째 모임이다. 서한산 대감 어른과 조국사 노인은 나중에 들어왔다

十六日夜玉洞巴江宅續前冬詩社第十一會徐漢山台丈趙菊史翁追入

개울가 마당에 싸락눈 내려 깨진 창 어두운데	溪庭微雪破窓昏
긴 대숲 푸른 안개가 한 줄기 흔적을 남기네	修竹蒼煙一抹痕
봄이 와도 시와 술자리는 옛 약속을 잇고	春到詩樽仍舊約
밤 깊어도 노래와 웃음소리 마을 멀리 퍼지네	夜闌歌笑尙遙村
금오727의 새벽 북소리는 등시728를 재촉하고	金吾曉鼓催燈市
개울 길의 남은 한기는 돌 수갑과 같네	澗道餘寒似石門
옥천729의 놀랍고 난삽한 시어일랑 짓지 마오	莫作玉川驚險語
중천의 밝은 달, 이미 혼으로 돌아갔으니	中天明月已還魂

　이날 밤 월식(月蝕)이 있었기에 언급한 것이다.

727　금오(金吾) : 의금부의 별칭이다.

728　등시(燈市) : 음력 정월 보름에 등불을 내거는 곳을 말한다.

729　옥천(玉川) : 당나라 옥천자(玉川子) 노동(盧仝, 795?~835)을 말한다. 《시학연원(詩學淵源)》에 "노동의 시는 기벽(奇僻)함을 숭상했는데, 고시는 더욱 기괴(奇怪)하다."고 했다. 그의 〈월식(月蝕)〉시가 유명하다.

온천 서 어른 염순 을 애도하다

溫泉徐丈 廉淳 氏挽

내가 지난날 공을 알지 못했을 때	我昔未識公
경당이 어질다는 것만 알았네	但知絅堂賢
그 후로 여러 번 옆에서 모시면서	伊來數奉袂
군자 이웃과 만날 수 있었네	幸接君子隣
집이 가난해도 좋은 안색 지니고	家貧有好顔
성에 살아도 세속에 물들지 않았네	城居不染塵
당 앞에 아름다운 나무를 심어	堂前種嘉木
꽃잎이 긴 봄을 붙잡아두었네	花葉留長春
낡은 관 쓰고 나와 손님 맞이할 때면	弊冠出迎客
상쾌한 기운이 희끗한 머리 위로 솟았고	爽氣衝華顚
긴 낮 내내 담소를 나누노라면	談笑竟長晷
진한 술이라도 마신 듯 흠뻑 빠져들었네	浸深如飮醇
그러나 뜻밖에도 송백과 같은 자질이	不謂松柏姿
갑자기 이수730에 걸리고 말았어라	遽被二竪纏
침상이 흰 장막으로 변하고	牀玆變素幃
지난 자취는 묵은 것이 되었네	往躅遂成陳

---

730 이수(二竪) : 병마(病魔)와 질병(疾病)을 가리킨다. 춘추 시대 진(晉)나라 경공(景公)의 꿈에 질병이 두 수자(竪子)가 되어 맹고(盲膏)의 사이에 숨어있었다고 한다.

나는 병들어 기어서라도 가지 못했으니 　我病未匍匐

그저 행인이나 뭐가 다르랴 　何異行路人

누워서 경당의 편지를 보며 　臥見絅堂書

글자 하나에 눈물 한번 씩 흘렸네 　一字一泫然

말해주기를 평소 학문에 뜻을 두어 　謂言素志學

옷자락 걷고 강학하는 자리에 올랐다 했지 　摳衣登函筵

빈 마음으로 옛 도를 사모하고 　虛心慕古道

몸소 밭을 갈아 부모를 봉양했네 　躬耕以養親

아우를 권면하여 배울 자금을 대고 　勸弟資遊學

학업 이루자 함께 가난한 삶 살았네 　業成共食貧

아 세속을 보면 　嗟嗟流俗見

자리 위의 산해진미 귀히 여기지 않지만 　不貴席上珍

도를 믿음이 돈독하지 못하여 　信道苦未篤

온전함을 지켜내는 이 드무네 　鮮能守其全

명예 이루지 못했다 근심하지 마오 　毋患名未達

이 일 족히 전할 만하니 　此事足可傳

3월 3일 춘방에서 당직을 서며 계방의 박봉호[731] 제응 부솔 신형재[732] 석유 사어와 함께 읊다

三月三日直春坊與桂坊朴鳳湖 齊應 副率申蘅齋 錫游 司禦共賦

관청이 매우 맑아 그윽한 약속 흡족한데	官曹淸切愜幽期
정시[733]의 유풍에 그대 또한 어울리네	正始遺風子亦宜
전연[734]에선 책 끼고 보필하는 사대부에 오르고	挾冊前筵登弼士
훗날엔 백성 오래 살게 할 좋은 의원이 되겠네	壽民他日做良醫
문 닫거니 춘삼월 봄 저무는 것도 모르고	閉門不覺三春暮
세상에 살면서 원래 한 가지 빼어남도 없네	處世元無一節奇
이곳에서 그대와 늦게 만난 것 한스러운데	此地恨君傾蓋晚
빼어난 명성은 이미 소년 시절부터 있었다지	英名已自少年時

---

731 박봉호(朴鳳湖): 박제응(朴齊應)으로, 청하 현감(淸河縣監)을 지냈다.

732 신형재(申蘅齋): 신석유(申錫游, 1842~?)로, 1883년(고종20) 계미(癸未) 별시(別試) 병과(丙科) 11위로 합격하고 승지를 지냈다.

733 정시(正始): 정시는 삼국 시대 위(魏)나라 폐제(廢帝) 조방(曹芳)의 연호이나 (240~249), 습관적으로 정시문학, 혹은 정시유풍(正始遺風)하면 서진(西晉)이 서기 전까지 약 25년간 유행했던 청담(淸談)과 현풍(玄風)을 일컫는다.

734 전연(前筵): 옛날의 향례(享禮)를 전연이라 하고, 옛날의 연례(宴禮)를 후연(後筵)이라 한다.

4일 두 벗과 함께 후원 옥류천⁷³⁵에서 노닐며 짓다

初四日偕兩友遊後苑玉流泉作

옥서의 봄 물결 푸른 허공에 출렁이는데	玉漵春波漾碧空
농산의 정자는 영화정 동쪽에 있네	籠山亭子映花東

영화(映花)는 정자 이름이다.

꿈결 같은 난간은 속세의 경지 아니요	欄干如夢非塵境
먼저 피어난 풀 나무는 온화한 바람 실어오네	草樹先榮帶惠風
사흘 후엔 곡수에 술잔 띄우고	曲水流觴三日後

연의정(漣漪亭) 앞에 바위를 뚫고 물을 끌어다 유상곡수(流觴曲水)를 한다.

오색구름 속엔 신장보묵⁷³⁶이 있네	宸章寶墨五雲中

정자 위에 선조와 정조의 어제시(御製詩) 및 어필(御筆)이 있다.

신하의 마음은 문왕의 동산도 작다 여기니⁷³⁷	臣心猶少文王囿
물고기와 새들도 즐거운 뜻 함께 하네	魚鳥欣欣樂意同

---

735 옥류천(玉流泉) : 창덕궁 후원에 있는 샘 이름이다.

736 신장보묵(宸章寶墨) : 임금의 글과 글씨를 말한다.

737 신하의⋯⋯여기고 : 《맹자》〈양혜왕 하(梁惠王下)〉에서 문왕(文王)의 동산은 사방 70리인데, 백성들과 함께 즐기기 때문에 백성들이 작다고 여긴다고 했다.

5일 이완서 조연 검서[738]가 서액에서 찾아왔다. 두 벗과 모이게 하여 함께 읊다

初五日李浣西 祖淵 檢書自西掖來訪會兩友共賦

서청[739] 청귀한 관서는 용의 광채에 가까워　　　　西淸華省近龍光

주하인[740]을 만나게 되니 뛸 듯이 기쁘네　　　　柱下人逢喜欲狂

무늬 표범은 때때로 안개에 숨었다 나오고[741]　　文豹有時來隱霧

신령한 거북은 쓸모없어 평상을 받치러 가네　　神龜無用去支牀

비 지나간 뒤 여린 풀이 못 울타리에 이어지고　　雨過細草連池簜

날 따스해지니 솜털구름이 어원 담을 덮었네　　日暖輕雲覆苑墻

고향 동원의 봄을 상상하니　　　　　　　　　　想得鄉園春事及

누워 뻐꾸기소리 들으며 생각이 하염없네　　　臥聽布穀謾思量

---

738 검서(檢書) : 검서관을 말한다. 규장각 각신(閣臣)을 도와 서책의 교정 및 서사(書寫)를 맡아보던 벼슬이다.

739 서청(西淸) : 중국 청나라 때 궁중에서 한림학사(翰林學士)가 집무하는 곳을 이르던 말이다. 여기서는 규장각을 대신 받는 말로 사용하였다.

740 주하인(柱下人) : 규장각 검서관을 말한다. 노자(老子)가 주(周)나라 주하사(柱下史)를 지낸 적이 있다. 주하는 장서(藏書)를 두는 곳이다.

741 무늬……나오고 : '무은(霧隱)'이라는 말이 있는데, 이는 숨어 은거하면서 해를 피하는 것을 말한다. 송나라 섭적(葉適)의 〈나원주문집서(羅袁州文集序)〉에 보면, "얼룩 표범의 못은 안개로 가려져 있고, 공작의 춤은 반드시 해 아래서 춘다.〔蔚豹之澤必霧隱 孔鸞之舞必日中〕"라는 말이 나온다.

6일 두 벗과 함께 짓다

初六日偕兩友作

밤을 연이어 청릉742을 그대와 함께 붙들고	連夜靑綾共子携
신선의 관아에 일이 없어 새소리만 들었네	仙曹無事聽禽啼
몰두하여 잭 교성하느라 자는 이내 식어 버리고	讐書耽看茶仍冷
늘 늦는 밥상 기다리다 해가 지려 하네	待飯常遲日欲低
채색 붓743으로 시 지어 남들과 우열을 따지고	彩筆題詩人甲乙
화려한 발 땅에 드리워 집은 동서로 나뉘었네	畫簾垂地屋東西
봄 수심은 암담하여 풀기 어려우니	春愁黯黯消難得
화려한 말로 옥계744 본뜨느라 번거롭게 마시오	綺語休煩效玉溪

---

742 청릉(靑綾) : 푸른 깁으로 만든 이불이다. 한(漢)나라 때 상서랑(尙書郞)이 숙직할 때 사용했던 이불이다.

743 채색 붓 : 남조의 강엄(江淹)이 젊었을 때 꿈에서 어떤 사람에게서 오색 붓을 얻어서 문장이 크게 진보했는데, 만년에 꿈속에서 자칭 곽박(郭璞)이란 자가 그 붓을 가져가자 다시 좋은 시구가 없었다고 한다. 그로 인해 채필은 아름다운 문필을 의미하게 되었다.

744 옥계(玉溪) : 당나라 이상은(李商隱)의 호이다. 화려한 말과 전고(典故)를 사용하여 유미시(唯美詩) 및 변려문에 능했다.

이날 밤 우중에 또 함께 읊다 1수

是夜雨中又共賦 一首

어느새 흐린 봄날 저물더니   肅肅春陰晚

부슬부슬 단비가 지나간다   濛濛時雨行

푸른 등불 아래 함께 당직하는 밤에   靑燈同直夜

머리 허연 옛날의 서생이여   白首舊書生

채소와 죽순으론 문장의 맛을 알고   蔬笋知文氣

절인 채소와 소금으론 벼슬살이의 심정 깨닫지   虀鹽覺宦情

성명한 시절에 대한 연모가 어찌 없을 손가   明時豈無戀

그리하여 고향 산에서 농사지을 약속 저버렸다오   負此故山耕

7일에 다시 함께 짓다

初七日復共作

오사모를 높이 쓰고 쓰러져 낮잠 자다	岸着烏帽午睡頹
때때로 누원에서 시각 알리는 소리 듣네	時聞漏院報籌來
미풍이 따스함을 부채질하니 새소리 부시지고	微風扇暖禽聲碎
여린 풀에 향기 나니 나비의 꿈 시기하네	細草生香蝶夢猜
삼년을 벼슬살이 했건만 맷돌을 돌리는 듯	三載爲官若旋磨

　나는 3년 이래 임명되거나 교체되거나, 춘방을 떠나지 않았다.

봄 내내 다병한 몸, 한 잔 술을 이기지 못하네	一春多病不勝盃
묵으로 친 난 묘품을 그대에게 얻으려면	墨蘭妙品從君取
상자 안에 비단⁷⁴⁵을 준비해 와야 하네	篋裏應須備襪材

　형재(蘅齋)는 난을 잘 쳤다.

---

745 비단 : 원문의 '말재(襪材)'는 그림 그리는 데 사용하는 비단이다. 송나라 문동(文同)이 대나무를 잘 그렸는데, 사방에서 사대부들이 비단을 가지고 와서 그림을 청하는 것이 끊이지 않음을 싫증을 내고 비단을 땅에 내던지며 "내가 장차 버선 재료로 삼을 것이다."고 했다.

반반전가락 10수 ○병소서

反反田家樂 十首 ○並小序

이춘소(李春沼)가 관직을 버리고 돌아갔다. 그는 성시 생활을 즐거워하지 않고 늘 자연에 뜻을 두고 있었다. 무인년(1878) 봄에 큰 종기를 얻어서 여러 달 동안 몸져누웠는데, 몸을 뒤척이는 고통 중에서도 남이 시골생활의 좋은 일을 말하면 병이 몸에서 벗어나는 듯했다. 이에 〈전가락(田家樂)〉 10절(截)을 지어 뜻을 드러냈다. 이웃의 홍추거(洪秋居)가 여기에 화답하고, 윤옥거(尹玉居)가 〈반전가락(反田家樂)〉을 지었으니, 이별을 애석해 하고 떠나감을 아쉬워한 것이리라. 은둔할 생각을 하지 않았으면 하는 것은[746] 또한 벗 사이의 지극한 정이다. 나는 본래 강마을에서 나고 자랐는데, 우연히 속세의 그물에 떨어져 성 북쪽에서 타관살이 한 지가 이미 여러 해이다. 답답하고 경황없이 살면서 늘 대마(代馬)[747]와 지어(池魚)[748]의 생각을 가졌으나, 한스럽게도 돌아갈 곳이 없어 머뭇거리다 오늘날에 이르렀다. 지난날 벗의 시에 화답하기를 "부침한 채 사는 것은 진정 은거할 산을

---

746 은둔할……것은 : 《시경》 〈백구(白駒)〉에, "그대 한가하게 노니는 것 삼가고, 은둔할 생각 하지 말았으면〔愼爾優游 勉爾遁思〕"이라는 구절에서 따왔다.

747 대마(代馬) : 대(代)는 북방 변새 지역을 말한다. 대마의풍(代馬依風) 혹은 대마망북(代馬望北)이란 말은 고향을 잊지 못함을 말한다.

748 지어(池魚) : 도연명(陶淵明)의 〈귀원전거(歸園田居)〉에 "못의 물고기는 옛 못을 그리워하네.〔池魚思古淵〕"라는 구절이 있다.

살 돈이 없어서라네."라고 한 것은 이러한 처지를 말한 것이다. 그런데 춘소는 능히 결단을 내리고, 갈매기가 드넓은 물속으로 들어가듯, 협곡으로 들어가게 되었다. 여전히 홍진에서 배회하고 있는 나는 붓을 쥐고 송별시를 짓지만, 본래 뜻을 저버리고서 시냇물에게도 부끄럽고 숲에도 참괴하여 그저 먼지나 바라보며 탄식할 뿐이다. 이에 옛 사람의 반반초은시(反反招隱詩)를 모방하여, 반반전가락(反反田家樂) 10수를 지어서 제목 그대로 따라 화답하니, 스스로를 조롱하는 것이기도 하며, 또한 스스로를 슬퍼하는 것이기도 하다.

파득파득 출렁이다 느릿느릿 돌아오고　　　　　 鱉鱉洋洋冉冉回
은빛 베틀북[749] 펄떡이니 초록 개구리밥 열리네　 銀梭潑剌綠萍開
강마을엔 끝도 없이 복사꽃 피었건만　　　　　　 江村無限桃花候
현진자[750]만은 오려하지 않네　　　　　　　　　 祇是玄眞不肯來
　　위는 잠계(潛溪)에서의 물고기 구경이다.

푸릇푸릇 어린잎 따서 광주리 가득 담으니　　　　 嫩葉青青摘滿筐
산사람 이 사이로 노랫가락 흘러나오네　　　　　　 山人齒裏動宮商
늦은 배추와 이른 부추 자연 그대로 맛이건만　　　 晚菘早韭天然味
주생[751]만은 맛보려 하지 않네　　　　　　　　　 祇是周生不肯嘗

749　은빛 베틀북 : 물고기를 비유한다.

750　현진자(玄眞子) : 당나라 장지화(張之和)가 벼슬에서 물러나서 자칭 연파조도(烟波釣徒)라고 하고 《현진자(玄眞子)》를 짓고, 또한 자호로 삼았다. 이후 현진자는 강호에 은거하는 사람을 말한다.

위는 반산(盤山)의 나물 캐기이다.

가득한 논물에 사방 벌판이 똑 같아 보이고　　　　田水泱泱四野均
모내기노래 울려나는 곳에 새로 모가 심어지네　　秧歌起處立苗新
서쪽 밭의 봄 농사 노고가 싫어서　　　　　　　　西疇春事嫌勞苦
도공752만은 기꺼이 친히 하려 않네　　　　　　　祇是陶公不肯親

　　위는 논에 모내기하는 것이다.

촘촘한 누런 구름이 사방을 에워싸고　　　　　　櫛櫛黃雲擁四圍
계곡가의 사립문에 도리깨머리 높이 솟았네　　　枷頭高出澗邊扉
성근 울타리의 닭과 개 봄 풍경 그림 같건만　　　疎籬鷄犬春如畫
유안753만은 돌아오려 하지 않네　　　　　　　　祇是劉安不肯歸

　　위는 여름 마당의 보리타작이다.

대승조754가 올 때면 봄날 저물어　　　　　　　戴勝來時春日闌

751　주생(周生) : 주옹(周顒)을 말한다. 《남사(南史)》〈주옹전(周顒傳)〉에 "문덕태
자(文德太子)가 주옹에게 채식 중에서 어떤 맛이 가장 좋으냐고 묻자, 대답하기를 '봄
초의 이른 부추와 가을 말의 늦은 배추입니다.'라고 했다."고 했다.

752　도공(陶公) : 도연명을 뜻한다. 〈귀거래사(歸去來辭)〉에 "농부가 나에게 봄이 왔
다고 말하니, 장차 서쪽 밭에 농사일이 있으리라.〔農人告余以春及 將有事於西疇〕"라고
했다.

753　유안(劉安) : 한나라 회남왕(淮南王)을 가리킨다. 한 고조(漢高祖)의 손자이다.
《열선전(列仙傳)》〈유안(劉安)〉에서, 유안이 승천할 때 마당에 남은 약을 닭과 개가
핥아먹고 함께 승천하여서 닭이 천상에서 울고, 개가 구름 속에서 짖는다고 했다.

누에치는 갈대발 계절풍에 마르네 　　　　　　　飼蠶葦箔候風乾
뽕잎 따려면 농사일 한가로울 때 해야 하건만 　採桑端合閒經濟
방공755만은 편히 있으려 하지 않네 　　　　　秖是龐公不肯安
　　위는 곡박(曲薄)의 양잠(養蠶)이다.

옥실금방756 피었노라 양아757에게 알리니 　　　玉室金房報兩衙
봄바람 속에 온 동산 꽃을 맛보고 다니네 　　　春風咀嚼滿園花
달콤한 꿀을 산사람에게 이바지로 바치건만 　珍甘輸與山人供
유군758만은 상처 딱지 먹길 좋아하네 　　　　秖是劉君性嗜痂
　　위는 화원(花園)의 양봉(養蜂)이다.

대추나무 길 오이 밭 채마밭 평평히 고르고 　棗徑瓜畦築圃平
초승달 같은 낫을 휘두르니 새벽 서리 맑네 　揮鎌如月曉霜淸

---

754 대승조(戴勝鳥) : 새 이름이다. 여름철새인 후티티를 말한다. 일명 호발발(胡哱
哱)·화포선(花蒲扇)·산화상(山和尙)·호효형(呼哮哼)·고고시(咕咕翅)·계관조
(鷄冠鳥) 등의 이름이 있다.

755 방공(龐公) : 방덕공(龐德公)을 말한다. 후한(後漢) 양양(襄陽) 사람으로 양양
의 현산(峴山) 남쪽에서 몸소 밭을 갈며 살았는데, 유표(劉表)의 예우를 거절하고 녹문
산(鹿門山)에 은거하여 약초를 캐며 은거했다.

756 옥실금방(玉室金房) : 꽃을 말한다.

757 양아(兩衙) : 벌통을 뜻한다. 《비아(埤雅)》에 "벌은 양아(兩衙)를 가졌는데, 조
수(潮水)에 응한다."고 했다.

758 유군(劉君) : 남조(南朝) 송(宋)나라 사람 유옹(劉邕)을 말한다. 《남사(南史)》
에, "유옹은 남강군공을 세습했다. 그는 상처 아문 딱지 먹는 걸 좋아해서 전복보다도
맛있다고 여겼다.〔劉邕嗣南康郡公 性嗜瘡痂 以爲味似腹魚〕"라는 기록이 있다.

양 삶고 술동이 두드려 밭일 노고에 답하건만   烹羊擊缶酬田苦
평통⁷⁵⁹만은 인끈과 갓끈을 연모하네   秖是平通戀紱纓

　　위는 서리 내린 들의 벼 베기이다. 양운(楊惲)

가을 물결 차가운데 저녁에 땔나무를 하니   秋浪蕭蕭晚採薪
맑은 이내가 무수히 옷과 두건을 적시네   晴嵐無數滴衣巾
여기 분명히 갖옷 입은 객이 있을 텐데   此間應有被裘客
연릉만은 사람을 알아보지 못하네⁷⁶⁰   秖是延陵不識人

　　위는 구름 낀 산악에서 땔나무를 하는 것이다.

쩍쩍 지저귀며 각각 자기 먹을 것 찾으니   刺刺嘈嘈各爲身

---

759 평통(平通) : 한나라 때 평통후(平通侯)에 봉해졌던 양운(楊惲)을 가리키는 듯
하다. 그는 〈보손회종서(報孫會宗書)〉에서 다음과 같이 적었다. "신 득죄한 지 이미
3년입니다. 농사일은 고되지만 복날이나 납일 제사 때면 양을 잡고 고기를 구워 한
말 술로 스스로를 위로합니다.……술 취한 후 고개 들어 하늘을 우러르며 손 가는대로
질장구를 두드리고, 박자를 맞추어 노래 부릅니다.〔臣之得罪 已三年矣 田家作苦 歲時
伏臘 烹羊炰羔 斗酒自勞……酒後耳熱 仰天撫缶而呼烏烏〕"그러나 그는 끝내 조정 권귀
에게 미움을 받아 요참 당했다.

760 연릉만은……못하네 : 《고사전(高士傳)》〈피구공(披裘公)〉에 다음과 같은 고사
가 보인다. "피구공(披裘公)이란 자는 오(吳)나라 사람이다. 연릉계자(延陵季子)가
나와서 유람하다가 길에 떨어져 있는 황금을 보았는데, 피구공을 돌아보며 '저 황금을
주어가시오.'라고 했다. 피구공이 낫을 내던지고 눈을 부라리고 손을 흔들면서 '어찌
그대는 높은 곳에 있으면서 남을 비천하게 보는가? 5월에 갖옷을 입고 땔나무를 짊어졌
는데, 어찌 황금을 주어가겠는가?'라고 했다. 계자가 크게 놀라서 사과한 후에 그 성명
을 물어보았다. 피구공이 말하기를 '그대는 피상(皮相)하는 사대부인데 어찌 성명을
말해줄 수 있겠는가?'라고 했다."

아이들 손뼉 치며 울다가 화를 내네   兒童拍手啼還嗔

섬돌 앞에서 모이 얻으니 인술을 알건만   階前得食知仁術

오건⁷⁶¹만은 가난을 견디지 못하네   秖是烏巾不耐貧

    위는 밭에서 참새를 쫓는 것이다.

곡속⁷⁶²이 봄 들에서 밭갈이 마치고   觳觫春原已歇耕

돌아와서 물마시니 석양이 밝네   歸來飮水夕陽明

누가 작록으로 살지고 마름 보게 하였는가   誰敎爵祿看肥瘠

백리해만은 정을 잊지 못하네⁷⁶³   秖是里奚未忘情

    위는 풀밭 제방에서 소를 방목하는 것이다.

---

761 오건(烏巾) : 오사모(烏紗帽)를 말한다. 선비의 두건을 가리킨다.

762 곡속(觳觫) : 죽음을 두려워하는 모양. 소를 말한다. 《맹자》〈양혜왕 상(梁惠王上)〉에 나온다. "왕이 말하기를 '풀어주어라. 내 차마 그 곡속하는 바를 참지 못하겠구나. 죄도 없이 사지(死地)로 가는 것 같다.'고 했다.〔王曰 舍之 吾不忍其觳觫 若無罪而就死地〕"

763 누가……못하네 : 백리해(百里奚)는 춘추 시대 진(秦)나라 사람이다. 자는 정백(井伯)이다. 일찍이 초나라 성왕(成王)이 백리해가 소를 잘 친다는 말을 듣고 자신의 소를 치게 했다. 《장자》〈전자방(田子方)〉에 이르기를, "백리해는 작록을 마음에 두지 않았기 때문에 소에게 꼴을 먹이면 소가 살이 올랐다. 이에 진 목공은 그가 천한 신분인 것도 잊고서 그에게 정사를 맡겼다.〔百里奚爵祿不入於心 故飯牛而牛肥 使秦穆公忘其賤 與之政也〕"고 하였다.

동궁단오첩

東宮端午帖

더디 가는 낮 시간 학금[764]의 동쪽	午漏遲遲鶴禁東
바다처럼 펼쳐진 녹음에 해가 중천에 떴네	綠陰如海日方中
금빛 쟁반[765]이 축란[766] 마디에 이르자마자	金盆才屆蓄蘭節
기쁘게도 옥질께서 대추 양보하는 기풍 지니셨다 하네[767]	
	玉質欣聞讓棗風

4월 22일, 과차(科次)로 입시했을 때, 주상께서 대신에게 "동궁이 아우를 사랑할 줄 알아서 젖을 먹을 때에 양보를 했다."고 말씀하셨다.

실을 묶어 상서로움을 맞이하니 오색이 새롭고	結縷迎祥五色新
이명 남방의 절기[768]가 성세에 어우러지네	离明朱序協昌辰

---

764 학금(鶴禁) : 동궁(東宮)을 말한다.

765 금빛 쟁반 : 둥근 달을 말한다.

766 축란(蓄蘭) 마디 : 단오절을 가리킨다.

767 옥질께서……하네 : 대추를 양보한 고사는 《양서(梁書)》〈왕태전(王泰傳)〉에 보인다. "겨우 몇 살 때 조모가 여러 손자와 조카들을 모아놓고 상 위에 대추와 밤을 흩어놓았는데, 아이들은 모두 그것을 다투었으나, 왕태만은 가지지 않았다. 그 까닭을 물어보니, 대답하기를 '취하지 않더라도 절로 하사하실 텐테요.'라고 했다.〔年數歲時 祖母集諸孫侄 散棗栗於床 群兒競之 泰獨不取 問其故 對曰 不取 自當得賜 由是中表異 之〕"

768 이명 남방의 절기 : 해가 남방에 있는 여름 절서를 말한다. 《주역》〈이괘(离卦)〉

비단 부채 일제히 하사하며 궁료들 치하하니   齊頒紈扇宮僚賀
어진 바람[769] 늘 불어 바닷가 찾을 일 드무네   長戴仁風少海濱

의 "이는 불이니, 곧 해를 말한다.〔离爲火 爲日〕"에 대해 공영달(孔穎達)은 소(疏)에서 "이가 불이라는 것은 남방의 운행법을 취한 것이다. 해가 되는 것은 해가 불의 정령임을 취한 것이다.〔离爲火 取南方之行也 爲日 取其日是火精也〕"라고 하였다.

769 어진 바람 : 《세설신어(世說新語)》〈언어(言語)〉에 보면, 원굉(袁宏)이 동양 태수(東陽太守)로 나가게 되자 사안(謝安)이 부채 하나를 하사했다. 이에 원굉이 말하기를 "마땅히 어진 바람을 받들어 날려, 저 백성들을 위로하겠습니다.〔輒當奉揚仁風 慰彼黎庶〕"라고 하였다. 그로부터 어진바람〔仁風〕은 부채를 가리키게 되었다.

10월 5일 유혜거가 칠송정에 시국을 베풀었다. 작년 겨울부터 가졌던 열두 번의 모임이 비로소 끝났다

十月五日兪兮居設詩局于七松亭昨冬十二會始畢

맑은 서리와 앙상한 나무, 임고정[770]과 비슷하여	霜淸木落似臨皐
지팡이로 숲 정자에 오르니 뜻이 호방해지네	振策林亭作意豪
황량한 작은 밭엔 가시 울타리는 고꾸라지고	小圃荒寒棘籬倒
텅 비고 고요한 층층 성엔 채색 문루가 높네	層城澄泬畵譙高
마음껏 마시고 간폐를 다 쏟아내면 그만	直須痛飮輸肝肺
슬픈 가을에 머리 세길 기다릴 필요 없네	不待悲秋變鬢毛
열두 번의 시단이 원만하고 흡족하여	十二詩壇圓滿足
사부를 본받아 풍소[771]의 뒤를 잇네	擬將詞賦繼風騷

---

770 임고정(臨皐亭): 소식(蘇軾)의 〈후적벽부(後赤壁賦)〉에 나오는 임고정(臨皐亭)을 가리킨다. 임고정은 호북성 황강현(黃岡縣) 남쪽, 장강(長江) 북쪽 기슭에 있다. 〈후적벽부〉 시작 부분에 "시월 보름날, 설당에서 출발하여 장차 임고정으로 돌아가려 하였다. 두 객이 나를 따라 황니판을 지나는데, 서리 이슬이 내린 뒤 나무는 모두 옷을 벗었다.〔是歲十月之望 步自雪堂 將歸於臨皐 二客從予過黃泥之坂 霜露旣降 木葉盡脫〕"는 묘사가 나온다.

771 풍소(風騷): 《시경》의 국풍(國風)과 《초사(楚辭)》의 〈이소(離騷)〉를 말한다.

단산 김춘목이 4언시 세 수를 부쳐 왔기에 단편을 읊어서 화답하다 을묘년(1855, 철종6) 3월

丹山金春木寄四言三首聊賦短篇以和之 乙卯三月

숲 동산에 봄이 찾아와	林園春色至
멀리 단릉[772] 객을 추억하네	遙憶丹陵客
덤불을 불살라 거친 밭에 씨 뿌리고	燒榛種荒畬
때때로 돌아와 책 마주하겠지	時還對方冊
산 기운은 날로 수려해져가고	山氣日以佳
정신은 날로 여유로워지겠지	神情日以適
내게 오랜 그리움 부쳐왔기에	寄我長相思
읽어보니 뜻에 거스르는 바 없네	讀之意無斁
옷깃 떨치고 일어나 따라가고 싶지만	拂衣欲往從
아득해라 물과 구름으로 막혀있구나	杳哉水雲隔

---

772 단릉(丹陵) : 경북 영덕 단산(丹山)을 지칭한 것이다.

청명절 전날 밤에 도헌 옥거 동려와 함께 읊다
清明前夜與道軒玉居東黎共賦

성 위의 옅은 그늘이 구름으로 변하더니   城上輕陰化作雲
집집마다 버드나무 국진⁷⁷³이 어지럽네   千家楊柳麴塵紛
비 그치자 문득 추위와 더위 바뀐 것 알겠고   雨餘頓覺炎凉換
자리엔 주인과 객의 구분 있었던 적 없네   座上曾無主客分
명산을 방문하려는데 누가 나와 함께 할까   欲訪名山誰共我
다만 백발이 그대 봐주지 않을까 근심일세   秪愁華髮不饒君
집안의 일은 아손에게 맡기고   居家事業兒孫在
우두커니 서서 성세의 치수⁷⁷⁴ 화문 바라보네   佇看明時絺繡紋

---

773 국진(麴塵) : 버드나무 가지를 말한다. 어린 버드나무 잎의 색이 아황색(鵝黃色)
이기 때문에 붙여진 이름이다.

774 치수(絺繡) : 예복의 자수를 뜻한다. 사채(辭彩)나 문채(文彩)를 말한다.

3월 22일 학농 김씨 어르신이 칠송정으로 초대해 술을 마셨다. 소산 파강 및 창산 김기수, 그리고 열릉 동저도 모였다

三月二十二日鶴農金丈邀飮于七松亭素山巴江倉山 金綺秀 洌陵東渚會焉

숲속 새들 서로 부르며 한가로운 낮을 보내고	林鳥相呼白日閒
비온 뒤 꽃나무가 당의 편액에 어리네	雨餘花木照堂顔
몇몇이 방초 길 지나 계곡물 따라가고	數人芳草行緣澗
높은 누대에서 베개 베고 누워서 산을 보네	一枕高樓臥看山
마른 대지팡이 있으니 밤길 가도 무방한데	不妨枯筇侵夜去
조개⁷⁷⁵가 봄 벗 되어 함께 가니 더욱 좋겠네	更憐皁蓋伴春還

학농(鶴農)은 현임(現任) 거창 부사(居昌府使)인데 내일 관청으로 돌아간다.

그대 망천⁷⁷⁶을 떠나면 오래 애석해 하리니	知君久惜輞川別
그대 집은 솔바람 소리와 산 빛 사이에 있다네	家在松聲岳色間

학농(鶴農)은 대대로 태고정(太古亭)에서 살았는데, 지금은 송현(松峴)으로 이주했다.

---

775 조개(皁蓋) : 관리가 사용하는 검은색 봉산(篷傘)을 가리킨다.

776 망천(輞川) : 당나라 왕유(王維)에게는 망천에 별장이 있었다.

윤월 상순에 이전에 놀았던 여러 공들을 모시고 다시 칠송정에서 술을 마시다

閏月上旬陪前遊諸公復飮于七松亭

옥구슬처럼 흐르는 시냇물 숲은 무성한데 　　　　琮琤澗珮翳然林
술 싣고 이름난 정자 찾는 이들 종종 보이네 　　時見名亭載酒尋
늙은 소나무는 천년의 고색이 넘치고 　　　　松老剩看千歲色
짙은 봄빛은 온 마을 사람들의 마음을 얻네 　　春濃博得萬家心
지금 벼슬살이에 지쳐 쉬는 날 많지만 　　　　如今倦宦休多暇
예로부터 고인은 깊지 숨지 않았다네 　　　　從古高人隱不深
온화한 모습으로 꽃 감상하고 비까지 구경하니 　穩藉賞花兼賞雨
어리석은 구름도 이 마음 아는지 갰다 흐렸다 장난치네

癡雲解事弄晴陰

이달 13일 밤에 소림사⁷⁷⁷에서 묵다

是月十三日夜宿少林寺

절간에 종소리 그치고 달이 사립문에 비끼는데	上方鍾罷月橫扉
계곡 길엔 인적 없고 새 또한 드무네	澗道無人鳥亦稀
종이 만드는 집들이 산 빛을 나누어 거수하고	紙戶分將山色佳

산 뒤에 조지서(造紙署)⁷⁷⁸가 있어 주민들이 종이 만드는 일을 생업으로 삼고 있다.

나무꾼 노래가 멀리 물소리를 이끌고 돌아오네	樵歌遠引水聲歸
말 없는 복사꽃에 선심은 고요하고	桃花不語禪心靜
찬 기운 이는 바위에 술기운 미약하네	石氣生寒酒力微
점점 등불이 버들가지 언덕에 드리워져	數點燈光垂柳岸
이 몸이 옛 낚시터에 있는 것만 같네	却疑身在舊漁磯

---

777 소림사(少林寺) : 서울 종로구 홍지동 80번지 세검정 부근에 있는 사찰이다.

778 조지서(造紙署) : 조선 시대 궁중과 중앙정부기관에서 사용하는 종이와 중국에 공물로 보내는 종이 등을 생산하던 관설 제지소이다. 한성 창의문(彰義門) 밖 세검정 (洗劍亭) 북쪽 부근에 있었다.

이달 15일에 난고 옥거 혜거 열릉과 함께 간동 정동산의
서옥에서 술을 마셨다. 이날 절기가 입하에 이르러, 이를
위해 봄을 전별하며 읊었다

是月十五日與蘭皐玉居兮居洌陵飮于諫洞鄭東汕書屋是日節屆立夏爲
之賦餞春

마음 깊이 봄을 슬퍼함을 감히 말하지 못했는데   刻意傷春未敢言
오늘 아침 술을 들고 다시 원림에 올랐네   今朝把酒更登園
꽃구경을 만회하려 해도 시가 무력하고   挽廻花事詩無力
세월의 빛을 점검하니 귀밑머리에 흔적 남아있네   點檢年光鬢有痕
뒷모임은 강 위의 달이 몇 번이나 둥글어야 하나   後會幾圓江上月
이별의 정이 버드나무 가의 마을에 많네   離情多在柳邊村
붉은 꽃의 수심과 푸른 잎의 한을 풀기 어려우니   紅愁碧恨銷難得
날아가는 꾀꼬리에게 깊은 잠을 깨우지 말라 하네   莫遣流鶯攪睡昏

4월 18일 제공들과 매화실에서 묵으며 함께 읊다

四月十八日與諸公宿梅花室共賦

대낮 평상에 산들바람 불어 대숲이 소란하고	晝榻涼颸竹樹喧
차 마시며 주미 휘두르니 청담이 족하네	啜茶揮麈足淸言
안위를 몸에 지녔던 오교[779] 별장	安危身佩午橋墅
나아가고 물러남에 유리했던 영벽[780] 동원	進退地優靈壁園
고음 할 때면 늘 꾀꼬리소리 시기하고	吟苦每猜黃鳥聽
마음 한가할 때면 오직 흰 구름과 논하였네	心閒惟與白雲論
유유히 서산의 빛을 분별하는 것도 잊었으니	悠然忘辨西山色
이것이 선가의 불이법문[781]이라네	此是禪家不二門

---

779 오교(午橋) : 오교장(午橋莊)을 말한다. 당나라 재상 배도(裴度)의 별장이다. 환
관이 정치를 농단하는 것을 불만으로 여기고 낙양(洛陽) 교외에 오교장을 짓고 매일
천석(泉石)과 술로 스스로 즐겼다고 한다. 그러나 《구당서(舊唐書)》〈배도전(裴度
傳)〉에 따르면, 그는 "조정 안팎을 출입하면서 나라의 안위를 한 몸에 짊어진 채 세상에
존중을 받은 것이 20년이었다.〔出入中外 以身系國之安危 時之輕重者二十年〕"

780 영벽(靈壁) : 안휘성(安徽省) 영벽현(靈壁縣)을 가리킨다. 송나라 장차립(張次
立)의 장원이 있었다. 소식(蘇軾)은 〈영벽장씨원정기(靈壁張氏園亭記)〉를 지어 군자
의 사은(仕隱)에 관한 도리에 관해 적으면서 이곳이 출사와 은거에 모두 적합함을 칭송
하였다.

781 불이법문(不二法門) : 평등하고 차이가 없는 지극한 도를 말한다. 《유마힐경(維
摩詰經)》〈입불이법문품(入不二法門品)〉에 "나의 뜻과 같은 자는 일체의 법에 있어서
무언무설(無言無說)하고, 무시무식(無示無識)하고, 문답에서 벗어나니, 이것이 불이
법문(不二法門)으로 들어가는 것이다."라고 했다.

작은 이운관-이운(梨雲)은 관(館) 이름이다- 이 산 마당과 접하고

梨雲小舘接山庭

서쪽에서 오는 상쾌한 기운에 잠 깨려 하네　　　　　爽氣西來睡欲醒
멀리 마을로 술 사러 가는데 방초는 우거지고　　　　村酒遠沽芳草合
혼자 떨어지는 신선 바둑돌⁷⁸² 고송 가에 들리네　　仙碁自落古松聽
바위 기이하니 충서⁷⁸³ 맺히게 그냥 내버려두고　　石奇故遣蟲書結
나무 빽빽하니 때로 새 깃털 날리는 것 보이네　　　樹密時看鳥羽零
산방에서의 두 밤 인연 얕지 않은지라　　　　　　信宿山房緣不淺
돌아오는 길에 두 소매에 푸른 이내 스몄네　　　　歸來雙袖襲嵐靑

782　신선 바둑돌 : 솔방울을 말한다.

783　충서(蟲書) : 진(秦)나라 때의 팔체서(八體書) 중의 하나이다. 여기서는 벌레가
지나간 자취를 말한 것이다.

5월 3일 나는 윤심헌[784] 승구 과 은대[785]에서 함께 당직을 서면서 춘방과 계방의 여러 벗들에게 차운하여 화답하다

五月三日余與尹審軒 升求 伴直銀臺次韻和春桂坊諸益

춘방(春坊)은 보덕(輔德) 해사(海士) 김성근(金聲根)[786]과 설서(說書) 금리(琴里) 이경직(李景稙)이고, 계방(桂坊)은 익찬(翊贊) 소산(韶山) 홍보섭(洪輔燮)[787] 시직(侍直) 우천(右川) 서상희(徐相熙)이다.

문장 논하자면 한 말의 술도 많지 않나니 　　　　斗酒論文不足多

승화문[788]의 풍류가 근래 어떠한가 　　　　　　承華風雅近如何

성심으로 대하며 백부[789]의 사귐 약속했고 　　　推心已許伯符契

---

784 윤심헌(尹審軒) : 윤승구(尹升求, 1825~?)로, 본관은 해평(海平), 자는 군여(君如)이다. 1874년 홍문관 교리·부수찬·수찬을 지냈고, 1876년 서장관으로서 동지사 심승택(沈承澤)을 수행하여 청나라에 다녀왔다. 1880년 증광감시(增廣監試)의 시관(試官)을 지냈고, 그 뒤 여러 관직을 거쳐 1904년 종2품의 품계에 올라 그해에 내장원경(內藏院卿)으로서 칙임관 3등에 서임되었다.

785 은대(銀臺) : 승정원(承政院)의 별칭이다. 왕명의 출납을 담당했다.

786 김성근(金聲根) : 1835~1919. 본관은 안동, 자는 중원(仲遠), 호는 해사(海士)이다. 1873년(고종10) 문과에 급제하여 벼슬이 이조·예조의 판서에 이르렀다. 서예에 뛰어났다.

787 홍보섭(洪輔燮) : 1826~? 본관은 남양, 자는 공필(公弼), 호는 소산(韶山)이다. 1852년(철종3) 임자(壬子) 식년시(式年試)에 합격했다.

788 승화문(承華門) : 태자궁의 문 이름이다.

789 백부(伯符) : 삼국 오(吳)나라 손책(孫策, 175~200)의 자이다. 오군(吳郡) 부춘(富春) 사람이다. 손권(孫權)의 장형(長兄)으로 26세에 암살당했다. 생전에 주유(周

나와 해사(海士)는 동갑이다.

현탑 내릴 때면 유자 오는 게 보였네[790]	下榻時看孺子過
성 안의 세월은 신시[791] 후에 길고	省裏光陰申後永
천중절[792] 사물은 비 그친 후 아름답네	天中節物雨餘佳
부질없이 먼 생각에 빠진 새장의 새 가여워라	自憐籠鳥空遐想
드넓은 강호엔 만경창파 일렁이네	浩蕩江湖萬里波

단양[793] 좋은 절기 남녘에 이르니	端陽佳序屬明都
전해오는 용주 풍습 오호[794]를 상상하네	競渡遺風想五湖
무더위는 보슬비 따라 완전히 씻기고	暑氣全隨微雨去
산 빛은 맑은 안개 속으로 아득히 들어갔네	山光遙入澹烟無
백발로 한가히 지내는데 공연히 은혜만 넓고	優遊白髮空恩造

瑜)와 마음으로 투합하여 깊은 우정을 맺었는데, 〈삼국명신찬서(三國名臣贊序)〉에 보면, "주유는 탁월하여 빼어난 기상이 남달랐다. 젊어서는 임금을 도와 손책과 교분을 나누었고 만년에는 빛나는 절개로 적벽전에 참여했다.〔公瑾卓爾 逸志不群 總角料主 則素契於伯符 晩節曜奇 則叅分于赤壁〕"는 구절이 있다.

790 현탑(懸榻)……보였네 : 유자(孺子)는 후한 서치(徐稚)의 자이다. 남창(南昌) 사람인데 청빈한 고사로서 은거하여 출사하지 않았다. 진번(陳蕃)이 태수로 있을 때 서치를 위하여 특별히 의자 하나를 만들어두고서, 서치가 오면 그 의자에 앉게 하고, 그가 떠나가면 그 의자를 매달아두었다고 한다.

791 신시(申時) : 오후 3시~5시를 말한다.

792 천중절(天中節) : 단오를 뜻한다.

793 단양(端陽) : 단오를 뜻한다.

794 오호(五湖) : 태호(太湖)를 말한다. 강소성(江蘇省)과 절강성(浙江省)에 걸쳐 있는 호수이다.

청궁[795]을 보필하는 이는 모두가 큰 선비라네 　輔弼靑宮盡碩儒

이처럼 짧은 시간에도 여전히 잠 못 이루고 　如此短更猶不寐

읊조림 좋아하는 그대 요부[796]를 배우려 하네 　愛吟君欲學堯夫

새벽에 소란스럽게 관아 자물쇠 막 열리니 　閨動晨衙啓鑰初

그림 같은 누대에 여러 신선들이 사네 　樓臺如畫列仙居

가전의 학문은 아직 청상학[797]이 익숙지 않고 　家傳未慣靑箱學

책상에 올라온 상소엔 백간서[798]일랑 없었네 　案奏曾無白簡書

티끌까지 자세히 셈하면 보답에 내실 있겠으나 　細筭涓埃圖報實

칠하고 바르는 데 불과하면 문장이 공허하리 　不過塗抹應文虛

제공들이 끊이지 않고 대성[799]에 오르니 　諸公滾滾登臺省

수레 끌어줌은 본디 뒷 수레에 의지하는 법 　推轂由來賴後車

　　승정원(承政院)의 좌차(座次)는 뒤에 온 자가 있으면 차례로 추천하여 승진
　　시킨다.

795 　청궁(靑宮) : 태자가 거주하는 동궁을 말한다.

796 　요부(堯夫) : 북송 소옹(邵雍 1011~1077)의 자이다. 시호는 강절(康節)이며 저
명한 유학자로서 그의 시는 유학적 내용을 많이 담아서 소옹체(邵雍體)라고 불리었다.

797 　청상학(靑箱學) : 사학(史學)을 말한다. 《송서(宋書)》〈왕회지전(王淮之傳)〉
에 "증조부 표지(彪之)는……박문다식(博聞多識)하고, 조의(朝儀)에 익숙하고 상세한
데, 스스로 잡안 대대로 서로 전했고, 아울러 강좌(江左)의 옛 일도 기억하여 청상(靑
箱)에다 봉하여 두었다. 세상 사람들이 그것을 '왕씨청상학(王氏靑箱學)'이라고 했다."
고 했다.

798 　백간서(白簡書) : 관원을 탄핵하는 주장(奏章)을 말한다.

799 　대성(臺省) : 조선 시대 사헌부와 사간원의 합칭이다.

빛나는 계자⁸⁰⁰가 중당⁸⁰¹에 있고 　　　　煌煌啓字在中堂

육부⁸⁰²가 방을 나눠 각각 책상이 하나씩 　　六部分房各一牀

전해오는 세 잔의 경계 은실로 새겨졌고 　　三爵傳來銀鏤戒

> 숙종 때 정원(政院)에 은배(銀盃)를 하사했는데, 술잔 가운데를 빙 둘러 다음과 같은 글자가 새겨져 있다. "감히 자주 술을 거듭 마시면, 덕을 해치고 마음을 상실한다. 삼작(三爵)-이 아래 두 글자가 없다.- 내 너희에게 훈계하노라."

선유하신 십행⁸⁰³에 붉은 인주 향 남았네 　　十行宣過紫泥香

교정하는 책은 파리처럼 작아 판별하기 어렵고 　讐書難辨蠅頭細

시간 알리는 소리는 기다란 학 울음인 듯하네 　報漏疑聞鶴唳長

자지가⁸⁰⁴에 화답하여 기호⁸⁰⁵에게 주려하나 　欲和芝歌酬綺皓

한가롭고 분망함이 다르니 내 신세 한스럽네 　還歎身世異閒忙

800　계자(啓字) : 승정원의 계판(啓版)에 새긴 글자를 말한다.

801　중당(中堂) : 재상(宰相)이 정무(政務)를 보던 집을 가리킨다.

802　육부(六部) : 육조(六曹)를 말한다. 이(吏)·호(戶)·예(禮)·병(兵)·형(刑)·공(工)을 가리킨다.

803　십행(十行) : 임금의 수찰(手札), 혹은 조서(詔書)를 가리킨다.

804　자지가(紫芝歌) : 옛 가곡의 이름이다. 상산사호(商山四皓)가 불렀다고 한다.

805　기호(綺皓) : 기리계(綺里季)를 말한다. 한나라 초의 은자이며, 상산사호 중의 한 사람이다.

9월 14일 밤에 장동의 여러 공들이 한산 서 대감 댁에 모여서는 술자리로 나를 불러 함께 읊었다. 나는 장차 영선사[806]로 가게 되었기 때문에 시 안에 이별의 말이 많다

九月十四日夜壯洞諸公會于漢山徐台丈宅邀飮共賦余將有領選之行故詩中多道別語也

평소 품은 뜻이 만 리 멀리 바람을 탔으니	夙志乘風萬里長
허옇게 센 머리 술잔 들고 한 번 웃어넘기네	把樽一笑鬢毛蒼
젊은 시절 남쪽을 유람하던 말이 아니거늘	殊非少壯南遊馬
감히 북학[807]의 우량함 배운 영웅호걸에 견줄까	敢擬英豪北學良
이별의 마음으로 지금은 차가운 단풍잎 읊지만	離緖正吟楓葉冷
돌아올 땐 노랗게 핀 버들가지를 노래하겠지	歸期應賦柳絲黃
여정에서 훗날 몹시 그리워지면	旅亭他日相思苦
등불 아래 은근히 전별시들을 보리라	燈下慇懃閱贐章

806 영선사(領選使) : 조선 후기에 유학생 일행을 인솔하여 청(淸)나라에 파송된 사신이다. 1881년(고종18) 신식 무기의 제조 및 사용법을 배우기 위한 유학생 69명을 선발하여, 김윤식이 영선사가 되어 그들을 인솔하고 청나라에 가서 천진 기기창[天津機器廠]에서 무기제조 기술을 습득케 하였다.

807 북학(北學) : 청나라의 문물을 말한다.

서경당을 애도하다 신사년(1881, 고종18)

徐絅堂挽 辛巳

천하의 사대부 경당이여   絅堂天下士

이제야 요행히 만나보았네   於今幸見之

옛사람의 의리를 힘써 행하고   力行古人義

죽을 때까지 변하지 않았네   至死不變移

무너진 풍속을 만회할 수 있을 듯했고 頹俗若可挽

이익과 은택을 베풀 수 있을 듯했네 利澤若可施

하루라도 서로 못 보면   一日不相見

내 마음 이내 쇠약해지려 했네   此意便欲衰

공은 지금 홀로 가버렸으니   公今成獨往

천년 동안 아득히 기약이 없네   千載浩無期

우뚝 솟은 북산의 소나무   亭亭北山松

하얗게 밝은 지당의 달빛   皎皎池堂月

지당엔 오로지 봄풀만 자라고   池堂惟春草

붉은 장막은 펼쳐지지 않았네   不見絳帳設

그 옛날 옷깃 여미던[808] 사람들 舊時摳衣人

지금은 모두 노쇠하여 백발이 되었네 澕落頭成雪

808 옷깃 여미던 : 앞 옷깃을 여미는 것을 말한다. 공경함을 표시한다.

빈곤으로 여러 번 좌절했으나	貧困屢顚躓
의기만은 더욱 격렬해졌네	意氣彌激烈
벽옥을 온전히 가지고 돌아와[809] 선사께 바치니	完歸獻先師
무덤에서 아마도 기뻐하시리	夜臺庶欣悅

어두운 방에서 품은 생각도	暗室心中事
남에게 말하지 못할 것이 없었네	無不可語人
기백 드높은 공보[810]의 기량 지녀	休休公輔量
가슴은 늘 봄날 같았네	肺腑有長春
자연스럽게 외물과 관계를 끊지 않았으나	由然不絶物
굳건히 세속에 물들지 않았네	介然不染塵
동시대 사람들 연모할 줄 몰랐지만	並世不知慕
유유자적 상 위의 산해진미였네	悠悠席上珍
누가 알았으리 돌아가신 후에	誰知百歲後
고아한 풍채가 마치 엊그제 같을 줄	高風如隔晨

못나고 졸렬한 당세의 사대부들	齷齪當世士
어진 이 시기함이 참으로 끝없네	嫉賢諒無極

---

809 벽옥을……돌아와 : 완벽귀조(完璧歸趙)를 말한다. 조(趙)나라 인상여(藺相如)가 진(秦)나라가 15개 성(城)과 바꾸자고 요구한 조나라의 화씨벽(和氏璧)을 진나라로 가지고 갔다가 기지를 발휘하여 온전히 다시 조나라로 가지고 왔다.

810 공보(公輔) : 고대의 관직인 삼경(三卿)과 사보(四輔)를 말한다. 임금을 보좌하는 재상을 말한다.

천리마를 몰아 소금수레 끌게 하고	驅驥服鹽車
난새를 내쳐 가시나무에 깃들게 했네	斥鸞棲枳棘
약초를 가리켜 뇌물이라 하고	藥草指爲贓
질그릇과 무명을 가식적인 꾸밈이라 하였네	瓦布歸矯飾
연곡811에서도 비방이 들끓었지만	輦轂謗猶沸
호수와 산 사람은 자득하기만 하였네	湖山人自得
죽은 후에 옷과 이불조차 없었다니	身歿無衣衾
그 말 들은 사람들 모두 탄식했네	聞者皆歎息

공은 정직함을 지키고 아부하지 않아 권귀를 오랫동안 거슬렀기에 실의한
채 하읍(下邑)에 몸을 기탁했다. 일찍이 영춘현(永春縣)을 다스렸는데, 청렴
검약으로써 아래를 거느리고, 자신은 죽을 먹고, 처자는 겨울에도 돗자리를
깔고 살았다. 이에 백성들 모두 생업에 즐거워하며 살았건만, 당시 사람들은
이것을 가식적인 꾸밈이라고 했다. 직지사자(直指使者)가 권귀의 뜻을 받들
고, 영춘에서의 행적을 수소문했으나 별 소득이 없자 백성들에게 약초를
세금으로 받아 뇌물로 썼다며 무고하였다. 그러나 보고받은 자들이 이는
뇌물을 받은 것이 아니라고 하면서 청렴함을 표창했다. 질그릇과 무명은
동한(東漢) 왕량(王良)812의 전고를 썼다.

공이 떠나간 이후	自公之去矣
우리 도는 날로 고립되었네	吾道日益孤

---

811 연곡(輦轂) : 임금의 수레를 가리킨다. 경성(京城)을 말한다.

812 왕량(王良) : 자는 중자(仲子), 후한(後漢)의 동해(東海) 난릉(蘭陵) 사람이다.
《후한서(後漢書)》〈왕량전(王良傳)〉에 "왕량은 관직에 있을 때 근검청렴하여 그 처자
가 관사에 들어오지 않았으며 무명 이불을 덮고 질그릇을 썼다.〔王良在位恭儉 妻子不入
官舍 布被瓦器〕"라는 말이 나온다.

저 교묘하게 일신을 도모하는 자들이　　　　彼工謀身者
어찌 능히 큰일을 해낼 수 있으랴　　　　焉能爲有無
평생을 세상 근심하며　　　　平生憂世念
차마 강호로 은둔하지 못했네　　　　未忍遯江湖
나는 홀로 그 뜻을 슬퍼하지만　　　　我獨悲其志
사람들은 모두 그 어리석음을 비웃네　　　　人皆笑其迂
이 사람 다시 일으킬 수 없으니　　　　斯人不可作
하늘의 뜻이 대체 무엇인가　　　　天意竟何如

잠이 안 와 밤에 앉아서 《목재집》[813]의 운을 차운하다

夜坐無寐次牧齋集韻

매화나무 아래서 글을 읽자니	讀書梅樹下
낙화가 눈발처럼 흩날리네	落花雪津津
어여쁜 너의 맑고 차가운 색	憐渠冷淡色
마치 홀로 깨어있는 사람 같구나	偏似獨醒人

새벽달은 겨우 갈고리 같은데	曉月才如鉤
환히 비추며 맑고 빼어난 자태 비추네	熒熒照清絶
북풍 불어도 상관없으나	北風自不妨
점점 구름 낄까봐 늘 두렵네	常恐雲點綴

산 위의 낙락장송	落落山上松
가지와 줄기가 어찌 그리 움츠려 있나	枝榦何蹙蹙
어찌 추위를 이겨내는 지조로써	那以歲寒心
아름다운 꽃나무에 기꺼이 나란히 할까	甘比閒卉木

---

813 목재집(牧齋集) : 명나라 전겸익(錢謙益)의 문집이다. 자는 수지(受之), 호는 목재(牧齋), 우산 선생(虞山先生)이라 불린다. 청나라 초의 시단의 맹주 중의 한 명이었다. 명나라 유신으로서 청나라에 출사하여 비난을 받았다.

집이 북쪽 성 아래 있어서   家住北城下

문을 열면 남산이 보이네   開門見南山

먼지를 실컷 뒤집어쓰고는   厭受塵埃色

우뚝 구름 사이로 들어갔구나   磊落入雲間

어떤 사람이 부쳐 온 매화시에 "우스워라, 너는 너무 가냘프고 아리따워서, 세상 사람을 많이도 홀리는구나"라는 구절이 있었다. 내가 장난삼아 매화를 위하여 조롱에 대해 해명해 주었다

人有寄梅花詩云笑渠太綽約多媚世上人余戲爲梅花解嘲

몸은 야위고 성품도 차가우니 　　　　　　　　體仍疎瘦性仍寒

속세 벗어난 빼어난 자태 그리기도 어렵지요 　　塵外淸標畵亦難

가장 안타까운 것은 그 당시 임 처사[814]가 　　最惜當年林處士

밝은 달 아래 미인에 잘못 견주었던 일 　　　　月明錯比美人看

대유령[815] 꼭대기 한수 물가에 　　　　　　　　大庚嶺頭漢水湄

피어난 것은 본디 남이 알까 두려워서예요 　　開花本自畏人知

동풍이 꽃 소식을 함부로 누설하였으니 　　　東風謾泄春消息

인간 세상으로 시집온 걸 누굴 원망할까요 　　嫁與人間恨向誰

---

814 임 처사(林處士) : 송나라 임포(林逋)를 말한다. 고산(孤山)에 많은 매화를 심고 학(鶴)을 기르며 은거했는데, 사람들이 '매처학자(梅妻鶴子)'라고 불렀다. 많은 매화시로 유명하다.

815 대유령(大庚嶺) : 중국 강서성(江西省) 대유현(大庚縣) 남쪽에 있는 오령(五嶺) 중의 하나인 산맥이다. 당나라 장구령(張九齡)이 새 길을 개척하고 매화를 많이 심어서 일명 '매령(梅嶺)'이라고 한다.

눈꽃송이 얼음 영혼 첫 번째 피는 봄꽃　　　　　　雪朶氷魂第一春
술 늘어뜨린 결기각816에서 향진817을 보호하지요　　　流蘇結綺護香塵
세상 사람들은 매화를 사랑하기에　　　　　　　　世人自是梅花愛
매화가 세상사람 홀린다는 말 믿지 않지요　　　　　未信梅花媚世人

816　결기각(結綺閣) : 비단 술을 늘인 결기각을 말한다. 남조(南朝) 진후주(陳後主)
가 임춘(臨春)·결기(結綺)·망선(望仙) 등 3개의 화려한 누각을 지었다.

817　향진(香塵) : 향기를 띤 먼지를 말한다. 낙화(落花)를 비유한다.

속당체시 병술년(1886, 고종23) 동짓달 23일 ○병소서

續棠棣詩 丙戌 至月卄三日 ○並小序

내가 태어나서 8세가 되던 임인년(1842)에 풍수(風樹)의 애통함[818]을 만나, 누이 둘 아우 하나와 서로 의지하며 살았다. 계묘년 봄에 우리 는 함께 숙부에게 가서 의지했다. 숙부 내외께서 지극한 은혜로 잘 보듬어 키워주셨기에, 누이도 아우도 처지를 잊고 지낼 수 있었다. 그러다 둘째 누님이 공주(公州)로 시집가고, 셋째 누님도 장차 시집 가려 했다. 나는 그때 여전히 어리고 어리석어 헤어지는 고통을 이길 수 없어서 어두운 표정으로 홀로 마음 아파하며 밤마다 누워서 눈물 로 이불을 적시곤 했다. 그래서 〈당체시(棠棣詩)〉를 지어서 스스로 를 위로했는데, 벌써 42년 전의 일이다. 누님과 아우 세 사람 중에 둘째 누님은 돌아가셨고, 셋째 누님은 노환으로 시골에 살고 계시며, 한 아우 또한 쇠약하고 병들었다. 그런데도 여전히 세상일에 쫓기느 라 3년 동안 누님을 찾아뵙지 못했다. 올해 동짓달에 셋째 누님께서 61세 생신을 맞는다. 멀리 있어 술잔을 받들어 올릴 수가 없는지라, 기쁨과 슬픔이 절절히 교차하기에 마침내 〈속당체시(續棠棣詩)〉를 지어서 큰 축복의 뜻을 담았다.

---

818 풍수(風樹)의 애통함 : 부모를 여읜 것을 말한다. 《한시외전(韓詩外傳)》에 "나무 는 고요하려 하나 바람이 그치지 않고, 자식은 봉양하려 하나 부모는 기다리지 않네.〔樹 欲靜而風不止 子欲養而親不待〕"라고 했다.

지난날 산앵두나무꽃[819] 한 가지에 났는데 憶昔棠棣共一枝

비바람 지나자마자 분분히 흩어졌네 纔經風雨紛離披

지금은 초췌해져 꽃받침 둘만 남아 如今憔悴惟兩萼

남쪽에서 북쪽에서 오래 그리워만 하네 一南一北長相思

누님은 평생 고생도 많이 했지 阿姊平生多辛苦

잦은 병마에 백발이 성성하네 疾病侵尋華髮滋

타향에서 회갑 날을 맞이하니 他鄕重逢舊甲日

눈앞의 기쁨을 누구에게 말할까 眼前歡樂當語誰

다행히 훌륭한 자식과 훌륭한 며느리 있어 賴有佳兒與佳婦

세 손자가 무릎을 에워싸니 웃을 만하네 三孫繞膝堪解頤

나의 아우 봉호[820]는 지금 이미 늙었으니 一弟封胡今已老

고개 돌려 공연히 버들 솜 읊던[821] 때 추억하네 回頭空憶吟絮時

삼년 간 보지 못한 누님 三年不見阿姊面

산천이 아득하여 편지가 더디네 山川迢遞尺書遲

남녘에 양기 돌아 따뜻한 절기 돌아오니 南陸陽生回煖律

바람 맞으며 술잔 들고 멀리서 축사를 올리네 臨風奉觴遠致詞

---

819 산앵두나무 : 《시경》〈당체(棠棣)〉는 형제가 함께 우의를 노래한 시이다.

820 봉호(封胡) : 아우를 말한다. 《세설신어(世說新語)》〈현원(賢媛)〉에 "(사도온 (謝道韞)이 말하기를) 한 집안의 숙부로는 아대(阿大)와 중랑(中郎)이 있고, 여러 종 형제로는 봉·호·알·말(封·胡·遏·末)이 있다."고 했다. 봉호알말(封胡遏末)은 사도원의 동생 사소(謝韶)·사랑(謝朗)·사현(謝玄)·사연(謝淵) 4사람의 소명(小名)인데 우수한 자제의 고사로 쓰인다.

821 버들 솜 읊던 : 사도온이 〈설시(雪詩)〉에서 눈을 버들 솜에 비유했다. 여기서는 김윤식의 누님을 말한 것이다.

영화로운 아이 귀한 손자에 복록이 이어지고   兒榮孫貴綿芇祿

신체 강건하니 마땅히 장수를 누리시리니   身健應享黃髮期

사십 년의 일이 어제만 같아   四十年事如昨日

종이 펼쳐놓고 당체시[822]를 이어 짓네   拂箋更續棠棣詩

---

822 당체시(棠棣詩) : 《시경》 〈소아(小雅)〉의 편명이다. 형제간의 우애를 읊은 시이
다.

박오서 시랑이 나에게 준 〈부남한〉 작품에 화답하다
정해년(1887, 고종24) 3월

酬朴梧西侍郎贈余赴南漢之作 丁亥三月

누가 시 망치로 철관을 부수었나	誰把詩椎破鐵關
종이 펼쳐 한번 웃고는 빈둥대는 법을 배우네	拂箋一笑學偸閒
생애는 이미 농사도 장사도 아닌 것이 붙였고	生涯已付農商外
오고가며 오래 매인 몸 장부 틈에서 사네	來去長覊薄牒間
성 아래 두 필 말이 온조[823] 나라에 있고	城下雙驍溫祚國
하늘 가 외로운 새는 광릉 산에 있네	天邊獨鳥廣陵山
함께 꽃구경하는 동무 될 수 있을지도	可能共作看花伴
하늘빛 봄물에서 배 한 척 돌아오네	春水如天一棹還

(옮긴이 기태완)

---

823 온조(溫祚) : 고구려 동명왕(東明王)의 셋째 아들로 백제를 건국했다. 금마산(金馬山)에서 나라를 세웠고, 수도는 위례성(慰禮城)이었다고 한다.

지은이 김윤식(金允植)

1835(헌종1)~1922. 자는 순경(洵卿), 호는 운양(雲養), 본관은 청풍(淸風)이다. 유신환(兪莘煥, 1801~1859)과 박지원의 손자인 박규수(朴珪壽, 1807~1876)에게 사사해 노론낙론계의 사상을 이어받았다. 1881년(고종18) 영선사로 파견된 일을 계기로 친청노선을 고수하였다. 일본과의 굴욕적 조약에도 순순히 응하여 많은 비판을 받기도 하였으나, 1919년 3·1운동의 고조기에 대일본장서(對日本長書)를 일본정부에 제출했던 일로 '만절(晩節)'이라 평가받기도 하였다. 김윤식은 조선의 최대 격변기에 온갖 부침을 겪으며 벼슬아치의 일생을 보내는 한편 문장가로서도 이름이 높았다. 1922년 그가 죽었을 때 '조선의 문호(文豪)'로 지칭되기도 하였다. 저서로는《운양집(雲養集)》,《음청사(陰晴史)》,《속음청사(續陰晴史)》등이 있다.

옮긴이 구지현

1970년 천안에서 태어났다. 연세대학교 국어국문학과를 졸업하고 동대학원에서 문학석사 및 문학박사 학위를 받았다.
연세대학교 BK사업단 연구원, 일본 게이오대학 방문연구원(일한문화교류기금 펠로우십)을 지냈고 현재 연세대학교 국학연구원 학술연구교수로 재직하고 있다. 저서로《계미통신사 사행문학연구》,《통신사 필담창화집의 세계》등이 있다.

옮긴이 기태완

1954년 전남 장성에서 태어났다. 중앙대학교 문예창작학과를 졸업하고 성균관대학교 일반대학원 국어국문학과에서 문학석사와 문학박사 학위를 받았다. 홍익대학교 겸임교수 및 연세대학교 국학연구원 연구교수 등을 지냈다. 저서로는《황매천 시 연구》등이 있다.

권역별거점연구소협동번역사업 연구진

연구책임자　**이광호**(연세대학교 문과대학 철학과 교수)
공동연구원　**김유철**(연세대학교 문과대학 사학과 교수)
　　　　　　허경진(연세대학교 문과대학 국어국문학과 교수)
선임연구원　**구지현**
　　　　　　기태완
　　　　　　백승철
　　　　　　이지양
　　　　　　이주해
　　　　　　정두영
교열　　　　**김익수**
　　　　　　김영봉(권1, 2, 3)
연구보조원　**안동섭**

운양집 1

김윤식 지음 | 구지현·기태완 옮김
2013년 12월 30일 초판 1쇄 발행
편집·발행 도서출판 혜안 | 등록 1993년 7월 30일 제22-471호
주소 (121-836) 서울시 마포구 서교동 326-26번지 102호
전화 3141-3711 | 팩스 3141-3710 | 이메일 hyeanpub@hanmail.net
ⓒ한국고전번역원·연세대학교 국학연구원, 2013
Institute for the Translation of Korean Classics · Institute of Korean Studies Yonsei university

값 34,000원
ISBN 978-89-8494-491-6 94810
　　　978-89-8494-490-9 (세트)